AS CINZAS & O REI MALDITO PELAS ESTRELAS

SÉRIE COROAS DE NYAXIA
LIVRO DOIS DA DUOLOGIA
NASCIDOS DA NOITE

AS CINZAS
& O REI
MALDITO
PELAS
ESTRELAS

CARISSA BROADBENT

TRADUÇÃO
Jana Bianchi

Copyright © 2023 by Carissa Broadbent

Grafia atualizada segundo o Acordo Ortográfico da Língua Portuguesa de 1990, que entrou em vigor no Brasil em 2009.

Título original
The Ashes and the Star-Cursed King

Capa e imagem
KD Ritchie at Storywrappers Design

Projeto gráfico
Baseado no projeto original de Carissa Broadbent

Ilustração da página 5
Nathan Medeiros

Preparação
Fernanda Castro

Revisão
Luís Eduardo Gonçalves
Jane Pessoa

Dados Internacionais de Catalogação na Publicação (CIP)
(Câmara Brasileira do Livro, SP, Brasil)

Broadbent, Carissa
    As cinzas e o rei maldito pelas estrelas / Carissa Broadbent ; tradução Jana Bianchi. — 1ª ed. — Rio de Janeiro : Suma, 2025. — (Série Coroas de Nyaxia : Duologia Nascidos da Noite ; 2)

    Título original: The Ashes and the Star-Cursed King.
    ISBN 978-85-5651-239-0

    1. Ficção norte-americana. I. Título. II. Série.

24-226088   CDD-813

Índice para catálogo sistemático:
1. Ficção : Literatura norte-americana   813

Cibele Maria Dias – Bibliotecária – CRB-8/9427

Todos os direitos desta edição reservados à
EDITORA SCHWARCZ S.A.
Praça Floriano, 19, sala 3001 — Cinelândia
20031-050 — Rio de Janeiro — RJ
Telefone: (21) 3993-7510
www.companhiadasletras.com.br
www.blogdacompanhia.com.br
facebook.com/editorasuma
instagram.com/editorasuma
x.com/editorasuma

NOTA

Este livro contém assuntos que podem ser difíceis para alguns leitores, incluindo cenas de violência gráfica, violência contra crianças, escravidão e discussões sobre abuso sexual e estupro. A história também apresenta conteúdo sexual explícito.

RAES

Mar dos Ossos

A Casa do Sangue

As Nações Humanas

Mar do Marfim

Cabo de Nyaxia

A Casa da Sombra

PRÓLOGO

O rei soube, naquele momento, que seu maior amor também seria sua ruína, e que ambos chegariam na forma improvável de uma jovem humana.

Fazia um tempo que ele vinha remoendo tal conclusão. Mais tempo, talvez, do que gostaria de admitir para si mesmo. Por mais estranho que fosse, a clareza lhe veio num momento de completo caos — em meio aos gritos ensurdecedores da audiência, na areia encharcada de sangue da arena, na confusão de corpos, suor e sangue que cercava a garota enquanto, por muito pouco, ela conseguia rechaçar os golpes brutais de sua oponente.

Naquela hora, o rei não estava pensando muito. Estava apenas reagindo. Tentando atrair a atenção dos Nascidos do Sangue para que não focassem na humana. Tentando se interpor entre eles. Fracassando todas as vezes.

A competidora Nascida do Sangue tinha um — e apenas um — objetivo: ir atrás da jovem humana.

Ela desferiu um golpe, depois outro e mais outro. A garota acabou no chão, com a Nascida do Sangue pairando sobre seu corpo, e o rei não conseguia sentir nada além do coração quase saindo pela boca enquanto a vampira erguia a espada.

Foi quando o rei se virou para as arquibancadas e, no mesmo instante, seu olhar recaiu sobre o príncipe dos Nascidos do Sangue, parado ali no meio com os braços cruzados e um cigarro em meio a um sorriso.

O rei entendeu exatamente o que esse sorriso dizia. *Sei o que você quer. Você sabe o que eu quero.*

Foi ali, naquele momento, que ele compreendeu.

Porra, Oraya, você acaba comigo, o rei tinha dito à jovem na noite anterior.

Ela de fato acabaria com ele.

E valeria a pena.

Porque o rei nem pensou, nem hesitou, quando olhou nos olhos do príncipe... e assentiu.

Com um breve gesto, ele entregou seu reino de bandeja.

Com um breve gesto, soube exatamente o que precisava fazer.

O que aconteceu ao longo dos próximos segundos se misturou num borrão. O sorriso do príncipe se transformou num sorriso satisfeito. O sinal que ele fez para a competidora Nascida do Sangue. A hesitação dela, tão perfeitamente calculada, e a espada da jovem lhe atravessando o peito.

E depois eram só ele e ela, e um prêmio que apenas um dos dois sobreviveria para reivindicar.

Só restava uma escolha, claro. Ele nem sequer a questionou. Acabara de fazer um acordo para salvar a vida da garota — um acordo que destruiria seu reino e do qual ele só tinha uma forma de escapar.

Uma vida de trezentos anos era longa o bastante. Mais longa, pensava ele com frequência, do que qualquer criatura merecia.

Os dois se encararam pelo tempo de várias respirações longas e silenciosas, imóveis. O rei era capaz de ler a expressão dela com extrema facilidade. Era até engraçado que alguém tão espinhosa fosse também tão transparente. Naquele momento, o conflito da garota — sua dor — escapava pelas rachaduras em suas muralhas.

A jovem não se moveria primeiro, o rei sabia.

Então, ele o fez.

O vampiro a conhecia muito bem àquela altura. Sabia exatamente onde a pressionar para liberar aquele poder inclemente, mortal, devastador e bonito pra caralho. Ele era um bom ator. Interpretava bem seu papel — mesmo sob a máscara daquele personagem, fazia uma careta a cada golpe que sua lâmina abria na pele dela.

Muitos anos depois, os historiadores sussurrariam: "Por quê? Por que ele fez aquilo?".

Se pudessem perguntar diretamente a ele naquela noite, o rei provavelmente diria: "É mesmo tão difícil de entender?".

Os olhos dela foram a última coisa que ele viu antes de morrer.

Eram olhos lindos. Pouco comuns. De um prateado brilhante, como a lua, embora quase sempre obscurecidos por nuvens. O rei achava muitas coisas bonitas nos humanos, mas os olhos da jovem eram a coisa mais incrível de todas. Era algo que ele nunca lhe contara. No momento em que a lâmina dela atravessou seu peito e os dois foram cercados por Fogo da Noite, ele se perguntou se deveria ter contado.

Aqueles olhos sempre revelavam mais do que ela imaginava. Ele viu o exato momento em que a jovem o pegou no ato — quando compreendeu que ele a havia enganado.

O rei quase riu. Porque era óbvio que ela notaria. Ela e aqueles olhos sempre haviam enxergado através dele.

Era tarde demais, porém. Ele a agarrou pelo pulso quando a sentiu hesitar.

Suas últimas palavras não foram: "Seus olhos são lindos".

Suas últimas palavras foram:

— Acabe logo com isso.

Ela negava com a cabeça, o fogo frio em seu rosto se transformando em desespero.

Mas ele sabia que estava fazendo a coisa certa, e aqueles olhos só reforçaram a certeza. Porque eram fortes, determinados e únicos, nem humanos nem vampirescos, ferozes e inteligentes.

Melhores que os dele. Mais merecedores do que estava por vir.

— *Acabe logo com isso, princesa* — disse ele, puxando o pulso da jovem.

E o rei não desviou os olhos enquanto morria pelas mãos da única pessoa que merecia matá-lo.

Talvez ele soubesse desde sempre que seu maior amor seria também sua ruína. Talvez tivesse descoberto no momento em que a conheceu.

E saberia também ali, enquanto morria pela segunda vez.

Parte Um
Noite

1
ORAYA

Meu pai se perpetuava todo dia nos momentos nebulosos antes de eu abrir os olhos, quando me encontrava num estado entre adormecida e desperta.

Eu aproveitava esses momentos, em que os pesadelos já tinham sumido mas ainda não haviam sido substituídos pela sombra melancólica da realidade. Rolava em lençóis de seda e inspirava fundo para sentir o aroma familiar — rosa, incenso, pedra, poeira. Estava na cama em que dormira todas as noites pelos últimos quinze anos, no quarto que sempre fora meu, no castelo onde tinha sido criada, e meu pai, Vincent, o rei dos Nascidos da Noite, estava vivo.

Mas depois eu abria os olhos, e a inevitável e ferina clareza da consciência me atropelava, e meu pai voltava a morrer.

Aqueles segundos entre sono e vigília eram a melhor parte do dia.

A pior era quando as lembranças voltavam.

Ainda assim, valia a pena. Eu dormia quando conseguia, só para recuperar aqueles preciosos segundos, mas é impossível deter o tempo. Impossível deter a morte.

Eu tentava não dar atenção a como aqueles segundos minguavam a cada vez que acordava.

Naquela manhã, abri os olhos e meu pai ainda estava morto.

BLAM BLAM BLAM.

Fosse lá quem estivesse batendo na porta, fazia isso com a impaciência de alguém esperando por mais tempo do que gostaria.

Fosse lá quem estivesse batendo na porta...

Eu sabia quem estava batendo, porra.

Não me movi.

Não *conseguia* me mover, na verdade, porque o luto tinha tomado conta de cada um de meus músculos. Cerrei a mandíbula com força, *mais força*, até doer, até achar que meus dentes poderiam rachar. Meus nós dos dedos estavam brancos, apertando os lençóis. Eu conseguia sentir o cheiro de fumaça — Fogo da Noite, minha magia, consumindo o tecido.

Algo precioso fora roubado de mim. Aqueles momentos borrados eram tudo que restava.

Despertei com a imagem do corpo destruído de Vincent ainda gravado na mente, tão morto e mutilado no sonho quanto na memória real.

— Acorde, princesa! — A voz era tão alta que, mesmo com a porta fechada, ribombava pelo quarto. — Conheço muito bem esses seus sentidos felinos. Acha que não sei que está acordada? Prefiro que me deixe entrar, mas vou arrombar a porta se necessário.

Eu odiava aquela voz.

Odiava aquela voz.

Precisava de mais uns dez segundos antes de olhar para ele. Mais cinco...

BLAM.

BLA...

Joguei as cobertas de lado, saltei da cama, atravessei o quarto em algumas passadas longas e escancarei a porta.

— Vai — arquejei. — Bate nessa porta *mais uma vez* para você ver.

Meu esposo sorriu, baixando o punho cerrado que, de fato, estava pronto para acertar de novo a madeira.

— Essa é a minha garota.

Eu odiava aquele rosto.

Odiava aquelas palavras.

E as odiei com ainda mais força naquele momento, ao ouvir o tom de preocupação de Raihn — que ficou evidente na forma como seu sorriso hesitou enquanto ele me fitava dos pés à cabeça numa análise rápida mas minuciosa. O olhar dele pousou em minhas mãos, cerradas ao lado do corpo, e notei que numa delas havia um pedaço rasgado de seda.

Tive vontade de usar aquilo para ameaçar o vampiro, lembrar que aquele tecido podia muito bem ser ele caso não tomasse cuidado. Mas algo no lampejo de preocupação em seu rosto, e todas as coisas que aquilo me fazia sentir, matou o fogo que crepitava em meu âmago.

Eu gostava da raiva. Era tangível e forte, e fazia eu me sentir poderosa.

Mas eu me sentia tudo menos poderosa quando era forçada a reconhecer que Raihn — o homem que mentira para mim, me prendera, derrubara meu reino e assassinara meu pai — se preocupava genuinamente comigo.

Eu mal podia olhar para o rosto dele sem ver os vestígios de sangue salpicado de meu pai.

Sem ver como ele tinha me encarado como se eu fosse a coisa mais preciosa do mundo na noite em que havíamos dormido juntos.

Eram muitas emoções. Pisoteei todas, mesmo que doesse quase fisicamente, como se eu estivesse engolindo lâminas afiadas. Era mais fácil não sentir.

— O que você quer? — perguntei.

Saiu como um questionamento fraco, não como a pancada verbal que eu planejava que fosse.

Queria não ter notado a leve decepção em seu rosto. Aflição, até.

— Vim avisar que é melhor se aprontar — falou ele. — Temos visita.

Visita?

Meu estômago se revirou com a ideia — a ideia de estar na presença de estranhos, de sentir todos me encarando feito um animal enjaulado enquanto eu lutava para fingir que estava tudo bem.

Você sabe como controlar suas emoções, serpentezinha, sussurrou Vincent no meu ouvido. *Eu lhe ensinei isso.*

Tentei reprimir um esgar.

Raihn inclinou a cabeça para o lado, e um vinco surgiu entre as sobrancelhas.

— O que foi?

Que merda, eu odiava aquilo. Ele notava todas as vezes.

— Nada.

Eu sabia que Raihn não acreditava em mim. Ele sabia que eu sabia. E eu odiava o fato de que ele sabia que eu sabia.

Pisoteei de novo meus sentimentos até que a emoção fosse só mais um ruído de fundo, coberta por outra camada de gelo. Exigia esforço constante fazer com que as coisas permanecessem daquela forma, e eu estava grata por poder focar naquilo.

Raihn me encarava com expectativa, mas não falei nada.

— E aí? — perguntou ele. — Nenhuma pergunta?

Fiz que não.

— Nada de insultos? — continuou o vampiro. — De recusas? De discussões?

Você quer que eu discuta com você?, quase perguntei. Mas depois eu teria de ver aquele toque de preocupação em seu rosto, e teria de ouvir que ele *realmente* queria que eu discutisse, e depois teria de sentir aquela emoção complicada também.

Então neguei com a cabeça mais uma vez.
Ele pigarreou.
— Certo. Bom. Aqui. Isto é para você. — Raihn me entregou a sacola de seda que estava segurando.
Não fiz pergunta alguma.
— É um vestido — explicou ele.
— Certo.
— Para a reunião.
Reunião. Parecia importante.
Não ligo, lembrei a mim mesma.
Ele esperou por perguntas, mas continuei calada.
— É o único que tenho, então nem se dê ao trabalho de reclamar caso não goste — continuou o vampiro.
Tão transparente que chegava a ser patético... Raihn estava praticamente me cutucando com um graveto para ver se eu reagia.
Abri a sacola e, quando espiei lá dentro, vi um volume de seda preta.
Senti um aperto no peito. Seda, não couro. Depois de tudo, a ideia de andar pelo castelo em qualquer coisa que não fosse uma armadura...
Mas apenas respondi:
— Sem problema.
Só queria que ele fosse embora.
Mas Raihn nunca terminava uma conversa sem me encarar longa e persistentemente antes de sair do quarto, como se tivesse muitas coisas a dizer e tudo ameaçasse transbordar a qualquer momento. Toda vez era aquela merda.
— O que foi? — perguntei, impaciente.
Pela Mãe, eu sentia as costuras que me mantinham inteira arrebentando ponto a ponto.
— Vá se vestir — disse ele, enfim, para meu alívio. — Volto daqui a uma hora.
Quando o vampiro saiu, fechei a porta e desabei contra ela, deixando escapar um suspiro sofrido. Manter a compostura naqueles últimos minutos tinha sido desesperador. Eu não sabia como continuar fazendo aquilo na frente de um monte de companheiros de Raihn. Por muito tempo. Por *horas*.
Não tinha como.
Você vai conseguir, sussurrou Vincent no meu ouvido. *Mostre a eles como é forte.*
Fechei os olhos com força. Minha vontade era abraçar aquela voz.
Mas ela sumiu, como sempre, e meu pai estava morto de novo.
Coloquei a porcaria do vestido.

Raihn estava ansioso.

Quem me dera não perceber com tanta facilidade... Ninguém mais parecia estar notando. E como estariam? Ele era meticuloso na atuação. Assumira o papel de rei conquistador com tanta naturalidade quanto o de humano na taverna, de competidor do Kejari sedento por sangue, de meu amante e de meu sequestrador.

Mas eu percebia mesmo assim. O músculo que se contraía no canto da mandíbula angulosa. O olhar ligeiramente vidrado e um pouco intenso demais. A forma como ele tocava o punho da camisa sem parar, como se estivesse desconfortável com aquela fantasia.

Quando ele voltou a meu quarto, eu o encarei de queixo caído, pega de surpresa.

Ele estava usando um paletó estruturado e elegante com filigranas azuis e uma faixa da mesma cor pendurada no ombro, contrastando com os botões prateados e o sutil brocado metálico. Era dolorosamente familiar a outro traje que eu o vira vestir certa vez: no baile da Meia-Lua, que o Palácio da Lua lhe providenciara. Mesmo naquela ocasião, porém, Raihn aparecera com o cabelo bagunçado e o rosto coberto por uma barba rala, como se estivesse relutante com tudo aquilo. Ali, no entanto, estava bem barbeado, e os cabelos tinham sido penteados e presos num rabo de cavalo, revelando o topo da Marca de Sucessão na nuca, saindo da gola do paletó. Ele estava com as asas visíveis, as manchas de vermelho vibrante nas bordas e nas pontas. E...

E...

Senti um nó tão grande na garganta que não conseguia engolir — não conseguia respirar.

Ver a coroa na cabeça de Raihn me fez sentir uma pontada de dor nas costelas. As espirais de prata estavam acomodadas entre as ondas vermelho-escuras de Raihn; o contraste das duas coisas era chocante, considerando que eu só vira aquele objeto de metal sobre o cabelo loiro e lustroso de meu pai.

Da última vez que eu olhara para aquela coroa, ela estava encharcada de sangue, jogada nas areias do coliseu enquanto Vincent morria em meus braços.

Será que alguém precisara vasculhar os restos do corpo dele para recuperar a coroa? Será que algum pobre criado tivera de limpar o sangue, a pele e o cabelo impregnados nos entalhes delicados de prata?

Raihn me olhou de cima a baixo.

— Você está linda — disse.

Da última vez em que ele me elogiara daquele jeito, no baile, um calafrio descera por minhas costas — cinco letras cheias de promessas escondidas.

Agora, parecia uma mentira.

Meu vestido era bonito. Apenas bonito. Simples. Favorecia meu porte físico. Era leve, de seda fina que envolvia meu corpo — devia ter sido feito sob medida para servir daquela forma, embora eu não tivesse a menor ideia de como ele poderia ter tirado minhas medidas. Deixava meus braços expostos, ainda que a gola fosse alta e tivesse botões assimétricos que fechavam o tecido ao redor do meu torso.

Fiquei secretamente grata ao notar que o traje cobria toda a minha Marca de Sucessão.

Eu andava evitando me olhar no espelho enquanto me trocava. Em parte porque minha aparência estava péssima, mas também porque eu odiava — *odiava* — ver a Marca. A Marca de Vincent. Todas as mentiras gravadas na minha pele em tinta vermelha. Todas as questões que eu nunca poderia responder.

Cobrir a Marca era, claro, intencional da parte de Raihn. Já que eu seria exibida na frente de vários Rishan importantes, o ideal seria que minha aparência fosse o menos ameaçadora possível.

Ótimo.

Um olhar estranho lampejou no rosto de Raihn.

— Não está fechado.

Ele apontou para a própria garganta, e compreendi que estava falando do vestido — além dos fechos na frente, havia botões atrás, e eu só tinha conseguido ir até metade deles.

— Quer que eu...?

— Não.

Respondi rápido demais; nos segundos de silêncio que se seguiram, porém, me dei conta de que não tinha escolha.

— Pode ser — falei depois de um momento.

Eu me virei de costas para meu maior inimigo. Sarcástica, pensei que Vincent ficaria envergonhado caso me visse fazendo aquilo.

Mas, pela Mãe, eu preferia um punhal às mãos de Raihn — preferia sentir o golpe de uma lâmina à ponta dos dedos dele roçando minha pele, gentil demais.

E que tipo de filha aquilo me tornava? O fato de que, apesar de tudo, parte de mim ansiava pelo toque cheio de afeição do vampiro?

Respirei fundo, e não soltei o ar até Raihn fechar o último botão. Esperei suas mãos se afastarem, mas não foi o que aconteceu. Como se ele estivesse cogitando dizer mais alguma coisa.

— Estamos atrasados.

Me sobressaltei ao ouvir a voz de Cairis. Raihn se afastou. O recém-chegado se apoiou no batente da porta, com os olhos ligeiramente semicerrados e um sorriso no rosto. Estava sempre sorrindo, mas também parecia me observar o tempo todo com muita, muita atenção. Ele me queria morta. Tudo bem. Às vezes eu também queria isso.

— Certo. — Raihn pigarreou. Depois, tocou o punho da camisa. Ansioso. Muito ansioso.

Uma antiga versão minha, a que jazia enterrada sob as dezenas de camadas de gelo que eu colocava entre minhas emoções e a pele, teria ficado curiosa para saber o motivo.

Raihn olhou para mim por cima do ombro, a boca se torcendo num esgar, reprimindo as emoções assim como eu.

— Vamos, princesa. Hora do nosso espetáculo.

O salão do trono tinha sido limpo desde a última vez que eu estivera nele — peças de arte e itens de decoração substituídos, os cacos dos artefatos Hiaj removidos dos pisos. As cortinas estavam abertas, revelando a silhueta prateada de Sivrinaj. O lugar estava mais calmo do que poucas semanas antes, mas algumas luzes relampejavam de vez em quando à distância. Os homens de Raihn tinham recuperado boa parte do núcleo da cidade; pela janela do meu quarto, porém, eu ainda via sinais de combate nas periferias. Os Hiaj não iam cair sem lutar — nem mesmo contra a Casa do Sangue.

Senti algo se revirar por baixo de todo o gelo — orgulho, talvez. Preocupação. Eu não tinha certeza. Era difícil definir.

O trono do meu pai — o trono de Raihn — ficava em um palanque. Cairis e Ketura tinham assumido seus respectivos lugares atrás dele, rentes à parede, vestidos com toda a pompa. Os guardas zelosos de sempre. Presumi que eu também ficaria no fundo, no único assento posicionado ali. Mas Raihn olhou para a área elevada, inclinou a cabeça e puxou a cadeira até que ela ficasse lado a lado com o trono.

Cairis olhou para ele como se o vampiro tivesse enlouquecido.

— Tem certeza? — perguntou, tão baixo que eu soube que não devia ter ouvido.

— Tenho, claro — respondeu Raihn.

Depois ele se virou para mim e apontou para a cadeira enquanto se acomodava em seu próprio assento, sem sequer dar a Cairis a chance de discordar. Ainda assim, o contrair dos lábios do conselheiro foi suficiente para expressar sua opinião; isso e o olhar fulminante de Ketura.

Se a intenção era me deixar tocada com aquela demonstração de... de generosidade, ou gentileza, ou qualquer merda assim, não funcionou. Sentei e nem olhei para Raihn.

Uma criada espiou pelas portas duplas, fazendo uma mesura ao se dirigir ao rei.

— Eles chegaram, Alteza.

Raihn olhou para Cairis.

— Cadê ele, porra?

Seguindo a deixa, um cheiro de fumaça de cigarro pairou pelo ar. Septimus atravessou o salão a passos largos e subiu no palanque em dois passos graciosos. Atrás dele vinham duas de suas guardas Nascidas do Sangue favoritas, Desdemona e Ilia, mulheres altas e esbeltas tão parecidas que sem dúvida eram irmãs. Eu nunca vira as duas abrirem a boca.

— Peço perdão pelo atraso — disse o recém-chegado, tranquilo.

— Apague essa merda — resmungou Raihn.

Septimus soltou uma risadinha.

— Espero que tenha a intenção de ser mais educado com seus nobres — provocou, mas obedeceu, apagando o cigarro na própria mão.

O cheiro de fumaça foi substituído pelo de pele queimada. Cairis franziu o nariz.

— Que maravilha — disse ele, seco.

— O rei dos Nascidos da Noite me mandou apagar o cigarro. Seria falta de educação não obedecer.

Cairis revirou os olhos como se estivesse fazendo muita força para continuar calado.

Raihn, por outro lado, apenas encarou as portas duplas na extremidade oposta do salão, como se desejando queimar a madeira e fuzilar o que havia do outro lado. Estava com uma expressão neutra. Convencida, até.

Mas eu sabia a verdade.

— E Vale, cadê? — perguntou ele para Cairis em voz baixa.

— Já devia estar aqui. A embarcação deve ter atrasado.

— Hum.

O resmungo poderia muito bem ter sido um palavrão.
Sim, Raihn estava muito, muito ansioso.
Mas sua voz saiu calma e tranquila ao falar:
— Então acho que estamos prontos, certo? Abram as portas. Deixem que entrem.

2
RAIHN

Da última vez em que estivera naquele salão com aquelas pessoas, eu era um escravizado.

Às vezes, me perguntava se lembravam de mim. Eu era um ninguém para eles na época, claro. Outro corpo sem rosto, estava mais para uma ferramenta ou um bicho de estimação do que um ser senciente.

Aquelas pessoas, sem dúvida, agora sabiam quem eu era. Sabiam sobre meu passado. Mas eu não podia deixar de me questionar, enquanto lotavam meu vasto e belo salão do trono, se tinham alguma lembrança *de mim*. Certamente não se recordavam de todas as crueldades mundanas perpetradas contra minha pessoa; afinal, para eles era só uma noite comum. Eu me recordava muito bem, porém. De cada humilhação, cada violação, cada golpe, cada sofrimento casual.

Eu me recordava de tudo.

E ali estava eu, parado diante da nobreza Rishan, com uma maldita coroa na cabeça.

Caramba, como as coisas tinham mudado.

Não tanto quanto eu gostaria, porém. Pois, secretamente, mesmo depois de tanto tempo, aquela gente ainda me aterrorizava.

Escondi a verdade com uma performance cuidadosamente planejada — uma bosta de imitação perfeita de quem meu mestre era. Fiquei ali naquele palanque com as mãos às costas, as asas expostas, a coroa impecável sobre a cabeça, os olhos frios e cruéis. A última parte não era difícil. O ódio, afinal de contas, era real.

Os nobres tinham sido convocados de todos os cantos do território Rishan. Representavam o poder antigo. Quase todos já eram parte da aristocracia durante o reinado de Neculai. Estavam tão elegantemente vestidos quanto em minhas memórias, com trajes de seda tão intrincados que era nítido que alguns pobres escravizados tinham passado semanas cuidando de cada ponto do bordado. O rosto dos sujeitos exibia a mesma altivez e a mesma impiedade que, agora eu sabia, eram compartilhadas por toda a nobreza vampírica.

Aquela parte continuava igual.

Por outro lado, havia muitas diferenças. Duzentos anos tinham se passado. E talvez o tempo não tivesse marcado o corpo daqueles vampiros — mas haviam sido anos difíceis, que com certeza lhes deixaram com a alma marcada. Aqueles eram os poucos Rishan poderosos sobreviventes de um golpe violento seguido por dois séculos de domínio Hiaj. Haviam sido senhores das ruínas que Vincent lhes permitira manter.

E agora ali estavam, parados diante de um rei que já odiavam, prontos para lutar implacavelmente cada qual por seu quinhão de ossos.

O pior do privilégio. O pior da opressão.

Ergui o queixo, curvando os lábios num sorriso.

— Que gente soturna — falei. — Seria de esperar que ficassem felizes por estar aqui, dadas as circunstâncias dos últimos dois séculos.

Minha intenção era fazer a voz soar igual à dele. Uma ameaça constante. A única coisa que aquele tipo de pessoa entendia.

Ainda assim, foi meio chocante ouvir tal tom saindo da minha boca.

Aliviei um pouco o controle da magia, deixando que rastros de noite rodopiassem ao redor das minhas asas — destacando, eu sabia, as porções de penas vermelhas. Lembrando a eles quem eu era, e por que estava ali.

— Nyaxia enfim parece favorável a nos recolocar no poder — falei, andando pelo tablado com passos lentos e preguiçosos. — E, com o poder que me concedeu, vou fazer com que a Casa da Noite entre em sua era de maior poderio. Reivindiquei este reino das mãos dos Hiaj. Do homem que matou nosso rei, estuprou nossa rainha, dizimou nosso povo e usou nossa coroa por duzentos anos.

Eu estava profundamente ciente do olhar de Oraya me fulminando pelas costas enquanto ouvia os delitos de Vincent sendo enumerados. Na verdade, durante todo aquele teatrinho, fiquei plenamente consciente de Oraya — sabendo que ela não estava nem perto de cair naquela farsa.

Mas não podia demonstrar distração. Em vez disso, deixei o lábio se curvar numa expressão de desgosto.

— Agora, vou fazer com que a Casa da Noite volte a ser temida. Vou cuidar para que retorne ao que era.

Todos os verbos conjugados na primeira pessoa foram escolhidos com cuidado, cada frase lembrando a eles de meu papel.

Eu tinha visto Neculai fazer inúmeras versões daquele mesmo discurso e aquelas mesmas pessoas engolindo a balela como gatinhos bebendo leite.

Por melhor que fosse minha atuação, porém, eu não era Neculai.

Os presentes apenas me encaravam. O silêncio pesado não era sinal de reverência, e sim de ceticismo, misturado a apenas um toque de repugnância.

Apesar da Marca, da coroa e das asas, eles viam um Transformado escravizado.

Que se fodessem todos!

Caminhei de um lado para outro do palanque, encarando cada um deles. Estaquei quando vi um rosto familiar — um homem de cabelo castanho-claro pintalgado de branco nas têmporas, com olhos pretos e intensos. Reconheci o sujeito de imediato — mais rápido do que gostaria — porque as memórias vieram todas num lapso inoportuno e violento. Aquele rosto, com centenas de noites de sofrimento.

Parecia Neculai, de certa forma. As mesmas feições de ângulos retos, a mesma crueldade nelas. Fazia sentido. Eram primos, afinal.

Ele era ruim, mas não o pior. Esse prêmio ia para seu irmão, Simon — que, após uma breve análise do salão, notei que não estava presente.

Parei diante do vampiro, com a cabeça inclinada e um sorriso zombeteiro nos lábios. Não consegui me conter.

— Martas — falei num tom agradável. — Que surpresa ver você aqui. Eu poderia *jurar* que meu convite tinha sido endereçado a seu irmão.

— Ele não conseguiu vir — respondeu Martas, sem emoção, encerrando a questão sem pestanejar.

Impossível ignorar como os olhos dele percorreram meu corpo, fazendo seus lábios se contorcerem numa careta de nojo.

O salão caiu num silêncio absoluto. Aquelas pareciam palavras inócuas, mas todos sabiam o tamanho do insulto que representavam.

Simon era um dos nobres Rishan mais poderosos ainda vivos — bem, *o* mais poderoso. Continuava sendo apenas um nobre, porém. Quando um rei faz uma convocação, ela deve ser atendida, porra.

— Sério? — falei. — Que pena. O que de tão importante o impediu de estar aqui?

Martas — aquela serpente — olhou bem nos meus olhos e disse:

— Ele é um homem muito ocupado.

Um prazer sombrio e sedento de sangue escapou de minha cuidadosa compostura.

— Então creio que você vai precisar jurar lealdade em nome dele. — Ergui o queixo, encarando o sujeito de cima, e abri um sorriso largo o bastante para expor as presas. — Ajoelhe.

Eu sabia exatamente o que estava prestes a acontecer.

Antes, Simon e Martas achavam que tinham caminho livre até o trono. Eram os últimos familiares vivos do rei — decerto imaginavam que uma Marca de Sucessão surgiria em Simon assim que Neculai morresse, visto que era seu parente mais velho.

No entanto, infelizmente para eles (e para mim), Nyaxia não foi tão previsível.

Os desgraçados provavelmente tinham passado os últimos duzentos anos acreditando que ninguém tinha a Marca. Devia ter sido um choque desagradável me ver, algumas semanas antes, revelando a minha e os convocando até Sivrinaj para se ajoelhar diante do Transformado escravizado do qual haviam abusado por setenta anos.

Eles não tinham intenção alguma de fazer aquilo, e eu sabia.

Martas não se moveu.

— Não posso — falou.

Seria de esperar que os presentes arquejassem, que um burburinho se espalhasse pelo salão, mas não. A multidão continuou em silêncio. Ninguém se surpreendeu.

— Meu irmão só jura lealdade ao rei legítimo da Casa da Noite, e eu me ajoelho apenas diante dele — prosseguiu Martas. — Você não é o rei. — O sorriso de desprezo voltou a seus lábios. — Vi como maculou sua própria honra. Não posso me ajoelhar diante de alguém que tenha feito aquele tipo de coisa. Nem de alguém que fica num pedestal ao lado do príncipe dos Nascidos do Sangue.

Maculei minha própria honra.

Que forma de colocar as coisas... Era quase elegante como ele estava transformando aquilo em algo sujeito a um código moral inexistente — como se tivesse sido escolha minha o que aconteceu tantos anos antes, como se ele não fosse um dos que tinham me mantido no fundo do poço.

Assenti devagar, olhando ao redor. Sorri para Martas. Dessa vez, foi completamente genuíno. Eu não poderia ter reprimido o gesto nem se quisesse.

A sede de sangue latejava por meu corpo a cada batida do coração, assumindo o controle.

Foi quando Martas falou, com as palavras cada vez mais rápidas e a mão estendida na direção do tablado:

— Você disse que nos libertou dos Hiaj, mas estou vendo a putinha de Vincent sentada bem ao lado do seu trono.

Os olhos dele dardejaram por sobre meu ombro. Pousando, eu sabia, em Oraya.

Eu conhecia aquele olhar. Fel e fome, desejo e desgosto, tudo misturado.

— Tudo bem se quiser foder a garota — rosnou ele. — Mas olhe para ela. Incólume. Sem nem um arranhão. Tudo que você precisa é de uma boca e uma buceta. Por que se importar em conservar o resto?

Meu sorriso desapareceu.

A diversão de brincar com ele foi embora.

Eu estava procurando manter tudo deliberado e calculado naquela reunião. De repente, porém, me vi movido por um impulso puro e simples.

— Aprecio sua honestidade — falei, calmo. — E a de Simon.

Desci pelos degraus em dois passos largos e pousei as mãos com gentileza, uma de cada lado, no rosto de Martas. Caramba, ele ainda parecia o mesmo, apesar de tantos séculos.

Talvez as pessoas nunca mudem.

Eu vinha *me sentindo* diferente desde que Nyaxia devolvera o poder à linhagem Rishan. Alguma coisa também parecia ter mudado em mim no momento em que Neculai morreu — mas, até então, eu tinha sido capaz de abafar o poder, de subjugá-lo na forma de algo mais fácil de controlar e menos propenso a atrair a atenção. Desde aquela noite, porém, minha magia havia voltado com uma força incontrolável, como se o presente de Nyaxia tivesse aberto um novo veio pelo qual ela agora fluía.

De fato, foi quase um alívio poder voltar a usar meu poder de forma irrestrita.

Soltei as rédeas que o continham.

Usar o Asteris era ao mesmo tempo exaustivo e excitante. Parecia que o poder bruto das estrelas estava disparando por minha pele, rasgando meu corpo.

Rasgou o de Martas também.

O salão ficou branco, depois preto, e enfim voltou a um contraste desagradável.

Calor fluiu por meu corpo. Um baque surdo cortou o silêncio quando o corpo quebrado e massacrado caiu no chão em meio a uma pilha de seda.

A luz sumiu, revelando um mar de rostos chocados, em silêncio. Eu ainda segurava a cabeça de Martas, cujas feições estavam retorcidas numa confusão satisfatória. Agora sim — *aquela* era uma expressão nova de se ver no rosto dele.

Algumas pessoas próximas à fileira da frente deram vários passos rápidos para trás, tentando evitar a poça de sangue preto que se espalhava pelo chão. Não houve gritos ou histeria. Vampiros, mesmo os nobres, eram muito acostumados a derramamento de sangue. Não estavam horrorizados, mas surpresos.

Talvez fosse pouco sábio matar o irmão de meu nobre mais poderoso.

Naquele momento, porém, eu não ligava. Sentia apenas satisfação. Não tinha sido feito para toda aquela merda — o fingimento, as festas, a política. Mas quanto à outra parte? À matança?

Naquilo eu era bom. Achava muito agradável a sensação de dar a uma pessoa o que ela merecia.

Olhei por cima do ombro. Não sei muito bem o porquê — fiz sem pensar.

A expressão de Oraya me abalou.

Satisfação. Uma satisfação sedenta de sangue.

Pela primeira vez em semanas, eu via em seus olhos algo semelhante a enfrentamento. Pela Deusa, eu poderia ter chorado.

Essa é a minha garota, pensei.

E algo na forma como ela me encarou, bem nos olhos, atravessou minha máscara e minha atuação. Era como se eu pudesse ouvi-la respondendo: *Esse é o meu garoto.*

Me virei para a multidão, subindo de costas os degraus do palanque.

— Sou o rei dos Nascidos da Noite — proferi, a voz baixa e mortal. — Acham que vou implorar por respeito? Não preciso disso. O temor será suficiente. *Ajoelhem*.

E deixei a cabeça que ainda segurava cair com um baque úmido, rolando pelos degraus na direção do corpo ao qual pertencia. Apropriadamente, Martas havia caído numa posição que de fato fazia lembrar alguém prostrado numa mesura respeitosa.

Os nobres encararam a cena. O mundo prendeu a respiração.

Eu prendi a respiração e tentei desesperadamente não demonstrar.

Estava andando no fio da navalha ali. Vampiros respeitavam a brutalidade, mas apenas quando vinha das pessoas certas. Eu não era uma delas. Talvez nunca pudesse ser.

Se um ou dois se recusassem a ajoelhar, eu teria como lidar com a situação. Mas com ou sem a Marca, eu precisava de um pouco de lealdade de meus nobres, especialmente se algum dia quisesse me livrar do controle dos Nascidos do Sangue. Se *todos* se recusassem...

As portas se escancararam, e o som da madeira batendo nas paredes cortou o silêncio como uma espada atravessando a carne.

Vi Vale parado no batente.

Nunca achei que ficaria aliviado em ver aquele homem. Mas, pelas tetas de Ix, precisei me esforçar para não soltar um suspiro de alívio.

Ele analisou a cena — eu, a multidão, os conselheiros, o corpo ensanguentado de Martas — e imediatamente compreendeu o contexto com o qual acabara de se deparar.

O sujeito avançou pelo salão com passos firmes, tão rápido que o cabelo escuro e ondulado esvoaçava atrás de si. A turba se abriu para permitir sua passagem. Uma mulher vinha atrás dele; ela parou atrás da multidão, avaliando o salão do trono com olhos grandes e curiosos, o cabelo castanho-claro e cacheado ajeitado num coque no topo da cabeça.

— Meu rei — disse Vale, chegando mais perto do tablado. — Peço perdão pelo atraso.

Diante de mim, ele imediatamente caiu de joelhos num gesto fluido — bem no centro dos presentes, bem em cima da poça de sangue que ainda escorria do corpo de Martas.

— Alteza. — A voz de Vale ecoou pelo salão. Ele sabia exatamente o que estava fazendo; sabia como atrair toda a atenção. — Minha espada, meu sangue e minha vida são seus. Juro a você minha lealdade e meu serviço. É uma grande honra lhe servir como Senhor da Guerra.

As palavras traziam um estranho eco do passado. Quando eu ouvira Vale as proferir pela última vez, elas tinham sido destinadas a Neculai. Por dentro, me encolhi ao ouvir a declaração sendo direcionada a mim.

Por fora, aceitei como se não fosse nada além do que eu já esperava.

Ergui o olhar para os demais, aguardando.

Vale era um nobre. Era respeitado. Tinha acabado de afetar o débil equilíbrio da balança.

Devagar a princípio, e depois numa onda, os outros presentes foram caindo de joelhos.

Era exatamente o que eu queria. O que eu precisava. Ainda assim, a visão me deixou profundamente desconfortável. De súbito, fiquei consciente da coroa em minha cabeça, usada por séculos de reis antes de mim, reis amaldiçoados com governos cheios de crueldade e paranoia. Reis que eu tinha matado, direta ou indiretamente, assim como eles haviam matado aqueles que vieram antes.

Fui incapaz de me segurar. Olhei de novo por cima do ombro — só por uma fração de segundo, tempo insuficiente para que alguém notasse.

Os olhos de Oraya me perfuraram. Como se ela estivesse vendo aquele fragmento de honestidade sombria, completamente exposto.

Desviei os olhos, mas a expressão continuou marcada em minha mente do mesmo jeito.

3
ORAYA

A expressão de Raihn me afetou mais do que eu gostaria. Por que ele olharia para mim daquela forma? Cheio da mais pura honestidade?

Eu odiava saber que a expressão tinha sido honesta.

Logo depois, fui levada depressa para fora do salão do trono enquanto Raihn se retirava a passos largos sem olhar duas vezes para seus nobres — casual, mas de uma forma que eu sabia que era calculada. Os guardas de Ketura me acompanhavam de ambos os lados, com Raihn vários passos à frente; mesmo à distância, eu conseguia ver seus punhos cerrados, os nós dos dedos brancos. Ele não disse sequer uma palavra para mim enquanto Cairis, Ketura e aquele nobre — seu novo Senhor da Guerra? — o acompanhavam de perto. O grupo desapareceu por um corredor lateral, e os guardas me conduziram até as escadas para os meus aposentos.

Septimus se juntou a mim após alguns degraus. Senti seu cheiro antes de ouvir os passos. Ele andava sem fazer barulho, mas aquele maldito cigarro o denunciava.

— Ora, ora — disse. — Aquilo foi interessante, não foi? — O vampiro olhou de soslaio para os guardas, que haviam ficado visivelmente tensos com sua presença. — Ah, peço perdão pela indelicadeza. Estou interrompendo?

Os soldados continuaram em silêncio. Como sempre.

Septimus abriu um sorriso torto, satisfeito com a não resposta deles.

— Soube que o passado de seu esposo foi objeto de... bem, vamos chamar de controvérsia entre os nobres Rishan — continuou ele, para mim. — Mas devo dizer que a coisa foi além das minhas expectativas. Suponho que ele provavelmente precisará convocar mais tropas da Casa do Sangue. — O vampiro jogou a bituca do cigarro na escadaria de mármore, amassando a ponta com o salto da bota. — Parece que os Rishan não vão ser de muita ajuda, se isso é o melhor que têm a oferecer.

Viramos para subir outro lance da escada.

Eu não tinha o que comentar. As palavras de Septimus flutuavam até mim como se fossem ruídos de fundo.

— Você — disse o sujeito, enfim — anda muito mais calada.

— É que não falo pelo simples prazer de ouvir minha própria voz.

— Que pena. Você sempre tem coisas muito interessantes a dizer.

Ele estava me provocando, o que eu odiava. Se tivesse energia, talvez realizasse seu desejo e estourasse com ele.

Mas não tinha, então continuei calada.

Chegamos ao último andar. Assim que viramos no corredor, com a porta dos meus aposentos logo à frente, ouvi passos rápidos se aproximando por trás. Desdemona, uma das guardas de Septimus, alcançou o vampiro e começou a caminhar no mesmo ritmo que ele.

— Perdão, Alteza. Temos um problema.

Continuei caminhando, deixando Septimus e Desdemona para trás. Mantive o ouvido aguçado, porém.

— É sobre o ataque em Misrada — dizia Desdemona em voz baixa. — Vamos precisar deslocar tropas do arsenal se quisermos ter homens suficientes em duas semanas...

Minha porta se abriu, atraindo minha atenção de volta. O recanto — a prisão — familiar formado por meus aposentos surgiu diante de mim.

— Bem, faça isso então — respondia Septimus, parecendo impaciente. — Não me importo se...

Adentrei o cômodo.

A porta se fechou às minhas costas, me trancando de novo. Soltei os botões do vestido e me joguei na cama, esperando pelo som de minha porta sendo fechada, que eu já conhecia tão bem. Quatro estalos. Quatro trancas.

Clique.

Clique.

Aguardei. Segundos se passaram. O som de passos foi se afastando.

Franzi a testa. Senti minha curiosidade despertar pela primeira vez em semanas.

Me sentei.

Será que tinha sido coisa da minha imaginação? Minha mente andava meio enevoada. Talvez eu não tivesse ouvido os outros dois estalos.

Fui até a porta e espiei pela fresta. Duas pequenas sombras bloqueavam o feixe de luz que vinha do corredor. As trancas de cima — ferrolhos simples — estavam fechadas.

Mas as duas de baixo tinham ficado abertas.

Aí sim, caralho.

Em meu primeiro dia ali, eu dera um jeito de abrir três das trancas. A inferior, o grande trinco, era a que tinha me detido. Mas agora...

Me afastei da porta, analisando a passagem assim como analisaria um inimigo na arena. Senti o lampejo de uma sensação estranha e pouco familiar — esperança — se agitar dentro do peito.

Eu poderia abrir aquelas trancas. Poderia *escapar*.

Ainda era noite, embora a aurora estivesse próxima. Eu deveria aguardar até o sol nascer, quando os vampiros voltariam para seus respectivos quartos. Mas depois estremeci — pensando nos aposentos ao lado dos meus e no homem lá dentro que poderia voltar a qualquer minuto. A audição vampírica era impecável. Se eu tentasse escapar enquanto Raihn estivesse por ali, ele saberia.

Mas... eu também tinha prestado atenção nos movimentos dele. O vampiro passava pouquíssimo tempo em seu quarto. Com frequência, só voltava depois da aurora.

Assim, eu teria de fazer uma aposta. Esperar até o dia seguinte — tempo o bastante para que a maior parte dos outros vampiros já tivesse ido dormir, mas não a ponto de Raihn ter voltado.

E depois?

Você conhece este castelo melhor do que qualquer outra pessoa, serpentezinha, sussurrou Vincent. Me encolhi, como sempre fazia ao escutar sua voz.

Mas ele estava certo. Eu não apenas passara a vida naquele castelo como também aprendera a me esgueirar pelo lugar sem ninguém perceber — nem mesmo o último rei dos Nascidos da Noite.

Eu só precisava de tempo.

4
RAIHN

— Aquilo — resmungou Cairis — foi um show de horrores.

— Não acho que foi tão ruim assim.

Ketura fechou a porta. O quarto estava ao mesmo tempo tão vazio e bagunçado que era impossível pensar lá dentro. Havia sido uma biblioteca no passado — um espaço devotado a expor itens que eram muito belos, muito antigos ou muito caros, e geralmente as três coisas juntas. Ketura ordenara que quase todo o castelo fosse vasculhado — atrás de informações e armadilhas —, e algum pobre criado fora interrompido no meio do processo de remover livros das prateleiras quando a vampira decidira que aquele lugar era a única base de operações aceitável.

Agora, não passava de caos, com as prateleiras de uma das paredes vazias e montes de livros largados num canto. A mesa longa no centro do cômodo estava coberta de anotações, mapas, livros e algumas taças usadas na noite anterior, com coágulos vermelhos secando no fundo.

Vincent passara dois séculos no poder. Havia um monte de coisas inúteis a descartar.

Eu estava secretamente grato por isso.

Na noite do fim do Kejari, eu tinha voado até ali com frio na barriga. Tivera distrações mais que suficientes — o corpo de Oraya inconsciente em meus braços, o sangue de Vincent manchando minhas mãos, a Marca de Sucessão queimando nas costas e o peso de um maldito reino inteiro sobre os ombros. Ainda assim, eu me detivera nos portões daquele castelo, sentindo as lembranças do passado me alcançarem.

Talvez aquilo fizesse de mim um covarde.

Mas duzentos anos era muito tempo. O lugar parecia bem diferente sob o domínio de Vincent. E isso bastava para disfarçar o pior das memórias, noite após noite. Ainda assim, não consegui reunir coragem para visitar algumas alas.

Puxei uma cadeira e desabei nela, colocando os pés sobre o canto da mesa. O assento rangeu de leve com meu peso. Deixei a cabeça tombar para trás e encarei o teto — lajotas prateadas entalhadas com imagens de asas Hiaj. Argh.

— O que você ia fazer se Vale não tivesse aparecido naquela hora? — perguntou Cairis. — Matar todo mundo?

— Não me parece uma ideia ruim. É o que o grande Neculai Vasarus teria feito.

— Você não é ele.

Algo no tom do vampiro me fez erguer a cabeça de supetão.

Ele tinha dito aquilo como uma crítica.

A ideia me deixou enjoado. Por alguma razão, minha mente voltou para a noite do casamento e para a promessa que eu tinha feito a Oraya quando praticamente implorara para que ela trabalhasse comigo.

Vamos destruir os mundos que nos subjugaram e, das cinzas, vamos construir algo novo.

Eu não podia ter sido mais sincero.

Mas Oraya apenas olhara para mim, cheia de ódio e nojo — e, porra, eu não a podia culpar. E agora lá estava eu, tirando sangue de debaixo das unhas, decidindo como me parecer ao máximo com o homem que havia me destruído.

Ela sempre podia ver além de qualquer máscara idiota.

Alguém bateu na porta, felizmente interrompendo a conversa de seguir por aquele rumo. Ketura abriu, e Vale entrou. Ele parou e fez uma mesura para mim enquanto fechava a porta.

— Alteza.

Às vezes, são as pequenas coisas que fazem a realidade de uma situação nos atingir.

Não foi a exagerada declaração de lealdade de Vale que teve tal efeito, mas sim aquela casual mesura curta, a mesmíssima que eu costumava fazer para Neculai — foi aquilo que me fez voltar dois séculos no tempo, para quando sentia meu antigo mestre parado atrás de mim.

Ketura queria que Vale fosse meu Senhor da Guerra. Ela era boa na hora de executar planos, mas precisávamos de alguém mais estratégico. E Cairis tinha insistido para que fosse alguém com sangue nobre — alguém respeitado por todas as pessoas que não *me* respeitavam.

— Para legitimar você — dissera ele.

Legitimar. Eu tinha a bênção de uma deusa e uma tatuagem mágica horrível da qual não conseguia me livrar. Ainda assim, era *Vale* quem me traria "legitimidade".

Era difícil para mim esquecer. Não, Vale nunca tinha participado junto com os outros daquela depravação toda. Talvez achasse mais excitante se deitar com amantes consensuais. Talvez infligisse tanta dor no trabalho que não era o que gostava de fazer nas horas livres.

Aquilo não fazia dele um santo, porém. E não significava que ainda não olhasse para mim como se eu não passasse de um escravizado.

— Peço perdão por meu atraso — repetiu ele. — Tempestades em alto-mar.

— Não dá para controlar o vento, e tenho certeza de que sua esposa provavelmente precisava de tempo para se recuperar.

Ele pestanejou.

— Da Transformação — continuei, num esclarecimento. Depois sorri. — Parabéns, aliás.

Os olhos de Vale ficaram mais duros, cintilando como os de um cão de guarda malcontido.

Será que ele tinha encarado aquilo como uma ameaça à mulher? Era o que Neculai teria feito.

Mas não. Eu apenas não gostava da ideia de Vale ter Transformado uma humana e a arrastado para o castelo. Não gostava nada.

— Correu tudo tão bem quanto possível — respondeu o sujeito. — Ela está descansando. Um pouco mareada por causa da viagem. Quis cuidar para que ela se instalasse o quanto antes.

A expressão dele se aliviou, e aquilo... Bem, aquilo foi meio surpreendente. Parecia estranhamente próximo a uma afeição de verdade.

Não tive certeza se era algo que fazia eu me sentir melhor. Neculai amara Nessanyn, sua esposa, e aquilo não a salvara de nada.

— Bem, fico feliz que tenha chegado. — Apontei para a mesa e para os mapas esparramados nela. — Como pode ver, você precisa se inteirar de muita coisa.

O consenso, depois de horas de conversa, foi de que estávamos na mais profunda merda.

Vale achava burro eu ter aceitado a oferta de Septimus.

Achava muito burro eu ter feito aquilo sem negociar termo algum.

E achava *monumentalmente* burro eu ter mantido Oraya viva.

Dispensei suas críticas tão casualmente quanto consegui. Não tinha como justificar por que havia tomado aquelas decisões sem revelar mais do que desejava sobre minhas motivações verdadeiras — motivações que não continham nada da crueldade violenta que esperavam de mim.

Ainda assim, a realidade da nossa situação era desoladora. Os Hiaj não estavam recuando. Estavam no comando de diversas cidades importantes. Duzentos anos de poder haviam fortalecido suas tropas. Vincent, mesmo no auge, não havia descansado. Tinha construído sua força de forma contínua, dizimando os Rishan até quase não restar sobreviventes.

O que significava que nossa força bruta residia quase completamente nos Nascidos do Sangue. E sim, os malditos eram eficientes no que faziam. Tinham número e estavam dispostos a jogar seus soldados de encontro a qualquer coisa. Com a ajuda dos Nascidos do Sangue, havíamos conseguido recuperar a maior parte das fortalezas dos Hiaj.

Mas isso também significava que, caso Septimus decidisse se retirar, estaríamos fodidos. As forças Rishan simplesmente eram incapazes de conter sozinhas o avanço dos Hiaj.

Vale não escondia a frustração com aquilo. Alguns séculos longe da alta sociedade tinham feito com que ele ficasse ainda mais direto do que costumava ser — o que já era consideravelmente bruto. Ele encerrou a reunião com uma lista de recomendações para fortalecer nossa posição e, quando nos dispersamos, já estava seguindo Ketura porta afora e a bombardeando com uma série de perguntas sobre nossos exércitos.

Cairis, porém, permaneceu depois da partida de Vale e Ketura. Eu odiava como ele estava sempre rondando. Era algo que fazia no passado também, quando queria sussurrar alguma coisa no ouvido de alguém e fingir que havia sido ideia da pessoa desde o princípio.

Suspirei.

— Não precisa me enrolar. Só diga logo o que tem a dizer.

— Certo, vou ser direto. Aquilo foi péssimo. Já sabíamos que os nobres o odiavam, e agora...

— Nada vai fazer com que deixem de me odiar. Na verdade, talvez a gente devesse pensar nisso como um teste. Qual dos nobres teria se ajoelhado por vontade própria?

— Se fosse um teste — disse Cairis, seco —, ninguém teria passado.

— Exatamente. Então vamos executar todo mundo.

Ele me encarou por um bom tempo, sério, como se estivesse tentando decifrar se era uma piada.

Não era. Ergui as sobrancelhas, num "E aí?" silencioso.

— Você tem outras pessoas para ocupar o lugar deles? — perguntou Cairis.

— Posso encontrar.

Ele se inclinou sobre a mesa, entrelaçando os dedos.

— Quem? Me conte.

Eu odiava quando Cairis estava certo. Ele era muito presunçoso.

— Estou apenas falando que você precisa ter cuidado — continuou o vampiro, baixando o tom de voz como se não quisesse ser entreouvido. — Já dependemos demais dos Nascidos do Sangue.

Para dizer o mínimo. Septimus praticamente me tinha na palma da mão.

— A última coisa de que precisamos — prosseguiu ele — é destruir a lealdade de nossas parcas forças. O que me leva... — Ele pigarreou. — ... à garota.

Fiquei de pé, com as mãos nos bolsos, e comecei a cruzar a sala de um lado para outro.

— O que tem ela?

Houve um lapso de silêncio que dizia: "Você sabe".

Cairis parecia estar escolhendo as palavras com um cuidado pouco característico.

— Ela é um perigo para você.

— Oraya não pode fazer nada contra mim.

— Ela venceu o Kejari, Raihn.

Inconscientemente, levei a mão ao peito — bem onde a carne fora perfurada pelo punhal. Não havia cicatriz ou marcas. Jamais haveria: com o desejo de Oraya, o ato tinha sido desfeito. Às vezes, porém, eu podia jurar que sentia a dor. Naquele instante mesmo, a área latejava violentamente.

Mas escondi tudo aquilo enquanto me virava para ele com um sorriso presunçoso no rosto.

— É inegável quão interessante é poder exibir a filha de Vincent acorrentada a meu lado.

Eu sempre fui um bom imitador. Deixei um pouco da crueldade de Neculai impregnar minha voz, assim como fizera naquele dia na arena enquanto desfilava uma litania de atrocidades para justificar a escolha de deixar Oraya viva.

O rosto de Cairis parecia esculpido em pedra, cético.

— Depois do que ele fez com Nessanyn, não acha que merecemos essa satisfação? — acrescentei.

Ele se encolheu à menção de Nessanyn, como imaginei. Como eu fazia com frequência quando as memórias antigas me pegavam de guarda baixa.

— Talvez — admitiu o homem depois de certo tempo. — Mas não vai fazer diferença para ela agora.

Engoli em seco e me virei para a parede repleta de livros, fingindo admirar as quinquilharias nas prateleiras.

Eu não gostava de pensar em Nessanyn, mas andava fazendo isso com frequência ao longo das últimas semanas. Havia marcas dela em todos os lugares daquele castelo. Havia marcas de tudo o que tinha acontecido por todos os lugares.

Eu não tinha conseguido ajudá-la em vida. Nem depois de sua morte. No entanto estava ali, justamente usando sua memória para manipular as pessoas ao meu redor.

Ela fora usada a vida toda. Agora estava sendo usada também na morte.

Cairis queria que eu fosse igualzinho a Neculai. Não tinha ideia de quão perto eu estava de realizar esse desejo.

Tirei as mãos dos bolsos. Ainda havia sangue de Martas sob minhas unhas.

— Você não os odeia? — perguntei.

Minha intenção era que a pergunta soasse mais melodiosa e casual do que de fato soou.

Porque Cairis estivera ali ao longo de todo o tempo também. Só outro dos bichinhos de estimação de Neculai.

Ainda assim, ele era capaz de se sentar e advogar por uma aliança com as pessoas que haviam nos infligido uma degradação inimaginável. Era mesmo impressionante.

— Claro que odeio — respondeu o vampiro. — Mas precisamos deles. Por enquanto. Quem vence se você matar a todos e depois perdermos a Casa da Noite para Septimus? Não seremos nós. Ela costumava dizer a mesma coisa, lembra? — questionou. Quando me virei, vi um sorriso suave e distante em seu rosto, uma expressão rara para Cairis. — Não se esqueça de quem vence.

Ele disse isso de forma carinhosa, mas cerrei os dentes.

Sim, eu lembrava. Não sabia nem dizer quantas vezes havia chegado ao limite, a ponto de revidar. Sempre que aquilo acontecia, Nessanyn me detinha. *Não os deixe vencer*, implorava ela, com os grandes olhos castanhos úmidos e profundos. *Quem vence se ele o matar?*

— Lembro — afirmei.

Cairis balançou a cabeça, abrindo um sorriso triste.

— Éramos todos um pouquinho apaixonados por ela, certo?

Sim, éramos todos um pouquinho apaixonados por Nessanyn. Era eu quem dormia com ela, mas todos a amávamos. Como não, sendo Nessanyn a única gentileza que conhecíamos? A única que nos tratava como pessoas em vez de um conjunto de membros?

— Então pense nisso — falou ele. — É o que eu faço. Sempre que sinto algo assim, pergunto a mim mesmo: "Quem vence?".

Cairis proferiu as palavras como se fosse um grande provérbio, algum tipo de sabedoria iluminadora.

— Hum — respondi, nada convencido.

Eu não estava dormindo muito nos últimos dias.

O castelo tinha uma ala inteira dedicada à residência do rei. Eu a visitara quase uma semana após a ocupação, adiando tanto quanto possível. A decoração era diferente, mas ao mesmo tempo era tudo muito similar.

Eu havia caminhado pelos cômodos em silêncio.

Parei diante de uma porta, olhando para um afundado na madeira escura — eu lembrava ter sido causado pela cabeça de Ketura, séculos antes, na época mal visível sob tanto sangue. Ainda conseguia sentir as marcas no ponto onde os dentes dela haviam afundado na superfície.

Eu também havia parado no gabinete de Vincent. Ele fora todo revirado, as roupas espalhadas por todo o cômodo. As prateleiras superiores exibiam pequenas quinquilharias que provavelmente valiam mais do que a maior parte das propriedades da região. Misturados aos tesouros, porém, havia pequenos pedaços de papel envelhecido preenchidos com uma caligrafia que eu reconhecia, de Oraya — ainda que com as curvas desajeitadas da escrita de uma criança. Eram estudos, ao que parecia. Anotações sobre posições de luta.

Notei que havia erguido os cantos da boca. Claro: mesmo novinha, Oraya levava o aprendizado a sério. Adorável. Adorável pra caralho.

E então, com a mesma velocidade, o sorriso sumiu. Porque, aparentemente, eu não era o único a achar aquilo — caso contrário, Vincent não teria guardado aqueles papéis desgastados por tanto tempo.

Não, eu não estava instalado na ala do rei.

Meus aposentos ficavam próximos aos de Oraya. Ambos tinham vários cômodos, mas nossos quartos compartilhavam uma parede. Era um hábito péssimo, mas, sempre que eu voltava, hesitava diante daquela parede. Essa noite não foi exceção.

Quando Oraya chorava, o som era horrível e violento. Silencioso no começo, mas depois o silêncio se estilhaçava num soluço irregular, como se ela estivesse sufocando e o corpo se rebelasse por oxigênio. Soava como um ferimento sendo rasgado.

Da primeira vez que eu a ouvira chorar, inventei uma desculpa para ir até lá — tirei da bunda algum pedido idiota e bati à porta. Não consigo nem lembrar o que saiu da minha boca.

Venha, lute comigo. Me deixe distrair você.

Mas Oraya parecera vazia. Como se fosse fisicamente doloroso estar na minha presença naquele momento. Como se estivesse implorando por misericórdia.

Dessa vez, coloquei a mão na parede e agucei a audição, apesar de saber que não devia.

Silêncio.

Depois, começou.

Engoli o nó na garganta. Meus punhos se cerraram contra o papel de parede brocado.

Uma parede. Tão fina que eu podia ouvir tudo através dela, mas daria no mesmo se fosse de aço.

Então não ouse ter a porra da ideia de parar de lutar, princesa, eu tinha dito a ela na noite anterior ao último desafio. *Partiria meu pobre coração.*

E eu havia sido presunçoso pra caralho ao arrancar dela aquele ímpeto de lutar na última batalha.

Bem, ela não estava lutando mais.

Não voltei ao quarto de Oraya. Garantiria que um chá para ajudar com a dor de cabeça fosse enviado para ela na noite seguinte. Garantiria que tivesse o que precisava — o que, naquele momento, com certeza não era eu.

Retornei para a cama, mas não dormi. As palavras de Nessanyn flutuavam por minha mente, daquela vez com um toque cínico que era característico meu.

Quem vence?

Bem, Nessanyn com certeza não vencera porra nenhuma.

E Oraya também não.

5
ORAYA

Esperei o sol estar brilhando alto sobre Sivrinaj para agir. Havia passado a noite rezando para que ninguém viesse me incomodar e acabasse fechando as preciosas travas que tinham sido deixadas abertas. Tive sorte.

Raihn saíra no meio da noite e ainda não havia voltado. Eu estava perfeitamente consciente daquilo — pois minha fuga dependia de sua ausência, e eu sabia que ele podia aparecer a qualquer momento.

Eu tinha deformado um brinco de argola de prata que encontrara na cômoda até formar um gancho improvisado. A tranca de cima, uma trava de correr, abriu com facilidade. Mas a segunda... a segunda me deu trabalho. Eu tinha pouquíssimo espaço para alternar entre as várias trancas, e o metal estava desgastado. Vária vezes precisei interromper a tarefa para não quebrar ao meio a chave micha improvisada.

— Porra — sibilei.

Você tem mais poder do que essa porcariazinha de gancho, sussurrou Vincent em meu ouvido.

Meu olhar foi da peça deformada de prata para a ponta dos dedos que a seguravam.

Todas as portas, janelas e trancas naquele lugar eram, é claro, reforçadas contra magia. Mesmo que não fosse o caso, porém, a minha parecia muito distante naquelas últimas semanas. Para convocar meu poder, eu precisava mergulhar fundo, cutucando feridas recentes que nem sequer cogitava reabrir — tinha medo de sangrar até a morte antes de conseguir fechá-las de novo.

Mas... o Fogo da Noite talvez pudesse derreter aquela barrinha de metal que mantinha a porta fechada.

Eu estava morrendo de medo de arriscar — mas se tivesse alguma chance de liberdade, não iria abrir mão só por medo.

A primeira invocação de minha magia não teve resposta.

Cerrei os dentes. Fui além. Cheguei a coisas que vinha tentando enterrar ao longo das últimas semanas.

Ensinei você a ser melhor que isso, sussurrou Vincent.

Pensei na voz dele. No rosto emoldurado pelas areias do coliseu, ensanguentado e em carne viva e...

O lampejo de Fogo da Noite saiu quente demais, brilhante demais. Engolfou minha mão. Tentei reprimir a onda de luto, raiva, tristeza.

Tenha controle, serpentezinha, disparou Vincent. *Controle!*

Não consigo focar com você me dando bronca, pensei, depois engoli a vergonha em reação ao súbito silêncio da voz de meu pai.

Respirei fundo uma vez, duas, até minha pulsação se acalmar. A chama diminuiu um pouco.

Controle.

Comprimi o Fogo da Noite até obter um pequeno orbe, depois mergulhei a prata retorcida dentro dele. O Fogo da Noite tremulou em sua extremidade como um fósforo aceso.

Não havia como funcionar, pensei, enquanto enfiava o brinco torto no espaço entre a porta e o batente — metal contra metal. Despejei minha magia na conexão que tinha com aquela pequena labareda de Fogo da Noite...

... e *empurrei*.

A porta se escancarou de supetão. Saí rolando pelos ladrilhos, parando pouco antes de me chocar com a parede oposta.

Olhei para baixo. Um pedaço chamuscado de metal parcialmente derretido jazia no piso. Enfiei o objeto no bolso, depois me virei para a porta de meus aposentos.

Escancarada. O corredor estava vazio.

Eu tinha conseguido. Por enquanto.

Cacete, que a Deusa me ajudasse.

Fechei a porta rápida e silenciosamente, esfregando a superfície para limpar tanto quanto possível as marcas de queimado. A segunda tranca estava quebrada, mas, com sorte, quem passasse casualmente por ali não notaria.

Era hora de lutar. Eu vira com meus próprios olhos como aquilo funcionava no castelo. Sendo ou não dia, a maior parte dos corredores estaria ocupada ou fortemente guardada. Com certeza os arsenais também. E sem dúvida as saídas.

Mas eu tinha como dar um jeito naquilo.

Meus lábios se retorceram numa careta de satisfação. O movimento pareceu desconfortável, como se os músculos estivessem sem prática.

Ainda bem que eu conhecia aquele castelo melhor do que qualquer outra pessoa.

Vincent era muito cauteloso. Tinha reformado o castelo para acrescentar passagens secretas, túneis e corredores confusos que levavam do nada para lugar nenhum — sempre ciente da possibilidade de que, um dia, sua fortaleza pudesse ser usada contra si.

Ele tinha me mostrado alguns dos corredores quando eu era novinha, me fazendo memorizar os caminhos que levavam até sua ala. Mesmo quando eu não passava de uma criança, Vincent não usava meias-palavras para explicar por que era tão importante que eu soubesse daquilo.

— Este mundo é perigoso, serpentezinha — dizia meu pai. — Vou lhe ensinar a lutar, mas também a fugir.

Ele não me mostrou todas as passagens secretas, claro — não queria me dar liberdade *demais*. Mas eu também as explorara em segredo.

Dessa vez, porém, segui pela rota que Vincent havia criado para mim. Era de uma estupidez absurda fugir direto para o exterior do castelo. Sim, o sol estava alto, o que talvez me ajudasse — mas haveria guardas vigiando por todo lado. Eu precisava saber no que estava me metendo. Precisava de uma arma...

Meus passos vacilaram quando lembrei o que tinha feito da última vez em que segurara uma lâmina. O último coração que eu havia apunhalado.

Espantei a memória do rosto morto de Raihn, escapei por pouco da imagem de Vincent e segui pelo corredor.

Conseguia escutar vozes distantes perto da escada. Uma das entradas que levava à rede de túneis de Vincent ficava ali perto. Ninguém a descobrira ainda, ao que parecia. Era muito bem escondida, com as frestas da porta cobertas por tapeçarias estrategicamente posicionadas. Às vezes, as passagens eram trancadas, mas eu estava com sorte: a porta se abriu facilmente a meu toque.

Os túneis eram estreitos, iluminados por tochas alimentadas de forma perene por Fogo da Noite. Tinham sido construídos com base na estrutura já existente do castelo, então eram cheios de reviravoltas e difíceis de navegar. Muitas das portas internas estavam fechadas, me deixando poucas opções além de subir e descer por vários lances. A maior parte das outras saídas levava a passagens escondidas que desembocavam em cômodos variados — a última coisa que eu queria era acabar no quarto de algum general Rishan. Assim, desci por escadas estreitas e sinuosas. Fui seguindo em frente até chegar ao térreo — até passar dele, na verdade.

Eu mal tinha permissão de ir até ali quando criança, mas me lembrava exatamente onde ficava. Vincent valorizava sua privacidade, já tão escassa. Assim, perto do início de seu reinado, tinha ordenado a escavação de um novo porão sob a torre mais oriental do castelo — uma ala subterrânea feita especialmente para ele.

Havia dois pontos de acesso, e um levava direto ao térreo — eu poderia escapar por aquele. E, mais importante, Vincent guardava armas e suprimentos em seus aposentos. Eu poderia me armar antes de fugir.

A entrada da ala estava fechada — era um conjunto de portas duplas de carvalho manchadas de preto que pareciam se mesclar às sombras exceto pelas maçanetas de prata. Prendi a respiração quando as abri, muito devagar e em silêncio absoluto. Não tinha certeza se os Rishan haviam ou não descoberto o lugar. A ala de Vincent era particular, mas não secreta.

Logo vi que minha sorte, ao que parecia, ainda não me abandonara: não havia vivalma ali.

Um corredor vazio se estendia adiante. Aquele, ao contrário dos caminhos escuros e de manutenção precária pelos quais eu tinha passado, aparentava pertencer ao castelo. Lajotas azul-índigo no chão. Portas pretas. Maçanetas prateadas. Artes Hiaj com molduras douradas penduradas nas paredes. Havia oito portas à minha frente, quatro de cada lado, além de uma escadaria que subia flanqueada por sinuosos corrimãos prateados.

Fazia muito tempo que eu não ia até ali. Não sabia ou me lembrava do que havia dentro daqueles cômodos. Tentei abrir as primeiras duas portas, mas estavam trancadas. Mesma coisa com a terceira. Com a quarta. *Porra*. Talvez estivessem todas trancadas e eu houvesse desperdiçado minha preciosa liberdade para chegar até ali em troca de...

A quinta porta se abriu.

Congelei. Prendi a respiração. Parei de me mexer.

Fiquei imóvel na passagem, a mão ainda na maçaneta.

Ah, pela Deusa.

O gabinete de Vincent.

Tinha o cheiro dele. Por um momento, tive a agonizante sensação de que meu pai não havia morrido. Como se ele estivesse em algum lugar daquele recinto, com um livro nas mãos e uma ruga séria entre as sobrancelhas.

O passado me atingiu como estilhaços de aço, tão afiado e letal quanto um projétil.

Era um espaço pequeno, menor do que os outros escritórios de Vincent. Havia uma grande mesa de madeira bem no centro e duas poltronas de veludo no canto próximo à lareira. As paredes eram cobertas por estantes ostentando dezenas de lombadas pretas, bordô, prateadas e azuis de livros antigos mas bem conservados. A mesa estava repleta de tralhas — tomos abertos, papéis, anotações e o que parecia uma pilha de vidro quebrado no meio.

Quando consegui me forçar a me mover de novo, fui até a escrivaninha.

Estava uma bagunça bem maior do que a que Vincent costumava fazer. Mas enfim... No final, ele parecera mesmo meio...

Bem. Eu evitava pensar em como ele tinha se comportado nos últimos meses de vida.

Meus olhos recaíram sobre uma taça de vinho largada entre as anotações, com um coágulo vermelho e ressecado no fundo. Ao olhar mais de perto, vi pequenas manchas junto à haste — impressões digitais. Estendi a mão para tocar nela — depois me detive, sem querer macular os resquícios de meu pai.

Nem mesmo a perda de Ilana tinha me preparado para isso. Para a maldita obsessão que o luto causa nas pessoas. Precisei de toda a minha força para obrigar a mente a pensar em outra coisa além dele, a ponto de ficar exausta.

Mas, agora que estava ali, cercada por meu pai, eu não queria ir embora. Queria me encolher em sua poltrona. Queria me enrolar no casaco casualmente largado sobre uma das cadeiras. Queria embrulhar aquela taça de vinho em seda e preservar suas impressões digitais para sempre.

Fucei os papéis na mesa. Ele tinha trabalhado muito nos últimos dias. Inventários. Mapas. Relatórios sobre o ataque ao Palácio da Lua. Folheei a pilha de cartas e parei, com a mão trêmula, quando peguei um pedaço específico de pergaminho.

Relatório, informava o cabeçalho. *Salinae*.

Era escrito numa linguagem direta e casual. Um registro simples do balanço de recursos e resultados.

A cidade de Salinae e os distritos ao redor foram eliminados.

Bastou uma frase para que eu estivesse de novo no meio dos escombros mortos de Salinae. A poeira. A bruma tóxica. A porcaria do *cheiro*.

A forma como a voz de Raihn havia vacilado quando ele lera a placa. *É Salinae.*

E agora, naquela mesa, estava o breve relatório de uma só página que descrevia secamente como Vincent tinha destruído minha terra natal. Matado quaisquer familiares que eu ainda pudesse ter.

Mentido sobre isso para mim.

Você não ia me contar, eu tinha cuspido para ele.

Você não é como eles, havia rosnado meu pai em resposta.

O pergaminho tremia em minhas mãos. Ergui o resto da pilha para esconder o documento embaixo dela.

Com o movimento, vislumbrei algo prateado. Empurrei um tomo aberto para o lado. Enterrado embaixo, havia uma minúscula adaga de fabricação rústica.

Senti um nó na garganta.

Eu a havia feito pouco depois de ter sido adotada por Vincent. Fora a primeira vez que me sentira confortável o bastante para pedir um projeto no qual trabalhar e segura a ponto de realmente trabalhar nele. Gostava de esculpir na pedra — depois de tanto tempo, porém, nem sabia mais fazer aquilo. Mas me lembrava de ter dado forma àquela pequena adaga, do frio nervoso na barriga quando apresentei a arma para meu pai. Ele prendeu a respiração enquanto a analisava, a expressão estoica.

— Gostei — dissera depois de um longo momento.

Em seguida, guardara a adaga no bolso e ponto-final. A primeira de inúmeras situações em que eu me encontrava buscando a aprovação de Vincent e me perguntando desesperadamente por que não a conseguia.

E agora lá estava meu presente, largado ao lado da sentença de morte de milhares.

Duas versões do vampiro que eu era incapaz de conciliar enquanto ele estava vivo, e ainda mais difíceis de compreender depois de sua morte.

Vincent, o rei, capaz de massacrar minha família em nome do poder, de aniquilar toda uma raça, de mentir para mim ao longo de vinte anos sobre meu sangue para proteger a coroa.

E Vincent, o pai, que ainda guardava aquela porcariazinha que eu tinha feito para ele junto com suas posses mais estimadas. Que dissera que me amava em seu último suspiro.

Como seria conveniente se eu encontrasse uma carta escondida numa de suas gavetas... *Minha serpentezinha*, diria ela. *Se está lendo isto, significa que parti. Seria injusto da minha parte deixá-la sem respostas...*

Mas Vincent não era o tipo de homem que registrava seus segredos. Talvez eu tivesse dito a mim mesma que estava indo até ali em busca de suprimentos, mas na verdade estava atrás de respostas.

De uma maldita ilusão.

Porque agora aquele era um cômodo que fazia ainda menos sentido do que ele. Não encontrei nada além de fragmentos descartados de meu pai, tão desconexos em morte quanto tinham sido em vida.

Meus olhos ardiam. Meu peito doía. Um soluço veio de dentro de mim com tanta violência que precisei cobrir a boca para abafar.

Eu não costumava chorar. Mas ali parecia que, quanto mais tentava me conter, mais violentamente a emoção lutava para escapar.

Reprimi tudo aquilo com um som feio que fiquei grata por ninguém ouvir.

Sem tempo para isso, Oraya, falei para mim mesma. *Você veio até aqui por outro motivo.*

Meu olhar recaiu no centro da mesa — no monte de cacos de vidro. Esquisito. Eram espelhados, os fragmentos empilhados com cuidado como se alguém os tivesse disposto num monte perfeitamente alinhado. O metal me lembrava a lua cheia, de um prateado brilhante, cintilando com pontas dentadas que tremulavam sob a luz fria. Redemoinhos elegantes adornavam a borda polida, em direção ao centro, interrompidos pela beirada irregular. Semicerrei os olhos e notei uma leve mancha nas arestas — algo preto-avermelhado. Sangue?

Por que meu pai manteria aquela quinquilharia quebrada ali? Bem no meio de seu trabalho?

Toquei a aresta do caco de cima.

Arquejei.

Era afiada como uma lâmina. Abriu um corte na ponta do meu dedo, e uma gota vermelha escorreu pela borda do vidro — mas mal notei o corte ou a dor.

Porque os cacos começaram a *se mover*.

Num piscar de olhos, os fragmentos de vidro se moveram até se encaixarem um no outro. Um côncavo raso e espelhado se formou, e as gotas de meu sangue escorreram até se juntarem no meio.

Ainda assim, por mais chocante que fosse, o que me deixou mais incrédula foi a sensação súbita e avassaladora da presença de *Vincent* — Vincent naquele cômodo, parado onde eu estava, com sangue gotejando no mesmo côncavo. Uma ansiedade súbita e intensa subiu por minha garganta, fragmentada — pensamentos alquebrados sobre cidades, generais, Sivrinaj, Salinae, centenas de asas emplumadas pregadas às muralhas da cidade. Raiva, poder e determinação — mas, embaixo de tudo, um *medo* poderoso.

Afastei a mão do objeto, arquejando. Estava enjoada e tonta.

— Vincent?

No início, achei que estava imaginando coisas.

— Vincent? Alteza? Eu... Como é possível...?

O som parecia baixo e distorcido, como se estivesse vindo de um lugar muito, muito distante, soprado por ventos intensos.

Mesmo assim, reconheci aquela voz.

— *Jesmine?* — sussurrei.

Olhei de novo para dentro da bacia. Meu sangue estava acumulado ali, mais espalhado do que uma quantidade tão pequena de líquido deveria estar, cobrindo toda a superfície prateada.

Semicerrei os olhos e cheguei mais perto. O reflexo cintilante do Fogo da Noite dificultava a visão, mas havia algo se movendo...?

— *Oraya?*

A voz — confusa — definitivamente era de Jesmine. Eu mal conseguia ouvir.

Estava debruçada, com os antebraços apoiados na escrivaninha e a atenção voltada para várias direções ao mesmo tempo — para a presença de Jesmine em algum lugar a muitos quilômetros de distância, para a presença de Vincent no passado.

Aquele era algum tipo de meio de comunicação. Um feitiço, um...

Ouvi vozes.

Não a de Jesmine. Não, estavam vindo dali, do corredor.

Uma delas era a de Raihn.

Fodeu.

Afastei a mão do dispositivo com tudo, e o vidro espelhado voltou a se estilhaçar em inúmeros cacos organizados de novo numa pilha. Fiz uma careta ao ouvir o som metálico dos pedaços caindo na mesa.

Juntei tudo com a mão e guardei os fragmentos no bolso, ainda com os olhos grudados na porta.

As duas vozes se aproximavam. A outra, compreendi depois de alguns segundos, era de Cairis.

— ... muito tempo para encontrar — dizia ele.

Passos. Descendo a outra escadaria. Minha rota de fuga.

— A guarda já vasculhou toda esta área? — perguntou Raihn.

— Ainda não.

— Ele fez muitas mudanças neste lugar.

Havia um tom estranho em sua voz — que era óbvio para mim, mas que Cairis mal parecia notar.

— Vão começar com estes cômodos assim que terminarem os escritórios lá de cima — falou Cairis.

— Algo útil?

— Nada novo. Já sabemos quem precisamos matar. A parte difícil é chegar até as pessoas. Mas acabar com Misrada vai ajudar nisso. Septimus parece confiante.

— Bom, contanto que *Septimus* esteja confiante... — A voz de Raihn pingava sarcasmo. — Ao menos isso vai tirar alguns deles do nosso caminho.

O som dos passos foi ficando mais alto. Recuei quando vi a luz passando pela fresta da porta, as sombras tremulando rente ao chão.

Segurei o fôlego. Me encolhi junto à parede, tentando abrir tanto espaço quanto possível entre mim e eles.

Mas os dois passaram reto.

— Este lugar foi mantido isolado — falou Cairis. — Talvez tenha alguma coisa interessante por aqui... O que foi?

Meu breve suspiro de alívio foi interrompido.

Um dos conjuntos de passos — o de Raihn — tinha silenciado.

— O que foi? — repetiu Cairis.

— Nada. Só estou curioso.

Raihn era um bom ator. Sempre vendia bem suas mentiras.

— Vá na frente — falou ele para Cairis. — Quero dar uma olhada por aqui primeiro.

Fodeu. *Fodeu*.

— Quer que eu chame alguém para ajudar?

— Para ser sincero, daria tudo por um pouquinho de privacidade. Quero ouvir meus próprios pensamentos um pouco.

Cairis soltou uma risadinha, e olhei ao redor, desesperada. O único lugar onde eu conseguiria me esconder era embaixo da mesa. Uma escolha pessimamente cômica. Ainda assim, era melhor que nada.

Quando me agachei, tive um vislumbre dos últimos dias de trabalho de meu pai — papéis e diagramas que mostravam exatamente como ele amava seu reino e o quanto de seu sangue e suor tinham sido despejados na construção e proteção de seu império.

Seu império. *Meu* império.

E eu ali, encolhida embaixo da porra de uma escrivaninha.

Uma onda súbita e desesperadora de vergonha me engoliu ao mesmo tempo que eu me jogava para baixo do tampo de madeira.

Enquanto os passos foram sumindo, outros passos foram se aproximando.

A porta abriu e uma voz familiar perguntou:

— Achou mesmo que eu não ia sentir seu cheiro, princesa?

6
ORAYA

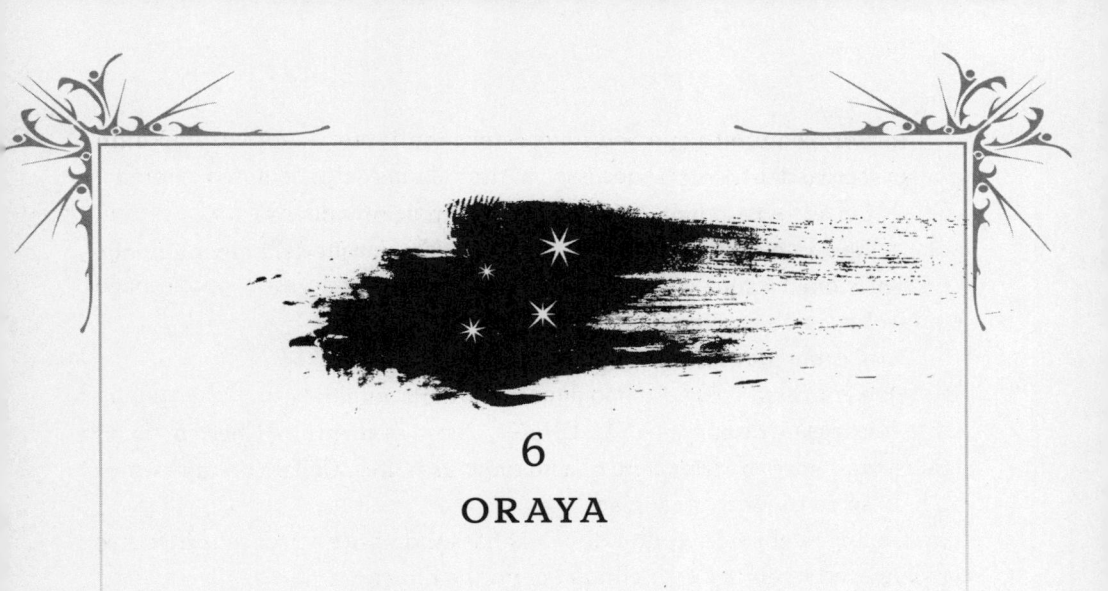

Fodeu.

Olhei ao redor, procurando algo, qualquer coisa, que pudesse usar como arma. Seria fácil demais, ao que parecia.

— Vai sair daí debaixo — perguntou Raihn — ou vai me fazer ir até você?

Cerrei tão forte o maxilar que meus dentes rangeram.

De repente, minha sensação era a de estar no Palácio da Lua, quando Raihn tentara me tirar da estufa. Estava encurralada em ambas as ocasiões.

Fiquei de pé e me virei para ele, com os punhos cerrados. Queria não ter visto o lampejo de decepção em seus olhos quando me entreguei.

Ele se apoiou no batente da porta, me observando, a breve emoção desaparecendo sob o curvar da boca. Depois recuperou o domínio de sua atuação.

Fiquei em silêncio.

— Sei que você é muito boa em se esgueirar até lugares onde não deveria estar. Devo me sentir sortudo por não estar armada desta vez?

Ele tocou a coxa, uma referência a nosso primeiro encontro — quando me agarrou numa tentativa de salvar minha vida e eu agradeci enterrando meu punhal em sua perna.

O que ele achava que estava fazendo ali? Brincando comigo como se nada tivesse mudado entre nós. Como se ainda fôssemos dois competidores do Kejari, aliados relutantes.

— Lugares onde eu não deveria estar? — Minha voz saiu dura e afiada. — Esta é minha casa.

Eu não era nada boa em parecer fria e indiferente enquanto as emoções se reviravam logo abaixo de minha pele. Vincent me lembrava daquilo com frequência.

Raihn viu a verdade.

O sorriso dele desapareceu.

— Eu sei — respondeu. Sem toque algum de provocação.

— Não, não sabe — rebati. — Não entende, porque está me mantendo como prisioneira aqui.

— Você não é prisioneira. Você é...

Você é minha rainha, ele sempre dizia.

Que conversa-fiada. Eu não aguentava mais aquilo.

— Chega — disparei. — Só... *CHEGA*. Chega de mentiras. Chega de fingir ignorância. Você me tranca no quarto todas as noites. Dorme nos aposentos ao lado só para poder me vigiar...

De forma abrupta, Raihn deu dois passos adiante até chegar do outro lado da escrivaninha e se inclinou em minha direção.

— Estou tentando manter você viva, Oraya — falou ele, a voz baixa. — E é um trabalho difícil pra caralho, se quer saber. Sei que nada disso é ideal. Mas estou tentando.

Minha vontade era dizer: "E daí? Deixe acontecer, já que é algo tão difícil assim de evitar. Deixe que me matem".

Você é melhor do que isso, serpentezinha, sussurrou Vincent no meu ouvido.

— Quanta benevolência da sua parte — rebati. — Que *generoso* você.

As palmas de Raihn agora estavam apoiadas na mesa, e ele me encarou bem nos olhos.

— Acha que *quero* algo disso? — cuspiu ele. — Acha que *quero* escutar seus soluços todas as noites?

Senti o sangue sumir do rosto.

Ao ver minha expressão, a boca do vampiro se reduziu a uma linha. Quase deu para ouvir ele dando bronca em si mesmo por ter dito aquilo.

Eu sabia que existia a possibilidade de ele conseguir me ouvir. Sabia que Raihn sempre notava tudo que eu queria esconder dele. Mas, porra, escutar ele falando aquilo... era como um contrato tácito sendo violado. Minhas bochechas esquentaram.

Recuei mais um passo, desesperada de repente para aumentar o espaço entre nós, e Raihn reagiu avançando a mesma distância. Seu olhar estava fixo, sem piscar — tão inescapável quanto se ele tivesse me agarrado e me prendido contra a parede.

— Fiz uma oferta para você — murmurou. — Na noite em que...

Ele hesitou. Ouvi o que não tinha sido dito: *Na noite em que nos casamos.*

Nenhum de nós jamais tocava naquele assunto. Nosso casamento.

— Eu fiz uma oferta naquela noite. Ela continua valendo. E vai continuar para sempre.

Outro passo que recuei. Outro passo que ele avançou.

— Odeio este lugar — continuou o vampiro, quase murmurando as palavras. Saíram exaustas, como se arrancadas do peito. — Odeio essas pessoas. Odeio este castelo. Odeio a merda da coroa. Mas não odeio você, Oraya. Nem um pouco. — A expressão dele se suavizou. Tentei desviar o olhar, mas não consegui. — Falhei com você. Eu sei disso. Provavelmente ainda estou... — Ele balançou a cabeça, como se para calar a si próprio. — Mas você e eu somos iguais. Não há mais ninguém que eu gostaria que me ajudasse a construir uma nova versão deste reino. E, honestamente, eu... não sei se consigo fazer isso sem você.

Enfim permiti que meus olhos se afastassem do rosto de Raihn. Permiti que se voltassem para baixo, fitando a mesa entre nós, repleta de anotações e projetos de Vincent. Raihn agora estava debruçado nela, com as mãos espalmadas sobre os papéis. Evidências do reino de meu pai e de como ele o amava.

O reino de meu pai. *Meu* reino.

O pulsar leve da Marca de Sucessão em meu pescoço e em minha garganta queimava com mais força agora. Coçava, como ácido corroendo a pele.

Ao menos isso vai tirar alguns deles do nosso caminho, tinha dito Raihn, com uma maldita casualidade absurda, ao se referir às pessoas que agora dependiam de mim.

— Você não quer a ajuda de uma Hiaj — cuspi. — Está ocupado demais matando todos nós.

— Nós? — O bufar de desprezo de Raihn foi imediato, violento, como se ele não pudesse se conter. — Quando caralhos virou "nós"? Eles nunca te trataram como parte dos Hiaj. Tratavam seu povo como um rebanho de animais de abate. Desrespeitaram você, eles...

— Você matou meu pai!

As palavras saíram de mim num rompante. A acusação, a verdade nua e crua, vinha fermentando dentro de mim havia semanas. Toda vez que eu olhava para Raihn, as palavras ecoavam em meus ouvidos. Todas aquelas acusações: *Você matou meu pai, você mentiu para mim, você me usou.*

VOCÊ.

MATOU.

MEU.

PAI.

Elas afogavam cada uma das palavras que ele dizia para mim.

Silenciavam o vampiro imediatamente e pairavam sobre nós, palpáveis e cortantes feito lâminas.

— *Você. Matou. Meu. Pai.*

Nem notei que estava falando aquilo em voz alta pela segunda vez; a afirmação escapou por entre meus dentes.

Com cada uma das palavras, revivi tudo aquilo — a magia de Raihn lampejando enquanto ele espremia Vincent contra a parede. O corpo de meu pai caindo, nada além de uma pilha de carne destruída.

Meus punhos cerrados começaram a emanar uma fumaça prateada. Meus ombros subiam e desciam em movimentos pesados. Meu peito doía — pela Deusa, *doía* tanto... Eu tinha soltado as rédeas de muita coisa, e agora precisava recuperar o controle.

Por um longo, horrível e silencioso momento, tive certeza de que ia me desfazer. Raihn enfim deu a volta na escrivaninha e se aproximou devagar, me observando com tanta atenção que eu conseguia sentir a encarada até quando fechava os olhos.

Era como se ele estivesse esperando. Como se estivesse pronto.

— Eu sinto muito, Oraya — murmurou. — Só... sinto muito que as coisas tenham acontecido desse jeito. Sinto muito mesmo.

A pior parte é que eu nem era capaz de duvidar de que o vampiro estivesse falando de coração.

Sinto muito. Eu me lembrava da primeira vez que Raihn tinha dito aquilo para mim, com todas as letras, como se fosse uma verdade simples — e como fora importante ouvir a frase daquele jeito, algo que reorganizara um pouco meu mundo. A sensação fora a de ganhar um presente que eu aguardava havia muito tempo — alguém validando meus sentimentos daquela forma, cedendo sem se preocupar com o próprio orgulho.

Eu tinha passado a vida inteira esperando desesperadamente ouvir essas palavras de meu pai.

Elas só tinham vindo em seus últimos suspiros. *Eu amo você. Sinto muito.*

E por acaso aquilo havia mudado alguma coisa? *Significado* alguma coisa no fim? Que merda algumas poucas palavras podiam fazer?

Abri os olhos e encarei Raihn. A expressão dele estava tão intensamente honesta, tão crua, que me assustou. Eu podia ver como ele estava abrindo uma porta para mim, me incitando a passar por ela. Pronto para me pegar pela mão e me guiar.

— Mas você faria tudo de novo — falei.

Bati essa porta com força.

Ele se encolheu.

— Estou tentando salvar muitas vidas — respondeu o vampiro.

Com um tom que reconhecia a própria impotência. Como se não soubesse o que mais me dizer.

Bom, o que mais ele poderia me dizer além da verdade?

Eu odiava pra caralho o fato de que entendia aquilo, em algum canto obscuro do meu cérebro. Raihn tinha feito uma barganha e morrera tentando evitar que se cumprisse. Centenas de pessoas dependiam dele. Raihn levava suas obrigações tatuadas na pele.

Mas eu passara tempo demais negando que tinha minhas próprias obrigações gravadas no corpo também. E havia acabado de ouvir Raihn comentando sobre matar o povo que agora dependia de mim. Falar sobre um novo reino era uma coisa — mas eram só palavras ao vento. Porque, pouco antes, eu tinha visto o vampiro tentando cair nas graças das mesmas pessoas que haviam abusado dele.

Hipócrita do caralho.

Queríamos mesmo falar sobre decisões difíceis?

Raihn se aproximou mais um passo.

— Oraya, escute...

Me desvencilhei para longe.

— Quero voltar ao meu quarto.

Foi impossível ignorar a decepção em seus olhos.

— Me leve de volta ou me deixe ir sozinha — disparei.

Para crédito de Raihn, ele sabia quando não adiantava discutir comigo. Não falou mais nada enquanto abria a porta e andava em silêncio atrás de mim, percorrendo todo o caminho até meus aposentos.

7
ORAYA

Não sei muito bem quando decidi o que ia fazer; quando voltei a meu quarto, simplesmente não era mais uma questão. Esperei até muito depois de parar de ouvir os passos de Raihn no corredor. Não queria correr riscos, especialmente depois de o vampiro ter deixado claro de forma tão constrangedora que podia ouvir o que acontecia dentro de meus aposentos.

Só então, enfim, tirei do bolso os pedaços de vidro e os coloquei na cama. Pareciam tão comuns quanto na mesa de Vincent — cacos empilhados, agora marcados com meu sangue.

Eu ainda não sabia o que era aquilo, ou como funcionava. Mas repeti o que tinha feito no gabinete, correndo a ponta ainda ensanguentada do polegar na borda lisa de um dos fragmentos.

Assim como da vez anterior, os cacos imediatamente se organizaram numa pilha de vidro quebrado. Quando toquei neles de novo, se juntaram até formar uma bacia rasa e espelhada.

Olhando mais de perto, notei que os pedaços, quando encaixados, ainda vibravam um pouco — em algumas áreas, não pareciam sequer se alinhar direito. Corri o dedo outra vez pela aresta e vi meu sangue escorrer pelos redemoinhos decorativos, se acumulando no fundo do côncavo.

Dessa vez, eu estava preparada para a onda de... de *Vincent* que viria. Mas não foi menos doloroso sentir ou me forçar a não bloquear aquilo tudo. Não ouvi sua voz ou vi seu rosto, mas tive a sensação de sua inconfundível presença, como se a qualquer momento eu fosse me virar e encontrar meu pai às minhas costas. Uma certeza mais profunda e visceral do que qualquer sentido isolado poderia invocar.

O sangue no centro da bacia estremeceu e se espalhou mais, oscilando nas bordas por causa da leve vibração dos cacos. A imagem no sangue parecia o reflexo de outro lugar, distante e turvo. Talvez fosse mais fácil de enxergar numa poça de sangue preto. Ou talvez fosse fraco porque aquele dispositivo — fosse o que fosse — não tinha sido feito para funcionar comigo. Eu era apenas metade vampira, afinal de contas.

Semicerrei os olhos para enxergar melhor a imagem parcialmente formada. Conseguia ter o vislumbre de um rosto, como se alguém estivesse se debruçando sobre o espelho do outro lado.

— Jesmine? — sussurrei.

— Alteza?

Era sem dúvida a voz de Jesmine, como eu tinha achado da outra vez, embora soasse muito distante e indefinida. Me inclinei para mais perto, aguçando a audição.

— É você... — disse ela. — Mas... do... onde...?

— Calma — falei. — Não consigo ouvir direito.

É como eu sempre disse, serpentezinha, sussurrou Vincent para mim. *Você precisa aprender a ser mais paciente. Espere e sinta.*

Respirei fundo.

Pela Deusa, a voz dele parecia tão próxima que era quase como se eu pudesse ouvir a respiração no pé do ouvido. A onda súbita de luto me atingiu antes que eu pudesse me preparar.

A imagem de Jesmine se solidificou; sua voz foi ficando mais forte, embora eu ainda precisasse me esforçar para ouvir.

— ... você consegue usar — dizia ela.

Eu conseguia enxergar sua expressão agora: ela estava confusa, intrigada. Tive a impressão de que uma de suas bochechas estava suja — talvez manchada de sangue. O cabelo parecia emaranhado, e ela estava com um dos braços envolto por uma bandagem. Uma diferença considerável da vampira sedutora e educada que eu costumava ver perambulando pelas festas de Vincent.

— Usar? — perguntei.

— O espelho dele. Você também consegue usar.

Dele.

Eu não precisava saber o que exatamente aquilo era para entender que continha uma magia poderosa e antiga — e com base no que eu havia sentido, inextricavelmente conectada à alma de Vincent. E se o dispositivo era dele e funcionava com seu sangue...

— Não temos tempo — murmurei, mais para mim mesma do que para Jesmine.

Não, eu não tinha tempo de questionar nada daquilo. Não com tanto trabalho pela frente.

Jesmine assentiu, séria, o rosto curioso assumindo a expressão de uma general.

— A senhora está em segurança, Alteza?

Segurança. Que palavra. Mas respondi:

— Estou. E você?

— Nós estamos em...

— Não quero saber.

Eu tinha uma certeza considerável de que, se havíamos chegado até aquele ponto, ninguém estava ouvindo nossa conversa — mas não tinha como garantir.

A compreensão tomou o rosto de Jesmine.

— Sim, Alteza. A senhora... Quanto sabe da situação da guerra?

Pigarreei.

Era constrangedor admitir como meu conhecimento era parco. Agora, com aquela conexão com Vincent queimando em meu peito, parecia ainda mais vergonhoso.

Eu havia recebido uma responsabilidade imensa, e como me sentia em relação a isso não fazia diferença alguma — até o momento, eu havia desperdiçado tudo.

A imagem de Jesmine tremulou. Puxei a bacia para mais perto, como se pudesse atraí-la de volta à força.

— Quero saber como andam as coisas pelo seu ponto de vista, não pelo dos Rishan — falei.

Uma forma conveniente de disfarçar minha ignorância.

— Perdemos... muitas de nossas fortalezas remanescentes. Ainda estamos lutando para defender as que resistem, Alteza. Lutando com todas as forças. Mas... — O nariz dela se franziu de ódio. — Os Nascidos do Sangue são numerosos e violentos. Com os Rishan, conseguimos lidar. Mas os Nascidos do Sangue são... desafiadores.

Aquilo era coerente com o que eu andava vendo. Raihn podia filosofar sobre seus sonhos o quanto quisesse: a verdade nua e crua era que ele tinha convidado cães para entrar em seu reino e os deixado se esconder por trás de sua coroa enquanto matavam seu próprio povo. Estava fortemente dependente daquela força externa.

Certa vez, Raihn me dissera que sonhos valiam pouco. Que o que contava eram as ações.

Bem, as dele eram insuficientes, e as minhas também estavam bem escassas.

O rosto de Jesmine ficou borrado de novo, e suas palavras seguintes saíram alquebradas.

— A senhora... ordens?

Numa tentativa desesperada de salvar minha conexão com ela, passei o polegar de novo pela borda da bacia e deixei mais sangue fluir para dentro — mas aquilo apenas fez a imagem estremecer e a dor em minha nuca latejar ferozmente.

O som de passos distantes me fez congelar. Olhei para a porta dos meus aposentos — fechada. Os passos não se aproximaram, e, enfim, seus ecos sumiram na direção oposta do corredor.

Virei de novo para o espelho.

— Não tenho muito tempo — sussurrei.

— A senhora tem alguma ordem? — repetiu ela, urgente.

Ordem. Como se *eu* tivesse alguma autoridade para dizer a Jesmine o que ela deveria fazer.

— Eles vão atrás de vocês em Misrada daqui a duas semanas — falei, tão baixo quanto possível. — Vai ser um deslocamento grande. Estão sendo obrigados a arriscar, até mesmo os Nascidos do Sangue. Vão deixar o arsenal de Sivrinaj desprotegido para mandar forças suficientes até aí.

O cenho de Jesmine se franziu numa expressão pensativa.

— Não sei se podemos nos defender contra esse tipo de poder.

— Nem eu. Mas talvez não seja preciso.

Foi quando hesitei — parada na beira do precipício de uma decisão irreversível. A decisão de *lutar*.

Conseguia sentir a presença de Vincent como uma mão em meu ombro.

Este é seu reino, sussurrou ele para mim. *Ensinei a você como lutar por uma existência significativa. Dei dentes a você. Agora, use suas armas.*

— Evacuem Misrada — falei. — Sigam na direção do arsenal enquanto ele estiver desprotegido. Invadam, tomem ou destruam o local... O que for possível com o que tiverem à mão. Vocês têm recursos?

Mesmo pelo reflexo embaçado, o brilho férreo nos olhos de Jesmine era visível.

— Vai ser difícil, mas temos o suficiente para tentar.

Não me permiti demonstrar dúvida e não deixei meu tom autoritário vacilar quando falei:

— Então façam isso. Chega de fugir. Chega de nos defender. Não temos tempo para um meio-termo.

Já estava na porra da hora de lutar.

Parte Dois
Lua Nova

INTERLÚDIO

Não há nada mais perigoso do que uma barganha. Nem horrores maiores do que aqueles que escolhemos. Ou destinos piores do que aqueles pelos quais imploramos.

O homem ainda não entende isso.

Na verdade, o homem entende pouquíssimas coisas, embora tampouco saiba disso. Veio de uma vida diminuta num vilarejo diminuto e passou boa parte da existência tentando fugir dele. Entre suas opções limitadas, escolheu aquela que lhe dava a maior liberdade. Ele ama a liberdade, a maresia soprando em seu cabelo. Ama a sensação daquela noite, enquanto sua embarcação navega pelas águas perigosas próximas a Obitraes. Chamam a área de Cabo de Nyaxia — a pequena tripa curvada de terra responsável por capturar marinheiros humanos como um anzol pescando peixinhos impotentes. A noite está escura. A água está revolta. O céu está tempestuoso.

Os marinheiros não têm a menor chance.

Quase todos morrem imediatamente quando o barco — pequeno demais para uma jornada tão perigosa — é esmagado contra as pedras imperdoáveis da mão convidativa de Nyaxia. Eles se afogam no mar salobro, com os corpos quebrados pelas rochas ou empalados pelos restos da própria embarcação.

Mas aquele homem, apesar de sua criação ordinária, sabe uma coisa acima de tudo.

Ele sabe lutar.

Tem trinta e dois anos de idade. Ainda não está pronto para morrer. Seu corpo foi impiedosamente massacrado pelo impacto violento do navio com as rochas. Ainda assim, ele nada até a costa, forçando os músculos contra a rebentação. Enfim se arrasta pela praia.

Com a consciência por um triz, força a cabeça para olhar adiante — e se depara com a silhueta de uma cidade que não se parece com nada que ele conheça, toda feita de curvas de marfim e luz fria como a lua. Quando absorve a visão, pensa que nunca viu nada tão bonito.

O homem está muito perto da morte naquela noite.

Os deuses amam receber o crédito pelo destino. É o destino que o salva? Ou apenas um golpe de sorte, um dado que caiu com o número correto para cima? Se há mesmo intervenção divina, as divindades estão rindo sozinhas naquela noite.

Ele se arrasta como pode, um centímetro após o outro. A areia sob suas mãos vai virando pedra, depois terra. O homem sente a morte em seu encalço, a sensação borbulhando a cada maldita respiração. No passado, ele se considerava destemido, mas mortal algum é corajoso diante da morte iminente.

A morte o teria levado se o destino, ou a sorte, não o tivesse salvado — ou desgraçado.

O rei surge diante dele no momento exato.

O monarca tem o hábito de coletar almas, e a daquele jovem é exatamente do tipo que lhe agrada. Ele vira o sujeito semiconsciente, acessando seu rosto machucado, embora ainda belo. Depois, se ajoelha ao lado dele e lhe faz uma pergunta, uma que o jovem vai remoer pelo resto de sua vida infinita:

Você quer viver?

O homem pensa: Mas que pergunta idiota.

Claro que quer viver. É jovem. Tem uma família esperando por ele em casa. Décadas de vida pela frente.

Mortal algum é corajoso diante da morte iminente.

A resposta do sujeito sai como uma súplica:

Sim. Por favor. Sim. Me ajude.

No futuro, ele vai se odiar por aquele momento — por ter implorado de forma tão patética pela própria danação.

O rei sorri e leva a boca ao pescoço do jovem moribundo.

8
RAIHN

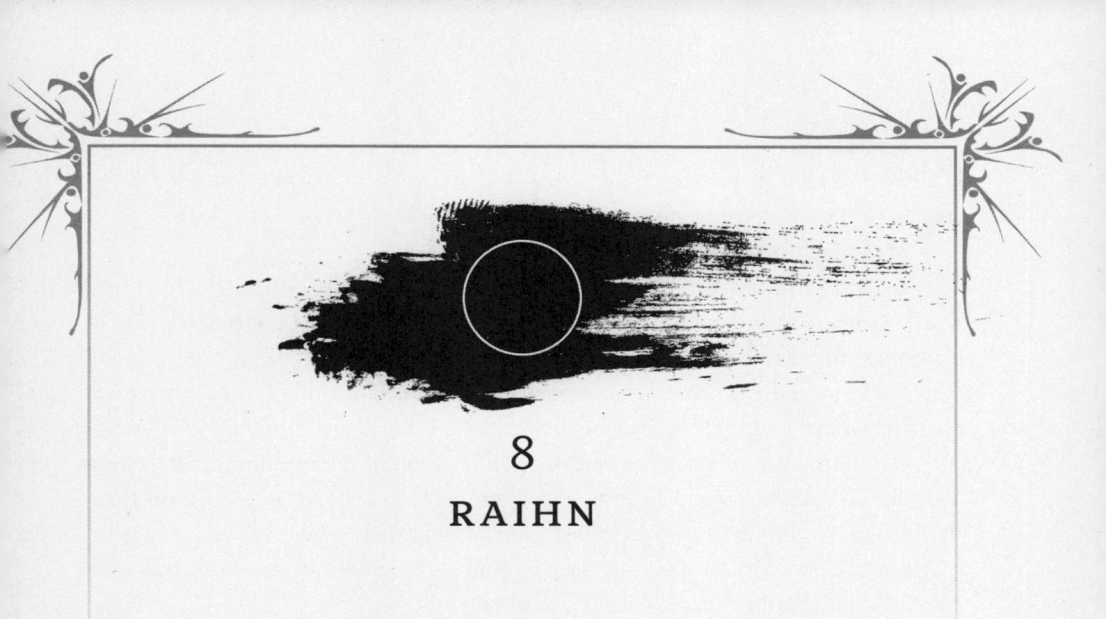

Odiei Septimus desde a primeiríssima vez que o vi.

Eu sabia exatamente quem ele era, e mesmo que sua reputação não o precedesse, sua aparência — que gritava *Membro Desonesto da Realeza dos Nascidos do Sangue* a plenos pulmões — já o denunciaria.

Quando o sujeito se aproximou furtivamente de mim durante o Kejari, eu não quis nem saber. Mas era como um vírus, ou um cheiro ruim: o maldito continuava voltando.

No início, foi bem despretensioso. Nos dias anteriores ao Kejari, ele não saía de perto de mim e de Mische, onde quer que estivéssemos. A princípio, achei que ele vinha fazendo o que a maioria dos nobres Nascidos do Sangue costumava fazer durante o torneio: tirando vantagem do fato de que podia interagir com outras Casas enquanto descobria onde exercer sua influência.

Muito fácil de ignorar.

Mas depois, talvez na terceira ou quarta vez em que me encurralou, as coisas haviam começado a ficar suspeitas. E eu já tinha concluído que não gostava dele quando o vampiro me puxou num canto e disse: "Eu sei quem você é".

Foi o suficiente para me deixar meio assustado. Revirei meus contatos próximos tentando entender como ele sabia — até hoje, ainda não tenho ideia de como o Nascido do Sangue me encontrou. Foi quando a pressão começou, porém.

"Você não consegue fazer isso sozinho. Os Rishan não são fortes o bastante. Sua vitória não valeria de nada."

"Você vai precisar de ajuda."

"Me deixe ajudar. Vamos ajudar um ao outro."

Mandei ele se foder. Nunca nem considerei fechar negócio. Muito, muito tempo antes, eu tinha aprendido como era perigoso quando alguém oferece tudo o que você sempre quis.

Mas aí ele notou Oraya.

E ainda me lembro do exato momento em que entendi que ele sabia que poderia usá-la contra mim: durante o baile da Meia-Lua, quando ele a chamara de Nessanyn.

Me neguei até o fim a fazer uma aliança com Septimus. Até ele começar a brincar com a vida de Oraya bem diante dos meus olhos. Foi ali que cedi.

Quando já se viveu algumas coisas, é fácil reconhecer quem está desesperado. Septimus, eu sabia, estava — de uma forma perigosa, com um tipo de desespero que ele era muito bom em disfarçar. Ele faria absolutamente qualquer coisa para conseguir o que queria — e o que me assustava era que eu ainda não sabia exatamente o que ele queria.

O desespero leva as pessoas a fecharem péssimos negócios.

Aquele pensamento gritava em minha mente enquanto eu estava ali em meu escritório, sentado com Vale e ouvindo Septimus nos dizer de forma muito casual que não poderia mandar tropas de Nascidos do Sangue para Misrada no fim das contas.

Vale não estava nada feliz. E nem tentava disfarçar isso.

— Isso é inaceitável — falou.

O rosto idiota de Septimus se contorceu num maldito sorrisinho torto.

— Entendo que se sinta assim — falou o Nascido do Sangue. — Mas as coisas são como são. Não posso manipular o tempo e o espaço, infelizmente. Desdemona já calculou várias vezes: não é possível levar as forças até lá a tempo. Vamos precisar nos deslocar mais tarde.

— Então deixe eu ver se compreendi. — Vale se debruçou sobre a escrivaninha. — A gente vai precisar reagendar uma operação marcada há semanas por causa do péssimo planejamento dos *seus* generais de merda? Com *um dia* de antecedência?

O sorriso de Septimus vacilou. Notei que ele não tinha problema algum em ser insultado, mas não gostava muito quando alguém desrespeitava seus subordinados.

Ele soltou uma nuvem de fumaça pelo nariz.

— Meus *generais de merda* estão fazendo o possível para abafar essa sua rebeliãozinha. Talvez se suas próprias forças estivessem dispostas a lutar por vocês, as coisas fossem se resolver mais rápido.

Vale parecia prestes a explodir. Mesmo estando tão irritado quanto, disparei um olhar de alerta para ele. Meu aliado absorveu o sinal por um instante — contrariado, porque mesmo depois de todas aquelas semanas não estava disposto de verdade a me aceitar como seu superior —, então chacoalhou a cabeça e se reclinou na cadeira.

— Eu não sentia a menor saudade dessa parte do serviço — murmurou ele, incapaz de se conter. — Trabalhar com incompetentes.

Septimus deu uma risadinha. Depois, olhou para mim.

— O senhor está terrivelmente calado, Alteza.

E eu de fato estava. Estava observando Septimus, pensando naquela suspeita mudança de planos de última hora. Havia mais naquilo do que ele estava disposto a admitir. Eu não tinha dúvidas, mesmo que não soubesse como ou por quê.

Eu passara muito tempo ocupado pensando que tinha negligenciado meu papel. Queria que Septimus continuasse me subestimando, achando que eu era apenas um bruto rei Transformado. Que continuasse achando que podia tirar vantagem de mim.

O sorriso com que respondi foi mais um esgar, expondo os dentes.

— O que quer que eu fale?

Septimus deu de ombros, como se dissesse "Eu que pergunto".

— Quer que eu fique te xingando por causa da sua péssima capacidade de planejamento e seu descaso? — continuei.

De novo, ele encolheu os ombros.

— Se for isso que o rei deseja...

— Por que desperdiçar meu fôlego? Já gastei energia demais planejando essa ofensiva com você. Talvez eu não esteja disposto a gastar mais do meu tempo com isso.

Ele tombou a cabeça de lado, me encarando com uma expressão pensativa demais para o meu gosto.

Me aprumei.

— Não vejo o que mais eu poderia dizer. — Fiz um gesto com a mão para dispensar o vampiro. — Acho que já acabamos por aqui, certo? Tenho trabalho de verdade me esperando.

Com um breve sorriso gélido, Septimus ficou de pé.

— Acabamos, com certeza.

Era chocante para mim como, da primeira vez que pusera os olhos no horizonte de Sivrinaj, eu havia pensado que aquela era a coisa mais linda que já tinha visto. Na época, a cidade representava minha salvação.

Que piada do caralho.

A vista que tive na época era muito similar à de agora, olhando do telhado do arsenal na periferia da cidade. Também estava de noite, com as construções imersas em luar. Acho que havia certo apelo arquitetônico em Sivrinaj, com todos aqueles domos, torres e pináculos, com todo o mármore, o marfim e a prata. O tipo de coisa que só dava para admirar até ver de perto o sangue derramado para construir a metrópole e a podridão que jazia em suas fundações.

— O senhor não devia estar aqui, Alteza — disse Vale, pela quarta vez em quinze minutos.

As palavras não haviam mudado, mas o tom sim: ele estava cada vez mais frustrado.

— Já ouvi da primeira vez.

Ele soltou um grunhido de desaprovação.

Me virei, admirando o resto da paisagem. O arsenal ficava bem no ponto onde a cidade dava lugar ao deserto — dunas e mais dunas ao norte, declives rochosos que levavam até o mar ao sul. Aquela era uma noite nebulosa de céu fechado, o que não me agradava em nada. Pouca visibilidade do oceano. Pouca visibilidade do céu.

Olhei pelo parapeito para as ruas lá embaixo. A oeste ficavam os assentamentos humanos, áreas compactas em tons de castanho e cinza. Logo ao lado, ficavam os cortiços dos territórios vampíricos da cidade. Algumas barreiras desordenadas — construções desajeitadas de madeira e pedra — ainda jaziam nas vias. Rastros das tentativas dos Hiaj de, nos dias após o golpe, recuperarem algumas áreas da cidade. Tinham se frustrado, mas também lutado com muito afinco.

E eu nunca me esquecia de que continuavam lutando.

A noite estava calma, mas aquele tipo de coisa sempre acontecia em noites calmas.

Fora numa noite calma que o Palácio da Lua tinha sido atacado.

Fora numa noite calma que o reinado de Neculai havia caído.

E aquela noite estava especialmente calma agora que Septimus tinha retirado as guarnições de Nascidos do Sangue, deixando os Rishan ali para guardar o arsenal, espalhados e desorganizados devido às novas ordens dadas de última hora.

Nada deveria acontecer naquela noite, graças à decisão de Septimus.

Mas eu só pensava no Nascido do Sangue, naquela porra de sorrisinho e na mudança muito casual de planos.

Pessoas, especialmente nobres Nascidos da Noite e Nascidos da Sombra, pouco hesitavam em reduzir os Nascidos do Sangue a criaturas irracionais. Eram malditos sedentos de sangue, sim, mas também tinham mais inteligência do que lhes atribuíam. Caso não fossem prejudicados pela maldição, que diminuía seus números e sua longevidade, eles sem dúvida já teriam dominado Obitraes. Caramba, talvez já tivessem dominado o mundo.

Subestimar os Nascidos do Sangue era pura arrogância e nariz empinado, e eu não podia me dar ao luxo de tal coisa.

— Quero mais guardas aqui — falei para Vale.

Um general inferior teria dito que eu estava sendo exageradamente cauteloso. Mas, para crédito de Vale, ele não me questionou.

— Qual é sua suspeita? — sussurrou ele.

— Eu...

Eu não sei.

Maldito fosse meu orgulho, mas eu não ia falar aquelas palavras em voz alta — muito menos para Vale.

Era a verdade, porém. Eu não tinha uma teoria concreta. Não achava que Septimus se voltaria abertamente contra nós — ainda não, ao menos. Ele também se amarrara àquela aliança. Também teria de trabalhar mais caso quisesse sair dela.

Mas, às vezes, simplesmente há algo diferente no ar.

Franzi o nariz e abri um sorriso sarcástico.

— Está sentindo esse cheiro?

— Cheiro de quê?

— Sangue.

Apoiei as costas na parede de pedra e enfiei as mãos nos bolsos.

— Vou passar a noite aqui.

— Mas...

— Quero que junte todos os recursos que possam ser retirados dos postos espalhados pela cidade. Traga todo mundo para cá.

Uma pausa. Eu podia ver que Vale queria me chamar de idiota por decidir ficar ali, mesmo suspeitando que algo pudesse acontecer — *especialmente* por isso.

Mas ele apenas respondeu:

— Como quiser, Alteza.

E, sem maiores discussões, escancarou as asas prateadas e disparou na direção do céu com um som de deslocamento de ar. Ergui o queixo e assisti ao vampiro desaparecer em meio à bruma leitosa.

Me acomodei sobre o muro de pedra e desembainhei a espada. Já fazia um tempo que não a portava, mas havia uma familiaridade reconfortante em como meus músculos precisavam se mover para empunhar a arma. Acomodei a espada no colo, analisando o aço escuro e a fumaça turva e avermelhada emanada pela lâmina. Eu conhecia cada detalhe daquela arma. Era como uma velha amiga.

Quase desejei que algo desse errado naquela noite. Que eu precisasse matar alguém. Estava com saudades. Era simples, fácil, direto. O oposto de tudo que acontecera naquelas últimas semanas.

Costumava ser, ao menos.

A memória do rosto de Vincent em seus momentos finais lampejou em minha mente, indesejada. Não havia nada de simples naquilo.

Rechacei o pensamento, me inclinando um pouco para trás enquanto observava as nuvens grossas pairando no céu. Esperando por algo. Mesmo que eu não soubesse o quê.

Ora, que viessem atrás de mim.

Eu mal podia esperar.

9
ORAYA

Eu sabia que havia algo errado antes mesmo da explosão.

Não era incomum que eu ficasse olhando melancolicamente pela janela daqueles aposentos. Uma vida inteira trancada no quarto produzia aquele efeito. Mas, nas últimas semanas, eu vinha fazendo mais do que olhar. Eu vinha esperando.

Esperando por um êxodo em massa de soldados Nascidos do Sangue e de vampiros Rishan.

Esperando por um êxodo em massa que não acontecia nunca.

Os Nascidos do Sangue tinham partido alguns dias antes, e embora o movimento não tivesse sido tão massivo quanto eu esperava pela forma como os ouvia falar, fora o suficiente para me manter esperançosa. Imaginava que os Rishan iriam em seguida naquela noite.

Mas as horas tinham se passado e os Rishan não tinham se movido. Um nó de inquietude se revirava em meu estômago enquanto eu observava e esperava, ficando cada vez maior. Tentei usar o espelho de novo, dessa vez para avisar Jesmine, mas tudo que vi foram nuvens nebulosas na poça formada por meu sangue. Aparentemente, ela já tinha começado a se deslocar. O ataque já estava em andamento.

Logo eu estava caminhando de um lado para outro diante das janelas, com os olhos colados no arsenal ao longe e a mente acelerada.

Jesmine era uma general forte e competente, eu dizia a mim mesma. Não teria avançado a menos que vislumbrasse um caminho para o sucesso. E as condições daquela noite eram ideais: o tempo fechado esconderia os Hiaj voando pelos céus. Muitos dos Nascidos do Sangue tinham partido. Já era alguma coisa. Só não a força mínima que eu vinha esperando — a menos que tivesse ignorado algo.

Mas Vincent sussurrou em meu ouvido: *Ah, serpentezinha, você sabe que não é uma boa ideia ser deliberadamente ignorante.*

Não. Ele estava certo. Parei diante da janela, com a ponta dos dedos apoiadas no vidro. Algo havia mudado. Os Nascidos do Sangue que tinham batido em retirada certamente não eram suficientes para tomar uma cidade como Misrada.

E...

A explosão obliterou todos os meus pensamentos.

Foi alta — tão poderosa que senti a vibração nas mãos contra o vidro, mesmo do outro lado da cidade. Uma rajada de fumaça cintilante irrompeu do arsenal ao longe numa nuvem branca e azul.

Fiquei encarando, sem fôlego, enquanto a luz se intensificava e depois morria. Eu não via nada parecido desde...

Desde o ataque ao Palácio da Lua, muitos meses antes.

Jesmine. Brilhante pra caralho. Subalterna, mas brilhante. Ela havia usado os manipuladores de magia para recriar a destruição do Palácio da Lua, gerando uma distração violenta. Nem pisquei quando vi as silhuetas distantes mergulhando em meio às nuvens e à fumaça — inúmeros Hiaj disparando na direção dos destroços.

A visão fez meus ossos gelarem.

Eu precisava ir até lá.

Precisava ir até lá *imediatamente*.

A explosão tinha disparado uma erupção de atividade nos corredores além dos meus aposentos. Corri até a porta e apoiei o rosto nela, ouvindo o som frenético de gritos e passos apressados. Depois comecei a socar a superfície de carvalho maciça, com tanta força que fez meu punho latejar de dor.

Quem quer que estivesse do outro lado demorou muito para abrir, como se não soubesse bem se aquela era uma boa ideia.

Um jovem Rishan com cabelo loiro e encaracolado e olhar de perplexidade geral me encarava. Parecia já estar se arrependendo da decisão.

Pestanejei.

— Você não é Ketura.

Quando eu tinha escolta, quase sempre era ela.

— Não — respondeu ele. — Meu nome é Killan.

Se Ketura não estava ali, provavelmente fora deslocada para outro lugar. Talvez já estivesse no arsenal.

Merda.

— Me deixe passar — falei, já me movendo, mas Killan bloqueou meu caminho de forma desajeitada.

Inclinei o pescoço e vi vários outros soldados de armadura avançando pelo corredor.

— Sou sua rainha — rosnei. — Me deixe passar.

Hora de ver se toda aquela papagaiada de Raihn sobre eu não ser uma prisioneira e sim a rainha de fato valia de alguma coisa.

— Não posso fazer isso, Alteza — falou Killan. — Fui instruído a proteger a senhora. É perigoso lá fora.

Fui instruído a proteger a senhora, o garoto tinha dito, como se eu não pudesse ver suas narinas se dilatando quando me aproximei demais. Ele não estava equipado para proteger nada. Nem sabia como resistir ao cheiro de sangue humano.

Se *aquele* era o tipo de recurso remanescente no castelo, significava que estavam realmente desesperados.

Dei um passo para trás. Dois.

Killan soltou um suspiro visível de alívio.

Se lembre de quem você é, sussurrou Vincent.

O que caralhos eu estava fazendo, pedindo a *permissão* daquele garoto para sair? Deixando que ele achasse que era capaz de me *proteger*?

Pela Deusa, eu tinha vencido a porcaria do Kejari. Fora vitoriosa em batalhas contra guerreiros vampiros dez vezes mais velhos que eu e com o dobro do meu tamanho. Eu era a filha de Vincent dos Nascidos da Noite, o maior rei a comandar a Casa da Noite. Era sua Sucessora por direito, e *muito melhor do que aquilo*.

Pela Mãe, que saudades de sentir raiva. Abracei o pensamento como se estivesse recebendo um antigo amante em meus braços.

Fogo da Noite rugiu na ponta dos meus dedos e subiu com tudo pelos antebraços.

Não foi difícil lidar com Killan. O garoto provavelmente jamais golpeara outro ser vivo com aquela espada, e com certeza não estava preparado para que eu fosse a primeira. O toque do Fogo da Noite o fez arquejar, com feridas exangues surgindo em seus braços que agarrei para o empurrar contra a parede. Ele tentou resistir, débil, mas derrubei sua espada no chão de mármore com um estrondo.

Era uma delícia poder lutar de novo. Tão bom que senti o ímpeto de investir com mais força. Queria um desafio maior.

Queria *machucar* um pouquinho.

Mas Killan não ofereceu muita resistência. Não, ele apenas ofegou, com o coração batendo rápido — Pela Mãe, como era possível ouvir sua pulsação com tamanha clareza? — enquanto eu esmagava seu pescoço com o antebraço, fazendo o Fogo da Noite lamber sua pele.

Estendi o pé para a esquerda e trouxe sua espada para perto. Me abaixei, planejando pegar a arma, e Killan tentou se desvencilhar de mim.

Foi inútil. Em segundos, ele estava de novo espremido contra a parede, dessa vez com a própria lâmina cruzada diante do peito.

Ele parecia amedrontado.

Aquilo costumava me encher de satisfação. Ver vampiros com medo. Mesmo que por alguns breves instantes antes de eu voltar a sentir a impotência com a qual convivera a vida toda.

Por um momento, senti a mesma satisfação de novo.

Se gosta de ter alguém a olhando dessa forma, serpentezinha, murmurou Vincent, *imagina como é ter um reino inteiro.*

Senti um calafrio. Era fácil se perder naquele tipo de poder. E era algo que eu queria, contanto que fizesse me sentir qualquer coisa que não fraca.

Mas a verdade inconveniente era que Killan não era uma das presas que eu abatia nos assentamentos humanos. Mal passava de um garoto, que recebera uma missão para a qual não estava pronto.

Mate o rapaz, insistiu Vincent. *Ele vai contar aos outros que você fugiu.*

Vozes no corredor. Passos ao longe. Porra. Não havia tempo.

Ergui de novo a espada.

— Por favor — implorou Killan. — Eu...

BLAM.

Soquei a cabeça dele na parede.

O corpo tombou. O jovem era maior que eu, e fisicamente mais forte, mas não esperava meus movimentos. Era difícil derrubar um vampiro. Ele não ficaria inconsciente por muito tempo. Arrastei o garoto até meu quarto e o tranquei lá dentro — com os três ferrolhos.

Os passos estavam se aproximando. O castelo parecia ter criado vida própria por conta da ansiedade. Gritos ecoavam ao longe, ríspidos, com tom de comando.

Se muito, eu tinha apenas alguns minutos.

Peguei a espada e o manto militar com capuz de Killan e saí correndo.

Naquele momento, eu daria tudo para ter asas. Mesmo que tivesse fôlego para atravessar Sivrinaj correndo — uma ideia ridícula —, ainda demoraria demais para chegar a pé ao arsenal.

Precisava de um cavalo.

Não era muito comum cavalgar no território da Casa da Noite; asas geralmente eram muito mais eficientes. Montarias eram usadas apenas por humanos — ou pela Guarda dos Nascidos da Noite.

Portanto, eu precisaria me esgueirar até os estábulos. O manto de Killan era um péssimo disfarce, considerando que todos podiam sentir meu cheiro humano, mas era melhor que nada. Foi apenas graças ao completo caos no castelo que consegui chegar ao térreo sem que ninguém me notasse. Vultos uniformizados — de membros da Guarda dos Nascidos da Noite a simples soldados rasos, meros criados — inundavam os corredores.

Foi fácil avançar despercebida em meio à bagunça e alcançar os estábulos. Vários cavalos tinham sido preparados e dispostos numa fileira; agarrei o primeiro que vi, uma pequena égua de pelagem castanha. Considerei brevemente a ideia de tentar me misturar, mas não tinha tempo. No minuto em que alguém visse meu rosto ou chegasse perto o bastante para sentir meu cheiro, saberia exatamente quem eu era. Pior ainda: quando subi no cavalo e baixei o rosto para ajustar o manto, vi meu peito e soltei um palavrão.

Minha Marca.

Eu estava usando uma camisola, não os trajes de couro de sempre, o que deixava meu colo exposto. O manto cobria uma porção da tinta vermelha, mas não tudo.

Certo. Velocidade, então.

A égua parecia desconfortável, como se soubesse que estava sendo separada do resto dos animais por motivos escusos. Em Obitraes, cavalos costumavam ser especialmente ariscos. A égua dançou ansiosa quando a incitei pelas portas do estábulo, e abaixei um pouco a cabeça para me esconder com o capuz. O calor da noite, árido e intenso, me sobressaltou. Demorei um instante para me dar conta de que provavelmente era porque eu não saía do castelo havia semanas.

As palavras de Raihn, ditas durante um de nossos primeiros encontros, agora soavam em minha cabeça.

A princesinha humana de Vincent, mantida em um palácio de vidro vista por todos, mas nunca tocada.

Que hipócrita do caralho.

— Ei! Você, garoto! Para onde está indo? — A voz rouca me assustou.

Fiz a montaria acelerar em um trote pelas ruas da cidade, puxando o capuz mais rente à cabeça.

— Garoto! — repetiu meu interlocutor.

Pressionei as ancas da égua com os calcanhares para acelerar o ritmo e deixei os gritos para trás.

Os assentamentos humanos. Eu conhecia aquelas ruas melhor do que qualquer vampiro. Poderia atravessar a região num piscar de olhos e chegar até o outro lado da cidade mais rápido caso pudesse transitar por vias não congestionadas de soldados e pontos de controle.

Investi mais com os calcanhares, e a égua passou a galopar por uma rua lateral silenciosa e escura. No entanto, assim que chegamos à esquina, o animal se assustou e empinou, quase me jogando nos paralelepípedos. Por muito pouco consegui me segurar, esfregando o pescoço da égua enquanto sussurrava palavras de conforto.

Estava tão escuro que, a princípio, minha fraca visão humana não conseguiu distinguir a pessoa à minha frente. Mas depois...

Ele se aproximou, erguendo as mãos. O luar banhou um cacho de cabelo — prateado — e a curva de um sorriso imperturbável.

— Não quis assustar — falou. — Minha caminhada noturna ficou um tantinho caótica.

Septimus.

Fodeu.

Inclinei a cabeça, me escondendo mais ainda nas sombras do capuz. Será que faria alguma diferença para um par de olhos vampíricos aguçados? Para o olfato vampírico?

— Peço perdão — continuou ele. — Você tem coisas importantes a fazer, não? Acho melhor ir por ali, porém. Tem todo tipo de barricada deste lado.

Assenti, ainda me esforçando para esconder o rosto.

Septimus enfiou as mãos nos bolsos e seguiu, dando um tapinha no pescoço da égua enquanto passava por mim.

— Boa sorte. Parece uma confusão das boas.

Soltei o fôlego quando ele foi embora, sem querer questionar minha sorte nem mesmo se tivesse tempo para isso. Talvez ele não houvesse me reconhecido. Ou talvez sim, e, nesse caso, não dava para parar e pensar muito a fundo sobre o que isso significava.

Eu tinha uma missão e uma estrada desimpedida diante de mim. Voltei a incitar a égua.

Peguei o caminho da esquerda.

O ataque foi uma cópia quase perfeita daquele perpetrado contra o Palácio da Lua. Eu tinha de admirar o comprometimento de Jesmine com sua mesquinhez. Até onde ela sabia, Raihn fora o responsável pelo ataque ao Palácio da Lua. Para ela, aquilo era justiça. E, pela Mãe, ela estava fazendo seu serviço muito bem. Era impressionante o que tinha conseguido executar. Minha sensação era a de estar galopando pelo próprio mundo inferior.

Fumaça de Fogo da Noite tinha um cheiro muito particular — parecia queimar as narinas de dentro para fora. O fedor estava avassalador quando cruzei a segunda ponte dos assentamentos humanos, a passagem que levava aos territórios vampíricos de Sivrinaj. Àquela altura, eu estava nas fronteiras da cidade; assim que virei a esquina na primeira estrada principal que levava até a base, praguejei comigo mesma.

A cena à minha frente era de pura carnificina. O branco cegante do Fogo da Noite fazia meus olhos arderem. A magia consumia a maior parte do arsenal.

Era como se Jesmine tivesse decidido — provavelmente de forma sábia — que retomar e manter a base seria impossível estando tão perto do coração de Sivrinaj. Assim, destruir as instalações era o melhor caminho.

Mas não fora um ataque fácil. Havia soldados Rishan por todos os lados; conjuradores lutavam contra as chamas, guerreiros avançavam em meio ao derramamento de sangue. No telhado, mal visível por conta da luz do Fogo da Noite, mais militares se engalfinhavam. Puxei a égua para longe quando um corpo Hiaj mutilado e ensanguentado caiu de pé diante de mim, fazendo ecoar um baque surdo e nojento.

Encarei o sujeito. Ele pestanejou. Seu rosto estava coberto de sangue, deformado de um jeito que sugeria que a maior parte dos ossos estava quebrada. Um lampejo de reconhecimento cintilou em seus olhos e ele abriu a boca, mas não emitiu som algum.

Por um momento terrível, eu estava olhando para o corpo de meu pai, destroçado como aquele, tentando inutilmente falar comigo em seus momentos finais.

Virei de repente a cabeça quando um grito distante ecoou pela noite — o tipo de berro que fazia os pelos da nuca se arrepiarem.

Reconheci o som imediatamente. Era o mesmo que cruzara o ar durante o ataque ao Palácio da Lua.

Demônios. Jesmine arranjara um conjurador.

Minha montaria também ouvira o grito, e estava extremamente desinteressada em chegar perto da fonte. Empinou num salto violento e súbito e depois refugou. Precisei me jogar da sela enquanto a égua disparava outra vez na direção das ruas escuras da cidade.

Rolei pelos paralelepípedos, grunhindo. Xinguei e fiquei de pé, tateando ao redor até encontrar de novo a espada de Killan. Era uma arma desajeitada e sem nada de especial. Eu não gostava de lutar com espadas tradicionais, porque eram grandes e esquisitas e não se moviam tão rápido quanto eu, mas algo afiado sempre seria algo afiado.

Fiquei de pé com dificuldade e foquei o olhar no arsenal em chamas. As portas tinham sido explodidas. Um quadrante inteiro da construção simplesmente desaparecera.

Jesmine devia estar lá dentro. *Meus soldados* deviam estar lá dentro.

Eu estava correndo em meio às chamas antes que pudesse pensar direito.

10
RAIHN

Eu sabia, caralho.

Se não houvesse tanta morte ao meu redor, talvez tivesse me deleitado mais com a situação. Como havia, porém, era difícil apreciar a sensação de superioridade.

Eu tinha sorte de ter sobrevivido à explosão — ao contrário de muitos dos guerreiros Rishan. Ao que parecia, alguém conseguira entrar pelas muralhas do arsenal e implantar símbolos, porque a explosão aconteceu antes da chegada dos Hiaj ou dos demônios. Eu estava caminhando pelos corredores quando o caos irrompeu, e senti o estouro poucos segundos antes de ver o Fogo da Noite se alastrar pelo ar.

Está sentindo esse cheiro? Sangue.

Bem, eu com certeza estava sentindo o cheiro agora. O olfato fora o primeiro sentido a voltar depois que recuperei a consciência após a explosão. Fiquei de pé, cambaleando em meio ao inferno.

Havia Fogo da Noite por todos os lados, com silhuetas tanto de soldados Hiaj quanto Rishan correndo em meio ao incêndio. Demônios dos Nascidos da Noite — criaturas de quatro patas e sem pelagem — disparavam em meio às chamas numa velocidade impossível. Um lamento distante ecoou pelo ar quando fecharam a mandíbula ao redor do torso de um soldado azarado a vários corredores dali. Os monstros eram idênticos aos que tinham sido plantados no Palácio da Lua tantos meses antes.

Uma escolha intencional, eu tinha certeza. Tudo aquilo. O Fogo da Noite. Os demônios. Uma imitação deliberada e direta daquela outra madrugada. O pequeno *foda-se* de Jesmine pelo ataque cuja autoria eu me negara a assumir.

Será que era muito horrível aquilo me deixar um tanto aliviado?

Eu não era o melhor rei. Nem sequer um general especialmente bom como Vale e seu gosto por estratégia e política.

Mas era um guerreiro bom pra caralho. Realmente muito habilidoso em matar coisas. Era reconfortante voltar a fazer algo familiar enquanto eu abria caminho pela carnificina à força da espada.

Desde a morte de Neculai, eu tinha sentido seu poder — o poder da linhagem do Sucessor Rishan — pulsando nas profundezas do meu corpo. Eu sempre fora relativamente forte desde a Transformação, mas depois da morte dele... Se a Marca não fosse suficiente para me informar o que aquilo era, eu teria sido capaz de *sentir*, como uma nova fonte de poder irrompendo para a superfície.

Por alguns séculos, eu tinha feito de tudo para ignorar a sensação. Não queria aceitar. Havia impressões digitais de Neculai por todo o meu corpo. Ele era responsável por tudo o que eu havia me tornado. Não queria que meu poder também fosse dele.

Mas desde o desejo que Nyaxia realizara, desde que ela devolvera o poder total à linhagem do Sucessor Rishan, não havia mais como ignorar a coisa. Eu sentira aquilo desde a primeira noite, depois de carregar Oraya inconsciente até o castelo e voltar para ajudar na retomada da cidade. Sentira aquilo ao arrancar a cabeça de Martas de seu corpo. E estava sentindo aquilo agora, a cada golpe da lâmina envolto por Asteris, com poder escorrendo pelos poros com tamanha magnitude que eu seria incapaz de esconder mesmo que quisesse.

Odiei como eu estava amando toda a situação.

Virei numa esquina e retalhei outro demônio. Muito fácil — mas, sempre que eu matava uma das criaturas, várias outras surgiam do meio da fumaça. Lá em cima, conseguia ouvir vozes e passos — guerreiros Hiaj que tinham mergulhado do céu nebuloso, aproveitando a baixa visibilidade. Mais perto, a voz de Vale ecoava entre as muralhas, dando ordens para que nossos soldados rechaçassem os atacantes antes que eles pudessem invadir o pavilhão térreo.

Era quase cômico como tantos planetas tinham se alinhado para fazer daquela noite um perfeito beco sem saída.

Se retirássemos nossas forças dali, como originalmente planejado, os Hiaj teriam tomado a base com facilidade. Se os nobres Rishan tivessem enviado apoio como deveriam, estaríamos em maior número do que os atacantes. Se os Nascidos do Sangue estivessem ali, teríamos esmagado os Hiaj antes mesmo de a investida começar.

Mas, naquelas condições específicas, estávamos em pé de igualdade. Nossos soldados eram mais saudáveis, mas os Hiaj tinham mais habilidade, além do efeito surpresa e dos demônios como vantagem. Passei por vários cadáveres enquanto descia pelas escadas, pessoas com forças tão equivalentes que tinham matado umas às outras nos combates corpo a corpo.

Cheguei à base da escadaria. Precisava ir para os fundos, perto dos portões.

Virei numa esquina e me detive.

Eu a reconheci de imediato, mesmo em meio à fumaça. O Fogo da Noite parecia se curvar diante dela — envolvendo seu corpo como se tivesse consciência de cada curva e ângulo. Tentáculos de cabelo longo e escuro voejavam às suas costas. Ela lutava com uma espada, uma arma ridícula com a qual estava claramente desconfortável — e eu soube daquilo de imediato porque a conhecia, porque sabia como ela se movia e lutava. Eu conhecia a jovem tão bem que me bastava uma fração de segundo para saber quando ela estava desbalanceada.

A humana lutava contra um demônio rebelde, que soltou um lamento cortante ao ser empalado, fazendo jorrar um jato de sangue preto e pútrido. Com um rugido engasgado, ela empurrou o corpo molenga para longe. Depois se virou e ergueu a cabeça.

Aqueles malditos olhos. Prateados feito uma lâmina de aço. Tão aguçados quanto. Tão mortais quanto. Todas as vezes, eu sentia aquele estremecimento no peito, o ímpeto de coçar uma cicatriz que não existia.

O rosto dela ficou sisudo e frio, e, por um segundo, senti alívio em ver aquele olhar. Aquela expressão combativa.

Essa é a minha garota.

O lapso de alívio afogou todos os outros pensamentos razoáveis — os pensamentos que eu deveria estar tendo e que me atingiram logo depois numa avalanche mental.

Ela tinha saído.

Tinha ido até ali.

Sabia como ir até ali.

Estava tentando escapar. Ou...

Ou era a responsável por tudo aquilo.

Oraya saltou para longe assim que me viu, recuando alguns passos. O Fogo da Noite ao redor dela tremulava e dançava, acompanhando seu vulto. Será que ela tinha noção de que fazia aquilo? Era consciente ou só mais uma parte dela, assim como minha própria magia?

— Me deixe passar — falou. Uma ordem, não um pedido.

Abri um sorrisinho.

— Ou o quê? Vai me apunhalar de novo? Pela segunda... Não, pela terceira vez agora?

O Fogo da Noite lampejou novamente, se curvando ao redor de seu corpo.

Eu devia odiar o fato de Oraya ter recebido um incremento de poder ao ascender a Sucessora. Mas, caramba, eu amava ver aquilo. Assim como amava a intensidade em seu olhar quando ela cerrou os dentes e se aproximou.

— Não estou de brincadeira, Raihn. Me deixe passar.

— Não posso fazer isso, Oraya.

— Por quê? — A pergunta saiu de um jeito tão sincero que era chocante, com um vinco entre as sobrancelhas e tudo. Ela deu mais um passo curto, sem nunca desviar o olhar de mim. As palavras eram como facas de arremesso, já encharcadas com o sangue dela. — *Por quê?*

Me atingiu com mais força do que deveria.

Era uma questão que, eu sabia — nós sabíamos —, ia além das duas palavras. Além das duas pessoas se encarando num corredor. Era um "Por que você me traiu?" falado num tom tão devastador quanto o das palavras que haviam me puxado de volta para a realidade na ala de Vincent: "Você matou meu pai".

Eu podia quase ver a acusação nos olhos dela. Não, mais que isso — uma análise. Já que, como sempre, ela enxergava direto através de mim.

Por quê?

Porque se eu te deixar ir, vou estar traindo meu próprio trono.

Porque se eu te deixar ir, não vou ter alternativa a não ser lutar contra você.

Poque se eu te deixar ir, você vai virar minha mais profunda inimiga.

E não posso matar você, princesa. Já tentei. Não consigo.

Palavras malditas demais. Honestidade demais.

Então fui de:

— Você sabe o porquê, Oraya. Não acabei com você ainda.

Um fragmento da verdade misturado à provocação: *Vamos. Lute comigo.*

Eu queria que ela lutasse. Sentia falta de ver aquele ímpeto nela. Vinha lhe implorando a mesma coisa havia semanas.

Ergui a espada. Ela fez o mesmo. O Fogo da Noite dançava a cada respiração, sendo avivado com o ódio no rosto de Oraya.

Mas então ela ergueu o queixo. Arregalou os olhos.

Espiei por cima do ombro bem a tempo de ver um esguio vulto feminino com as asas abertas e sem plumas vindo rápido na minha direção, já com a espada desembainhada.

Jesmine. Não tem como esquecer o rosto de alguém que passou horas te torturando.

Mal consegui desviar do ataque, revidando para fazer nossas lâminas se chocarem. Com o golpe, ela conseguiu derramar meu sangue: sua espada abriu um corte em meu ombro, que fui lento demais para tirar do caminho a tempo. Um erro idiota.

Ela se movia como uma dançarina, bem treinada, elegante e sem emoção. Sua expressão era de foco total, calma como a superfície de uma lagoa de inverno sob as marcas da batalha — sujeira, sangue, queimaduras.

Jesmine se virou para olhar Oraya, e fiz a besteira de acompanhar o gesto — uma distração idiota num momento crítico. O próximo golpe da general era para matar.

— *Pare!* — A voz de Oraya cortou o aço e o caos. — Recue.

O rosto de Jesmine se contorceu em confusão.

Oraya se aproximou, um esgar lhe repuxando os lábios.

— Ele é meu, Jesmine. Recue. Vá se juntar aos outros.

Eu era incapaz de machucar Oraya, mas não tinha nem um pingo de afeição por Jesmine. Quando a vampira hesitou, abismada pela ordem de sua rainha, aproveitei a oportunidade.

Àquela altura, eu mal conseguia regular a nova intensidade de meu poder — nem precisei invocar o Asteris para que ele dançasse no fio da espada. Jesmine era boa, boa o bastante para desviar, apesar da distração, boa o bastante para redirecionar minha lâmina com um movimento da dela — mas a força do golpe fez com que a vampira saísse voando pelo corredor, atirando seu corpo contra os escombros de pedra.

Ela mal tinha caído antes de Oraya me alcançar.

Senti sua aproximação por conta do Fogo da Noite — o zumbido no ar denunciando o movimento um instante antes de ela correr em minha direção.

Eu poderia ter matado Oraya. Poderia me virar o suficiente para disparar uma rajada de Asteris que pudesse arrancar a carne de seus ossos. Em vez disso, precisei dedicar preciosos momentos extras só para ter certeza de que segurava minha magia, me contendo antes de bloquear seu golpe.

Aquilo nos deixou em pé de igualdade, e Oraya aproveitou a brecha.

Fazia semanas desde que ela havia lutado pela última vez — se o tempo parada afetara suas habilidades, ela não transpareceu. Pelo contrário: a energia reprimida parecia a impelir ainda mais a cada golpe.

Mesmo assim... muita coisa continuava igual.

Mergulhamos em nossa coreografia bem treinada, e a intensidade de cada movimento parecia duas, três vezes maior do que meses antes. Nossa magia, o Fogo da Noite dela e meu Asteris, nos cercava como nuvens espessas, luz e escuridão, calor e frio. Cada pancada que eu bloqueava reverberava por todo o meu corpo apesar do tamanho diminuto de Oraya — ela imprimia muita força em cada golpe.

Ela era boa demais. Honestamente, eu era incapaz de não admirar sua habilidade.

Mas nenhum sangue foi derramado. O Fogo da Noite agrupado ao redor dela tinha lá seu efeito sobre mim, é verdade, mas cada um de seus botes era contido, provocando apenas pequenos cortes quando conseguiam penetrar minhas defesas.

Ela era rápida, porém. Rápida demais. Mais rápida a cada golpe — como se estivesse se soltando, perdendo o controle.

O Fogo da Noite foi ficando mais e mais brilhante.

Três investidas, a última tão rápida que não consegui desviar, e a dor irradiou por meu peito — um corte do ombro ao quadril.

Se Oraya achou que não percebi a expressão de arrependimento que passou pelo seu rosto ao ver o sangue, como se aquilo a tivesse despertado de um surto, ela estava enganada.

Usei a hesitação contra ela, revidando antes que Oraya pudesse se mover e revertendo nossas posições. Agora ela estava contra a parede, a espada mal contendo a minha, meu corpo a apertando.

O Fogo da Noite brilhava forte, e eu não conseguia ver nada além de seu rosto.

Tudo se resumia a Oraya. Mortal e deslumbrante. Mesmo seu ódio era lindo pra caralho.

Continuamos ali, engalfinhados, ambos ofegando. Exatamente como no Kejari. Como se estivéssemos lutando contra nosso próprio reflexo.

— Você está se contendo — disse ela.

Senti o peito latejar, a dor fantasma de um ferimento que não existia. Sorri.

— Você também — falei, completando nosso teatrinho.

Cheguei mais perto, tão perto que meus lábios quase tocaram sua orelha — e, por um momento, o ímpeto de correr os dentes de leve por seu lóbulo, de levar minha boca até seu pescoço, ficou insuportável. O cheiro dela, mais forte do que nunca, tornava difícil focar em qualquer coisa.

— Você está morrendo de vontade de me matar — murmurei. — Então o que está esperando, caralho?

Não me movi, mas senti a pressão gélida da lâmina dela contra meu peito — ardendo onde a ponta ameaçava romper a pele. Recuei o suficiente para olhá-la, nossas testas se tocando. Os olhos dela, grandes e redondos como a lua, se fixaram nos meus.

Às vezes, eu sentia que a conhecia melhor do que qualquer outra pessoa no mundo. Às vezes, ela era o mais confuso dos mistérios. Naquele instante, representava as duas coisas ao mesmo tempo — sua dor reprimida era óbvia, mas ainda assim a mão trêmula na espada propunha uma pergunta que eu não sabia responder.

Um fio de sangue escorreu pelo centro do meu abdômen.

A respiração de Oraya, vacilante e acelerada, se misturou à minha.

— E aí? — perguntei, rouco. — Vai me matar, princesa?

Eu realmente queria saber. Talvez aquela noite finalmente fosse a última.

Oraya não disse nada. Só cerrou os dentes, abrindo a boca num esgar. As chamas nos envolviam como o abraço de um amante.

Outra gota de sangue escorreu do meu peito.

Mas ela não se moveu.

Não ia fazer aquilo.

Não ia fazer aquilo.

A verdade me acertou com uma certeza súbita. A confirmação de algo que, honestamente, me confundia.

Porque Oraya tinha todas as razões para me matar.

Por um brevíssimo momento, a raiva dela denunciou alguma outra coisa, que a fez fechar os olhos para esconder de mim, mas a peguei pelo queixo e virei seu rosto de novo em minha direção.

Abri a boca...

... e o sangue esguichou em meu rosto, e o corpo de Oraya se sacudiu quando uma flecha se alojou em sua carne.

11
ORAYA

Fui idiota. Estava distraída. Não vi a flecha vindo até que fosse tarde demais.

Senti o sangue antes da dor — um calor espesso e úmido se espalhando por meu torso, abaixo do braço erguido para sustentar a espada.

Minha lâmina caiu no chão.

O mundo foi embaçando conforme o calor branco do Fogo da Noite recuava.

De repente, eu estava em movimento — não mais na direção da parede, e sim para a lateral, escorregando para o chão mesmo sem querer.

Raihn me agarrou e me protegeu com o corpo. Seu vulto, imenso e silhuetado pelas chamas, assomou diante de mim.

— ... o que *caralhos* pensa que está fazendo? — rugiu ele.

Meus olhos recaíram na outra extremidade do corredor, e me esforcei para enxergar através da fumaça e da visão borrada. Um jovem Nascido do Sangue se encolhia diante da expressão colérica de Raihn, arregalando os olhos ao me ver e se dar conta de quem eu era.

— Ela... ela estava atacando o senhor... — gaguejou ele.

Uma torrente de xingamentos escapou de Raihn, se misturando em minha mente. Em meio ao fogo, eu conseguia ver mais silhuetas vindo pelo corredor — mais Nascidos do Sangue? Reforços. *Fodeu*.

Apertei o ferimento com a mão. Sangrava profusamente. Sendo ou não metade vampira, o sangue seria sempre a minha fraqueza. Estava sempre pronto a vazar de mim à menor oportunidade.

Foi quando virei a cabeça e distingui uma sombra em meio à fumaça, agachada num canto. Jesmine. Reconheci a vampira mesmo que ela não passasse de um vulto baço. Ela me encarou através da bruma, se esgueirando para a frente enquanto Raihn repreendia o próprio soldado.

A general deu mais um passo, mas balancei a cabeça.

Ela hesitou, semicerrando os olhos e questionando meu gesto. Mas neguei com a cabeça de novo, dessa vez com mais força, uma ordem silenciosa: "Vá. Agora".

Talvez pudéssemos vencer os Rishan; se os Nascidos do Sangue tinham chegado, porém, Jesmine e suas forças — minhas forças — estavam prestes a ser dizimadas.

Ela chegou mais perto, a fumaça se abrindo o bastante para que eu pudesse ver a expressão de protesto em seus olhos — o "Mas e você?" não dito.

Tentei dispensar a vampira, mas o movimento exigiria demais. Minha visão ficou borrada. Foi escurecendo.

Não me lembrava de ter perdido a consciência. De repente, porém, estava estatelada no chão, encarando o rosto de Raihn sobre mim. Ele dizia algo que eu não conseguia compreender. Mas não importava, porque comecei a me perder antes mesmo que as palavras saíssem de seus lábios.

Não queria que os olhos dele me acompanhassem inconsciência adentro.

Mas acompanharam.

12

ORAYA

Pela primeira vez em semanas, não sonhei com Vincent.

Sonhei com Raihn, com a expressão sem seu rosto enquanto ele morria e com a sensação da minha lâmina entrando em seu peito.

Sonhei com aquilo várias, várias e várias vezes.

Abri os olhos e me deparei com um familiar teto cerúleo de vidro. O rosto morto de Raihn se dissolveu no meio das estrelas pintadas de prateado.

Tentei me mover, mas meu corpo não obedeceu, me recompensando com uma dor intensa na costela.

— Ainda não.

Meu peito doía. Doía ouvir a voz de Raihn. Demorei um minuto para criar coragem de virar a cabeça — ainda esperava ver o vampiro como em meus pesadelos. Morto, com minha espada fincada no peito.

Mas não, Raihn estava vivíssimo. Ao lado da minha cama, debruçado sobre mim. Me dei conta de que a dor intensa na lateral do corpo era ele cuidando do meu ferimento, e...

Pela Deusa.

Me ajeitei, desconfortável, quando me dei conta de que estava nua da cintura para cima, exceto pelas ataduras enroladas no torso.

Raihn deu uma risadinha.

— Nunca a vi tão sedutora antes.

Queria ter uma resposta afiada para aquilo, mas a impressão era a de que os pensamentos em meu cérebro estavam se arrastando pela lama.

— Você estava sedada — continuou ele. — Aguarde um minuto que já melhora.

Pela Mãe, como minha cabeça doía.

Lembrei do ataque. De ter corrido até o arsenal. De minha lâmina pressionada contra o peito de Raihn pela segunda vez.

Você quer ir em frente, então vá.

Mas eu não tinha feito nada. Não havia conseguido. Mesmo com o coração dele bem ali, exposto para mim.

Eu poderia ter acabado com tudo aquilo. Ter tomado de volta o trono de meu pai. Ter vingado sua morte.

Engoli em seco, ou tentei. Como se tivesse percebido, Raihn terminou de envolver meu torso com as ataduras e depois me entregou um copo.

— Água — disse ele.

Fiquei encarando o vasilhame, e ele deu uma risadinha sarcástica.

— O que foi? Acha que eu envenenaria você?

Honestamente? Sim. Eu tinha escapado. Tinha lutado contra ele. Era de supor que não sabiam sobre minha responsabilidade no que havia acontecido, caso contrário eu estaria acorrentada numa masmorra.

Raihn soltou mais uma risada baixa — um som tão estranhamente cálido que o senti percorrendo minhas costas como um calafrio.

— Ah, essa carinha... — disse ele, balançando a cabeça. — Só beba, pode ser?

Eu estava muito, muito sedenta, então aceitei.

— É inacreditável como a flecha de um soldado raso pode chegar tão perto de acabar com tudo — continuou ele num murmúrio.

Raihn também tinha curativos no corpo. Fez uma leve careta quando se levantou — aquilo ao menos me fez sentir um pouco de orgulho. Tinham cuidado de suas feridas, e muito bem, mas ainda havia queimaduras de Fogo da Noite em suas bochechas e manchas de sangue escuro marcando o tecido ao longo do corte que eu infligira em seu tórax.

Engoli em seco e enfim senti que era capaz de falar.

— Você não tem coisas mais importantes para fazer além de dar uma de enfermeiro?

— Como sempre, você tem um jeito muito esquisito de agradecer.

— Estou só...

Surpresa.

Ele ergueu a sobrancelha.

— E se eu dissesse que todos os enfermeiros estão com medo de você? Da rainha do Fogo da Noite que acabou de tentar aniquilar o exército Rishan?

— Eu diria que estão sendo espertos.

Era burrice da minha parte entrar naquela brincadeira. Naquela versão falsificada do que tínhamos sido durante o Kejari.

Minha cabeça estava explodindo. Me sentei, chiando quando, ao inalar, senti uma pontada de dor na lateral do torso. Raihn estava certo. Aquele soldado tinha acertado um belo disparo.

— O projétil tinha sido alterado com magia de sangue — falou Raihn, como se pudesse ler minha mente.

Malditos Nascidos do Sangue.

A parte final do que acontecera — os reforços dos Nascidos do Sangue chegando — voltou para mim como se eu estivesse sendo coberta por uma manta fria de medo. Os homens de Jesmine estavam em pé de igualdade com os Rishan — uma luta equilibrada que poderiam ter vencido. Os Nascidos do Sangue alteravam a balança, porém. Eram eficientes e brutais.

Raihn parou diante da janela do meu quarto, olhando para a paisagem urbana da noite de Sivrinaj. Será que estava fitando os corpos dos Hiaj que, àquela altura, sem dúvida adornavam as muralhas da cidade?

Ele não disse nada, então também continuei em silêncio. Não daria a ele a satisfação de perguntar.

Raihn se virou depois de um longo momento, me encarando com as mãos no bolso. Tinha um aspecto cansado. Não exibia nem um pingo de sua elegância real. Parecia a pessoa com quem eu tinha dividido os aposentos no Palácio da Lua. Alguém familiar. A versão dele que eu achava que conhecia.

Seu rosto estava fechado, exausto.

— Sei que você quer perguntar, então vou contar: a gente não capturou nenhum Hiaj. Tiramos algumas dezenas de cadáveres da cena de batalha. Uma quantidade equivalente de Rishan e Hiaj, o que acho que vai te deixar feliz. Assim como saber que o arsenal foi destruído. Perdemos tanto armamento que vamos levar boa parte do ano para recuperar os recursos.

Tentei não reagir.

Aquilo não me deixava feliz. Eu havia sacrificado homens que não tínhamos. Já era alguma coisa não ter perdido; no entanto, parecia mais um empate do que uma vitória pela qual eu ansiava.

E eu permanecia ali. Prisioneira.

Prisioneira, mas... viva, por mais incrível que parecesse.

Franzi o cenho, olhando para mim mesma. Para as ataduras em meu corpo, os frascos de remédio na mesinha de cabeceira.

— Teria sido conveniente para você me deixar morrer — falei.

Raihn cruzou os braços. Franziu a testa.

— Teria sido conveniente para você me matar naquele arsenal — rebateu, apenas. — Por que não foi adiante? Estava com a faca e o queijo na mão.

Boa pergunta, serpentezinha, sussurrou Vincent. *Por quê? Você teve a oportunidade perfeita.*

A verdade era que eu não sabia o que havia detido minha mão. Ou ao menos dizia a mim mesma que não sabia, porque era mais fácil do que reconhecer as possibilidades desconfortáveis.

Não respondi.

O rosto de Raihn se alterou, assumindo uma expressão de seriedade. Ele olhou pela janela, perdido em pensamentos. Era uma expressão esquisita, como se ele quisesse dizer algo mas não fosse capaz — como se um pensamento sombrio tivesse acabado de lhe ocorrer.

— Precisamos conversar — falou ele.

Não gostei nada daquilo.

— Sobre o quê?

— Mais tarde. — Os olhos dele recaíram sobre mim por mais um instante, depois o vampiro virou o rosto e foi até a porta.

— Descanse. Volto mais tarde para buscar você.

— Para me buscar? — perguntei. — E me levar para onde?

Mas ele apenas repetiu:

— Já falei, precisamos discutir algumas coisas importantes.

E sumiu sem nem olhar para trás.

Como prometido, Raihn retornou algumas horas mais tarde. Eu estava dolorida e minha cabeça latejava furiosamente, mas dei um jeito de me levantar e colocar uma roupa. Vesti as peças de couro, mesmo me encolhendo de dor quando o material endurecido roçou nas feridas ainda sensíveis.

Mesmo quando aquele castelo ainda pertencia a Vincent, eu usava a armadura de couro todos os dias. Nunca me permitia esquecer que estava cercada de predadores, ainda que em casa. Nos últimos tempos, porém, andava negligente. Desleixada. As feras que agora me cercavam estavam mais sedentas por sangue do que nunca, mas fui tão tola de me entregar ao luto que me permiti andar por ali vestida em seda e algodão, praticamente me oferecendo de bandeja.

Não mais.

Quando Raihn foi me buscar, me olhou de cima a baixo e ergueu a sobrancelha.

— Hum — falou.

— O que foi?

— Nada. Você parece pronta para a batalha.

Olhei para ele sem expressão enquanto avançávamos pelo corredor.

— Aonde estamos indo? — perguntei.

— A um lugar reservado para conversar.

— Meu quarto não é reservado o bastante?

Não consegui decifrar por completo o olhar estranho que ele me dirigiu.

— Não vou deixar Septimus entrar no seu quarto.

Ergui as sobrancelhas. Quase parei de andar.

— Vamos nos encontrar com Septimus — afirmei.

— Infelizmente.

Olhei para ele de soslaio. Raihn encarava o caminho adiante, o rosto tenso.

Senti o estômago revirar, inquieto. Tinha algo esquisito ali. Ele não ia me executar. Se fosse essa sua intenção, já o teria feito. Não teria gastado remédios ou tempo para me curar. Tortura, porém... Tortura não estava fora de cogitação. Talvez o próprio Raihn não colocasse a mão em mim, mas Ketura decerto estaria disposta, ou qualquer um de seus outros generais, caso descobrisse meu papel no ataque ao arsenal. Era o que qualquer rei faria — o que *precisaria* fazer — se descobrisse uma traidora debaixo do próprio teto.

Por instinto, levei as mãos aos quadris. Claro que não estava armada.

Raihn não falou mais enquanto me guiava pelo corredor e depois por um lance de escadas que desciam e levavam a outra ala, onde ele abriu uma porta ao fim da passagem.

Era um espaço pequeno, talvez um escritório ou uma sala de estar. Difícil dizer, porque, como a maioria dos cômodos naquele castelo, estava sem móveis ou outros itens — as prateleiras estavam vazias, sem tomos para substituir os antigos. Havia uma única mesa redonda acomodada bem no meio do recinto.

Septimus já estava lá, e nem se deu ao trabalho de levantar quando entramos. Vale aguardava por perto, com os braços cruzados, me encarando como um falcão focado na presa, e Cairis ficou de pé quando a porta se abriu.

Ele sorriu para mim e puxou uma das cadeiras vazias de frente para Septimus.

— Sente aqui.

Quando obedeci, Septimus abriu um sorrisinho, embora seus olhos continuassem inexpressivos.

Vale se acomodou ao lado de Cairis, mas Raihn permaneceu de pé — ao meu lado, a apenas alguns passos da minha cadeira, de modo que eu podia sentir sua presença, ainda que não o visse. Aquilo me deixava absurdamente desconfortável.

Todos me fitavam. Eu estava acostumada a ser encarada, mas não daquela forma — não como se fosse um objeto de curiosidade.

Septimus pousou algo no centro da mesa. Um pequeno conjunto de cacos de vidro, empilhados uns sobre os outros, cheios de símbolos prateados gravados na superfície.

Merda.

Era o dispositivo que eu tinha encontrado no gabinete de Vincent.

— Isso provavelmente lhe é familiar — falou Septimus.

Tentei com todas as forças não reagir.

Não falei nada, cerrando os dentes com a certeza absoluta de que estava prestes a ser torturada. Era por aquela razão que Raihn tinha poupado minha vida.

A voz do rei vindo por trás de mim me fez sentir um calafrio.

— Não acho que precisamos fazer perguntas idiotas cuja resposta todos sabemos, certo? — As palavras saíram baixas e roucas. Provocativas, com um toque sombrio. — Oraya não gosta de joguinhos.

Septimus deu de ombros sem muito entusiasmo.

— Justo. Então vou afirmar: você *conhece* esse dispositivo. Sabe o que é porque já usou o item.

Não ofereça nada a eles, disse Vincent.

Mantive um controle cuidadoso dos meus nervos, do ritmo do meu coração. Estava trancada num cômodo com monstros. *O medo é só uma série de respostas fisiológicas.*

Eu podia praticamente sentir a respiração de Raihn atrás de mim. Queria que ele estivesse em qualquer outro lugar.

— Você nem sabe o que é, sabe? — questionou Septimus. — Este espelho, minha rainha, foi criado especificamente para o rei Vincent. Seu pai.

Me perguntei se ouvir aquela palavra — o simples nome de Vincent — algum dia pararia de doer.

— É um dispositivo de comunicação. Muito útil, por sinal, porque pode ser usado para acessar indivíduos específicos em qualquer lugar de Obitraes. Talvez até em qualquer lugar do mundo, mesmo que o interlocutor não saiba o paradeiro da pessoa. Uma forma excelente de se comunicar de forma discreta em tempos de guerra. Um item muito poderoso. Raro. Algum pobre feiticeiro se dedicou à peça por muito tempo. — Aqueles olhos prateados com filigranas de ouro se apertaram no perpétuo sorriso charmoso do vampiro. — Vincent provavelmente deu o próprio sangue para construir esta coisa.

— E...? — perguntei, fria.

— E — falou Septimus — *você* foi capaz de usar o comunicador.

— Não sei do que está falando — rebati.

A risada dele saiu mais baixa e gélida.

— Pode cortar esse teatrinho.

E havia algo estranho em como disse isso...

Havia um tom malicioso que me fez pensar nos dois ferrolhos abertos na porta do meu quarto.

No gabinete de Vincent, a única porta escancarada de toda a ala.

E naquele dispositivo de comunicação bem ali, pronto para ser encontrado.

Será que Vincent teria largado um objeto tão valioso em sua escrivaninha? Mesmo na iminência da guerra? *Especialmente* na iminência da guerra?

Cuidado com a sua expressão, sussurrou Vincent para mim, mas era tarde demais. O lampejo de satisfação no rosto de Septimus dizia que ele tinha notado meu olhar de compreensão.

— Saí ganhando em todas as apostas que fiz em você, minha querida. Em cada uma delas.

Raihn se afastou de repente, dando a volta na mesa e parando diante de mim. Cruzou as mãos às costas, com a expressão dura apesar do sorriso em seus lábios — um semblante estranhamente infeliz.

— Você tem sorte, princesa — falou o vampiro. — Pelo jeito, não é apenas uma traidora. É também alguém útil.

Eu tinha sido manipulada. Será que Raihn também fazia parte daquilo? Usando meu luto e minha prisão contra mim? Claro que era. Não seria nada surpreendente, afinal. Certamente não deveria ter me afetado.

— A maioria dos descendentes não é capaz de usar instrumentos movidos a sangue dos pais, ou vice-versa — falou Septimus.

Ele correu a ponta do dedo pelo fio de um dos cacos de vidro, espalhando sangue preto pela aresta. O objeto, porém, não teve a menor reação.

Fiquei olhando com o maxilar cerrado, hipnotizada. Queria afastar a mão dele dali, impedir que Septimus espalhasse aquele fluido — contaminado pela essência dos Nascidos do Sangue — em algo que pertencia a meu pai.

— O mero fato de você ser capaz de usar o dispositivo e se comunicar com sua general... já é bem impressionante — seguiu Septimus. — Talvez seja devido a sua Marca de Sucessão. Quem entende a fundo a magia dos deuses?

Eu não sabia por que me deixava tão desconfortável ouvir aquilo. Pensar nas conexões que eu ainda tinha com Vincent — conexões que ele me dissera ao longo de toda a vida que não existiam. Parte de mim queria se apegar ao que restava dele, usar seus resquícios como um símbolo de orgulho.

Outra parte o odiava por aquilo.

Rechacei os pensamentos conflitantes.

— Qual seu plano, então? Me abrir ao meio e começar a esguichar meu sangue em todos os bens de Vincent? Como se eu não tivesse passado a vida inteira com vampiros ansiando por meu sangue... Criativo.

Septimus deu uma risadinha, como alguém rindo de uma criança que faz algo fofo.

— Não em *todos* os bens dele. Só em alguns.

— Seu pai tinha muitos segredos — afirmou baixinho Raihn, num tom que dizia muito mais do que as palavras por si só.

Minha resposta incisiva morreu em minha língua, porque nem mesmo eu podia argumentar contra aquela verdade desagradável. Vincent tinha segredos demais.

Em seguida, Septimus falou algo que eu honestamente — de todo o coração — não estava esperando ouvir:

— Imagino que você conheça a história de Alarus e Nyaxia.

Eu... O quê?

— Claro que conheço — respondi. — Tem alguém em Obitraes que não conhece?

O que caralhos aquilo podia ter a ver com o que estava acontecendo?

— Só não gosto de julgar as pessoas — falou Septimus, erguendo o ombro. — Mas enfim, se conhece, deve saber que Alarus é o único dos deuses superiores que já foi morto.

— Vá direto ao assunto, Septimus — resmungou Raihn.

Mesmo enquanto ralhava com o Nascido do Sangue, ele manteve os olhos em mim.

O sujeito ergueu as mãos num preguiçoso gesto que dizia "está bem".

— Somos vampiros. Conhecemos a morte melhor do que ninguém. E todos sabemos que qualquer ser vivo deixa algo para trás ao morrer. Ossos. Sangue. Magia. *Herdeiros.* — Septimus abriu um meio-sorriso cúmplice para mim. — E isso serve para deuses também. O que deixamos mantém parte de nosso poder, e o mesmo acontece com os restos de um deus.

Mesmo contra a minha vontade, minha curiosidade estava aflorando apenas porque o que ele dizia era muito... esquisito.

— Está falando sobre encontrar o... cadáver de Alarus?

— Acho que Alarus já é muito mais do que um cadáver a esta altura. Creio que seus restos, o que quer que sejam, já estão espalhados por toda Obitraes.

— Por que acha isso?

Ele sorriu.

— Encontrei alguns deles. Na Casa do Sangue.

Fiquei sem saber o que dizer. Abri os lábios, mas nada saiu.

— Dentes — prosseguiu ele, respondendo à pergunta que eu estava chocada demais para fazer. — Mas só alguns.

Dentes?

Com a voz embargada, questionei:

— E o que caralhos alguém pode fazer com os dentes do Deus da Morte?

— Não muito, talvez. Mas dá para fazer barbaridades com o sangue dele.

— O sangue dele.

Ridículo.

— Sim — falou Septimus, apenas. — Suspeito que parte dele ainda esteja na Casa da Noite, e que seria muito, mas muito útil caso a encontrássemos. E suspeito de que seu velho pai também soubesse disso. — O vampiro se debruçou na mesa, entrelaçando os dedos. O sorriso sarcástico foi aumentando devagar. — Acho que ele sabia, se aproveitou da questão e escondeu o conhecimento que tinha. E agora *você* vai encontrar o sangue para nós.

Encarei o sujeito por um longo momento. Era tudo tão absurdo que eu não conseguia falar nada — não dava para conceber a ideia de que Vincent, sempre prático e lógico, pudesse algum dia ter procurado *sangue divino*.

— Você realmente quer que eu justifique isso com uma resposta? — questionei.

— No passado, o rei dos Nascidos da Noite tinha certa reputação. Uma afinidade por *videntes*. — Septimus colocou muita ênfase na última palavra.

O significado não me passou despercebido.

A magia de Nyaxia oferecia muito pouco em termos de poderes de vidência, embora alguns dissessem que feiticeiros Nascidos da Sombra tinham esse talento. Assim, quando vampiros se interessavam por poderes que iam além das capacidades de Nyaxia, precisavam trabalhar com humanos que adoravam outros deuses — geralmente Acaeja, a Deusa do Desconhecido, a única divindade do Panteão Branco que ainda cultivava uma relação consideravelmente cortês com Nyaxia.

Ao longo dos anos, alguns reis de Obitraes haviam mantido videntes de estimação — fossem de Acaeja ou de outras divindades. Havia muitas coisas úteis que reis podiam fazer com tal magia, mas eu não conseguia imaginar Vincent sendo um daqueles governantes — um vampiro desesperado por poder a ponto de confiar em conjuradores de magia de caráter obscuro. Ele não era especialmente religioso, mas tinha muita lealdade por Nyaxia e pelo poder que ela lhe dava.

— Ainda não entendo por que você está me pedindo para...

— Não estamos pedindo nada — disse Septimus. De forma absolutamente educada, o que me deixou ainda mais raivosa. — Se Vincent encontrou sangue divino, com certeza teria instalado um sistema de proteção para garantir que apenas ele pudesse utilizar, o que significa que precisamos de você.

Aquilo era puro disparate. Não sei por que sequer estavam se dando ao trabalho de me contar toda a história.

Cruzei os braços e ergui o queixo.

— Me nego a colaborar.

— Dê um passo para trás e olhe a situação como um todo, Oraya — pediu Raihn.

Sua voz estava fria e calma — ao contrário dele. O vampiro se inclinou para a frente, espalmando as mãos na mesa. Não consegui parar de fitar seus olhos vermelho-ferrugem.

— Você traiu o rei da Casa da Noite — disse ele. — Ordenou que a general Hiaj atacasse o arsenal naquela noite. Agiu contra seu próprio reino. Não é algo pequeno.

Agi contra meu próprio reino.

Aquelas palavras, e o tom arrogante com o qual ele as havia dito, me irritaram.

Me levantei devagar e imitei seu gesto ao me debruçar na mesa. Encarei o vampiro nos olhos.

— E por acaso é *traição* agir contra um usurpador? — cuspi, curvando os lábios. — Ou é apenas uma Sucessora defendendo sua coroa?

A boca de Raihn se contorceu apenas um pouco.

— Boa pergunta, princesa. Depende de quem vence.

Agora sim, pensei.

Aquilo era real.

Depois, o sorriso de Raihn desapareceu e a máscara de raiva retornou. A máscara de rei dos Nascidos da Noite.

— Não se engane, você tem sorte de estar viva — falou ele. — E a única razão para isso é o seu sangue. Então pense bem e com carinho sobre negar nossa oferta.

— Não preciso. Querem que eu abra meus pulsos e dê a vocês o sangue do meu pai para que possam encontrar uma arma capaz de aniquilar meu povo?

O pensamento fez meu estômago embrulhar. De verdade.

— Você não tem escolha — falou Raihn.

Dessa vez, quase ri na cara dele.

Porque, com a leve vacilada de sua máscara, eu soube — *aquilo* era atuação, e eu não tinha medo do que Raihn fingia ser.

— Não — falei. — Não vou aceitar. Se quiserem me matar e drenar meu sangue, que seja.

O silêncio se estendeu por vários segundos enquanto encarávamos um ao outro.

Septimus enfim deu uma risadinha.

— Foram semanas de muitas emoções — falou ele. — Dê a ela um tempo para pensar, Alteza. É sempre muito menos divertido quando as coisas precisam ser forçadas.

13

ORAYA

Raihn bateu na minha porta apenas algumas horas antes da aurora.

Soube de imediato que era ele. Eu tinha passado o resto da noite depois da conversa com Septimus esperando que ele aparecesse. Aquele não era o fim da luta. A qualquer minuto, dizia a mim mesma, ele estaria em minha porta, tentando me forçar a fazer aquilo.

Eu estava pronta.

Não me levantei, é claro, quando ele bateu. Prisioneira ou não, eu não estava nem um pouco disposta a ir por vontade própria na direção do meu castigo.

Ouvi os quatro estalidos dos ferrolhos se abrindo, e a porta foi escancarada. Raihn surgiu vestido com um manto escuro, um bolo de tecido jogado sobre um dos ombros.

O vampiro depositou a peça na cama — era outro manto, parecido com o dele.

— Vista isso — falou.

Não me movi.

— Por quê?

— Porque estou falando para vestir.

— Esse é um péssimo motivo.

— Pelas tetas de Ix, princesa. Vista a porcaria do manto.

Estreitei os olhos, confusa, mas tentei não transparecer. Algumas horas atrás, ele só faltava ameaçar me torturar.

— Não sei por que eu iria para qualquer lugar com você ou faria qualquer coisa que me pedisse — falei, curta e grossa. — Não com você tão disposto a deixar claro que me forçaria a realizar o que fosse necessário.

Ele suspirou.

— Não podemos conversar sobre isso aqui. Só vista o manto e venha — repetiu, erguendo o capuz antes de sair do quarto.

Fiquei sentada ali por vários segundos, depois praguejei baixinho. Que a Mãe amaldiçoasse a curiosidade humana.

Enfim vesti o manto e fui atrás de Raihn. Ele tinha entrado pela porta ao lado, que levava a seus aposentos. Manteve a porta aberta para mim e depois a fechou.

Era a primeira vez que eu entrava em seu quarto. Aquele cômodo passara minha infância vazio — Vincent não deixava ninguém além de si mesmo chegar tão perto, considerando a fragilidade de minha pele humana e a atração que meu sangue exercia sobre os vampiros. Havia apenas dois conjuntos de aposentos naquela ala, de modo que manter o quarto vizinho desocupado me deixava isolada — segura.

A planta do espaço era igual à do meu: uma pequena antessala, uma sala de banho e um quarto. Olhei para a porta que levava ao quarto de Raihn — muito mais bagunçado do que eu imaginaria, com lençóis e cobertas empilhados na cama — e tentei não pensar no fato de que nossas instalações dividiam uma das paredes.

Ele atravessou a antessala a passos largos, parando diante de duas janelas grandes que subiam até o teto. Raihn destrancou uma delas, que se abriu. Uma rajada de ar seco do deserto agitou seus cabelos quando ele subiu no parapeito; ele se virou para mim e estendeu a mão. Com uma lufada de fumaça, suas asas se abriram.

Eu não me movi.

— Venha — falou ele.

— Nem pensar.

— Nós dois sabemos que você vai concordar, então que tal pular a enrolação? Não temos muito tempo.

— Isso é um pedido ou uma ordem?

A boca do vampiro se contraiu numa linha fina.

— E eu lá tenho como te dar ordens? Se quiser voltar para o quarto e passar o dia sentada sozinha, fique à vontade. A escolha é sua.

Ele puxou um pouco mais o capuz. A sombra que cobria a parte de cima de seu rosto destacava o sorriso sarcástico em seus lábios, a força de seu maxilar, a luz se acumulando nas linhas da cicatriz em sua face esquerda.

Que a Mãe o amaldiçoasse... Queria que Raihn não estivesse certo, mas estava.

Me aproximei, cautelosa. Ele estendeu a mão, depois hesitou.

— Posso? — perguntou, a voz um pouco áspera.

Assenti, tentando ao máximo parecer casual.

Não era a primeira vez que Raihn me levava para voar. Mas aquela era a primeira vez desde... desde o fim do Kejari. A ideia de estar tão perto dele, de deixar que ele me segurasse...

O medo é só uma série de respostas fisiológicas, repeti para mim mesma, tentando desesperadamente acalmar as batidas do coração antes que o vampiro as pudesse sentir.

Se bem que aquele era um tipo de medo completamente diferente do lapso de adrenalina trazido pelo perigo físico. Mais difícil de amenizar.

Subi no parapeito, e ele me pegou — passou um braço pelas minhas costas, bem apertado, e outro sob minhas coxas. Abracei seu pescoço com muito mais naturalidade do que deveria.

O cheiro de Raihn era o mesmo: deserto e céu aberto. O calor de seu corpo também não havia mudado — era firme e estável.

Por um breve e terrível momento, ele ficou ali parado. Seus músculos se contraíram, como se ele estivesse lutando contra o instinto de me puxar para mais perto, de transformar o gesto num abraço real. O movimento foi muito sutil, mas senti do mesmo jeito, porque a consciência que eu tinha da presença dele parecia crescer de maneira agonizante.

Minhas tentativas de fazer meu coração bater mais devagar falharam, e já não havia dúvidas de que Raihn estava ouvindo tudo. Meus olhos recaíram em seu pescoço — bem no ângulo do maxilar, onde os músculos se flexionaram quando ele engoliu e virou a cabeça na minha direção.

Eu não queria olhar o Nascido da Noite nos olhos, porque aquilo faria com que nossos rostos ficassem próximos demais.

Ele esfregou a parte de cima das minhas costas com o polegar.

— Você está em segurança — murmurou. — Tudo bem?

O vampiro soou um pouco triste.

E, de repente, disparou comigo na direção do céu estrelado.

Para minha surpresa, fomos até os assentamentos humanos. Ele nos manteve fora de vista durante o voo e aterrissou nos fundos de uma construção abandonada. Assim que me botou no chão, recuei dois passos, ávida por abrir espaço entre nós.

O capuz de nossos mantos tinha caído para trás com o vento. Raihn ajeitou casualmente o dele e começou a caminhar pelas ruas principais.

— Por aqui.

— Onde estamos?

Eu não reconhecia aquela área da cidade. Já perambulara bastante pelos assentamentos, mas aquela região específica ficava perto das fronteiras de Sivrinaj — longe até para nós dois durante nossas sessões de treinamento noturnas.

— Quero te mostrar uma coisa. — Ele olhou por sobre o ombro, o capuz deixando antever apenas seu perfil. — Ah, e trouxe isto para você. Caso queira se divertir enquanto está por aqui.

Ele estendeu duas armas embainhadas — espadas.

O choque me fez estacar por um momento, e precisei dar uma corridinha para acompanhar seu ritmo. Peguei depressa as lâminas de sua mão, com medo que ele mudasse de ideia.

Tirei as duas da bainha. Vi a luz brincar entre os entalhes no aço negro — aço dos Nascidos da Noite. Coisa da boa.

Não eram espadas quaisquer. Eram as *minhas* espadas.

Antes, eu achava que a sensação de estar com aquelas armas em punho seria boa, algo similar ao sentimento de reencontrar velhas amigas. Em vez disso, porém, precisei lidar com a memória súbita e visceral do que eu tinha feito com elas da última vez em que as portara.

— Por que você me devolveria isto?

— Achei que fosse precisar. Só estão sem veneno. Não tive tempo de encontrar, mas talvez a gente deva chamar isso de precaução.

Raihn estava caminhando rápido. Não tive muito tempo de admirar as espadas e avancei aos tropeços. Enquanto tentava manter o ritmo dele, fui prendendo as bainhas ao cinto.

Armadura de couro. Armas. Assentamentos humanos. Era tudo estranhamente familiar e absurdamente diferente ao mesmo tempo.

Saímos numa rua mais densa, com pequenas casas de terracota construídas bem juntas, como dentes encavalados.

— Mantenha o capuz baixo — murmurou Raihn, embora não houvesse ninguém por perto.

Depois ele atravessou a rua na direção de uma frágil construção de quatro andares que pareciam todos meio mal alinhados, como uma pilha de tijolos instáveis. Uma lamparina solitária balançava sobre a porta ao sabor do vento, as janelas acortinadas projetavam uma leve sugestão de luz. Raihn abriu a porta sem bater, e fui atrás.

Entramos numa recepção pequena e mal iluminada, com uma escadaria estreita e uma única mesa. Um homem robusto de meia-idade cochilava atrás dela, e uma taça vazia com cheiro pungente de álcool deixara círculos âmbar nos papéis espalhados.

Raihn ignorou o sujeito, e segui seus passos escada acima. No primeiro andar, ele levou a mão ao bolso e sacou uma chave. Ao que parecia, a fechadura não funcionava muito bem, então ele precisou de três tentativas e alguns grunhidos antes de enfim abrir a porta.

Vi seu sorriso furtivo sob o capuz.

— Você primeiro, princesa.

Hesitante, adentrei o cômodo.

Era um alojamento. Contrastava de forma intensa com os aposentos que havíamos acabado de deixar no castelo — o lugar inteiro era menor que meu quarto, contendo um mobiliário que se resumia a uma pequena cama de solteiro, uma cômoda e uma mesinha (na qual eu suspeitava que Raihn nem sequer cabia). Alguém claramente vivia ali, porém: havia livros e papéis sobre a mesa, a gaveta meio aberta da cômoda revelava vislumbres de tecido amarrotado e a lamparina do banheiro ainda estava acesa. A cama estava meio bagunçada, como se alguém tivesse dormido ali recentemente e arrumado a roupa de cama com muita pressa.

Entrei devagar no lugar, franzindo o cenho.

— Quem mora aqui?

Raihn fechou a porta e trancou o ferrolho.

— Eu.

Me detive, de olhos arregalados.

Ele deu uma risadinha.

— Ainda é uma delícia surpreender você. Certo, talvez "morar" seja exagero. — Ele soltou o manto, jogou a peça na cama e depois caiu de costas no colchão com um resmungo satisfeito. — É... um lugar reservado onde posso ficar.

Pensei em todos os dias em que não ouvira os passos de Raihn voltando para seus aposentos.

— Você costuma dormir aqui?

— Às vezes. — Ele fez uma pausa, depois continuou: — Às vezes, eu não consigo... Às vezes só preciso passar um tempo longe daquele lugar.

Vi o vampiro praticamente murchar em cima da cama. Ele parecera imediatamente mais à vontade assim que pisara ali. Como se os resquícios da máscara que usava dentro do castelo, qualquer que fosse ela, tivessem enfim caído.

Eu não queria ter acesso àquela versão de Raihn — a versão que me lembrava até demais do homem que eu...

Pigarreei, enfiando as mãos nos bolsos, e dei uma volta pelo espaço.

— Ninguém sabe sobre este lugar — falou Raihn.

— Só eu — corrigi.

Deu para ouvir o sorriso na voz dele quando confirmou:

— Ninguém além de você.

— Burrada sua.

— Talvez.

— Já que sou uma traidora e tal.

— Hum. — A cama rangeu conforme Raihn se sentava.

Me virei, e ele me encarou com um olhar que me sobressaltou. Pura seriedade.

— A gente precisa conversar — começou o vampiro. — E tinha que ser num lugar onde ninguém pudesse ouvir.

— Achei que você tivesse dito tudo o que precisava dizer. Ou Septimus tivesse dito, ao menos.

Minhas palavras saíram afiadas, marcadas por um claro tom de acusação.

— Eu disse o que precisava dizer na frente deles.

— Você me manipulou — disparei. — Está de joguinho comigo desde o começo.

A expressão de Raihn endureceu.

— Você cometeu um ato de guerra, Oraya.

Soltei uma risada abafada.

— *Eu* cometi um ato de guerra? *Eu?*

Aquilo era um erro. Eu não devia estar ali. Agora, estava armada. Poderia simplesmente...

Ele fez uma careta, depois ergueu as mãos.

— Eu... Não vamos entrar nessa. Não foi para isso que te trouxe aqui.

— Para que foi, então?

O Nascido da Noite ficou de pé, foi até a cômoda e tirou algo da gaveta do meio — algo longo enrolado em tecido. Pousou o objeto na mesa diante de mim e o desembrulhou.

Meu coração quase saiu pela boca.

A Assoladora de Corações. A espada de Vincent.

Era uma arma incrível — meu pai a empunhara durante séculos, e nunca refutara ou confirmara as lendas que a envolviam. As de que a espada tinha sido forjada por divindades. As de que era amaldiçoada. As de que era abençoada. As de que Vincent havia arrancado um pedacinho do próprio coração para que a lâmina fosse construída. Ele tinha me contado todas aquelas histórias quando eu era criança — sempre com uma expressão completamente séria, mas não sem um brilho de diversão no olhar.

Independente de qualquer lenda, a realidade já era bem impressionante. A espada era incrivelmente poderosa, aumentando o poder já significativo de Vincent. Era dele, e apenas dele, rejeitando qualquer outra pessoa que tentasse empunhá-la. Eu costumava brincar que a arma era o verdadeiro grande amor de Vincent. Por boa parte da minha vida, acho que acreditei mesmo naquilo.

Agora, a imagem do rosto ensanguentado de meu pai se esforçando para me olhar enquanto dava seus últimos suspiros lampejava em minha mente.

Amo você desde o primeiro momento em que a vi.

Meu peito estava muito, muito apertado.

Raihn recuou um passo, apoiando as costas na parede como se quisesse me dar privacidade com a espada.

— Pode pegar — falou ele, estranhamente gentil. — Só tenha cuidado. Dói que é uma desgraça ficar segurando a empunhadura por muito tempo.

Desembainhei a arma e a pousei sobre a mesa. Era leve, um florete esbelto e elegante. A lâmina cintilava em vermelho brilhante; os arabescos e símbolos entalhados ao longo do comprimento combinavam com os das minhas facas. O punho era feito de aço dos Nascidos da Noite, com espirais delicadas esculpidas ao redor da guarda, que por sua vez tinha sido moldada para parecer com os ossos das asas dos Hiaj.

Encarei a peça por um longo tempo, sem saber se seria capaz de falar qualquer coisa. Uma maré lenta de luto e raiva começou a subir dentro de mim.

Raihn estava com a espada. A posse mais valiosa de meu pai agora era do homem que o havia matado.

— Por que está me mostrando isto?

Não era possível que ele achasse que aquilo serviria como algum tipo de oferta de paz sentimental.

— Você é capaz de empunhar a espada?

Pestanejei, surpresa, e me virei para Raihn. Cogitei não ter ouvido direito.

— Não — respondi. — Ninguém consegue além dele.

— Mas ninguém além dele deveria conseguir usar o espelho também. E você conseguiu.

— É diferente. A espada é...

Dele.

Vincent tinha me alertado muitas vezes para não tocar em sua arma. No início, por todos os motivos óbvios usados para impedir que uma criança mexesse numa coisa daquelas — depois, porém, porque ele queria deixar bem claro que seria perigoso demais para mim até mesmo tocar na arma. Ela podia ser empunhada apenas pelo próprio Vincent; o que era doloroso para vampiros podia muito bem ser mortal para mim.

— Por quê? — perguntei, incisiva. — Essa é outra coisa que você quer que eu faça por Septimus?

A sombra de raiva que encobriu o rosto de Raihn foi fugaz mas intensa.

— Não.

— Então por que me entregaria uma arma dessas e torceria para que eu fosse capaz de usar?

Depois de ter sido traído por mim. Depois de ele ter deixado bem evidente qual era o papel que eu devia ocupar.

Me entregar aquela espada — caramba, simplesmente me mostrar que ela ainda existia — era uma decisão bastante idiota.

— Porque você está certa — respondeu ele, apenas.

Eu dissera a mim mesma várias vezes que nunca deixaria Raihn me surpreender de novo. Ainda assim, era justamente o que estava acontecendo.

— Porque as coisas que você disse no gabinete de Vincent naquela noite... são verdade — continuou ele. — Não tem como justificar o que permiti que os Nascidos do Sangue fizessem com este reino. Septimus está predando nós dois. Me deixei ser manipulado para fechar uma aliança que eu não queria, um acordo do qual não consigo me livrar, e agora cá estamos. Fodidos.

Raihn veio se aproximando de mim, passo a passo, e não me afastei. Olhei para o chão, desconfortável, quando ele falou sobre ter sido forçado a formar aquela aliança, mas eu ainda podia ver — a expressão dele quando Angelika se preparara para acabar comigo, e depois o vampiro erguendo o olhar para a arquibancada e assentindo.

Outro paradoxo que eu não conseguia compreender. Raihn tinha matado meu pai, tomado meu reino e me prendido, mas fizera tudo aquilo para salvar minha vida.

— Sei que estou certa — rebati. — E...?

Ele abriu um leve sorriso de diversão, que sumiu em segundos.

— E eu quero que você me ajude a fazer algo a respeito.

— Se isso for um segundo discurso sobre...

— Não. É uma questão de sangue, Oraya. — Ele nem sequer piscou. Não desviou os olhos dos meus. — É uma questão de tirar os Nascidos do Sangue da porra do nosso reino.

— Seus aliados. Em quem você continua se apoiando para manter o trono.

— Aliados... — bufou.

E algo em seu tom, na forma como falou a palavra entredentes, fez a compreensão se abater sobre mim.

Septimus tinha me manipulado para testar sua teoria, sabendo que eu jamais cooperaria com o plano. E, até o momento, eu presumira que Raihn estivera de conluio com ele — talvez até que fosse o responsável por instigar essa atitude.

De repente, porém, tive uma certeza súbita de que estava enganada.

— Você não sabia — falei. — Também não sabia sobre nada disso. O espelho. O ataque ao arsenal. O sangue divino.

O olhar no rosto de Raihn confirmou minha teoria muito antes que ele precisasse falar.

Pois havia forças Rishan no arsenal, mas nenhum Nascido do Sangue. Se Raihn estivesse envolvido, haveria muito mais tropas Rishan na base naquela noite. Mas eles estavam tão despreparados quanto nós. Tinham perdido tantos soldados quanto eu.

Apenas Septimus saíra incólume da batalha — vendo tanto os Rishan quanto os Hiaj enfraquecidos, além de sua teoria confirmada.

— Ele é uma cobra — murmurou Raihn. — Só foi me falar disso depois. Mostrei a ele o que ele queria ver. Bati com o pau na mesa. Gritei. Agi como um guerreiro parrudo e burro. E depois entrei na dele, após resistir só o bastante para tornar tudo crível.

Raihn e suas performances.

— Fechei um acordo do qual não consigo sair — prosseguiu ele. — Garanti isso a Septimus. Mas talvez ele não seja o único capaz de utilizar o que tanto procura, quer a gente encontre, quer não. E há outras coisas na Casa da Noite tão poderosas quanto. Para usar os itens, porém, vou precisar da sua ajuda.

Bufei, mas ele ergueu as mãos antes que eu pudesse interromper.

— Calma, serpente. Me deixe terminar — continuou. — Me ajude a achar o sangue divino. Me ajude a cumprir essa missão ridícula de Septimus. Mas, depois, quero que me ajude a usar tudo isso para trair o desgraçado e expulsar esses malditos Nascidos do Sangue deste reino de uma vez por todas. E aí você vai estar livre para fazer o que quiser.

Bufei de novo.

— O que eu...

— *O que você quiser.*

Não era minha intenção demonstrar surpresa. Que a Mãe amaldiçoasse meu rosto.

Ele riu baixinho.

— Você nunca acreditou em mim, mas jamais foi minha intenção te manter prisioneira. Estou pedindo, e não mandando, que me ajude. E, depois disso, você tem minha palavra de que acabou.

— E de que vale sua palavra?

— Não muito. Já valeu mais, agora não anda lá grandes coisas. Mas é tudo que tenho a oferecer, infelizmente.

Encarei a espada de Vincent. Meu pai tinha morrido com ela encharcada no próprio sangue a poucos passos de distância, nas areias do coliseu.

A Casa da Noite era o reino dele.

Era *meu* reino.

Raihn tinha mentido para mim várias vezes. Ainda assim...

Me vi considerando a proposta.

— Septimus não vai desconfiar? — perguntei. — Ele tem olhos em todos os lugares.

— Vampiro algum tem olhos aqui. — Ele gesticulou para o cômodo escuro e empoeirado. Notavelmente humano. — Você está certa, porém. A gente precisa tomar cuidado. Garantir que ele veja apenas o que espera ver. Vou atuar como o rei brutamontes. Você, como a esposa cativa que odeia o marido.

— Isso vai ser fácil — retruquei. — Eu te odeio mesmo.

Eu tinha repetido aquelas palavras em minha mente inúmeras vezes — *eu o odeio, eu o odeio, eu o odeio*. Ainda assim, quando escaparam da minha boca, saíram com um gosto rançoso, amargas por serem verdadeiras e mentirosas ao mesmo tempo. Deviam ser *apenas* verdadeiras, afinal eu estava diante do homem que matara meu pai.

O rosto de Raihn ficou imóvel por uma fração de segundo, como se ele estivesse se recuperando após um golpe.

Mas o vampiro logo sorriu, confortável e à vontade.

— Ah, eu sei — disse ele. — Melhor ainda. Você não é uma atriz muito boa. — Ele esticou a mão antes de acrescentar em voz baixa, bem sério: — Mas é uma aliada espetacular.

Aliada.

Uma vida inteira atrás, ele tinha me oferecido uma aliança. Já na ocasião, eu soubera que seria um erro aceitar.

Agora estava de novo desprovida de qualquer poder, como naquela época. Uma humana num mundo de vampiros. Uma Sucessora sem dentes. Uma filha que não tinha como vingar o pai.

Raihn estava me oferecendo poder. Mais do que eu jamais sonharia ter nas mãos.

E poder era a moeda da vingança.

Apertei a mão dele. Era quente e áspera, muito maior que a minha. O vampiro pressionou meus dedos, bem de leve. Até seu toque parecia diferente — como se a magia que pulsava sob a superfície de nossa pele atraísse e repelisse uma à outra ao mesmo tempo, reconhecendo seu inimigo natural.

Raihn estava mais forte do que nunca... mas eu também. E com o poder ao qual ele estava se referindo, que pertencia a mim por direito de nascimento, eu seria irrefreável.

Ele estava me oferecendo tudo de que eu precisava para acabar com sua vida.

— Fechado — falei.

14

RAIHN

Eu te odeio mesmo.

Eu sabia que Oraya me odiava, e quem poderia julgá-la? O que eu não sabia era por que me incomodava tanto ouvir aquilo de seus lábios. Me incomodava a ponto de ofuscar minha vitória.

"*Vitória.*"

Eu a tinha convencido a fazer algo que, na prática, ela não podia recusar. Eu não era burro — sabia que havia uma boa chance de que ela fosse apenas esperar pelo momento certo para me matar. Sabia que era possível Oraya ter dito exatamente isso para si mesma enquanto apertava minha mão e selava nosso acordo.

Era uma aposta para nós dois.

Mas, no arsenal, ela estivera com a ponta da espada encostada em meu peito e não concluiu o ato.

Já era um começo.

E a verdade era que, deixando de lado meus... sentimentos complicados por Oraya, eu precisava dela. Sem a humana, eu não tinha chance alguma de escapar das garras de Septimus. Talvez uma parte pequena e patética de mim também fosse grata por aquilo — grata por qualquer desculpa para ter Oraya como aliada de novo, mesmo que contra a vontade dela.

Oraya não disse nada enquanto voávamos de volta para meus aposentos. Era constrangedor como carregá-la me lembrava de nosso relacionamento, antes de eu o destruir. Ao longo de toda a viagem, era possível sentir como ela estava aterrorizada. Sua frequência cardíaca, a respiração, a pele febril.

O conforto que havíamos conquistado, todo destruído.

Assim que a pousei na janela de meus aposentos, ela recuou para longe.

Me perguntei se ela percebia que havia um padrão nesse seu gesto — três passos longos e apressados para trás, como se mal pudesse esperar para se afastar de mim tanto quanto possível.

Continuei no parapeito, aproveitando mais um pouco a brisa que soprava a parte de trás de minhas asas. Deixei que ela atravessasse o cômodo antes de entrar também. Ela não me queria por perto, e eu respeitava isso.

— Precisamos começar o quanto antes — falei. — Para ontem. Assim que eu informar a todos que você concordou.

— Todos?

— Vale, Cairis, Ketura. Septimus e seus capangas.

Não teve como não notar Oraya se contraindo ao ouvir os nomes.

— Eles não vão mexer com você — falei. — Vou cuidar pessoalmente do seu treinamento.

Ela franziu as sobrancelhas.

— Treinamento?

— Ué, você quer empunhar um poder divino lendário e derrubar a casa vampírica mais violenta da história sem estar em forma?

Oraya voltou a fechar a cara.

— Estou em ótima forma. Você, eu já não sei. Aquela luta foi fácil demais.

Pelas tetas de Ix, foi difícil não rir.

Ergui as mãos.

— Certo. Eu admito. Você também me deixa sempre em alerta. Nunca estive melhor do que quando lutei a seu lado.

A frase saiu de minha boca de uma forma repugnantemente carinhosa. Oraya também percebeu o tom, pois virou o rosto, desconfortável.

— Tem mais uma coisa — falou ela.

— O quê?

— Você vai parar de me trancar no quarto.

Franzi a testa.

— Ah, vou?

— Sim. Vai parar.

— E por quê?

— Porque supostamente somos aliados de novo, e aliados não trancam uns aos outros todas as noites.

— Tenho alguns aliados que eu decerto gostaria de poder trancar.

— Diga aos outros que foi uma concessão que você precisou fazer para que eu aceitasse entrar nessa de bom grado. Faz sentido. E é verdade.

Ergui as sobrancelhas.

— É?

— É.

Deixar Oraya desprotegida era uma má ideia por inúmeros motivos. Alguns eram óbvios: ela era a Sucessora Hiaj, tinha agido contra mim menos de uma semana antes e tinha todas as razões para se esgueirar por aí reunindo informações e encontrando formas de repassá-las para pessoas que estavam tentando matar meu povo.

Mas não era uma questão de proteger minha coroa de Oraya, mas sim de proteger Oraya de minha coroa. E esta era a razão que mais me preocupava.

— Este castelo não é seguro, princesa. Nem mesmo para mim. *Especialmente* para mim. E isso vale em dobro para você. Tem certeza de que quer que eu faça isso?

— Você sempre diz que sou uma rainha, não uma prisioneira. Então prove. Ninguém tranca rainhas em seus aposentos.

Neculai trancava Nessanyn.

O lembrete me ocorreu de forma súbita e indesejada.

Ignorei o pensamento, afinal ela tinha razão. Além disso, tudo que envolvia Oraya era arriscado. Sempre fora.

— Certo — falei, dando de ombros. — Fechado. Chega de trancas.

Os ombros dela relaxaram de alívio. Fiquei grato de ver.

— Então vou para a cama — falou ela.

— Ótimo. Descanse antes de a gente começar.

Ela atravessou o cômodo e abriu a porta. E antes que eu pudesse me deter, a palavra escapou por entre meus lábios.

— Oraya.

Ela se virou. Mesmo do outro lado do quarto, seu olhar férreo estava afiado. Senti uma pontada de dor no peito.

Nem sabia o que pretendia falar.

Obrigado?

Você não vai se arrepender?

A primeira opção seria condescendente. A segunda seria uma promessa que eu não podia fazer. Já tinha mentido demais para Oraya. Não queria fazer isso de novo.

Enfim, me decidi por:

— Sempre foi sincera. A oferta que fiz.

A única pessoa que quero governando este reino ao meu lado é você.

Vi no rosto de Oraya que ela sabia exatamente do que eu estava falando.

— Eu sei — respondeu, depois de um longo instante, e partiu.

Depois que ela foi embora, passei alguns minutos parado diante da janela vendo o sol nascer sobre Sivrinaj. O dia esfumaçado foi ficando roxo, em seguida rosa. A queimação familiar em minha pele começou devagar, como sempre, e já era quase aurora quando, relutante, me retirei.

Tinham deixado uma mensagem para mim enquanto eu estava fora. Peguei o pergaminho e li. Por um longo tempo, apenas encarei o papel. Depois soltei um palavrão, enfiando a mensagem no bolso, e escancarei a porta.

Desci até a ala de hóspedes, com o olhar fixo à frente até alcançar a única porta fechada. Bati sem me preocupar em ser educado, continuando mesmo quando não obtive resposta.

— Pelos deuses, que tal um pouquinho de paciência? — perguntou uma voz leve e cheia de vida, acompanhada pelo som de passos apressados.

A porta se abriu.

No mesmo instante, falei, seco:

— *Você* não devia estar...

Mas as palavras nem tinham saído de minha boca quando Mische abriu um sorriso, que vi por meio segundo antes de ela se jogar em cima de mim.

E, caramba, como era bom poder ver um rosto amigável...

Ela atirou os braços ao redor do meu pescoço e me abraçou como se nunca mais fosse me ver. E é claro que a abracei de volta — afinal, eu era o quê, um monstro?

O cabelo dela estava um pouco mais comprido, quase nos ombros. Os cachos cor de caramelo ainda cheiravam a suor e a poeira da viagem pelo deserto.

— Você não devia estar aqui — retruquei. — Falei para não vir.

Tentei soar bravíssimo, mas falhei miseravelmente.

— Ah, vá se danar — rebateu Mische, afetuosa, com o mesmo tom que alguém usaria para dizer "Também senti saudades de você, seu idiota".

15
RAIHN

— Estava chato demais vagar por aí sozinha. O que mais eu poderia fazer?

— Ficar longe de confusão. Ficar longe da capital de uma terra em guerra civil. Ir para algum lugar seguro e relaxante.

Mische franziu o nariz.

— *Seguro* e *relaxante*?

Ela repetiu as palavras como se a ideia fosse ridícula — e, para ser sincero, qualquer um que conhecesse Mische saberia que era mesmo. A vampira não tinha nada a ver com coisas seguras e relaxantes. Era tão impulsiva e imprudente que, às vezes, me assustava.

Depois de enfim me soltar do abraço massacrante, ela havia me arrastado até a antessala do quarto de hóspedes. Estava usando uma camisa branca e calças empoeiradas, ainda marcadas pelos desgastes da viagem. Mas, se estava cansada, não demonstrou, encolhendo as pernas junto ao peito enquanto se sentava numa poltrona, antes de exigir, de olhos arregalados, que eu contasse tudo. Ficara sabendo das novidades mais importantes, disse, mas queria ouvir os detalhes da minha boca.

Não havia uma única pessoa no mundo com a qual eu ficasse mais à vontade do que Mische. Ela me vira em meus piores momentos, e ainda assim... contar a ela a história do que havia acontecido no desafio final do Kejari e logo depois... foi difícil. Eu ainda não tinha narrado todos os eventos assim reunidos numa única linha temporal. Fixei os olhos num ponto específico do carpete enquanto relatava tudo a ela, de forma tão geral quanto possível.

Ao terminar, a empolgação de Mische tinha se transformado numa tristeza tão crua e avassaladora que, quando voltei a fitar seu rosto, soltei uma risadinha abafada.

Ela parecia à beira das lágrimas.

— Pelas tetas de Ix, Mish. Não é assim tão dramático.

Mas ela havia desdobrado as pernas e atravessado o cômodo, e agora me dava outro abraço — que não lembrava em nada o aperto animado de um cachorrinho feliz, mas sim o enlace de uma amiga solidária.

Me desvencilhei com cuidado.

— Eu estou bem. E você está fedendo.

— Não minta para mim — murmurou ela, depois se sentou de pernas cruzadas no chão e apoiou o queixo nas mãos.

— É sério, Mische... — Cutuquei a unha. Não sabia se o sangue embaixo dela era de outra pessoa ou o meu próprio, justamente por cutucar tanto os dedos, mas o vício era mais forte que eu. — As coisas estão pesadas por aqui. Melhor você voltar para o interior.

Era o mais fácil a dizer: mandar minha amiga para longe de Sivrinaj. Ainda assim, uma parte barulhenta de mim me xingava por nem sequer pronunciar as palavras em voz alta — mesmo sabendo, é claro, que ela não daria ouvidos.

Eu estava com saudades. Não, isso era eufemismo. Mische era a única família que eu tinha, de sangue ou não. Havia duas pessoas vivas que eu sentia que, de uma forma ou de outra, me conheciam bem: Oraya e Mische. Quando a primeira olhava para mim, era pura acusação — *eu sei quem você é*. Quando a vampira me fitava, porém, era pura afeição. E eu sentia falta daquilo, mas também me sentia desconfortável. Era sempre mais difícil atuar nos papéis necessários tendo por perto alguém que me conhecia tanto.

— Esse tempo foi um verdadeiro saco. Além disso, acha mesmo que eu ia simplesmente deixar você em paz? — Ela franziu a testa. — Ou ela?

Ela. Oraya.

Apesar dos pesares, senti um calor no peito ao ver o quanto Mische cultivara carinho por Oraya. Era como se ela soubesse, desde o princípio, como a humana seria importante. Eu sempre cogitara a possibilidade de Mische ter um pouco de magia em si. Só um toque. Não era algo abarcado pelo domínio de Atroxus, mas a empatia dela era meio que sobrenatural.

Eu sentia que precisava de Mische, coisa que eu odiava admitir. Mas talvez Oraya precisasse dela ainda mais do que eu naquele momento.

— Hum — resmunguei apenas, sem falar nada do que me passava pela cabeça.

— As coisas estão feias?

Pensei nos soluços violentos de Oraya no meio do dia, quando ela achava que eu não podia ouvir. Na expressão vazia em seu rosto ao longo de semanas. Em sua voz. *Eu te odeio.*

— Sim — confirmei. — As coisas estão feias.
A concessão saiu amarga, pingando arrependimento.

Muito tempo antes, eu havia desistido de passar a imagem de alguém moral e decente. Matara centenas de pessoas com minhas próprias mãos ao longo dos anos. Milhares de forma indireta, como resultado das minhas ações no último Kejari ou agora. Eu tinha feito o necessário para sobreviver. Tentava não me torturar muito com isso.

Mas eu sempre me arrependeria de ter destruído Oraya. Era um pecado que jamais poderia ser expiado.

Um longo silêncio. Depois, Mische falou, baixinho:

— Eu só estou... muito, muito feliz por você não ter morrido, Raihn.

Dei uma risadinha, mas ela me interrompeu:

— Não é brincadeira. É sério. O que passou pela sua cabeça?

Nem *eu* sabia se estava assim tão feliz por não ter morrido. Quando Oraya havia me matado, eu sentira a certeza de estar fazendo a coisa certa: dar a ela o poder de que precisava para alcançar seu potencial. Dar à Casa da Noite um novo começo. Nada de alianças com Nascidos do Sangue. Nada de passados complicados.

Na ocasião, parecera justo morrer por aquilo tudo. E a morte, no fim, nem tinha sido a parte difícil. Tudo começou a degringolar depois que eu fora trazido de volta.

Falei, tão casualmente quanto possível:

— Eu não estava pensando muito na hora. — Uma mentira deslavada.

Ela franziu a testa.

— Mas você lutou tanto por isso...

Precisei cerrar o maxilar para não falar a verdade.

Por aquilo? Não.

Eu entrei no Kejari porque Mische entrara antes de mim. Porque ela havia me deixado sem escolha. Porque, enquanto estávamos viajando, ela me pegou numa noite particularmente ruim e eu contei tudo — a verdade sobre quem eu era e sobre as cicatrizes em minhas costas, coisas que eu nunca proferira em voz alta na frente de outra pessoa.

Vi todas as emoções passando pelo rosto de Mische — e, naquela noite, vi a tristeza dela por mim, depois sua confusão e enfim o que realmente doeu: a empolgação.

— Você — tinha dito ela, com os olhos brilhando — é o *Sucessor da linhagem Rishan* e não vai fazer *nada* a respeito? Tem ideia do que poderia conseguir?

Porra, aquilo me matou. A *esperança*.

Brigamos naquela noite — uma de nossas piores discussões, mesmo após anos de companhia constante. Na madrugada seguinte, Mische desapareceu. Quase surtei quando ela voltou, perto do nascer do sol, e me mostrou a mão: a maldita cicatriz da oferenda.

— A gente vai entrar no Kejari — disse ela, presunçosa.

Como se tivesse se inscrito num curso de pintura ou num passeio guiado pela cidade.

Fiquei furioso como não ficava havia anos. Fiz o possível para tirar minha amiga daquilo. No fim, porém, acabei no torneio ao lado dela, como Mische sabia que aconteceria.

Depois de meu surto inicial naquela primeira noite, eu nunca contei para minha amiga o que sentia em relação a isso. Mantive o desconforto na forma de um nó apertado no peito, enterrado fundo.

Era difícil ficar bravo com Mische.

Mais do que bravo, porém, eu havia ficado preocupado.

Entrar no Kejari não era algo pequeno. Com frequência e contra a minha vontade, eu pensava na vampira, na decisão que ela havia tomado e em como sua vida fora salva por pura sorte.

Só uma pessoa vencia o Kejari. Qual seria o plano de Mische caso as coisas tivessem sido diferentes?

Eu não queria nem pensar na possibilidade.

Desviei os olhos de sua expressão acusatória. Olhei a mão que ela pousara no joelho e nas queimaduras pouco visíveis sob a manga.

Se percebeu meu olhar, minha amiga ignorou. Apenas balançou a cabeça e abriu um sorriso leve e reconfortante.

— Não fique tão pra baixo assim — falou ela. — As coisas vão se ajeitar. Sei que vão. Está tudo complicado agora, mas é bom você estar por aqui.

— Hum. — Quem me dera a verdade fosse tão fácil quanto as trivialidades otimistas de Mische... Olhei para ela de soslaio. — E você, como anda?

— Eu? — Ela ficou séria por um minuto antes de dar de ombros, despreocupada. — Ah, você me conhece. Estou sempre bem.

Eu a conhecia, de fato. Conhecia o bastante para saber que estava mentindo. E para perceber que aquela não era a hora de pressionar.

Estendi a mão e baguncei seus cabelos, o que a fez franzir o nariz e se desvencilhar.

— Está comprido demais — disse Mische. — Preciso cortar.

— Eu gosto assim. Mudar cai bem em você.

Ela revirou os olhos, depois notou minha expressão e sua boca se retorceu num sorriso.

— Ahá, peguei você — disse ela. — Está feliz porque estou aqui, não está?
— Jamais — respondi.

Certo, ela tinha me pegado. Caramba, eu não poderia estar mais feliz com sua presença.

16
ORAYA

Raihn cumpriu sua palavra: depois daquele dia, a porta não foi mais trancada. Não me derreti com a benevolência da dádiva, porém... tinha certeza de que os guardas continuariam de olho em meus passos. Ainda assim... eu gostava da liberdade. Na noite seguinte, caminhei sozinha pelos corredores do castelo. Guardas e soldados me olharam de cara fechada, mas ninguém me incomodou. Era desconfortável de uma forma que eu não sabia precisar.

Talvez fosse pelo fato de que o castelo parecia muito diferente. Ainda estava um caos. De qualquer jeito, era difícil não comparar aquelas condições ao que eu tinha visto caminhando pelos mesmos corredores durante o Kejari — quando notara pela primeira vez a decadência estagnada que se escondia nas fundações de meu lar.

Ninguém podia chamar aquele lugar de estagnado agora.

Parei no mezanino que dava para o salão de banquetes. Era um dos poucos espaços que não mudara muito. As mesas ainda estavam na mesma disposição. O mobiliário não fora substituído.

Por um instante, tive um vislumbre do mar de brutalidade que Vincent havia me mostrado durante nossa última discussão, quando ele fincara as unhas em meu braço e me empurrara contra aquela balaustrada — me forçando a olhar para os humanos lá embaixo, largados sobre as mesas como gado após a sangria.

Estremeci e me virei.

Treinar. Era daquilo que eu precisava.

Raihn estava certo — eu estava mesmo fora de forma. Tinha notado ao lutar no arsenal, e sentir meus músculos doendo no dia seguinte foi como um lembrete persistente.

Dei meia-volta e parei, encarando o corredor adiante.

De repente, me ocorreu o motivo de ser tão esquisito andar por aqueles corredores: eu nunca fora autorizada a fazer aquilo.

Vincent podia não trancar minha porta, mas suas ordens eram mais do que suficientes para me impedir de sair — e ele deixava suas expectativas muito claras. Sim, eu dava uma escapadela aqui e ali, mas era sempre no meio do dia, me esgueirando pelo lugar como uma pequena sombra que se encolhia ao menor som de passos.

Nunca tinha conseguido andar por aquele castelo livremente.

Era... *estranho* pensar naquilo.

— Caramba, como é bom ver você solta por aí.

Tentei muito não demonstrar meu susto, mas falhei. Me virei e vi Septimus inclinando a cabeça num pedido de desculpas.

— Sinto muito. Não queria ter assustado você.

Parecia exatamente o contrário, chegando na ponta dos pés daquele jeito.

— Fico feliz que tenha reconsiderado nosso pedido — continuou ele. — Fiquei sabendo que concordou em nos ajudar em nossa pequena missão.

— Você fala como se eu tivesse escolha...

Ele ergueu o ombro.

— Enfim. É melhor que seja assim. Forçar você teria sido difícil para todo mundo. Particularmente complicado para seu esposo, imagino.

Eu odiava quando alguém se referia a Raihn assim. Pela primeira vez na vida, fiquei grata por ser expressiva: a careta de nojo lampejou por meu rosto antes que eu pudesse impedir.

Eu tinha um papel a cumprir, afinal de contas.

Vou atuar como o rei brutamontes. Você, como a esposa cativa que odeia o marido.

Septimus deu uma risadinha.

— Eu que não queria me indispor com você assim — falou ele.

O vampiro enfiou a mão no bolso e tirou uma caixa de cigarros. Abriu a tampa e hesitou, a mão pairando sobre a fileira de delicados rolinhos pretos. Uma expressão esquisita atravessou seu rosto — uma imobilidade rígida, como uma onda gélida cobrindo seu semblante.

Franzi a testa e acompanhei seu olhar — até a mão estendida sobre a caixa, congelada no meio do movimento como se os músculos tivessem travado sem permissão. O dedo anular espasmava de forma errática, fazendo toda sua mão chacoalhar.

Por vários segundos, ficamos ambos olhando para ela.

Depois, Septimus trocou suavemente a caixa de mão, pegou um cigarro num gesto ágil e o prendeu entre os lábios enquanto guardava o resto no bolso.

Foi como se o momento nunca tivesse acontecido. Ele piscou para mim com o sorriso calmo, charmoso e despreocupado de sempre nos lábios.

— Espero que se divirta no treinamento — falou o Nascido do Sangue. — Vou deixá-la em paz. Temos alguns meses movimentados pela frente.

E se afastou sem mais palavras.

Certo. Eu estava fora de forma.

Era bom portar minhas espadas de novo, mas restaurar aquela parte da minha rotina só deixava mais óbvio o quanto as coisas haviam mudado. Eu passara de uma rotina em movimento para ficar deitada na cama encarando o teto. Impressionante como era fácil perder o condicionamento num mês.

Um mês. Mais, até. Eu ainda não tinha me dado conta de quanto tempo havia se passado até sentir fisicamente como meu corpo mudara naquele tempo.

A cada expiração ofegante, a cada recuo, a cada golpe contra o tecido espesso do boneco de treinamento, a ideia se repetia em minha mente.

Um mês.

Mais de um ciclo completo da lua desde que meu pai havia morrido.

Tentei ignorar o pensamento. Tentei fazer os músculos doerem mais que o coração. Não funcionou. Ele me perseguia.

Um mês.

E eu tinha acabado de formar uma aliança com o homem que o matara.

Eu dera brecha para uma única ideia inofensiva — e antes que pudesse impedir, a coisa estava assumindo uma dimensão monstruosa.

Um mês.

Quantas vezes eu tinha entrado naquela arena de treinamento com Vincent? Inúmeras. Quase podia ouvir sua voz rosnando ordens para mim.

Mais rápido. Mais forte. Não seja desajeitada. Você não está se esforçando o bastante, serpentezinha. Isso não vai ser suficiente quando as coisas ficarem sérias.

Ele me forçava a ir além. Às vezes, eu acabava nossas sessões de treinamento caída numa poça do meu próprio vômito.

Eu forçava você a ir além porque queria que ficasse em segurança, sussurrou Vincent em meu ouvido.

Ele me forçava a ir além para que eu pudesse me proteger.

Tudo neste mundo é perigoso para você, lembrava ele.

Porque eu era humana.

Mas não era, na verdade.

Aquilo era mentira. Tudo aquilo.

Meus golpes contra o boneco foram ficando mais rápidos, mais intensos e desajeitados. Meus pulmões queimavam. Meu peito doía. Fogo da Noite tremulava no fio da espada, me envolvendo em lampejos brancos.

Eu não era humana de verdade.

Quantas vezes tinha praticado manipular minha magia com Vincent naquela arena? Quantas vezes ele tinha me dito que meu poder provavelmente nunca daria em nada?

Será que também era mentira?

Você sabia?, perguntei para ele, desferindo outro golpe no boneco de treinamento, fazendo o enchimento ceder com a força.

A voz de Vincent se calou.

Por que não me contou?

Por que mentiu para mim, Vincent? Por quê?

Silêncio. É claro.

O Fogo da Noite lampejava loucamente, me cercando numa explosão ofuscante. Com um rugido rouco, bati com a arma no boneco e o derrubei no chão. A pancada foi tão desajeitada, tão violenta, que a espada saiu voando sem querer, o metal batendo no solo com um estrondo ensurdecedor.

Mal consegui distinguir o barulho acima de minha respiração ofegante.

Enfim, ouvi uma voz familiar às minhas costas.

— Antes de ver esta cena, não tinha me dado conta de como tenho sorte por estar vivo.

Raihn.

Fechei os olhos com força, limpando as lágrimas. *Caralho.*

— Sei — soltei. A palavra saiu fraca de um jeito patético.

— Você parece sem fôlego.

Ah, como eu queria que ele fosse se foder...

— Só estou sem prática.

— Quer um parceiro de treino?

— Não.

Ele se aproximou mesmo assim.

Eu não queria olhar para Raihn, constrangida com o estado em que permiti que ele me visse: chorando e socando o ar feito uma criancinha. Ótimo.

Mas o silêncio dele foi longo demais. Cheio de significado.

Enfim, me virei para o vampiro.

— O que foi? — disparei.

Raihn abriu a boca, depois pareceu pensar melhor.

— Nada. Tem certeza de que não quer treinar comigo? É melhor do que socar o boneco. Isso vai precisar acontecer em algum momento. — Ele levou a mão à espada, erguendo a sobrancelha.

Só então me ocorreu como era estranho o Nascido da Noite andar sempre armado mesmo enquanto caminhava pelo próprio castelo. Talvez se sentisse tão desconfortável naquele lugar quanto eu.

Ele acrescentou, com um meio-sorriso conspiratório:

— Só estou me oferecendo como oponente porque não vejo janelas pelas quais você possa me jogar dessa vez.

Não sei por que hesitei. Precisava me lembrar de como Raihn lutava — precisava garantir que seria capaz de derrubá-lo quando fosse necessário.

Ainda assim... a ideia me deixava desconfortável.

Rechacei a sensação e soltei, ríspida:

— Certo. Se quer treinar, então vamos.

Mas não dei tempo para Raihn reagir antes da primeira investida.

E mesmo assim ele estava pronto: bloqueou e retaliou com facilidade.

Era tudo muito fácil — o que tornava as coisas tão difíceis.

Quando eu combatera Raihn no arsenal, tinha odiado o lembrete de como nos conhecíamos bem, de como lutávamos juntos em perfeita harmonia. Agora, empunhando minhas próprias armas em vez daquela espada desajeitada, os fantasmas de nossa batalha final no Kejari nos cercavam. A dor de meus músculos sumiu. Voávamos pela arena juntos, como se entrelaçados numa dança.

Eu detestava e amava aquilo na mesma medida. Era algo sólido em que se apegar, algo que não exigia raciocínio e que causava o tipo de dor física nos lugares em que eu era capaz de suportar. Ainda assim, cada golpe de Raihn me recordava da familiaridade que havíamos tido. De como ele havia se aproveitado daquele fato.

Um mês.

Soltei um grunhido de cansaço quando os clangores de metal contra metal começaram a ficar cada vez mais rápidos. Vi a boca dele se contorcer, só um pouco — ouvi o que ele não disse em voz alta:

Essa é a minha garota.

O Fogo da Noite irrompeu ao meu redor — não se limitando apenas às lâminas e às minhas mãos dessa vez, e sim envolvendo todo o meu corpo.

Raihn saltou para trás, o braço subindo rápido para proteger o rosto, gesto suficiente para me arrancar do transe.

A consciência de meu corpo voltou com tudo. Respiração ofegante. Pulmões queimando. Músculos gritando. Com a mesma velocidade, o Fogo da Noite recuou.

Desabei no chão da arena enquanto Raihn erguia a espada num gesto de rendição. Também estava arquejando, e limpou o suor da testa.

— Isso — falou — foi impressionante. Parece que o poder está vindo com muito mais facilidade do que antes.

Obrigada não parecia a resposta correta. Inspecionei a lâmina, polindo o metal com a manga.

— Você fez de propósito? — continuou ele.

Era uma pergunta que parecia mais uma afirmação, o que me irritou.

— Quando minha Marca de Sucessão surgiu, tudo simplesmente... se rearranjou — prosseguiu Raihn. — Ainda não consigo descrever como passei a me sentir diferente depois. E aí, quando a Nyaxia... — Ele fez uma careta, em seguida deu de ombros. — Bom, a mudança é grande, é isso. Era como se eu não soubesse mais do que meu corpo era capaz.

As palavras soaram desconfortavelmente verdadeiras, mas ele não me perguntou se eu também me sentia daquela forma. Talvez porque já soubesse a verdade.

— Você é metade vampira, Oraya — continuou ele, baixinho. — E não só isso: é também uma Sucessora. Já pensou no que isso pode significar?

Ergui os olhos para encarar os de Raihn, fixos em mim enquanto aguardava a resposta daquela pergunta em aberto. Assim que vi sua expressão, precisei aceitar todas as outras coisas que ela significava.

Que eu não sabia mais nada a respeito de mim mesma. Minha magia. Minha longevidade. Meu sangue. Os limites de meu próprio corpo.

Significava que minha vida inteira fora uma mentira.

Não falei nada, e — para meu alívio — Raihn não insistiu, apenas me ofereceu a mão. Não aceitei, me levantando sozinha.

O vampiro soltou uma risada e balançou a cabeça enquanto se virava.

— Você não mudou nadinha, Oraya. Venha. Vamos.

— Ainda não acabei de treinar.

— Você parece à beira da exaustão. Pode voltar a se matar de cansaço outra hora. — Ele olhou para mim por cima do ombro. — Está a fim de dar uma passada nos assentamentos humanos? Parece necessitada de matar alguma coisa.

— Ah, e como estou... — murmurei.

Mas, por mais que eu quisesse discutir com ele, estava de fato exausta, então apenas o segui.

— O que aconteceu de tão importante? — perguntei enquanto seguíamos pelo corredor.

— Encontrei a pessoa que vai ser sua guarda-costas.

— Guarda-costas?

Argh. Justo quando eu conquistara a liberdade pela primeira vez na vida?

Ele riu.

— Até eu tenho guarda-costas, princesa. Acha que ia te deixar andando sozinha por este ninho de cobras?

— Parece *ele* falando — resmunguei, e tentei não notar como o sorriso de Raihn desapareceu.

O vampiro me levou até nossos aposentos. Abriu a porta do próprio quarto e fez um gesto com a cabeça.

As palavras mal tinham saído de sua boca, e Mische já estava passando por ele, o sorriso brilhante o bastante para iluminar até os mais escuros recônditos do castelo.

E, pela Deusa, retribuí o gesto na hora.

Raihn pousou a mão — com gentileza — no ombro da amiga, como se para impedir fisicamente que Mische se jogasse em cima de mim. Mas ela se conteve sozinha de última hora, parando a milímetros de me abraçar e acenando de forma entusiasmada e meio desajeitada.

— Que saudades! — soltou a vampira.

E para ser honesta...

Eu também estava morrendo de saudades.

Para meu mais sincero alívio, Raihn tinha exagerado ao dizer que Mische seria minha "guarda-costas". Ela não me seguiria a cada passo — se eu aceitasse, porém, ocuparia o quarto vizinho e me acompanharia quando eu saísse do castelo.

— Não preciso de ninguém me vigiando — resmunguei.

Em reação, uma pequena ruga de preocupação surgiu na testa de Mische.

— Se quiser que eu vá para outro lugar, posso ir — disse ela.

Olhei de soslaio para Raihn.

— Não acho que seja decisão minha.

Ao que ele respondeu, sem pestanejar:

— A decisão é sua, sim. É só dizer para ela se instalar em outro lugar que é isso que a Mische vai fazer.

Argh. Aquilo parecia... cruel.

— Por que ela não fica com você? — questionei.

— Eu ronco.

Mische suspirou.

— Ronca *mesmo*. E como.

E eu sabia que ele roncava, porque tinha passado meses ouvindo com meus próprios ouvidos.

— Além disso, se não for a Mische, vou precisar encontrar outro guarda-costas — falou Raihn. — Um dos de Ketura, se você preferir.

Fulminei o vampiro com o olhar. Ele deu de ombros, acrescentando:

— Ato de guerra, tal e coisa, coisa e tal.

Mische me encarou como um cachorrinho perdido implorando para entrar.

Suspirei, apertando a ponte do nariz.

— *Beleza* — murmurei, enquanto a vampira sorria e começava a enfiar as roupas nas gavetas.

17

ORAYA

— Lahor.

Raihn bateu de novo com o dedo no mapa.

— Lahor.

Encarei a cidade na ponta de seu indicador — um pequeno desenho a nanquim de uma pedra quebrada. Havia um minúsculo brasão pintado logo em cima — uma garra de ave segurando uma rosa.

As últimas duas semanas tinham se passado numa bruma tediosa. Dormir. Treinar. Esperar o próximo passo.

O próximo passo, ao que parecia, era ir até Lahor. Certa noite, depois do treinamento, Raihn me levou aos seus aposentos e puxou uma cadeira extra diante da escrivaninha coberta de mapas e papéis. Pegou um atlas pesado da Casa da Noite e apontou para uma cidade que ficava na costa mais a leste.

Encarei a página.

— Certo — falei, num tom que perguntava "Por que raios está me mostrando isso?".

— Você conhece?

— É claro.

Eu tinha decorado aquele mapa quando era pouco mais do que uma criancinha, e aquelas linhas eram tudo que conhecia do mundo exterior. Lahor sempre me interessara, porque o brasão era o mesmo que Vincent usava em algumas de suas roupas.

Pensar em meu pai veio com uma inevitável pontada de dor, e, pouco depois, a compreensão me banhou como uma onda.

— Você está perguntando isso porque é a terra natal de Vincent — falei. — Mas ele não falava muito do lugar.

E eu raramente perguntava sobre seu passado. Logo aprendi que era um tópico do qual ele não gostava de falar, e eu não estava nada disposta a tocar em assuntos que desagradavam meu pai.

— Morei lá faz muito tempo — dissera ele para mim certa vez. — Esse não é mais meu brasão. Toda a Casa da Noite é minha agora.

E eu tinha aceitado a informação. Afinal de contas, demorara anos para ver Vincent como alguém que existia para além das muralhas daquele castelo — um ser cheio de falhas e com uma história. Caramba, talvez eu só o tivesse visto daquela forma no fim da vida.

— Se Vincent precisasse esconder alguma coisa num lugar que apenas ele pudesse encontrar depois, acha que seria por lá? — questionou Raihn.

Fiquei calada por um bom tempo, o peito apertado.

A princípio, quis responder que não. Vincent mal gostava de reconhecer que tinha um passado antes do trono — aquilo, no entanto, não tornava a existência daquele período menos verdadeira. A mentira sobre meu próprio sangue era prova mais do que suficiente.

— Não sei — acabei respondendo.

Porra, eu sabia pouquíssimo sobre meu pai.

— Septimus quer que a gente vá até lá — informou Raihn. — Acha que Vincent escondeu algo em Lahor. Algo relacionado ao sangue divino.

— E por que Septimus acha isso?

O Nascido da Noite soltou uma risada sombria.

— Queria eu saber como esse homem arranja metade das informações que tem.

Eu também. Especialmente considerando que eu tinha meus próprios segredos a proteger.

— Devo admitir que é um ótimo lugar para esconder coisas — falou Raihn. — Bem na extremidade a leste do território da Casa da Noite. Ninguém precisa ir até lá para nada. Inacessível pra caralho. Cheio de cães infernais e demônios. E encontramos algumas quinquilharias de lá nos aposentos de Vincent, o que não parece muito a cara dele. O lugar, até onde sei, não passa de ruínas agora. Caído em desgraça desde que seu pai foi embora, duzentos anos atrás.

Franzi a testa, pensativa.

— Acho que a sobrinha dele mora em Lahor. Ou... a sobrinha de segundo grau. Terceiro, talvez.

Evelaena? Algo assim.

— Exatamente. Outra razão para isso ser complicado. Não acho que ela vai ficar muito feliz de nos ver.

De *nos* ver?

— Nós vamos até lá *em pessoa*?

— O que achou que a gente ia fazer? Mandar funcionários procurarem por nós? — Quando viu meu olhar vago, Raihn riu. — Caramba, você se adaptou mesmo à realeza, Vossa Alteza.

— Vá se foder — murmurei.

Mas depois me dei conta de que havia verdade em suas palavras. *Complicado*. De fato. Hiaj algum receberia de bom grado o rei Rishan em seus portões. Nem mesmo se eu estivesse junto. Talvez *menos ainda* se eu estivesse junto, porque Evelaena era a única familiar viva de Vincent — e provavelmente achava que *ela* deveria ser a Sucessora depois da morte de meu pai.

— Foi essa a cara que fiz quando pensei na situação — afirmou Raihn.

— Me diga que vamos levar um exército.

— Certo, todos aqueles guerreiros leais que tenho de sobra. — Ele ergueu as sobrancelhas. — E você? Pretende chamar alguns soldados Hiaj leais e cooperativos para nos escoltar? Ou estão todos ocupados demais tentando matar meu povo?

Minha expressão respondeu à pergunta.

— Exato — concluiu Raihn.

— Não seria mais inteligente você ficar por aqui? Como rei, não devia sair do castelo sem proteção.

— Como rei, também não devia deixar minha rainha desguarnecida, especialmente se ela estiver propensa a se meter em confusão. — Ele abriu um sorriso furtivo. — Além do mais, se acha que vou perder a chance de me afastar desta porcaria de lugar e sujar um pouco as mãos, não me conhece nem um pouco.

Achei mesmo que ele fosse dizer isso.

Parte Três
Lua Crescente

INTERLÚDIO

A Transformação é um destino pior que a morte. É a morte, de certa forma — a morte de uma versão de si que nunca mais será vista. Vampiros nascidos jamais vão entender isso, e geralmente nem são inclinados a tal. Para eles, os conflitos dos Transformados são sinais de fraqueza. Cobras, afinal de contas, não lamentam a pele trocada.

O que nunca vão entender é o que a pele leva consigo.

O homem se apega à sua humanidade ao longo de cada segundo da transformação. Deve ser arrancada dele, fragmento a fragmento. A Transformação é um processo terrível. Quase o mata. Ele passa semanas, meses de cama num delírio violento. Sonhando com seu lar. Sonhando com seus erros. Sonhando com a família que ainda não sabe que jamais voltará a ver.

Quando desperta da bruma da inconsciência, ele mal se lembra do que aconteceu após o naufrágio.

O rei está a seu lado, na beirada da cama, olhando para o sujeito com o tipo de interesse desapegado que se destina a um novo animal de estimação.

Ele lhe oferece um cálice, e o homem bebe o conteúdo com goles frenéticos, derramando o líquido pelo queixo. Nunca provou algo tão delicioso... tão doce, tão encorpado, tão...

O monarca puxa a taça para longe.

— É o suficiente por ora — diz, com um sotaque pesado, dando um tapinha no ombro do homem enquanto pousa o cálice.

O homem limpa a sujeira com a mão e, confuso, pestaneja ao notar as manchas vermelhas na pele.

Veja, ele ainda não entende o que aconteceu.

Baixa a mão, atônito. Pensa na família. Desde quando está ali? O tempo parece um borrão. Os dias no navio parecem pertencer a toda uma vida atrás.

— Obrigado — consegue soltar, meio engasgado. — Obrigado por sua hospitalidade. Mas preciso ir.

O rei sorri, sem falar nada.

O homem pensa que talvez ele não o entenda. Afinal, está muito longe de casa. Em que nação será que foi parar? Já soube no passado, mas agora...

Não importa. O homem só sabe falar a língua comum com a qual cresceu.

— Preciso ir — repete ele, falando devagar, enunciando bem cada palavra enquanto aponta para a janela.

A janela que dá para o mar.

O rei não responde. Seu sorriso cresce um pouco, revelando a ponta de dentes afiados.

Os dentes... A visão traz a memória da noite de sua quase morte...

Você quer viver?

O pavor aumenta. O homem o ignora.

— Por favor — diz ele.

Mas o rei apenas coça a nuca.

— Você não tem mais um lar para o qual voltar — diz, com certo tom de pena na voz, as palavras afiadas com a intensidade do sotaque. — Você só existe aqui.

Anos depois, o homem vai se lembrar pouco da conversa. Mas aquelas quatro palavras vão perdurar, mesmo depois de os detalhes se perderem para sempre: Você só existe aqui.

Aquilo vai se tornar verdade. O rei deu uma nova vida ao homem, mas a questão é que essa vida pertence apenas a esse rei.

É quando o homem compreende o quanto sua vida acabou de mudar.

Ele balança a cabeça, tentando se levantar, mas o rei o empurra de volta para a cama com facilidade. O homem está cansado e tonto demais para resistir, embora tente se recompor com cada gota da força que ainda lhe resta...

Quando o monarca lhe oferece o pulso, porém, o aroma o atordoa.

— Não vai ser tão difícil — diz o rei, enquanto guia a cabeça do homem até sua pele.

18
RAIHN

Saí do castelo praticamente saltitando.

Semanas longe daquele lugar. Semanas longe das paredes de pedra, daquela gente e do cheiro bolorento de incenso que me lembravam demais de coisas que tinham acontecido duzentos e tantos anos antes. Era tudo o que eu mais queria numa oportunidade só. Melhor do que qualquer presente de aniversário.

Cairis ficaria para gerenciar os assuntos reais; Vale, para continuar direcionando as batalhas por todo o território da Casa da Noite. Ele parecia um pouco aliviado por ter uma desculpa para ficar.

Ketura e alguns de seus soldados mais leais iriam conosco. Tentei dissuadir Mische de se juntar a nós — mas, claro, foi em vão. Ela não ouviu nem duas frases do que eu estava dizendo antes de me cortar:

— Quer que eu deixe você terminar de falar antes de dizer que não estou ouvindo? Eu sou uma *guarda-costas*, lembra?

Mas, enfim, talvez fosse melhor. Melhor ela estar lá com a gente do que sozinha no castelo.

Septimus — é claro — insistiu em ir também, levando seu segundo em comando e uma pequena força de guardas Nascidos do Sangue.

Lahor era uma das cidades mais remotas do território da Casa da Noite — ficava na ponta da costa leste, cercada de água por três lados. De fato no meio do nada. Só a viagem até lá demorava quase duas semanas. Avançamos em silêncio, aproveitando que éramos poucos para nos mover com agilidade, passando dias em estalagens discretas onde ninguém nos perguntaria nada ou em acampamentos improvisados na beira da estrada. Os alados do grupo voavam, enquanto os Nascidos do Sangue seguiam a cavalo. Carreguei Oraya — que parecia tão constrangida quanto da última vez — por todo o percurso. Era impossível focar em qualquer coisa com sua pulsação acelerada latejando na veia diante dos meus olhos, o doce cheiro férreo em minhas narinas e o corpo rígido e desconfortável junto ao meu — distrações que me lembravam do que havíamos sido um para o outro antes, e como agora estávamos longe daquilo.

Viajamos pelas areias serpenteantes do deserto, ondas suaves de ouro banhadas por um luar pálido. Eu ainda me lembrava claramente de quando estivera ali pela primeira vez, depois de superar a pior parte dos efeitos da Transformação. Havia cambaleado até a janela de meu quarto no castelo de Neculai e parado diante do vidro, com os olhos fixos nas dunas ao longe.

Este lugar não tem o direito de ser tão bonito, havia pensado.

Eu nunca enxergara beleza nas características mais sensuais da atração vampírica. A aparência física, o ouro e a prata, o estilo.

Mas, por mais que quisesse odiar aquelas dunas, era impossível.

Por dias, sobrevoamos o deserto — areia, areia e mais areia interrompida em alguns pontos por cidades e vilarejos, além de um ou outro lago ou rio cercado por vegetação escassa.

Mas, conforme nos aproximávamos de Lahor, as ondas suaves de ouro foram sendo interrompidas com mais e mais frequência por súbitos pedaços de pedra quebrada. Primeiro um ou dois, depois outros à medida que as horas passavam, até que o chão lá embaixo parecesse um distante pedaço amassado de pergaminho — ângulos definidos e quinas atravessadas por uma única estrada. Não havia outros viajantes, apenas bandos itinerantes de cães infernais e demônios.

Lahor era aquele tipo de lugar. O tipo de lugar abandonado enquanto o resto do mundo seguia em frente.

Quase ninguém tinha motivos para ir até lá. Exceto nós.

Quando pousamos, Oraya fez uma expressão de nojo tão deplorável que minha vontade foi poder registrar aquela imagem para usar da próxima vez em que eu não tivesse palavras para descrever o quanto odiava alguma coisa.

— Impressionada com a terra natal de seus ancestrais, princesa? — falei.

Ela franziu mais o rosto.

— Que cheiro é *esse*?

— Alga-vípera. Cresce por aqui, nos penhascos perto da água — respondi. — Se espalha rápido e apodrece assim que entra em contato com o ar, então sempre que a maré desce...

— Eca! — exclamou Mische, emitindo o mesmo som de um gato expelindo uma bola de pelos. — Que nojo.

— Seria ainda pior se pudessem ver. Parece um monte de entranhas. Depois murcham e ficam...

— Já entendi.

— Você já esteve aqui antes? — quis saber Oraya.

Abri um sorrisinho.

— Já estive em todos os lugares.

— Mas que sorte ter alguém tão viajado como guia — comentou Septimus. Estava fumando, é claro.

Seu cavalo, uma criatura imensa de pelagem branca e olhos avermelhados, resfolegou e chacoalhou a crina — como se estivesse tão ofendido pelo fedor quanto nós.

O vampiro ergueu os olhos para os portões à nossa frente.

— Parece uma cidade linda.

As palavras pingavam sarcasmo — e com razão.

Séculos antes, talvez Lahor tivesse sido um lugar bonito. Com muita imaginação, agora era possível ver uma sombra do que fora. Obitraes era um continente muito, muito antigo — muito mais antigo do que o apadrinhamento de Nyaxia, mais antigo até do que o vampirismo.

Lahor, porém, realmente aparentava a idade que tinha. Não passava de um monte de ruínas.

A muralha diante de nós era formidável, talvez a única coisa bem conservada da cidade. De ônix preto, se estendia muito acima de nós, para os dois lados. O que dava para vislumbrar além dela, porém... era o equivalente a um esqueleto. O que antes tinham sido construções agora não passavam de pináculos de pedra quebrada, uma mera sugestão de arquitetura — torres despedaçadas e apoiadas em pilhas irregulares de escombros. As únicas luzes no horizonte estavam muito longe, chamas rebeldes ao longo do topo dos mais altos pináculos avariados, mas ainda de pé.

Os imensos portões de ônix adiante continuavam firmemente fechados.

— Que pitoresco — falou Septimus.

— Pitoresco — ecoou Ketura, olhando para a estrada atrás de nós e para os bandos de cães infernais que ganiam e uivavam não muito longe.

Era raro ver tantas criaturas como aquelas tão perto de uma cidade — mais evidências de que Evelaena não estava sendo muito bem-sucedida na missão de cuidar de sua terra natal.

— E agora? — perguntou Oraya, virando para a porta. — A gente bate?

— A prima é sua, princesa. Você que me diz.

Evelaena sabia que estávamos indo. Oraya e eu havíamos mandado uma carta antes de partir, anunciando a visita — uma peregrinação a fim de prestigiar todos os nobres vampiros notáveis da Casa da Noite. Cairis tinha atulhado a mensagem de lisonjas. Havíamos tido o cuidado de confirmar a entrega da missiva, mas a vampira não respondera.

Não me surpreendia nada. Nem meus nobres eram especialmente inclinados a responder minhas cartas.

Apontei para os companheiros de Septimus com o queixo.

— Acha que conseguimos derrubar a muralha?

— Espero que seja brincadeira — murmurou Ketura. — Que ideia mais idiota.

Em parte era brincadeira.

Enquanto isso, Oraya se aproximara lentamente dos portões. Algo em sua expressão me chamou a atenção. Me aproximei.

— O que foi? — questionei, baixinho.

— Este lugar é meio... esquisito.

Ela ergueu a mão, como se para tocar numa das folhas do portão...

E um ensurdecedor som de atrito ecoou quando a pedra começou a se abrir. O som era grotesco, um guincho misturado a estalos, como se as portas estivessem protestando por serem forçadas a se mover após décadas ou séculos.

A passagem rochosa se abriu, e Lahor surgiu diante de nós. Era ainda pior de perto — a estrada à frente não passava de pedra quebrada, com todas as construções caindo aos pedaços e meio desmoronadas e as janelas reduzidas a estilhaços de vidro.

Parado a alguns passos, havia um garoto de não mais de dezesseis anos. Usava um longo paletó roxo que não lhe cabia direito; parecia ter sido uma peça requintada, mas que estava centenas de anos fora de moda. Cachos de um loiro bem claro emolduravam o rosto delicado e os imensos olhos de um azul-claro gélido. Tais olhos pareciam estar focados num ponto além de nós. Mas depois, quando o ranger enfim parou, o olhar do rapazinho recuperou o foco de repente e nos fulminou com uma intensidade capaz de nos eviscerar antes de retornar a seu torpor.

O menino fez uma mesura.

— Altezas. Minha senhora Evelaena dá as boas-vindas a Lahor. Venham. Devem estar ansiosos para descansar após sua longa jornada.

19
RAIHN

O castelo era a única construção naquele lugar que parecia estar — mais ou menos — inteira. Era a estrutura mais alta da cidade, o que significava que era uma pilha de entulho maior do que todas as demais. O lugar era frio e úmido, com a brisa oceânica soprando pelas janelas quebradas com força o bastante para chacoalhar as pesadas cortinas de veludo que fediam a mofo.

Não passamos por uma única alma enquanto éramos guiados pelos corredores até um amplo salão com teto alto e janelas enormes que davam para o mar batendo na base do penhasco. Algumas partes do vidro eram vermelhas. Talvez tivesse sido uma decisão decorativa no passado, mas agora parecia estranho e desconexo, uma vez que grande parte dos painéis tinha se estilhaçado.

Ainda assim, mesmo numa tela tão triste, a visão era de tirar o fôlego. Era raro achar um local no território da Casa da Noite onde fosse possível ver água daquela forma — o oceano cercando uma região por todos os lados. Um pé de vento soprou para dentro do recinto, a maresia tão forte que fez meus olhos arderem. O ar estava tão empesteado pelo fedor de alga-vípera que senti vontade de vomitar. Havia um tablado diante das janelas, sobre o qual se erguia um trono de veludo meio apodrecido com apenas um apoio de braço e o espaldar rachado.

No trono, repousava Evelaena.

Ela era apenas uma parente distante de Vincent, e muito mais jovem do que ele. Durante a sangrenta noite de ascensão do vampiro ao poder, ele havia matado quase todos os seus familiares mais próximos, abrindo um caminho cuidadosamente mapeado até sua herança. Sim, ela se parecia com ele. Também tinha olhos claros — não de prata-enluarada que Vincent passara para Oraya, mas sim do azul oceânico e frio que preponderava em sua linhagem. Ela tinha têmporas altas e um semblante severo, como se feita de vidro. O cabelo loiro caía sobre os ombros, tão longo que se empoçava em seu colo, formando ondas secas.

Ela ficou de pé. O vestido branco se arrastou no chão conforme ela descia os degraus do tablado, a gola imunda e manchada de sangue. Assim como o paletó ultrapassado do garoto que nos recebera, seu traje era antiquado, como se Evelaena o houvesse adquirido cento e cinquenta anos antes. Talvez fosse belo na época.

Ela passou o olhar por mim e por Septimus antes de encarar Oraya — e assim permaneceu, um sorriso lento se espalhando no rosto.

Oraya ficou tensa de um jeito quase perceptível. Caramba, eu também. Precisei resistir ao ímpeto de me colocar na frente dela enquanto Evelaena se aproximava.

— Prima — ronronou a vampira. — Que alegria enfim te conhecer.

Oraya — sempre transparente — pestanejou, chocada com a voz da vampira. Tão, tão nova... Parecia a voz de uma garota de catorze anos.

Ela pousou as mãos nos ombros de Oraya, que se esforçou com todos os músculos no corpo para não se desvencilhar.

— Evelaena — falou ela, apenas.

Claramente, não sabia o que dizer. Minha esposa não era uma atriz muito boa — mas eu podia ser bom por nós dois.

Deslizei a mão pelos ombros dela, casualmente tirando a da vampira.

— Agradecemos sua hospitalidade, Lady Evelaena. Preciso admitir que não sabíamos muito bem o que nos esperava. Não recebemos sua resposta.

Evelaena sorriu, mas um cheiro familiar e inebriante — um leve baforar dele — desviou minha atenção. No início, achei que estava imaginando coisas — mas corri o dedo pelo ombro de Oraya, bem onde a mão da vampira havia pousado, e senti.

Quente. Úmido.

Sangue.

Meu sorriso falso murchou. Olhei para Evelaena, que pousou as mãos de unhas compridas sobre o colo, manchando o vestido com pequenas gotículas de um vermelho brilhante.

Fui tomado pela exata mesma emoção que me dominara antes de eu arrancar a cabeça de Martas.

Evelaena apenas sustentou o sorriso sonhador.

— Não sabia que tinham interesse de vir para um ponto tão a leste. Que jornada! Os senhores devem estar morrendo de fome. Venham. Preparei um banquete. — Os olhos dela brilharam. — Mais do que um banquete! Um baile! Um dos maiores que Lahor já viu em décadas. Venham! Venham!

Bem, o convite soava mórbido.

E de fato foi.

Enquanto éramos guiados até o salão de baile, precisei reprimir o riso — o que, sinceramente, foi difícil.

O espaço já tinha sido grandioso um dia, e ainda tinha ecos de sua magnificência havia muito perdida apesar da leve camada de poeira que cobria todas as superfícies. Havia mesas longas no piso de mosaico num dos lados do salão, cujas janelas ofereciam vista para o mar. Do outro, havia um espaço para dançar, uma lareira crepitante e uma orquestra mais à frente, o som magicamente incrementado de modo a fazer a música fantasmagórica ecoar pelo teto. Sim, a ocasião lembrava um baile em vários quesitos — o entretenimento, as mesas cheias de comida e vinho, o requinte.

Exceto pelo fato de que, das dezenas de "convidados" que se viraram para nos olhar com curiosidade silenciosa, nem um sequer parecia ter mais do que quinze anos.

Muitos eram ainda mais novos, com dez ou doze. Usavam roupas grandes demais, com a barra dos vestidos ou das calças se arrastando no chão empoeirado. A maioria era loira e de olhos claros.

Não havia como serem todos filhos de Evelaena. Mesmo que fossem membros de sua família, quem eram os pais?

A prima de Oraya não deu bola alguma para o silêncio súbito e desconfortável que surgiu, estendendo os braços.

— Venham! Sentem!

Sem palavra alguma, as crianças se voltaram para as mesas e se acomodaram em seus lugares.

Eu havia testemunhado muita coisa perturbadora na minha época, mas a forma silenciosa e simultânea com que dezenas de crianças a obedeceram certamente estava entre as que me provocaram mais nervoso.

Ao que parecia, os lugares na cabeceira da mesa, mais perto de Evelaena, tinham sido reservados a nós. Ela apontou para as cadeiras, e, como convidados de honra, fomos até nossos assentos.

— Os senhores devem estar famintos — disse ela.

Seus olhos recaíram em mim e ali ficaram.

Ódio. Era fácil ver. Eu sabia identificar o sentimento àquela altura. E não era nada surpreendente — eu tinha matado Vincent, afinal de contas. Havia uma razão para o nome de Oraya ter sido mencionado primeiro na carta.

Olhei para o ombro de Oraya, para as gotículas de sangue já quase secas em sua pele.

Não era como se as coisas fossem melhorar.

Não podíamos confiar naquela vampira. A gente precisava conseguir o que estava procurando e dar o fora o mais ráp...

O cheiro me fez virar a cabeça de repente.

Sangue. Sangue humano. Muito. Ainda pulsando nas veias. A verdade era que eu estava mesmo faminto depois de tanto viajar — a verdade era que, mesmo depois de todo aquele tempo, eu ainda demorava minutos para me recuperar após sentir aquele aroma. Os olhos de Ketura se avivaram. Os Nascidos do Sangue espiaram por sobre o ombro.

Evelaena também se empertigou, o sorriso ficando ainda mais brilhante.

— Finalmente — cantarolou ela, dando um passo de lado para que as crianças que lhe serviam pudessem depositar uma humana nua na mesa.

20
ORAYA

A mulher ainda estava viva. Tinham cortado sua garganta, mas não o suficiente para que sangrasse depressa. Os olhos, grandes e escuros, varriam o cômodo em espasmos loucos. Recaíram sobre mim. Uma súbita onda de náusea intensa fez vômito querer subir por minha garganta. Imagens de outro banquete, de outra mesa, de outros humanos sangrando sobre a superfície de madeira — tudo mostrado a mim por meu próprio pai — tomaram meus pensamentos.

Olhei de soslaio para Raihn. O rosto dele ficou imóvel por um instante — congelado, como se preso momentaneamente entre duas máscaras. Depois, se aliviou num sorriso predatório.

— Que iguaria.

Dei um gole no vinho em minha taça porque precisava desesperadamente fazer algo com as mãos, mas me engasguei na hora. O líquido era grosso e levemente salgado, com toques de ferro.

Sangue.

Senti o estômago revirar.

Mas... mas meu corpo não rejeitou a bebida. Ele a aceitou. Uma parte sombria e primitiva de mim ronronou enquanto eu me forçava a deixar o sangue descer pela garganta.

Pela Deusa, qual era o meu problema? Me forcei a engolir apenas para evitar regurgitar tudo no chão.

A mulher continuava me encarando, os olhos ficando vidrados e depois voltando ao foco. Como se ela soubesse que eu não era como os demais.

Havia vários outros humanos posicionados sobre as mesas. Quase todos estavam letárgicos: vivos, mas sem se mover. Outros ainda se debatiam inutilmente enquanto eram segurados — uma visão de embrulhar o estômago, considerando que estavam sendo contidos por crianças.

Mische bebericou sangue de sua taça, mal escondendo, fascinada, o nojo. Se os Nascidos do Sangue estavam surpresos, não demonstraram, aceitando graciosamente pulsos e gargantas humanos ao mesmo tempo que observavam o resto do cômodo com um interesse cauteloso. Septimus abriu um sorriso agradável e ergueu a própria taça num brinde silencioso antes de se entreter com o pulso da mulher desfalecida.

Por todo o salão, crianças subiam nas mesas, se apinhando ao redor dos corpos como moscas famintas. Os únicos sons eram os ruídos da alimentação e os gemidos abafados de dor das oferendas humanas.

Raihn me disparou um olhar de soslaio tão rápido que, por um instante, achei que podia ter sido minha imaginação. Mas ele abriu um sorriso.

— Assim vai nos deixar mal-acostumados, Evelaena — disse, segurando a cabeça da humana com as duas mãos enquanto virava o rosto dela em sua direção.

A mulher arregalou os olhos, e um lamento de medo escapou de seus lábios — soou mais como um gorgolejo, na verdade. Eu sabia que ela já estava condenada. Nada a poderia salvar. Ela se afogaria devagar no próprio sangue, consciente quando os comensais a drenassem.

Fiquei observando Raihn com um nó me embrulhando o estômago. Eu nunca o vira beber de presas vivas antes — muito menos de um humano. Não deveria me surpreender, porém. Ele me enganara várias vezes. Era um vampiro, afinal de contas.

Ainda assim, um suspiro baixo de alívio escapou de meus lábios quando vi o rosto dele mudar ao encarar a mulher nos olhos. Me perguntei se fui a única a notar — a leve mudança de expressão, saindo da sede de sangue para uma compaixão silenciosa direcionada apenas à humana.

Ele tombou a cabeça dela de lado, baixou o rosto e fincou as presas em seu pescoço.

Mordeu com força — com tanta força que pude ouvir os dentes penetrando o músculo. Gotículas de sangue respingaram em meu rosto, que limpei na mesma hora. Ele bebeu por vários longos segundos, o pomo na garganta subindo e descendo em goladas profundas antes de erguer a cabeça de novo. Carmim pintava o canto de sua boca, escorrendo pelas linhas de seu sorriso.

— Perfeito — disse ele. — A senhorita tem um ótimo gosto, Evelaena.

Mas ela apenas franziu o cenho, olhando para a presa — encarando o nada, os olhos entreabertos e vidrados, o peito nu não mais arfando por ar.

— O senhor a matou — disse a vampira, decepcionada.

Uma morte rápida e indolor. Um gesto de misericórdia.

Raihn riu, limpando o sangue da boca com a mão.

— Acabei me empolgando. Mas ela ainda está bem quentinha. Vai durar por no mínimo mais algumas horas.

Evelaena pareceu irritada, mas logo depois um sorriso tomou seus lábios.

— O senhor está certo. Não há por que desperdiçar. Além do mais, há muitos outros de onde ela veio.

O sorriso de Raihn ficou mais rígido, a ponto de seu rosto parecer prestes a se abrir ao meio.

Aquilo era comum, então. Mas, ora, não era algo que acontecia com regularidade em todos os lugares? Eu só me permitira ser protegida por tempo demais.

A Oraya do passado jamais teria sido capaz de esconder a repulsa. Ela deixaria o sentimento surgir estampado no rosto e entraria numa discussão desajeitada, e todos teríamos sido expulsos daquela cidade antes de sequer termos a chance de começar a procurar o que queríamos ali.

Se bem que a Oraya do passado nem mesmo estaria ali.

Então decidi entrar no jogo. Ergui a taça e ofereci a Evelaena o sorriso mais amplo e sedento de sangue que consegui.

— Numa reunião de família, nada é demais — falei. — Beba, prima. Está sóbria para uma hora dessas.

A tensão se dissipou. Evelaena riu, o deleite infantil equivalente ao de uma garotinha presenteada com uma boneca. Ela brindou batendo a taça na minha, com tanta força que derramou sangue em nossas mãos.

— É a mais pura verdade, prima — respondeu ela, virando a taça.

— Você é muito melhor nisso do que eu teria imaginado — sussurrou Raihn em meu ouvido, várias horas depois.

Me pegou desprevenida — sua respiração contra a minha orelha me causou um calafrio, e recuei com um passo largo.

— Não foi muito difícil — respondi.

— Mesmo assim. Vou te dar o crédito por ter tentado. Agiu muito diferente do seu normal. — Ele cutucou meu braço com o cotovelo. — Ouso dizer que está evoluindo, princesa.

— Sua aprovação significa tanto para mim... — rebati, irônica, e Raihn soltou uma risada genuína.

Eu passara a noite inteira tentando deixar Evelaena tão embriagada de sangue quanto possível, e fui extremamente bem-sucedida. Raihn e eu estávamos no canto do salão de baile, vendo a vampira rodopiar com um de seus nobres infantes, rindo histericamente enquanto o rosto da criança permanecia plácido como o de uma boneca de porcelana. Os humanos, agora quase todos secos, jaziam largados sobre as mesas e contra as paredes, embora alguns meninos e meninas ainda sugassem pescoços e coxas. Os Nascidos do Sangue permaneciam agrupados, assistindo à cena com cautela e bebericavam sangue preguiçosamente.

— Ela vai sofrer um bocado amanhã — falou Raihn.

— Essa é a ideia.

Ninguém revelava mais segredos do que alguém inebriado. Ninguém ficava mais distraído do que um vampiro que precisaria passar os próximos dois dias se recuperando de uma esbórnia de sangue ou álcool — ou melhor ainda, de ambos.

— Quando eu era pequena, amava a noite seguinte às festas — comentei. — Todos dormiam, e eu podia fazer o que bem entendesse por algumas horas. Se ela estiver bêbada o bastante, vai contar exatamente o que a gente quer saber, e ainda vai ficar fora do nosso caminho por um ou dois dias.

— Parece perfeito.

Perfeito, contanto que só precisássemos nos preocupar com Evelaena. Eu não sabia muito bem se aquele era o caso. Lahor podia ser uma cidade em ruínas, mas devia haver *outros* vivendo ali além dela.

— Chegou a ver mais vampiros? — perguntei em voz baixa.

— Fora as cinquenta e tantas criancinhas loiras neste salão, você quer dizer? Não.

Paramos, observando os infantes. Eles se debruçavam sobre os corpos e bebiam de taças, ignorando a dança insana de Evelaena até a dona do castelo os puxar e insistir que bailassem com ela.

Até mesmo para vampiros, eles tinham um olhar... baço. Vazio.

— São Transformados — falou Raihn em voz baixa.

Olhei de esguelha para ele.

— Como assim?

— São Transformados. As crianças. São todas Transformadas.

Encarei os pequenos vampiros — inclinados sobre poças de sangue como gatos vadios bebendo água da sarjeta — com um horror renovado. No fundo, eu já suspeitava, mas agora que o pensamento fora puxado para primeiro plano... o horror subiu por minha garganta devagar. A cada segundo considerando a ideia, parecia mais atroz.

Nascidos vampiros envelheciam normalmente, mas crianças Transformadas ficariam presas naquela forma pela eternidade, tanto a mente quanto o corpo congelados numa juventude infinda e limitante. Um destino horrível.

— Como você...? — comecei.

— Tentou falar com alguma delas? Quase nenhuma sabe a língua de Obitraes. Encontrei uma que fala um pouco do idioma de Glae.

Outra onda de nojo.

— Ela trouxe as crianças das nações humanas?

— Não sei como chegaram até aqui. Talvez ela pague contrabandistas. Talvez algumas sejam vítimas de naufrágios. Talvez as pegue dos próprios assentamentos humanos. Porra, tem tantas aqui que é provável que faça todas essas coisas ao mesmo tempo.

Vi Evelaena girar feliz pelo salão, de mãos dadas com um de seus criados infantes que parecia encarar um ponto quilômetros além da vampira.

Todas as crianças tinham a mesma aparência. Todas muito jovens. E agora jovens para sempre.

Meu estômago se revirou. Raihn e eu trocamos um olhar — eu sabia que estávamos ambos nos fazendo as mesmas perguntas silenciosas, ambos enojados com cada possível resposta.

— Sua prima é doentia — disse ele, entredentes.

Tentei ignorar meu desconforto.

— Vamos pegar logo a merda que viemos buscar e depois damos o fora.

Comecei a ir em direção à área mais movimentada da festa, mas Raihn me segurou pelo pulso.

— Aonde você vai?

Me desvencilhei.

— Arrancar alguma informação de Evelaena antes que ela desmaie.

Consegui me soltar, mas ele me puxou para perto.

— Sozinha?

Que raio de pergunta era essa? Achei que minha expressão o faria soltar o usual risinho seguido de um comentário provocativo, mas ele continuou sério.

— E isto aqui? — perguntou Raihn, fazendo a ponta dos dedos percorrer minha clavícula.

Ao seu toque, calafrios se espalharam pela minha pele. Depois, veio uma pontada de dor quando Raihn encostou nas marcas ainda frescas em forma de meia-lua que Evelaena deixara em meu pescoço.

O movimento foi tão surpreendentemente carinhoso que meu comentário sardônico ficou engasgado. Demorei um instante para conseguir responder:

— Não é nada.

— É sim.

— Nada com que eu não possa lidar. Estou acostumada a ser odiada.

— Não. Você está acostumada a ser desprezada. Ser odiada é infinitamente mais perigoso.

Puxei o braço para longe; dessa vez, ele me soltou.

— Eu venci o Kejari, Raihn. Dou conta dela.

Ele abriu um meio-sorriso.

— Tecnicamente, *eu* venci o Kejari — disse ele, e não se moveu.

Mas também não tirou os olhos de mim.

Evelaena já estava muito, muito embriagada. Quando me aproximei, soltou as mãos de sua companhia infantil e as estendeu para mim.

Não consegui me forçar a entrelaçar meus dedos aos dela, então a vampira pousou os braços sobre meus ombros.

— Prima, estou *tão* feliz por enfim receber sua visita — murmurou, as palavras saindo emboladas. — É tão solitário aqui...

Não tão solitário assim, considerando o exército de crianças Transformadas para lhe fazer companhia.

Ela se aproximou um tanto cambaleante, e vi suas narinas se dilatarem com o movimento. Evelaena passara a noite se banqueteando — não havia como ainda estar com fome, mas sangue humano era sempre sangue humano.

Me afastei, oferecendo o braço à vampira e a segurando com força para que ela não pudesse chegar mais perto.

— Quero que me mostre as coisas de meu pai — pedi. — Sempre quis conhecer o lugar onde ele cresceu.

Por um instante, cogitei a possibilidade de as palavras adocicadas soarem tão pouco convincentes quanto pareceram a mim. Se aquele era o caso, porém, Evelaena estava embriagada demais para notar.

— É claro! Ah, é claro, é claro! Venha, venha! — cantarolou ela, cambaleando comigo pelo corredor.

Não olhei para trás, mas senti o olhar de Raihn me acompanhando enquanto saíamos.

21
ORAYA

— Não sobrou muita coisa — disse Evelaena com a voz arrastada enquanto me guiava por corredores escuros e meio caindo aos pedaços.

Quase não havia tochas para iluminar o caminho, e com minha visão humana tentei desviar de lajotas desniveladas e rachaduras no chão. Para piorar, Evelaena se agarrara a mim, extremamente embriagada, e precisei de toda a concentração apenas para continuar colocando um pé diante do outro.

— Mas eu guardei o que restou — continuou a vampira, me puxando até um canto. — Guardei tudo. Achava que ele... achava que ele pudesse voltar algum dia. Aqui!

Seu rosto se iluminou, e ela me soltou de repente. Na escuridão, tropecei numa pedra solta e precisei me apoiar na parede. Evelaena empurrou a porta. Luz dourada banhou seu rosto.

— Aqui! — repetiu minha prima. — Está tudo aqui.

Entrei no cômodo logo atrás dela. Ao contrário dos corredores pelos quais havíamos passado, aquele espaço era iluminado por uma luz constante e dourada — havia arandelas ao longo das paredes, acesas como se aguardando o retorno iminente do dono do quarto. Era pequeno, mas estava imaculado — o único lugar em todo o castelo que parecia inteiro de verdade. Uma cama cuidadosamente feita com mantas de veludo violeta. Uma escrivaninha com duas penas douradas, um caderno fechado de capa de couro, óculos de armação de ouro bem fina. Um guarda-roupa com uma das portas aberta, cheio de ternos elegantes. Uma mesinha de café, com uma única colher e um único pires. Um único pé de sapato, cuidadosamente posicionado no canto.

Fiquei ali encarando a cena enquanto Evelaena abria os braços e girava.

— Isto é tudo? — perguntei.

Felizmente, ela estava bêbada demais para ouvir a emoção complicada em minha voz.

— É tudo que restou, sim. Ele não deixou muita coisa quando foi embora, tantos anos atrás. Quase tudo se perdeu quando... — Seu sorriso alegre sumiu, e uma sombra tomou seu rosto. — Quando aconteceu.

Ela se virou para mim abruptamente, os imensos olhos azuis lacrimejando e cintilando sob a luz das lamparinas.

— Um erro, com certeza — prosseguiu. — Digo, Vincent destruir tanta coisa quando partiu. Foi por isso que guardei isso. Alguns objetos demorei anos para encontrar no meio da sujeira e dos escombros, mas os conservei. Limpei. Guardei as peças aqui, para esperar por ele.

Ela pegou o pé solitário do sapato, o dedo dançando pelos cadarços.

Parei diante da escrivaninha e da estranha coleção de itens aleatórios em cima dela. Um deles era um pequeno desenho a nanquim de Lahor — supus, embora a perspectiva fosse de um ângulo que eu não reconhecia: a cidade vista do leste.

— Alguém que ainda mora aqui o conheceu naquela época? — perguntei.

— Aqui? Morando aqui? No castelo? — Evelaena pareceu confusa com a pergunta.

— Sim. Ou... enfim, alguém. Qualquer outro... — Pensei bem antes de continuar: — Qualquer outro membro da nossa família.

Os registros não mencionavam mais ninguém. Mas, caramba, Lahor era um lugar extremamente remoto. E se houvesse algum outro parente?

Ela me encarou com a expressão vazia, depois explodiu num acesso de risadas maníacas e agudas.

— Claro que não. Não tem mais ninguém aqui. Ele matou todo mundo.

Não sei como eu não estava esperando aquela resposta. Ainda assim, fiquei em silêncio, incerta sobre o que responder.

Minha prima fez uma pausa. Se virou. Me olhou por cima do ombro.

— Tudo por aqui mudou naquele dia — disse ela. — No dia em que ele foi embora.

Evelaena era muito mais nova do que Vincent devia ser na época. Ainda assim, eu não tinha feito os cálculos corretos — havia apenas presumido que ela nascera depois da ascensão de Vincent, mas fora uma conclusão precipitada. Só de olhar nos olhos dela, fui atingida com força pela compreensão de como eu fora apressada.

— Você estava aqui. — Era para ser uma pergunta, mas saiu como uma afirmação.

Ela assentiu, um sorriso se espalhando devagar pelo rosto.

— Estava — sussurrou num tom conspiratório, como se estivéssemos contando histórias de fantasmas. — Foi antes de ele ir para o Kejari. Vincent organizou tudo. Na época, todo mundo sabia que ele venceria, especialmente ele mesmo. Então precisava preparar as coisas com antecedência. Precisava se livrar de qualquer um que pudesse ficar em seu caminho. — Ela tocou a parede, como se estivesse acarinhando o braço de um velho amigo. — Lahor já foi bonita. Reis viveram aqui. Era um lugar seguro. Estas paredes protegeram monarcas durante o reinado de nossos inimigos. Talvez voltem a fazer isso algum dia. — O olhar dela recaiu em mim, achando graça. — Todos os reizinhos estavam nesta cidade, e um deles matou os demais.

Reizinhos.

Vincent sempre falava de forma casual sobre a própria ascensão ao trono e as coisas que tinha feito para facilitar o processo, mas nada fora simples. Nada fora pequeno.

— Eu me escondi aqui — revelou Evelaena.

— Aqui?

— Aqui. — Ela apontou para a cama. — Ali embaixo. Eu era pequena, mas me lembro muito bem. — A vampira bateu de leve na própria têmpora. — Ele acabou com os mais velhos primeiro, depois passou para as crianças. O pai do próprio Vincent, meu pai, as irmãs deles. Provavelmente achou que precisava encarar estes enquanto estivesse no auge da força, senão seria mais difícil. Acho que meu pai ofereceu uma boa luta, por exemplo.

Ela falava sobre o assunto de forma sonhadora e calma, como se estivesse especulando sobre uma história e não sobre a morte de seus familiares.

— Depois ele veio para cá. Pegou Georgia, Marlena, Amith.

— Crianças? — perguntei baixinho.

— Ah, sim. Muitos de nós. E, de repente, não tinha mais ninguém.

— Por que ele a deixou viver? Foi por que sua posição na linhagem não o ameaçava?

Evelaena riu como se eu tivesse acabado de dizer algo muito encantador e bobinho.

— A posição na linhagem não vale de nada. Meu tio era um homem muito minucioso.

Em seguida, antes mesmo que eu entendesse o que estava acontecendo, ela puxou os cordões do vestido e deixou as mangas escorregarem pelos ombros. O tecido leve se acumulou ao redor de sua cintura, exibindo o torso e os seios — e revelando uma cicatriz em forma de estrela bem no meio do tórax.

— Ele não me deixou viver — falou ela. — Me arrastou daqui de baixo e cravou a espada no meu peito. Fiquei ali largada ao lado do corpo do meu irmão e das minhas irmãs. Achei que ia poder brincar com meus amiguinhos no além. — Ela sorriu, serena. — Mas a Mãe estava comigo naquela noite. A Mãe me escolheu para viver.

Pela Deusa.

— Quão velha você era na época? — perguntei.

— Tinha uns cinco verões, creio.

Senti a garganta apertar.

Eu sabia do que Vincent era capaz. Não deveria ter me chocado — ou ficado com nojo — de pensar em meu pai matando crianças para aniquilar a família. Ainda assim, saber que *aquela* era a verdade escondida por trás de sua casual falta de resposta, por trás de sua aceitação prosaica...

Nunca escondi de você que poder é uma coisa muito, muito sangrenta, serpentezinha, sussurrou Vincent em meu ouvido.

Não. Mas eu tinha demorado muito para processar com cuidado o que aquilo significava.

— Sinto muito pelo que aconteceu — sussurrei.

A estranha solenidade de Evelaena se dissipou, se misturando de novo à euforia embalada pela bebida. Um sorriso se abriu em sua boca manchada de sangue.

— Eu não sinto. Tudo ocorreu conforme os desejos da Mãe. E não foi tão horrível assim, considerando o que ganhamos.

Mas tinha, sim, sido horrível. Tão horrível que precisei morder a língua para não comentar em voz alta.

— Eu tinha certeza de que ele também sabia — falou ela. — Sabia que eu tinha sobrevivido por uma razão: para cuidar de Lahor. Alguém precisava fazer isso. Mas meu tio era tão ocupado... Ele nunca respondeu minhas cartas.

O olhar dela recaiu sobre mim, com um interesse que eu gastara a vida toda aprendendo a reconhecer.

— Estranho como ninguém estava ciente de que o sangue dele corria em suas veias — acrescentou ela.

Deu um passo adiante, e recuei outro no mesmo segundo.

— Que estranho da parte dele... — murmurou minha prima. — Deixar uma filha viver, a parente mais próxima na linhagem, sendo que já tinha sentenciado tantos outros à morte por crimes menores. — Ela pestanejou e avançou outro passo; chegou tão perto de mim que eu conseguia sentir o calor irradiando da pele nua e delicada da vampira.

— Metade humana, certo? — prosseguiu ela num sussurro. — Dá para sentir o cheiro. — Estendeu os dedos e tocou minha bochecha, meu queixo, meu pescoço...

Levei a mão à espada.

— Se afaste, Evelaena.

Ela roçou o nariz no meu e ergueu os olhos enquanto curvava os lábios num sorriso.

— Somos família.

Para derrubar a vampira ali, eu teria que enfiar a lâmina bem no meio de seu peito — na cicatriz que meu pai deixara quando ela era apenas uma criança. Que justiça poética mais doentia.

Mas eu não queria matar Evelaena — ainda não, ao menos. Não estávamos nem perto de conseguir o que procurávamos, e não dava para saber que tipo de caos seria despertado caso a anfitriã fosse morta.

— Se afaste — repeti, firme.

Ela não se moveu.

— Ah, vocês estão aqui.

Nunca pensei que ficaria tão grata por ouvir aquela voz, mas foi o que aconteceu.

Raihn estava apoiado no batente, observando a cena com uma expressão que me dizia que eu ia levar um sermão assim que ficássemos sozinhos.

Evelaena se virou e foi até ele. Nem se preocupou em se vestir. Na verdade, pela forma como olhava para o vampiro com a fome insaciável ainda estampada no rosto, continuar nua pareceu bem intencional.

Achei aquilo mais irritante do que tinha qualquer direito de achar.

Impassível, ele a percorreu com os olhos antes de se virar de novo para mim.

— A aurora está chegando — falou. — Peço perdão por precisar roubar minha esposa da senhorita, Lady Evelaena.

A vampira o ignorou, pousando a mão em seu peito. Vi os dedos dela apertando a pele de Raihn e tive dificuldades de desviar o olhar.

— Me conte, usurpador — murmurou a vampira. — Como foi ouvir o último suspiro de meu tio? Pensei muito nisso. — Ela ergueu a mão, roçando os dedos na ponte do nariz de Raihn, na concavidade de sua bochecha. — Quando bateu em seu rosto, estava gélido? Ou quente?

Mas, de forma muito gentil e educada, Raihn pegou os punhos de Evelaena e os afastou, fazendo questão de deixar um cálice de vinho na mão dela.

— Aquela morte não me trouxe prazer algum — respondeu.

E olhou por cima do ombro ao terminar a frase — dita com muita solenidade, muito mais verdadeira do que eu esperaria.

Depois, estendeu o braço em minha direção.

— Venha, vamos dormir.

Evelaena deu um passo para o lado, ainda encarando Raihn com um olhar vazio e indecifrável. Dei a mão para Raihn.

Depois me sobressaltei quando Evelaena irrompeu num acesso de riso.

Ela gargalhou, gargalhou sem parar. Gargalhou jogando a cabeça para trás, tomando o cálice de vinho, e não parou de rir enquanto saía pelo corredor sem sequer se dar ao trabalho de subir o corpete do vestido.

Quando sua voz começou a sumir, Raihn me disparou um olhar silencioso e arregalado que dizia "Que doideira foi essa?".

Depois se inclinou para mim antes de murmurar:

— Quase desejei não ter interrompido para ver onde isso ia dar. Não sabia muito bem se ela ia te seduzir ou te devorar.

Para ser sincera, eu também não.

— Estava tudo sob controle — falei.

Raihn apertou minha mão, e só então notei o quanto eu estava tremendo. Ele cobriu meus dedos com a outra palma, como se para acalmar os tremores, e depois os soltou.

— Mal posso esperar para dar o fora daqui — murmurou.

22
ORAYA

Até o momento, ter ido a Lahor não se mostrara muito útil.

Evelaena tinha nos acomodado em aposentos próximos uns dos outros. Tinham sido grandiosos no passado, mas agora se encontravam empoeirados e infestados de ratos, com janelas quebradas que deixavam a chuva da noite molhar o chão de lajotas. Quando Mische puxou a roupa de cama e várias baratas saíram correndo, ela simplesmente observou a cena com um olhar de completo nojo antes de jogar as cobertas no colchão e soltar, animada:

— Septimus pode ficar com este quarto.

Ketura achou aquilo extremamente engraçado. Acho que foi a primeira vez que vi a mulher rir.

Não que fôssemos dormir muito: assim que o castelo caiu num silêncio etéreo, mesmo para a audição aguçada dos vampiros, entramos em ação. Reviramos as bibliotecas, os escritórios, os dormitórios vazios. Os companheiros de Septimus eram excelentes em transitar pelos corredores sem serem notados, e levavam até nós tudo que suspeitassem parecer remotamente útil. Logo, nossos aposentos estavam cheios de uma mistura comicamente desconexa de objetos — livros, joias, armas, obras de arte, esculturas. Tudo seriamente danificado, fedendo a mofo ou ferrugem. As peças eram dispostas diante de mim acompanhadas de um erguer silencioso de sobrancelha, como se eles me perguntassem: "E aí?".

Depois que aquilo se repetiu cerca de uma dezena de vezes, ergui um atlas meio apodrecido. Alguns insetos escaparam por entre as páginas, irritados por terem seu lar perturbado pela primeira vez em séculos.

Um atlas velho, claro. A resposta de todos os nossos problemas. A chave para um poder historicamente desconhecido. Aham.

Encarei Septimus com um olhar seco que provavelmente dizia tudo o que eu não estava colocando em palavras.

— A gente já chegou até aqui — falou ele, soltando uma baforada de cigarro pelas narinas. — Tenha um pouco de paciência, meu bem.

— Evelaena disse que Vincent nunca voltou para cá.

— Evelaena não parece a mais confiável das pessoas. Longe de mim insultar nossa anfitriã, claro.

— Não mesmo — concordou Raihn. — Mas não acho que ela iria simplesmente esquecer caso o tio pelo qual é tão obcecada tivesse aparecido por aqui.

— A menos que ela esteja escondendo isso de propósito. Vincent tinha várias coisas deste lugar guardadas. Por que outra razão faria isso?

— Nostalgia? — sugeriu Mische, mas nem mesmo ela parecia convencida.

Meu pai não amava aquele lugar. Era algo que eu já suspeitava; depois de nossa visita, pouquíssima dúvida restara em minha mente. Ele não era o tipo de pessoa que acalentava nostalgia, muito menos de partes do passado pelas quais sentia pouca afeição. Lahor certamente estava naquela categoria.

Se ele tinha mantido conexões com aquele lugar... devia haver um motivo.

Suspirei.

— O que eu faço? — murmurei. — Saio encostando em todos os objetos deste castelo até sentir... até sentir o quê, exatamente?

Septimus deu de ombros.

— Você vai saber.

— E se eu não souber?

— A viagem vai ter sido em vão e a gente tenta outra coisa.

Mais tempo para procurar. Mais tempo para os Nascidos do Sangue fincarem suas garras no reino. Mais tempo para Raihn se estabelecer como monarca também.

Soltei outro suspiro exasperado e continuei revirando os objetos.

Horas, horas e mais horas de merdas inúteis.

Depois de um tempo, desistimos. A maioria dos itens encontrados estava muito danificada. Mesmo os artefatos que pareciam ter sido valiosos algum dia agora não passavam de lixo. Eu duvidava que "saberia" magicamente quando encontrasse algo de Vincent — ainda assim, era óbvio para mim que aquelas coisas não tinham valor algum para ele.

Quando terminamos de revirar todos os cômodos desocupados e seguros do castelo, nos permitimos um breve descanso.

Meu alojamento tinha apenas um quarto — para meu alívio, Raihn ficou com o sofá sem reclamar, deixando que Mische dormisse a meu lado na cama. Ela já roncava minutos depois de ter deitado no colchão, as pernas e os braços espalhados em todas as direções.

Encolhi o corpo e, pela fresta aberta da cortina, vislumbrei Lahor banhada pelo luar. Ainda levaria pelo menos uma hora para amanhecer. Eu estava morrendo de sono, mas não queria saber o que veria nas profundezas de meus sonhos.

Depois de um tempo, não consegui mais ficar ali deitada.

Saí da cama e peguei minhas espadas. Estava saindo para a sala de estar quando...

— Aonde está indo? — questionei.

Raihn se deteve. Estava semienvolto pelas cortinas translúcidas, saindo pela janela aberta.

Ele me olhou de cima a baixo, erguendo a sobrancelha.

— Você dormiu de armadura?

Olhei para meu próprio corpo, de repente constrangida.

— Aonde está indo? — repeti em vez de responder.

— Provavelmente para o mesmo lugar que você. Também não consegue relaxar?

Eu não queria admitir aquilo.

Olhei de novo para a porta aberta do quarto, para Mische adormecida na cama. Vendo a expressão em meu rosto, Raihn soltou:

— Ah, não se preocupe. Ela não acorda por nada.

Depois estendeu a mão.

— Venha. Vamos arranjar um pouco de confusão.

Não me movi. Beleza, ele estava certo, meu plano era *mesmo* dar uma escapada até a cidade. Admitir aquilo eram outros quinhentos.

Ele suspirou.

— Eu te conheço, Oraya. Não venha me dizer que não está curiosa.

Espiei por cima do ombro do vampiro, pela janela aberta que deixava antever a paisagem etérea e desolada.

Raihn sorriu.

— Foi o que imaginei. Venha. Vamos logo.

Aquela era uma ideia idiota.

Ainda assim, segurei sua mão.

Lahor parecera abandonada quando havíamos chegado ali, e a estranheza do castelo — aparentemente ocupado apenas por Evelaena e sua prole de crianças Transformadas — só fazia a sensação ficar mais intensa. Porém, embora caindo aos pedaços, a cidade não estava deserta. Pessoas de fato viviam ali, agrupadas em construções habitáveis espalhadas pela cidade.

Ou talvez "viver" fosse um termo muito generoso.

Raihn e eu vagamos pelas vias irregulares e rachadas e por trilhas entre montes dilapidados de tijolo. As pessoas dentro das construções capengas nos encaravam com fome e cautela, sussurros se dissipando em silêncio enquanto passávamos.

— Acha que sabe quem somos? — sussurrei para Raihn.

— Não — respondeu ele. — Não tem a menor chance de essa gente saber qual é a cara de alguns monarcas de uma terra a centenas de quilômetros. Não sabem nossa identidade, mas com certeza sabem que somos forasteiros.

O que não era nada difícil. As pessoas ali eram sombras deturpadas de vampiros ou humanos — todos igualmente famintos. Os olhos que nos encaravam pareciam encovados, mais similares aos de animais miseráveis do que aos de seres sencientes. Ao contrário da maioria das cidades de Obitraes, aquela não era dividida em territórios vampírico e humano — todos pareciam se apinhar em qualquer abrigo improvisado que conseguissem encontrar.

A vida em qualquer região da Casa da Noite era perigosa e sangrenta. Mas ali? O desespero visceral fervilhava como uma ferida supurada. Raihn e eu passamos por um grupo de vampiros debruçados sobre o corpo de outro, este rasgado ao meio e sangrando no meio da rua.

Um corpo de vampiro. Sangue que não serviria para manter nenhum dos outros vivo, mas que fornecia apenas prazer e alívio temporários — a fome era tão intensa, porém, que tornava o fato irrelevante.

Era difícil não estremecer com a forma como as cabeças se viravam de súbito quando passávamos. Como me seguiam com os olhos.

Raihn se aproximou um pouco de mim, a mão em minhas costas. Tomamos a decisão tácita de nos afastar das áreas mais populosas, vagando na direção das dunas.

Depois de um tempo, chegamos à beira de um lago. Era uma cena etérea e bonita; o corpo de água ficava numa cratera no meio das ruínas, com os resquícios da destruição do passado cobertos pela água plácida. Restos quebrados de mármore irrompiam da superfície, fantasmagóricos sob o luar.

Mais além, várias das torres altas de Lahor, pináculos de pedra quebrada, assomavam sobre nós.

Meus braços se arrepiaram.

— Devia ser lindo — murmurou Raihn. — Num passado remoto.

Sim. Era tão belo quanto triste.

Raihn virou a cabeça.

— Veja.

Ele cutucou meu braço e apontou com o queixo para a esquerda. Uma mulher ajoelhada na margem enchia um balde. Uma humana — reconheci imediatamente. Sua idiotice era inacreditável. Eu não conseguia entender por que alguém se colocaria em risco daquele jeito depois do cair da noite, mesmo com o amanhecer tão próximo.

Mas viver em perigo constante diminuía a percepção de risco. Eu sabia muito bem.

Ela não viu o vampiro Hiaj voando acima de nós. Ele pousou numa das ruínas próximas e, com os olhos fixos nela, começou a descer.

Nós o vimos, porém.

Senti o corpo tensionar.

— Quer cuidar dele? — murmurou Raihn em meu ouvido. — Tenho a impressão de que você anda ansiosa para matar alguma coisa.

Esfreguei a ponta dos dedos.

Ele estava certo, por mais que eu odiasse admitir. Estava ansiando pela morte como um viciado em ópio desejava a próxima dose. Ainda assim, parte de mim tinha medo.

Medo de apunhalar outro peito, sendo que o último que eu atravessara com a espada fora o de Raihn.

Medo de ouvir a voz de meu pai em meu ouvido.

Medo do que quer que eu pudesse não estar mais sentindo.

O vampiro se aproximava.

— Se você não se mexer, eu vou — afirmou Raihn.

Mas minha decisão já estava tomada antes mesmo que as palavras dele tivessem saído da boca.

Me esgueirei por entre as ruínas para dar a volta e surpreender minha presa por trás. Eu estava fora de forma. O terreno era pouco familiar. Eu não avançava de maneira tão silenciosa quanto em minhas caçadas noturnas em Sivrinaj. O vampiro se virou para mim no instante em que o alcancei.

Tudo bem. Eu queria mesmo que ele lutasse.

O sujeito se jogou para a frente com as garras expostas, mas minha espada foi mais rápida.

Quase arranquei seu braço quando ele atacou. Sangue respingou em meu rosto, doce e ferroso quando passei a língua pelas gotículas.

Meu alvo chiou e mergulhou sobre mim. Dei um passo para o lado, deixando que ele se chocasse com a parede. Não era acostumado a lutar, não mesmo. Ainda que comparado aos mais preguiçosos caçadores de Sivrinaj, ele parecia lento e sem foco. Faminto. Destreinado. Praticamente um animal.

Primeiro as asas, Vincent me lembrou, e abri dois talhos em cada uma. Ah, as asas dos Hiaj, tão satisfatoriamente fáceis de rasgar.

As garras dele abriram um corte na minha face. Nem me movi. Com um ataque em sua perna, fiz com que cambaleasse. Depois outro no ombro direito, para comprometer seu braço dominante. Enfim, ele estava sob meu domínio.

O sujeito não sabia meu nome ou título. Só sentia o cheiro de meu sangue humano — sangue este que, na cabeça dele, me fazia indigna de ser qualquer coisa além de comida.

E agora havia medo em seus olhos.

Por um breve momento, lá estava. O poder. O controle.

Você precisa empurrar com força para atravessar o esterno, sussurrou Vincent.

Mas eu não precisava mais dos conselhos de meu pai. A investida foi rápida e confiante, atravessando a cartilagem para fincar a lâmina bem em seu coração.

Tarde demais, a memória me atingiu — a sensação daquela mesma espada penetrando o peito de Raihn. Os olhos fixos e vermelho-ferrugem me incitando a seguir.

Acabe logo com isso, princesa.

Abri os olhos de repente, me forçando a substituir o rosto de Raihn pelo daquele sujeito. Um vampiro que merecia aquele fim. Nada complicado. Simples.

Arranquei a espada do peito dele. O Hiaj começou a escorregar pela pedra.

Mas não consegui me conter e o atravessei de novo. E de novo. *E de novo.*

Enfim, quando o peito do vampiro não passava de uma polpa, deixei o corpo cair no chão.

Encarei minha vítima, arquejando. O tórax dele era uma maçaroca de carne destroçada. Por alguma razão, pensei na cicatriz de Evelaena, na garota caída no chão do quarto com o peito todo ensanguentado.

— Ela foi embora.

A voz de Raihn me sobressaltou. Ele tinha alçado voo e estava encarapitado no topo das ruínas. Apontou para o lago com o queixo. A humana agora voltava pela trilha com o balde apoiado na cintura, parecendo ignorar quão perto da morte havia chegado.

Olhei para o cadáver. Outra criatura faminta, treinada a ver humanos como um objeto a seu dispor. Ou como animais, dispostos na cadeia alimentar. Sem fim.

A futilidade daquilo tudo me atingiu num golpe só, me deixando atordoada.

— Tenho a impressão de que geralmente você se diverte muito mais com isso — falou Raihn.

— Era algo que precisava ser feito — rebati, embainhando a arma. — Então a gente foi lá e fez.

— Você fez. Eu só fiquei assistindo.

Fitei seu rosto, e Raihn sorriu antes de acrescentar:

— E adorei.

Me virei sem dizer nada. Pelo canto do olho, vi a expressão dele murchar.

Comecei a retornar pelo caminho por onde tínhamos vindo, mas Raihn ficou para trás. Ergueu o queixo, semicerrando os olhos para enxergar ao longe. Depois apontou.

— Vamos até ali.

Acompanhei o olhar dele e vi os pináculos das torres em ruínas acima de nós.

— Por quê? — perguntei.

— Porque olha só aquilo... A vista dali deve ser sensacional.

Foi minha vez de estreitar os olhos. Precisei admitir que ele provavelmente estava certo. De um jeito ou de outro, Raihn nem me deu chance de argumentar antes de oferecer a mão de novo.

Cheguei a cogitar a ideia de rebater, mas a curiosidade venceu.

Então aceitei o convite e permiti que o vampiro me pegasse outra vez no colo.

Me arrependi de imediato. Voar com Raihn era sempre constrangedor. Eu precisava me esforçar demais para não notar como seus braços me envolviam, como ele me apertava junto ao corpo, como uma minúscula parte primitiva de mim apreciava o calor de sua pele. E eu precisava me esforçar *ainda mais* para ignorar o gesto reconfortante de seu polegar em minha lombar, e como ele dificultava minha determinação em não pensar naquela versão de Raihn como o homem que eu permitira que estivesse em minha cama, em meu corpo, e talvez até em meu coração.

Nossos olhares se cruzaram por um instante, o luar gélido contra a calidez de suas íris vermelho-ferrugem, antes de eu virar o rosto.

Com várias batidas poderosas das asas, ele saltou no ar. Meus sentimentos desconfortáveis sobre nossa proximidade sumiram quando olhei para cima e vi as estrelas se aproximando, nos envolvendo num abraço.

A sensação parecia a de usar um entorpecente. Fazia ser fácil demais deixar de lado todas as coisas complicadas que eu havia largado lá no chão.

Raihn acelerou enquanto ascendia, e nos aproximamos do topo da torre com tamanha agilidade que não consegui imaginar o que ele faria para pousar.

Um segundo depois, compreendi: ele não pousaria.

Passamos voando pela torre. Para além de seu ápice rochoso. Além do próximo pináculo, e do próximo. Gotículas de umidade começaram a se acumular em minhas bochechas, e o ar foi ficando mais úmido e frio. A lua, gibosa, prenhe e envolta num manto de nuvens, parecia tão próxima que era quase como se eu a pudesse tocar.

— Olhe para baixo.

A respiração de Raihn saiu quente contra minha orelha.

Obedeci.

O mar se estendia diante de nós, uma extensão infinita de vidro ondulante. Atrás, a paisagem de Lahor, trágica e bela em seu abandono, a feia realidade acima da qual transitávamos de forma invisível. Até o castelo de Evelaena parecia minúsculo daquela distância, uma peça na coleção de blocos de montar. Para além de Lahor, os desertos do território da Casa da Noite se espalhavam infinitamente, com pontos luminosos brilhando à distância em meio à bruma.

Meus olhos ardiam — talvez por causa do vento, talvez por outra razão.

Quanta paz.

Não era minha intenção falar aquilo em voz alta, mas Raihn murmurou:

— É mesmo.

E ficou apenas planando, me segurando com força. Estava frio ali em cima, mas eu não sentia nada. Talvez devesse estar com medo porque não havia nenhum apoio além dos braços do vampiro me impedindo de cair para a morte — mas não estava.

— Às vezes, quando estou lá embaixo, sinto que nada neste lugar jamais vai ser pacífico — disse ele. — Mas...

Mas aí tem isso.

Engoli em seco. Assenti. Porque eu não podia negar que sabia exatamente do que ele estava falando.

Raihn enfim mergulhou. Voltamos para o solo, onde ele pousou com graciosidade no topo de uma torre de pedra. Metade da parede tinha desmoronado, fazendo com que o cômodo mais alto não passasse de uma plataforma redonda cercada por um semicírculo de tijolo. O lugar devia ser ainda mais antigo do que parecia olhando do chão. Até a sugestão de janelas tinha se perdido para a ação dos elementos ao longo do tempo.

Raihn me soltou, depois se virou para apreciar a vista — a paisagem ampla de terra e de mar, com Lahor de um dos lados e o oceano do outro.

— Não é tão bonito quanto lá de cima — falou ele. — Mas é bem bonito.

— Definitivamente não tão bonito quanto lá de cima — concordei.

Ele espiou por cima do ombro. Daquele ângulo, o luar marcava o contorno de suas feições, pintando uma linha prateada ao longo de seu rosto, refletindo uma expressão peculiar em seus olhos.

— O que foi? — perguntei.

— Nada.

Mas ele não parou de me encarar. Não parecia "nada".

Raihn enfim acrescentou:

— É que eu devia ter imaginado que você era metade vampira. Desde a primeira vez que voamos juntos.

— Por quê?

— Porque você parecia mais feliz do que nunca enquanto a gente estava lá no alto. Eu devia ter notado na hora como você foi feita para isso.

Algo na forma como ele disse a frase me fez franzir o cenho. Encarei o vampiro com uma expressão confusa.

— Bom, não sou feita para isso — afirmei.

— Discordo, princesa.

Dei uma risadinha sarcástica e apontei para as minhas costas, enfática — a ausência de asas era nítida.

— Não sei, não, mas tenho a impressão de que me faltam algumas coisas importantes.

Mas Raihn não cedeu.

— Asas são conjuradas — afirmou ele, apenas. — Você é metade Nascida da Noite. Provavelmente tem a habilidade de usar um par de asas.

Pestanejei. Demorei um instante para assimilar as palavras.

— Isso é...

Ridículo.

Mas...

Na primeira vez em que Raihn me levara para voar, eu *de fato* senti como se tivesse encontrado uma parte perdida de mim no céu. Como se fosse tão natural estar ali quanto respirar.

Ele está errado, eu disse a mim mesma, abafando a fagulha de esperança.

Ele se aproximou.

— Você ainda nem parou para pensar em todas as coisas que pode fazer, Oraya.

Bufei.

— Isso é ridículo.

Raihn avançou mais um passo. Seus olhos brilhavam, achando graça.

Ergui o queixo e o encarei. Os lábios do vampiro se curvaram de leve quando ele se inclinou para a frente. Senti o hálito quente contra a minha boca.

— Quer descobrir?

O tempo se arrastou, quase parou. Meu coração batia acelerado. Eu devia ter me afastado. Devia ter empurrado o Nascido da Noite para longe. Não fiz nada disso.

A ponta do nariz dele roçou no meu. Por um instante, fui tomada pelo ímpeto avassalador — e traidor — de reduzir a distância entre nós. Um desejo primitivo, insensato, que se revirava em meu baixo-ventre. Desesperado.

O olhar dele recaiu em minha boca. Depois subiu de novo para meus olhos.

— Lembra quando você me jogou daquela janela? — sussurrou ele.

Franzi a testa.

— Como ass...

Ele me deu um empurrão firme e decidido, e de repente eu estava caindo.

23
ORAYA

Eu ia morrer.

Eu vou morrer eu vou morrer eu vou morrer eu vou morrer.

Aquela única realidade, uma certeza, rodopiava em minha mente a cada batida do coração enquanto o mundo passava em disparada ao meu redor, nada além de borrões de cores e escuridão e vazio. Eu agitava os braços em desespero.

Um segundo. Dois. Queda livre. Podia muito bem ter se passado uma vida toda.

Ouvi a voz de Raihn acima do uivo do vento.

— Você consegue, Oraya!

Ele parecia ter certeza daquilo. Minha vontade foi rir da ideia.

O vampiro gritou:

— Olhe para o *céu*!

Forcei os olhos a se abrirem. Forcei a cabeça a se voltar para cima — para o veludo estrelado lá no alto. Era dissonantemente imóvel. Tão próximo que eu poderia erguer a mão e tocar no firmamento.

Mesmo enquanto despencava, me dei conta de que o ar tinha um ritmo particular, uma espécie de pulsação à qual eu podia alinhar meu próprio batimento. Estendi os braços e respirei fundo — deixei que as rajadas violentas preenchessem meus pulmões, mesmo que sua força fizesse meu peito queimar.

Me permiti ser parte do céu.

E, de repente, o tempo pareceu se esticar e passar mais devagar. A direção do ar mudou. Senti um frio na barriga. Depois, tudo ficou calmo.

Atrás de mim, Raihn soltou uma exclamação — um som quase abafado pelo sopro do vento em meus ouvidos e o retumbar de meu coração, que batia cada vez mais rápido e forte conforme eu voltava o rosto para as estrelas.

Olhei para baixo.

O mundo não parecia mais estar se aproximando depressa. Em vez disso, se estendia abaixo de mim, ruínas e dunas de areia reduzidas a silhuetas abstratas sob a luz da lua.

— *Pela Mãe* — sussurrei. Minha voz saiu trêmula.

Talvez eu já estivesse morta e aquilo fosse uma alucinação. Eu não queria nem me mexer, com medo de que tudo pudesse se estilhaçar.

Raihn passou voando por baixo de mim, e arrisquei olhar para ele de soslaio. O vampiro parecia tomado por uma alegria infantil genuína. Aquele sorriso... Meu estômago se revirou.

— Muito foda, não é? — perguntou ele.

E foi a reação de Raihn que fez com que eu me desse conta.

Tudo o que eu conseguia fazer era sorrir e assentir. Sim, era muito foda. *Estou voando, caralho!*

A realidade me atingiu de uma vez só, indiscutível e confusa. E, de repente, eu estava pensando demais nas asas que jurava serem uma alucinação, e no ar abaixo delas, e em todos aqueles músculos desconhecidos que eu não tinha ideia de como controlar...

Raihn arregalou os olhos. Mergulhou na minha direção, estendendo os braços.

— Oraya, cuidado com...!

Tudo ficou preto.

Vincent cheirava a incenso, um odor limpo e antigo ao mesmo tempo, elegante como pétalas de rosa secas. Me fazia lembrar de todas as coisas que jamais deveriam ser tocadas, mas também me trazia segurança. Meu pai, a seu próprio modo esquisito, era as duas coisas em sintonia: distante e confortável.

Ele raramente encostava em mim, mas, naquele dia, me agarrou pelo ombro e ergueu meu corpo, segurando firme enquanto eu tentava me livrar do atordoamento dos sentidos.

— Em nome da Mãe, no que raios você estava pensando?

Minha cabeça doía. Esfreguei os olhos e os abri de novo, dando de cara com os gélidos e prateados olhos de Vincent me encarando diretamente.

Ele me deu um único chacoalhão firme.

— Nunca faça isso. *Nunca*. Quantas vezes já repeti?

Meu pai era sempre calmo e reservado, mas eu sabia ler os sinais. Sempre ficava abalada naqueles raros momentos em que o medo dele por mim escapava de seu estoicismo constante. Eu tinha onze anos. Vincent era o começo e o fim do que eu sabia sobre a vida. Ver meu pai com medo me deixava aterrorizada.

Olhei para a sacada lá em cima.

— Eu só estava tentando escalar o...

— *Nunca mais* faça isso. — Ele pegou meu pulso e o ergueu, como se para enfatizar o que dizia. Seus dedos eram longos, envolveram meu braço com facilidade. — Você tem noção de como seus ossos são frágeis? De como sua pele rasga ao mínimo impacto? Seria fácil demais para este mundo arrancar você de mim. Não lhe dê razões para isso.

Cerrei a mandíbula, os olhos ardendo. A verdade nas palavras de meu pai pesava em meu estômago, carregadas de constrangimento.

Ele, é claro, estava certo.

Eu tinha visto Vincent saltar daquela mesmíssima sacada e voar noite adentro. Tinha visto ele cair de uma altura muito maior e pousar de pé sem um arranhão sequer.

Mas meu pai era vampiro, e eu era humana. Ele era forte, e eu era fraca.

— Sim, eu tenho noção — respondi.

Sempre fui péssima em esconder minhas emoções. A expressão de Vincent ficou mais suave. Ele soltou meu braço e tocou meu rosto.

— Você é preciosa demais para ser levada por algo tão mundano, serpentezinha — disse ele, gentil. — Queria que fosse diferente.

Assenti. Mesmo nova, eu sabia que era melhor sair de uma situação com o corpo incólume do que com o orgulho ferido. Melhor passar vergonha e viver do que ser confiante demais e morrer.

— Agora, vá se preparar para dormir — disse ele. Depois me soltou, ficou de pé e voltou à poltrona que ficava logo além das portas duplas. — Você está no capítulo 52 do livro de história, se bem me lembro. Vamos ler outros dois esta noite, antes de dormir.

— Sim, Vincent — falei, grata por receber uma oportunidade de orgulhar meu pai nos estudos após aquele deslize constrangedor.

Me levantei e dei alguns passos na direção da biblioteca.

Mas...

Alguma coisa fez os pelos da minha nuca se arrepiarem. Uma estranha consciência de que havia algo desalinhado na realidade.

Me dei conta de que a biblioteca não ficava naquele andar.

De que eu estudava história quando tinha catorze, não dez anos.

De que Vincent estava...

Meu peito se apertou. Fiquei sem fôlego.

— Não temos que analisar isso agora, serpentezinha — disse a voz de Vincent por trás de mim.

Tão gentil.

Tão triste.

Mas a verdade era uma só. Eu não precisava analisar nada.

Me virei devagar. Vincent estava na poltrona, com um livro no colo, a luz do fogo dançando nos ângulos familiares de seu rosto, os lábios tomados por um sorriso lúgubre.

Eu conhecia aquele rosto bem demais.

Mesmo assim, comecei a sorver todos os detalhes, desesperada, como se para evitar que me escorressem por entre os dedos.

— Você está morto — falei.

Minha voz agora pertencia à minha versão adulta, não à de treze anos do passado.

— Estou — disse ele. — Infelizmente.

Meus ombros começaram a subir e descer rápido. A emoção queimava no peito, engolindo tudo em seu caminho.

Meu luto por ele.

Meu amor por ele.

Meu ódio por ele.

Minha raiva.

Minha confusão.

Tudo se revirando dentro de mim ao mesmo tempo, pensamentos demais conflitando uns com os outros, palavras demais incapazes de se formar na língua e jazendo grudadas no céu da boca, presas atrás de um maxilar tão cerrado que tremia.

Meu pai se levantou, sem afastar os olhos de mim.

— Está tudo certo, serpentezinha — sussurrou ele. — Pode me perguntar. Pode me perguntar o que quer tanto saber.

Abri a boca.

— Acorde, Oraya. Acorde.

Medo. Havia medo naquela voz. Reconheci o medo antes de reconhecer as palavras.

O tipo de medo mais intenso, aquele que vinha associado ao afeto profundo.

Minha cabeça latejava. Meu corpo inteiro doía.

Abri os olhos. Raihn estava curvado sobre mim, silhuetado contra o céu estrelado. Soltou um suspiro visível de alívio.

— Quanta preocupação para alguém que me jogou do alto de uma torre — falei.

A respiração dele saiu numa risadinha.

— Eu não ia deixar você cair. — Ele sorriu de soslaio. — Mais importante ainda é que eu sabia que *você* não ia se deixar cair.

— Quanto tempo eu...?

— Só alguns minutos. Mas a pancada foi feia.

Eu conseguia sentir. Estava tão atordoada que aceitei a mão de Raihn quando ele a ofereceu para mim, me puxando para ficar de pé. A sensação era... estranha, como se todo o meu corpo estivesse desequilibrado. Vislumbrei algo de canto de olho e me virei; o vampiro grunhiu, dando um salto de lado e baixando a cabeça para desviar de alguma coisa.

— Cuidado com essas asas aí.

Girei o pescoço para trás — querendo olhar para elas.

Minhas asas.

Eu só conseguia ter um vislumbre, e embora sentisse sua presença, era difícil identificar os músculos que as faziam se mover.

Mas mesmo sendo apenas um vislumbre...

Encarei minhas asas em choque. Em silêncio.

Eram as de Vincent. Sem penas, é claro, como as de todos os Hiaj. A pele era mais escura do que o céu noturno, tão preta que a luz ficava baça e morria nela. Os esporões na ponta eram de um branco argênteo, como gotas de luar. E...

E eram adornadas de vermelho. Marcas do Sucessor Hiaj.

Um vermelho intenso e sanguíneo descia pelas asas formando traços delicados, que se juntavam nas bordas e ao longo do perímetro.

Tentei mover os novos apêndices e consegui, meio desajeitada, de uma forma que tive certeza ser ridícula.

Asas.

Minhas asas.

Girei para tentar ver melhor — de olhos semicerrados, observei como o luar banhava a pele, como se cada ângulo pudesse revelar uma falha que denunciaria a cena como sendo uma alucinação.

Mas não. Elas eram reais.

Senti a tontura aumentar.

— Vá com calma — sugeriu Raihn, baixinho. — Vai demorar uns instantes para se ajustar a elas.

Ele era gentil, falando com a calma de quem já passara por aquilo. Me dei conta de que Raihn, assim como eu, também já era adulto quando conjurara as próprias asas pela primeira vez.

Minhas asas.

Minhas asas.

Parecia uma piada ridícula. Um maldito milagre. Quantas vezes eu tinha sonhado com aquilo? Quantas vezes tinha olhado para o céu e desejado poder alcançar as estrelas, assim como os vampiros?

Minhas bochechas doíam de tanto que eu sorria. Soltei uma risadinha, um som que eu não tinha a intenção de emitir.

E de repente...

De repente...

Meu peito ficou apertado, atingido pela onda de algo muito mais complicado, algo que engoliu minha alegria numa abocanhada só.

Respirei fundo de novo, e em vez de uma risada o que saiu foi um soluço engasgado, escapando antes que eu pudesse evitar. Inspirei, e o som rasgou a garganta como uma faca serrilhada, feio e arfado, incandescente com a intensidade avassaladora de minha raiva.

Quando dei por mim, estava caída de novo no chão.

Mal ouvi Raihn exclamar meu nome. Mal senti as mãos em meus ombros quando ele surgiu imediatamente ao meu lado, agachado.

— O que foi, Oraya? O que aconteceu?

Ele falou com uma preocupação tão nua e vulnerável, a voz baixa e reconfortante. Ouvir aquele tom foi como sentir uma faca sendo torcida em meu ventre.

Engoli o soluço seguinte, sem muito sucesso.

— Como você sabia?

Não consegui me forçar a erguer a cabeça, a olhar para Raihn ou permitir que ele olhasse para mim. As palavras saíram tão desfiguradas que nem sequer sei como ele as entendeu.

— O quê? — perguntou ele, suave.

— Como você sabia que eu era capaz de fazer isso?

— Eu só... sabia. Você é metade vampira, e uma bem poderosa. Foi feita para voar. E tive inúmeras provas das coisas de que você é capaz. Era até...

Óbvio.

Ele não precisava terminar. Compreendi tudo.

Raihn, alguém que me conhecia havia menos de um ano, vira aquele potencial em mim. E era ele — meu inimigo, alguém que tinha todas as razões para me trancafiar — que estava abrindo as portas para que eu tomasse o poder.

A verdade com a qual eu não queria lidar naquele momento me encarava, impossível de ser ignorada, por mais que eu me esforçasse em fechar os olhos.

Na escuridão, vi Vincent na noite do baile da Meia-Lua, quando havíamos dançado juntos. Ele estava sentimental demais na ocasião, fora do comum. Afetuoso demais.

E lembrei, tão claramente quanto se ele estivesse diante de mim de novo, o que meu pai tinha dito:

A última coisa que eu queria era que você achasse que também podia voar e começasse a se jogar das sacadas.

Consegui proferir as palavras meio engasgadas:

— Ele sabia.

Ele sabia. Sempre soubera.

Não era uma questão de me proteger. Vincent não queria que eu me jogasse das sacadas porque não queria que eu descobrisse que era capaz de deter a queda.

Naquela noite, ele parecera sentimental daquela forma porque estava prestes a emitir a ordem para aniquilar Salinae. Ele tinha noção de que estava prestes a matar qualquer esperança que eu acalentasse de encontrar a família que porventura ainda me restasse.

Ele sabia, e sabia que estava prestes a mentir para mim, e sabia que ia me perder por isso.

Vincent sabia de tudo.

— *Ele sabia.* — As palavras saíram rasgando minha garganta, trêmulas por causa das lágrimas e dos soluços reprimidos. — Ele sabia, e nunca... nunca me contou, ele nunca... *Por quê?*

Raihn murmurou:

— Ninguém pode responder a essa pergunta.

Num acesso de raiva, ergui a cabeça de súbito, o ódio tão intenso que era suficiente para afogar minha consciência. Eu devia estar parecendo um animal selvagem, com o rosto avermelhado e marcado pelas lágrimas, a boca retorcida num rosnado.

— Não sinta pena de mim, caralho — chiei. — Me fale uma coisa honesta na vida, Raihn Ashraj. Quero ouvir alguém dizer isso com todas as palavras.

Eu estava cansada de atuações e mentiras. Cansada de dançar ao redor da porra da verdade. Ansiava pela honestidade como uma flor ansiava pela luz do sol. Ansiava até mesmo pela dor que ela traria, que me acertaria fundo no coração.

A expressão de Raihn mudou.

Em defesa dele, o vampiro não parecia estar com pena. Não escondeu a verdade:

— Acho que seu pai tinha medo de você, Oraya.

— Medo? — Soltei uma risada engasgada. — Ele é... Ele era o rei dos Nascidos da Noite. E eu sou só...

— Você não é nem um pouco "*só*". Você é a Sucessora de Vincent. A pessoa mais perigosa do mundo para ele. E acho que ele morria de pavor disso.

Soava inacreditável. *Absurdo*.

— Veja *isto*.

Saltei de pé, apontando para a paisagem de Lahor à nossa frente — aquela cidade morta, patética e quebrada, um mero fantasma do que já havia sido.

Assim como eu.

Raihn recuou meio passo, e me dei conta vagamente de que o Fogo da Noite havia envolvido minhas mãos, fazendo labaredas subirem pelos braços. Notei aquilo de forma muito descolada da realidade, como se estivesse fora do meu corpo.

— Veja o que ele fez com este lugar — insisti. — Matou dezenas de pessoas no dia em que foi embora. Assassinou crianças que ajudava a criar. Crianças que não lhe ofereciam riscos reais. Só porque era *minucioso* pra caralho.

É importante ser minucioso e cauteloso, serpentezinha.

Quantas vezes ele tinha dito aquilo para mim?

Eu estava falando tão depressa que mal conseguia respirar, as palavras esganiçadas pela raiva.

— Então por que ele me deixaria viver, já que eu era tão perigosa? Por que não me matou no dia em que me encontrou? Em vez de... em vez de me levar para casa e mentir para mim por quase vinte anos. Por que simplesmente não me matou em vez de me prender, em vez de me *quebrar*...?

De repente, Raihn estava bem à minha frente, tão perto que eu tinha certeza de que o Fogo da Noite o queimava. Se doía, porém, não transpareceu. Me segurou com força pelos ombros.

— Você não se quebrou. — Eu nunca o vira soar tão furioso, embora ele nem sequer tivesse levantado a voz. — *Você não se quebrou*, Oraya. Está me ouvindo?

Não. Não estava ouvindo. Porque eu me quebrei *sim*. Assim como Lahor. Eu estava tão destruída quanto aquela cidade com suas ruínas e fantasmas. Tão destruída quanto Evelaena e sua cicatriz de duzentos anos e a obsessão doentia pelo homem que a causara. Que merda de direito eu tinha de julgar a vampira sendo que eu mesma era igualzinha?

Vincent tinha me arruinado. Me salvado. Me amado. Me sufocado. Me manipulado. Ele havia feito com que eu me tornasse tudo que eu era. Tudo que eu poderia ser.

Até as partes mais grandiosas de meu poder, as que ele nunca quisera que eu descobrisse, tinham vindo dele.

E eu sentia saudades demais de meu pai para o odiar tanto quanto gostaria.

E o odiava ainda mais por isso.

De repente, fui tomada pela exaustão. Minhas chamas recuaram. Raihn ainda segurava meus ombros. Ele tinha chegado tão perto que nossos rostos estavam a centímetros de distância. Seria fácil demais me inclinar e me jogar em seu abraço. Se aquela fosse a versão dele que eu conhecera no Kejari, talvez tivesse ido em frente. Talvez tivesse permitido que ele me apoiasse por um instante.

Mas não era.

— Olhe para mim, Oraya.

Eu não queria. Não devia. Eu veria muita coisa. Ele veria muita coisa. Eu devia me afastar.

Em vez disso, ergui a cabeça. O olhar de Raihn, avermelhado como sangue seco, me prendeu contra a parede.

— Passei setenta anos encarcerado pelo pior do poder vampírico — disse ele. — E durante grande parte desse tempo, tentei achar sentido em tudo. Mas não tem. Rishan. Hiaj. Nascidos da Noite. Nascidos da Sombra. Nascidos do Sangue. Caralho, os malditos deuses. Não importa. Neculai Vasarus era... — Vi seu pomo de adão subir e descer. — Maligno não serve nem para começar a descrever o que ele era. E, por um bom tempo, achei que ele não amava nada. Eu estava errado. Ele amava a esposa. Amava a esposa, e odiava isso. Neculai a amava tanto que a matou sufocada.

Os olhos de Raihn tinham perdido o foco — desviados para algum ponto do passado que, só de olhar em seu rosto, eu sabia que era dolorido de encarar.

— Não há nada que os faça sentir mais medo do que o amor — murmurou ele. — Foram ensinados a vida toda que conexões verdadeiras são perigosas.

— Isso é ridículo.

— Por quê?

Porque eu ainda estava presa naquilo — naquela ideia de que Vincent pudesse ter medo de mim. Aquela ideia que contrariava tudo o que eu sabia.

A boca de Raihn se retorceu num sorriso irônico.

— O amor é assustador pra caralho — murmurou ele. — Acho que para qualquer pessoa.

Fiquei imóvel.

Algo na forma como o vampiro disse aquilo — sua proximidade, a intensidade em seu olhar — me fez voltar a mim.

O que eu estava fazendo?

Por que estava mostrando aquilo a ele? Raihn era meu sequestrador. Tinha mentido para mim. Tinha me usado.

Raihn havia matado meu pai.

E agora estava me dando um sermão sobre a santidade do amor?

Ele estava certo. O amor era aterrorizante. Ser tão vulnerável diante de outra pessoa. E eu havia...

Interrompi o pensamento.

Não. Seja lá o que eu sentira por Raihn, não era amor.

Mas eu fiquei vulnerável. Mais vulnerável do que eu jamais deveria ter me permitido ser.

E era só olhar como eu tinha pagado por aquilo.

Como *meu pai* tinha pagado por aquilo.

Minha raiva e minha dor se dissiparam. No lugar delas, surgiu uma chama intensa de vergonha.

Me desvencilhei de Raihn e tentei não notar o lampejo de decepção em seu rosto.

— Preciso ficar sozinha — falei com a voz ríspida. Definitiva.

Silêncio. Depois, ele respondeu:

— É perigoso aqui.

— Eu dou conta.

Ele ficou calado. Nada convencido, eu sabia.

Não olhei para ele — mas sabia que, se olhasse, encontraria aquele olhar. Aquela *porra* de olhar, como se o vampiro quisesse falar alguma coisa carinhosa demais, verdadeira demais.

— Só vá embora — falei.

A frase saiu com um tom de súplica que eu não havia planejado, mas talvez tenha sido o que fez Raihn me dar ouvidos.

— Tudo bem — respondeu ele, baixinho, e o som de suas asas foi sumindo na noite.

24
ORAYA

Fiquei um bom tempo sentada naquelas ruínas, tentando não sentir nada e falhando miseravelmente.

O céu foi se aquecendo aos poucos, com o luar frio sendo substituído pelo toque dourado da aurora, revelando todas as verdades mais desagradáveis da cidade.

Meu pai queria mais do que tudo esquecer aquele lugar, mas aquele lugar nunca tinha se esquecido dele. Nunca havia se recuperado da crueldade indiferente de sua partida.

Eu odiava como aquilo era familiar.

Era como o quarto que Evelaena agora mantinha como um altar sinistro a Vincent. Nada além de lixo descartado, mas ela projetava tanto sentido em tudo. Uma escova de cabelos. Um desenho a nanquim idiota...

Pestanejei.

Um desenho a nanquim.

Algo me veio à mente. Eu já tinha me deparado antes com aquela vista...

Fiquei de pé e recuei vários passos, vendo como a paisagem mudava de acordo com a perspectiva. O mar um pouco para a direita, a torre encobrindo uma parte dele...

Não. Não era exatamente aquilo, mas chegava perto.

Fechei os olhos para enxergar: o rascunho a nanquim na escrivaninha de Vincent, perfeitamente preservado durante séculos.

Olhei para além da beirada. Havia outra torre apenas um pouco ao sul daquela em que eu estava — e que, de alguma forma, conseguia parecer ainda mais antiga. Segundo minhas estimativas, os pontos de vista se alinhariam. Se eu estivesse certa... o esboço da paisagem de Lahor que Vincent tinha feito poderia ter sido traçado daquelas ruínas.

Hesitei, dedicando um momento à tarefa de flexionar os músculos das costas. Estavam queimando de dor, e todos os movimentos pareciam desajeitados com as asas associadas a eles. Eu não *me arrependia* de ter mandado Raihn embora, não exatamente — não, definitivamente não me arrependia, falei para mim mesma. No entanto, teria sido mais sábio ter aprendido um pouco melhor sobre como usar as asas.

Eu não ia deixar você cair. Mais importante ainda é que eu sabia que você não ia se deixar cair.

As palavras flutuaram por minha mente sem serem convidadas.

Pela Mãe, tomara que ele estivesse certo.

Com os olhos fixos em meu destino, saltei.

Na verdade, o que quer que tenha me levado de uma torre à outra foi mais uma "queda controlada" do que um "voo".

Mas consegui.

Por pouco.

Soltei um resmungo feio quando a lateral de meu corpo bateu com tudo contra uma pilha de tijolos antigos. A dor atravessou minha asa esquerda quando ela raspou numa protuberância de rocha — incrível como era desorientador ter os limites do próprio corpo dobrados de repente em todas as dimensões. O impacto me jogou para longe, me fazendo rolar pelo chão enquanto emitia gemidos intermitentes.

Fiquei de joelhos, tentando me recuperar. Estava mais abalada do que gostaria de admitir. Aparentemente, asas eram sensíveis, porque o corte latejava de dor. Torci o pescoço para tentar ver o machucado, mas não tive muito sucesso.

Quando ergui a cabeça, meu ferimento já não importava mais.

— Caralho — sussurrei.

Havia um par de asas abertas na parede diante de mim.

Asas Hiaj, cor de ardósia com toques roxos. Em tamanho real ou talvez até maiores, grudadas nos resquícios desmoronados da parede de pedra. Cordões em relevo que a princípio pareciam veias inchadas se espalhavam por toda a superfície, se enrolando ao redor da formação dos ossos; eram vermelho vivo e riscavam toda a pele até formar um nó no centro, que pulsava num escarlate brilhante.

Um coração. Parecia quase exatamente um coração real.

Mas quando me levantei e cambaleei para mais perto, me dei conta de que os cordões em alto-relevo não eram veias. Eram algum tipo de... fungo, talvez; embora suas características fossem repugnantemente similares às de matéria animal. O coração no centro das asas, porém... parecia real *demais*. Será que era músculo, petrificado como as asas? Ou algo diferente?

Não me lembro de ter ficado de pé, nem de ter atravessado o espaço. Quando dei por mim, estava parada diante daquilo.

As veias e o coração pulsavam num leve movimento rítmico que parecia estar acelerando devagar. Depois de um instante, me dei conta de que acompanhava minha respiração. Meus pelos da nuca se arrepiaram. Eu nunca havia me sentido tão repelida e ao mesmo tempo atraída por algo. Era nojento. Era a coisa mais linda que eu já tinha visto.

Uma parte de mim pensou: *Preciso ir para o mais longe possível dessa coisa, o que quer que seja.*

Já outra ponderou: *Septimus estava certo. Eu simplesmente* sei.

Era um fato simples, nada complicado: eu estava diante do que estávamos procurando. Não havia dúvidas.

E eu tinha encontrado aquilo sozinha.

Estendi a mão antes mesmo de o cérebro mandar o corpo se mover.

Toquei a ponta dos dedos na coisa que parecia um coração. Era gelado, e quase me sobressaltei. Mas antes que eu pudesse reagir, vários dos veios deslizaram pela superfície, vindo na minha direção e...

Soltei um chiado de dor. Gotas de meu sangue, de um vermelho brilhante e humano, mancharam o estranho fungo quando os cordões voltaram a deslizar para envolver o coração. Por um instante, era como se as asas presas à parede estivessem se flexionando e se esticando — uma alusão a músculos em movimento.

As fibras se afastaram, recuando pelas paredes das ruínas, e a coisa que parecia tanto um coração se abriu.

O calor pairou no ar. O brilho vermelho engoliu as sombras. Fiquei olhando, piscando sem parar, forçando os olhos a se ajustarem.

O coração tinha mudado, e agora imitava mãos abertas em forma de concha. Elas aninhavam uma lua crescente de prata polida e brilhante, dolorosamente branca contra o vermelho que a cercava e já começava a sumir. Tinha talvez o tamanho da minha palma, com as duas pontas afiadas feito lâminas — tão afiadas que, no começo, achei que a lua pudesse ter sido planejada para ser uma arma, até que notei o delicado colar de prata preso a uma das pontas.

Um pingente.

Quando a luz sumiu, o objeto pareceu perder tudo o que o distinguia. Passou a algo apenas bonito, se muito.

Estendi a mão...

Sinto o sangue do meu pai nas mãos, quente e grudento. As asas ainda estão quentes. Preciso continuar limpando o sangue na minha roupa. Pareço o que sou de fato — um monstro, como os que se esgueiram pelas ruínas de Lahor todas as noites.

Não me arrependo de nada.

Não é isso que os historiadores um dia escreverão a meu respeito.

Ninguém vai lembrar o nome ou o rosto das crianças que matei esta noite. Matar infantes é como uma tradição de poder dos Nascidos da Noite. Meu pai matou meu irmão mais novo minutos depois que ele deu seu primeiro suspiro. Eu tinha dezesseis anos quando o vi jogar o pacotinho de panos ensanguentados do parapeito, alimentando os demônios que vagavam lá embaixo. Ele sempre tinha deixado claro que eu deveria ser seu sucessor, mas nunca uma ameaça.

Me escondi com muito afinco ao longo de todos aqueles anos. Abafei cada fragmento de meu poder. Superei cada abuso. Fiz tudo com um olhar plácido no rosto, sem nunca permitir que meu pai visse o ódio sob a superfície.

Não era útil odiar o sujeito. Era útil aprender com ele.

Então foi o que fiz.

Foi muito satisfatório ver sua cara quando ele compreendeu o próprio erro. Quando se deu conta de que tinha me subestimado por toda a vida.

Sempre que penso no rosto das crianças, de minhas sobrinhas e meus sobrinhos e meus primos, substituo as feições pelas de meu pai. Por sua expressão quando descobriu a própria arrogância, o quanto tinha calculado mal.

Foi algo que fez todos os anos naquele buraco valerem a pena.

Penso apenas em meu pai enquanto prendo suas asas à parede, murmurando feitiços entredentes.

Penso apenas em meu pai.

Penso no Kejari.

Penso numa coroa em minha cabeça.

Não me arrependo de nada.

Não me arrependo de nada.

Eu não conseguia respirar. Meu estômago se revirava. Eu não enxergava nada, não sentia nada.

Minha mão estava doendo — pela Mãe, minha mão estava doendo pra caralho. Foi a dor que me enraizou de volta ao mundo, e me agarrei a ela. Forcei os olhos a se abrirem. Minha visão estava borrada como se eu tivesse encarado diretamente o sol, embora aquela torre ainda estivesse na penumbra, com apenas os primeiros sinais cálidos da aurora começando a se espalhar pelas ruínas de pedra.

Olhei para baixo.

Minha mão estava coberta de sangue. Quando a virei, vi que estava agarrando o pingente com tanta força que as pontas afiadas haviam marcado a forma perfeita da lua crescente em minha palma.

O que caralhos tinha acabado de...

— Tem noção de quanto tempo passei tentando acessar isso? — perguntou uma voz infantil vindo de um ponto atrás de mim.

Senti um calafrio.

Me forcei a ficar de pé e fui recebida por uma onda de tontura tão forte que cambaleei até me apoiar na parede. Quando retomei o equilíbrio, me virei e vi a silhueta de Evelaena contra a luz do sol; a seu lado, vinha um de seus acompanhantes infantes, um garotinho de rosto estoico.

Fodeu.

Já passava da aurora. Como podiam estar ali?

Queimaduras de sol — manchas escuras e roxas — começavam a surgir nas bochechas de Evelaena, embora ela estivesse com um manto pesado cujo capuz lhe cobria o rosto. Suas asas eram de um rosa pálido, quase da cor da sua pele; nelas, as queimaduras estavam piores, especialmente porque não havia como o manto cobrir a envergadura enquanto a vampira voava.

Se as feridas a incomodavam, porém, ela não transparecia. Nem piscava. Seus olhos azuis estavam arregalados, etéreos e brilhantes na penumbra, o sorriso amplo e inquebrantável.

Ela olhava para mim como se eu fosse algo a ser devorado. Como se quisesse arrancar meu rosto e usá-lo como uma máscara.

— Descobri isso faz cerca de uma década — comentou ela, casual. — Não estava aí há duzentos anos. Soube que era dele na mesma hora. Vincent deve ter vindo sem me avisar, deve ter... — Ela pestanejou, como se tivesse perdido o fio da meada no meio da frase. — Mas eu nunca consegui abrir.

Continuei calada.

Ping. Uma gota de meu sangue caiu no chão de pedra.

A criança fixou os olhos nele. Seu pomo de adão subiu e desceu. As narinas de Evelaena se dilataram.

Guardei o pingente no bolso e levei a mão à espada. Tentei não demonstrar, mas ainda estava apoiada na parede. Minha cabeça doía com o esforço de fazer os olhos manterem o foco. Fragmentos de... fosse lá o que eu tivesse acessado enquanto tocava o pingente contornaram minha vista, incontroláveis, uma versão bruta e granulosa do mundo.

— E as asas... — acrescentou a vampira, ainda sem piscar. — Que *interessante*.

Ping.

Outra gota de sangue caiu.

O menino saltou na minha direção.

Ele era rápido. Mal tive tempo de reagir antes que ele estivesse em cima de mim, fincando os dentes em meu braço. Soltei um palavrão e me joguei na parede, fazendo o garoto derrapar pela pedra.

Fuja, serpentezinha, sussurrou Vincent para mim, urgente. *Fuja. Ela vai atacar.*

Eu sabia. Ela ia atacar, e não consegui me mover rápido o bastante.

Ouvi antes de ver. Rodopiei tão depressa quanto possível, quase me atirando de novo na pedra, e golpeei com as espadas. Acertei algo — o braço de Evelaena.

A vampira recuou, contorcendo o rosto num rosnado. Brandia uma rapieira, similar em estilo à que Vincent usava. Não era coincidência, eu tinha certeza.

Mal consegui desviar quando ela atacou de novo.

Meu corpo parecia desconectado da mente. Minhas asas, que eu não tinha a menor ideia de como fazer desaparecer, alteravam drasticamente meu equilíbrio. Evelaena não era uma grande guerreira, certamente nem se comparava àqueles que eu havia enfrentado no Kejari — ainda assim, era forte e rápida, com movimentos estranhamente similares aos de Vincent. Eficiente, precisa, graciosa — mas estava a um passo da sede de sangue, mais distraída a cada gota dos meus fluidos vitais que caía no chão.

Era mais alta também, mas ao menos com isso eu estava acostumada. Bloqueei seu golpe descendente com uma das espadas e usei a abertura para desferir outro em seu torso.

Ela rosnou e retaliou com uma pancada tão devastadoramente forte que minhas costas bateram com tudo na parede.

Dor. Um momento de visão borrada. Quando voltei a focar, o rosto de Evelaena estava bem diante do meu, nossos narizes roçando um no outro. Meu braço tremia violentamente enquanto eu bloqueava a espada entre nós.

Eu já estivera naquela exata posição inúmeras vezes. Podia usar o impulso dela, forçar a vampira contra a parede. Atravessar seu coração com a espada. Era sempre satisfatório aquele momento, porque era quando achavam que tinham me vencido.

Mas fazer isso agora exigiria um grande dispêndio de energia, que eu não sabia se tinha. Se tentasse e falhasse, iria me expor para Evelaena.

Eu não tinha escolha.

Arrisquei.

Com um grito esganiçado, empurrei minha prima com tudo o que eu tinha, invertendo nossa posição em relação à parede. Ela não estava esperando — seu choque trabalhou a meu favor. Ótimo. Adorei saber que alguém ainda me subestimava.

Não hesitei. Saquei a espada, pronta para fincar a lâmina em seu peito...

Mas uma dor agonizante me rasgou ao meio.

A princípio eu nem soube de onde vinha — sabia apenas que era a pior coisa que já tinha sentido, uma mistura de fogo e aço.

Cambaleei para trás, virando para rechaçar meu atacante.

A criança saiu rolando pelo chão.

Tentei me virar e tropecei. Meu corpo não estava cooperando. Quando baixei os olhos, vi que o menino tinha apunhalado minha asa já ferida. Ela agora se arrastava no chão, prejudicando meus movimentos.

Caralho.

Evelaena.

Ela já saltava para cima de mim. Ergui a espada...

Tarde demais.

Antes que pudesse reagir, eu estava sob seu corpo.

A vampira arranhou meu rosto com os dedos longos, fincando as unhas em minhas faces.

— Mas que visita mais mal-educada... — murmurou ela.

E sorriu antes de bater minha cabeça com tudo no chão.

25
RAIHN

Oraya ainda não tinha voltado a nossos aposentos.

Fiquei esperando por quase uma hora, sentado naquela torre e encarando o horizonte. Daria o espaço que ela havia pedido — afinal, eu lhe devia aquilo, não devia? No entanto, não significava que eu a deixaria andar por aí sem proteção. Fiquei por perto até minha pele exposta arder e meus olhos começarem a doer, mas depois não tive escolha a não ser voltar para o quarto.

Quando fui embora, Oraya ainda estava no topo daquela torre.

Espiei por entre as cortinas pela quinquagésima vez naquela manhã, fazendo uma careta ao sentir o sol banhando as queimaduras ainda frescas.

Mesmo naqueles vislumbres furtivos de três segundos, Lahor conseguia parecer ainda mais patética à luz do dia. Apenas grotesca. À noite, ao menos havia um tipo de romantismo na cidade; com o luar mostrando apenas as silhuetas, ela lembrava vagamente o que tinha sido um dia.

Mas não havia nada sentimental em Lahor de dia. Apenas cadáveres e sujeira. Humanos famintos se esgueirando por entre ruínas, tentando assaltar vampiros igualmente famintos. Demônios famintos tentando usar a luz do sol para caçar, jogando outras criaturas na luz mortal para que cozinhassem vivas.

E Oraya ainda estava lá fora.

— O que está fazendo?

A voz de Mische soava pastosa por causa do sono. Quando olhei para trás e fechei as cortinas, vi minha amiga esfregando o rosto, piscando os olhos baços para mim. O cabelo dela só ficara mais doido depois de crescer. Um dos lados estava comicamente amassado na lateral.

— Ah, você sabe — falei, mantendo a voz casual em minha falta de resposta deliberada.

— Depois do nascer do sol.

— Hum.

Mische olhou ao redor, piscando para espantar o sono. Foi quando compreendeu.

— Cadê a Oraya?

Não respondi. Espiei de novo pela janela. Com uma careta, voltei a fechar as cortinas.

Era a resposta de que Mische precisava. De repente, estava desperta.

— Ela fugiu?

— A gente... saiu para ver a cidade.

— A gente?

Fulminei Mische com o olhar.

— Qual é o problema?

— Nada, só me surpreende ela ter aceitado ir com você para qualquer lugar.

— Eu...

Eu a encurralei.

Abandonei aquela linha de pensamento.

— Não importa — acrescentei num murmúrio. — Fiquei com ela por um tempo, mas depois Oraya quis ficar sozinha. Então fiz sua vontade.

— E ela ainda não voltou? — questionou Mische, hesitante.

O silêncio perdurou entre nós por alguns segundos. A possibilidade pairou no ar, óbvia, mesmo que nenhum dos dois quisesse colocar em palavras.

Mische sussurrou:

— Você acha que ela...?

Escapou. Traiu você.

Oraya não teria oportunidade melhor. Uma cidade desconhecida. A proteção da luz do sol. Guarda algum para impedir. Asas novas para carregá-la para longe.

Engoli em seco, esfregando o peito.

Naquela noite, eu tinha visto seu sorriso — seu sorriso de verdade — pela primeira vez em mais de um mês. E, pela Deusa, aquilo tinha me abalado. Era como presenciar um raro fenômeno natural.

E quando eu a vira voar, exultante de alegria, apenas um pensamento ecoara em minha mente: *Não sabia que algo podia parecer tão lindo mesmo voando para longe.*

Espiei pelas cortinas e imaginei Oraya desaparecendo à distância naquele céu azul desbotado pelo sol, para nunca mais ser vista. Imaginei Oraya encontrando uma vida nova e maravilhosa em algum lugar muito longe dali.

— Acha que a Oraya... foi embora? — perguntou Mische enfim, como se tivesse demorado todo aquele tempo para encontrar as palavras.

Pensei na garota encolhida em posição fetal no meio daquelas ruínas, nos soluços saindo dela como água minada de uma fissura na terra.

Meus dedos apertaram as cortinas com força quando pensei naquilo.

Será que Oraya tinha fugido?

Tomara que tivesse, caralho.

Mas a tensão na boca de meu estômago dizia: *Tem algo errado.*

— Não — respondi. — Não, acho que não. — Fechei as cortinas e me virei para Mische.

— Vamos.

26
ORAYA

Forcei os olhos a se abrirem.

A dor transpassava meu corpo, mas eu não sabia identificar de onde estava vindo — sabia apenas que era avassaladora.

Estava escuro. Tentei distinguir formas nas sombras. A única luz era emitida por duas arandelas de Fogo da Noite penduradas sobre uma lareira apagada. O lugar cheirava a mofo, poeira e civilizações havia muito tempo mortas. Não vi janelas, apenas pedra. Alguns móveis quebrados e meio apodrecidos. Uma corrente intensa de vento frio soprava de algum lugar que eu não conseguia localizar.

Evelaena estava parada diante de mim, segurando a Assoladora de Corações.

— Eu estava mesmo me perguntando onde isto tinha ido parar — falou ela.

Merda. Ela havia vasculhado minhas coisas. Amaldiçoei a mim mesma por ter levado a arma na viagem — na hora, parecera muito mais seguro levar a espada comigo do que a deixar desprotegida em Sivrinaj. Vendo a lâmina ali, porém, pareceu tolice.

Tentei me mover, e senti uma pontada de dor tão intensa que fiquei sem fôlego. Virei o pescoço e soltei um arquejo estrangulado.

Minhas mãos estavam amarradas à frente do corpo, mas não eram elas que me mantinham imóvel — não, eram os pregos fincados em minhas asas, que tinham sido esparramadas contra a parede de tijolos. Meu sangue, vermelho vivo, escorria pelo couro preto em manchas que lembravam minha Marca de Sucessão escarlate.

Um terror frio e implacável se abateu sobre mim. Tentei fazer as asas desaparecerem — mas como? Raihn não tinha me ensinado aquela parte. Desejar que sumissem, por mais desesperadamente que fosse, fazia apenas meu coração acelerar de pânico.

Respirei fundo, tentando me acalmar enquanto meus olhos continuavam a se ajustar à escuridão. Vários dos companheiros infantes de Evelaena estavam no quarto, de pé perto das paredes ou encolhidos em cima dos móveis destroçados. Me sobressaltei quando identifiquei um movimento de canto de olho, e vi uma criança menor se arrastando junto a meus pés, lambendo os pingos de sangue que escorriam das asas.

— Dê o fora daqui, sua merdinha — cuspi, chutando a menina que parecia uma gata de rua.

Tanto que chiou e saiu se arrastando para longe.

— Não fale assim com minhas crianças. — Evelaena se movia com agilidade, dotada da mesma graça suave de Vincent.

Ainda estava usando o vestido ensanguentado de nossa luta. Estava tão perto de mim que eu conseguia ver as queimaduras em sua mão. Quando segurava a espada, precisava proteger a palma com um pedaço de tecido, agora preto com seu sangue. Então ela também não podia empunhar a Assoladora de Corações.

Os lábios de minha prima se arreganharam quando ela olhou para a lâmina.

— Me perguntei onde isto tinha ido parar. Se o usurpador tinha ficado com a espada ou a destruído. No fim das contas, ele a deu para a esposa.

Algo cintilou na escuridão quando a vampira se inclinou para chegar mais perto — o pingente, agora pendurado em seu pescoço. O vestido tinha um decote profundo, e a pele deformada da cicatriz formava um halo grotesco ao redor da lua.

Ela inclinou a cabeça para o lado, com os olhos aguçados de uma predadora.

— *Você* consegue empunhar a espada, prima?

— Ninguém consegue a não ser ele. Você sabe disso.

Evelaena riu, uma gargalhada alta e maníaca. Deu um salto para chegar ainda mais perto e estendeu a mão na direção de meu pescoço — depois a deslizou para baixo, passando os dedos em meu peito. Ela havia aberto minhas roupas de couro para exibir minha Marca de Sucessão.

— Eu precisava conferir se era verdade — explicou ela. — Tentei esfregar para ver se sumia enquanto você estava desacordada.

Quem me dera fosse tão fácil...

— Tira a mão de mim — chiei, mas ela apenas empurrou meu peito com mais força, fazendo os pregos repuxarem a pele delicada das asas.

— Achei que seria eu — falou ela. — *Eu* era a parente viva mais próxima de Vincent. *Eu* passei a vida toda treinando para ser rainha. Acha que é fácil? Aprender sozinha a governar? — Ela brandiu a espada para trás, apontando freneticamente para os soldados infantes. — Eu precisava de súditos! Sabe como foi difícil resgatar este lugar maldito da morte? E eu estava sozinha! *Completamente sozinha!*

A voz dela vacilou. O cheiro de algo queimando atingiu minhas narinas. A parca luz fria banhou o peito de Evelaena, revelando que o pingente também queimava sua pele. Cada vez que o acessório encostava nela, a vampira fazia uma careta.

— Mas *você* apareceu. *Você*, cuja vida ele poupou. *Você*, que cheira tão... tão *humana*. — As narinas dela se dilataram.

Evelaena se inclinou ainda mais, quase grudando o corpo ao meu.

Cada um de seus músculos se tensionou.

Ela estava muito perto. Perto demais, caralho.

— *Saia de cima de mim* — rosnei.

Fogo da Noite. Havia Fogo da Noite naquele cômodo. Eu só precisava estender a mão e convocar as labaredas para que viessem até mim. Mesmo que meu próprio dom se recusasse a irromper. Eu já tinha feito algo similar antes. Eu...

— Por que mereceu isso? Você, uma humana?

E, num piscar de olhos, a boca de Evelaena estava em meu pescoço.

Senti um latejar de dor quando os dentes dela penetraram a pele.

Uma onda de tontura nauseante me tomou enquanto seu veneno corria por minhas veias.

Arquejei, tentando me desvencilhar, erguendo o joelho, mas errando o golpe. Ela me segurava com uma força quase insuperável. A cada gole de sangue que minha prima bebia, eu sentia a visão mais desfocada.

Era a boca de Evelaena em minha pele.

A do Ministaer.

A de meu antigo amado.

O pânico se instalou, um tanto embaciado pelo veneno. Eu estava presa. Indefesa, com Marca de Sucessão ou não. Com asas ou não.

A vampira me soltou, tombando a cabeça para trás e lambendo o sangue do canto da boca.

— Você tem *gosto* de humana — chiou. — Parece humana. Cheira como humana.

Minha cabeça girava. Me forcei a voltar à consciência através da neblina do veneno.

Pensar. Eu precisava pensar.

— E foi *você* — prosseguiu ela antes de dar uma risada rouca e áspera.

Depois se empertigou e fez outra careta quando o pingente bateu em seu peito.

A vampira congelou, ficando imóvel de imediato. Seus olhos brilhavam com lágrimas.

— Sempre achei que ele tinha me deixado viva de propósito — falou, quase num sussurro. — Sempre achei que era o plano de Vincent. Que tinha me escolhido. Mas...

Ela envolveu o pingente com a mão, pondo tanta força que os nós dos dedos ficaram brancos. O sangue borbulhou por entre seus dedos.

De repente, entendi.

Ela não estava fazendo caretas por causa das queimaduras, e sim porque tinha sentido a mesma coisa que eu ao tocar o pingente. Pedaços de Vincent. Fragmentos distantes de sua memória.

A lembrança da noite em que ele havia tentado matá-la, uma garotinha de cinco anos. E falhara. Não de propósito. Não porque tinha intenção de a poupar, e sim porque tinha matado tantas crianças naquela noite que estava meio descuidado, e Evelaena não era importante o bastante para valer o risco de voltar.

E, por um estranho instante, entendi tanto a vampira que foi como sentir uma faca girando em meu coração. Ela era obcecada por Vincent. Ela o amava porque meu pai era sua única conexão tênue com o poder, e o odiava por conta de todas as coisas pelas quais ele a fizera passar. Evelaena tinha sobrevivido por séculos construindo um conto de fadas sobre Vincent, sobre Lahor, sobre a coroa que ela talvez usasse algum dia.

E estava se dando conta de que, na verdade, não significava nada para ele.

Não havia plano. Não havia segredo. Não havia destino.

Apenas um homem descuidado e sedento de sangue, cujas motivações não faziam sentido.

Eu podia me ver tão claramente em Evelaena que era como encarar um espelho. Nós duas feitas e destruídas pelo mesmo homem. Ela queria o destino, mas tinha recebido mera sorte. Eu havia condicionado minha vida à sorte, mas tinha recebido segredos.

Só que eu tinha poder, e ela não tinha nada.

Ao menos poderia conseguir vingança, porém.

Você não é como eles.

As palavras de Vincent ecoaram em minha mente. Eu o odiava por elas. Ainda assim, naquele momento, me apeguei à afirmação com uma certeza desprezível.

Ele estava certo. Eu não era como eles.

Era uma das vampiras mais poderosas da Casa da Noite. De toda Obitraes. Tinha aquele poder, mesmo que não soubesse como acessá-lo. Ele estava ali, em mim.

Aquela vagabunda não teria o prazer de me matar.

Uma ideia se solidificou ao redor da minha compreensão — uma bem arriscada.

— Você ainda é sangue do sangue dele — sussurrei. — Quer ele reconhecesse, quer não.

Ela bufou, mas prossegui:

— Não quero ressentimentos entre nós, prima. Você merece mais. E eu... vou dar a espada para você. Se quiser.

A vampira hesitou. Uma das crianças, uma menininha, ficou de pé. Curiosa, me fulminou com um olhar penetrante — como se tivesse entendido o que eu estava fazendo.

— Você merece isso, não acha? — continuei. — Pelo que ele fez com você?

Os olhos de Evelaena recaíram sobre mim, depois sobre a espada em suas mãos. Por fim, voltaram para mim.

Eles brilhavam de cobiça. Minha prima era uma criatura enlouquecida pela sede — sede de sangue, de poder, de amor, de validação. Se eu ainda estava viva, era apenas porque ela enchera a cara no dia anterior, mas os traços de desejo ainda visíveis em seu rosto se deviam a uma fome muito mais profunda — que, eu desconfiava, acompanhava a vampira havia duzentos anos.

Ela nem sabia o que queria fazer comigo. Se era melhor me amar, me odiar, me devorar, me foder, me matar. Caramba, talvez tudo junto.

Pareceu uma revelação.

Eu tinha passado a vida inteira focando em todos os aspectos nos quais os vampiros eram diferentes de mim. Tinha certeza absoluta de que minha confusão e frustração se deviam à minha frágil natureza humana.

Mas Raihn estava certo. Vampiros eram igualmente fodidos da cabeça.

Eu nem precisava ser uma atriz tão boa. Evelaena estava desesperada para acreditar em mim.

— Você não pode empunhar a espada porque ela ainda é minha — falei. — Pertence à Sucessora Hiaj. — Apontei com o queixo para baixo, para meu peito e a tatuagem que pulsava nele. — Mas posso transferir a posse para você.

— Não sou idiota a ponto de te entregar a arma.

— Não precisa. Só me deixe encostar nela. Só isso. E aí, ela vai ser sua.

Minha prima ficou imóvel — parada de maneira sobrenatural, como era típico dos vampiros. Dava para ver sua mente fazendo todos os cálculos.

Ela me mataria de uma forma ou de outra, é claro. Era naquilo que estava pensando. Ela queria tudo — a companhia, a Marca de Sucessão, a espada, a coroa, meu sangue. Evelaena não estava disposta a abrir mão de nenhuma daquelas coisas após séculos de sacrifício constante.

— Certo — disse ela.

Evelaena levou a espada até mim, estendida diante do corpo, usando o pano para proteger a pele enquanto segurava a lâmina com força.

— Preciso que solte minhas mãos — falei.

Ela franziu a boca. Ainda assim, assentiu para uma das crianças. A menininha, a que me espiava com tanta cautela, se aproximou com uma pequena adaga. Seu movimento abrupto cortou não apenas as cordas que me prendiam, como também meu pulso.

Eu estava com as mãos livres. Já era um começo. Não o bastante, mas um começo.

Abri um sorriso débil e, cuidadosa, tirei o pano que envolvia o metal. O brilho vermelho parecia muito mais intenso do que o usual, aquecendo meu rosto e se refletindo nos olhos de Evelaena, arregalados e sem piscar.

Encarei a arma. A espada de meu pai, que supostamente continha um pedaço de seu coração. Estar tão perto dela de novo me fez sentir Vincent parado logo atrás de mim, sempre fora do meu campo de visão.

Se estiver aí, pensei, *é melhor me ajudar. Você me deve essa.*

Que forma malcriada de falar com seu pai, rebateu Vincent, e quase bufei alto.

Respirei fundo e abri as mãos sobre a lâmina, a poucos centímetros da superfície. Fechei os olhos e tentei parecer muito, muito séria.

Estava enrolando pra caralho.

Aproveite o momento, ordenou Vincent em meu ouvido. *Isso pode ser um teatrinho, mas talvez seja o único tempo disponível para você se preparar.*

Era verdade. Usei aqueles segundos para me conectar às forças ao meu redor, sentindo o cômodo.

Sentindo o Fogo da Noite.

Provavelmente estava fraca demais para gerar chamas próprias, ou no mínimo vacilante demais para ter certeza de que conseguiria, mas... eu era capaz de sentir o poder pulsando nas tochas, a energia familiar mesmo que fraca e distante.

Dava para trabalhar com aquilo.

Eu só precisava de alguns segundos de distração.

Abri os olhos para encarar os de Evelaena.

— Pronto — falei. — Tente.

Ela parecia duvidar.

— Tem certeza de que funcionou?

— É uma magia poderosa. Ela sabe que você é sangue do sangue dele.

Repeti aquilo em que ela queria desesperadamente acreditar. O lampejo de desejo em seus olhos me provou que a vampira tinha caído como um patinho.

A menina ainda me encarava daquele jeito estranho, e puxou a saia de Evelaena como se num protesto silencioso.

Minha prima a ignorou, desembrulhando a espada.

— Segure a empunhadura — falei. — Ela está pronta para aceitar você.

Ela definitivamente notaria o engodo. Como não?

Mas a esperança era uma droga esquisita e poderosa, e Evelaena estava à mercê dela. Pegou o cabo e ergueu a espada.

Por um instante, nada aconteceu. O cômodo caiu em silêncio absoluto. Um sorriso lento de deleite se espalhou por seus lábios.

— É... — começou ela, mas soltou um berro de dor no instante seguinte.

O brilho estável da lâmina começou a piscar de forma errática. O cheiro de carne queimada tomou o cômodo. O som que Evelaena emitiu foi de um gemido para um berro, mas ela não largou a arma — ou talvez fosse a arma que se negasse a soltar a vampira. Várias das crianças correram até sua senhora, puxando a mulher em pânico. Outras se espremeram contra a parede, encarando a cena de olhos arregalados.

Vá logo!, gritou Vincent. *Vá agora!*

Uma chance. Uma brecha.

O medo é fundamental para a porra da magia, Oraya!, Raihn tinha gritado para mim durante o desafio da Meia-Lua.

Ele estava certo. Toda a feiura e toda a fraqueza que eu me negava a encarar eram fundamentais. Tudo que a espada despertava em mim. Tudo que me feria.

Tentei acessar algo ainda mais profundo.

Bem no âmago do meu coração, do meu passado e das minhas memórias.

Minha raiva, minha dor, minha confusão, minha traição. Sorvi tudo. Arranquei tudo de dentro de mim.

Debaixo daquilo, havia um poder absoluto.

O brilho do Fogo da Noite me cegou. Os gritos de Evelaena eram tão altos e ininterruptos que se resumiam a uma algazarra que mal podia ser ouvida acima do pulsar do sangue em meus ouvidos. Era difícil distinguir a silhueta dela em meio ao fogo, mas a vampira tropeçava, incapaz de se controlar, ainda agarrada à espada.

Me inclinei para a frente, ignorando a dor dos pregos repuxando as asas, e agarrei minha prima.

Ela já estava meio desfalecida. Virou para mim com os olhos arregalados, e, naquela fração de segundo, vi exatamente como ela devia ter sido aos cinco anos de idade, na noite em que Vincent atravessara seu peito com a espada.

Por um instante, a vampira olhou para mim como se eu a pudesse salvar.

Mas não podia. Arranquei a espada de suas mãos.

Assim que meus dedos envolveram a empunhadura, fui tomada pela agonia. Pensei que não tinha como sentir mais dor do que aquela latejando em minhas asas. Estava errada. Ia além da carne. Além dos nervos.

Por um instante, eu não estava mais ali. Estava em dezenas de lugares diferentes ao mesmo tempo.

Estava numa torre arruinada em Lahor.

Em Sivrinaj, numa arena cheia de espectadores aos berros, ajoelhado diante de uma deusa.

No castelo dos Nascidos da Noite, sentado diante de minha escrivaninha.

Em minha arena particular no castelo, treinando com minha filha; minha filha que precisaria ser melhor do que aquilo se quisesse ter qualquer esperança de sobreviver ao mundo.

Deitado na areia, no colo de Oraya, com a morte pairando sobre meu ombro.

Pare.

Mas as imagens continuavam vindo — mais do que imagens, sensações. Perdi a âncora com o mundo ao redor. A corrente me puxou para longe.

PARE PARE PARE PARE...

Foque, Oraya.

Não era mais a voz de Vincent. Era a minha própria.

Você só tem uma chance. Agora! Aproveite!

Por pouco, consegui me puxar de volta à consciência. Doía segurar a espada, mas me neguei a largar a empunhadura.

Cortei as cordas que prendiam minhas pernas e caí para a frente. Fui tomada pela dor quando meu peso puxou as asas para baixo.

O Fogo da Noite havia dominado o cômodo. Várias das criancinhas tinham subido nos escombros das paredes, tentando se afastar das chamas. Evelaena estava apoiada nas mãos e nos joelhos e se arrastava em minha direção, portando outra espada.

Eu não tinha tempo de descobrir como me livrar das asas.

Puxei as duas da parede e berrei quando a pele delicada se rasgou.

Me joguei sobre a vampira e a prendi no chão. Sua espada caiu no piso, deslizando para longe.

Ela estendeu os braços.

— Prima...

Não permiti que falasse.

Enfiei a espada de Vincent em seu peito, bem em cima da cicatriz que meu pai havia causado dois séculos antes — direto no coração.

O corpo dela amoleceu debaixo de mim, os olhos tomados pela traição antes de ficarem desfocados.

Eu respirava com dificuldade. O Fogo da Noite ainda lambia os cantos do quarto.

Tentei me levantar...

Alguém me acertou por trás. Rolei pelo chão. A garotinha, a mesma que tinha me encarado, se inclinou sobre mim. Gotículas vermelhas manchavam seu rosto.

Ela ergueu a faca com as duas mãos sobre a cabeça, pronta para descer a lâmina.

Tentei revidar, tentei...

Uma explosão agitou o cômodo. Minha visão ficou borrada, depois se apagou.

Um momento ou minutos ou horas se passaram.

Forcei os olhos a se abrirem.

Raihn estava debruçado em cima de mim, a testa franzida de preocupação.

Eu estava claramente alucinando ou sonhando de novo. Soltei um grito abafado.

— Está tudo bem — murmurou Raihn, chegando mais perto.

Eu odiava aqueles sonhos onde ele olhava para mim daquela forma, como quando lutávamos juntos no Kejari. Como se seu coração batesse fora do peito.

Quando Raihn me olhava daquele jeito, era difícil conciliar meus sentimentos com tudo o que ele fizera comigo.

— Você está em segurança agora — sussurrou o vampiro, me pegando no colo, e depois apaguei.

27
ORAYA

Abri os olhos, acordando de um sono abençoadamente livre de sonhos. Minha cabeça pulsava, e meu corpo doía ainda mais.

Senti um tecido áspero de linho no rosto. Eu estava num pequeno quarto. Uma escrivaninha, uma cadeira, uma mesa quebrada. Atrás de mim, alguém se movia. Eu ouvia o som do fogo estalando e o chiado de algo fervendo, e senti um cheiro delicioso.

Tentei virar de lado e fui recompensada com uma pontada de dor tão intensa que soltei um som engasgado que deveria ser um "caralho", mas que saiu como um "caaaaáô".

Ouvi os passos de alguém dando a volta no quarto e se aproximando de mim.

— Olha você aí — falou Raihn. — Tão animada e felizinha ao acordar.

Tentei mandar ele se foder, mas só consegui tossir.

— Ah, eu ouvi isso, hein?

Ele se sentou na beira do colchão. A cama era tão frágil que o peso considerável do vampiro quase a fez tombar para o lado.

— Onde estamos? — consegui soltar.

— Numa das sedes da Coroa, a leste. Este lugar já... Bom, ele já viu tempos melhores. Mas é seguro. Silencioso. E fica perto de Sivrinaj.

— Quando foi que chegamos aqui?

— Há pouco menos de uma semana.

Abri a boca, mas Raihn ergueu as mãos antes de prosseguir:

— A gente manteve você sedada por um tempo. Confie em mim, foi pelo seu bem.

Eu não gostava nada da ideia dos homens de Raihn carregando meu corpo inconsciente por aí durante uma semana.

Como se pudesse ler minha expressão, ele disse:

— Não se preocupe. Só eu voei com você.

Senti algo similar a alívio, mas não quis refletir muito sobre o porquê.

— Cadê os outros?

— Mische está aqui. Os Nascidos do Sangue ficaram em Lahor com Ketura e seus guardas, tentando retomar o controle da cidade.

Lahor. Tudo voltou com detalhes avassaladores. O fogo, Evelaena, a espada e...

— Eu matei Evelaena — falei, sem muita intenção de dizer aquilo em voz alta. — Ela...

— Pregou você pelas asas num porão aleatório. Sim. Eu sei.

O porão.

A torre. A espada. O...

Pânico. Toquei o peito, arregalando os olhos.

— Eu encontrei uma coisa na torre. Encontrei um...

— Isso?

Ele estendeu a mão até a mesinha de cabeceira e pegou um embrulho do tamanho aproximado de sua palma, achatado e circular. Abriu o pano e revelou o pingente de lua. Da última vez em que eu vira o objeto, ele estava coberto pelo sangue de Evelaena, mas agora parecia imaculado.

— Você estava se esticando na direção disso quando a encontrei. Mesmo quase morta. — Ele cobriu a lua de novo e a colocou na mesa, fazendo uma careta enquanto esfregava a mão. — Assim que tentei tocar nele, entendi o que era.

— Não sei se *eu* sei o que é. Só sei que...

— É especial.

— *É dele*. Era dele. Mais que isso. Era... Tem a ver com fosse lá o que Vincent estivesse tentando esconder.

A certeza se abateu sobre mim com um jorro inesperadamente forte de satisfação. Eu sabia pouco sobre meu pai. Descobrir nem que fosse uma peça do quebra-cabeça era uma vitória triunfante, ainda que despertasse mais perguntas.

— Provavelmente — falou Raihn. — E o melhor é que Septimus não sabe do pingente. Ainda bem que ficou aqui, e não com ele.

O vampiro parecia chocantemente despreocupado. Semicerrei os olhos.

— Estou surpresa de que você ainda esteja aqui. Que não tenha voado para Sivrinaj com o pingente. Era o que estava procurando, então...

— Você estava morrendo, porra. Eu tinha coisas mais importantes com que me preocupar além dos joguinhos de seu pai. — Depois fechou a boca, como se tivesse dito algo que não planejava. — A comida vai queimar — murmurou ele, e se levantou para mexer a panela no fogão.

Coisas mais importantes.

Ele voltou carregando um prato cheio de carne fumegante e vegetais.

— Pegue. Coma.

— Não estou com fome — falei, mas minha boca salivava.

— Está uma delícia. Você vai querer. Confie em mim.

Metido.

Mas meu estômago roncou. Eu precisava admitir que o cheiro estava... delicioso.

Comi uma colherada e quase derreti, me mesclando à cama.

Que a Mãe o amaldiçoasse.

— Eu estava certo, não é? — provocou Raihn, irritantemente presunçoso.

— Hum — resmunguei entre colheradas.

— Vou entender isso como um "Que delícia, Raihn. Obrigada por esta refeição feita com amor, e também por ter salvado minha vida".

Uma piada. Ele estava fazendo uma piada.

Mas comecei a mastigar mais devagar. Coloquei o prato de lado — já quase vazio — e me virei para o vampiro, de cara fechada.

Ele provavelmente achava que eu tinha fugido. Seria uma conclusão razoável.

— Você foi atrás de mim — falei.

O sorriso dele sumiu.

— É tão surpreendente assim?

— Achei que você fosse pensar que eu...

— Ah, eu pensei.

— Mas mesmo assim você me procurou. Por quê?

Ele soltou uma mistura de suspiro com bufar.

— O que foi? — insisti.

— Eu só... Nada. Vire para que eu possa ver suas asas.

Minhas asas.

O pensamento me fez ficar lívida. Ah, pela Deusa. Eu estava tão desorientada, sentindo uma dor tão constante, que a realidade terrível do que havia acontecido com elas ainda não havia se abatido sobre mim.

Elas tinham sido *pregadas na parede*. Em vários pontos.

O vampiro se acomodou às minhas costas.

— Me dê um pouco de espaço.

Obedeci, fazendo uma careta quando me inclinei para a frente e me sentei sobre as pernas. O vampiro soltou o ar entredentes, e meu estômago se revirou.

Minhas novas asas — a única dádiva daqueles últimos meses horríveis. Rasgadas.

Engasguei, me preparando para a resposta.

— Como elas estão?

— Ainda bem que você matou aquela vagabunda depravada. Se ela estivesse viva quando cheguei...

Ele não precisou terminar a frase.

Senti as palavras presas na garganta.

— Estão tão ruins assim?

— Ela pregou você na porra da parede.

— Não consegui fazer elas desaparecerem. Eu não sabia como...

— É difícil. Mais difícil do que fazer elas surgirem, e quase impossível de conseguir quando estão machucadas, até para quem já nasce alado. Eu devia ter te ensinado isso antes de ir embora. Foi idiota da minha parte.

A voz dele saiu mais suave, e fiz uma careta.

— Não preciso da sua pena. Me conte a verdade. — Minhas palavras vacilaram um pouco, apesar dos meus esforços para evitar. — Elas estão destruídas, não estão?

Silêncio.

Um silêncio horrível.

A cama se moveu. Raihn se inclinou adiante, virando meu rosto pelo queixo para que eu o olhasse nos olhos.

— É o que você acha que vai acontecer? Que nunca mais vai voar?

Minha expressão provavelmente respondeu à pergunta.

Achei que o semblante dele ficaria mais suave; em vez disso, Raihn fechou a cara, como se eu o tivesse ofendido.

— Você foi feita para o céu, Oraya. Nunca deixe ninguém te tirar isso. Claro que vai voar de novo. — Ele me soltou e voltou a observar minhas costas. Murmurou, baixinho: — Como se eu fosse deixar isso acontecer...

Meu suspiro saiu trêmulo de alívio.

— Então vai ficar tudo bem com elas?

— Sim. Vai demorar um tempo, mas elas vão se curar. Já estão bem melhores.

Elas vão se curar. Nunca tinha ouvido quatro palavras tão bonitas. Raihn as proferiu como se fosse tornar aquilo verdade à força caso necessário.

Ouvi um barulho atrás de mim, o som de algo sendo aberto — um pote, talvez? Tentei virar para trás, mas estava impossibilitada.

— O que é isso?

— Remédio. É hora de passar de novo.

Eu não conseguia me virar o bastante para enxergar o que estava na mão de Raihn — não sem causar mais dor do que gostaria. Ainda assim, notei o breve brilho que banhou a mesinha de cabeceira. Fosse o que fosse era de muita qualidade.

Houve um silêncio longo e constrangedor.

— Você se importa se eu... — perguntou ele.

Se ele me tocasse. Ele teria que me tocar.

— Posso chamar Mische se você quiser — acrescentou o vampiro. — Ela saiu agora, mas...

— Não — respondi de pronto. — Tudo bem. Você já está fazendo isso há uns dias.

— Vai doer, provavelmente.

— Tudo b...

Meu corpo se contorceu. Minha visão ficou branca.

— *Caralho* — soltei, entredentes.

— Achei que seria o momento em que você menos estaria esperando a aplicação.

Ah, eu me lembrava daquela frase. Abri um sorriso dolorido enquanto ele ia para o próximo corte.

— Então você está se vingando — falei. — Entendi.

— Me pegou no pulo. Mas você cuidou muito bem das minhas costas. Vou retribuir o favor. Prometo.

Um nó se formou em minha garganta quando, pela primeira vez em meses, pensei naquela noite — a noite em que Jesmine havia torturado Raihn por horas após o ataque ao Palácio da Lua. Boa parte da lembrança parecia... diferente. Mais complicada.

— Deve ter sido difícil para você — falei.

— Qual parte, a da limpeza das feridas ou a de ter sido torturado?

— O interrogatório. Você não cedeu.

Os métodos de Jesmine eram... minuciosos. Aperfeiçoados para seu propósito: o de arrancar informações à força.

— Eu não menti — falou ele. — Não fui responsável pelo ataque ao Palácio da Lua.

Olhei por sobre o ombro e revirei os olhos.

Ele segurou uma risadinha.

— Acho que mereci essa cara. Mas eu tinha ido longe demais para deixar uma mulher com uma lâmina me derrubar. — Depois de uma pausa, ele acrescentou: — Bem, *aquela* mulher com uma lâmina. Conheci outra que foi bem diferente.

Mordi o lábio enquanto ele aplicava mais uma dose do medicamento, bem no momento oportuno, mas a dor era uma distração bem-vinda.

— Então valeu a pena? — perguntei. — Virar rei dos Nascidos da Noite?

As mãos dele pararam de se mexer. Depois voltaram.

— Com as posições trocadas, isso ainda conta como dedicação na cama? Tentar fazer com que nós dois fiquemos desconfortáveis?

Dei de ombros, mas imediatamente me arrependi quando o movimento fez minhas asas repuxarem.

— Certo — continuou ele. — Vou manter as coisas interessantes para você, já que sei que a distração vem em boa hora. Se valeu a pena? Eu salvei o povo Rishan de dois séculos de jugo. Retomei o que era meu por direito. Me vinguei do homem que matou milhares dos meus. Fui até coroado diante da gente maldita que havia me escravizado.

Coisas que eu esperava que ele fosse dizer. Coisas que eu sabia que eram verdade.

— É isso que eu diria a qualquer outra pessoa que me perguntasse — acrescentou ele. — Mas não foi qualquer pessoa que me perguntou. Foi você. E você merece a verdade, se quiser.

Ele seguiu para outro ferimento. Mal senti.

Eu me arrependeria caso ele continuasse. Sabia que qualquer coisa que me dissesse iria doer. Seria complicado.

Ainda assim, falei:

— Seja sincero.

— Não sei se valeu a pena. — As palavras saíram rápidas e baixas, com um suspiro cansado, como se ele estivesse com aquela resposta entalada na garganta havia muito tempo. — Na noite em que Neculai perdeu o trono, eu só queria queimar tudo. Nunca tinha desejado... isso. Parece tudo amaldiçoado. Esta coroa. Talvez a única forma de sobreviver como governante deste lugar seja se igualar àqueles que vieram antes. E isso... me aterroriza. Eu me mataria antes de permitir que algo assim acontecesse. E espero que, caso eu não seja capaz de fazer isso, você o faça.

Era uma confissão mais completa do que eu esperava. Precisei forçar a leveza na voz quando rebati:

— E eu já fiz, lembra?

Ele soltou uma risada desprovida de humor.

— Falei que você devia ter me deixado morto.

— Mas e aí? Se eu tivesse deixado, teria valido a pena?

Outra pergunta que eu soube imediatamente que não devia ter feito. Mais um machucado, outra pontada de dor.

— Morrer em vez de matar você? — falou ele, baixinho. — Sim, teria valido a pena. Até eu tenho limite. E meu limite é você, Oraya.

Pela Mãe, eu devia gostar de sofrer. Só assim para explicar a disposição de fazer perguntas com as quais eu não sabia lidar.

Raihn pigarreou, como se para limpar a garganta da sinceridade desconfortável daquelas confissões.

— Preciso ajustar suas asas. Consegue erguer um pouco mais?

Tentei, fazendo uma careta de dor. O que devia ser um alongamento saiu como um sacolejo esquisito, e a cama rangeu quando o peso de Raihn veio mais para trás.

— Cuidado, princesa. Vai arrancar meu olho assim.

— Elas não me obedecem — soltei, exasperada.

— Você está se ajustando à presença de dois membros novos e imensos grudados às costas. Quando as minhas saíram pela primeira vez, eu mal conseguia andar. Ficava balançando de um lado para outro porque o peso me desequilibrava.

Não consegui evitar: a imagem me fez soltar uma risadinha.

— Isso, ria mesmo — resmungou ele. — Vamos ver como você vai se sair daqui a pouco. Aqui. Tudo bem se eu ajudar?

Hesitei, depois assenti.

— No começo, é difícil entender como isolar os músculos certos. Mas... — Com muito, muito cuidado, as mãos dele foram para a parte inferior das asas, onde se conectavam às costas. — Você está muito tensa. Sei que é o que parece, mas elas não vão cair se você relaxar.

O vampiro deslizou os dedos para cima, aplicando uma pressão gentil pelo caminho, fazendo as asas se abrirem. Meu instinto era tentar movê-las sozinha, mas Raihn disse:

— Nem tente. Não quero ser acertado na cara de novo. Só... relaxe.

Outra massageada no nó de tensão muscular. Me retorci enquanto o polegar roçava minha pele.

Ele parou na mesma hora.

— Doeu?

— Não — respondi de imediato.

Não. Era o oposto de dor. Por mais estranho que fosse.

— Quer que eu pare?

Diga que sim.
Mas já fazia um mês que eu não me sentia segura. Mais tempo ainda desde que ser tocada era... confortável.
Então, me ouvi responder:
— Não.
Ele continuou devagar, correndo a mão por cada músculo. Mesmo por sobre a camada fina da camisa, eu conseguia sentir seu calor. A aspereza de seus calos.
— Só se solte — falou ele, baixinho. — Deixe que eu suporte o peso das asas. Estou aqui.
Era como se Raihn pudesse ouvir a batalha interna que eu estava travando com meu subconsciente. E devagar, muito devagar, com a ajuda de suas mãos apoiadas sob minhas asas, meus músculos relaxaram.
— Agora sim — falou o vampiro. — Viu? Não foi tão difícil.
Fiquei calada — principalmente porque não tinha palavras para descrever como era boa a sensação de ter mais alguém suportando aquele fardo. Eu não havia me dado conta de como as asas eram pesadas.
De repente, estava exausta.
O toque de Raihn continuou subindo — até chegar ao ponto onde as costas davam lugar à pele delicada das asas.
Enrijeci os músculos. Na mesma hora, ele afastou as mãos.
— Machuquei você?
Ainda bem que ele não estava vendo minha cara. Senti um rubor subir pelo rosto.
— Não. Está... está tudo bem.
Ele hesitou. Depois, suas mãos voltaram às asas, leves e gentis.
— Abra-as para mim — pediu ele.
Não precisei nem mandar meu corpo obedecer. As asas apenas... se desvelaram sob o toque de Raihn, como pétalas de uma flor.
— Lindas — murmurou o Nascido da Noite, correndo a ponta dos dedos por todo o comprimento da macia parte inferior.
Dessa vez, o prazer foi inconfundível. Não mais oculto, não mais passível de ser ignorado. Foi intenso, um calafrio que subiu pelo corpo — pela parte de dentro das minhas coxas, por meu cerne. A mesma sensação provocada pela boca do vampiro tocando meu pescoço ou minha orelha.
Como desejo encarnado, ecoando em todo o meu ser.
Minha respiração vacilou.
O toque, para mim, havia se tornado algo consistentemente violento, consistentemente doloroso.

Mas aquilo não.

Aquilo era...

Porra, era perigosamente delicioso.

Com a súbita imobilidade de Raihn, soube que ele tinha compreendido o que eu estava sentindo.

— Você gosta assim? — perguntou ele com a voz grave.

Pedindo permissão. Porque, como eu, ele sabia que aquilo era mais traiçoeiro do que a dor. A dor era simples. O prazer era complicado.

Se eu lhe pedisse para parar, ele o faria sem questionamentos. E se eu fosse forte, era exatamente o que teria feito.

Mas não. Era fraca.

— Gosto — falei. — Não pare.

Raihn soltou um som que pareceu não intencional, quase um gemido. Seus dedos continuaram a dança, a ponta das unhas roçando bem de leve na parte inferior da asa, com meu corpo bastante ciente de cada movimento — como se ele soubesse onde ficavam as terminações nervosas e como acariciar cada uma delas.

Minha respiração estava começando a ficar acelerada; senti o rosto corar.

Ele tocou num ponto especialmente sensível, e soltei um grunhido abafado — um choramingo.

Raihn deu uma risadinha.

— É aqui, não é?

Pela Deusa. Sim. Ali.

Ele se deteve naquele ponto, cercando a área. O prazer se espalhou por todo o meu corpo, cada nervo reagindo aos leves toques do vampiro — querendo mais. Implorando por mais. Cerrei os dentes, engolindo os gemidos. Nem sei por que estava tentando. Ele sem dúvida conseguia ouvir minha pulsação acelerada.

Sentir o cheiro do meu tesão.

Quando passou de novo as unhas por minha pele, o barulho que me escapou entredentes foi súbito demais para controlar.

Ele retribuiu o som, algo entre um rosnado e um gemido, e de repente eu estava largada em cima dele, sentindo seus músculos rijos contra minhas costas.

— Eu sonho com esse som. — A boca de Raihn estava muito perto de meu pescoço. Senti sua voz vibrando na minha carne, bem ao lado da cicatriz que ele mesmo deixara ali. — Sabia?

Os dedos dele dançaram por minhas asas de novo, e mal tentei disfarçar os gemidos.

Meus seios doíam, sensíveis contra o tecido da camisa. Eu queria arrancar as roupas — as minhas, as dele. Queria sua pele. Queria sua respiração. Pela Mãe, como desejava aquilo... Desejava tanto que, naquele momento, mal conseguia me odiar por querer tanto Raihn.

Mas, ao mesmo tempo, eu não desejava ir mais longe do que aquilo. Do que aquele toque, a boca do vampiro perto de meu pescoço, o corpo tão junto ao meu.

— Quando entrei naquele porão, achei que você estava morta — murmurou ele. — Achei que tinha perdido você, Oraya. Achei que tinha perdido você.

A voz de Raihn estava muito mais do que profunda; era como uma ferida aberta e sangrando. Me tocou em lugares que eu não esperava. Lugares muito mais sensíveis do que os pontos em minhas asas.

Ele era meu inimigo. Iria me matar se tivesse a chance.

Ele era meu inimigo.

— Seria um alívio para você — rebati. — Vários problemas teriam sido resolvidos.

Raihn se enrijeceu. De repente, senti a mão dele em meu rosto, virando minha cabeça para que eu o olhasse nos olhos. Estavam cheios de fúria.

— Pare de dizer esse tipo de coisa.

— Por quê? — sussurrei.

Eu sabia que o estava provocando.

Sabia que, de novo, estava fazendo uma pergunta cuja resposta eu não queria ouvir.

Raihn baixou a cabeça. Nossos rostos estavam muito próximos — eu conseguia sentir sua respiração, rápida e arquejante.

— Porque estou exausto, Oraya. — A boca do vampiro roçou a ponta do meu nariz. Quase um beijo. Não exatamente. — Estou exausto de fingir. Exausto de fingir que não penso em você toda noite. Que algum dia quis qualquer coisa que não...

O pomo na garganta dele subiu e desceu, e Raihn fechou os olhos como se precisasse de um momento para se recompor. Seus dedos tocaram no ponto sensível de minhas asas de novo, descendo por elas de forma lenta e agonizante, e soltei uma respiração trêmula que o fez se inclinar um pouco mais — como se quisesse capturar o som com seus lábios.

— Estou exausto, princesa — repetiu ele, num grunhido. — Exausto pra caralho.

Parecia uma súplica — era como se ele estivesse implorando para que eu lhe desse uma resposta, uma solução. E eu odiava entender aquilo, porque sentia a mesma coisa.

Era exaustivo estar tão triste o tempo todo. Sentir tanta raiva. Resistir constantemente. Tão exaustivo quanto carregar as asas em minhas costas.

Parte de mim queria ceder. Permitir que eu sentisse qualquer coisa, tristeza ou raiva. Permitir que ele me tocasse, me sentisse, me preenchesse. Transar com ele até não haver nada além de prazer.

Tinha funcionado no passado. Por um tempinho.

Mas muita coisa havia mudado desde então.

Porque, quando eu fechasse os olhos, não veria imagens agradáveis do corpo nu de Raihn ou sentiria seus beijos e sua afeição.

Eu ainda veria seu corpo ensanguentado no chão. Ainda veria o vampiro matando meu pai.

Ainda veria minha espada fincada em seu peito.

Recuei o bastante para abrir certa distância entre nós, e a expressão de Raihn assumiu uma compreensão séria — um espelho de minha própria conclusão se instalando em sua mente.

A névoa de prazer e conforto começava a sumir. Eu já sentia sua falta.

— Fui egoísta — murmurou ele. — No dia em que estivemos juntos, eu estava disposto a permitir que você me usasse como escape. Fiz aquilo consciente de que, se você soubesse por que eu estava ali, me odiaria. E... foi errado. Achei que morreria naquela arena, que seria o fim e que você nunca saberia. Mas...

Foi incrível como aconteceu rápido. Parecia uma chama apagada por um balde de água fria.

A onda súbita de raiva veio gélida e avassaladora.

— E o que caralhos era para aquilo ter sido? — perguntei. — Um gesto de misericórdia? Você morrendo por mim?

O rosto dele mudou, e um sulco surgiu entre suas sobrancelhas.

— Sonho com minha espada afundando no seu peito toda noite, Raihn — continuei.

É demais. Não deixe isso transparecer.

Mas já era tarde. As palavras jorravam de mim, quentes e escaldantes.

— Você me forçou a *te matar* — segui, determinada. — Você me fez pôr em prática o que você mesmo era incapaz de fazer. Pela segunda vez na vida, eu...

Fechei a boca para conter as palavras, com tanta força que meus dentes arrancaram sangue da língua. Virei o rosto, mas era tarde demais para evitar ver a compreensão que tomou o semblante de Raihn quando ele tocou o peito, bem onde minha lâmina o havia atravessado.

Fui inundada pela vergonha.

Eu quase havia...

Pela Mãe, que tipo de filha aquilo me tornava? Que tipo de rainha?

— Oraya — começou Raihn, e me encolhi enquanto me preparava para ouvir suas palavras.

Mas alguém bateu na porta.

O vampiro não se moveu. Eu conseguia sentir seus olhos me fulminando por trás.

Bateram de novo, com mais força.

— Raihn? — A voz de Mische veio do corredor. — Você está aí?

Mais silêncio.

Até que ele enfim se levantou. Não olhei para cima, mas ouvi a porta ser aberta.

— Ah! Você acordou! — entoou Mische, animada.

Também não olhei para ela. Não queria que ela visse minha situação.

— O que foi? — A voz de Raihn saiu baixinha.

Um instante de silêncio pairou sobre nós enquanto Mische claramente somava dois mais dois.

— É o Vale — disse ela no mesmo tom. — Rolou um... problema em Sivrinaj.

Raihn soltou um suspiro que soou como um palavrão sem palavras.

— Nem me fale — comentou Mische. — Aqueles malditos.

28
RAIHN

— Aqueles malditos — murmurei.

— Aham — concordou Mische.

Li a carta de novo, os dedos amassando o pergaminho com as palavras de Vale.

Pelo jeito, a paz provisória após minha performance no encontro com os nobres tinha limite. Haviam surgido boatos de revoltas perto de Sivrinaj; alguns dos nobres Rishan de menor porte não apenas se recusavam a enviar suas tropas como também andavam sabotando ativamente os esforços de Vale.

Eu tinha muitos defeitos, mas inocência não era um deles. Sabia que, cedo ou tarde (provavelmente cedo), aquilo ia acontecer.

Vale não dissera com todas as palavras que Simon Vasarus era o responsável, mas eu tinha minhas suspeitas. Já imaginava que teríamos de lidar primeiro com a Sucessora rejeitada da família de Oraya e, depois, com o da minha.

— Então... — Ela disse uma única palavra, mas eu já temia o que Mische acrescentaria em seguida. — O que foi aquilo? — perguntou, muito casual.

— O quê? — respondi, mesmo sabendo do que ela estava falando.

— O que rolou entre vocês?

Eu estava com dor de cabeça. Não queria pensar no que estava rolando, em especial porque eu mesmo não sabia. Não queria pensar nos gemidos de Oraya, ou na pele dela, ou naquele breve momento de vulnerabilidade. Ou no sofrimento em seus olhos.

— Nada — resmunguei.

— Não parecia nada.

— Foi um erro.

Tudo aquilo.

Você me fez pôr em prática o que você mesmo era incapaz de fazer, ela tinha dito — com lágrimas nos olhos, a expressão vulnerável e sincera demais. Eu tinha certeza de que ela não fazia ideia de como era transparente, de como a dor flutuava logo ali sob a superfície de sua pele.

Eu me sentia um idiota. Inimaginavelmente idiota.

Até aquele momento, não tinha me dado conta do que havia feito. Achava que fora um grande e nobre sacrifício. Que eu salvara Oraya — ou tentara, mesmo que meu plano tivesse saído... diferente do que eu imaginava.

Mas não. Havia apenas dado a ela outra razão pela qual ter pesadelos.

— Vou embora amanhã — falei. — Assim que o sol baixar.

Não ergui o olhar da carta — uma tentativa de sinalizar para Mische que não queria falar sobre o assunto. É claro que ela ignorou, porém. Ainda conseguia sentir seu olhar de desaprovação.

— Raihn...

— Não tenho nada a falar, Mish.

— Não tem o caralho. — Depois repetiu, enfática: — Não tem. O. Caralho.

— Você tem um jeitinho todo especial com as palavras, já te disseram?

— Olhe para mim. — Ela arrancou a missiva das minhas mãos, parando bem na minha frente. Tinha olhos tão grandes que, às vezes, eu praticamente conseguia ver o fogo refletido neles quando Mische ficava irritada de verdade.

— E aí, qual seu plano? — perguntou a vampira. — Quais são os próximos passos?

— Ah, não faço ideia. — Apontei para a carta. — Acho que vou tentar sair decapitando todos os meus inimigos e ver se sobra um reino quando eu acabar.

— Primeiro: você não vai conseguir fazer nada com todo esse poder até que pare de se ressentir dele.

Soltei um som engasgado que saiu quase como uma risada. Precisei de cada gota de autocontrole para manter a porra da boca fechada, porque sabia que nada de bom sairia dela.

Parar de me ressentir.

Eu amava Mische, amava-a profundamente, mas o simples fato de ela ter coragem de dizer aquilo na minha cara me deixava furioso. Claro que me ressentia daquele poder. Eu tinha sido forçado a assumir aquela posição — em parte, *por causa de Mische*.

Minha amiga continuou, suavizando a expressão e a voz:

— Além disso, você não pode fugir. Ela precisa de você.

Bufei de novo. Daquela vez, o som saiu mais dolorido do que bravo.

— Oraya precisa de alguém, Raihn — insistiu Mische. — Ela... ela está realmente solitária.

Aquela parte... era a mais pura verdade. Oraya precisava de alguém. Suspirei.

— Eu sei, mas...

Mas essa pessoa não pode ser eu.

Parecia bobo falar aquilo em voz alta. Eu não conseguia criar coragem, não com aquelas palavras, mesmo que a conclusão ficasse cada vez mais clara.

— Não a abandone — falou a vampira. — Ela não é Nessanyn. Não vai acabar do mesmo jeito. Ela é mais forte.

Disparei um olhar de alerta para Mische. Era estranho como, mesmo depois de centenas de anos, a mera menção ao nome de Nessanyn parecia um dedo no gatilho de uma balestra, enviando um projétil de arrependimento em meu peito.

— Não. Oraya não é Nessanyn.

— E você não é Neculai.

— Não mesmo, porra — murmurei, mas soei menos convencido do que gostaria.

Eu não era ele. Então por que sentia sua sombra em cada movimento meu nos últimos meses?

— Deixe ela entrar, Raihn — falou Mische, baixinho.

Esfreguei a têmpora.

— Nem sei do que você está falando.

— Meu cu que não sabe. Sabe muito bem.

Segurei a resposta ríspida atrás dos dentes. *Isso não é meio hipócrita vindo de você, a garota que se tranca toda vez que alguém tenta perguntar algo real, porra?*

Mas seria uma resposta infantil. Nada daquilo tinha a ver com Mische. Talvez não tivesse a ver nem com Oraya.

— Todo mundo a abandonou — continuou minha amiga num murmúrio, com tristeza no olhar. — Todo mundo.

— Eu não estou abandonando Oraya. — Minhas palavras saíram mais afiadas do que o planejado. — Fiz meus votos. Jamais agiria contra eles.

Tua alma é minha alma. Teu coração é meu coração. Tua dor é minha dor.

Eu havia ficado impressionado, mesmo naquela noite, com a sensação das palavras na língua. Tão pesadas...

Seria muito mais fácil se aquilo fosse o jogo que eu tentava com tanto empenho convencer as pessoas de que era. Eu conseguia mentir para todos, mas era ruim em mentir para mim mesmo, mesmo querendo.

Me virei, de braços cruzados, analisando as dunas que se estendiam além da janela. A vista era linda, mas, em poucos segundos, foi borrada pela imagem do rosto de Oraya cheio de dor. O rosto dela na noite do Kejari. Na noite do nosso casamento. Enquanto ela soluçava no topo daquela torre em Lahor. O rosto alguns minutos antes, à beira das lágrimas.

Eu tinha fodido tudo.

A partir do instante em que vira Oraya pronta para se jogar no meio de um bando de vampiros drogados a fim de salvar a amiga fornecedora de sangue, eu havia me fascinado. Na época, dissera a mim mesmo que era só curiosidade — um interesse totalmente prático na filha humana de Vincent.

Mas a mentira não durou muito. Não, eu era *péssimo* em mentir para mim mesmo. Nem sequer me dei ao trabalho de tentar me convencer de que a única razão pela qual mantinha Oraya por perto era o fato de que ela tinha coisas a me oferecer.

— Eu achei que conseguiria — falei, enfim, sem desviar o olhar das dunas. Minha voz vacilou um pouco. — Achei que conseguiria... Não sei.

Salvar Oraya.

Mas aquelas não eram as palavras certas. Ela não precisava ser salva. Só precisava de uma alma a seu lado ao longo da caminhada sombria até atingir seu completo potencial. Alguém que a protegesse até ela ser forte o bastante para salvar a si mesma.

Enfim, escolhi as palavras.

— Achei que conseguiria ajudar Oraya. Mantê-la em segurança.

— Você consegue. Está fazendo isso.

— Acho que não — rebati.

Mische tinha se jogado na poltrona, os joelhos puxados junto ao queixo, os olhos arregalados e ávidos. Ela era a melhor das ouvintes.

— Eu a machuquei — continuei, engasgado. — Eu a machuquei fundo pra caralho, Mish.

A ruga entre suas sobrancelhas sumiu.

— Machucou — confirmou ela, baixinho. — O que vai fazer agora, então?

Antes, eu achava que sabia como responder àquela pergunta. Eu dera a Oraya tudo que lhe haviam tirado. Tinha entregado a ela o poder que Vincent tentara manter longe da filha ao longo de toda a sua existência. Tinha protegido sua vida. Defendido. Armado Oraya.

Parecia o certo a fazer. E o mundo não a merecia — mas que coisa mais magnífica ela havia se tornado.

Eu queria testemunhar aquilo. Qual caralhos era o sentido de tudo se eu não estivesse ali para ver? Se não pudesse compensar aquele mal?

Mas agora a dúvida se esgueirava pelos cantos sombrios daqueles pensamentos.

Talvez não coubesse a mim ter feito tudo aquilo.

Dei as costas para a janela.

— Vou voltar para Sivrinaj sozinho — falei. — Oraya ainda não consegue viajar muito rápido. Vou cuidar para que alguns homens de Ketura escoltem vocês duas no caminho de volta.

Mische saltou de pé.

— Como assim? Você não vai voltar sem ninguém, Raihn.

— Ajude ela a desenvolver a magia. Você é melhor nisso do que eu. E quando Ketura chegar, peça para que ensine Oraya a fazer as asas desaparecerem.

— Raihn...

— Não tenho tempo a perder, Mische — disparei. Depois suspirei, acrescentando com mais paciência: — Faça isso por mim, pode ser? Cuide dela. Como você mesma disse, Oraya precisa de alguém.

A expressão de Mische ficou mais suave, embora eu ainda pudesse ver os sentimentos conflitantes — ela estava dividida entre deixar tudo como estava ou me pressionar mais um pouco.

— Certo — respondeu enfim, mesmo não soando muito convencida.

Parti assim que a noite seguinte caiu. Me despedi de Mische, que discordou de forma vocal e enfática da minha decisão de ir embora. Interrompi a discussão o quanto antes.

Quando bati à porta do quarto de Oraya, ninguém respondeu.

Ela estava lá dentro, é claro. Não tinha mais para onde ir. E, de qualquer forma, eu conseguia sentir seu cheiro. Sempre conseguia sentir o cheiro de Oraya, seu pulsar. Conseguia ouvir seus movimentos também — as cobertas farfalhando de leve na cama.

Bati de novo.

Decidi tentar uma terceira vez; se ela não respondesse, eu ia embora. Quando bati...

— *O que você quer?*

Mordaz. Não consegui evitar que o canto de minha boca se levantasse de leve. *Essa é a minha garota.*

Abri a porta e dei uma espiada. Ela estava sentada na cama com um livro, de pernas cruzadas e as asas levemente dobradas atrás de si.

Analisei cuidadosamente seu estado naquela fração de segundo — olhos, pele, asas, ferimentos.

Os machucados pareciam melhores do que na noite anterior. As asas também estavam um pouco mais relaxadas. Eu sentira a dor dela só de notar a tensão nos músculos. Aquele retesamento, eu tinha certeza, precedia o surgimento das asas. Oraya sempre tentava com determinação usar toda aquela armadura. Eu sabia que ela mantinha seus escudos erguidos havia vinte anos.

Fitei seu rosto por um bom tempo. Ela não pareceu ligar.

— O que você quer? — repetiu Oraya num resmungo.

Abri um sorriso.

— Você é tão encantadora, princesa...

Ela me encarou.

— Estou indo embora — respondi.

Oraya pestanejou duas vezes, rápido demais. Seu rosto mudou, o enfado virando...

Franzi a testa.

— Olhe só sua cara... — falei. — Se não te conhecesse, diria que está preocupada.

— Por quê? — rebateu ela, a voz tensa. — Aonde está indo?

— Vou voltar para Sivrinaj.

— Por quê?

Olhei para ela com um sorriso que era mais um esgar.

— Porque nobres Rishan são uns filhos da puta.

Eu quase consegui ouvir Cairis me dando uma bronca por ter passado informação demais a ela — informação que podia ser usada contra mim.

A expressão de Oraya mudou de novo. Reprovação. Bom, talvez até ódio. Ela tentou disfarçar, mas falhou como sempre.

— Ah.

— Mische vai ficar aqui com você, além de alguns guardas. — Apontei para as asas dela. — Mantenha essas coisas expostas por enquanto. Ketura chega daqui a uns dias. Ela vai te ensinar a fazer as asas desaparecerem. Não é difícil depois que você pega o jeito.

Ela me encarou, aprofundando o vinco entre as sobrancelhas, mas não disse nada.

— Tente conter a empolgação com a minha partida — falei, sem emoção.

Olhei para a mesa. Havia uma tigela vazia ali — limpa, como se tivesse sido raspada com a colher. Não consegui evitar me sentir satisfeito.

Oraya continuou em silêncio.

Eu não estava muito acostumado a vê-la tão calada.

— Bom, é isso, então — concluí. — Se cuide. Vejo você daqui a umas semanas.

Comecei a fechar a porta, mas ela me chamou:

— Raihn.

Parei na metade do movimento. Espiei dentro do quarto outra vez. Ela se inclinou um pouco, pressionando os lábios como se em protesto à dor das asas se movendo.

— Obrigada — disse. — Por consertar minhas asas.

Meus dedos apertaram a maçaneta com mais força.

Como se fosse algo que merecesse agradecimento. Era simplesmente decência.

— Como falei, você foi feita para o céu. Seria uma injustiça caso isso fosse arrancado de você.

A sombra leve de um sorriso tocou seus lábios, como um cintilar do sol surgindo por trás das nuvens.

Depois sumiu, e os olhos dela perderam o foco. Talvez estivesse pensando em Vincent.

Ela rechaçou a expressão num pestanejar.

— Boa viagem — falou, sem emoção, voltando para o livro.

Abri um sorriso débil.

— Obrigado.

Fui embora perto da meia-noite, armado até os dentes e com dois guardas de Ketura. Não era o suficiente, Vale teria dito, mas eu precisava deixar o resto da guarnição com Oraya e Mische. Ambas eram forças que mereciam respeito, sem dúvida, mas Oraya estava machucada e Mische... Bem, parecia que havia mais cicatrizes de queimadura em seus braços a cada vez que eu a via.

Olhei para trás uma última vez antes de sair voando. De imediato, meus olhos subiram — para o segundo andar da pequena casa. Ver olhos prateados como a lua fez meu coração quase parar, como acontecia toda maldita vez.

Oraya estava debruçada no peitoril, de braços cruzados. Quando nossos olhares se encontraram, ela ergueu a mão num levíssimo aceno.

Senti que era uma pequena vitória.

Balancei a mão numa despedida e parti.

Parte Quatro
Meia-Lua

INTERLÚDIO

O tempo é uma mixaria para os vampiros.

Escravizados aprendem isso muito rápido. Como humano, ele sentia a passagem de cada segundo — oportunidades perdidas ficando para trás, varridas por um rio sempre acelerado. Humanos sofrem com a perda do tempo porque é a única moeda que vale de verdade numa vida tão curta.

O escravizado odeia muitas coisas em sua nova existência. De todas cuja perda lamenta enquanto sua humanidade se esvai, porém, a da noção do tempo é a mais devastadora. Uma vida na qual nada tem significado pode ser chamada de vida?

Anos passam voando como tinta escorrendo com a chuva, manchando uma tela sempre em branco. Os vampiros da corte do rei se deleitam com sua vida eterna. Séculos de existência amortecem os prazeres comuns, fazendo-os apelar por gostos extremos e cruéis. Às vezes, humanos são objeto de sua crueldade. Às vezes, vidas humanas são curtas e frágeis demais. Nesse caso, vampiros Transformados são a próxima melhor opção — duradouros, mas tão descartáveis quanto os humanos costumavam ser.

Aquele escravizado não é especial. Ele não é o único Transformado na coleção do rei. Não é sequer um favorito. Tempo e tédio fizeram com que o rei começasse a formar sua reserva particular de brinquedinhos, homens e mulheres de todos os portes, aparências e origens.

O escravizado tenta, tenta de verdade, se ater à própria humanidade.

Mas é inevitável: ela lhe escapa dia após dia. Logo, ele não consegue mais lembrar quanto tempo se passou desde que foi Transformado. Quando pensa na vida de antes, tem a impressão de estar se lembrando de um velho amigo — memórias distantes e cheias de carinho.

Ele fica assistindo ao nascer do sol todos os dias, até os raios começarem a ferir sua pele.

Dias se tornam semanas, que se tornam anos, que se tornam décadas.

Mais tarde, ele tentaria em vão descrever em palavras o tamanho de sua degradação durante aquele tempo. Para os que o cercavam, ele era um conjunto de pele e músculos, um objeto, um animal de estimação, não uma pessoa. Quando é isso que se escuta por anos, é fácil acreditar. É fácil sobreviver quando se crê naquilo.

Apenas uma pessoa o trata diferente.

A esposa do rei é uma mulher calada com grandes olhos escuros. Ela raramente fala, e raramente sai do lado do marido. No começo, o escravizado presume que ela é como os outros. Depois, porém, começa a vê-la como mais uma vítima da crueldade do rei — uma companhia silenciosa de pancadas, de domínio, de ordens.

As coisas permanecem assim por um bom tempo.

Até que, certo dia, ele se vê sozinho com a mulher. Foi espancado com violência, punido por alguma desobediência inventada. Quando os outros saem do recinto, ele fica para trás, cuidando dos próprios ferimentos com os gestos automáticos de quem já fez aquilo milhares de vezes e ainda vai fazer outras.

Ela também fica ali.

Não fala palavra alguma. Só tira as ataduras das mãos dele e começa a cuidar dos machucados que ele não alcança.

O escravizado tenta se afastar no início, mas ela é gentilmente obstinada. Depois de um tempo, ele cede. Quando ela termina, fica de pé e vai embora sem dizer nada.

Ele esqueceu a sensação. De como é ser tocado com gentileza. Dói mais do que seria de imaginar. O escravizado sente as mãos dela em sua pele pelo resto da noite. Aquilo o aterroriza, porque ele sabe que agora não vai mais se esquecer daquilo.

É como começa.

Eles vão ficando mais próximos ao longo dos meses, dos anos, confortando um ao outro após as crueldades do rei. Demora muito tempo para que comecem a conversar, mas palavras importam menos que gentileza. A linha já fora cruzada naquela noite, naquele primeiro toque gentil.

Tudo que vem depois parece inevitável.

Num mundo escuro, olhos procuram naturalmente pela luz. A vampira se transforma na coisa mais brilhante do universo dele.

Quando os encontros silenciosos se transformam em conversas profundas, já faz tempo que ambos pularam do abismo.

Quando ele a beija pela primeira vez, com a boca ainda manchada de sangue arrancado pela mão do marido dela, eles já estão despencando.

Quando fazem amor, estão tão desesperados por companhia que nem se importam com o baque inevitável.

29
ORAYA

O tempo passou com uma placidez mundana.

Parecia bobo como aquela casa ficava vazia sem Raihn. Mische estava falante, muito mais agora que eu era sua única companhia — ou a única que interagia com ela, ao menos, já que os guardas de Ketura eram estoicos da cabeça aos pés. Ainda assim, eu não conseguia ignorar a sensação de que faltava algo, um silêncio entre as respirações que eu adoraria que fosse ocupado por alguém.

Entramos numa rotina fácil — cura, treinamento, descanso, repetir tudo.

Mische era uma ótima professora, embora treinar com ela me lembrasse muito do tempo que havíamos passado trabalhando juntas para aperfeiçoar nossa magia durante o Kejari. Na época, Mische era apenas uma das duas pessoas que me ensinavam. A outra era Vincent, cujo estilo de ensino era oposto ao dela de todas as formas possíveis — comandos ríspidos e controle fazendo contraste com todas as vezes em que Mische ficara tagarelando sobre abrir o coração e a alma. Voltar a treinar com apenas uma das pessoas reforçava a sombra da ausência da outra... Uma ferida que, ao contrário dos talhos em minhas asas, parecia que nunca ia se fechar.

Em nossas horas de descanso, examinávamos o pingente. Mische não era apenas uma usuária talentosa de seus poderes: também tinha muito conhecimento de feitiçaria e história da magia. Mesmo juntas, porém, não conseguíamos chegar a muitas conclusões sobre o que o artefato era ou o que fazia. Eu era a única que conseguia tocar nele, embora a sensação não fosse exatamente agradável — fazia a presença de Vincent parecer próxima demais, ainda mais do que a espada. O máximo que Mische conseguiu concluir foi que o pingente era só um pedaço de algo maior — talvez uma chave, uma bússola ou um instrumento destinado a incrementar o poder de outra coisa. Não um poder em si, teorizou ela, mas algo feito para libertar algum tipo de força. Mas mesmo aquelas ideias eram apenas palpites, frustrantemente enraizadas na sorte tanto quanto nos fatos.

Ao entardecer e ao amanhecer, Mische cuidava dos meus ferimentos, que continuavam a melhorar de maneira visível com o passar dos dias. Não estavam nem de perto tão doloroso quanto naquele primeiro dia. Felizmente, tampouco era... agradável.

Certo dia, enquanto ela observava meus machucados, comentou:

— Você já parece muito melhor! Já faz valer tudo o que Raihn passou para conseguir o remédio.

— Tudo o que ele passou? — repeti.

— Não foi fácil de achar, mas ele estava determinado. — Ela fez uma pausa, depois continuou com mais cautela: — Raihn ficou tão preocupado... A gente achou...

Achei que tinha perdido você, Raihn tinha dito, e as palavras haviam trepidado em minha pele.

De repente, aquela conversa me deixou muito desconfortável.

— Ele precisava proteger seus recursos — murmurei, mesmo com as palavras saindo amargas. Mesmo sabendo que não era verdade.

Mische suspirou, aplicando o remédio no último ferimento da minha asa esquerda.

— Raihn tem vários defeitos, Oraya. Mas ele sabe amar.

Eu não tinha ideia de como responder àquilo.

Estava tão incerta sobre o que a afirmação significava que não consegui pensar em nada.

— Você está bloqueando sua magia — repetiu Mische pela milésima vez naquele dia.

Cerrei os dentes e tentei ignorar o comentário.

Desde que havia recebido a Marca de Sucessão, minha magia sem dúvida ficara muito mais poderosa. Eu a sentia o tempo todo se agitando sob a pele. Com ela, porém, vinha mais volatilidade do que eu sabia controlar. Era como se, a cada vez que a usasse, eu precisasse acessar algo visceralmente doloroso.

Naquele momento, a pressão aumentava, cada vez mais intensa, como uma lâmina cortando a pele aos poucos.

— Continue — falou Mische. A voz dela parecia distante sob o som do sangue pulsando em meus ouvidos. — Não deixe escapar!

Uma gota de suor escorreu por meu nariz. Mesmo com as ordens de Mische, eu conseguia ouvir Vincent em meu ouvido também: *Foco. Controle. Força de vontade.*

Nos últimos tempos, sua voz andava sendo uma visitante nada bem-vinda.

O Fogo da Noite crepitava e rugia, ameaçando sair do controle ou sumir por completo enquanto eu me equilibrava na exata divisão entre me fechar ou cair num poço de emoção que não podia confrontar.

Para onde quer que eu vá?, sussurrou Vincent. *Sou parte de você. Não é o que você sempre quis?*

Antes, tudo o que eu mais almejava era ser Vincent. Parte de mim ainda desejava aquilo — mesmo sabendo que ele havia mentido para mim, sabendo o que tinha feito com minha família e com a dele, sabendo da brutalidade que infligira a pessoas como eu ao longo de séculos.

Mas era algo que me deixava com vergonha.

Vergonha?, falou Vincent. *Fiz você ser quem é, e você vem me dizer que tem vergonha de mim?*

Era só uma lembrança. Uma das últimas coisas que ele havia me dito.

O Fogo da Noite lampejou, saindo de controle. Mische recuou um passo. Me forcei a conter a magia. Lutei para superar a batalha entre vergonha e culpa travada em minha mente.

Quando eu estava usando aquele poder, porém, tudo ficava muito mais à flor da pele. Era a magia de Vincent, afinal de contas — o sangue dele me dera aquele dom, e sua Marca de Sucessão o intensificara. Era impossível manipular a magia sem sentir a presença dele respirando às minhas costas.

— Continue! — insistiu Mische, embora eu mal pudesse ouvi-la.

Meus olhos ardiam por causa do branco cegante do Fogo da Noite. Sob aquela luz, vi o rosto ensanguentado de Vincent em seus momentos finais — era sempre muito real, por mais que eu tentasse esquecer.

A voz em meu ouvido sussurrou suas últimas palavras. *Tantos erros no fim... Você nunca foi um deles.*

Eu não aguentava mais. Pela Deusa, não aguentava...

CHEGA.

Tranquei as memórias indesejadas fora da mente.

O Fogo da Noite sumiu.

De repente, eu estava de joelhos na terra úmida. Doía respirar, as expirações saindo em arfadas profundas e roucas.

— Ah, pelos deuses. — Mische se ajoelhou ao meu lado com as mãos em meus ombros.

Nem pensei antes de me apoiar nela, silenciosamente grata pelo sustento.

— Você está bem — murmurou ela. — Está tudo bem.

Não entendi por que a vampira estava falando daquele jeito, com tanta pena na voz, até sentir algo úmido nas costas das mãos espalmadas no solo. Pestanejei com força, confusa, e outra gota caiu.

Lágrimas.

Porra.

Senti o rosto esquentar.

— Eu estou bem. É só... Vamos tentar de novo.

Fiquei de pé e me virei de costas, cambaleando um pouco. Era difícil me recuperar depois que eu começava a ceder. Como se toda aquela pressão estivesse se acumulando logo abaixo da superfície. Tinha sido assim que eu acabara aos soluços na frente de Raihn. E agora, na frente de Mische. Ótimo.

— Eu estou bem — repeti.

— Mas não precisa estar — murmurou Mische.

Ela fazia parecer tão simples... Como se fosse apenas uma verdade, nada digno de julgamento ou críticas. Eu sabia que ela acreditava naquilo — e, naquele momento, amava profundamente a vampira por isso.

Embora eu mesma não conseguisse me convencer da afirmação.

Havia um reino dependendo de mim, uma coroa me esperando e pessoas que precisavam *imediatamente* que eu fosse melhor do que aquilo.

E o que eu havia feito? Realizado um único ataque malsucedido? Encontrado um lindo pingente que não tinha ideia de como usar?

— Oraya...

Mische tocou em meu ombro. Não me virei; não podia permitir que ela visse meu rosto. Talvez ela soubesse daquilo, porque nem tentou forçar, só me ofereceu aquele único toque — tão leve que eu não conseguiria me desvencilhar dele nem se quisesse.

— A magia é... como uma coisa viva — murmurou ela. — Acho que faz sentido vir dos deuses, porque é tão caprichosa e temperamental quanto eles. A sua se alimenta das emoções. Faz com que você acesse coisas que são... difíceis no momento. Mas, um dia, tudo o que é mais doloroso hoje vai se tornar fonte de força.

Baixei os olhos, que pousaram na mão de Mische em meu ombro e nos centímetros de seu pulso visíveis sob a manga da camisa. As cicatrizes cobriam quase toda a pele exposta.

Será que eram tantas antes? Ou ela havia insistido em tentar — em vão — usar sua magia desde que fora abandonada por seu deus?

Minha expressão talvez tivesse entregado a pergunta que não fiz, porque ela afastou a mão e puxou a manga para baixo enquanto eu enfim me virava para olhar em seu rosto.

— Não pense que não sei como é... perder algo — falou ela.

Quando conheci Mische, tinha sido fácil reduzir a vampira a alguém bonita e insossa. Mas, com frequência, eu vislumbrava alguma coisa muito mais resistente sob a superfície. Naquele momento, essa sombra perpassou seu rosto. Um cintilar de aço afiado escondido num jardim de flores.

— Posso fazer uma pergunta? — arrisquei.

Ela hesitou, mas assentiu.

— Como foi passar pela Transformação?

A expressão dela se fechou.

— Difícil. Eu teria morrido se Raihn não tivesse me encontrado.

— Ele salvou você.

A sombra se amenizou um pouco, o bastante para deixar um pequeno sorriso se abrir.

— Aham. Ele me salvou, mas não tenho muitas lembranças. Numa hora eu estava passando muito mal no meio do deserto, e... — A expressão de Mische travou, e ela se interrompeu. — Depois, quando dei por mim, estava acordando numa estalagem de quinta categoria com um estranho imenso e rabugento. Vou te falar: foi bem confuso.

Eu podia imaginar.

— Você é uma sacerdotisa — perguntei, cautelosa. — Certo?

O sorriso dela desapareceu. A vampira puxou de novo a manga e ficou um longo, longo tempo em silêncio.

— Sinto muito — tentei consertar. — Foi uma...

— Não, não, tudo bem. — Ela balançou a cabeça como se estivesse despertando de um devaneio. — Sim. Eu era. Uma sacerdotisa de Atroxus. É que... é que é meio difícil para mim falar sobre isso às vezes. — Ela abriu outro sorriso débil. — Hipócrita da minha parte, certo?

— Não — garanti. — Nada hipócrita.

— A magia é... Sei que algumas pessoas acham que é só outro tipo de conhecimento, mas minha concepção é que ela tem mais a ver com nosso coração. Acho que é invocada diretamente da alma. A minha sempre me foi muito próxima. E eu... — Ela cerrou o maxilar com força, os olhos marejando.

— Está tudo bem — falei na mesma hora. — Eu não devia ter perguntado.

Era doloroso ver Mische à beira das lágrimas.

Mas a vampira riu e limpou o rosto com a mão.

— É disso que estou falando, Oraya. Todo mundo tem seu momento de acerto de contas. Não escolhi passar pela Transformação, e ela me destruiu. Raihn também, e talvez ele tenha se saído ainda pior do que eu. Os outros talvez não te deixem ver seus cacos. Talvez não mostrem as coisas de que sentem falta. Não significa que não estão lá. Não significa que o sentimento não exista. E seu pai... — Ela parecia séria, quase furiosa. Pegou minha mão, apertando com força. — Seu pai, Oraya, também sentia tudo isso. Era tão quebrado quanto nós, e tão determinado a não falar sobre o assunto que chegou a te machucar com aquelas arestas afiadas, te condenando por ter uma pele em vez de uma armadura de aço.

Senti a garganta apertar. Luto e raiva subiram por ela antes que eu pudesse impedir.

— Não fale assim dele — soltei, mas as palavras saíram fracas e suplicantes.

Mische olhou para mim com uma expressão triste no rosto.

— Você e Raihn estão sempre tentando ser como eles — falou ela. — Não entendo. Você é melhor do que seu pai. Não se esqueça, Oraya. Abrace essa ideia.

Ela era forte.

Mas não me deu tempo de dizer aquilo em voz alta antes de me envolver num breve abraço de urso.

— A gente vai tentar de novo amanhã. — Depois me soltou e voltou para dentro da casa sem nenhuma outra palavra.

Dias se passaram. Nossa rotina continuava. Ketura chegou de Lahor, cansada e abalada pela batalha. Disse que a cidade tinha mergulhado num caos considerável após a morte de Evelaena e que haviam demorado um bom tempo para recuperar o controle das coisas.

— Aquele lugar já estava num caos sem tamanho — comentou Mische.

Era verdade, e estremeci ao pensar em como podia ter piorado.

Com Ketura, eu tinha outra professora em minha rotina diária de treinos — uma que me ensinava a fazer as asas aparecerem e desaparecerem agora que já tinham se curado o bastante. Ela ao menos me dava instruções mais normais em comparação ao estilo animado de Mische — ordens ríspidas e gritadas que me faziam contemplar o quanto ela podia ser uma comandante brutal com seus soldados. Ainda assim, o método era muito efetivo — uma semana depois, eu já era consideravelmente capaz de conjurar e fazer desaparecer minhas asas conforme minha vontade.

Com o passar dos dias cada vez mais tediosos, porém, os sinais da inquietação de Mische foram ficando mais evidentes. Com frequência, eu a pegava olhando a paisagem pela janela, com uma pequena ruga entre as sobrancelhas enquanto esfregava distraída as cicatrizes nos pulsos.

Eu estaria mentindo se dissesse não sentir a mesma coisa. Parecia tudo calmo demais, como se estivéssemos presas atrás de um vidro, congeladas numa tranquilidade artificial enquanto a escuridão assomava no horizonte.

Certo dia, quando Mische terminou de cuidar dos ferimentos de minhas asas, já quase curados, falei:

— Acho que é hora de voltar para Sivrinaj.

Ela demorou alguns segundos para responder:

— Raihn falou para a gente esperar até ele chamar.

Bufei.

— E você por acaso tem notícias dele?

Era uma pergunta propositalmente idiota. Eu sabia que não — a ansiedade calada da vampira me dizia isso, ou ao menos eu fingia para mim mesma que era por isso que eu sabia, e não porque ficava esperando uma carta de Raihn tão ansiosa quanto Mische.

Ela pareceu indecisa.

— Você quer ir — falei. — Então vamos. Qual é, agora que Raihn é rei, ele pode dizer o que nós duas fazemos da vida ou deixamos de fazer? Ele que se foda. Eu sou a rainha. Minhas ordens valem tanto quanto as dele.

Falei com confiança, mesmo que nós duas soubéssemos que não era tão simples.

Aquilo arrancou um sorriso da vampira, porém. Ela era, afinal de contas, a garota que havia fugido e entrado na porra do Kejari na tentativa de forçar Raihn a fazer alguma coisa. Mas precisou pensar por um longo instante antes de responder — o que talvez fosse apenas um testemunho da amizade dos dois, do respeito que Mische tinha por ele.

— Beleza — respondeu ela enfim, depois de um tempo, como eu sabia que aconteceria. — Você está certa. A gente não pode ficar esperando aqui para sempre.

30

ORAYA

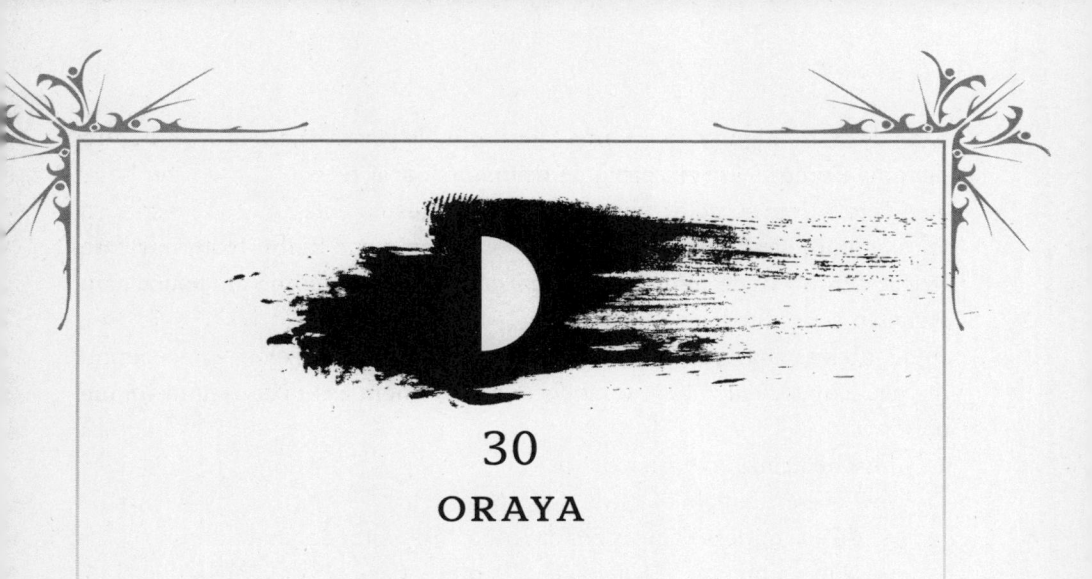

Raihn não pareceu feliz em nos ver.

Claramente não esperava que a gente fosse aparecer naquele momento, mesmo com Ketura tendo enviado uma carta antes de nossa partida. A jornada tinha sido longa, principalmente porque viajamos a cavalo para não forçar minhas asas voando o caminho todo — o que me deixava relutantemente grata. Chegamos a Sivrinaj quase uma semana depois, cansadas e imundas da estrada, e fomos levadas até o gabinete de Raihn para esperar por ele.

Quando o vampiro abriu a porta, seguido por Vale, Cairis e Septimus, parou no batente por um instante como se surpreendido por nossa presença.

Também o encaramos, igualmente chocadas — porque ele estava coberto de sangue.

Não dele, dava para ver. Havia gotas preto-avermelhadas em seu rosto e em suas mãos, manchando a ponta dos dedos e o cabelo solto. Ele estava vestindo as mesmas roupas refinadas com as quais costumava andar pelo castelo, embora estivessem desmazeladas e amassadas nas mangas, que ele arregaçara até o cotovelo.

Não foi difícil concluir o que acabara de acontecer. Ele tinha que lidar com rebeldes. Rebeldes precisavam ser interrogados — e punidos. Raihn, eu sabia, não era o tipo de pessoa que deixava os outros fazerem o trabalho sujo em seu lugar.

Eu estava acostumada a ver as diferentes máscaras que ele usava ao longo dos últimos meses — a de vampiro encantador, a de rei, a de tirano sangue-frio. Mas ali, ao me deparar com ele coberto de sangue, com o cabelo desgrenhado e os olhos brilhando com aquela centelha de quem havia acabado de matar alguém, senti uma familiaridade visceral se contorcer dentro de mim. Como se estivéssemos de novo no Kejari.

Tive a impressão de que ele pensou a mesma coisa, porque o sorriso lento e lupino que surgiu em seus lábios ecoou o que Raihn costumava me lançar durante os desafios... Ali, porém, a expressão demorou um pouco para alcançar seus olhos.

— Vocês duas não deviam ter voltado ainda — falou ele. — Receberam apenas *uma ordem*, que era *não fazer nada*, e nem assim conseguiram me dar ouvidos?

Mische franziu o nariz.

— Você está deplorável.

— Se eu soubesse que estavam vindo, teria tomado um banho.

— Não. Acho que não teria. — Ela olhou para ele de cima a baixo. — Dia longo, é?

O sorriso dele se suavizou.

— Semana longa. Mês longo.

Depois, voltou o olhar para mim. Por um segundo, pareceu igualmente exposto, revelando apenas um lampejo de várias emoções. A máscara retornou depressa, porém, com o vampiro reassumindo o papel que deveria interpretar.

— Pelo jeito, você já está se sentindo melhor.

— Bem o bastante.

Raihn fitou minhas asas. Seu rosto continuou neutro, mas vi um leve toque de preocupação em seus olhos — a sensação era a de que ele havia tocado nelas.

Não era o único as encarando.

Vale, Cairis e Septimus estavam hipnotizados por minhas asas, e nem me dei ao trabalho de as esconder. Eles tampouco disfarçaram a curiosidade, como se estivessem tentando assimilar algo que não fazia sentido.

Aquelas asas eram o símbolo do meu poder. Vincent só deixava as dele visíveis quando precisava lembrar ao mundo que era o rei da Casa da Noite. E as minhas eram uma réplica quase perfeita das dele — o mesmo preto profundo, o mesmo vermelho cegante que simbolizava a Sucessão.

Eu fiz questão de não exibir minha Marca de Sucessão, escondendo o sinal sob roupas de gola alta. Não havia como disfarçar as asas, porém.

Septimus sorriu, baforando a fumaça do cigarro.

— Elas caem bem melhor em você quando está consciente — falou ele.

Eu não gostava nada da ideia de Septimus me vendo inconsciente. E pelo jeito Raihn também não, porque deu um passo em minha direção como se estivesse se interpondo entre nós.

Mische olhou de mim para ele sem falar nada, notando o óbvio clima desconfortável, antes que outro sorriso surgisse em seu rosto.

— Estamos morrendo de fome — falou ela. — Podemos comer?

Levei uns bons segundos depois da declaração de Mische para me dar conta de que uma vampira havia usado a expressão "morrendo de fome" na minha frente e nenhum dos presentes sequer se virara para mim.

Talvez eu estivesse mesmo me tornando um deles.

Raihn limpou o sangue do rosto com a mão — ou tentou, sem muito sucesso. Encarou a mancha de sangue, a testa suja se franzindo, e disse:

— Acho que meu apetite também abriu.

— Se me derem licença, vou pular o jantar — falou Septimus, passando rápido por nós. — Estou muito ocupado esta noite, infelizmente. — Ele parou à porta, se virando para mim. — Bom ver você melhor, Oraya. Estávamos todos muito preocupados.

Às vezes, era como se o Nascido do Sangue nem sequer fizesse barulho ao andar. E assim, Septimus simplesmente sumiu pelo corredor, sem deixar nada mais que um eco em seu rastro.

Raihn nem se deu ao trabalho de tomar banho antes de nos sentarmos à mesa do jantar. Até considerei não me juntar aos demais — independentemente de meu sangue vampírico, eu não gostava de estar por perto enquanto vampiros se alimentavam. No entanto, quando pensei em Vale, Cairis e Ketura juntos, me dei conta de que o benefício logístico de estar presente naquele encontro seria grande demais para ignorar. Eu havia passado muito tempo envolta em meu próprio luto e em minha própria raiva para fazer algo útil. Me sentar para jantar com Raihn e seus conselheiros, no entanto, seria de muita utilidade.

Claro que fui encaminhada à cadeira ao lado de Raihn, mas ele mal olhou quando me sentei. Parecia estar prestando menos atenção em mim de forma deliberada, o que era desconfortavelmente visível. O efeito odioso foi que passei a ficar ainda mais ciente da presença dele do que já estava.

Os outros receberam pratos elaborados com carne tão malpassada que parecia crua — além, é claro, de imensas taças de sangue. Mische começou a se fartar na hora — nem aí para os modos reais à mesa. Raihn desapareceu por alguns minutos enquanto os criados punham a mesa, depois voltou.

Olhei para ele.

— Achei que você tivesse ido se limpar.

Seu rosto ainda estava sujo de gotículas de sangue vampírico.

Ele me deu uma piscadela.

— Não finja que fica tão ofendida com um pouco de sangue derramado.

Entendi bem o recado. Raihn estava se permitindo ser visto como um assassino. Alguém que matava e não se preocupava em limpar os restos de sua vítima do rosto.

Então... ele não confiava em seu círculo mais próximo. Interessante.

Alguns minutos depois, trouxeram meu prato. Eu não estava muito empolgada em me banquetear com a carne quase crua que os outros tinham recebido, mas tampouco permitiria que ficasse claro como eu era diferente deles pedindo outra comida.

Quando dei a primeira garfada, porém...

Que a porra do sol me levasse... Eu devia estar mais faminta do que imaginava, porque achei tudo uma delícia. Mal consegui reprimir um gemido alto — de surpresa, de prazer ou de ambos.

Conseguia sentir os olhos de Raihn sobre mim. Me virei para ele. O vampiro parecia estranhamente convencido.

— O que foi? — perguntei.

— Nada — respondeu ele, casual, e voltou a comer.

Enfim, entendi.

Ah, pelo amor da Deusa. Sim, ele era um ótimo cozinheiro, e daí?

Não daria a ele a satisfação de dizer em voz alta como estava gostoso.

Parar de comer, porém, estava fora de questão.

— Então... — Raihn se recostou na cadeira, tomando um longo gole de sangue. — Você queria falar algo, Cairis.

O outro vampiro olhou ao redor da mesa, concentrando-se em mim por um tempo antes de se virar para o rei.

— Aqui?

— Aqui. Acho que Vale vai gostar da sua ideia.

Vale parecia já estar temendo o que estava prestes a ouvir. Sua esposa, por outro lado, demonstrava interesse. Ela era uma pessoa abertamente curiosa, algo que eu apreciava muito — talvez por ser uma característica das mais humanas. Me perguntava o quanto ela entendia daquela conversa — a Transformada era uma estrangeira, afinal, e, até onde eu sabia, não era muito fluente na língua de Obitraes.

— Se você insiste... — falou Cairis, depois se virou para Vale. — Precisamos de um evento.

Vale apenas o encarou, sem expressão.

— Um evento.

— Algo grande. Algo que chame muita atenção. Algo que nos dê uma desculpa para convidar todos os nobres a Sivrinaj e depois ostentar o significativo e impressionante poder do rei. Esse tipo de coisa.

Vale não pareceu muito convencido, e Cairis se debruçou sobre a mesa.

— Guerras não são travadas apenas no campo de batalha, Vale.

— Infelizmente. Mas não gosto nada da ideia de ter relação com isso.

— O evento vai ser a cerimônia do seu casamento.

Vale bufou por entre os dentes cerrados, soltando na mesma hora uma negativa veemente.

— Qual é, Vale. — Raihn ergueu uma das sobrancelhas. — Não quer que o melhor planejador de festas de Obitraes organize seu casamento?

Apesar do tom brincalhão de Raihn, tive a impressão de que ninguém estava realmente dando a Vale — ou a Lilith, inclusive — algum poder de decisão.

Vale fulminou Cairis com o olhar.

— Nós já somos casados.

— E daí? É só uma comemoração. Além do mais, uma cerimônia de casamento conta de verdade se não tiver todo o... confete?

Cairis jogou as mãos para o alto, como se para demonstrar o metafórico *confete*.

Vale parecia furioso.

Lilith olhou ao redor com uma ruga genuína de confusão entre as sobrancelhas, como se estivesse precisando se esforçar muito mais que o esposo para compreender.

— Por que nós? — perguntou com seu sotaque forte.

— Ótima pergunta. — Cairis tomou um gole longo de vinho, depois pousou a taça com força na mesa. — Porque Vale, ao contrário de nós, vira-latas, é um verdadeiro nobre dos Rishan Nascidos da Noite. Seu nome desperta respeito entre os Rishan que têm mais, digamos... ressalvas... em relação a nosso rei. — Ele sorriu. — E casamentos são sempre celebrações tranquilas e nada políticas, certo?

Eu já havia presenciado o rescaldo de um número suficiente de casamentos vampíricos para saber que aquilo certamente não era verdade.

— Não — repetiu Vale, voltando à refeição.

— Não estou te dando escolha, camarada — falou Raihn, com uma casualidade tão deliberada que me dizia que nada era de fato casual naquela conversa.

Vale pousou o garfo. Ficou imóvel, encarando Raihn sem piscar.

— Lilith é estrangeira e Transformada — disse o conselheiro, entredentes. — Não é o casamento político de estirpe que vocês parecem pensar.

— Infelizmente, é o melhor que nós temos — rebateu Cairis.

Os olhos de Vale, de um âmbar dourado, recaíram em mim.

— É mesmo? Temos o casamento do próprio rei para celebrar.

O desinteresse calculado de Raihn sumiu como uma capa descartada. Ele se aprumou na cadeira.

— Essa — começou — não é uma opção.

E graças à maldita Mãe. Eu preferia me matar a me colocar no centro de um espetáculo daqueles.

De qualquer forma, todo mundo na mesa sabia que seria uma péssima ideia. Mesmo não sendo uma grande gênia da política, até eu sabia que apresentar meu casamento com Raihn como qualquer outra coisa que não algo direto e já resolvido seria um erro. O fato de eu ainda estar respirando já despertava dúvidas o bastante sobre a habilidade de Raihn em governar.

Além disso, eu supostamente deveria ser mais uma escravizada do que uma esposa. Não um prêmio a ser celebrado, e sim uma inimiga a ser humilhada.

Até Vale sabia daquilo. Ele fez uma careta, como se estivesse se preparando mentalmente pela resposta.

— E você sabe exatamente o porquê. — A voz de Raihn saiu ríspida, sem deixar brecha para discussão. — E isto não é um debate. Vamos fazer e ponto.

O autocontrole lutou um pouco pelo domínio da expressão de Vale, mas seu temperamento explosivo venceu.

— Você sabe como eles são. Me nego a pôr Lilith aos pés deles.

Raihn soltou uma risada que mais parecia um latido, um som tão cruel e desalmado que o senti na forma de um calafrio.

— *Eles?* — exclamou o rei. De repente, estava de pé, com as mãos espalmadas na mesa e os olhos mais iluminados do que chamas. — *Você* é um deles, Vale. Eu o vi sendo um deles ao longo de quase um maldito século, e você não estava nem aí para o comportamento da sua espécie na época. Mas agora que tem uma esposa Transformada, tudo mudou? Agora que afeta as pessoas que ama, você enfim deu alguma importância ao assunto? Não me venha com essas merdas.

Não havia performance alguma ali. Aquilo era real. Mais real, desconfiei, do que Raihn gostaria.

Vale se empertigou. A tensão pairava no ar, com os nervos de todos os presentes à flor da pele. Eu tinha quase certeza de que Vale estava prestes a saltar por cima da mesa e atacar Raihn. Levei as mãos às espadas por instinto — ridículo, pois o que eu iria fazer? Correr em defesa de Raihn?

Mas Lilith se levantou, estilhaçando o momento tenso em que todos seguravam o fôlego.

— Parem — falou ela. — Essa é uma briga idiota.

Eu não estava esperando aquilo. Minhas sobrancelhas se ergueram sozinhas. Mische soltou uma risada que pareceu quase involuntária.

Lilith olhou ao redor da mesa antes de fixar a atenção em Raihn.

— A Casa da Noite precisa disso?

A raiva se esvaiu da expressão do rei quando olhou para Lilith.

— Sim — respondeu, com a voz imediatamente mais suave. — Eu não estaria fazendo se não precisasse. Juro.

Não havia performances ali também. Era a verdade. Devia ser surpreendente ver um rei vampiro falar com uma estrangeira que já fora humana com tanto respeito quanto se ela fosse seu general nobre de maior patente. Ainda assim, não fiquei nada surpresa.

Lilith considerou a informação, depois assentiu devagar.

— Não estou com medo — afirmou.

Vale segurou a mão da esposa como se a quisesse puxar de volta à cadeira.

— Lilith... — murmurou.

Mas, apesar do parco domínio da língua de Obitraes, o tom de Lilith foi definitivo quando afirmou, com os olhos fixos em Raihn:

— Se é disso que a Casa da Noite precisa, vamos em frente. Ponto-final.

31

RAIHN

Eu gostava de Lilith. Ela ao menos tinha colhões. Não é qualquer pessoa que se levanta e grita com um bando de vampiros que falavam numa língua que ela mal conhecia.

Depois do jantar, todos foram para seus respectivos aposentos. Vale não saiu do lado de Lilith, sempre de mãos dadas com ela. Por um momento, observei os dois.

Eu tinha criado minhas teorias desde que Cairis me contara que Vale estava voltando de Dhera com uma esposa recém-Transformada. Eu já conhecia aquela história. Não, a maior parte dos vampiros não decidia se casar com seus protetores, mas aquilo não mudava nada no meu raciocínio. Depois de dar a vida eterna a alguém, era fácil um vampiro receber em troca o que bem quisesse. Uma eternidade em servidão, sexo, devoção.

Eu conhecia aquela história muito, muito bem. Especialmente quando os personagens eram pessoas como Vale.

Mesmo que talvez — talvez — parecesse que ele de fato a amava. Para ser sincero, eu não estava esperando aquilo.

Saí para o corredor e dei de cara com os dois. Vale sussurrava algo para Lilith na língua de Dhera.

— Posso interromper por um instante?

O olhar que Vale me dirigiu provavelmente já fora utilizado para destripar soldados desobedientes no campo de batalha.

— É claro — respondeu ele.

— Ketura quer falar com você.

— Tem que ser agora?

Sorri.

— Melhor não deixar a mulher esperando. Às vezes, ela morde.

Desculpas à parte, era verdade.

Vale olhou de soslaio para Lilith, e acrescentei:

— Estou desocupado agora, posso levar Lilith de volta para seu quarto.

Ele não se moveu.

Era de esperar que Vale quisesse proteger a esposa — e ele estava certo. Mas a desconfiança em sua expressão ia além do comportamento tipicamente possessivo dos recém-casados. Uma desconfiança adequada, talvez, a quem vivera por tempo demais na corte de Neculai — mesmo que numa posição muito diferente da minha. Neculai tomava tudo para si, com ou sem consentimento.

Outra pessoa talvez achasse satisfatório ser encarada por um nobre com aquele tipo de cautela. Para mim, porém, era algo profundamente perturbador.

— Ela está em segurança — afirmei. Um levíssimo tom de piada. Um levíssimo tom de tranquilização genuína. — Prometo.

Relutante, e só depois de Lilith acenar brevemente com a cabeça, Vale partiu.

Apontei para o fim do corredor, e a vampira e eu avançamos em silêncio.

Ela definitivamente não era uma mulher comum. Lutei para não abrir um sorriso admirado ao notar que, ao longo de todo o percurso pelo primeiro corredor, ela me observava descaradamente — não apenas me dirigindo os típicos olhares curiosos, e sim *encarando mesmo*, sem sequer tentar disfarçar.

— Você vai acabar trombando com uma parede caso não olhe para a frente — comentei.

Quando me escutou falando na língua de Dhera, ela quase trombou *mesmo* com uma parede.

Depois sorriu.

— Você fala dherano.

— Estou um pouco enferrujado — respondi.

Pela Deusa, eu não falava minha própria língua nativa havia séculos. As sílabas agora pareciam desconfortáveis — talvez porque eu me sentisse um homem muito diferente ao usar aquele idioma.

Ela baixou as sobrancelhas, como se imersa em pensamentos.

— É porque você é Transformado. Vale me contou.

Precisei me esforçar de verdade para não rir. Cairis tinha reclamado sobre como a esposa de Vale era curta e grossa, mas, para mim, a característica era muito revigorante. Ninguém jamais dissera algo tão grosseiro na minha cara.

Quando viu minha reação, ela franziu mais ainda o cenho e disse:

— Isso foi rude.

Por seu tom, era mais um chute do que uma afirmação, como se ela não soubesse muito bem ler a expressão em meu rosto.

— Não. É verdade. Eu nasci em Pachnai. Muito humano, na época. Você é de...?

— Adcova.

— Não conheço.

— Ninguém conhece.

— Gostou do que viu de Obitraes até o momento?

— É... é diferente de todos os lugares que já visitei. É bonito, sombrio, intrigante... — Os olhos dela perderam o foco, encarando um ponto mais adiante. Um ponto muito além da parede, do fim do corredor, do horizonte. — Imagino que daria para passar a vida aqui sem conhecer tudo que o continente tem a oferecer. A história deste lugar, e o... — Ela mesma se deteve. — Eu não tinha a intenção de tagarelar desse jeito. Peço perdão.

— Não precisa.

Era bom ver pelo menos uma pessoa entusiasmada com alguma coisa. A ideia de enxergar tanta beleza e potencial em Obitraes era um conceito estranho para mim. Um tanto novo, de uma forma romântica.

— Foi difícil deixar sua terra?

— Não — respondeu ela. — Nunca pertenci àquele lugar.

— E a outra transição?

Ela parou de caminhar de novo. Daquela vez, porém, não voltou, e sim me encarou com intensidade.

— Peço desculpas pelo que estou prestes a perguntar — introduziu ela. — Mas por que está falando comigo?

Não consegui não rir.

— Você é *mesmo* direta.

Ela ajeitou uma mecha solta de cabelo encaracolado atrás da orelha.

— Cresci sabendo que teria uma vida muito curta. É mais eficiente ser direta.

— Gosto disso. A quase imortalidade geralmente faz as pessoas ficarem enroladas. — Continuamos andando, e acrescentei: — Já que vamos ser diretos um com o outro, devo dizer que estou surpreso. Quando fiquei sabendo que Vale, um nobre vampiro, tinha Transformado uma humana para tomar como esposa, eu esperava uma coisinha lindinha, educadinha e subserviente.

— Não sou nada disso.

De forma objetiva, a mulher era bem bonita, mas não fazia meu tipo. E não, não tinha nada de subserviente ou educada.

— Não sou boa com esses jogos, Alteza — continuou ela. — Gostaria de saber qual é a questão. Está preocupado que eu o constranja nessa... nessa celebração?

Eu não tinha pensado nisso, mas... mas talvez alguém devesse mesmo garantir que ela não conversasse com pessoas importantes que se ofendessem fácil.

Eu não sabia muito bem como formular minha próxima pergunta — não sabia o quanto queria mostrar àquela mulher que eu mal conhecia. Só de estar tendo aquela conversa com ela, porém, já revelava mais do que eu estava confortável de dividir.

— Você logo vai descobrir que a maioria dos vampiros não tem muita estima por Transformados — falei enfim.

— Notei.

— Muitos não têm motivos especialmente benevolentes para Transformar humanos. O que me criou não era uma exceção. Então, já que gosta de ser direta, vou ser também: se não quiser estar aqui, Lilith, não precisa. Se qualquer coisa tiver sido feita sem o seu consentimento...

— Não. — Ela soltou a palavra rápido, depois riu como se eu tivesse acabado de falar algo ridículo. — Não, não tem nada a ver com isso. Vale me fez passar pela Transformação para salvar minha vida.

Não achei muito convincente. *Eles sempre dizem isso*, tive vontade de responder.

Você quer viver?, Neculai havia me perguntado. E eu também havia dito que sim. Tinha implorado por minha vida, como um idiota.

— Às vezes as coisas começam assim — falei. — Mas...

— Estou aqui porque quero — confirmou ela, firme. — Vale me trata com respeito e afeto.

Eu andava observando os dois de perto e nunca vira nada que dissesse o contrário, mas ainda estava cético. Vale era o mesmo homem que testemunhara abusos terríveis contra Transformados escravizados na corte de Neculai e tratara tudo com normalidade.

— Ótimo — falei. — Fico feliz de ouvir. Só saiba que, se algo mudar, você nunca vai estar presa. Não aqui. Não na minha corte.

Um sorriso breve dançou em seus lábios.

— Agradeço muito. É mais preocupação do que eu esperaria vindo do rei. — Ela parou diante de uma porta dupla. — Meu quarto é aqui. — Depois fez uma mesura. — Obrigada por me acompanhar.

Dispensei a reverência dela com um gesto da mão.

— Imagina.

Comecei a me virar, mas Lilith me chamou:
— Alteza.
Olhei por cima do ombro.
— O senhor não confia em Vale — falou ela.
Não, mas eu jamais admitiria.
— Vale é meu mais alto general, e atribuo a ele toda a confiança merecida por sua posição.
Ela pareceu pouco convencida.
— Então não gosta dele. Por quê?
Pelas tetas de Ix, aquela mulher era dura na queda.
Abri um esgar.
— Tenho certeza de que Vale também tem suas reservas quanto a mim.
Lilith não respondeu, o que já foi resposta o bastante.
— Você logo vai descobrir que é estranho ter uma vida tão longa — acrescentei. — Muita coisa muda em alguns séculos. Mas a merda você leva junto, querendo ou não. Séculos de merda.
Ela sorriu.
— Não é tão diferente de ser humano.
Dei de ombros.
— Talvez não. — Me virei de novo, nada interessado em compartilhar mais honestidades indigestas. — Boa noite, Lilith. Obrigado por ajudar a matar minha curiosidade.

32
ORAYA

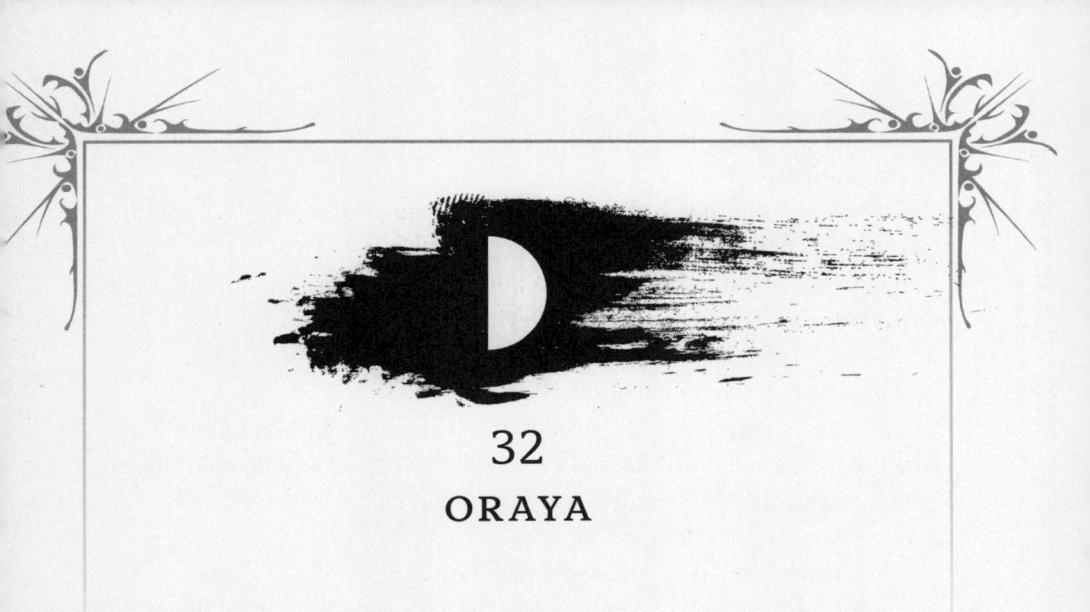

O castelo parecia diferente. Eu não sabia dizer se já estava daquele jeito antes de partirmos ou se tinha mudado durante o tempo que havíamos passado fora. Podia muito bem ser as duas coisas. Antes, eu estivera no meio de tamanha névoa de luto e raiva que mal conseguia processar o mundo ao redor.

Agora, enquanto vagava pelos corredores protegidos do crepúsculo, me perguntei se as coisas sempre tinham sido daquele jeito... tão nuas. Muito diferentes de quando meu pai governava o lugar, agora que toda as obras de arte Hiaj haviam sido retiradas. Eu achava que seriam logo substituídas por pinturas Rishan, troféus Rishan, artefatos Rishan — sinais vaidosos de poder iguaizinhos aos anteriores, só que com um tipo de asa diferente.

Raihn não havia feito nada daquilo, no entanto. Tinha deixado as paredes vazias. O castelo todo estava vazio, como se preso no tempo que leva uma respiração.

Talvez por esse motivo, decidi ir até os assentamentos humanos naquela noite. Nada mais em meu lar parecia reconhecível, então era possível que eu estivesse naquelas ruas dilapidadas à procura de algo familiar — afinal de contas, elas tinham me forjado tanto quanto o castelo.

Ou talvez eu realmente precisasse matar alguma coisa que merecesse morrer. Eu teria aceitado essa resposta.

Mas, quando cheguei, os assentamentos humanos também tinham mudado. Estavam... silenciosos.

Eu não visitava o lugar fazia meses, desde que Raihn e eu havíamos passado por lá durante o Kejari. Antes, quando eu negligenciava meus deveres por mais de algumas semanas, a zona ficava repleta de vampiros. Por isso, eu esperava encontrar um campo de morte maduro para ser colhido.

Em vez disso, fiquei perplexa ao não ver vampiro algum à solta. Nem um único sujeito em caça. Nada.

Depois de algumas horas, suspirei e me apoiei na parede. Relutante, embainhei as lâminas.

Eu estava mesmo decepcionada por não ter encontrado ninguém para matar naquela noite? Que egoísta. Devia estar grata.

Mas eu *estava* grata também.

E confusa. E um pouco desconfiada.

Um sopro bem-vindo de brisa esfriou o suor em minha pele. Fez uma placa de madeira do outro lado da rua bater contra a fachada de tijolinhos. Meu olhar recaiu nela — exibia as letras "Sa d r 's", que pareciam formar a palavra "Sandra's" no passado.

Uma taverninha de meia-tigela bem familiar.

Passei a língua seca no céu da boca. De repente, a ideia de beber uma cerveja gelada, espumosa e ruim pra caralho soava... estranhamente agradável.

Fiquei de pé, me espreguicei e decidi que não faria mal desviar um pouco do caminho.

Não sei em que raios eu estava pensando quando decidi aquilo.

Mantive a roupa de couro abotoada até o pescoço, mais do que o suficiente para esconder minha Marca de Sucessão, e puxei bem o capuz. Estava com as asas invisíveis. Não tinha caninos afiados. E o mais importante: não era uma vampira.

Mesmo assim, me sentia muito deslocada. Toda vez que alguém me olhava de soslaio, eu precisava resistir ao ímpeto de sair correndo.

O lugar estava lotado — mais ainda do que no dia em que eu havia bebido ali junto com Raihn. Cheirava a suor, cerveja e velas acesas. Vozes se misturavam num único burburinho de risadas, piadas, cantadas e apostas malfadadas no carteado.

Na minha primeira visita, eu ficara surpresa de ver como os clientes estavam relaxados. Na época, parecia idiota que humanos em Obitraes fizessem qualquer coisa que não viver com medo constante.

Agora, as pessoas pareciam ainda mais tranquilas. E dadas as circunstâncias... Talvez eu não as devesse julgar. Tinha passado horas vagando pelas ruas procurando perigos dos quais proteger os humanos e não havia encontrado nada.

Talvez fosse algo a ser celebrado.

Ainda assim, o comportamento me parecia absurdo. Uma parte minúscula de mim fora até ali à procura de familiaridade — sem sucesso. Eu tinha sangue humano, mas não era como aquela gente — mesmo que parte de mim quisesse ser.

— Ei, mocinha bonita, está sozinha? — falou um rapaz de cabelo acobreado vindo se sentar a meu lado, mas o fulminei com um olhar tão beligerante que ele se virou e foi embora no mesmo minuto.

Só depois que o sujeito saiu foi que notei que eu tinha levado a mão às espadas.

Caralho, o que eu estava fazendo ali?

Você não pertence a este lugar, serpentezinha, sussurrou Vincent no meu ouvido. *Aqui, entre os ratos.*

Até em minha mente a voz dele exalava desgosto, desprezo pelos humanos. Eu conseguia notar aquele tom com clareza porque ouvira meu pai falar daquele jeito inúmeras vezes.

Senti um calafrio, cerrando os punhos ao lado do corpo.

O medo é só uma série de respostas fisiológicas.

Me forcei a acalmar a respiração, a baixar a frequência cardíaca.

Se Raihn conseguia fazer aquilo, eu também seria capaz.

Consegui abrir caminho em meio à turba empregando uma mistura de passos firmes, cotoveladas e minha habilidade de ser pequena o bastante para me esgueirar entre os corpanzis pingando suor dos homens barbados.

Credo, como humanos suavam mais que vampiros...

Quando consegui chegar ao balcão, o atendente — um senhor magro e rijo de olhos exaustos e separados — se virou para mim, e congelei no lugar.

Segundos se passaram. O sujeito parecia mais irritado a cada momento.

— E aí, o que vai ser? — pressionou ele. — Estamos lotados, moça.

— Cerveja — soltei enfim.

Ele me encarou sem expressão.

— Uma... uma cerveja? — tentei.

— Duas cervejas — corrigiu uma voz grave às minhas costas, com o tom de quem achava muita graça da situação.

Um calor familiar me envolveu quando o corpo imenso se debruçou no balcão a meu lado. Reconheci quem era muito antes de precisar olhar.

Como caralhos ele tinha me encontrado ali?

— Você se exibe por aí por ter vencido o Kejari, mas não sabe pedir uma cerveja? — murmurou Raihn em meu ouvido.

Senti o rubor no rosto.

— Não é uma habilidade muito útil — resmunguei.

— Sério? Para mim, sempre foi.

O taverneiro voltou com dois canecos cheios de um líquido marrom coberto de espuma, e Raihn deslizou duas moedas pelo balcão enquanto agradecia com um gesto de cabeça. Eu já vira aquela versão dele, muito tempo antes, mas fiquei chocada do mesmo jeito. O vampiro estava com um manto escuro, uma camisa branca um tanto amarelada — desabotoada com displicência até muito embaixo — e o cabelo todo bagunçado. Tudo em sua linguagem corporal refletia as pessoas ao redor. Casual, rústico, bruto.

Indiscutivelmente humano.

Ainda assim, notei que estava com o capuz erguido. Talvez confiasse um pouco menos naquele disfarce do que antes.

Raihn pegou os dois canecos e apontou para uma mesa pequena meio isolada do outro lado do salão, não muito longe do lugar onde havíamos sentado em nossa primeira visita. O estabelecimento estava tão lotado que ele praticamente precisou abrir caminho à força — embora, é claro, fizesse aquilo com uma violência muito menos explícita do que eu.

Ao que parecia, ser enorme ajudava bastante.

— Por que você está aqui? — perguntei assim que chegamos à mesa.

Ele franziu as sobrancelhas.

— Estava planejando beber sozinha? Que deprimente.

— Você estava me seguindo?

Raihn colocou os canecos na mesinha e ergueu as mãos.

— Calma, viborazinha. Estou aqui pelo mesmo motivo que você: o fascínio sedutor de uma cervejinha de merda. Bom saber que ela te conquistou também.

Ele sorriu, mas eu não.

— Então foi por pura coincidência divina que você apareceu aqui na mesma hora que eu?

— Seu sarcasmo é tão sutil, princesa... Elegante e refinado como um bom vinho. Ou esta cerveja. — Ele deu uma golada, fez uma careta e soltou um suspiro refrescado. — O quê? Acha que ando espiando você?

— É exatamente o que eu acho.

— E se eu estiver? Acredita mesmo que Mische seria uma guarda-costas tão ruim a ponto de permitir que você viesse para os assentamentos humanos sem ninguém mais saber?

Por mais constrangedor que fosse, não tinha me ocorrido que a vampira me vira sair.

— Então você estava *mesmo* na minha cola — falei.

— Não. Eu sabia que você conseguiria se cuidar sozinha. Quanto a nós dois termos nos encontrado aqui... Isso foi sorte *mesmo*. Eu venho muito para cá. Senti saudades enquanto a gente esteve fora.

Precisei admitir que parecia verdadeiro. Uma parte de Raihn que não existia no castelo dos Nascidos da Noite existia ali. Talvez... talvez fosse o mesmo comigo.

Beberiquei a cerveja, fazendo uma careta ao sentir o amargor.

— Eca.

— Não melhorou com o tempo?

— Não.

Ainda assim, bebi de novo. Não sabia como algo podia ter um gosto tão bom e tão ruim ao mesmo tempo.

— Mas e aí? — Ele tomou mais um gole. — Faz muito tempo desde a sua última ronda noturna. Como foi?

Eu sabia reconhecer uma pergunta capciosa. A forma como Raihn me observava pelo canto do olho enquanto bebia a cerveja já era evidência o bastante.

Semicerrei os olhos.

Ele ergueu as sobrancelhas.

Me debrucei na mesa.

O vampiro se reclinou no banco, entrelaçando as mãos atrás da cabeça.

— Se eu não te conhecesse, diria que esse seu rostinho expressivo está me acusando de alguma coisa.

— O que aconteceu aqui?

— Como assim?

Ah, que a Mãe o amaldiçoasse. Raihn estava brincando comigo.

— Você sabe — falei. — Está tudo...

— Calmo — completou ele. — Pacífico.

— Não tem ninguém para matar.

Ele riu e chegou mais perto, o rosto a apenas alguns centímetros do meu, antes de murmurar:

— Você parece muito decepcionada, minha rainha sanguinária.

Meu olhar recaiu sobre sua boca quando ele disse aquilo — sobre o pequeno sorrisinho que curvou o canto dos lábios, mais suave, afetuoso e brincalhão do que seus esgares performativos de sempre.

Eu sabia como era sentir aquele sorriso contra o meu. Sabia qual era o gosto.

O pensamento me ocorreu sem permissão, visceral e desconfortável. Ainda mais desconfortável foi a saudade que veio junto, uma pontada súbita e profunda de dor, como o movimento de um arco sobre a corda lúgubre de um violino.

Me inclinei para trás, me afastando alguns centímetros dele.

— Não — falei. — É uma coisa boa. Mas...

— Este lugar devia estar repleto de criminosos agora que você, heroína salvadora dos assentamentos humanos, se distraiu um pouco.

Senti a raiva borbulhar no peito, porque sabia que ele estava me provocando, mas assenti.

— Isso.

Ele tomou um gole agressivamente casual de cerveja.

— Já te ocorreu que talvez os assentamentos humanos agora tenham *outro* protetor?

— Você? — Nem tentei esconder a descrença. — Como assim, está me dizendo que se esgueira para cá todas as noites e age como justiceiro desses pobres coitados?

Por um lado, era ridículo. Raihn era o rei dos Nascidos da Noite, afinal — não era como se tivesse tempo de perambular pelos assentamentos humanos toda noite. Porém... era realmente tão mais inacreditável do que eu estar fazendo a mesma coisa?

Ele pousou o caneco na mesa.

— Você está pensando muito pequeno, princesa. — A voz dele saiu baixinha, como se não quisesse ser ouvido. — Falou de justiceiros, mas não preciso mais de algo assim. Governar um reino é isso. É poder mudar as coisas.

O cantinho de sua boca ainda estava erguido, como se o sorriso fosse um escudo permanente, mas seu olhar parecia sério. Vulnerável, até.

A compreensão se abateu devagar sobre mim.

— Você...

— Dei as ordens e fiz as mudanças necessárias para garantir que os assentamentos humanos sejam um lugar seguro o tempo todo. Sim.

— Como? Sempre foi proibido caçar por aqui, mas...

— Mas acontecia do mesmo jeito. Por quê?

Não respondi.

Ele me encarou com uma expressão triste.

— Porque ninguém se preocupava *de verdade* — continuou. — Porque ninguém garantia o cumprimento daquelas leis. Ninguém montava guarda na região depois do anoitecer. Ninguém punia os que desobedeciam às regras. Bem... Ninguém além de você.

Meu estômago se contorceu, cáustico. Pensei nos assentamentos onde ia caçar, noite após noite, sempre abatendo ao menos um criminoso. Pensei no que meu pai havia me mostrado poucos dias antes de morrer. Todos aqueles humanos ensanguentados, presos à mesa. Nada além de comida.

— Você está falando de Vincent — arrisquei. — Ele deixava de bom grado que os assentamentos humanos fossem um campo de caça.

Esperei ouvir a voz de meu pai em meu ouvido — uma explicação, uma defesa, uma repreensão. Mas não houve nada. Nem mesmo a versão imaginária dele conseguia justificar suas escolhas.

E tinha sido exatamente aquilo: uma escolha.

Raihn era um rei pouco popular que estava no poder havia só alguns meses, todos eles tumultuados, e ainda assim dera um jeito de fazer com que os assentamentos humanos virassem um lugar muito mais seguro do que antes.

Vincent nunca se dera ao trabalho. Mesmo com uma filha humana, nunca se preocupara com aquilo.

— Não só do Vincent — falou Raihn. — Todos eles. Neculai não era nada melhor.

Engoli em seco.

— Ele sempre me disse que não havia o que fazer — murmurei.

Não havia o que fazer quanto a muitas coisas. Minha família no território dos Rishan. As pessoas nos assentamentos humanos, mesmo nos de Sivrinaj. Até minha falta de poderes, que só poderia ser resolvida com um desejo atendido por Nyaxia.

Um sorriso irônico lampejou nos lábios de Raihn.

— Eles são bons em deturpar a realidade, não são? Fazendo com que ela seja exatamente o que dizem.

Os nós dos meus dedos estavam brancos ao redor do caneco. As palavras saíram antes que eu pudesse evitar:

— Eu me sinto... me sinto *idiota pra caralho*. Porque nunca nem questionei essas coisas.

Não queria ver pena nos olhos de Raihn. Mantive o olhar fixo na mesa enquanto ele murmurava:

— Nem eu. Por muito mais do que vinte anos, aliás. Mas é o que acontece quando uma única pessoa é responsável por dar forma ao seu mundo. Ela pode fazer com que ele seja como bem entender, e você acaba trancado dentro dessas paredes... Sejam elas reais ou não.

Como ele podia soar tão tranquilo falando sobre esse assunto? Eu estava desesperada por um pouco de calma.

— E eles simplesmente morrem? — cuspi. — Simplesmente escapam sem consequências?

O ódio em minhas palavras me pegou de surpresa. Eu devia ter sentido vergonha daquele pensamento — achar que a morte sanguinária de Vincent fora uma saída fácil, deixando todos nós sem respostas.

Mas não senti, e aquilo me assustou.

Meu olhar encontrou o de Raihn. Cálido e vermelho na penumbra das lamparinas, não continha nem um pingo da pena que eu estava esperando. Em vez disso, parecia feroz e inabalável.

— Não — disse ele. — A gente precisa usar o poder que tomamos deles para transformar este reino em algo que eles odeiem. Afinal, qual a razão de fazer tudo isso se não tiver nada pelo qual lutar?

Sempre houvera uma parte maldosa e mesquinha de mim que não sabia se as declarações grandiosas de Raihn eram só mais uma performance para me ludibriar.

Naquele momento, porém, eu soube que ele estava falando a verdade. Soube porque a determinação — o ódio — em seu olhar refletia lampejos do que eu mesma sentia.

Foi uma compreensão repentina, uma verdade entrando nos eixos para revelar uma imagem desconfortável. A solução mais simples sempre tinha sido odiar Raihn, dizer a mim mesma que ele era meu inimigo, meu captor, meu conquistador.

Mas Vincent passara minha vida inteira me contando mentiras convenientes. Talvez eu não tivesse mais estômago para aquilo.

Talvez a verdade complicada fosse que Raihn era mais parecido comigo do que qualquer outra pessoa — Sucessor Rishan ou não.

Ele se inclinou adiante, chegando mais perto. Desviou os olhos dos meus para percorrer minha testa, meu nariz, meus lábios.

O vampiro murmurou:

— A gente precisa conversar sobre...

PLAFT. A testa dele bateu na minha, me fazendo ver estrelas.

— Caralho — chiei, me afastando e esfregando a testa.

Raihn fez o mesmo, olhando irritado por cima do ombro. O mesmo rapaz que me abordara mais cedo erguia as mãos, pedindo desculpas.

— Foi mal, foi mal! — Ele viu o tamanho considerável de Raihn e tomou a arriscadíssima decisão de lhe dar um tapinha no ombro. — Foi um acidente. Está muito lotado aqui. Não quis...

O rosto do homem mudou. O sorriso bajulador sumiu. Ele arregalou os olhos, que continuaram aumentando até formarem círculos comicamente perfeitos.

Ele cambaleou, quase tropeçando nos companheiros.

— Alteza — soltou, sem fôlego.
Senti o coração apertar.
Fodeu.
Raihn ficou lívido quando o jovem caiu de joelhos, desajeitado, erguendo as mãos.

— Meu rei, peço perdão. Eu... peço perdão. Sinto muito. Sinto muitíssimo.

O vampiro baixou a cabeça com uma careta, como se quisesse fazer o rapaz desver o que tinha visto, mas já era tarde demais.

E, de repente, o clima no salão mudou.

Demorou alguns segundos para as pessoas entenderem o que tinha acontecido; quando compreenderam, porém, o silêncio se espalhou pela multidão como a manta escura do cair da noite. Em pouco tempo, todos os olhos estavam fixos em Raihn, arregalados e aterrorizados.

E, por um instante, os de Raihn recaíram de novo em mim — estavam tomados por uma devastação absoluta. Mas foi só um lampejo antes de ele esconder o sentimento sob a máscara de uma tranquilidade casual.

O rei se levantou e ergueu as mãos.

— Não foi nada — falou Raihn. — Não queria causar uma comoção.

Ele analisou o salão, agora mergulhado num silêncio absoluto, com metade dos clientes de joelhos e a outra metade parecendo aterrorizada demais para nem sequer fazer uma mesura.

— Melhor a gente ir — murmurou para mim depois de um tempo, pegando minha mão.

Não a soltei enquanto ele me guiava até a porta, com a multidão se abrindo ao nosso redor como se não conseguisse sair do caminho rápido o bastante.

33
ORAYA

Raihn não falou por um bom tempo enquanto transitávamos pelas ruas da cidade. Ele andava rápido, e acelerei o passo para manter o ritmo, sem saber muito bem para onde estávamos indo. O vampiro ajustou o capuz, os olhos focados sempre à frente, sem sequer olhar para mim.

Mas nem precisava.

Senti uma pontada de empatia por ele. Raihn tinha poucos resquícios de sua identidade humana. Eu sabia o quanto ele valorizava os fragmentos que conseguira conservar. Por mais que tentasse fingir que ia até ali por causa da cerveja barata, eu sabia a verdade.

E não devia me importar. Sabia que não devia. Mas continuei caminhando ao lado dele.

— Foi mal — murmurou o Nascido da Noite, enfim, depois que caminhamos por alguns quarteirões.

— Não foi nada.

Mas não tinha sido nada. Não de verdade.

— Acho que não vou poder voltar lá por um tempo — falou ele. — Mas ao menos... — Raihn se deteve, e me dei conta de que estávamos perto da mesma pousada onde ele me levara antes. O vampiro abriu um sorriso sarcástico, mal visível sob a sombra do capuz. — Ao menos temos outros portos seguros.

O homem no balcão estava, de novo, adormecido — tive a impressão de ouvir Raihn soltar um suspiro de alívio ao perceber. Sem hesitar, ele me levou ao quarto. O lugar parecia igual a quando eu estivera ali pela última vez, só um pouco mais bagunçado — com mais papéis espalhados pela escrivaninha, uma taça de vinho suja ao lado da pia e os lençóis um tanto amarrotados.

Olhei para a cama por mais tempo do que pretendia.

Raihn se sentou no canto do colchão e largou o corpo, se esparramando como se tivesse desmaiado de exaustão. Depois viu minha cara e sorriu.

— O que foi? — perguntou. — Quer se juntar a mim?

Uma provocação, é claro. Ainda assim, eu conseguia imaginar claramente como seria sentir o corpo dele embaixo do meu. Seu cheiro. Seu gosto.

O som que ele fazia ao gozar.

Como ele me segurava enquanto isso.

Eu o odiava por ter me tocado daquele jeito no chalé. Só fazia todo tipo de pensamento indesejável voltar à superfície.

— Você traz gente para cá? — questionei.

Que porra de pergunta foi essa?

O que raios eu tinha acabado de falar?

Fiz uma nota mental de nunca mais beber.

O sorriso de Raihn se alargou, e ele franziu a testa.

— Como assim?

— Esquece.

— Está perguntando se transo com outras mulheres nesta cama?

— *Esquece* — resmunguei, me virando de costas.

Mas ele pegou minha mão, enlaçando os dedos gentilmente aos meus — sem puxar, porém, deixando ela pendurada entre nós.

— Sou casado — afirmou ele. — Caso tenha esquecido.

Quase sorri.

— Um casamento complicado. Ninguém o julgaria se procurasse prazer fácil.

O que você está fazendo, Oraya?

Raihn bufou.

— Prazer fácil... Até parece que existe algo assim. — Ele deu um leve aperto em minha mão.

Puxou minha palma um pouco mais para perto, movendo os dedos entre os meus, e o deslizar de sua pele áspera contra a minha fez arrepios se espalharem por outras partes do meu corpo.

Ele não desviou o olhar de mim.

— Eu gosto de um desafio — murmurou. — Além disso, nenhuma outra experiência vai ser a mesma depois de ter dormido com a minha esposa. A porra da culpa é toda minha, porém. Já sabia que ia ser assim desde o começo.

O capuz dele tinha caído para trás, fazendo o cabelo ruivo se espalhar sobre a colcha. A camisa parcialmente desabotoada revelava um triângulo de seu peitoral definido e alguns pelos pretos. Os músculos do pescoço se moveram quando ele engoliu em seco, no mesmo instante em que arquejei de leve — como se o vampiro pudesse sentir meu desejo e estivesse reagindo a ele.

Raihn estava muito só. Eu estava muito só. Nós dois estávamos vivendo o luto de mundos que achávamos que conhecíamos.

Dessa vez, eu ao menos parecia disposta a admitir para mim mesma que estava tentada. Talvez fosse a razão pela qual eu estava disposta a brincar com fogo.

— Prazer difícil, então — falei.

— Só é bom quando dói — respondeu ele.

Dei um passo na direção da cama, encostando as pernas no colchão com o joelho de Raihn entre elas, quase roçando o ponto entre minhas coxas.

Estou exausta pra caralho. Cansada de fingir.

Mesmo ali, eu estava fingindo. Fingindo não sentir o que estava sentindo. O desejo.

Ele se sentou devagar, e o movimento fez o joelho deslizar para a frente. Eu poderia ter me afastado, mas não o fiz. Em vez disso, cheguei mais perto, me sentando parcialmente em seu colo. A pressão da perna do vampiro e a aspereza de nossas roupas fizeram uma pequena fagulha lampejar por minha coluna.

Ergui nossas mãos entrelaçadas, virando a palma para que o polegar dele ficasse voltado para mim. Antes que soubesse o que estava fazendo, aproximei a boca da mão dele.

A pele estava salgada e limpa. Até suas mãos tinham *aquele* cheiro — o aroma de deserto e calor. Deslizei a língua pela ponta áspera do polegar, fazendo Raihn expirar devagar. Sustentei seu olhar, sem piscar; ele não cedeu, aceitando o desafio. Não estava nem respirando direito.

Não soube muito bem por que fiz o que fiz em seguida. Meu corpo simplesmente agiu sozinho.

Mordi.

Ele soltou um chiado de surpresa, mas a faísca em seus olhos não foi de dor ou raiva.

Soltei mais o peso sobre o joelho do vampiro, movendo os quadris.

Um líquido quente e ferroso fluiu em minha língua.

O sangue de Raihn era... era...

Pela Mãe, era delicioso. Mesmo as poucas gotas que se espalharam por minha língua eram intoxicantes, doces, salgadas e encorpadas, sedutoras como vinho e açúcar.

Cambaleei, a cabeça girando por conta da excitação. Antes que pudesse me deter, apertei de novo a língua em sua pele, comprimindo as bochechas.

A outra mão de Raihn tinha ido parar em meu ombro, e agora corria por meu pescoço e meu rosto, o outro polegar acariciando minha bochecha. Fechei os olhos, como se todo o meu corpo quisesse focar por completo no prazer. Ainda assim, eu sabia que ele estava me observando.

O vampiro soltou uma risada grave e rouca. Senti o calafrio — em meu cerne, em minhas costas. O som me puxou de volta para o mundo, me despertando do devaneio provocado por seu sangue.

Soltei a mão dele e me afastei. Podia até ser metade vampira, mas meus dentes não eram especialmente afiados — o corte que eu havia aberto era muito menos gracioso que as duas pequenas cicatrizes que ele deixara em minha garganta. O da minha mordida era uma linha feia e irregular onde gotículas preto-avermelhadas se acumulavam como pérolas.

Também senti o constrangimento vindo à tona, coagulando feito o sangue dele.

O que caralhos eu tinha acabado de fazer?

Se Raihn ficou surpreso ou ofendido, não deixou transparecer.

— Tem uma coisinha...

Ele correu o outro polegar por meu lábio inferior, apertando a parte mais carnuda. O sorriso se transformou numa expressão pensativa enquanto Raihn mantinha o dedo ali.

— Você é uma caixinha de surpresas, princesa — murmurou ele.

Pela Mãe, eu *jamais* iria me embriagar de novo.

Soltei a mão dele de repente. Raihn saltou de pé para evitar que eu caísse para trás, já que estava equilibrada de forma precária sobre seu joelho. Quando vi, estava com todo o peso do corpo apoiado nele.

— Devagar. Não vamos nos empolgar.

— Não sei por que eu... eu... não pretendia...

O vampiro franziu o cenho, achando graça.

— Tudo bem ser curiosa.

— Não sei por que fiz isso.

Meu rosto estava quente, o que tornava tudo mais constrangedor.

Ele deu de ombros.

— Às vezes, não leva a nada questionar nossos instintos mais primitivos. Você é metade vampira, Oraya. Ainda está descobrindo como isso te afeta.

Eu sabia daquilo fazia meses, e ainda não era nem um pingo menos chocante ouvir as palavras em voz alta. Não ajudava que Raihn parecesse tão... entretido com tudo aquilo.

— Você achou... uma delícia, não achou? — perguntou ele.

Não tive forças para dizer que "delícia" não era suficiente para descrever o que eu tinha sentido.

Eu já provara o sangue de Raihn antes — quando havíamos transado, e de novo durante o casamento. Já naquela ocasião, tinha ficado surpresa com o quanto era gostoso. E depois, com o sangue na festa de Evelaena...

— Eu... — Pigarreei. — Eu provei sangue sem querer. No baile de Evelaena. E era...

Provavelmente, fora sangue humano. Tirado de alguém que não tivera escolha. De alguém que havia pagado por aquilo com a própria vida.

Minha expressão provavelmente ficou solene, pois a de Raihn também endureceu.

— Você gostou.

— Não achei que...

— Meio-vampiros são raros. Cada um tem características diferentes. Faz sentido você achar sangue tão gostoso. — Ele correu o polegar por meu rosto de novo, um movimento fácil de quem estava fazendo aquilo sem pensar. — Não precisa significar nada. É só como seu corpo reage. Não significa que apoia esse tipo de coisa ou que precisa beber mais.

— O seu tem um gosto... diferente.

Um sorriso quase dolorido lampejou por sua boca.

— Hum. Isso pode acontecer.

Eu nem sabia o que perguntar, ou se seria capaz de escolher as palavras certas — ou se sequer queria ouvir aquilo sendo confirmado em voz alta.

Seu gosto é... diferente, Raihn tinha me dito. *Achei que fosse só culpa do que sinto por você.*

Como se estivesse me vendo juntar as peças, ele murmurou:

— Não precisa significar nada. É só seu corpo reagindo.

Era mesmo o que me faltava — a porra do meu corpo ter de reagir justo a Raihn. Só para tornar aquela situação ainda mais complicada do que já era.

O vampiro tirou a mão das minhas costas e analisou o polegar ainda ensanguentado.

— Mas, se quiser experimentar, podemos fazer isso de formas muito melhores — falou ele.

E ergueu o queixo um pouquinho, como se estivesse me oferecendo o pescoço.

Bufei.

— Está me dando a garganta para beber? Idiotice da sua parte.

— Talvez. Mas sua boca é gostosa pra caralho, e a língua é ainda melhor.

Pela Deusa. Agora, ele definitivamente estava me provocando.

— Ah, vá se foder — murmurei.

— E essa é a minha garota — disse ele, e riu.

Suspirei, tentando me livrar da sensação persistente do gosto de Raihn e de sua presença avassaladora. Era como se o cheiro dele estivesse me cobrindo, como condensação grudando num vidro.

Fiquei de pé, grata por abrir mais espaço entre nós.

— Você disse que a gente precisava conversar — falei. — Por que estamos aqui?

Ele fez uma careta.

— Ai. Lá vai você querendo falar de trabalho.

Me sentei à mesa de jantar, do outro lado do cômodo, e ouvi o que Raihn tinha a dizer. Ele estava apoiado casualmente na estrutura da cama — que, de alguma forma, dava conta de suportar seu peso — e conseguia parecer completamente inabalado por toda nossa interação recente, o que eu não sabia se achava admirável ou irritante.

— Então — começou ele. — O casamento.

— Você vai ou não me dizer do que isso tudo realmente se trata?

Ele abriu um meio-sorriso.

— Está óbvio desse jeito?

Dei de ombros.

— Chame de intuição, se quiser.

— A gente está com problemas, como você sabe. Os Nascidos do Sangue. Independentemente das minhas ordens, eles não aceitam abrir mão da violência — falou o vampiro. — Algumas áreas foram completamente devastadas por suas ações.

— As áreas Hiaj.

— Que também formam meu reino. — Ele tombou a cabeça de lado. — Quer dizer então que você anda observando as coisas.

Dei de ombros. Era meu reino também. Fazia parte do meu trabalho prestar atenção.

— E não estamos mais próximos de encontrar o tal... sangue divino — continuou Raihn.

Pensei no pingente, embrulhado e escondido na segurança de meus aposentos trancados. Misterioso como era, não tinha nos dados nenhuma informação útil, por mais livros que a gente lesse ou feitiços que Mische e eu lançássemos sobre o objeto. Era constrangedor, mas não tínhamos nem ideia do que se tratava.

O vampiro fez uma careta.

— Não. Parece que não. Além disso, precisei voltar correndo para Sivrinaj por causa da rebelião de alguns nobres Rishan. Como você bem sabe.

Raihn tentou esconder a irritação — ou algo mais profundo que irritação — e falhou miseravelmente. Fiquei olhando para ele com a testa franzida.

— Eles realmente te odeiam.

Ele bufou.

— Claro que odeiam. Muitos eram amigos de Neculai, e me viram...

Será que ele tinha consciência de que se detinha no meio das frases sempre que falava sobre aquela época? Raihn desviou os olhos, fitando o chão.

— Nunca vão me aceitar como rei — continuou. — São só alguns dos nobres menos importantes, por enquanto. Mas me preocupa muito que um deles em especial esteja quieto demais. Simon Vasarus.

Eu conhecia aquele nome.

— Você matou o irmão dele na primeira reunião.

— Ele mesmo. — Raihn desviou os olhos de novo.

A expressão em seu rosto... era familiar demais. Raihn não precisava me contar o que aquele homem significava para ele. Eu entendia.

— Ele vem para o casamento — prosseguiu o vampiro, num tom que também me dizia tudo o que eu precisava saber.

Ele não apenas odiava aquele homem — também o temia.

— Por quê?

— Porque o exército dele é maior que o meu e porque preciso ser legal com o sujeito até ter uma solução melhor. — O lábio de Raihn se curvou, o nojo palpável na voz.

Uma solução melhor. Eu. É claro.

— O sangue divino — falei.

Ele soltou um bufar longo, caminhando até a mesa. Apoiou as mãos na madeira e se inclinou sobre ela por um longo momento, como se estivesse perdido em pensamentos.

— Convidei a Casa da Sombra para a festa — anunciou ele.

Ergui as sobrancelhas. Tinha visto pouquíssimos nobres Nascidos da Sombra. Era raro que fossem convidados para eventos dos Nascidos da Noite, mas não algo sem precedentes. Raihn era um rei novo. Fazia sentido tentar reforçar alguns laços diplomáticos — assim como também fazia sentido que a outra Casa vampírica tivesse interesse em matar a curiosidade.

— O rei dos Nascidos da Sombra odeia a Casa do Sangue tanto quanto nós — falou Raihn. — Não quer que os Nascidos do Sangue dominem o território da Casa da Noite, chegando assim mais perto de suas fronteiras. A Casa da Sombra pode ser a mais tranquila, mas seus membros também são guerreiros formidáveis. E sua magia mental... — Ele deu de ombros, como se perguntando "O que mais você quer?". — São poderosos. Falei pessoalmente com o rei deles, que disse que vai mandar um de seus filhos. Se eu conseguir jogar as cartas certas e passar a imagem correta, talvez possa fechar uma aliança com ele.

Não seria fácil. Alianças verdadeiras entre as Casas eram raras. Vampiros eram criaturas independentes e egoístas — mas se havia algo capaz de motivar um acordo entre as Casas da Sombra e da Noite era justamente um ataque da Casa do Sangue.

— Você vai precisar de certas manobras políticas complicadinhas — falei.

Raihn soltou uma risada sarcástica.

— Nem me fale. Mas Cairis está certo. Um casamento é uma oportunidade perfeita para passar determinada imagem. E sei bem qual é o poder disso.

Aquilo era verdade, sem dúvidas.

— Preciso de ajuda externa. Transparecer uma aliança forte. Os Rishan... — Ele balançou a cabeça, cerrando o maxilar. — Os antigos nobres só vão se convencer com uma grande manifestação de força. Preciso mostrar que sou tão poderoso quanto Neculai era.

— O que Cairis acha desse plano?

— Ele sabe que convidei a Casa da Sombra, mas não o porquê. Ninguém sabe.

Pestanejei, surpresa — não só com a revelação, mas também com o fato de que ele estava compartilhando aquilo comigo.

— Por que não?

Raihn não respondeu na hora.

— Os rebeldes Rishan sabem mais do que deveriam — falou, enfim. — Coisas pequenas. Nada grande. É circunstancial. Mas sei quando confiar nos meus instintos.

Franzi as sobrancelhas ao compreender.

— Você acha que tem alguém te traindo.

O vampiro me encarou com um olhar que confirmava a ideia.

— Sabe quem? — acrescentei.

De novo, ele não respondeu, mas meu cérebro já estava a toda. O círculo íntimo de Raihn era muito pequeno. Cairis e Ketura... O vampiro não devia desconfiar deles, porque tinha deixado Mische sob seus cuidados quando ela estava mais vulnerável — expressão definitiva de sua confiança. E Mische, é claro, jamais trairia Raihn.

De modo que só restava...

— Vale — falei. — Você acha que é Vale.

Vale era um nobre. Tinha conhecido Raihn duzentos anos antes, quando este não passava de um escravizado de Neculai. Tinha visto Raihn no fundo do poço. Na sociedade vampírica, era difícil deixar aquele tipo de coisa para trás.

Raihn ficou em silêncio, mas, de novo, dava para ver a confirmação não dita em voz alta.

— Qual vai ser o preço? — indaguei. — Para convencer a Casa da Sombra a se aliar a você? Não vão estar dispostos a te dar esse tipo de poder. Não o suficiente para se opor à Casa do Sangue e aos seus próprios traidores.

— Eles não vão poupar esforços. Não para colocar os Nascidos do Sangue em seu devido lugar. E se eu conseguir ganhar o respeito das outras Casas, talvez faça meus próprios detratores calarem a boca. — Ele franziu a sobrancelha. — E conquistar o respeito dos Hiaj, talvez, com sua ajuda.

Bufei, irônica.

— Que sonhador.

— Eu não teria chegado até aqui se não fosse.

Raihn me olhava com uma expressão que reconheci de imediato — como se estivesse me analisando, procurando algo. Me lembrei do Kejari, e daquele mesmo semblante antes de o vampiro me pedir para ser sua aliada.

Estreitei os olhos.

Ele soltou uma risada curta.

— Que cara é essa? O que eu fiz?

— Quando você me olha assim, sei que é melhor me preparar.

Raihn tocou o peito.

— Ai, essa doeu. Na verdade, você vai adorar o que eu tenho para falar.

— Duvido.

— Vamos chamar de "desafio". — Ele parou a alguns passos de mim, um sorriso repuxando o canto da boca. — É o seguinte, princesa. Depois que eu conseguir o apoio da Casa da Sombra, os estranhos projetinhos paralelos de Septimus não vão mais importar. O que significa que não vou mais precisar de você.

Pestanejei, surpresa. Não sabia se estava mesmo ouvindo aquilo.

— A gente sustenta a festa de casamento — continuou ele. — Você me ajuda a apresentar a imagem do poderoso conquistador Rishan. Eu garanto o apoio da Casa da Sombra. E, se tudo isso acontecer, você está livre.

Livre.

A palavra grudou em minha mente como seiva nas engrenagens de uma máquina.

Encarei o vampiro.

Eu nunca saíra dos territórios da Casa da Noite. Caramba, até um ano antes, nunca sequer saíra de Sivrinaj — não com idade o bastante para me lembrar. Minha vida sempre fora de confinamento: em meu quarto, em meu frágil corpo humano, dentro das regras e expectativas de Vincent, naquele... Bem, no que quer que fosse aquilo que havia entre mim e Raihn.

Eu já tinha ouvido falar naquilo: animais que viviam em cativeiro por tanto tempo que não sabiam o que fazer quando a porta da jaula era aberta.

— Os Hiaj são tanto meus súditos quanto os Rishan, sem falar nos humanos — disse Raihn, baixinho. — Vou tratar todos com justiça. Espero que eu já tenha te provado isso.

Por mais que eu odiasse admitir, ele de fato tinha.

— Este lugar tirou tudo de você, Oraya — prosseguiu o vampiro. — Mesmo coisas que não tinha direito algum de reivindicar quando você era jovem demais para ceder. Você é jovem. É bonita. É poderosa. Pode fazer o que quiser. Pode construir a vida com a qual sempre sonhou — afirmou, e precisei me forçar a erguer os olhos da mesa para focar nos dele. — Você merece ser feliz.

Feliz.

O pensamento chegava a ser cômico. Eu nem sabia como era a felicidade.

— E se me deixar ir e eu declarar minha própria guerra contra você?

Ele riu.

— É uma possibilidade válida.

Mais do que válida. Seria o único comportamento esperado por aqueles que me seguiam.

— É burro da sua parte me deixar partir.

— Algumas pessoas me dizem que é burro da minha parte te manter viva. Acho que sou um homem burro mesmo.

Encarei Raihn, de cenho franzido e maxilar cerrado, tentando destrinchar a expressão casualmente agradável do vampiro como se fosse possível compreender os sentimentos ao arrancar as camadas de pele.

— Não estou entendendo — falei, enfim.

Foi o que consegui soltar — e, por mais constrangedor que fosse, era a verdade.

— Pense com carinho. Veja aonde essa sua imaginação louca te leva. — Ele se inclinou para mais perto; não dava para ter certeza, mas tive a impressão de ver uma leve tristeza em seus olhos, escondida sob as rugas do sorriso divertido. — Liberdade, Oraya. Você devia ter sido livre a vida toda, mas antes tarde do que nunca.

34
ORAYA

Liberdade.

As palavras de Raihn ecoavam em minha cabeça mesmo muito depois de nosso encontro, reverberando ao longo de dias. Pairavam sobre cada pensamento enquanto eu seguia com a rotina — treinar, andar de um lado para outro, comer, ler. Raihn ficou fora do meu caminho ao longo das semanas seguintes, provavelmente porque — assim como todos os outros — estava preocupado em organizar aquele casamento ridículo. O castelo dos Nascidos da Noite fervilhava em uma energia caótica, com dezenas de servos correndo por todos os lados para varrer as evidências remanescentes da bagunça pós-golpe e substituir tudo pelos grandiosos símbolos de poder Rishan — adequados ao rei poderoso e sedento de sangue de um dos impérios mais poderosos e sedentos de sangue do mundo.

No dia anterior à celebração, saí para vagar sozinha pelos corredores desertos do castelo. Estava tudo etereamente silencioso depois do caos quase constante de atividade das duas semanas anteriores. Na véspera do casamento, tudo estava pronto. Todos dormiam.

Eu adorava o silêncio daquela hora do dia.

Vaguei pelas várias bibliotecas, salas de estar, saletas de reunião, gabinetes. Lugares que eu nunca tivera a autorização de frequentar quando o castelo fora de fato minha casa. Tudo estava deserto — até eu virar num corredor e entrar numa das bibliotecas, fracamente iluminada por fiapos de luz do sol que entravam pelas frestas da cortina de veludo. Me detive na hora.

Recuei de imediato, mas uma voz suave me interpelou:

— Não precisa ir embora.

— Sinto muito — falei. — Não queria incomodar.

O cheiro de cigarro se acumulava no pequeno cômodo. Vincent teria tido um treco com a possibilidade de o fumo manchar as páginas de seus livros.

Septimus abriu um sorriso agradável. A lareira estava acesa, silhuetando seu corpo enquanto fazia o cabelo platinado brilhar em dourado.

— Não é incômodo algum. — Ele gesticulou na direção de outra cadeira. — Não temos tempo de conversar em paz já faz um tempinho. Se acomode.

Não me movi, e ele riu.

— Eu não mordo, meu bem. Juro.

Não era bem da mordida de Septimus que eu tinha medo. Na verdade, os dias em que dentes eram minha maior preocupação agora pareciam até saudosos.

Ele estava com as roupas amarrotadas, a camisa aberta apenas o suficiente para revelar traços dos pelos escuros em seu peito. Os olhos pareciam mais dourados que o usual, com mais vestígios âmbares e prateados, embora pudessem ser apenas o reflexo do fogo e a escuridão que os cercava.

— Você parece cansado — falei.

— Raihn gosta de você por causa desse seu jeito lisonjeiro? — Ele apontou de novo para a cadeira. — Fique comigo um tempinho. Aproveite o silêncio antes que este lugar vire um verdadeiro inferno cheio de nobres se pavoneando amanhã.

Eu odiava ter de concordar com Septimus, mas... *Argh*.

Ainda assim, foi minha curiosidade acima de tudo que me fez atravessar o cômodo. E sim, talvez um pouco do desejo por prazeres mortais me tenha feito aceitar o cigarro que ele ofereceu. Neguei o fósforo, porém, usando uma pequena faísca de Fogo da Noite para acender a ponta.

O Nascido do Sangue ergueu de leve as sobrancelhas.

— Impressionante.

— Você me viu lutando no Kejari, e é acender um cigarro o que te impressiona?

— Às vezes, fazer coisas pequenas é mais difícil do que fazer as grandes.

Ele devolveu a caixa de fósforos ao bolso. Observei suas mãos se moverem. O mindinho e o dedo anular da mão esquerda tremiam. De forma constante agora.

A maldição dos Nascidos do Sangue. Será que era um sinal da doença dele? Os sintomas variavam. Alguns eram quase universais — olhos vermelhos, veias de um escarlate quase preto surgindo sob a pele cada vez mais fina. A insanidade, é claro, bem perto do final. Todos sabiam que os Nascidos do Sangue se transformavam em pouco mais que animais — como demônios, presos num estado perpétuo de uma sede de sangue frenética, incapazes de pensar ou sentir. Mas mesmo sobre aquilo as pessoas falavam aos sussurros. Os Nascidos do Sangue protegiam seus assuntos e os mantinham em segredo. Disfarçavam bem suas fraquezas.

— É bom te ver vagando sozinha por aí — falou ele. — Fora da jaula, enfim.

— Eu não estou numa jaula.

— Talvez não agora. Mas estava. Uma pena. Raihn é o único por aqui que reconhece seu valor. Vincent com certeza não reconhecia.

Era estranho como — embora minha própria narrativa mental andasse afetada pela raiva em relação ao comportamento de Vincent — eu precisava me esforçar para não defender meu pai quando outra pessoa falava dele.

— Tenho uma pergunta bem direta para você — declarei, e Septimus pareceu encantado.

— Adoro perguntas diretas.

— Por que está aqui? Por que está ajudando Raihn?

Ele soltou fumaça pelas narinas.

— Já contei qual é meu objetivo.

— Sangue divino. — Proferi as palavras encharcadas de sarcasmo.

— Ah, que tom maldoso. Sim, meu bem. Sangue divino.

— Para depois fazer o quê? Ficar exibindo seu poder diante de todas as outras Casas? Você arriscaria mexer com os deuses só por isso?

Ele riu — um som que parecia uma cobra se esgueirando pelo mato rasteiro.

— Me diga, Oraya — começou ele. — Qual foi a sensação de crescer mortal num mundo de imortais?

Não respondi, e ele deu outra tragada no cigarro antes de continuar:

— Vou dar meu palpite: seu querido pai sempre garantiu que você soubesse exatamente o quanto era fraca. O quão bom era o cheiro de seu sangue. O quão frágil era sua pele. Você provavelmente passou sua curta vidinha se encolhendo de medo. Estou certo?

— Olha como fala — chiei.

— Você está ofendida. — Ele se inclinou para a frente, os olhos âmbares brilhando à luz da lareira. — Não fique. Eu respeito o medo. Só os tolos não respeitam.

Bufei, tragando meu cigarro, curtindo a queimação subindo pelas narinas. Septimus franziu a testa.

— Não acredita em mim? — questionou.

— Não sei nem se *você* acredita em si mesmo.

Ele riu de novo, o olhar se voltando para o fogo.

— Quero te contar uma história.

— Uma história.

— Uma das divertidas, prometo. Cheia de todos os mais sombrios prazeres.

Fiquei curiosa, mesmo sem querer. Ele arqueou as sobrancelhas, tomando meu silêncio como uma aprovação tácita.

— Era uma vez um reino de ruínas e cinzas — começou o vampiro. — Era bonito, muito tempo atrás. Mas, cerca de dois mil anos antes, o povo de tal grandioso reino irritou os deuses e... Bem, não é essa a historinha triste que vou te contar hoje.

O esgar sumiu de seus lábios. Com a luz do fogo banhando de forma tão intensa as arestas afiadas de seu rosto, que talvez estivesse mais magro do que alguns meses antes, ele parecia uma estátua.

— Não — continuou Septimus. — Vou te contar a história de um príncipe da Casa do Sangue.

Ah, era sobre ele mesmo. Que surpresa.

— O reino da Casa do Sangue vem sofrendo há dois milênios, com seus membros destinados a falecer cedo de mortes pouco dignas — prosseguiu o vampiro. — Os Nascidos do Sangue são orgulhosos. Não permitem que forasteiros vejam seu lado mais feio. Mas acredite em mim quando digo que a morte por nossa maldição é feia de presenciar. Enquanto os outros dois reinos vampíricos prosperavam, construindo impérios fundamentados na imortalidade recebida de sua deusa, tal reino seguiu sozinho, abrindo caminho com as próprias mãos. Preso num ciclo de vida sem fim e morte eterna. Sobrevivendo, não muito mais do que isso.

Traguei de novo o cigarro. O de Septimus estava intocado, pendurado entre os dedos.

— Mas, há algum tempo, o rei se apaixonou — continuou ele. — Sua amada era jovem e otimista. Apesar dos pesares, ela acreditava que as coisas pudessem mudar em seu reino. O rei... ele não era romântico. Entenda, não é uma tarefa fácil governar os escombros de uma nação em ruínas. Ele era um homem poderoso, mas o poder sozinho não era capaz de impedir que seu povo morresse, que o reino definhasse ou que outros vampiros cuspissem em sua cara. — Um sorriso irônico contorceu seus lábios. — Mas o amor... Ah, que droga poderosa. Não foi o suficiente para convencer o rei. Não foi o suficiente para fazê-lo ser tão otimista quanto a jovem esposa. Mas foi suficiente para fazer o monarca flertar com uma palavrinha perigosa: *talvez*.

"Então o rei se casou com sua amada, e pouco depois ela engravidou. E foi durante a gestação que, como costuma ser a tradição entre as famílias reais, o rei e a rainha visitaram uma vidente."

Inclinei um pouco o corpo, curiosa. Já tinha ouvido falar de como a Casa do Sangue costumava ter videntes, mas não sabia muito sobre como as previsões funcionavam.

— Mas os palpites das videntes, como você deve imaginar, podem ser um tanto... inconsistentes. Embora a tradição espere que mulheres de estirpe da Casa do Sangue as visitem, os resultados de tais sessões geralmente são coisas vagas, carícias no ego. Predições de grandes habilidades, de lealdade ou de inteligência, esse tipo de coisa. Então talvez fosse aquilo que o rei e a rainha estavam esperando quando foram à vidente naquela noite. O que receberam, no entanto, foi uma profecia.

Bufei. Não consegui evitar. Septimus riu e ergueu a mão.

— Eu sei. Elas têm uma reputação meio questionável. Mas aquela vidente era confiável: apesar de vagas, suas previsões nunca eram mentirosas. Quando ela completou o ritual, estava tremendo. Disse ao casal que seu filho salvaria a Casa do Sangue, ou então que traria o fim dela. O rei ficou perturbado pela novidade, mas a rainha entrou em êxtase. Mal notou o tom de aviso agourento nas palavras, enxergando apenas a esperança pelo futuro. Seu filho estava destinado a salvar o reino.

Encarei o vampiro, sem expressão.

— Então estamos aqui para você me contar sobre como é o vampiro predestinado a salvar os Nascidos do Sangue?

O canto de sua boca se ergueu.

— Você não sabe mesmo aproveitar as reviravoltas de uma boa história, meu bem. — Septimus pigarreou antes de prosseguir: — Depois de uns meses, a Casa do Sangue ganhou seu pequeno principezinho. O rei e a rainha adoravam o filho. Cobriram o garoto com tudo o que uma criança poderia querer.

Me revirei na cadeira, desconfortável. Era muito raro ouvir falar de pais vampiros que tratassem os filhos com amor declarado. Eu testemunhara Nascidos do Sangue literalmente destroçando oponentes em batalha. A ideia de que seus líderes pudessem ser tão carinhosos e mansos... Bom, aquilo era novo para mim.

— Os anos se passaram, e o garoto foi criado para ser leal, forte, inteligente, esperto — continuou o vampiro. — Foi treinado nas artes da magia, da guerra, da batalha e da etiqueta. Era... o melhor de nós.

Septimus não desviou o olhar do fogo. A expressão em seu rosto era difícil de ler — pesar, raiva e carinho, tudo misturado.

A compreensão me atingiu: ele não estava falando sobre si mesmo, afinal de contas.

— As décadas voaram, e logo o príncipe dos Nascidos do Sangue ficou pronto para assumir seu manto como herói escolhido pelos deuses para salvar a Casa do Sangue. Assim, ele convocou seu melhor general e seus melhores homens e partiu em uma missão: encontrar Nyaxia, provar a lealdade de seu povo e reconquistar o amor da deusa pela Casa do Sangue.

"Ele assim o fez, e, no fim, achou a terra dos deuses. Junto com seus homens, passou por vários desafios para conquistar a estima de Nyaxia, mesmo pagando com a vida de muitos. Escalou as mais perigosas montanhas divinas para encontrar com sua deusa uma última vez, para implorar que ela perdoasse os pecados de seus ancestrais de muitas gerações antes, para jurar sua fidelidade a ela e para livrar a Casa do Sangue de sua maldição."

O rosto de Septimus tinha ficado mais frio, mais cruel, com o sorriso no rosto parecendo esculpido em gelo. Ele se inclinou para se aproximar de mim, os resquícios de seu último trago batendo na minha cara junto com as palavras seguintes.

— E sabe, meu bem, o que aquela vagabunda infeliz fez? — Septimus não esperou por uma resposta. Não respirou. Não piscou. — Ela riu na cara dele — prosseguiu. — E depois o matou.

As palavras desceram como a lâmina de uma guilhotina.

— Ela deixou o general do príncipe vivo, embora marcado para sempre, e o mandou de volta para a Casa do Sangue junto com a cabeça decepada do príncipe — prosseguiu.

Septimus voltou o olhar para o fogo.

— Só ouvi minha mãe chorar uma vez — murmurou ele. — Só uma.

A compreensão se abateu sobre mim.

— O príncipe era seu irmão — falei.

— Um deles. Meus pais eram incomumente férteis para um casal de vampiros. Tive seis irmãos e uma irmã.

Tive.

Ele soltou mais uma risada sem nenhum pingo de humor.

— A irmã ainda está viva. Não que seja de muito conforto para meus pais. Talvez eles ainda estejam lá no território da Casa do Sangue, tentando produzir outro herdeiro homem. Ainda torcendo para que a profecia deles possa se realizar de alguma forma.

Septimus levou o cigarro aos lábios antes de prosseguir:

— Sabe o que isso faz de mim, meu bem? A última esperança dos dois. Então, veja... — Com um sorriso sarcástico, ele soltou uma longa e lenta baforada de fumaça. — Entendo como é sentir que o tempo está acabando. Diferente deles, você e eu não temos séculos para gastar fazendo graça por aí.

E acho que isso nos torna melhores. Mais implacáveis. Mais dispostos a fazer o que precisa ser feito.

Ele chegou ainda mais perto, tanto que tive vontade de me reclinar na cadeira, abrindo mais distância entre mim e o olhar faminto em seus olhos.

— E estou disposto a fazer qualquer coisa que precise ser feita — concluiu.

Eu não gostava nada de como Septimus estava me olhando. Tinha aprendido muito cedo a reconhecer quando vampiros me encaravam com desejo — embora o dele não fosse por meu sangue ou meu corpo. O desejo do Nascido do Sangue, de alguma forma, parecia ainda mais perigoso.

— Preciso ir — falei. — Descansar um pouco antes que...

Comecei a me levantar, mas Septimus me segurou pelo braço.

— Sempre apostei em você, Oraya — afirmou. — E, se tiver de escolher, vou continuar apostando. Tudo o que peço em troca é lealdade.

Me esforcei para manter o rosto inexpressivo, sem revelar coisa alguma.

Septimus estava escolhendo as palavras com muito cuidado, mas eu sabia o que ele estava oferecendo. Sabia o que estava deixando implícito.

E, por bem ou por mal, eu sabia que, caso aceitasse a oferta, ele me daria a coroa da Casa da Noite. Sim, seria uma oferta perigosa, com minha coroa presa a ainda mais cordões de marionete do que a de Raihn.

Meu pai, eu soube com uma certeza imediata, teria aceitado aquele acordo.

Meses antes, eu teria negado. Teria olhado para o negócio fechado por Raihn e declarado, maliciosa e altiva, que Vincent jamais se rebaixaria daquela forma. Não importava que Vincent houvesse se provado mais do que capaz de recorrer a medidas desesperadas. Não importava que Raihn houvesse se colocado numa posição onde não tinha outra escolha — e que tivesse feito isso para me salvar.

Na época, eu não tinha a capacidade de compreender aquelas coisas. Era mais fácil ignorar as verdades desconfortáveis. Agora, as verdades desconfortáveis eram tudo o que restava.

Vincent teria aceitado o acordo. Usado os Nascidos do Sangue como uma arma para passar a perna em Raihn. Vendido o que quer que precisasse para conseguir o poder. Lidado com as consequências depois.

Afinal de contas, já tinha feito aquilo.

Alguns meses antes, tudo o que eu queria era ser Vincent. Governar seu reino. Ser digna de seu sangue. Reconquistar sua coroa.

Olhei para a mão de Septimus, para os dedos esbeltos segurando o cigarro. O mindinho estava recolhido dentro da palma, quase todo escondido, mas dava para ver o tremor ainda assim. Em ambas as mãos, dessa vez.

— Sei que não devo fechar acordos com um homem desesperado — falei. — Além do mais, você está certo. Estou cansada de estar presa numa jaula, e reconheço grades quando as vejo.

Me levantei e apaguei o cigarro no cinzeiro, sem deixar de encarar os olhos de ouro e prata de Septimus.

— Obrigada pelo cigarro — continuei. — Vejo você no casamento.

35
ORAYA

O vestido era indecente.

Cairis o escolhera, eu tinha certeza. Tudo no modelo era imaculadamente deliberado. As cores patrióticas da Casa da Noite, azul e roxo em camadas de uma seda encorpada e ondulante. A gola assimétrica, que ecoava o estilo do paletó dos homens Rishan — e que ornava, eu não tinha dúvidas, com a roupa de Raihn. O debrum prateado e os detalhes metálicos, com correntes sobre meus ombros e penduradas às minhas costas. A cauda longa. O corte bem justo, revelando demais.

E, é claro, o manto, de um tecido justo e escuro que pendia dos ombros, abotoado até o topo da garganta — claramente planejado para cobrir minha Marca de Sucessão.

Cairis mandou meia dúzia de jovens para me ajudar a me vestir e cuidar, ao que parecia, de cada pedacinho do meu corpo — cabelo, pele, olhos, lábios. Protestei a princípio, praticamente rosnando para a primeira pobrezinha que se aproximou de mim com um pincel. Mas elas eram persistentes, e, depois de um tempo, me dei conta de que não valia a pena resistir. Deixei que me cercassem em seus movimentos frenéticos; quando terminaram, sumiram tão subitamente quanto tinham chegado, me deixando cambaleante diante do espelho.

Eu devia ter odiado a versão de mim que via ali.

Mas não sabia muito bem se era o caso.

Sem o manto, o vestido era ainda mais revelador do que aquele que eu tinha usado no baile da Meia-Lua, que já me chocara na época. Brinquei com o manto ali, cutucando os intrincados bordados prateados. Lindo, é claro. E a Oraya de não muito tempo antes teria gostado da roupa — algo grosso para cobrir os braços, o peito e o pescoço, uma camada a mais entre meu coração e o resto daquele mundo brutal.

Desabotoei cada um dos botões, e o tecido caiu de meus ombros.

Minha Marca de Sucessão pulsava, brilhando fraca na penumbra do quarto. Talvez meus olhos humanos, muito mais sensíveis à diferença entre luz e escuridão, pudessem notar aquilo mais do que o de meus companheiros vampíricos. O desenho parecia combinar perfeitamente com o vestido, a gola emoldurando as asas de tinta vermelha que se abriam em meus ombros, o decote revelando a seta de fumaça entre meus seios.

Seria mais seguro usar o manto.

Cobrir o pescoço. Cobrir a Marca. Fazer com que eu parecesse menor e menos notável. A parte cínica de mim podia dizer que os conselheiros de Raihn queriam me cobrir porque aquilo o faria parecer mais poderoso, mas eu sabia que a verdade era mais complicada — sabia que a Marca também me oferecia riscos, um alvo pintado em meu coração num salão cheio de estacas.

E talvez uma parte de mim estivesse feliz por esconder aquilo, envergonhada do que a Marca significava — mesmo que ainda sentisse muita saudade do homem que a exibira antes.

Mesmo que o homem tivesse me escondido aquilo por toda a minha vida.

Fazia muito tempo desde que eu havia me olhado no espelho com atenção. Meu corpo estava começando a parecer saudável de novo, com os músculos mais definidos nos ombros e braços, a fenda alta do saiote revelando a curva graciosa de minhas coxas. Me virei e conferi as costas. Sem o manto, o vestido também tinha um decote fundo na parte de trás. A luz do fogo brincava na topografia de minha pele — esticada pelos músculos recém-desenvolvidos, mais robustos até do que tinham sido no ápice de minha forma física, marcados por poucas cicatrizes de uma vida repleta de batalhas.

Eu estava tão forte quanto antes. Mais forte, talvez. Meu corpo demonstrava aquilo.

Me virei de novo para o espelho, subindo o olhar dos pés até o rosto. Meu rosto — sério e estoico. Olhos grandes e prateados. Sobrancelhas baixas e castanhas. Bochechas que começavam a desencovar. A boca muito fina e séria.

Eu parecia com ele.

A semelhança me atingiu em cheio, de repente inegável. As cores eram diferentes, é claro: meu cabelo era negro como a noite, enquanto o de Vincent era loiro. Mas tínhamos o mesmo tom gélido na pele. A mesma testa reta, os mesmos olhos cor de prata.

Ele passara a porra da minha vida inteira mentindo sobre o que estava estampado bem na minha cara.

Mas, enfim, nossa relação inteira era daquele jeito. Ele me criara para olhar para as grades da minha prisão e as chamar de árvores.

Por fim, deixei os olhos descerem, passando pela curva do meu maxilar até recair sobre a extensão exposta de meu pescoço. Até os dois conjuntos de cicatrizes ali — um pelo qual eu tinha pedido, o outro deixado sem minha permissão.

No caminho até a porta, larguei o manto no piso do quarto.

36

RAIHN

Eu precisava admitir: Cairis era um planejador de festas bom pra caralho. De alguma forma, numa corte perturbada por impopularidade, indecisão, brigas por poder e duas guerras civis, ele tinha dado um jeito de organizar uma celebração de casamento que lembrava aquelas oferecidas pelas mais grandiosas dinastias dos Nascidos da Noite. Ele transformara o castelo numa representação da mais alta liderança Rishan. Ninguém diria que, duas semanas antes, o lugar estava sem nada, preso na estranha transição de governos após um golpe.

Naquela noite, porém, o lugar parecia tão grandioso quanto duzentos anos atrás, apenas renovado — até os arranjos de flores. Outra pessoa talvez ficasse surpresa ao ver que ele havia pensado em cada detalhe, mas eu compreendia. Estivera ao lado dele a todo instante, afinal. Há muito tempo para analisar os detalhes das coisas quando se está desesperado para se distrair nas piores noites.

Eu não podia me dar ao luxo de estar distraído naquele momento, embora quisesse. Neculai Vasarus jamais estaria — ele se deleitaria com aquela merda. Eu não era ele, mas enfim; entrei no papel assim como tinha entrado no paletó justo demais que Cairis me entregara: incomodado, mas com confiança o bastante para parecer que estava acostumado.

A posição de cada músculo era intencional — as costas eretas, o queixo erguido, a forma casual e leve de segurar a taça de vinho, o olhar de aço com o qual varri o salão.

O banquete já se iniciara. Os nobres já haviam começado a chegar. Tudo, até o momento, estava seguindo como esperado. Continuei na expectativa de que alguém me desrespeitasse de forma explícita. Não aconteceu.

Mas Simon Vasarus ainda não tinha chegado.

Nem Oraya — embora Cairis, nitidamente irritado, tivesse me garantido que ela viria à festa. Nada era fácil com aquela mulher. Era meio que reconfortante.

Me apoiei na parede e tomei um gole da taça. Sangue humano, é claro — precisava ser sangue humano para um evento como aquele, Cairis insistira —, proveniente de fornecedores muito bem pagos, além de um pouco de sangue vampírico e de cervo. Mais fornecedores se juntaram ao banquete no meio da noite para oferecer o quitute fresco. Eu havia triplicado o pagamento deles enquanto ninguém prestava atenção, e ordenado que Ketura ficasse de olho nos humanos. Sabia que ela obedeceria. A vampira era arrogante, mas, ao contrário da maioria dos membros de minha corte, não parecia ver seres humanos como algum tipo de excentricidade metade interessante, metade irritante.

Eu preferia que eles não estivessem ali — mas a mudança, eu precisava me lembrar o tempo todo, acontecia aos poucos. Aquela celebração tinha que convencer vários vampiros malditos importantes e terríveis de que eu era um deles.

Até o momento, estávamos nos saindo bem.

O sangue era doce e básico, um pouco mais amargo com o álcool adicionado. A biologia garantia que sangue humano sempre fosse gostoso para mim — questão moral alguma mudaria isso. Parecia a porra de uma injustiça que o fluido vital de pessoas mortais, mesmo tirado contra a vontade, sempre tivesse um sabor agradável, enquanto um bife perfeitamente temperado agora parecia ter gosto de cinzas a menos que estivesse sangrando de tão malpassado.

Ainda assim, desde o Kejari, até mesmo sangue humano não tinha o mesmo apelo sobre mim. Parecia... extremo. Ou salgado demais ou enjoativo demais.

Desde o Kejari.

Não, desde uma certa caverna, uma certa mulher e um caos de gostos, sons e sensações que provavelmente me perseguiriam pelo resto da minha vida maldita.

Girei o sangue na taça, e meus olhos recaíram sobre meu polegar — sobre a marca meio apagada na ponta, já quase toda cicatrizada.

Eu não queria admitir quantas vezes tinha olhado para ela ao longo dos últimos dias.

Quantas vezes tinha pensado na sensação da língua de Oraya em minha pele. E, caralho, o olhar de prazer primitivo em seu rosto... Aquilo era algo que eu poderia beber pelo resto da vida.

Era patético ver as coisas às quais eu me apegava por causa dela. A pressão suave e faminta de sua língua. Os cílios batendo de prazer. O gemido quando eu tocara suas asas, a forma como suas pernas tinham se aberto, como as costas haviam se arqueado... O *cheiro* dela, porra, o cheiro de tesão, como se Oraya estivesse...

Pelas tetas de Ix. Qual era o meu problema?

Me forcei a despertar daquela linha de pensamento com outro gole longo. Queria que houvesse mais álcool ali dentro. Estava com vontade de tomar cerveja. Cerveja humana.

Outro grupo de nobres chegou, fazendo uma mesura diante de mim. Ostentei olhares impassíveis, distribuí cumprimentos educados e depois os dispensei com um gesto da mão, aceitando a submissão deles como devia — como um rei que não esperava nada além daquilo.

Mais convidados se espalharam pelo salão a fim de parabenizar o casal. Vale aceitou as felicitações como eu, com Lilith parada ao lado exibindo uma postura meio desajeitada. Cairis lhe dissera, de forma até meio rude, que ela não deveria falar a menos que fosse essencial — ordens que a Transformada estava seguindo quase o tempo todo. Cada vez que algum convidado se afastava, porém, ela sussurrava animada no ouvido de Vale — sem dúvida o bombardeando com perguntas constantes.

O noivo não parecia ligar, porém. Depois de setenta anos com ele, eu nunca o vira sorrir tanto.

Fiquei olhando os pombinhos, de testa franzida.

— É feio encarar.

A voz de Mische quase me fez dar um salto.

Me virei para ela e parei para olhar sua roupa com mais atenção.

Ela sorriu, girando nos calcanhares.

— Lindo, né? Cairis me deixou escolher.

Minha amiga parecia um literal raio de sol. Um tecido de um dourado metálico envolvia seu corpo, com uma saia em camadas cintilando mais do que a moda dos Nascidos da Noite propunha. Não tinha bordados ou detalhes — o que faltava em decoração, porém, era compensado por aquela cor brilhante, ainda mais impactante contra o tom de bronze de sua pele. Não tinha mangas, e o decote era bem aberto. Ela também usava um par de luvas pretas que passavam dos cotovelos — fiquei olhando para elas, me perguntando o porquê da escolha.

Até o rosto de Mische cintilava — dourado sobre as pálpebras e salpicado nas bochechas, combinando com as sardas.

Eu tinha certeza de que ela estava esperando algum tipo de piadinha — talvez eu tivesse o coração mole, porém, porque não consegui pensar em nada. Fazia muito tempo que não via Mische viva daquele jeito. Era bom.

Então falei, com toda a honestidade:

— Você está maravilhosa, Mish.

A vampira abriu um sorriso imenso, as bochechas radiantes de tanto brilho.

— Estou, não é?

Ri.

— Que humilde.

Ela deu de ombros.

— E por que deveria ser?

E porra, sim... Por que deveria?

Ela me olhou de cima a baixo.

— Você está... hum... *régio*.

O tom dela, apropriadamente, não indicava um elogio.

— Essa é a ideia.

— Achei legal. Digo, supercertinho. Você parece realmente... limpo.

Eu estava mais do que ciente de todos os olhares focados em mim. Era fácil ser eu mesmo com Mische. Minhas palavras podiam ser casuais, mas minha linguagem corporal precisava permanecer consistente — eu era o rei dos Nascidos da Noite.

Ainda assim, precisei cerrar o maxilar com força para conter a risada.

— Limpo — sussurrei.

Mische ergueu as mãos num gesto de "Caramba, o que caralhos queria que eu dissesse?".

— Mas *parece*, ué.

— Obrigado, Mische. Com todos esses nobres lambendo minhas bolas, é bom ter alguém que me puxe de volta para a realidade.

Ela deu um tapinha no meu ombro.

— Não tem de quê.

Depois, a vampira acompanhou meu olhar — focado em Vale e Lilith, que agora sussurravam e riam um para o outro como se estivessem sozinhos naquele salão de baile.

Um sorriso suave se espalhou pelos lábios de Mische.

— Que fofinhos.

— Hum. Fofinhos.

Talvez. Eu ainda não sabia se estava convencido.

Ela estreitou os olhos.

— Que tom é esse?

— Nada.

Mische sabia, é claro. Por um instante, ambos ficamos olhando para o casal.

— Acho que é verdadeiro — declarou ela, enfim. — Que ele a ama mesmo.

Olhei para a vampira de soslaio. Ela retribuiu.

— O que foi? Acha que só porque o cara fez umas coisas ruins duzentos anos atrás não é capaz de amar?

Capaz de amar uma mulher Transformada? Capaz de amar uma *humana*? Porra, eu duvidava. Mesmo que a evidência diante de mim fosse desconcertantemente convincente, como eu precisava admitir.

— Talvez — falei.

— Eu preciso acreditar no amor, Raihn. O mundo já é triste o bastante sem ele.

Meus olhos recaíram no outro lado do salão, na pintura que ainda restava do reinado de Vincent. O Rishan solitário caindo para a morte, tentando alcançar algo que não se esforçava para retribuir o gesto.

Soltei um ruído evasivo e pigarreei, endireitando as costas.

— Não preciso de ninguém me papariparicando — falei, apontando para as mesas do banquete. — Vá comer. Se bem te conheço, você deve estar despindo aquela comida na sua cabeça desde que chegou aqui.

Ela soltou uma risadinha.

— Talvez um pouco.

Depois fez menção de me dar um beijo no rosto, mas me afastei na mesma hora, disfarçando o movimento ao fingir que estava pegando outra vez minha taça.

Pois Simon Vasarus acabara de chegar à festa — e, de repente, fiquei infinitamente ciente de todas as aparências.

Mesmo com aquela distração, o lampejo de dor no rosto de Mische fez meu estômago se revirar.

— Preciso ter cuidado — murmurei, apontando o homem com os olhos.

Quando acompanhou meu olhar, a expressão dela endureceu.

— É ele?

As palavras saíram gélidas de ódio.

Não respondi. Rearranjei cada músculo num disfarce cuidadoso — um disfarce que, compreendi de forma distante, imitava Neculai. Não olhei diretamente para Simon, mas conseguia perceber a atenção dele fixa em mim.

Conseguia notar como estava se aproximando. Sentia a proximidade, como se eu estivesse sendo observado por um predador.

Odiava o fato de que o vampiro fizesse eu me sentir daquela forma.

— Vá — falei para Mische com mais firmeza do que planejava.

Naquele momento, porém, a última coisa que eu queria no mundo era que Simon notasse a existência de minha amiga.

Ela seguiu até a mesa de banquete, e continuei com uma postura completamente casual enquanto Simon e a esposa, Leona, se aproximavam de mim. O salão pareceu ficar em silêncio — todos sabiam o que estavam prestes a presenciar. De canto de olho, vi Cairis se posicionar discretamente às minhas costas. O olhar de Vale também me transpassou como uma lança.

— Alteza.

Tanto a voz quanto a palavra me fizeram voltar duzentos anos. Lembrei de como ele falava daquele jeito com Neculai — sempre com uma deferência doce, sempre com um agradecimento por algum presente ou pelo convite para algum festim. Às vezes, um agradecimento por mim.

Enfim, permiti que meu olhar se virasse para o sujeito.

Simon estava velho. Tinha quase a idade de Neculai naquela época, e séculos já haviam se passado. Ainda assim, era um vampiro, não um humano — os sinais de sua idade consistiam em alguns traços grisalhos no cabelo e na frieza distante e atemporal dos olhos. Ele havia passado por maus bocados. Talvez estivesse mais magro do que no passado — mas, enfim, nunca fora seu porte que o tornara uma ameaça.

O cabelo estava mais longo agora, batendo nos ombros. Ainda usava barba, num estilo parecido com a de Neculai, mesmo depois de tantos séculos — havia um ou outro fio branco misturado ao castanho. Ao que parecia, tinha encomendado roupas novas para a ocasião. Estava bem-vestido, como Leona — a mulher alta, esbelta e de cabelos pretos de braços dados com ele.

Mesmo tendo me preparado, ver os dois tão de perto me causou uma reação violenta — uma sensação física que me arrebatou de repente e com firmeza.

Fazia muito tempo que eu não sentia medo daquele jeito, não de forma tão primal. Rechacei o sentimento de imediato, mas talvez fosse tarde demais — por um instante, tive a certeza de que ele havia sentido a porra do cheiro exalando de mim.

Empurrei o medo bem, bem para dentro do peito e o cobri com todo o meu ódio. Pensei em Oraya e em sua expressão furiosa, em como ela cuspia na cara de coisas que a podiam matar sem sequer pensar duas vezes.

Eu não era capaz de mentir para mim mesmo e dizer que tinha toda aquela coragem, mas ainda podia fingir.

Abri um sorriso agradável e preguiçoso para Simon e Leona.

— Bem-vindo, Simon. Há quanto tempo. Fico feliz que tenha enfim conseguido nos visitar.

Eu quase podia sentir o olhar de Cairis me fulminando pela alfinetada. Mas, porra, que Simon lidasse com aquela provocação. Queria ver se ele ia cair ou não.

— É uma honra estar aqui esta noite — respondeu ele.

E ambos fizemos uma mesura.

Uma mesura longa. Apropriada.

A sala inteira pareceu respirar de alívio.

Encarei o sujeito com um olhar frio quando ele se levantou.

Supostamente, eu devia esperar que Simon não se lembrasse muito de mim. E talvez não se lembrasse mesmo — eu tinha sido apenas um Transformado escravizado, mais um corpo ordinário disponível para ser usado. Pelo bem da minha posição como rei, seria melhor que aquelas pessoas poderosas não se recordassem da época de Neculai como eu — que não se recordassem de mim de joelhos.

Mas uma parte mesquinha do meu cérebro torcia para que ele se recordasse *sim*, e para que estivesse pensando naquilo enquanto me cumprimentava com uma reverência.

— Peço perdão por não ter vindo a Sivrinaj antes, Alteza — falou ele.

— Velhos se apegam a antigos costumes.

Neculai teria matado o vampiro sem pestanejar caso ele tivesse negado suas convocações, e eu odiava com todas as forças não ter essa opção.

Minha voz saiu num rosnado baixo e gélido:

— Para a sua sorte, estou num dia misericordioso.

A porcaria de uma imitação perfeita de Neculai.

Simon não deixou transparecer nada, mas pude ver um lampejo de algo no rosto de Leona. Um levíssimo traço de repugnância.

Cairis tocou meu ombro, me puxando de lado.

— Veja — murmurou ele.

Olhei para a entrada, onde os criados agora distribuíam mesuras educadas.

A comitiva da Casa da Sombra.

Era fácil reconhecer os vampiros de imediato — pelos trajes escuros, pesados e grudados no corpo, pelos rastros de sombra que acompanhavam seus movimentos.

Aquele era o teste real. Endireitei a postura e me afastei de Simon e Leona sem palavra alguma, atravessando o salão para receber o príncipe Nascido da Sombra.

Nos cumprimentamos, com a reverência dele ligeiramente mais longa que a minha.

O príncipe era mais velho do que eu, mas tinha uma aparência jovial. Usava o cabelo castanho-claro e levemente encaracolado afofado de uma forma que sugeria que os fios tinham insistido em não permanecer no lugar — ou talvez que ele gastara muito tempo para deixar o penteado daquela maneira.

Limpei a mente, bastante consciente das habilidades dos Nascidos da Sombra.

— Que festa formidável — falou ele, assim que endireitou as costas. — Meu pai vai se arrepender de não ter conseguido vir.

— Eu não pouparia gastos para celebrar o casamento de meu general.

— Preciso admitir que esperava ver... Ora, não quero soar mórbido. — O príncipe deu uma risadinha, balançando a cabeça. — Mas esperava ver algo muito mais assustador. Sabe como são as histórias que correm por aí.

Os Nascidos da Sombra eram conhecidos por serem frios e pouco amigáveis, então eu não sabia o que fazer com o comportamento mais do que afável do sujeito — os membros da comitiva que o seguiam, porém, se encaixavam muito mais no estereótipo.

Mantive o sorriso agradável e exibido com o toque exato de crueldade.

— Tivemos alguns problemas — falei. — Nada de que não pudéssemos dar conta. Tenho certeza de que vocês tiveram os seus também.

— Claro — respondeu ele, animado. — Mas a gente nunca precisou pedir ajuda para os Nascidos do Sangue.

Quase deixei transparecer minha surpresa, mas me detive bem na hora.

— Como falei, tivemos nossos problemas. — Baixei a voz. — Os Nascidos do Sangue têm sua utilidade, mas...

Vislumbrei um movimento por cima do ombro do príncipe, na entrada. Me permiti ficar distraído.

E como não?

Tive certeza de que eu não era o único — o salão caiu num silêncio quase sepulcral.

Ou talvez fosse coisa da minha imaginação.

Talvez tivesse sido coisa da minha imaginação achar que o mundo inteiro parou quando minha esposa adentrou o salão de baile.

37
ORAYA

Fiquei surpresa em ver o quanto não estava com medo.

Eu tinha ido ao baile na igreja usando quase tão pouca roupa quanto ali, sim, mas achei que seria diferente chegar àquela festa específica, naquele palácio, tão similar a todas as festas que eu jamais tivera autorização para frequentar. Eu sempre era lembrada de que os festejos não passavam de armadilhas para alguém como eu.

Mas entrei no recinto com a garganta exposta, e não senti medo. Os vampiros me encararam, e não senti medo. Estava exibindo a Marca que deveria esconder, e não senti medo.

Talvez porque, agora, havia algo diferente na forma com que me olhavam — não como se eu fosse só mais uma fornecedora de sangue ou um curioso quitute proibido.

Olhavam para mim como se eu fosse uma ameaça real, e eu gostava daquilo.

Meus olhos encontraram os de Raihn de imediato, mesmo no meio daquela multidão, como se de alguma forma eu já soubesse exatamente onde ele estaria.

O vampiro me encarava com uma intensidade que fez meu passo vacilar um pouco. Estava vestido com uma roupa muito similar à do dia em que havíamos recebido os nobres: desconfortavelmente refinado. Nossos trajes, é claro, se complementavam, com o paletó azul-escuro debruado em prata obviamente fazendo par com meu vestido. A imagem que ele passava era perfeitamente adequada a um poderoso rei dos Nascidos da Noite.

Parecia falso.

Mas não aquele olhar. Aquele olhar era... desnudado demais. Ele não podia estar me encarando daquela forma ali. Não com toda aquela gente vendo.

Reconheci os que estavam com ele na mesma hora — a realeza da Casa da Sombra. Não iria interromper aquele encontro.

Me virei, quebrando o contato visual. Era estranho como todos aqueles olhos não significavam nada para mim, mas os de Raihn... Levei os dedos ao peito, ao meu coração que batia cada vez mais rápido.

— Pelos deuses! — Mische surgiu junto a mim num borrão dourado acompanhado por uma nuvem de perfume de lavanda. — Você está *maravilhosa*!

Ela segurava uma taça de sangue numa das mãos enluvadas e algum tipo de entradinha recheada de carne sangrenta na outra. Parecia a personificação da luz do sol — tão estonteante que me ofuscava.

Os olhos dela se arregalaram quando me examinou de cima a baixo. Depois, ela se inclinou mais para perto.

— Isso é... Foi Cairis que escolheu?

— O vestido? Sim.

— Mas a...

Sem disfarçar, ela encarou meu peito — minha Marca.

— A parte de cima era desconfortável — falei. — Decidi não colocar.

Um sorriso malandro se espalhou por seus lábios.

— Você tem colhões, hein? Adoro.

Assimilei o vestido de Mische, o dourado cintilando sob as lamparinas de Fogo da Noite. Era muito pouco... vampírico. Descaradamente *ela*. Eu não conseguia imaginar nenhuma outra pessoa em que aquele traje cairia tão bem.

— Você também está linda — falei, embora *linda* não fizesse jus à sua aparência.

Corri de novo os olhos pelo salão, por cima do ombro dela — foquei onde Raihn conversava com o príncipe dos Nascidos da Sombra. Os olhos do outro vampiro ficavam se desviando do rei, recaindo em Mische sem parar.

Pobre Raihn. Não conseguia garantir a atenção do sujeito nem mesmo numa conversa importante daquelas. Alguém poderia julgá-lo, porém?

— Parece que o vestido te garantiu alguns admiradores. — Com um gesto de cabeça, apontei para o príncipe do outro lado do recinto.

Mische se virou para acompanhar meu olhar e...

Congelou.

O sorriso dela sumiu. Suas bochechas, geralmente coradas, empalideceram sob os salpicos de ouro.

A mudança foi tão súbita que fiquei assustada.

— O que foi?

Ela não respondeu. Não se moveu.

Levei a mão até seu ombro, como se a estivesse despertando fisicamente de um transe.

— Mische — falei. — O que aconteceu?

A vampira se virou abruptamente para mim.

— Nada. Nada. Só me deu... uma dor de cabeça de repente. Acho que preciso de uma bebida. — Ela pousou a taça quase cheia sobre uma mesa, deu meia-volta e depois se virou para mim, como se não conseguisse decidir para onde ir. Estava com o olhar arregalado e frenético. — Não diga para o Raihn que... Só fale para ele que eu... preciso de mais comida.

— Mische...

Mas ela se misturou à multidão antes que eu terminasse de chamar seu nome. Comecei a ir atrás da vampira, mas alguém me segurou pelo ombro. Me virei de supetão, uma palavra rosnada já quase saindo pelos lábios.

Diante de mim estava Simon — o problemático nobre Rishan de Raihn.

Reconheci o homem na mesma hora, mesmo que nunca tivéssemos sido apresentados. Ele parecia muito com o irmão que Raihn matara durante aquele primeiro encontro. Mesmo sem considerar sua aparência, porém, o que realmente denunciava sua identidade era o fato de que cada centímetro seu exalava nobreza vampírica. Eu conhecia muito bem aquele tipo de gente.

Ele estendeu a mão.

— Posso ter o prazer de uma dança? — pediu o sujeito.

Eu já recuara dois passos largos para longe dele, voltando as costas para a parede.

— Não danço com quem toca em mim sem permissão.

Raihn talvez precisasse lamber a bunda daquele cara, mas eu? Nem fodendo. Além disso, eu tinha um papel a assumir: *Vou atuar como o rei brutamontes. Você, como a esposa cativa que odeia o marido.*

O sorriso de Simon — uma curva misteriosa dos lábios que parecia insinuar todo tipo de segredo não dito — não vacilou.

— Foi grosseiro da minha parte fazer isso sem me apresentar. Sou...

— Eu sei quem você é.

O prazer lampejou em seus olhos.

— Seu esposo falou sobre mim? Fico lisonjeado. Nos conhecemos há muito, muito tempo.

Soltei um som evasivo de concordância e comecei a me virar, mas ele me puxou de novo pelo braço.

Me desvencilhei.

— Não toque em mim — rosnei.

Se ele se incomodou, não deixou transparecer.

— Como todo mundo, admito que me perguntei durante muito tempo por que ele tinha poupado sua vida. Agora, vendo você de perto, acho que compreendo.

Eu não gostava daquele homem. Não gostava de como sua presença fazia eu me sentir como me sentira um ano atrás — um pedaço de carne a ser consumido, uma indulgência a ser cobiçada. Abri um sorriso que era mais um arreganhar de dentes.

— Sou o prêmio exótico dele — falei, a voz pingando sarcasmo.

Simon sorriu.

— É mesmo. Reis Rishan sempre gostaram de colecionar coisas belas e curiosas. — Ele focou os olhos em Raihn, ainda entretido com sua conversa do outro lado do salão, e fiquei chocada em ver como ele olhava para o rei da mesma forma com que todos aqueles nobres haviam olhado para mim a vida inteira: com a mesma fome, a mesma arrogância.

Como se Raihn tivesse sentido aquela atenção, ele se virou para nos olhar.

O altivo sorriso arrogante que exibia para o príncipe dos Nascidos da Sombra sumiu.

— Não muito tempo atrás, Raihn era a bela coisinha exótica da vez — murmurou Simon, conspiratório. — Ele já te contou sobre isso? Provavelmente não.

Eu havia passado a vida como um peão naqueles malditos joguinhos de poder. Sabia reconhecer quando estava no meio do tabuleiro. Simon estava me usando para provocar Raihn. Me usando para humilhar o vampiro, duzentos anos depois, como vingança por Raihn ter tido a audácia de se tornar mais poderoso que ele.

Eu o odiava.

O dedo de Simon roçou meu ombro nu.

Agarrei o homem pelo pulso.

Não era o que uma subserviente esposa cativa faria.

Mas eu estava pouco me fodendo.

— Ele me contou tudo o que eu precisava saber — falei, e senti uma leve satisfação quando o sorriso de Simon estremeceu bem de leve, oscilando numa expressão de "Como ousa?".

Ótimo. Eu ousava mesmo, pra caralho.

De repente, um corpo imenso se interpôs entre nós, pousando a mão em meu ombro.

O sorriso que Raihn deu a Simon maldisfarçava sua natureza ameaçadora — tão amplo que expunha até as pontas mais afiadas de seus dentes.

— Ela é minha — afirmou ele. — E não gosto de dividir.

Eu nunca ouvira Raihn falando com aquela voz — soava como vigas gemendo sob um peso excessivo.

Ele não deu a Simon a chance de falar mais nada. Em vez disso, envolveu meus ombros com o braço e me puxou para longe, na direção do centro do salão de baile.

Que ciúmes todo é esse?, quis perguntar. Antes que pudesse falar qualquer coisa, porém, ele grunhiu:

— Fique longe desse desgraçado. Se quiser me atingir, faça isso de outras formas.

Acho que foi a única vez que Raihn falou comigo desse jeito — dando uma ordem. Ainda assim, embora meu instinto fosse reclamar por ele estar usando aquele tom, outra coisa sobre sua rispidez me fez hesitar.

Parei de andar e olhei para ele, que me encarou de volta. Sua expressão era um paredão de pedra — até que algo mudou. Se amenizou. Era impressão minha ou ele estava praticamente pedindo desculpas?

Raihn olhou ao redor. De repente, pareceu se lembrar de onde estávamos. Endireitou as costas e neutralizou o rosto.

Em seguida, me estendeu a mão.

— Dance comigo.

— Sou uma péssima dançarina.

A boca do vampiro ficou franzida, como se minha reação fosse cômica.

— Achei que Cairis tinha te preparado para isso.

Não sei se dava para chamar o que Cairis havia feito de "preparação". Ele mandara alguém para me dar algumas poucas aulas superficiais de dança — *"Para que você não envergonhe todos nós!"* —, e eu havia deixado a pessoa ralhar comigo por algumas horas antes de a expulsar do quarto.

Uma risada engasgada escapou pelos lábios de Raihn.

— Ah, pela sua cara, já entendi exatamente como as coisas se desenrolaram.

— Sou uma péssima dançarina — resmunguei de novo.

Ele se aproximou, baixando a voz.

— Talvez. Mas se move de um jeito lindo. Mais lindo ainda quando está comigo. E agora preciso de uma desculpa para estar parado aqui no meio do salão discutindo com você.

— Achei que queria que eu ralhasse com você em público. Que era para eu atuar como a Hiaj cativa e puta da vida.

— Nesse caso... — murmurou ele, e pegou minha mão. — É só continuar com essa cara que vai ficar tudo bem.

O toque dele era gentil, em contraste com a aspereza das mãos. Quente — mais quente do que um vampiro deveria ser. Mas, enfim, a pele de Raihn sempre fora um pouco mais cálida que a dos demais.

Todos os instintos primitivos dentro de mim gritavam "Perigo!" em reação àquele toque.

Mas quando ele começou a se mover, eu me movi com ele.

38

ORAYA

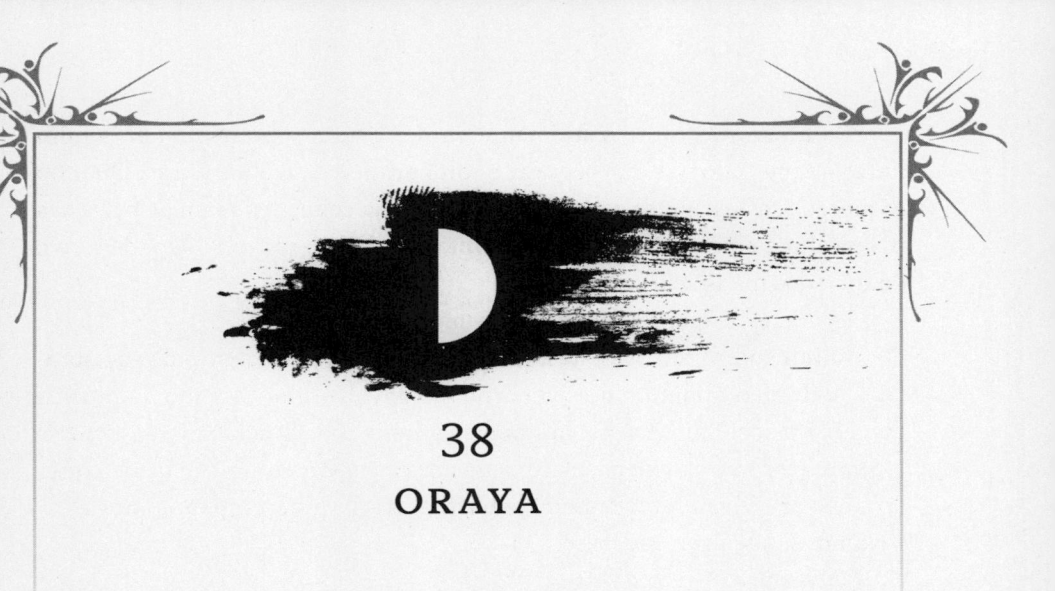

A orquestra, como era comum nas festas dos Nascidos da Noite, era incrementada com magia: a música se desdobrava para preencher cada centímetro do imenso salão. Fazia o som sair profundo e encorpado, ribombando dentro de mim.

A música se inflamou, assumindo o ritmo do próximo arranjo. Era uma canção lenta e dramática, com uma frequência que ecoava as batidas de um coração, com cordas sedutores e sofridas notas de órgão. Uma dança planejada como uma desculpa para fazer dois corpos se aproximarem.

Raihn pegou minha mão e segurou minhas costas. Me encolhi um pouco ao sentir o toque em minha pele nua, mas disfarcei na hora.

A dança era desafiadora. A mesma parte de mim que eu soltava no começo de cada desafio do Kejari se colocou à frente para encarar a situação.

Eu fingiria bem pra caralho que sabia o que estava fazendo.

Raihn me incitou a dar os primeiros passos. Desajeitados no início — mas só por um movimento ou dois. Depois, me surpreendi com o quanto entramos rápido no ritmo, mesmo estando tão próximos. Os passos que pareciam ridículos e pouco intuitivos quando apresentados a mim pela pessoa enviada por Cairis agora pareciam respostas instintivas a cada movimento de Raihn.

— Viu só? — murmurou ele no meu ouvido. — Você leva muito jeito.

— Sou apenas persistente — respondi. — Não gosto de ser passada para trás por um desafio.

Ele riu, um som baixo e ofegante.

— Ótimo. Se for mesmo jogar o jogo, não pode desistir quando as coisas começarem a ficar interessantes.

— Não sei do que você está falando — comentei num tom muito doce.

Raihn se afastou só o suficiente para erguer a sobrancelha para mim antes de me rodopiar, me segurar e tombar meu corpo para trás. Quando arqueei as costas, um calafrio desceu por minha coluna enquanto ele traçava o desenho de minha Marca com a ponta dos dedos, roçando bem de leve o volume dos meus seios.

— Ah, é? O que é isso, então? — murmurou ele.

Raihn endireitou as costas, me puxando mais para dentro de seu abraço. O calor e o tamanho de seu corpo me envolveram. O ritmo da música começou a acelerar devagar, imitando a adrenalina da sedução. Talvez fosse o compasso, ou a cadência síncrona de nossos movimentos, que fazia o resto do salão se reduzir a nada além de borrões irrelevantes enquanto nos abrigávamos num casulo só nosso.

Talvez.

Queria que ele tivesse escolhido uma música diferente para dançarmos.

— O manto era desconfortável — falei. — Decidi não usar.

Ele curvou os lábios.

— Você mente muito mal, princesa.

Raihn tombou de novo meu corpo para trás. Voltei do movimento com intensidade, como se estivesse retaliando um golpe. Ao que parecia, nós dois realmente nos movíamos muito bem juntos. Nossos passos se completavam como lâminas se chocando uma contra a outra, um espelho de nossas infinitas sessões de treinamento.

— Talvez eu esteja cansada de me esconder — falei.

— Alguns reis em minha posição talvez considerassem isso uma ameaça.

O compasso aumentou, cada vez mais rápido. O que tinha começado lento e sedutor agora era o coração acelerado dos momentos que antecedem um beijo. Quando o vampiro me puxou de novo para perto, todo o meu torso se grudou ao dele, os corpos lutando para acompanhar o próximo movimento um do outro.

Eu já estivera fisicamente perto de Raihn desde o casamento. Mais do que gostaria — todas as vezes em que havíamos treinado, todas as vezes em que havíamos voado juntos. Ainda assim, foi aquela dança, com nós dois completamente vestidos, que pareceu... sexual. Como o vai e vem da noite que tínhamos passado juntos, os corpos batalhando por dominância, encontrando um prazer agonizante em cada derrota ou vitória.

E o olhar que ele me dirigia fazia eu me sentir exatamente como antes. Como se nada em seus séculos de existência importasse mais do que garantir arrancar de mim cada gota de prazer que pudesse.

Mais um rodopio. Outro choque violento em seus braços, rápido demais para que eu pudesse me deter, rápido demais para evitar que nossos narizes quase se tocassem. Senti o leve e silencioso estremecer de sua respiração, ponderando se era ou não de cansaço. Assim que senti o roçar de sua ereção contra meu baixo-ventre, compreendi que não.

— Uma ameaça? — falei. — Jurava que você tinha gostado do vestido.

Ele tombou meu corpo de novo. Dessa vez, fez o próprio torso acompanhar o meu, forçando minha silhueta a se arquear contra a dele.

— Ah, eu gostei — murmurou ele. — O vestido é um ato de guerra. Mas você sempre ficou linda pra caralho vestida de sangue.

Sua boca tocou de leve o meu queixo quando o vampiro voltou a endireitar a postura. Todo o meu ser respondeu àquele breve contato, concentrando-se nos pontos onde nossa pele se encostava.

— Você não batalha sem usar armadura — falei. — Este é só mais um desafio, certo? Uma luta, igualzinha às do Kejari.

Ele deu uma risadinha, os olhos escarlate cintilando.

— Caramba, e como é. Quem é o inimigo, então?

Foi minha vez de soltar uma risada, curta e ofegante por causa do esforço quando ele me guiou em mais uma série de passos. Nossa dança era violenta agora, rápida, como uma batalha que de repente ficara brutal.

— Qual a graça? — questionou Raihn.

Inclinei a cabeça para sussurrar em seu ouvido:

— *Todos* são inimigos. A graça é essa.

— Já vi você se dar bem mesmo com chances menores de sobrevivência.

A força do próximo giro me jogou com tudo em cima dele, com a velocidade da música me forçando a manter o ritmo. O compasso era frenético, exaustivo, mas eu não iria me entregar.

Seus dedos brincaram no decote das minhas costas, bem onde a pele encontrava o tecido, como se ele estivesse tentando impedir a si mesmo de deslizar os dedos além. Dava para sentir pela tensão nos músculos que eu seria boba se achasse que era só cansaço — não, Raihn era forte. Se mover não era nada para ele.

Mas se conter? Aquilo sim era difícil.

E o pior é que eu sabia que ele sentia a mesma coisa em mim. O mesmo desejo que ele tinha feito vir à tona na noite em que tocara minhas asas, e na outra em que eu experimentara seu sangue.

E aquilo, eu sabia, era o que o deixava louco, fazendo seus olhos brilharem e as narinas dilatarem de tesão.

— Então eu deveria ter medo? — murmurou ele, o sorriso sumindo dos lábios. — Vai me matar, princesa?

Um eco do passado. Uma sombra do futuro.

Pensei na oferta de Septimus.

Seria fácil arrastar Raihn para um canto daquele salão lotado, beijar seus lábios, levar sua mão até o ponto entre minhas pernas e deixar que ele sentisse meu desejo. Eu poderia sair dali com o rei. Permitir que ele arrancasse aquele vestido do meu corpo. Que me apertasse contra a parede, que me fodesse enquanto eu enterrava os dentes em sua garganta para abafar meus gritos.

E seria uma bela distração para que eu pudesse enfiar a adaga presa à minha coxa bem no meio de seu peito. Exatamente onde eu já o apunhalara antes.

Seria o momento perfeito para agir. Com todo os poderosos entre os Rishan bem ali, para serem abatidos.

A música aumentou num crescendo. Me inclinei para que o vampiro pudesse me escutar acima do barulho do salão.

— Eu já matei. Não sei por que você continua me dando oportunidades.

O espaço estava barulhento, e ele respondeu quase num sussurro, mas tudo que ouvi foi sua voz:

— Eu passaria a vida na ponta da sua espada. E valeria a pena.

Pestanejei. Algo na voz dele me despertou de nosso jogo de flertes. Me afastei só o bastante para olhar Raihn com uma pergunta nos lábios, embora não fosse capaz de articular exatamente a questão.

Mas o Nascido da Noite apenas sorriu para mim.

— Este é o *grand finale*. Pronta?

Os acordes eram ensurdecedores, retumbando em cada centímetro do meu corpo, sobrepondo palavras e pensamentos. Antes que eu pudesse protestar, ele me lançou nos passos finais da música, e eu tinha ido longe demais para vacilar — meu orgulho, no mínimo, não permitiria que fosse diferente. O encerramento da melodia era frenético e selvagem, e me lancei nele com toda a fúria de nossas batalhas — e exatamente como tinha feito na noite final do Kejari, Raihn acompanhou cada passo sem jamais hesitar.

No fim, eu estava de volta em seus braços, a centímetros de cair porque ele havia me segurado no último instante, minhas costas arqueadas num movimento gracioso.

As últimas notas ecoaram pelo salão de baile. Eu arfava. Raihn estava com as mãos plantadas firmemente entre minhas omoplatas, o pescoço envolto por meu braço. Alguns fios soltos de seu cabelo pinicavam minha bochecha.

Todos nos encaravam.

Enquanto a adrenalina passava, me dei conta de como deveríamos estar.

— Isso foi idiota — falei. — Cairis vai ficar puto com nós dois.

Raihn sorriu. A expressão era tão pura que me desarmou, como se não pertencesse àquele lugar.

— E daí? Deixe que fofoquem.

Depois ele me ajudou a ficar de pé, mas o movimento foi um pouco desajeitado. Ele quase tropeçou enquanto endireitava as costas. Segurei o vampiro pelo ombro para ajudá-lo a se firmar.

— Ficou tão cansado assim? — murmurei. — Você está mesmo fora de forma.

— Talvez mais do que eu imaginava.

Mas não consegui evitar o franzir de testa. Mantive a mão esquerda no braço dele. Raihn oscilava um pouco — eu conseguia sentir, mesmo não sendo visível. Será que estava *bêbado*? Ele era um homem grande. Precisaria tomar muito álcool para ficar daquele jeito, muito mais do que eu o vira ingerir naquela noite.

— Tudo bem? — sussurrei.

Ele hesitou antes de abrir outro sorriso fácil.

— Tudo ótimo.

Afastei a mão e recuei um passo. Raihn fez o mesmo, voltando a entrar no papel de rei dos Nascidos da Noite. A transição foi tão suave, com ele assumindo o disfarce com tanta perfeição, que ninguém teria notado o cambalear de seu próximo passo ou o lampejo de confusão em seu rosto.

Mas eu notei.

Comecei a ir atrás dele, mas Cairis chegou. Para a surpresa de ninguém, parecia irritado.

— Com licença, Alteza. Precisamos conversar.

Pousando a mão firme no ombro de Raihn, o conselheiro o puxou para longe. Um protesto ficou preso em minha garganta — embora eu não tivesse certeza de por que queria deter o vampiro ou do que me deixara tão desconfortável.

Mesmo que eu soubesse o que falar, porém, não teria feito diferença. A multidão os engoliu na mesma hora, e Raihn nem sequer olhou para trás.

39

RAIHN

Talvez Oraya estivesse certa e eu estivesse mais fora de forma do que imaginava, porque a dança exigira de mim mais do que deveria. Por aqueles poucos minutos, o resto da festa havia se transformado num borrão, com o tempo, a música e o som da multidão se reduzindo a um ruído de fundo. E como não, estando eu tão focado apenas nela?

Enquanto Cairis me guiava para longe, porém, o sentimento permaneceu. Meus pensamentos estavam embaçados e lentos, um passo atrasados. Quando olhei ao redor e vi que havíamos deixado o salão, vagando agora pela noite fresca, me sobressaltei um pouco. Eu nem me lembrava de ter caminhado pelo resto da festa.

Cairis dizia algo, mas eu não estava acompanhando.

— Espere. — Ergui a mão, apertando a ponte do nariz. — Eu... Comece de novo. Sinto muito. Do que estamos falando?

Ele soltou uma risadinha.

— Uma dança com ela e você nem consegue mais pensar direito, é isso? — O conselheiro baixou a voz. — Falei para tomar cuidado.

Minha cabeça começou a latejar de repente. Eu não estava muito no clima de levar um sermão.

— Tenho o direito de dançar com minha esposa — falei, curto e grosso. — O que você quer me dizer? Tenho coisas para cuidar.

Imaginei Oraya no salão de baile, cercada de vampiros desgraçados que tinham acabado de descobrir mais uma razão para se interessarem por ela. De repente, a imagem de Simon pairando diante de Oraya, com a mão em seu braço, me pareceu exasperadamente vívida.

A boca de Cairis se reduziu a um traço fino enquanto ele olhava de cara feia para a festa, a luz vazando pelas portas abertas e janelas altas. A entrada parecia muito mais longe do que eu me lembrava — como havíamos caminhado tanto?

Ele suspirou.

— Esse é o problema, Raihn. Você acha que somos todos idiotas.

Demorei alguns segundos para assimilar as palavras. Quando me virei para Cairis, com a sobrancelha franzida de confusão, tive dificuldade para focar em seu rosto. Não consegui fazer as palavras de repreensão saírem de minha boca.

— Você sem dúvida deveria saber que sou mais inteligente do que isso — dizia ele, com as mãos nos bolsos e os olhos voltados para o chão. — Continua falando que ela é só uma prisioneira, mas não sou cego. Ninguém aqui é. *Todo mundo sabe.* — O olhar do sujeito se fixou em mim, e ele franziu as sobrancelhas. — É fofo, Raihn. Mas não foi só *você* que se sacrificou por isso.

Agora, a voz de Cairis parecia estar vindo de algum ponto debaixo d'água. O mundo girou, com as estrelas às suas costas ficando borradas no céu.

Abri a boca para rebater, pronto para despejar a tempestade verbal apropriada a um rei Nascido da Noite que fora desrespeitado; em vez disso, uma onda súbita de tontura me fez cair contra a parede, mal capaz de me segurar.

Ele me apoiou pelo ombro.

— Tudo bem aí?

Não.

A verdade se solidificou em meio a meus pensamentos lentos.

Aquilo não era efeito do álcool ou da exaustão. Havia algo muito errado comigo.

Forcei a cabeça a se erguer e olhei para Cairis, esperando confusão ou preocupação em seu rosto.

Em vez disso, o que vi foi pena.

Culpa.

— Sinto muito — falou ele, em voz baixa. — Não posso permitir que as coisas voltem a ser como eram, Raihn. Não posso ficar com você até isso acontecer. Só... Não posso. Preciso escolher um vencedor. Você precisa me entender.

A compreensão faiscou entre pensamentos cada vez mais viscosos, abalados por entorpecentes. Entendi o que Cairis estava admitindo. Quantas bebidas eu pegara da mão dele naquela noite, aceitando as taças sem questionar?

Aquela possibilidade nunca tinha me passado pela cabeça.

Desgraçado.

Conjurei as asas, tentando voar para longe, tentando me mover rápido o bastante para me preparar para o massacre que se seguiria. Mas meu corpo me traiu, assim como meu conselheiro o fizera.

Briguei contra as drogas até o último instante, enquanto minha visão borrava nos cantos e meu estômago se revirava, a cabeça latejando de dor. Resisti ao mesmo tempo que sei lá quantos soldados — soldados Rishan... Que a Deusa os amaldiçoasse, meus próprios homens — surgiam da escuridão, me cercando, me prendendo. Consegui acertar uma cabeça, um pescoço, um braço.

Mas fosse lá o que Cairis tivesse me dado drenava minha consciência com voracidade, segundo a segundo.

Lutei até ser fisicamente incapaz de continuar.

Até as correntes envolverem meus pulsos.

Forcei a cabeça para cima e vi a luz do salão de baile lá longe, agora nada além de borrões dourados em minha visão vacilante. Tentei me arrastar na direção dele.

Mas meu corpo enfim cedeu.

Num outro mundo muito distante, um relógio badalou numa solidão agourenta, um som estrondoso de gongo ecoando pela noite sanguinária.

Não ouvi o badalar seguinte.

40
ORAYA

A música estava mais alta e mais caótica. Eu não conseguia ouvir meus pensamentos acima do som. O álcool fluía solto. O sangue, também. Os fornecedores tinham chegado, uma dúzia de humanos claramente escolhidos tanto pela aparência quanto pelo sabor de seus fluidos vitais. Estavam todos vestidos com trajes refinados que humano algum em Obitraes teria sido capaz de arcar — coisa de Cairis, eu tinha certeza. Alguns eram nitidamente profissionais — até reconheci um ou outro das festas de Vincent. Havia também os que pareciam novos. Uma delas estava sentada no colo do príncipe dos Nascidos da Sombra, com as bochechas e o colo corados, pestanejando de prazer enquanto ele mordiscava seu pescoço e movia a mão entre suas pernas. Seu guarda-costas — um dos homens de Ketura — estava parado atrás deles, claramente se esforçando para realizar o trabalho de proteger a humana sem fazer nenhum contato visual desconfortável com os envolvidos.

Aquela era a diferença entre a festa de Raihn e a de Vincent: cada um dos fornecedores de sangue tinha um protetor. Eu conhecia aqueles soldados, eram alguns dos melhores do rei. E ele tinha escolhido justo aqueles para o serviço na noite do casamento. Não para proteger o próprio Raihn. Não para servir os convidados Nascidos da Sombra. Estavam cuidando daqueles humanos — humanos que, sob o governo de meu pai, seriam considerados descartáveis.

Eram as ordens de Raihn. Ele provavelmente recebera críticas por causa daquilo. Nobres vampiros não gostavam de ser vigiados enquanto mordiscavam belos mortais.

Dei um gole no vinho e me arrependi na mesma hora. Cuspi sutilmente o líquido de volta na taça. O vinho vampírico era forte. Eu estava com a sensação incômoda de que seria melhor manter a sobriedade intacta.

De forma involuntária, minha mente voltou até Raihn, até aquele pequeno desequilíbrio, ao seu lampejo de confusão.

Olhei ao redor, mas não o vi em lugar algum. Também não vi Mische, mesmo com um vestido que a destacaria entre os convidados. Vale e Lilith estavam à mesa, sem dançar; ela ostentava uma expressão de curiosidade, enquanto ele parecia mais do que pronto para ir para a cama.

Estavam todos mergulhados em... devassidão.

Quando dei por mim, estava cutucando as cutículas. Deixei as mãos caírem ao lado do corpo, roçando no punho da adaga presa à coxa só para garantir que ela ainda estava ali.

— Bela festa, não?

Ergui o olhar. Argh.

— Acho que nunca te vi sem um cigarro na mão — falei.

Septimus sorriu. O mesmo sorriso que tinha me dado na primeira noite em que nos conhecemos — do tipo planejado para abrir lábios e roupas de baixo.

— Temo ter ficado sem — falou ele. — Senão, ofereceria um a você.

— Não gosto de fumar tanto assim. Vícios são para os fracos.

Ele deu um gole no vinho.

— Ah, olha só como ela fala.

Septimus tinha uma mancha vermelha no canto da boca. Ao que parecia, se divertira muito com os fornecedores de sangue naquela noite.

Meu olhar recaiu num ponto do outro lado do salão, onde um conjunto de portas abertas em formato de arco levava ao castelo. A esposa de Simon estava muito ocupada com um dos fornecedores de sangue quando o marido se aproximou dela e sussurrou algo em seu ouvido. Ela se virou e riu, oferecendo a ele o pulso do humano.

Pela Mãe, como eu os odiava... Encontrar com eles uma vez já era mais do que suficiente. Pareciam felizes demais.

Felizes de um jeito que me deixava meio perplexa, na verdade, já que eram dois nobres que tinham acabado de fazer uma mesura para cumprimentar um antigo escravizado.

— Preciso admitir uma coisa — começou Septimus. — Embora já soubesse que você tem vários talentos, nunca achei que fosse ser tão boa atriz.

Fiquei calada, ainda com a testa franzida enquanto observava Simon do outro lado do salão. Uma sensação desagradável fez formigar minha nuca.

Tudo parecia muito...

— Atriz? — falei para Septimus, sem prestar atenção.

— A dança — respondeu ele. — Para ser honesto, não sei o que você teria a ganhar a essa altura fazendo Raihn acreditar nos seus sentimentos por ele.

Aquilo chamou minha atenção. Fitei o vampiro, que riu.

— Caramba, você é *mesmo* uma atriz — disse ele, praticamente ronronando. — Quase acreditei que você se sobressaltou agora.

— Não sei do que está falando — rebati.

— Não dê uma de idiota comigo. — O sorriso dele não se moveu nem um milímetro, mas seus olhos se estreitaram como aço afiado. — Sei que é uma jovem humana muito inteligente. Se bem que... — Ele pousou a taça e se inclinou mais para perto, a respiração aquecendo minha bochecha. — Não, não acho que seja uma atriz tão boa assim.

Ele me segurou pelo antebraço, com tanta força que a unha do polegar perfurou minha pele, e me desvencilhei.

Um som de gongo.

O relógio badalando.

Era a primeira vez na vida que eu ouvia aquele relógio soar tão alto — era como se todo o salão estivesse inflando para aspirar o som, o mármore e a pedra e o vidro vibrando junto. A música só foi ficando mais alta, como se incitada pelo badalar.

Do outro lado do salão, Simon e a esposa se levantaram, largando o corpo meio amolecido do fornecedor de sangue. Eles seguiram até a porta que levava para fora do espaço.

Por que caralhos estavam fazendo aquilo sem que nenhum guarda os acompanhasse? Por que tinham permissão de andar livremente pelo castelo?

De repente, o sangue escorrendo por meu braço parou de importar.

— Com licença — murmurei, e atravessei correndo o salão antes mesmo que Septimus tivesse tempo de dizer qualquer coisa.

Estavam todos bêbados. A pista de dança parecia uma orgia de pessoas ainda vestidas. Alguns dos convidados Rishan jaziam largados no chão, rindo histericamente sozinhos enquanto o sangue escorria pelo queixo.

Simon e a esposa haviam sumido pelo corredor.

Outro som de gongo.

Fui atrás do casal. O salão de baile estava tão quente que, no instante em que saí do recinto, senti a lufada de ar frio. O corredor parecia silencioso. Passos soaram à frente. Tive um vislumbre do vestido de seda roxa de Leona sumindo no fim da passagem.

— Que nobre da sua parte — disse uma voz sedosa. — Correndo atrás dos captores de seu amado, com as espadas desembainhadas. Que doçura.

Nem percebi que tinha sacado as armas.

Me virei. Septimus estava parado no corredor, com as mãos no bolso e aquele sorrisinho persistente nos lábios. Atrás dele, a porta em forma de arco emoldurava a cena de decadência a que a festa se reduzira.

Eu não ficaria ali ouvindo qualquer que fosse o disparate que ele iria proferir em seguida. Comecei a me mover, mas...

Com a mesma rapidez, o Nascido do Sangue tirou a mão do bolso, estendendo os dedos.

Senti uma pontada de dor. Meu corpo sacolejou. Olhei para baixo — para o corte que ele havia feito em meu braço com a unha, minutos antes.

Eu não conseguia me mover. Uma névoa vermelha começou a se intensificar ao meu redor — meu próprio sangue se voltando contra mim. Eu não estava esperando aquilo. Pela Mãe, Septimus era um forte manipulador de magia. Mais forte do que os outros que eu havia encontrado no Kejari. Durante a competição, eu ao menos conseguira resistir um pouco.

Ali, porém, estava congelada, me engasgando enquanto ele se aproximava.

— Você poderia ter tudo, meu bem — murmurou ele.

Por um instante, pareceu profundamente decepcionado, muito confuso. Talvez a única emoção genuína que eu já vira em seu rosto.

Tentei perguntar o que raios ele estava fazendo, mas só consegui soltar um:

— O qu...?

Outro badalar.

O mundo foi escurecendo a partir dos cantos do meu campo de visão, mas ainda consegui enxergar o caos sanguinário irromper na festa quando soldados Nascidos do Sangue se voltaram contra os homens de Ketura. Uma onda de gritos animalescos se ergueu acima da música, com espadas cortando carne e dentes rasgando pescoços.

Mas nada soou mais alto do que a voz de Septimus quando ele segurou meu rosto entre as mãos.

— Falei que só aposto em quem vai vencer, Oraya — sussurrou ele. — Lamento que, dessa vez, não tenha sido você.

E agitou os dedos.

Ouvi um estalo quando meu corpo se contorceu.

Com um último badalar, o mundo ficou preto.

41
ORAYA

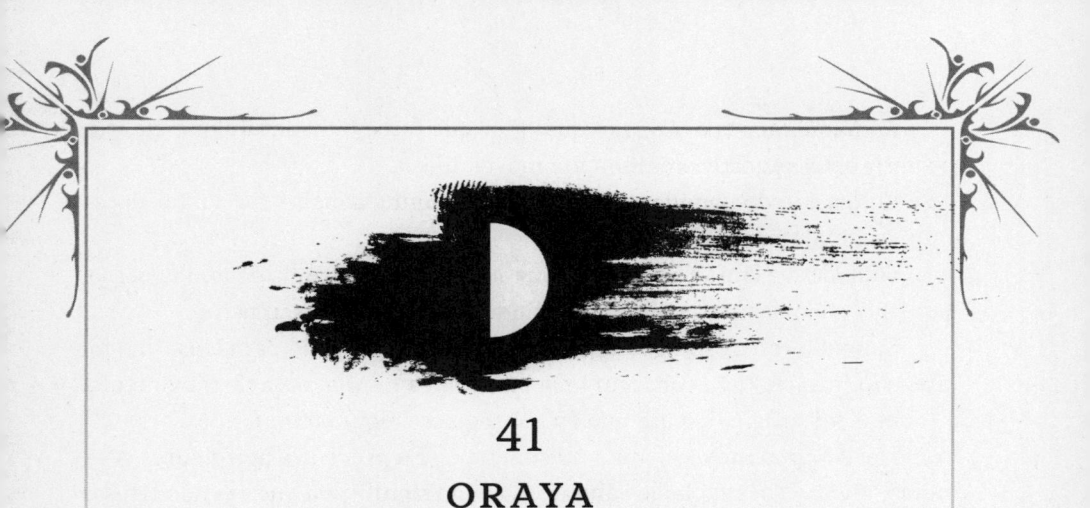

A consciência não me queria de volta. Precisei lutar por ela com unhas e dentes — e, mesmo assim, consegui apenas fragmentos.

O chão se movendo embaixo de mim.

Mãos me tocando. Mãos me tocando em todos os lugares.

Não toquem em mim, porra.

Tentei falar em voz alta, mas minha garganta e minha língua não cooperavam.

Alguém erguia meu vestido, passando a mão pela coxa. Meu instinto era chutar — porém, me contive e continuei largada, ganhando assim alguns segundos para recuperar os sentidos.

Eu estava... onde? Ainda no castelo. Conhecia muito bem aquele cheiro de rosas secas.

— ... já devia estar morta a essa altura.

— Não dá. Você sabe que com a gente não é assim.

Um homem. Uma mulher. Ambos Nascidos do Sangue — eu conseguia reconhecer o sotaque. Desdemona.

— Tire logo isso — disparou ela.

— Estou tentando — respondeu ele num chiado.

As mãos que subiam meu vestido não sugeriam lascívia.

Estavam tentando pegar minhas armas.

Tentei juntar o mais rápido possível os borrões de memória que pudessem me indicar o que havia acontecido. Septimus. Simon. O golpe. Sangue por todos os lados.

Raihn cambaleando de leve enquanto se afastava de mim.

De repente, despertei por completo, sentindo o sangue gelar nas veias.

Raihn. Saindo com Cairis.

Ele talvez já estivesse morto.

O Nascido do Sangue conseguiu soltar minha adaga.

— Finalmente achei essa mer...

Quando me largou para se dedicar a desafivelar a bainha de minha perna, peguei o cabo da arma com força e finquei a lâmina em seu peito.

Sangue preto respingou em meu rosto. Ele foi jogado para trás. Não foi um golpe fatal — não consegui imprimir toda a minha força no movimento.

Mas foi suficiente para que eu conseguisse algum tempo.

Desdemona me atacou na mesma hora. Eu precisava agir depressa — nunca a vira usar magia de sangue, mas não significava que ela não tivesse habilidade. Com certeza a vampira era mais forte, então eu precisava ser mais rápida — até isso era difícil, porém, com meus movimentos retardados pelos efeitos tardios da sedação de Septimus.

Senti as costas baterem na parede quando Desdemona retaliou. Enfiei a lâmina na lateral de seu torso, bem fundo.

Ela mal piscou, sem desviar os olhos dos meus.

Merda.

Nós duas sabíamos que eu estava fodida. Ela sorriu, erguendo a arma num novo golpe.

De repente, porém, hesitou. Mirou a punhalada seguinte não na minha garganta ou no meu coração — e sim na minha perna.

A pausa me deu o tempo de que eu precisava para me desvencilhar, apenas o suficiente para que o corte me pegasse de raspão.

Compreendi tudo — aquela era minha maior vantagem. Septimus podia ter me matado com facilidade. Desdemona também, bem ali, mas tinham escolhido não fazer isso.

Septimus ainda me queria — ou meu sangue, que fosse. Ele não me mataria. Ainda não.

Apenas me manteria trancada como uma escravizada. Me transformaria em mais uma ferramenta que pudesse usar.

E por que não, afinal? Era o que tinham feito comigo a vida toda. Eu era só uma coisa para ser usada em nome da conveniência dos outros ou um risco a ser mitigado.

Não uma força própria.

Que fossem todos se foder.

O Fogo da Noite lampejou entre meus dedos, subindo até a ponta da lâmina. Desdemona não estava preparada: tropeçou, erguendo as mãos para proteger o rosto.

Ataquei direto no coração.

Talvez Raihn estivesse certo. Talvez meu sangue de metade vampira significasse que eu era capaz de ir além do que jamais passara por minha cabeça, porque senti que não tinha precisado golpear com tanta força — a adaga penetrara a carne como se aquele fosse seu lugar.

Não tive tempo de desfrutar do fato.

Chutei o corpo da mulher, soltando a lâmina, e girei. A queimação familiar já se espalhava por minhas veias. O companheiro dela havia se recuperado e estava com as mãos erguidas, fazendo meu sangue flutuar ao nosso redor.

Atacamos ao mesmo tempo, nos engalfinhando numa confusão de membros, dentes e aço. A queimação da magia dele foi ficando cada vez mais forte. Eu nunca conseguira rechaçar o poder por tanto tempo. Fiz com que se reduzisse a um zumbido fraco no fundo da mente — simplesmente garanti que cada pancada minha fosse mais forte para compensar a magia, lutando com mais afinco para superar a resistência.

Eu não estava mais pensando.

Estava brava.

Estava *furiosa*, porra.

Não invoquei o Fogo da Noite para me envolver — ele surgiu sozinho.

E quando o fez, as labaredas branco-azuladas obscureceram minha visão, e tudo que restava no mundo era o rosto chocado de meu oponente esparramado de costas nos ladrilhos, com meus joelhos ao lado de seu torso e minha arma erguida.

Desci o punhal.

Ele caiu no silêncio. Inúmeras gotículas do meu sangue salpicaram o chão feito garoa.

Minha respiração ofegante fazia os pulmões doerem. Meu coração batia rápido por causa da adrenalina correndo em todas as veias. O Fogo da Noite ainda queimava sem parar.

Fiquei de pé. Estava tremendo um pouco. Notei o fato apenas com um leve reconhecimento. Ainda estava tão brava que não conseguia falar. Não conseguia raciocinar.

Não conseguia pensar em nada, exceto numa palavra. Num nome:

Raihn.

Olhei para a mesa. O braço do Nascido do Sangue estava largado em cima dela, como se ele tivesse tentado pegar algo em seus momentos finais. Pouco além de seu alcance havia um objeto longo, enrolado em seda branca. Reconheci o que era na mesma hora. Tinham pegado aquilo no meu quarto.

A espada de Vincent. A Assoladora de Corações.

Dessa vez, não hesitei: embainhei as armas e desembrulhei a espada. Quando minha mão se fechou ao redor do punho, não senti dor alguma. Pela Mãe, como era possível que algum dia eu tivesse me incomodado com aquilo? Não era dor. Era poder.

Você nasceu para ser exatamente isso, serpentezinha, sussurrou Vincent em meu ouvido.

Me encolhi em reação ao som da voz dele — muito mais real sempre que eu tocava aquela arma.

Mas ele estava certo.

Eu havia nascido para ser aquilo. Algo que ele mesmo escondera de mim. Meu pai havia me sufocado. Mentido para mim. Me dado seu poder e depois passado vinte anos fazendo com que eu me sentisse pequena e temerosa, me dizendo o quanto eu era fraca.

Ainda assim, quando empunhei aquela espada, senti um nó de pesar dolorido subir pela garganta.

Eu enfim era o que nascera para ser.

A filha de meu pai. Sua vítima e protegida. Seu maior amor e sua ruína.

Eu não sabia como conciliar tudo aquilo. De repente, eu não ligava. O que ele planejara para mim não importava mais.

Agora, eu tinha seu poder.

Fogo da Noite subia pela lâmina delicada. Era como o sol chamuscando o horizonte.

Nem precisei invocar conscientemente minhas asas. De repente, elas estavam expostas e escancaradas, e o ar dardejava ao meu redor enquanto eu disparava pela porta corredor adentro, o vento consumindo as lágrimas em meus olhos.

Cadê você?

Tinham me levado para os porões do castelo. Segui por túneis pelos quais poucas pessoas saberiam navegar tanto quanto eu — os que Vincent esperava que algum dia o salvassem de um golpe como aquele que se desenrolava. Sons de derramamento de sangue ecoavam pelas paredes como se o próprio castelo estivesse gemendo e gritando em seus estertores de morte. Algumas das portas pelas quais passei tinham sangue escorrendo por sob a fresta, escuro e escorregadio nas soleiras.

Corri, corri sem parar — não parei para pensar, não parei para questionar por que estava arriscando a própria pele a fim de salvar a de Raihn. Eu não sabia. Jamais saberia. A única certeza era de que a verdade estava diante de mim, uma ação inevitável.

Cadê você?

O castelo tinha masmorras, mas Raihn era um rei. Não um rei qualquer, e sim um rei odiado pelo homem que desejava sua coroa.

Eu sabia exatamente o que Simon achava de Raihn. Transformado. Escravizado. Maculado. Pensava no vampiro como alguém a ser usado por pessoas como ele — e não o inverso.

Simon precisava de uma demonstração de força. Queria colocar Raihn em seu devido lugar na frente de todos — como Vincent fizera um dia ao enfileirar Rishan mortos empalados por estacas distribuídas pela cidade.

Vampiros não matavam por motivos práticos. Matavam por prazer. Por vingança. Pelo espetáculo. Para provocar medo.

Tais coisas não poderiam ser demonstradas numa masmorra. Ele não ia assassinar Raihn em silêncio, num cômodo escondido.

Cadê você?

Corri escada acima. Minhas coxas queimavam.

Eu não parava de pensar em Vincent e em todas as asas Rishan pregadas na muralha de Sivrinaj.

Em todas as vezes que ele enforcara, na praça diante do castelo, algum pobre coitado que o desafiara.

Cadê você?

Continuei subindo sem parar.

Porque sabia onde Raihn estava — ou ao menos rezava para saber, o palpite se revirando dentro de mim com o desespero da esperança.

Cheguei ao topo da escadaria e escancarei a porta. Uma lufada de ar quente e seco soprou meu cabelo.

O andar superior do castelo — um salão de baile com sacada e uma parede repleta de janelas. Para além delas, o céu da noite, rosado com a aurora que se aproximava, se estendia diante de mim. O reflexo da lua e das estrelas banhava o chão de mármore preto, polido como um espelho.

Por um instante, achei tudo lindo pra caralho — a beleza intocável do instante que antecede o estilhaçar de um cálice.

Havia várias pessoas no recinto, de costas para mim.

E ali, depois das janelas, silhuetado contra o céu com as asas escancaradas à força, havia alguém que reconheci de imediato — mesmo à distância, mesmo contra a luz.

Os segundos seguintes passaram devagar.

O Fogo da Noite ao meu redor se avivou e produziu espirais.

Os soldados Rishan se viraram para mim.

Apertei com mais força o punho da Assoladora de Corações. Minhas palmas queimavam, mas eu queria mais. O poder me servia de combustível.

Agora você compreende.

A voz de Vincent soou um pouco orgulhosa. Um pouco triste.

O poder dói. Exige sacrifícios. Quer mudar este mundo, serpentezinha? Suba o nível até que ele esteja alto o bastante para que ninguém mais o alcance.

Eu já lhe disse isso uma vez.

Sei porque foi o que fiz, minha filha. Sei muito bem.

Meus olhos se fixaram em Raihn, pendurado por correntes.

Quando os soldados Rishan me atacaram, eu estava pronta.

42

ORAYA

Eu sempre fora uma boa guerreira. Mas aquilo? Aquilo era como respirar. Algo inato, que não exigia esforço. Eu não precisava pensar. Não precisava planejar. Não precisava compensar minha fraquezas.

Eu era a Sucessora da Casa da Noite, filha de Vincent, o rei dos Nascidos da Noite, e tinha tanto poder quanto qualquer um dos dois títulos sugeria.

A Assoladora de Corações era uma arma incrível. Rasgava pele e quebrava ossos como se meus inimigos fossem feitos de areia. Agora eu entendia por que Vincent talvez tivesse se prestado a sacrificar a alma em troca daquele tipo de poder. Por que Septimus estava disposto a arrasar Obitraes para conseguir algo ainda mais grandioso.

Eu estava embriagada daquilo.

Não me lembrava de os ter matado. Tinha apenas uma vaga noção dos corpos caídos aos meus pés. Minhas asas borravam os limites entre o chão e o céu, ajudando a me mover mais rápido, desviar com agilidade e estar sempre exatamente onde deveria. Sangue cobria meu rosto, escorrendo pelos meus olhos e manchando o mundo de preto-avermelhado.

Outra lufada de vento me atingiu conforme eu lutava para abrir caminho até as janelas da sacada. Sivrinaj se estendia lá embaixo, um mar de curvas de marfim, o rio Lituro serpenteando pela paisagem como uma víbora de vidro.

A Assoladora de Corações retalhou em segundos o próximo Rishan que se aproximou de mim.

Será que ele tinha me atingido também? Eu não sabia. Não estava sentindo nada.

E tampouco me importava.

Senti algo estranho nas costas — não dor, não exatamente. Me virei. A espada do homem estava toda ensanguentada, pingando vermelho.

— Vadiazinha mestiça — rosnou ele, mas minha lâmina lhe roubou as palavras seguintes.

Ótimo, disse Vincent. *Eles merecem.*

O último homem, o que cuidava das correntes, saltou na minha direção. Baixei a Assoladora de Corações e permiti que cortasse sua perna, fazendo o vampiro tropeçar e uivar pelo chão.

Não permiti que caísse por completo. Enquanto o segurava, senti — de forma distante — meus músculos arderem. Empurrei o sujeito contra a parede.

O último *ali*. O último a me separar de Raihn. Mas eu não estava satisfeita. Estava ávida. Estava *irada*.

— Simon — rosnei. — Septimus. Cadê eles?

O homem cuspiu em mim e tentou me golpear. Atingiu algo, não vi o quê. Certo. Ele não queria falar, e tudo bem. Como se fosse alguém importante o bastante para ter aquela informação.

Apenas atravessei seu corpo com a arma e o joguei da sacada.

Girei nos calcanhares, pronta para o próximo atacante. Em vez de gritos de batalha, gemidos de dor ou clangor de lâminas, ouvi apenas as batidas frenéticas de meu coração.

E...

— Que entrada do caralho, princesa.

A voz dele estava vazia e rouca.

Pisquei para limpar o vermelho dos olhos. A natureza borrada da minha sede de sangue foi se aliviando, e de repente senti um frio súbito quando assimilei o que estava vendo.

Raihn.

Raihn preso com correntes de prata à parede do castelo. Ele estava com as asas expostas e pregadas, o sangue coagulando na plumagem elegante. O rosto estava pintalgado de vermelho, que também manchava a roupa que já fora refinada. Ele estava com o cabelo solto, grudado à pele.

O vampiro tinha lutado para valer. Soube assim que o vi. Drogado ou não.

Voltei a mim como se despencasse de volta à terra a toda a velocidade. De repente, vendo Raihn daquele jeito, não me senti poderosa — mesmo com o rastro de corpos às minhas costas, a espada em minha mão ou o Fogo da Noite crepitando na ponta dos dedos. Não me senti nem um pouco poderosa.

O vampiro abriu um sorriso débil e torto.

— Não é possível que eu esteja assim *tão* péssimo.

Embainhei a espada e atravessei a sacada. De perto, a situação dele parecia ainda pior — algumas das correntes estavam enterradas em sua pele.

Soltei vários palavrões entredentes.

Eles o largariam ali para queimar. Deixariam que a aurora o matasse, devagar, bem diante de toda Sivrinaj. A forma mais humilhante pela qual um vampiro poderia partir. Na cabeça de Simon, ele não era digno sequer de uma execução real. Execuções eram para ameaças.

— Cairis — soltou Raihn, com dificuldade. — Foi Cairis. O traidor. Acredita nessa porra?

Depois, ele caiu na gargalhada como se houvesse algo histericamente cômico na situação.

— Não faça isso — disparei.

Ouvi vozes à distância. Muitas.

Merda.

Meu ataque não tinha sido exatamente sutil. Estavam vindo atrás de mim. Atrás de Raihn.

Ele também ouviu, a cabeça se virando na direção do barulho. Depois, voltou a olhar para mim.

— Vai doer — avisei.

Eu não tinha tempo para ser sutil. Arranquei a primeira corrente de seu punho, e um novo rio de sangue começou a escorrer pelo braço do Nascido da Noite.

— Me deixe aqui — falou ele. — Vou ficar bem.

Dei risada. O som que saiu foi horrível.

— Aham, vai pra caralho...

— Você está ferida, Oraya. Eles são muitos.

Sem piadas. Sem comentários prepotentes.

Raihn estava certo. Eu estava ferida, e provavelmente era grave. Conforme a adrenalina passava, tudo doía. Eu tentava não pensar a respeito, mas estava começando a ficar atordoada.

Senti um nó na garganta.

— Eu já cheguei até aqui — murmurei, indo mais rápido conforme agarrava outra corrente e a puxava.

Uma das asas de Raihn se soltou, a dor lampejando por seu rosto devido ao peso extra depositado na outra asa.

As vozes soavam cada vez mais altas. Eu estava fodida.

Puxei a segunda corrente do braço direito, libertando o membro.

— Pronto. Um dos seus braços está livre agora. Me ajude — cuspi, passando para a segunda asa.

E ele obedeceu, fazendo uma careta enquanto tateava a parte direita do torso.

As vozes já pareciam vir daquele andar, cada vez mais próximas.

— Vamos logo — falei.

— Oraya...

— Não ouse me dizer para te largar aqui — disparei. — Não temos tempo para isso.

Só faltavam os calcanhares. As asas estavam livres, assim como os braços. Caí de joelhos e comecei a soltar uma das pernas enquanto ele trabalhava na outra.

Pela Deusa, tínhamos segundos. Talvez menos.

— Oraya.

Não ergui o olhar.

— Diga.

Ouvi o clangor do metal caindo no chão.

— Por que você veio atrás de mim?

Parei por uma fração de segundo que a gente não tinha.

Eu não havia feito aquela pergunta a mim mesma. Não queria analisar demais a resposta, sentindo um nó confuso no peito.

— Não temos tempo para isso. — Arranquei a corrente restante com um último ruído metálico.

Fiquei de pé, e Raihn tentou dar um passo adiante. Tudo que conseguiu, porém, foi cair em cima de mim. Quase tropecei com seu peso.

Por cima do ombro, vi uma enxurrada de soldados Rishan e Nascidos do Sangue surgindo pelo canto. Mais do que eu conseguiria enfrentar naquele estado, mesmo tendo a Assoladora de Corações a meu favor.

Raihn notou a mesma coisa, depois cambaleou até o parapeito.

Olhei para as asas dele, quebradas e inúteis. Para seus ferimentos. Para o quão longe o chão estava lá embaixo. Para os soldados.

Enfim, fitei o vampiro.

Seu rosto estava banhado por uma luz dourada com toques rosados conforme o sol irrompia no horizonte, fazendo os olhos brilharem como dois rubis escuros. Na face direita, já começavam a surgir bolhas provenientes do poder do sol. O cabelo cintilava num vermelho intenso sob a aurora — mais vermelho do que eu jamais notara ser, mais próximo do tom de cabelo humano do que do vampírico.

Uma flecha zumbiu rente à sua cabeça.

Quando os primeiros soldados alcançaram o batente da porta, agarrei Raihn e o abracei com força.

— Você é inacreditavelmente linda — murmurou ele no meu ouvido.

Depois, escancarei as asas, saltando com ele do parapeito da sacada.

Parte Cinco
Lua gibosa

INTERLÚDIO

A verdade cruel é que é mais difícil sobreviver quando se tem alguma coisa com que se preocupar.

O escravizado e a rainha têm pouco em comum. Quando conversam, não raro é sobre o rei, conversas longas que os ajudam a lidar com o comportamento e o humor do monarca. Na maior parte do tempo, no entanto, nem sequer falam; em vez disso, usam os parcos minutos que desfrutam juntos para retraçar toques hostis com outros carinhosos, substituindo a dor pelo prazer como plantas desesperadas por água.

É impossível subestimar o poder de algo assim. É o suficiente para construir uma conexão enganosamente similar ao amor.

E quem iria dizer que não é? Parece amor. Tem gosto de amor. Consome o homem feito amor.

Talvez, em qualquer outro mundo, aquelas duas pessoas não tivessem encontrado razões para estarem juntas.

Naquele, porém, se tornaram a única razão de viver um do outro.

O escravizado descobriu cedo que é mais difícil quando se tem alguma coisa com que se preocupar. Ao longo das primeiras décadas de sua prisão, ele categorizava a própria apatia como se fosse uma arte. Agora, numa questão de semanas, tudo se estilhaça. Os golpes são mais doloridos devido à forma como ela reage a eles. As degradações são mais humilhantes porque ela as testemunha. Cada ato de violência contra ela o faz chegar mais perto de uma linha que ele sabe que, caso cruze, será incapaz de voltar atrás — por mais que ela lhe implore que se controle.

Quem vence?, pergunta ela para ele, com lágrimas nos olhos. Quem vence se ele matar você?

Assim, os anos passam, e o escravizado não luta.

Mas o ódio nunca passa. Apenas supura. Por anos, décadas. Consome seu coração como se fosse um bolor, até ele não ser mais capaz de lembrar como era a vida antes do sentimento.

O rei vai ficando cada vez mais paranoico, mais desesperado por poder conforme os rumores sobre uma rebelião correm à boca pequena. O Kejari está se aproximando, uma porta aberta para todos os maiores inimigos do monarca. Com o mundo além de suas muralhas saindo cada vez mais do controle, o desejo de controlar o mundo dentro de seu território fica mais impiedoso.

O bolor vai se espalhando.

A ideia começa como uma semente de podridão enterrada no fundo do peito. Se espalha tão rápido que nem o escravizado sabe dizer quando deixa de ser uma fantasia — só sabe que, certo dia, não é mais uma possibilidade, e sim algo inevitável.

O escravizado começa a prestar atenção nos sussurros que se espalham pela cidade. Ouve falar de um guerreiro Hiaj promissor; um homem que não esconde o comprometimento brutal com suas intenções igualmente brutais.

O escravizado é autorizado a assistir ao primeiro desafio do Kejari ao lado do rei.

Ele se senta atrás da rainha e a vê ajeitar o cabelo para esconder os hematomas no pescoço.

Vê o coliseu sedento de sangue gritar enquanto o vampiro loiro retalha os inimigos com a mesma ferocidade que usaria para retalhar o mundo e tomar o que quisesse dele.

Ele vê o rei, e o medo que este tenta fingir que não está sentindo.

E, enfim, o escravizado vê uma oportunidade.

O reino já está embebido em óleo.

E ele está mais do que disposto a riscar o fósforo.

43
ORAYA

Eu não tinha a menor ideia de para onde estava indo.

Era impossível voar direto com o peso de Raihn, mesmo com o vampiro tentando — em vão — me ajudar. Mas provavelmente era melhor daquele jeito. Logo perdemos altitude, nos escondendo por entre as construções de Sivrinaj enquanto eu tentava freneticamente nos manter no ar. Consegui chegar com o vampiro até as margens dos assentamentos humanos antes de despencar nas ruas de paralelepípedos.

Apesar dos ferimentos, Raihn conseguiu se levantar depressa, mancando rente às paredes de construções de tijolo caindo aos pedaços. Assim que me ergui, permiti que ele apoiasse o peso sobre meu ombro para facilitar a caminhada.

Semicerrei os olhos e fitei o brilhante céu sem nuvens.

— A gente precisa entrar em algum lugar — falei. — O quanto antes.

Olhei ao redor, procurando alguma construção vazia que pudéssemos usar de abrigo. Raihn, porém, continuou a nos arrastar adiante, cerrando o maxilar.

— Eu sei para onde a gente pode ir — falou.

— Seu apartamento? Você nunca vai chegar até lá. Vamos encontrar...

— Estamos indo — interrompeu ele.

Eu estava prestes a rebater, mas o vampiro me encarou com um olhar — determinado, pétreo — que me fez calar a boca no mesmo instante.

Naqueles momentos borrados entre a noite e o dia, ambos os lados de Sivrinaj — o vampiro e o humano — ficavam silenciosos. No entanto, eu sabia que logo atrairíamos a atenção andando pelos assentamentos humanos sob o sol nascente. Avançamos por um quarteirão e meio antes que eu pudesse ver os primeiros olhos nos fitando pela janela de um quarto; a pessoa se escondeu assim que compreendeu que fora notada.

— Vão ver você — murmurei. — Precisamos encontrar um lugar, e rápido.

— Não. — A palavra saiu por entre os dentes cerrados. Raihn avançava mais devagar, se apoiando com dificuldade nas paredes. Sem muito sucesso, ele tentava andar o mais rente possível delas e se esconder nas sombras projetadas, mas continuava a se arrastar sem pestanejar. — Já está perto. Falta só um quarteirão.

Pela Deusa, eu não sabia se conseguiríamos ir tão longe.

Uma era pareceu se passar até que a construção surgisse em nosso campo de visão, e senti o suspiro de alívio do vampiro assim que viu a casa. Uma de suas bochechas, no entanto, já estava toda marcada por queimaduras escuras, que começavam a se espalhar pelo resto do rosto.

Os passos dele pareciam dolorosamente lentos. Minhas pernas quase cediam sob o peso. O sol ficava cada vez mais alto no céu.

— Estamos quase chegando — falei baixinho. — Falta só mais um pouco.

Estávamos muito, muito perto.

Mas, de repente, a passos da porta, ele desmoronou.

Caí de joelhos a seu lado, puxando seu corpo tão para dentro da sombra das construções quanto possível. Cada centímetro era difícil — o vampiro era pesado, e eu estava ferida.

— Levante — falei, tentando em vão esconder o quanto estava assustada. — Levante, Raihn. Estamos muito perto.

Ele grunhiu e tentou se erguer. Falhou de novo, se largando contra a parede.

O que eu podia fazer? Não tinha como carregar o Nascido da Noite. O sol surgia rápido. Tentei empurrar o vampiro tão para dentro das sombras quanto seu corpo robusto permitia.

Uma porta se abriu e fechou. Levei a mão à espada, e...

Quando ergui os olhos, vi um homem careca à nossa frente.

Ele parecia familiar, mas no começo não o reconheci. Depois, me dei conta de que era o sujeito da recepção do lugar onde Raihn se hospedava. O que estava sempre dormindo atrás do balcão.

Abri a boca, mas não sabia o que dizer — não sabia se o mandava se afastar num rosnado ou implorava por ajuda. Não era hora de disfarces. Estava na cara que éramos vampiros. E mais do que nítido o quão impotentes estávamos.

Minha mente se encheu de um milhão de possibilidades, coisas que um humano poderia fazer ao se deparar com dois predadores encurralados.

O homem falou antes que eu pudesse abrir a boca:

— Não sou idiota. Sei quem vocês são.

Chegou mais perto, depois se deteve quando visivelmente me encolhi, colocando meu corpo entre ele e Raihn.

Seu olhar parecia mais... gentil do que eu esperava.

— Não precisam ter medo. Nenhum dos dois.

O sujeito passou por mim, se ajoelhou e puxou o braço esquerdo de Raihn.

— Pegue o direito — indicou.

Pela Deusa, ele estava *nos ajudando*.

Obedeci, dando apoio para o lado direito de Raihn. Com o auxílio de nós dois, o vampiro empregou as últimas gotas de suas forças, e conseguimos entrar com ele na construção. O estalajadeiro fechou a porta atrás de nós com o pé, usando a mão livre para fechar as cortinas.

Assim que saiu do alcance do sol, Raihn soltou um suspiro de alívio.

— Melhor — conseguiu dizer. — Bem melhor.

— Shhh — falei.

Não queria que ele desperdiçasse energia com palavras, sendo que ainda havia uma escadaria a ser vencida.

Mas, sem o fulgor do sol, ele imediatamente ganhou mais disposição, capaz de subir os degraus contando com nossa ajuda. Quando chegou ao apartamento, caiu na cama de imediato.

O homem parou à porta, cruzando os braços.

Raihn ergueu o olhar.

— Obrigado.

Mas o sujeito apenas dispensou o agradecimento com um gesto da mão.

— Este lugar mudou. Não ache que o povo não sabe quem foi o responsável. — Depois alternou o olhar entre nós dois. — Não faço ideia do que rolou aqui, mas... não é da minha conta. Vamos apenas dizer que espero que as coisas continuem como estão. E se trazer vocês até aqui for contribuir com isso... — Ele deu de ombros e recuou de costas até a porta. — Vou trancar a estalagem e passar o dia fora. Se alguém perguntar, digo que não vi nada.

E, com isso, fechou a porta, deixando nós dois sozinhos.

Olhei para Raihn. A garganta dele tremia, mas ele se recompôs e se virou para me olhar de cima a baixo. Eu apertava o ventre. Os ferimentos aos quais eu mal dera atenção por conta do frenesi da luta agora estavam muito mais perceptíveis. Não era nada que fosse me matar, porém.

Raihn se levantou e atravessou o quarto aos tropeços.

Me levantei de um salto.

— Aonde caralhos você está indo?

— Pelas tetas de Ix, princesa. Para o outro lado do quarto, só isso. Estou bem. Era só o sol que estava me prejudicando. — Ele me disparou um olharzinho de diversão enquanto abria a gaveta da mesa, vasculhando seu conteúdo. — Fique tranquila aí e pare de me fulminar com essa cara.

— Por quê?

O vampiro riu.

— É mesmo pedir demais?

Relutante, me sentei. Ele voltou e se acomodou ao meu lado, com a respiração pesada e um pouco chiada. Já havia sangue na roupa de cama — dele, meu.

Raihn abriu o botão extra do paletó. Estava rasgado e manchado, com as mangas arregaçadas no cotovelo. O cabelo desgrenhado lhe emoldurava o rosto. Meu vestido antes refinado também tinha sido reduzido a trapos ensanguentados.

Todo o nosso refino de mais cedo havia sumido em meio ao derramamento de sangue.

— Obrigado — disse ele, baixinho. — Obrigado por ter vindo atrás de mim.

Senti um nó na garganta. Não gostava de ouvir Raihn falando daquele jeito. Me lembrava muito de como ele havia me agradecido depois de beber meu sangue. Genuíno demais.

— Simon falou de você como se... — Meus lábios se curvaram. — Como se você fosse insignificante. Quero que ele se foda.

Um sorriso breve surgiu nos lábios de Raihn — um tanto dolorido, pois nós dois sabíamos que meu ódio por Simon não era a única razão pela qual eu havia salvado o rei. Ele não insistiu, porém.

— Tenho uma coisa para você — falou o vampiro, me estendendo um pequeno pacote simples envolto em tecido.

Não me movi.

— Fique tranquila, ele não morde — continuou Raihn. — Já faz tempo que te devo um presente de casamento.

— E você acha que *agora* é a melhor hora para trocar presentes?

O canto da boca dele se tensionou.

— Acho que é uma hora perfeita para trocar presentes.

Não sei por que eu estava hesitante. Era como se o tom na voz de Raihn sugerisse que, independentemente do que fosse aquilo, eu sairia machucada.

Aceitei o embrulho e o abri sobre o colo.

O tecido revelou um caderno marcado pelo tempo e uma pilha de papéis de pergaminho.

Com a mão um tanto trêmula, peguei o de cima e o desdobrei, revelando um retrato em nanquim desbotado — uma mulher morena com o olhar fixo num ponto distante, o rosto meio de lado em relação ao desenhista. Era antigo, com a tinta já um tanto manchada e alguns sinais de umidade marcando o papel. Me fez lembrar de outro esboço a nanquim — uma paisagem em ruínas de uma cidade muito distante dali.

— O que é... o que é isto? — perguntei.

— Acho — sussurrou Raihn — que é sua mãe.

Parte de mim já sabia. Ainda assim, as palavras abriram meu peito ao meio, libertando uma onda de emoção para a qual eu não estava preparada.

Vincent desenhara aquilo. Eram os traços dele — eu conhecia aquele estilo.

Ele tinha desenhado *minha mãe*.

Coloquei o retrato de lado, devagar. Embaixo, havia um colar de prata escurecida com um pequeno pingente de pedra preta. Ergui o cordão e a pedrinha junto à mão — bem ao lado do anel que eu usava no mindinho. Era um conjunto.

Meu peito doía furiosamente. Acomodei o colar em cima do retrato. O caderno continuava no meu colo, aberto.

— Como conseguiu isso? — perguntei, meio engasgada.

Não pude me forçar a olhar para ele.

— Com paciência. O castelo tem registros e anotações acumulados ao longo de centenas de anos. Vincent costumava escrever muita coisa, mas quase nada faz sentido.

Parecia verdade. Meu pai de fato gostava de colocar tudo por escrito, mas ao mesmo tempo era paranoico com o vazamento de informações. Fosse lá o que tivesse deixado para trás com certeza seria intencionalmente vago, difícil de entender por qualquer pessoa que não ele próprio.

— Recolhi tudo que datava de uns vinte e quatro anos atrás — prosseguiu Raihn. — Fui mexendo nisso um pouquinho por dia. Só eu. Ninguém mais sabe.

Pela Mãe, devia ter demorado muito tempo para vasculhar sozinho centenas ou milhares de registros.

Senti os olhos ardendo.

Peguei outro pedaço de papel. Aquele era uma carta — ou um pedaço incompleto de uma. A letra não era a de Vincent, que eu conhecia como a palma da mão. Aquela era um pouco mais garranchada e solta, com letras empertigadas e cheias de firula.

— Quem...? — As palavras pareciam presas na minha garganta, então parei e comecei de novo. — Quem era ela?

— Também tenho mais perguntas do que respostas. Acho que o nome dela era...

— Alana.

Tracei com o dedo o nome assinado na carta. E, naquele momento, senti nos ossos uma familiaridade, algo muito antigo. Como se me lembrasse do eco do nome sendo dito numa pequena casa de pau a pique, décadas antes.

Depois, minha mão subiu até o cabeçalho. *Para Alya*, dizia. *Vartana. Assentamento leste.*

Pela Deusa. Um nome. Um lugar. Vartana era uma cidade pequena a leste de Sivrinaj. A carta em si significava pouco para mim, algo que parecia falar sobre feitiços de cura e rituais de um tipo de magia que eu não compreendia, mas... *nomes.*

— Até onde entendi, ela viveu no castelo por um tempo — falou Raihn. — Não sei quanto. Pelo menos um ano, com base nessa diferença de dias aqui. — Ele deu uma batidinha na data da carta rasgada, depois no registro mais antigo no papel logo abaixo.

Aquela parecia ser a página de um diário ou coisa do gênero, uma lista de ingredientes. Plantas. Algumas eu conhecia, outras não.

— Acho que ela era usuária de magia — continuou ele. — Uma feiticeira.

Franzi o cenho.

— De qual divindade? Nyaxia?

Eu já sabia a resposta. Minha mãe era humana. Alguns humanos eram capazes de manipular a magia de Nyaxia, mas nenhum se aperfeiçoava tanto nela — não mais do que vampiros, com certeza.

Raihn ergueu algumas folhas com cuidado, deixando na minha mão só o último pergaminho. Ao contrário dos demais, não era uma carta ou o pedaço de um diário. Era a página rasgada de um livro, um diagrama com as fases da lua. Na parte de baixo, vi um pequeno símbolo silhuetado — uma aranha de dez patas.

— É o símbolo de Acaeja — falou ele.

Acaeja — a Deusa do Desconhecido, tecelã de destinos.

Compreendi tudo quando lembrei o que Septimus tinha dito sobre meu pai. Que ele procurava sangue divino. Que usara videntes para ajudar na busca.

Que a porra do sol me levasse...

Me virei de súbito para Raihn, que ergueu as sobrancelhas numa confirmação silenciosa de que estava pensando a mesma coisa que eu.

— O que ela fez para ele? — perguntei.

— Não faço ideia. Mas... bem que queria saber. Depois de meses de procura, é tudo que tenho.

Ele parecia frustrado consigo mesmo, constrangido por estar me oferecendo tão pouco. Ao mesmo tempo, eu sentia um interesse voraz pelo que ele acabara de me dar.

Eu tinha um nome. Pela Deusa — tinha um *rosto*.

E um milhão de perguntas e possibilidades.

Peguei de novo o primeiro pergaminho — o desenho. Tracei as linhas antigas com a ponta dos dedos.

Meu pai havia feito aquele desenho. Aquele desenho *dela*.

Por quê, Vincent?

Você a amava? Você a sequestrou?

As duas coisas?

Mas não ouvi voz alguma. Afinal, por que eu seria capaz de conjurar uma versão falsa dele que não fosse tão cheia de segredos, considerando que era aquilo que Vincent tinha me dado a vida toda?

Ou talvez sua voz houvesse me abandonado porque meu pai sabia que eu não queria ouvir nada do que ele tinha a dizer.

Meus olhos ardiam, minha garganta estava apertada. Acariciei com o polegar o pergaminho, várias vezes. Ao meu lado, Raihn estava ao mesmo tempo perto demais e não perto o bastante.

— Você se parece com ela — murmurou ele.

A forma como o vampiro disse as palavras foi dolorida de ouvir. Com muita admiração. Como se aquele fosse o maior dos elogios.

Passei os dedos pela cascata de cabelo escuro caído sobre seu ombro, pelo ângulo reto do nariz, pelo canto da boca curvada numa expressão pensativa etereamente familiar.

— Eu queria poder te dar mais — murmurou ele. — Mais do que um nome. Mais do que poucos pedaços de papel.

— Por quê? — questionei, quase engasgada. — Por que fez isso?

Eu sabia. Lá no fundo, eu já sabia.

Raihn respirou fundo, soltando o ar devagar.

— Porque você merece muito mais do que este mundo já te deu. E eu sei... sei que fiz parte disso. Tirei de você a possibilidade de conseguir respostas. Isso não é suficiente. Eu sei. Mas...

Ele foi ficando sem palavras, um tanto impotente, como se estivesse procurando em vão o que falar a seguir. Eu tampouco sabia o que dizer, sobrepujada pela gratidão dolorosa que me enchia o peito, querendo sair. Sim, Raihn estava certo. Ele havia tirado de mim a oportunidade de olhar Vincent nos olhos e exigir respostas.

Mas mesmo aquilo, meros resquícios de passado, já era muito mais do que meu pai jamais me dera. Era significativo. Muito mais significativo do que eu gostaria que fosse.

Consegui sentir a atenção de Raihn fixa em mim, mesmo mantendo meus olhos zelosamente focados na roupa de cama, envergonhada pelo que o vampiro talvez fosse encontrar dentro deles.

— Tem mais uma coisa — falou Raihn.

Ouvi um leve farfalhar quando ele levou a mão ao bolso. Depois pousou um saquinho de veludo no meu colo; era pesado para algo tão pequeno, e emitia um leve som de metal contra metal a cada movimento.

Dinheiro.

Ergui o rosto. Um erro, porque a tristeza na expressão dele era tão sincera, tão aberta, que me sobressaltei.

— O que...? — comecei.

— Ouro — respondeu ele. — O material importa mais do que a moeda em si. Qualquer pessoa em qualquer nação humana vai aceitar ser paga com isso. É suficiente. Eu ia mandar mais se você precisasse, mas...

Fiquei de pé de repente, empurrando o papel e o saco de moedas do meu colo para o colchão.

— Eu não...

— Caralho, Oraya, só escute o que tenho a dizer. — Depois, com mais suavidade, acrescentou: — Só... Por favor. Por favor, me deixe dizer isso.

Minha vontade era virar o rosto, mas era impossível. Aqueles olhos vermelho-ferrugem, cintilando demais sob a luz das lamparinas, me prendiam.

— Neste momento, na foz do Lituro, perto da margem dos assentamentos humanos, há um homem esperando por você. Ele tem uma embarcação. Vai te levar até as ilhas mercantes além da costa. De lá, dá para embarcar em rotas que levam a qualquer lugar do mundo.

Senti meus lábios se entreabrirem.

Já estava tudo preparado. Havia um homem esperando por mim. O dinheiro. O caderno, embrulhado e pronto, esperando por mim.

Raihn nunca planejara atrelar minha liberdade ao apoio da Casa da Sombra.

Sempre estivera disposto a me deixar partir.

— Eu... — Engasguei de novo, mas ele se levantou. Mal reagiu à dor dos ferimentos, sem nunca desviar o olhar do meu.

— *Vá* — sussurrou ele. — Vá para algum lugar distante. Vá para as nações humanas. Vá aprender sobre sua magia. Eu até diria para ir se tornar algo incrivelmente foda, mas você já é, e este lugar não te merece. Nunca mereceu. E eu muito menos, porra.

Abri a boca de novo, mas as palavras seguintes de Raihn saíram mais rápido, mais intensas, como se ele as estivesse minando de algum ponto profundo no peito.

— Nunca pedi desculpas como deveria, porque tudo o que você falou a meu respeito é verdade. Porque você sempre viu a maldita verdade, mesmo quando eu morria de vergonha dela. O que fiz com você foi... é *imperdoável*. — Ele cuspiu a última palavra, como se com nojo de si mesmo. Com a ponta dos dedos, roçou o meio do peito, bem onde minha lâmina o transpassara. Porque eu sabia exatamente onde o apunhalara. — Então não vou pedir seu perdão. Não vou ficar aqui falando como sinto muito. Que porra de utilidade isso teria? Não quero te pedir nada. Quero te dar o que já queria ter dado muito tempo atrás. Porque você...

O ar pareceu sumir do cômodo — sumir do meu corpo, me deixando ali congelada no lugar, sem respirar, sem falar, enquanto ele se aproximava um passo. Mais um. Mantive o queixo erguido, sustentando o contato visual.

Pela Mãe, aqueles olhos... Lembravam fogo, cintilando, úmidos por causa das lágrimas que não caíam.

— Você é tudo — continuou ele, com a voz rouca. — Todas as coisas do mundo. Então vá, Oraya. Só vá.

Eu estava embargada. Engoli o nó na garganta, cerrando o maxilar.

Tudo em que eu conseguia pensar era: *Seu idiota.*

Se ele tivesse a Casa da Sombra como aliada, seria uma coisa. Mas Raihn não tinha mais apoio algum. Nem dos Nascidos do Sangue. Nem dos Rishan. Mais do que nunca, ele precisava do poder que eu era capaz de oferecer. Era a única chance de voltar ao trono, e decerto o único modo de o manter como rei.

O vampiro precisava de mim mais do que nunca.

— Eu sou a única coisa que você tem — falei. — Ainda assim, me deixaria partir?

— Você é a única coisa que eu tenho — murmurou ele. — *Por isso*, estou te deixando partir.

As palavras me deixaram atordoada, como se o mundo todo tivesse mudado de direção e meu corpo não soubesse como reagir. Raihn estava tão perto que dava para sentir o calor de seu corpo, uma sensação que já me era tão familiar quanto minha própria pele. E dava para ver o maxilar cerrado e os músculos tensos, como se unidos contra uma força primal que implorava para que o vampiro percorresse a distância entre nós.

Como raios eu era capaz de reconhecer aquilo com tanta facilidade? Por que me parecia tão familiar?

Permaneci em silêncio por um longo momento.

Depois estendi a mão, peguei o saquinho de moedas da cama e o soquei contra o peito de Raihn, com tanta força que ele soltou um bufar sobressaltado.

— Caralho, você é inacreditável — rosnei, e o rosto dele começou a se contorcer numa expressão de surpresa. — As coisas acabaram de ficar interessantes, e você acha que eu vou sair fugida? Justo quando tem uma luta a ser ganha? Agora que aquele desgraçado está com a *minha* coroa?

Cheguei mais perto, mesmo sabendo que era perigoso, mesmo sabendo que estávamos tão próximos que nossos corpos quase se tocavam. Mantive a cabeça erguida para sustentar o olhar dele, franzindo o nariz num esgar.

— Vá se foder, Raihn — sussurrei. — *Vá se foder*.

Ele me encarou por um longo instante, sem piscar.

Nós quebramos aquele silêncio à deriva ao mesmo tempo.

Não sei quem se moveu primeiro. O beijo foi como uma tempestade varrendo o deserto estival — uma torrente que se abateu de uma vez, obliterando o calor, tão devorador que de repente era impossível pensar em qualquer coisa que não a borrasca.

Quando dei por mim, só havia Raihn no mundo.

44

ORAYA

A bolsinha de moedas caiu no chão com um baque surdo quando Raihn a soltou para levar as mãos ao meu corpo.

Ele me beijou como se estivesse faminto. Me beijou como se alimentara de mim numa caverna certa vez, muitos meses antes — desesperado, intenso e ávido, como se eu fosse a única coisa o ancorando na realidade. E, pela Mãe, eu também me sentia daquele jeito, como se estivesse me agarrando a algo sólido pela primeira vez em muito tempo.

Como se tivesse *voltado para casa.*

Eu dissera a mim mesma que havia esquecido como era beijar Raihn.

Era mentira. Não é o tipo de coisa que o corpo esquece — ele estava gravado na minha memória muscular, numa parte de mim que despertara de algum estado de dormência. Ele me beijou não apenas com a boca, mas com o corpo todo — igual a quando ele lutava, com cada músculo se rearranjando para a tarefa, centrados apenas em mim.

Meu vestido era fino pra caralho.

Eu sentia tudo através da seda. As mãos do vampiro, grandes e ásperas, descendo por meu corpo como se ele quisesse memorizar cada músculo, sorvendo cada curva. O calor que emanava, tão perto de mim que eu quase podia sentir o pulsar de seu coração sob a pele. Seu pau... Pela Deusa, seu pau duro e grosso, latejando entre nós.

Sim, eu sentia tudo através da seda. Sentia como Raihn vinha reprimindo aquela vontade por muito tempo.

E fui forçada a sentir o quanto eu desejava a mesma coisa.

O tesão tomava meu baixo-ventre, meus seios endurecidos sob o tecido leve demais do vestido, apertados contra o tórax rígido de Raihn. O cerne entre minhas pernas pulsava. Meu corpo se lembrava de como era beijar o vampiro, sim, mas também se lembrava de muito mais. Se lembrava de como era transar com ele. Como uma peça ocupando seu devido lugar.

Naquele momento, era tudo o que eu queria. Estava a ponto de implorar. Quando as mãos de Raihn deslizaram pela curva da minha lombar, passando para a área sensível do interior das minhas coxas, arquejei.

O som que ele fez em reação, quase inaudível, reverberou por mim feito um trovão.

A onda de desejo me deixou subitamente atordoada — era, no entanto, um desejo com um traço sombrio, afiado e perigoso, forjado na raiva que eu contivera por muito tempo.

Com um movimento abrupto, empurrei o vampiro para a cama. Ele caiu de costas no colchão, o estrado rangendo num protesto contra o peso súbito. Subi em cima dele, mas vi seu rosto se contorcer numa careta de dor. Hesitei, notando de novo a extensão de seus ferimentos — brutais, mesmo já começando a se curar agora que o vampiro saíra do sol.

— Não ouse parar, princesa — soltou Raihn, rouco, assim que viu minha expressão. A careta de dor cedeu, dando lugar a um sorriso cheio de malícia. — Por favor. Não ligo se essa porra me matar.

Com os dedos calejados, ele acariciou minhas bochechas, ajeitando uma mecha solta de cabelo atrás da minha orelha.

— A única coisa boa da outra vez em que estivemos nesta posição é que você foi a última coisa que eu vi.

A voz dele ainda tinha aquele tom leve e brincalhão, mas seu sorriso havia sumido. Um gesto nada leve. Seu toque não era nem um pouco leve também. Tudo estava envolto num carinho agonizante.

Fez meu peito doer. Fez meus olhos arderem.

Me deixou... *irada.*

Eu não estava pronta. Ainda não. Não com os resquícios da minha raiva ainda pulsando nas veias, os fragmentos remanescentes rasgando as feridas abertas ao longo daqueles últimos meses.

O vampiro começou a se sentar, estendendo a mão na minha direção, mas o empurrei de volta para a cama.

— Não — ordenei.

A confusão lampejou em seu rosto.

— Não se mexa — continuei. — Você não está no controle aqui.

Vi o espanto se desfazer em compreensão. Até aquilo, no início, foi afetuoso demais, suave demais, até ele começar a substituir a expressão por um leve sorriso que curvou seus lábios.

Forcei seus ombros para baixo de novo, firme, uma ordem para que ele continuasse parado ali. Depois voltei a atenção à roupa do vampiro. Comecei com os botões do casaco, desatando os laços de prata em seu peito. A cada um que soltava, a seda azul caía mais para o lado, expondo a pele nua — uma paisagem de morros e côncavos feitos de músculos, o tórax subindo e descendo com a respiração ofegante, a pele coberta por ferimentos recentes, cicatrizes antigas e macios pelos pretos que formavam um caminho em direção ao abdômen.

Eu tinha odiado aquela fantasia no instante em que vira Raihn com ela. Era exatamente o que o traje era: uma fantasia, usada para fazer Raihn parecer uma das pessoas que o haviam subjugado no passado.

Ele não era aquela pessoa.

Era algo tão óbvio que parecia inacreditável que eu pudesse ter tido dúvidas antes. Não, a versão dele que eu revelava a cada botão aberto, conforme expunha cada área de pele antes humana, repleta de imperfeições...

Aquele era Raihn.

Acabei com o casaco, e ele me ajudou erguendo os ombros para que eu pudesse arrancar a peça e a jogar no chão. Me debrucei sobre seu peito, correndo a ponta dos dedos pelos músculos, parando no mamilo arrepiado em reação ao meu toque. Depois continuei descendo, passando por cada protuberância do abdômen até o baixo-ventre e a trilha de pelos que sumia dentro da calça.

E Raihn, sempre obediente, não se moveu, embora eu pudesse sentir seu olhar voraz. Nem mesmo quando levei as mãos até sua cintura, desabotoei o cós e libertei seu membro.

Na primeira vez em que eu vira seu pau, tinha ficado chocada ao constatar como algo assim poderia ser considerado bonito — no entanto, mais uma vez a única coisa em que conseguia pensar ali era: *que lindo*.

O corpo inteiro do vampiro se retesou quando envolvi seu membro com a mão. Ele espasmou de leve sob meu toque, os músculos do abdômen se contraindo. Vi a gota na ponta aumentar.

Ele me desejava. Me desejava tanto que não estava nem respirando, as mãos apertando com força a colcha. E, pela Deusa, a agonia entre minhas pernas estava ficando cada vez mais difícil de ignorar. Seria tão fácil montar em cima dele e deixar que ele me penetrasse devagar...

Fácil demais.

E não existia prazer fácil.

Eu queria que ele sofresse antes.

Baixei a cabeça, roçando os lábios na ponta de seu membro, a língua lampejando no líquido agridoce em sua pele.

Raihn soltou um chiado. Seu corpo inteiro se enrijeceu, tenso, como se ele estivesse dependendo de todas as forças para não saltar do colchão e me agarrar.

Ainda assim, o vampiro não se moveu.

Suavizei a boca, dando uma lambida mais lenta e longa — ainda gentil, o bastante para que ele soubesse que estava sendo torturado.

Dessa vez, o suspiro saiu com um leve grunhido.

— Você é perversa — murmurou ele.

Tinha erguido a cabeça só o bastante para me encarar com um olhar predatório, como se preferisse morrer a piscar.

Uma onda intensa de familiaridade se quebrou sobre mim com aquela cena — eu inclinada em cima de Raihn, ele me encarando, aquele olhar de tesão malcontido.

Será que faço você implorar?, eu tinha perguntado para ele na ocasião.

Corri de novo a língua por seu pau, devagar, e ouvi o suspiro entrecortado.

— Você me disse certa vez que imploraria para mim — murmurei. Rocei de novo os lábios nele. — Então implore.

Não rompi o contato visual. Os olhos dele cintilavam com um prazer vil.

— Me deixe tocar em você — murmurou ele. E, pela Deusa, sim, o vampiro estava implorando, cada palavra encharcada de desespero. — Me deixe sentir você. Mesmo não te merecendo. Por favor.

Subi devagar sobre seu corpo, até estarmos com os lábios na mesma altura. A seda do meu vestido, erguido, se acumulava na parte de cima das coxas — eu sabia que estávamos ambos agonizantemente conscientes de nossa proximidade quando baixei o quadril apenas o bastante para que seu membro roçasse meu cerne. Mesmo um movimento tão leve e momentâneo me fez ter que morder os lábios com força para não gemer.

Eu não permitiria que ele visse o quanto eu queria aquilo.

Apoiei os cotovelos na cama, fazendo com que nosso rosto ficasse a centímetros.

— E? — incitei.

Seu olhar cintilava de prazer, como um gato se divertindo ao perseguir a presa. Ainda assim, sob aquele deleite feral, persistia algo mais profundo. Ele aproximou os dedos das minhas bochechas, mas não tocou nelas. Ainda obedecendo.

— Me deixe tratar você como a rainha que é. Me deixe proteger seu corpo, sua alma, seu coração. Me deixe passar o resto dessa minha vidinha patética do caralho à sua mercê. Se for para morrer, deixe que seja nas suas mãos. Por favor.

Meu peito doía com quase tanta intensidade quanto meu desejo.

Movi o quadril e o senti latejar de novo, o leve movimento me fazendo arquejar.

— E? — sussurrei.

Ele soltou um suspiro trêmulo, o sorriso contorcendo seus lábios.

— E, porra, princesa, estou implorando: me deixe ajoelhar diante de você.

Ficamos mais um tempo naquela posição, com os corpos muito próximos de um enlace total sem no entanto tocar um no outro.

Enfim, murmurei:

— Certo.

O fio de autocontrole se rompeu. Se os ferimentos de Raihn o estavam desacelerando, ele não demonstrou. Sua boca procurou a minha com tudo enquanto ele rolava para me deixar de costas no colchão, a mão subindo por meu corpo como se aqueles últimos minutos sem toque tivessem sido torturantes.

E, com a mesma velocidade, seu peso sobre mim sumiu. Ele saiu da cama, agarrou minhas pernas e me puxou.

Como prometido, ficou de joelhos.

Não consegui desviar o olhar de Raihn, fascinada, enquanto ele subia a seda do vestido até minha cintura, abrindo minhas coxas. Nem na presença de divindades ele tinha parecido tão reverente.

Devagar, ergueu os olhos até que encontrassem os meus.

— Assim é suficiente, princesa?

Franzi a testa.

— Princesa?

Ele riu, uma risada baixa e rouca.

— Rainha.

Ele começou com o interior da minha coxa, distribuindo beijos tão suaves que quase faziam cócegas. Ergueu minha perna e a colocou sobre o ombro.

— Minha rainha — sussurrou ele de novo, as palavras ditas junto à pele a cada beijo, as carícias agora subindo pela carne sensível de minhas coxas.

Que a Mãe me acudisse... Afastei ainda mais as pernas, abrindo espaço para ele, o corpo concentrado apenas na expectativa de seu toque, seu beijo.

Quando Raihn foi em frente, focando no exato ponto que eu queria, ele começou com carinho. Puxou de lado minhas roupas de baixo rendadas, depositando beijos delicados no ponto sensível entre minhas pernas.

Beijos leves. Suaves. Ainda assim, o choque do prazer me fez contorcer o corpo, arqueando as costas.

Ele murmurou sua aprovação contra minha pele, a vibração ecoando por meu cerne.

— É melhor — sussurrou ele. — Melhor do que eu me lembrava. Melhor do que seu sangue.

Outro toque da língua, esse um pouco mais firme, terminando num longo e persistente beijo.

Cerrei o maxilar para deter o lamento de prazer, as mãos apertando a colcha. Pela Mãe, eu não daria a ele aquela satisfação. Ainda não. Nem que aquilo me matasse.

Outro toque, outro arquejo, outro choque de prazer.

Reprimir meus gemidos agora exigia um esforço colossal, com meus dentes tão cerrados que uma parte distante de mim pensou que talvez trincassem.

Não pare. As palavras estavam na ponta da língua, mas eu ainda não pediria nada a Raihn.

— Me deixe venerar você, Oraya — sussurrou ele, e estremeci com meu próprio nome vibrando contra a parte mais sensível do meu ser. Proferido com tamanho desespero... Eu o mandara implorar. Ele estava implorando. — E me deixe sentir seu gosto quando você gozar. Por favor.

A língua dele me acariciou com mais firmeza, subindo por todo o comprimento de meu cerne numa lambida longa, circulando o clitóris junto a um levíssimo roçar de dentes.

Que a Deusa me acudisse. Eu... eu não...

Um gemido reprimido escapou por entre meus lábios, fugindo das tentativas de engolir cada som.

Com a boca ainda em mim, Raihn respondeu com um grunhido de igual intensidade, como se o som fosse água para um homem sedento.

— De novo — sussurrou ele. — Por favor.

E, pela Mãe, eu não poderia ter negado. Nem que quisesse. Porque aquele som estilhaçou os últimos vestígios de autocontrole de Raihn, e de repente seus gestos lentos e lânguidos passaram a ficar intensos e desesperados.

Ele me chupou como se seu único propósito na vida fosse extrair o prazer máximo de meu corpo — a boca agora trabalhava constante e implacável, com lambidas firmes e definitivas, passando da minha entrada para meu clitóris e depois voltando, beijando e lambendo. Eu esfregava os quadris contra o rosto dele, acompanhando seus movimentos — era incontrolável, eu não estava mais no comando de meus músculos.

— Isso — murmurou ele. — Assim. Me deixe ajudar você.

Sim, pensei, atordoada. *Sim, sim, sim.*

E foi só com o grunhido de prazer de Raihn que notei que estava falando aquilo em voz alta, repetindo a palavra sem parar — dando ao vampiro a resposta que ele esperava. Dando tudo o que ele queria enquanto me dava tudo de que eu precisava. Levei as mãos à cabeça de Raihn, entrelaçando os dedos nos cachos ruivo-escuros, sem saber se o puxava para perto ou o empurrava para longe.

Para perto, decidi, enquanto ele percorria sem vacilar meu clitóris com a língua e penetrava os dedos em mim. Os palavrões que ele soltava de tanto prazer me davam calafrios.

Eu amava sua voz. Não podia negar o quanto amava sua voz.

Foi o último pensamento que tive antes de ser consumida pela onda de prazer, rechaçando todo o resto.

Quando o orgasmo acabou, minha respiração estava pesada. Uma camada fina de suor cobria minha pele. Estava com os músculos moles e trêmulos. Ainda assim, quando abri os olhos e vi Raihn nu, subindo de novo na cama, o prazer já se revirava outra vez dentro de mim.

Ele era lindo pra caralho — a luz da lamparina banhava seu corpo exposto, marcado pelo tempo, pelos ferimentos e pelas cicatrizes de uma vida bem vivida, as labaredas refletindo o vermelho-ferrugem de seus olhos cheios de tesão, focados em mim como se mais nada existisse.

Enxergando, como sempre, mais do que eu desejava que pudesse enxergar.

Enxergando, como sempre, *a mim*.

De repente, me senti violentamente exposta, mesmo com ele nu enquanto eu permanecia de roupa. A fachada de meus joguinhos havia caído. Os resquícios de calor da minha raiva chiavam, apagando como uma vela morrendo na noite.

Pestanejei e senti uma lágrima escorrer pela bochecha.

Raihn se acomodou ao meu lado. Limpou meu choro com o polegar.

— Eu te odeio — soltei, engasgada.

Mas as palavras não saíram como uma repreensão. Saíram fracas, tristes, vazias.

Não diziam: *Te odeio porque você matou meu pai.*

Diziam: *Te odeio porque deixei você me machucar.*

Te odeio porque sofri quando você morreu.

Te odeio porque não te odeio.

Não havia mágoa em seus olhos. Ou raiva. Apenas uma compreensão gentil e cheia de afeto. Eu detestava quando ele me olhava daquela forma.

Ou talvez detestasse aquilo tanto quanto odiava Raihn: nem um pouco.

Ele me deu um beijo na testa.

— Eu sei, princesa — sussurrou ele. — Eu sei disso.

Seus lábios desceram um pouco, tocando a ponte do meu nariz. Fechei os olhos sob os beijos, um tanto úmidos por conta das minhas lágrimas.

— Você me destruiu — murmurou ele. — E também odiei cada momento.

A verdade daquelas palavras cresceu em meu peito, insuportavelmente pesada. O vampiro as proferiu com a mesma voz que usara em nossos votos de casamento.

Abri os olhos e o vi espiando bem no fundo dos meus. A cor deles — com tantos tons diferentes, que se juntavam para criar algo de imensa beleza — me fascinava.

— Me deixe beijar você — sussurrou ele.

Ainda implorando.

— Deixo — soltei baixinho.

Seus lábios tinham um leve toque do meu próprio prazer. Porém, mais distinto ainda era o gosto de Raihn — distante e familiar, doce e amargo. Aquele beijo não foi como nossa batalha recente. Foi um pedido de perdão, uma súplica, um cumprimento, uma despedida, milhões de palavras condensadas em vários segundos infinitos enquanto o tempo morria entre nós.

Eu te odeio, pensei a cada novo ângulo, cada movimento de sua língua, cada pedido suave de desculpas em seus lábios. *Eu te odeio. Eu te odeio. Eu te odeio.*

E, a cada beijo, eu suspirava as palavras — inclusive enquanto o puxava mais para perto, enquanto deixava seu corpo pesar sobre o meu.

A boca do vampiro foi descendo, passando por meu maxilar, meu pescoço. Se demorando ali por um instante — sobre os dois conjuntos de cicatrizes — antes de seguir ainda mais para baixo, até meu ombro. Foi só então que ele se ergueu, os dedos dançando nas alças do meu vestido.

— Me deixe ver você — pediu ele, rouco. — Por favor.

Assenti.

Raihn fez as alças escorregarem pelos meus ombros. Beijou cada nova área de pele enquanto ia tirando a seda — ombros, seios, mamilos excitados, cintura, quadril, interior das coxas. Enfim, puxou a seda amarrotada e jogou o vestido para fora da cama, seus olhos já me encarando com fascínio, nua e exposta diante dele.

Não estava frio. Ainda assim, minha pele se eriçou.

Ele soltou uma risada rouca.

— O que foi? — perguntei.

— Eu só... — A boca do vampiro voltou para mim, se demorando em meus seios endurecidos de uma forma que fez minha respiração vacilar. — Não tenho palavras, só isso — sussurrou ele enquanto subia com os lábios, tomando um caminho serpenteante que os levava de volta aos meus. — Não tenho palavras para você.

Palavras eram superestimadas, de toda forma. Eu ficava grata que ele não as tivesse, porque as que se reviravam em meu peito eram confusas e difíceis de falar.

— Ótimo — sussurrei, e o beijei.

Entrelaçamos os corpos de novo. O pau duro de Raihn contra minha perna fez minhas coxas se entreabrirem sozinhas. As mãos dele passeando por mim foram ficando mais frenéticas, como se ele quisesse tomar tudo de uma vez.

Pela Mãe, como eu o queria... Queria o Nascido da Noite aberto, exposto e vulnerável como ele havia me deixado.

Um gemido desprovido de palavras me escapou pela garganta, e os lábios de Raihn sorriram contra minha boca.

— O quê, princesa? O que você quer?

Uma oferta genuína. Como se ele não desejasse nada além de me dar aquilo de que eu necessitava.

Pela Deusa, havia tantas respostas para aquela pergunta...

Quero você dentro de mim. Quero que você me foda até eu não lembrar meu próprio nome. Quero ver você se desmanchar assim como acabou de fazer comigo.

Quero você.

Mas o que saiu de minha boca foi:

— Quero seu sangue.

45
RAIHN

No início, achei que tinha ouvido errado. Mas não.

Quero seu sangue.

Aquelas palavras, saindo daqueles lábios perfeitos. Aqueles lábios perfeitos que tinham lambido o sangue do meu polegar semanas antes — lábios com os quais eu sonhava desde então, nos quais pensava enquanto batia uma com as cortinas fechadas no meio do dia.

Minha cabeça estava anuviada. Boa parte daquele dia parecera um sonho. Mas que inferno, será que fazia tanta diferença se fosse uma alucinação? Oraya deitada ao meu lado na cama, nua, com a luz beijando sua imaculada pele clara feito a lua de uma forma que me deixava com inveja.

Oraya na cama, nua, pedindo meu sangue.

Eu conseguia sentir o cheiro do tesão dela, denso e doce. Podia ouvir sua pulsação, intensa e rápida como a de um coelho.

Mas mesmo sentindo seu desejo, um que eu estava desesperado para aliviar, eu ainda podia ter passado a eternidade apenas beijando Oraya. Fazendo amor com aquela boca intoxicante, perfeita, bela e perigosa.

Nunca achei que voltaria a beijar aquela mulher. Naquele momento, era incapaz de questionar a realidade. Só queria aproveitar tudo o que minha rainha estava oferecendo.

E, em troca, dar a ela tudo — tudo — o que ela desejava.

Um rubor leve subiu às bochechas de Oraya. Me perguntei se ela sabia que tinha corado, e com tanta facilidade. Não queria dizer aquilo em voz alta porque não queria que ela parasse.

— Você quer meu sangue — repeti.

E ela nem sequer piscou quando confirmou:

— Sim.

Que o sol me levasse...

Sim, Oraya queria meu sangue, certo. Estava querendo fazia meses. E eu tinha uma sorte do caralho por poder me oferecer justamente daquela forma.

Rolei para o lado e peguei sua adaga no meio da pilha de roupas.

— Não tem veneno nessa coisa, certo? — perguntei.

Ela negou com a cabeça.

Ótimo. Seria uma forma constrangedora de morrer.

Apertei a ponta da lâmina na lateral do meu pescoço, com força o bastante para perfurar a pele e provocar uma leve pontada de dor. De imediato, o sangue quente irrompeu na superfície, escorrendo por minha garganta.

Embainhei a adaga e a joguei de lado de novo, me virando para Oraya.

— É seu, princesa — falei. — Meu sangue. O quanto você quiser. É seu por direito, afinal.

Porque eu já lhe oferecera aquilo meses atrás.

Dou a ti meu corpo. Dou a ti meu sangue. Dou a ti minha alma. Dou a ti meu coração.

E no instante em que a língua dela tocara minha pele naquela noite, no momento em que as palavras tinham saído de minha boca, eu soube que eram sinceras. Eram verdadeiras, mesmo que ela não quisesse que fossem. Mesmo que não fosse recíproco.

Eu era dela.

Oraya me encarava fixa e intensamente, os olhos brilhantes como o luar me atravessando, mais afiados do que qualquer lâmina. Sua garganta subiu e desceu. O olhar perdurou em meu pescoço — no sangue preto-avermelhado que escorria dele.

O cheiro de seu tesão — de sua fome — pairava denso no ar. Meu pau pulsou, respondendo ao estímulo.

— Fique sentado — disse ela.

Franzi as sobrancelhas, mas fiz como ordenado.

Ela passou as pernas por cima das minhas, montando no meu colo. Levei as mãos à sua cintura. Sua proximidade, seu cheiro, seu calor, tão mais intenso que dos vampiros, me deixou momentaneamente atordoado.

No mesmo instante, compreendi o que era aquilo. Uma recriação daquela noite na caverna.

Que a Deusa me acudisse.

Eu já era. Ela acabaria comigo.

Por um instante, Oraya me encarou, e ficamos ali olhando nos olhos um do outro, sem piscar. Senti um nó no peito. Reconhecia aquela expressão — medo misturado com fome. Medo dela mesma, de seus próprios desejos.

Com o polegar, tracei um círculo na pele nua de seu quadril.

— Você está segura, Oraya — sussurrei. — Certo?

Ela semicerrou os olhos, como se dizendo que aquilo era conversa-fiada. E eu compreendia, por mais que não tivesse mentido — nem ali, nem nunca. Afinal, nada daquilo tinha a ver com segurança. Oraya e eu e aquela coisa monstruosa, linda e terrível que havíamos criado entre nós dois estávamos longe pra caralho de qualquer segurança.

Ela se inclinou para a frente, apertando os seios contra meu peito. Com as mãos apoiadas nos meus braços, levou os lábios ao meu pescoço.

Primeiro, ela lambeu o que tinha escorrido, começando na clavícula e depois subindo até acabar com uma pequena pontada de dor quando sua boca pressionou o ferimento aberto.

Depois, ela bebeu.

Minha respiração estava um pouco trêmula, os dedos apertando com força sua carne. Tensionei os músculos.

Ninguém jamais se alimentara de mim desde... desde Neculai, ou Simon e os outros nobres aos quais ele me emprestava. Eu nunca, nunca mais tinha permitido, nem mesmo com pessoas com as quais me relacionara de forma consensual muito tempo depois. Eu não criava cicatrizes com tanta facilidade quanto Oraya. Os dentes daquela gente não tinham deixado marca alguma em meu pescoço. Mesmo séculos mais tarde, porém, eu ainda os sentia. Jamais permitiria que outras pessoas causassem aquelas feridas.

Meu corpo se lembrou daquela época, ficando tenso de medo, mesmo que minha mente soubesse que não era o caso.

Mas no momento em que a boca de Oraya tocou minha pele, eu soube que seria completamente diferente.

Achei que Oraya faria eu me lembrar, mesmo que de forma muito breve, daqueles machucados antigos. Em vez disso, cada toque de sua língua os repintava como algo diferente.

Não era Neculai, Simon ou qualquer uma daquelas inúmeras violações indesejadas do meu corpo.

Era *ela*. Oraya. Minha esposa.

Foi quase engraçado no começo, com ela toda cheia de dedos. Oraya corria a língua de forma meio desajeitada no machucado, como um gatinho bebendo leite — como se não soubesse muito bem como sorver o sangue. Ainda assim, minha pele pareceu se abrir, como se eu fosse intrinsecamente feito para me entregar a ela daquela forma.

— Não precisa ser delicada. — Não consegui evitar: um toque de diversão escapou da minha voz. — Não vai me machucar.

Certo, talvez o peso de seu corpo sobre meus ferimentos estivesse doendo um pouquinho — mas eu que não ia reclamar daqueles seios em meu peito.

Ela apertou o rosto contra minha garganta, levando meu conselho a sério. Com uma inspiração longa e entrecortada, sugou meu sangue e engoliu.

Sua expiração saiu como um gemido contra minha carne.

Caralho, eu respondi da mesma forma.

Eu não sabia se Oraya tinha ou não veneno vampírico. Imaginava que não, já que não tinha presas. Mas aquilo... aquilo exerceu certo efeito sobre mim. Algo muito diferente do causado pelo veneno de outros vampiros, que haviam me drogado de formas repugnantes.

Eu não sabia se era veneno, a língua de Oraya ou apenas o efeito inebriante de ter seu corpo nu montado no meu. Tudo o que eu sabia era que, de repente, nada no mundo importava além dela, de sua boca e do cheiro de seu desejo se intensificando a cada segundo.

Oraya passou a língua pela minha garganta de novo, soltando um leve gemido de prazer que acho que nem percebeu que tinha escapado de sua boca. Tombei a cabeça para trás, dando melhor acesso ao meu pescoço. Seu corpo havia derretido e se misturado ao meu. Ela arqueou as costas, abrindo as coxas.

Era tão difícil que chegava a ser fisicamente doloroso. A única coisa da qual eu estava ciente além da boca e dos sons de prazer dela era de que seu cerne estava perto pra caralho do meu pau, e bastaria um único movimento do quadril para que ela se sentasse em mim.

Oraya bebeu tão rápido que engasgou, se afastando com um leve acesso de tosse. Virei a cabeça um pouco, o bastante para olhar para ela. Sua expressão de pura lascívia — as pálpebras pesadas, os lábios inchados e entreabertos, um rastro de sangue preto-avermelhado no canto da boca — me deixou vagamente tonto.

— Gostou? — perguntei.

Em vez de responder, ela me beijou.

Meu sangue tinha um gosto salgado e ferroso. Diferente do dela — nem de perto tão bom, mas melhor agora que eu o estava sorvendo de sua língua. O beijo era exigente, sem espaço para respirar, a língua invadindo minha boca enquanto ela forçava minha cabeça para trás.

Oraya baixou o quadril. Se esfregou no meu membro numa onda longa, fazendo minhas unhas afundarem em sua pele, um som desprovido de palavras escapando da minha garganta.

— Agora, meu sangue é seu — murmurei. — O que mais você quer, princesa?

Outro movimento do quadril respondeu à minha pergunta. Caralho. Antes de a conhecer, eu nunca tinha sentido tanta necessidade de ter alguém. Sempre achei que aquele tipo de conversa era tolo e dramático demais.

Não. Eu precisava de Oraya. *Precisava* dela, assim como as outras coisas necessárias ao meu corpo.

Eu sabia o que ela queria. Ela também. Mas eu tinha certeza de que Oraya não seria capaz de falar aquilo em voz alta. Os vestígios finais de nosso joguinho eram como portões trêmulos ainda instalados entre nós.

Então ela sussurrou, enquanto me dava outro beijo embriagado de desejo:

— Implore.

Era fácil pra caralho implorar a ela.

Ergui o corpo na direção de seu quadril — só o bastante para que a ponta do meu pau encostasse de leve em sua entrada, tão sensível que a senti contrair em reação.

— Me deixe te penetrar — pedi, rouco. — Me deixe entrar em você. Me deixe sentir você gozar no meu pau. Me deixe te ver. Por favor.

Ela soltou um sussurro engasgado, apertou a boca contra a minha e baixou o quadril.

Quando meu membro desapareceu dentro de sua calidez úmida, todo o resto sumiu.

Imediatamente, um som saiu rascante de sua garganta, um gemido dolorido — e, pela Deusa, era a coisa mais incrível que eu já tinha escutado. Eu achava que havia me permitido esquecer, tirar aquele som da mente para sempre.

Que idiota da minha parte nem sequer tentar. E, caralhos, por que faria algo assim? Eu queria me afogar nela. Me afogar nos sons que ela emitia, em sua respiração, seu corpo — seu sangue.

Oraya gemeu de novo quando subiu e desceu o corpo, fazendo um movimento circular com a cintura, me ajudando a alcançar o ponto que queria. Pela Deusa, eu amava aquilo — amava como ela estava me usando. Meu corpo ainda doía, dificultando a tarefa de a tomar como eu desejava, mas Oraya estava mais do que disposta a tomar ela mesma tudo o que fosse necessário.

Corri as mãos por seu corpo, memorizando a forma de cada músculo, cada extensão da pele — da cintura retesada à maciez da bunda. Eu a beijei com força, engolindo todos aqueles sons de tirar o fôlego — oferecendo a ela tudo o que eu podia.

Nosso ritmo estava frenético. Nenhum de nós tinha paciência para aquilo. Eu queria tudo, e queria na mesma hora. Cada vez que ela me acolhia dentro de si, se esfregando contra meu pau, me permitindo alcançar suas profundezas, eu só queria mais.

Queria deixar uma marca em Oraya.

Queria que ela deixasse uma marca em mim.

De repente, minha ânsia por aquela mulher era insaciável, alçada a um frenesi causado pelo calor ao redor do meu membro, pelo cheiro de seu desejo, pelo gosto de meu próprio sangue em seus lábios e pelo odor fascinante do dela correndo sob a pele coberta de suor.

Oraya interrompeu o beijo, soltando um palavrão entre meus lábios enquanto eu puxava seu corpo contra o meu numa estocada especialmente profunda, provocando nela um espasmo — e caralho, quase enlouqueci.

— Raihn — gemeu a jovem.

— Beba — soltei, rouco. Sabendo, de alguma forma, exatamente o que ela queria. — Tudo. É tudo seu.

Oraya soltou algo entre um soluço e um suspiro de alívio e levou a boca de novo à minha garganta, bebendo com avidez enquanto continuava movendo o quadril.

Quando se afastou do meu pescoço, com os lábios sujos de sangue, tombei o corpo também — desesperado para sentir o gosto dela da forma que fosse possível. Em vez disso, Oraya ergueu o queixo — expondo a garganta elegante.

Hesitei, e a súbita ausência de movimento a fez se contrair ao redor do meu membro, protestando.

Oraya não podia estar oferecendo... Não podia estar me pedindo para...

— Beba — falou ela, jogando minhas próprias palavras contra mim.

Cerrei a mandíbula. Com força. Quase — quase — foi o bastante para me despertar da bruma de desejo.

Eu sabia o peso daquilo vindo dela. Sabia, também, que a química do meu sangue e do nosso sexo e de tudo o que havia entre as duas coisas provavelmente tinha um efeito tão desconcertante para ela quanto para mim.

Não queria que fosse algo de que Oraya fosse se arrepender.

— Tem certeza? — Mal consegui pronunciar as palavras.

Ela baixou o queixo só o bastante para olhar em meus olhos. O que vi dentro dos dela me deixou nu. Algo muito mais profundo do que desejo.

— Sim — sussurrou.

Sem hesitar.

Depois daquilo, fiquei sem palavras — tudo o que consegui soltar foi um grunhido animalesco que saiu descontrolado quando a puxei para mais perto. Oraya voltou a mover os quadris no ritmo de antes, nos afogando num mar de prazer inigualável, exceto...

... exceto quando minha boca se aproximou de sua garganta.

A pele dela ali era delicada. Lisa, não fosse pelas pequenas cicatrizes — duas antigas, duas mais novas. Assim como tinha feito da outra vez, beijei todas elas, com carinho, oferecendo um pouco de suavidade antes de permitir que os dentes afiados penetrassem sua veia. Quase dava para sentir sua pulsação, quente e doce.

A mordida foi rápida e decidida, furando a pele num único movimento indolor antes de me afastar.

Ela arquejou bem de leve, as mãos apertando meus ombros, o canal se apertando ao redor do meu membro.

Senti o sangue de Oraya fluir para minha boca, grosso e encorpado. Nada jamais tivera um gosto daqueles — o gosto dela, de sua essência mais pura, com cada nuance e contradição. No instante em que o senti, soube que aquilo me mudaria para sempre.

Melhor do que qualquer vinho. Do que qualquer droga. Um prazer que eu perseguiria pelo resto da vida.

Talvez fosse a sobrecarga sensorial do sexo, ou quem sabe o veneno agindo particularmente rápido — o fato é que senti um súbito incremento no cheiro do tesão de Oraya, subindo num crescendo insuportável. Um gemido vibrou por seu corpo, e provei o som junto com meu próximo gole, com cada movimento da minha língua em sua pele.

O ritmo dela acelerou, cada vez mais intenso. Finquei as unhas em sua carne, usando o que ainda havia de minhas forças para ajudá-la a cada estocada.

— Não pare — implorou ela, as palavras entrecortadas pela respiração ofegante.

E graças à Deusa ela disse aquilo, porque eu jamais conseguiria parar — já estava muito além de qualquer controle.

Era demais. Era como se tudo estivesse chegando ao ápice. Senti uma pressão na base da coluna. Ela parecia estar cada vez mais próxima do orgasmo também, com os músculos se retesando, os movimentos mais frenéticos, as unhas afundando em minhas costas e em meus ombros.

Eu precisava sentir ela gozar mais até do que precisava me aliviar eu mesmo.

Queria dar tudo a ela.

Afastei a boca de sua garganta, com o gosto de seu sangue ainda grosso na língua. Por um longo instante, o olhar dela encontrou o meu — e o que havia entre nós era honestidade, os dois expostos com apenas nossa carne, nossos desejos e nossos impulsos mais primitivos.

— É seu — gemi. — É tudo seu.

Meu sangue. Meu corpo. Minha alma.

Eu dera a ela tudo aquilo, muito tempo atrás. Dera até mesmo minha vida. E daria tudo de novo.

Incitei Oraya a baixar a cabeça enquanto nossos corpos se entrelaçavam cada vez mais, perto do ápice. Ela aceitou com voracidade, levando a boca à minha garganta de novo, sorvendo um gole profundo de sangue.

Senti sua turgidez, e, um momento depois, Oraya gozou. Um grito desesperado, que ela nem sequer tentou reprimir, soou contra minha pele — longo, sofrido, contendo fragmentos de palavrões e súplicas entrecortadas.

— Raihn — soltou ela com um arquejo, como se estivesse se perdendo no nada e precisasse desesperadamente que alguém a ancorasse.

Eu sabia que era aquilo o que Oraya sentia, porque eu sentia o mesmo. *Sei bem*, tive vontade de falar. Mas meu próprio orgasmo me roubou as palavras, meu pau entrando fundo nela, contraindo os músculos. Ela tremia, aos gemidos, enquanto o corpo se contorcia com as ondas de prazer.

Eu a segurei e a preenchi, aninhando o rosto no espaço entre seu pescoço e seu ombro ao mesmo tempo que ambos nos entregávamos.

Por alguns segundos incríveis, tudo desapareceu numa névoa suave de Oraya.

Quando o mundo voltou, tudo parecia... diferente.

Eu já tivera muitas transas na vida. Algumas ruins, outras boas, várias das quais eu mesmo poderia ter me poupado. Mas aquilo não parecia só sexo. Parecia um ritual religioso — era como encontrar a fé.

Oraya tinha soltado o corpo contra o meu. Fui tomado por uma onda súbita de exaustão — e, com ela, uma consciência fresca da dor em meus ferimentos, que eu castigara de forma intensa com toda aquela atividade. Não que tivesse qualquer arrependimento.

A respiração dela ainda estava acelerada e profunda. Levei a mão às suas costas, esfregando-a devagar.

Ela enfim se sentou. Lambeu meu pescoço bem de leve, limpando o resto do sangue. Tombei a cabeça dela para trás e fiz o mesmo, me deleitando com os resquícios de seu gosto. O movimento que ela fez com os quadris em resposta me lembrou de que eu ainda estava dentro dela. Outro beijo, outro minuto, e eu estaria pronto para a próxima.

Mas o cansaço da embriaguez de sangue e sexo se abateu sobre mim, e vi como Oraya também lutava contra aquele desgaste.

Desabei na cama, virando de lado enquanto a posicionava devagar sobre as cobertas no mesmo instante em que saía de dentro dela.

Oraya se aninhou junto a mim, nossos corpos se encaixando sem esforço um contra o outro.

Eu já conseguia sentir seus batimentos cardíacos ficando mais lentos, a respiração se acalmando.

Minhas pálpebras já pareciam pesadas.

Beijei seu ombro, sua bochecha pousada num ninho de cabelo. O cheiro dela me envolvia. Oraya sempre tivera um odor tão vivo que dava até raiva — não de incenso ou flores murchas como o de tantos vampiros, e sim de primavera.

Senti o impulso sobrepujante de lhe dizer algo, mesmo sem saber muito bem o quê. Mas a mão de Oraya recaiu sobre a minha, e aquele toque de alguma forma significava mais do que todas as palavras que eu pudesse proferir.

E talvez fosse melhor assim, porque o sono me reivindicou tão depressa que tudo o que eu queria dizer me fugiu como areia escorrendo por entre os dedos.

46
ORAYA

Acordei com beijos delicados na bochecha, na orelha, no pescoço.

Naqueles últimos meses, acordar era sempre uma batalha, como se eu estivesse sendo arrastada à força de volta para o mundo dos vivos.

Naquela noite, porém, foi diferente. Foi uma invocação suave, doce e delicada.

Senti, depois de muito tempo, que estava em segurança.

Em segurança pela primeira vez desde...

Desde... a última vez que eu havia despertado naquela mesma situação. Nos braços de Raihn.

Demorei vários segundos para voltar a mim. Estava nua, na cama, entre os braços do vampiro. Dolorida da batalha que eu lutara para salvar a vida dele, e também do tanto que havíamos transado quando eu me negara a abandonar Raihn.

Seus beijos foram descendo por meu pescoço, provocando uma leve pontada de dor quando ele roçou nos ferimentos que fizera quando eu lhe permitira beber direto de mim.

Pela mãe, eu ainda sentia o sabor de seu sangue na língua.

Cada coisa de que eu me lembrava parecia mais absurda do que a anterior. Um mês antes — caramba, semanas antes — eu estaria chocada comigo mesma.

Em vez disso, me sentia... estranhamente em paz.

Abri os olhos e rolei para o lado. Raihn se apoiou num dos cotovelos, me observando. Um sorrisinho familiar surgiu em seus lábios.

— Boa noite, princesa.

Era engraçado como aquelas três palavras soavam familiares. Talvez fosse só a forma como saíam na voz dele, sedutoras e cálidas e só um pouco tímidas.

— Oi — murmurei.

O que mais eu ia dizer?

O sorriso se suavizou.

— Oi — sussurrou o vampiro.

Deixei o olhar percorrer seu corpo nu, sorvendo os músculos e a pele cheia de cicatrizes — parando, só por um momento, em seu pau meio ereto — antes de voltar aos ferimentos espalhados pelo abdômen e pela lateral do corpo. Questionei minha sanidade enquanto assimilava a visão. Os machucados estavam muito melhores do que no dia anterior, quando Raihn mal conseguia se mover.

Acompanhando meu olhar, ele explicou:

— Seu sangue ajudou. Muito. — Roçou minha testa com os lábios. — Obrigado.

Me contorci um pouco com a forma como ele disse aquilo. Sincero demais.

— Claro — murmurei. Como se fosse algo que eu planejara desde o princípio.

Pensando de forma lógica, *fazia* sentido que Raihn bebesse de mim — eu já vira no passado como aquilo o ajudava a se curar, e era algo de que ele precisava desesperadamente no dia anterior.

Mas eu não conseguia mentir nem para mim mesma. Não havia oferecido meu sangue movida por um senso prático. O culpado tinha sido aquele desejo ofuscante e enlouquecedor — desejo de ter mais de Raihn dentro de mim, e mais de mim dentro dele.

E pela Deusa, tinha sido... tinha sido...

Pigarreei para evitar me perder naquela cascata de pensamentos distrativos.

Me contorci de leve quando ele correu os dedos pelo meu abdômen, fazendo cócegas ao redor do meu umbigo.

— Pelo jeito, ajudou você também — falou ele.

Pestanejei, franzindo a testa. Os cortes ainda estavam lá, sim, e ainda doíam, mas não sangravam mais. Pareciam curados como se semanas houvessem se passado, e não doze horas. Os efeitos rivalizavam com os de uma poção de cura.

— Isso é... normal? — perguntei.

— Não sei se tem alguma coisa em nós dois que seja normal — respondeu ele.

Bom, era verdade.

— É coisa do sangue de Sucessora, se eu tivesse que chutar — continuou Raihn. — Talvez combinado com sua linhagem meio-humana. Sei lá. Mas não sou eu que vou questionar isso.

O toque dele passou para um dos ferimentos menos graves, acompanhando uma cicatriz rosada em forma de raio. Por um momento fugaz, sua expressão fechou antes de ficar suave de novo enquanto ele se virava para mim.

— Oraya... — começou o vampiro, em voz baixa. — Eu...

Eu não estava preparada para aquilo. Para suas palavras sinceras. Não tinha arrependimentos quanto à noite anterior, mas não podia me abrir de novo para Raihn logo no dia seguinte. A parte carnal era uma coisa. Mas as palavras... Palavras eram complicadas.

— A gente precisa voltar para o castelo — interrompi.

Soltei a frase depressa e num tom profissional. Assim como costumava falar com ele quando nos juntamos de maneira estratégica durante o Kejari.

Raihn fechou a boca. A compreensão tomou seu rosto. Ele estava um passo atrás de mim no raciocínio, mas assumiu seu papel com a mesma facilidade.

— Eu sei — falou.

E era isso. Nada de perguntas, nada de hesitação. Outra pessoa talvez risse na minha cara, mas senti uma pontada de satisfação ao compreender que ele também vinha pensando a mesma coisa.

Talvez fosse uma sentença de morte voltar até lá. Qualquer outra pessoa teria recomendado que a gente fugisse de Sivrinaj e só voltasse até ter um exército.

Eu sabia o que Vincent teria dito.

Não se jogue aos lobos, serpentezinha. Saiba quando sua mordida não é suficiente.

Mas é claro que Raihn já aceitara como verdade que precisávamos voltar, e imediatamente. Afinal, seus conhecidos mais próximos ainda estavam naquele castelo — *Mische* ainda estava naquele castelo. Ele não a deixaria lá, especialmente não nas garras de Simon.

E eu também não. Aquela nunca tinha sido uma opção.

Eu sabia, mesmo sem que ele precisasse dizer, que Raihn estava pensando em Mische. Isso porque vi a expressão sofrida que tomou seu rosto — metade fúria, metade dor.

Pousei a mão em seu braço, firme e reconfortante.

— A gente vai tirar ela de lá — falei. — Nesse meio-tempo, tenha certeza de que ela vai estar lutando com todas as forças.

Vi um levíssimo lampejo de um sorriso, que sumiu na mesma hora.

— É disso que tenho medo — falou ele.

Raihn odiava Simon, mas eu havia compreendido que também o temia. De verdade, como eu passara a vida temendo vampiros. Perguntava a mim mesma se meu medo parecia tão absurdo para Raihn quanto o dele parecia para mim. Como se não fosse algo merecedor de sua preocupação.

Fechei os dedos ao redor de seu braço.

— Você é melhor do que ele — falei, com mais intensidade do que planejava. — Simon que se foda. Nós vamos acabar com ele, com ou sem exército de Nascidos do Sangue.

Como aquele *nós* saiu fácil da minha boca...

Os cantos do sorriso de Raihn se ergueram.

— Essa é a minha garota.

Ele se sentou, o rosto endurecendo numa expressão que eu já vira muitas vezes — a mesma que ele exibia durante os desafios do Kejari. Um tipo de foco alcançado pela sede de sangue, como se ele estivesse diante de um quebra-cabeça muito interessante.

— Então, princesa — começou o vampiro. — Agora que a gente já concluiu que é uma ideia insana pra caralho, resta descobrir como vamos voltar ao castelo do qual mal escapamos com vida.

Dois de nós. Contra um castelo cheio de soldados Rishan e Nascidos do Sangue. Que, provavelmente, estariam nos procurando feito loucos. Septimus, eu supunha, ainda iria me querer pelo meu sangue. Simon precisava matar Raihn, e rápido, se quisesse obter a própria Marca de Sucessão. Os nobres o apoiariam devido a seu histórico, se não pelo desprezo por Raihn, mas aquela boa vontade não perduraria para sempre caso Simon não conseguisse uma Marca.

— As chances de sucesso são pequenas — falei, mas me peguei suprimindo um sorrisinho.

— Ora, você parece desanimada — falou ele, irônico.

Dei de ombros.

— Me lembra dos velhos tempos. Já faz uma eternidade que ninguém me subestima.

— Sabemos muito bem como você ama isso. Vencer contra chances de sucesso pequenas.

Mesmo sem querer, sorri.

— Você também.

— É verdade, admito.

Ele se largou de costas na cama, as mãos atrás da cabeça.

— Então, se me lembro bem, esta é a hora em que a gente inventa algum plano brilhante e doentio.

De fato, era mesmo a hora, mas meu cérebro estava vazio.

Me larguei ao lado dele, encarando as vigas tortas de madeira acima de nós. Uma aranha saltava de caibro em caibro, tecendo uma teia de seda prateada. Era uma coisa meio caótica, com fios quase invisíveis se entrelaçando desorganizados nas sombras — funcional, mas longe de bela. Como o próprio destino, eu imaginava.

Por um bom tempo, ficamos só pensando em silêncio.

— E aí, o que a gente tem? — perguntou Raihn. Depois, começando a responder à própria pergunta, acrescentou: — Temos nós dois.

— Uma humana e um rei usurpado — falei, usando um tom neutro.

— Não. Dois Sucessores que ganharam a porra do Kejari.

Justo. Raihn e eu sozinhos havíamos dado conta de passar por batalhas incrivelmente desequilibradas no Kejari, e ido ainda mais longe juntos. E além do mais: nosso poder só crescera exponencialmente desde as Marcas de Sucessão. Minha magia ainda era difícil de controlar, de fato, mas eu a usara para matar só a Deusa sabia quantos soldados enquanto salvava Raihn.

De alguma forma, na ocasião aquilo tinha parecido... mais fácil, uma vez que eu estava tomada por um frenesi de sangue.

Ao longo de toda a vida, Vincent tinha repreendido minha impulsividade emocional, me ensinando que estoicismo e foco eram os únicos caminhos para dominar a magia. Ainda assim, eu nunca me sentira tão poderosa do que quando me vira totalmente fora de controle.

Eu não podia me permitir pensar demais naquilo. Na facilidade com que saber que Raihn estava em perigo destravara algo primitivo dentro de mim.

Eu torcia para que saber que Mische estava em perigo despertasse o mesmo ímpeto.

O canto da boca de Raihn se ergueu — com um toque de humor que, suspeitei, escondia sua própria sede de violência.

— Me sinto honrado por você ter tanta fé em nós dois, princesa — disse ele. — E depois de todo esse tempo.

O vampiro saiu da cama e atravessou o quarto. Fiquei admirando sua bunda — não pude evitar — quando ele se inclinou sobre a escrivaninha, procurando alguma coisa. Quando voltou, tinha algo afiado e cintilante nas mãos, envolto em seda.

Reconheci o que era antes que ele chegasse à cama. Ergui as sobrancelhas.

O espelho de Vincent.

— Está com você — sussurrei.

— Tirei do castelo assim que consegui. Achou que eu ia deixar essa coisa cair nas mãos de Septimus? Ou largar em algum lugar onde *você* pudesse encontrar e usar para trazer mais um bando de soldados Hiaj até minha porta?

Quase me ofendi. Quase. Era uma preocupação totalmente razoável.

De uma forma ou de outra, eu estava grata pra caralho que ele tivesse feito aquilo.

Corri a ponta dos dedos pela borda de um dos cacos, vendo um fragmento estreito de reflexo.

— Então, com isso, também temos Jesmine — falei.

Raihn me olhou de canto de olho.

— Você confia nela?

Era uma questão válida logo após um golpe de Estado. Raihn não podia confiar nos próprios nobres. E, caramba, eu também não podia contar com muitos dos meus — para o bem ou para o mal, porém, Jesmine havia sido totalmente leal. Nunca tivera obrigação de seguir as ordens da filha humana de seu rei, de quem nunca gostara muito. Ainda assim, ela havia seguido, e sem hesitar. Era algo muito valioso.

— Confio — falei.

Mas quaisquer forças Hiaj que ainda existissem estariam muito longe de Sivrinaj àquela altura. E não tínhamos tempo de mobilizar todo um exército antes de agir.

Olhei para o outro lado do quarto, para nossas coisas espalhadas pelo chão. Saí da cama, completamente ciente do olhar de Raihn percorrendo meu corpo nu. Aquilo dava um tipo esquisito de satisfação, eu precisava admitir. Um tipo estranho de prazer, também.

Remexi na pilha de seda ensanguentada e, do meio das roupas, tirei a Assoladora de Corações.

Mesmo embainhada, eu podia sentir a magia se esgueirando sob minha pele. Não muito tempo antes, era desconfortável, quase dolorido, como se meu corpo fosse fraco demais para aquele poder. Agora? Agora eu podia sentir o potencial naquele desconforto — inebriante e um tanto desorientador, como vinho vampírico.

Também conseguia sentir a presença de meu pai. Como se ele estivesse logo atrás de mim, criticando silenciosamente minha empunhadura.

— E a gente tem isso — falei.

Uma arma que Vincent havia usado para matar centenas — talvez milhares — de guerreiros incríveis ao longo dos anos. Uma arma poderosa o bastante para defender um trono durante dois séculos.

Uma arma poderosa o bastante para destruir uma das últimas cidades Rishan verdadeiramente grandiosas.

Senti o estômago revirar com o pensamento. Ergui o rosto e fitei Raihn. Não havia mais diversão ali. Nem mesmo desejo. Não, ele estava completamente sério, com a boca rígida. Me perguntei se pensava no mesmo que eu — nas cinzas de Salinae e no papel que aquela arma talvez tivesse tido em sua destruição.

— Não é algo a desconsiderar — falou ele, baixinho.

O orgulho que eu já sentira por ser capaz de empunhar aquela arma foi azedando aos poucos.

Não. Não era algo a desconsiderar. Eu derrubara dezenas dos homens de Simon com aquela espada — mesmo sozinha. Com Raihn a meu lado? Caramba, quase poderíamos abrir nosso caminho até o castelo sem mais ninguém.

Quase.

Como se estivesse lendo minha mente, Raihn falou:

— Se pegarmos todo mundo de surpresa, talvez dê para vencer na base da força bruta. Mas não hoje, quando somos as pessoas mais procuradas no território da Casa da Noite.

Me sentei na beirada da cama. Raihn e eu ficamos em silêncio, pensativos.

Ele estava certo. Somente força bruta não ia funcionar. Mas, de toda forma, eu não tinha vencido o Kejari por ser a mais forte. Tinha vencido porque passara a vida inteira aprendendo a sobreviver em Obitraes, apesar do que eu era ou deixava de ser. Aprendendo truques que poderiam me levar mais longe com menos recursos.

Truques como...

Meus lábios se curvaram devagar.

Antes mesmo de erguer os olhos, ouvi o sorriso na voz de Raihn.

— Acho que conheço essa cara.

— A gente tem mais uma coisa — falei. — Eu.

47
ORAYA

Vincent tinha me ensinado a sobreviver. Aquilo significava aprender como lutar, sim, mas também como fugir.

Meu pai havia criado um castelo perfeito para um homem que sabia que, certo dia, suas maiores ameaças viriam de dentro de casa. Os túneis eram extensos, confusos e meio desconexos. Septimus conhecia alguns deles — por conta da minha própria idiotice, inclusive. Mas não era possível que fosse capaz de percorrer — e menos ainda, vigiar — todos eles.

A parte difícil seria chegar até lá.

Eu tinha certeza de que Vincent criara vários caminhos para entrar e sair do castelo. Infelizmente, não me confidenciara a localidade de nenhum — em retrospecto, fazia sentido que não quisesse me dar meios de fugir. Ainda assim, ele havia me passado as instruções para usar uma das saídas. Uma desagradável a ponto de meu pai não ter dúvida de que eu só a usaria caso minha vida estivesse em perigo iminente.

Muito fora escrito ao longo dos anos sobre o rio Lituro. Visitantes haviam composto inúmeras poesias sobre como ele serpenteava por entre as dunas feito uma pincelada dourada sob o luar. Alguns até alegavam que o rio representava a força vital da própria Nyaxia.

Eu imaginava que, talvez, lá no deserto, o corpo de água de fato fosse algo de beleza majestosa.

No coração de Sivrinaj, porém, era quase mais mijo do que água.

O esgoto precisava ir para algum lugar. Na cidade, muita gente achava que era mais fácil direcionar os refugos até o rio. Caramba, havia até os que pulavam a sala de banho e já faziam as necessidades direto na água.

Muitas, muitas, muitas pessoas.

Aquela foi minha certeza quando a água — se é que dava para chamar aquilo assim — começou a me cobrir.

Submersa, eu não conseguia ouvir direito, mas não deu para ignorar o palavrão indiscernível e horrorizado de Raihn quando mergulhamos no mijo.

Forcei os olhos a se abrirem e me arrependi na mesma hora. De toda forma, não conseguia enxergar nada ali.

Deixamos a cabeça irromper na superfície ao mesmo tempo. Raihn chacoalhou o cabelo como um cachorro, jogando no meu rosto gotículas de líquido rançoso.

Franzi o nariz.

— Argh. Cuidado.

— Por quê? É mijo demais para você? — Ele olhou ao redor. — Não sei muito bem se esse é o problema, princesa.

Espirrei um pouco de água na cara dele. Apesar da tentativa de desvio, acertei bem em sua bochecha, o que me deixou feliz. Ele fez uma careta, mas não protestou, como se soubesse que merecia.

Ergui o queixo para indicar a foz do rio — onde ficava a parte de trás do castelo, que se erguia acima de nós numa sombra. Havíamos escolhido uma área isolada do rio que margeava os assentamentos humanos; ali, poderíamos pular na água sem ser vistos, mas dava para notar a movimentação logo adiante, mesmo à distância — um punhado de tochas e Fogo da Noite, além do burburinho de vozes ao longe. Até mesmo o castelo estava incomumente aceso, com as janelas pulsando com a luz de lareiras revelando silhuetas aqui e ali.

Em muitos sentidos, me lembrava a cidade na noite da final do Kejari — a noite em que Raihn havia assumido o poder.

— Não vou conseguir enxergar embaixo da água — falei. — Mas é logo em frente. Depois, a gente precisa virar à esquerda quando chegar ao castelo. Um dos gradis do esgoto leva ao interior dele, onde dá para pegar os túneis. Fique junto comigo.

— *Um* dos gradis? — repetiu o vampiro.

Compreendi o susto: o castelo era enorme, e havia uma dúzia de gradis só do lado oeste da construção.

Eu era novinha demais quando Vincent me mostrara aquilo — e ainda tinha sido olhando do lado de dentro para fora, e não o oposto. Eu não me lembrava exatamente qual gradil era o certo. A sorte, eu esperava, estaria do nosso lado.

Fiz uma careta.

— Eu vou... precisar tentar abrir mais de um.

Raihn soltou uma risadinha.

— Se não for difícil, não tem graça.

Era uma forma de ver as coisas.

— Pronta? — continuou ele.

Olhei para o lodo rançoso.

Não. Não estava pronta.

Felizmente, Raihn tinha separado vários conjuntos de trajes de couro para minha grande escapada — aquele precisaria ser queimado.

Mas, em voz alta, eu disse apenas:

— Com certeza.

E, juntos, nós mergulhamos.

※

Eu não era a melhor nadadora do mundo. Raihn era rápido, mas precisava parar o tempo todo para que eu o alcançasse. Pior: eu não conseguia enxergar — mesmo nos segundos em que forçava os olhos a se abrirem de tempos em tempos, via apenas uma escuridão turva. Raihn e eu subíamos para respirar em intervalos tão espaçados quanto possível, especialmente depois que a gente se aproximou do castelo. Havia guardas por todos os lados, tanto Rishan quanto Nascidos do Sangue, embora parecessem bizarramente desorganizados. Quase todos corriam de um lado para outro, gritando entre si em vez de montarem guarda.

Concluímos que estavam tentando encontrar Raihn, e que tinham certeza de que ele estaria na cidade, tentando fugir — e não bem diante da porta deles, se esgueirando de volta para o castelo.

Era algo justo de presumir: não era o que a maioria das pessoas racionais faria. Muito menos se, para isso, fosse necessário nadar no lodo.

De fato, quando chegamos ao castelo, já era mesmo um *lodo*; o líquido escuro, grosso demais para ser chamado de "água", grudava na minha pele e no meu cabelo sempre que emergíamos para sorver um pouco do precioso ar. O cheiro era tão ruim que até aqueles segundos acima da superfície não eram mais um alívio, independentemente se eu respirasse pela boca ou pelo nariz. Dava para sentir o *gosto* de esgoto.

A certa altura, peguei Raihn olhando para mim, com os lábios apertados numa espécie de sorriso, como se estivesse tentando com muito afinco não cair na risada. Fiz uma careta, e ele balançou a cabeça. Mesmo em silêncio, porém, eu conseguia ouvir suas palavras: *Ah, essa cara...*

Eu precisava ser grata pelo esgoto, porém — ele ao menos disfarçava nosso cheiro, especialmente o meu. Mesmo nadando a poucos metros dos soldados nas vias lá em cima, estávamos passando desapercebidos.

Quando enfim chegamos ao ponto onde o rio encontrava os aquedutos do castelo, agradeci à Deusa com um suspiro. Precisamos lutar contra uma correnteza surpreendentemente forte para subir até o castelo, uma vez que os canais tinham sido construídos num ângulo levemente descendente para garantir que o fluxo constante de esgoto escoasse para fora da fortaleza. Me pendurei na margem, permitindo que a parede de pedra me protegesse, e tirei a cabeça da água para examinar os gradis.

Não conseguia me lembrar nem remotamente de qual deles levava aos túneis.

Mergulhei de novo, me jogando contra o primeiro conjunto de barras de ferro. Raihn nadou até mim, me ajudando a empurrar as barras de metal.

Não era o primeiro gradil. Nem o segundo. Quando nos erguemos para respirar depressa, as vozes dos soldados vieram de um ponto ainda mais próximo.

Fodeu. Quanto mais ficássemos por ali, maior seria o risco de nos verem. Eu não sabia quanto tempo ainda tínhamos antes que alguém chegasse perto demais.

Por favor, Vincent, é melhor que seja este.

Mergulhamos de novo e nos jogamos contra o próximo conjunto de barras de ferro.

E talvez a Deusa ou meu pai morto estivessem rogando por nós, afinal de contas, porque o gradil se moveu na mesma hora.

A porta era meio desajeitada, feita para ser empurrada de dentro para fora em vez de pelo lado oposto. Raihn a segurou aberta para que eu me esgueirasse através da fresta, e fiz o mesmo enquanto ele se espremia entre as barras de metal. Uma proeza considerável dada a correnteza, ainda mais forte ali, tão perto da saída do esgoto do castelo.

Uma vez do lado de dentro, Raihn me segurou pelo braço e usou seu peso para evitar que eu fosse arrastada para longe. Quando o túnel começou a ascender, estávamos praticamente nos arrastando rente às paredes sujas de limo. Meus músculos berravam. Meus pulmões queimavam, desesperados por ar. Segurei com força a cinta atravessada em meu peito, de repente cheia de medo de que a correnteza levasse embora a Assoladora de Corações.

Quando o canal enfim passou a dar pé, soltei, meio engasgada:

— Graças à *Mãe*.

— Caralho — murmurou Raihn. — Isso foi nojento.

Ele limpou o lodo do rosto enquanto eu saltava para fora da água e me arrastava para um degrau alto na lateral do túnel. O ar estava quente e estagnado, e fedia indubitavelmente a merda.

Ainda assim, parecia perfume em comparação com o cheiro de onde a gente tinha acabado de sair.

Raihn me seguiu, e avançamos juntos por um caminho elevado que margeava o esgoto. Estava muito escuro ali. Conjurei um pequeno orbe de Fogo da Noite na palma da mão, e a luz azul banhou o rosto do vampiro.

Abri um sorrisinho.

— O que foi? — perguntou Raihn.

Lá estava ele. O rei dos Nascidos da Noite. Encharcado, usando roupas de couro baratas e mal ajustadas, com o rosto cheio de merda exceto pela pequena faixa de pele "limpa" que ele esfregara ao redor dos olhos.

Ele leu minha expressão e suspirou.

— Porra, e você está maravilhosa, não é, princesa? Pelas tetas de Ix... Vamos nessa. Cadê o tal do túnel?

Certo.

Aquela era uma ótima pergunta. Tateei a parede — áspera, antiga, limosa. Mais ou menos a sensação que eu esperaria de uma superfície que ficara séculos marinando em excrementos úmidos.

— Ficava mais ou menos por aqui... — murmurei, apalpando os tijolos. — Sob um desse arcos...

Senti algo com os dedos. A princípio, achei que era só uma rachadura, mas uma segunda análise usando o Fogo da Noite para enxergar melhor revelou outra coisa: um contorno.

— Aqui — falei.

— Deixe comigo. — Raihn jogou o peso do corpo contra a passagem. Ficou ali fazendo força por alguns segundos, com o rosto contorcido, antes de desistir e se apoiar na parede. — Tem certeza de que abre de fora para dentro?

Caralho. Eu esperava que sim. Caso contrário, estávamos fodidos.

Vincent era muito minucioso. Eu não conseguia imaginar meu pai se dando ao trabalho de criar um caminho tão elaborado caso não planejasse usar a via para retornar ao castelo numa emergência.

Mas... apenas se *ele* precisasse voltar.

— Vincent com certeza fez algo para garantir que ele fosse o único a conseguir usar a passagem — falei. — Talvez eu...

Num ímpeto, peguei o punhal da cintura e corri a ponta pela palma da mão, abrindo um delicado regato vermelho. Depois, passei o sangue na fresta, fazendo uma leve careta ao sentir o limo contra o corte.

Meu primeiro pensamento foi: *Definitivamente vou pegar uma infecção.*

E o segundo: *Não vai funcionar.*

Mas as palavras mal haviam passado por minha mente quando a porta se abriu diante de nós com um rangido de pedra contra pedra, revelando um túnel estreito iluminado aqui e ali com lamparinas de Fogo da Noite.

Foi tudo muito... rápido. E mais fácil do que achei que seria. Mais fácil do que qualquer outra tentativa de usar meu sangue para operar a magia de Vincent.

Encarei a palma ensanguentada. Eu conseguia sentir o olhar de Raihn sobre mim — pensando a mesma coisa, sem dúvida.

— Ao que parece, a passagem não foi feita só para ele — falou o vampiro.

Engoli em seco.

Você realmente acha que eu não pensaria em você, serpentezinha?, murmurou Vincent no fundo de minha mente.

Me encolhi. No passado, eu ansiava por ouvir sua voz. Agora, ela sempre trazia uma onda de emoções complicadas.

Não fazia sentido. Ele tinha escondido aqueles caminhos de mim, assim como minha magia, meu sangue e meu passado. E, no entanto, me amara o suficiente para oferecer uma medida de segurança que me beneficiaria também.

Então ele confiava em mim, ou será que não? Será que nem ele sabia daquele detalhe?

— Não faço ideia — soltei, seca. — Talvez só tenha reconhecido o sangue do meu pai em mim. Vamos. É por aqui.

Saquei a espada de Vincent das costas, tentando — em vão — ignorar a avassaladora onda da presença dele que me atingiu assim que fechei a mão ao redor do punho. Comecei a andar antes que Raihn pudesse falar qualquer outra coisa.

Não que ele tenha tentado.

Os túneis eram malconservados, estreitos e serpenteantes, efeitos colaterais de serem mantidos em segredo absoluto — haviam sido construídos ao redor da infraestrutura do castelo por uma equipe muito pequena de operários, e nunca passaram por manutenção porque Vincent não queria correr o risco de que alguém soubesse deles. Depois de cerca de uma centena de anos, começavam a demonstrar o desgaste do tempo. Mesmo quando já estávamos sob o castelo, demorou bastante para que os túneis sequer lembrassem os corredores que eu conhecia.

Logo chegamos a um conjunto de degraus tortos que levavam à construção em si. Era possível ouvir vozes abafadas e tensas ecoando pelas paredes — todas frenéticas, mesmo que fosse impossível distinguir as palavras.

— Parece que estão se divertindo à beça — murmurou Raihn, a voz ininteligível dos guerreiros gritando uns com os outros morrendo atrás de nós.

— Não sei se você está em posição de julgar o golpe alheio — comecei. — Não considerando como o seu vem se desenrolando lindamente bem até o momento.

Ele deu uma risadinha.

— Justo.

Chegamos ao topo da pequena escadaria, onde o túnel se bifurcava. Mantive a voz baixa, consciente do quão finas as paredes podiam ser em algumas partes daquela construção antiga.

— No momento, estamos atrás da biblioteca do primeiro andar. — Apontei para o caminho da esquerda. — Você vai por ali; vai te levar até as masmorras. É só seguir em frente e depois virar à direita.

Raihn se virou para outro caminho.

— E aquele é o seu?

Assenti. Era o que me permitiria chegar aos andares de cima do castelo — e, consequentemente, aos meus aposentos.

Aposentos estes onde eu havia escondido o pingente de Vincent.

Só eu conhecia o caminho tortuoso que levava ao andar superior do castelo. Só eu era capaz de carregar os artefatos controlados pelo sangue de Vincent. O que significava que eu precisava ir até lá em pessoa — porque, é claro, não podíamos deixar aquele tipo de coisa cair nas garras de Simon ou Septimus. Não sabíamos exatamente o que era aquele pingente, mas tínhamos plena consciência de que se tratava de algo importante demais para perder.

O que, por sua vez, significava que Raihn precisaria ir até as masmorras para resgatar Mische sozinho — pelo menos até que eu pudesse me juntar a ele.

Havíamos conversado muito sobre o plano. Não dava para irmos juntos a ambos os lugares, o que atrairia a atenção rápido demais. Nossa única chance de conseguir cumprir os dois objetivos seria nos separando, mesmo que só por um tempo.

Ainda assim, agora que nossos caminhos precisavam se dividir, foi impossível não hesitar — meu olhar perdurou sobre o corpo de Raihn, que, sob os trajes de couro, estava repleto de ferimentos em processo de cicatrização.

Mesmo tentando ser confiante, eu estava começando a duvidar de que aquela era uma boa ideia.

— Tem certeza de que consegue fazer isso? — perguntei.

Ele franziu a testa.

— Está preocupada comigo?

— Só estou sendo prática.

— Eu vou ficar bem. Consigo dar conta de alguns guardas de Simon. Sou o rei dos Nascidos da Noite, lembra?

— Eu me lembro de precisar salvar sua pele contra "alguns guardas de Simon" tipo umas trinta e seis horas atrás.

O sorrisinho presunçoso dele cedeu, como se aquele fosse realmente um ponto delicado no qual tocar. Raihn podia tentar pagar de rei inabalável — mas eu sabia que lá, lá no fundo, ele não gostava de perder.

— Não foi uma luta justa — falou ele. — Eles me drogaram. E me pegaram de surpresa. Mal posso esperar a chance de retribuir.

Fiz uma cara de quem não estava nem um pouco convencida, e ele continuou:

— Além disso, se tudo der errado, só preciso ficar vivo por alguns minutos até você chegar de novo para me salvar. E aí até deixo você se vangloriar dessa merda se quiser.

A ideia me agradava um pouco. Só um pouquinho. Ainda assim, eu não conseguia ignorar o nó de inquietação no estômago.

Talvez Raihn também estivesse sentindo a mesma coisa, pois olhou por cima do meu ombro para o caminho da direita. Além da passagem, os degraus sumiam sombras adentro.

— Seja rápida — falou ele. — É coisa de entrar e sair. Simon não merece a honra de matar você.

Soltei uma risada sarcástica, como se aquela possibilidade fosse ridícula. Minha bravata, porém, saiu um pouco menos convincente do que a de Raihn. Sim, eu tinha matado dezenas de guerreiros ao resgatar o Rishan. Sim, eu havia vencido o Kejari. Por outro lado, ainda me sentia presa pelo medo de vampiros acalentado ao longo de toda a vida. Algo bem difícil de deixar para trás.

— Chega de perder tempo — sussurrei e comecei a me virar, mas ele me pegou pelo braço.

Quando olhei de novo para Raihn, não havia mais provocação em seu rosto. A falsa confiança também tinha sumido. Ele estendeu a mão para acariciar o ângulo do meu queixo, tão rápido que mal tive tempo de reagir.

— Tenha cuidado, princesa — murmurou. — Pode ser?

Sustentei seu olhar por um segundo a mais do que planejava.

— Você também — respondi. — Cuidado.

E, com isso, cada um mergulhou em sua própria escuridão.

48
ORAYA

Os corredores próximos ao meu quarto eram os que ofereciam maior risco. Evitei o caminho que havia usado no dia da fuga do gabinete de Vincent, mas ainda tinha plena consciência de que Septimus conhecia aqueles túneis. O caminho pelo qual eu seguia não se conectava diretamente ao utilizado na outra ocasião, mas não havia como ter certeza do quanto o Nascido do Sangue tinha descoberto. Quando alcancei o andar superior do castelo, estava me movendo muito devagar, mal respirando, mantendo a audição aguçada para notar sinais da presença de guardas enquanto avançava tão silenciosa quanto um fantasma.

Eu não ouvia muita atividade por ali, ao contrário dos andares inferiores. Naquela ala, existiam apenas meus aposentos e os de Raihn — que não eram onde os outros reis costumavam se instalar. Simon e Septimus tinham conseguido dar um golpe bem-sucedido ao pegar Raihn de guarda baixa, mas não significava que tivessem mais recursos do que ele. Provavelmente estavam usando suas forças de forma comedida, focando onde os soldados fossem mais necessários.

Só me restava torcer para que não achassem necessário manter sentinelas ali em cima.

Esperei na entrada que dava para o corredor principal por vários segundos, com o ouvido colado na porta, antes de prosseguir. Quando confirmei que estava tudo em silêncio, me esgueirei para dentro com a espada empunhada, fechando a porta de imediato atrás de mim.

A passagem estava vazia. Em silêncio e de forma ágil, avancei rente à parede, virando numa esquina e depois na outra até chegar à entrada dos aposentos.

Claro que encontrar o cômodo vazio teria sido fácil demais.

Dei de cara com dois guardas.

Felizmente, eram ambos Rishan, e não Nascidos do Sangue — nada de magia sanguínea com que lidar. Eles me reconheceram no mesmo instante, mas não dei muito tempo para que reagissem antes de atacar.

Dois. No passado, aquilo teria me intimidado. Naquele instante, porém, achei um alívio. Só dois? Eu conseguia encarar dois guardas.

Como se despertada pela promessa do derramamento de sangue iminente, a Assoladora de Corações ficou mais quente em minhas mãos, a lâmina cintilando em vermelho.

Pensei em Mische enquanto os dois sujeitos corriam até mim.

Pensei em como o mestre que eles tinham escolhido seguir havia abusado de Raihn, e nas marcas duradouras deixadas nele mesmo muito depois de as feridas em seu corpo terem sumido.

De repente, não foi nada difícil invocar minha magia, e a alvura fria do Fogo da Noite se misturou ao desabrochar fervente da espada de Vincent.

Na última vez em que eu usara a espada, mal tivera a oportunidade de apreciar como ela era incrível. No entanto, quando a lâmina penetrou o peito do primeiro soldado, encontrando pouca resistência à medida que queimaduras de um branco abrasador se espalhavam por seu peito, precisei admirar aquela arma.

Nunca fora tão fácil matar.

O segundo homem cambaleou em choque quando viu como o parceiro havia tombado rápido. Para seu crédito, porém, não foi nada covarde: após se reequilibrar, veio correndo na minha direção com a espada em riste.

Aquele meio segundo de pausa, porém, foi suficiente.

Dei um passo para o lado, usando a própria inércia do sujeito para jogar seu corpo contra a parede. Era estranho usar a espada depois de ter me acostumado à minha dupla de lâminas menores. Eu precisava forçar o corpo a lutar de uma forma completamente diferente, imitando os passos de Vincent em vez de me entregar à minha própria dança. Naquele momento de hesitação, o vigia abriu um corte na minha bochecha que me fez chiar de dor.

Eu conseguia enxergar perfeitamente como Vincent teria retaliado. Havia presenciado aquela cena várias vezes.

Minha execução não foi perfeita, mas serviu a seu propósito.

Quando recuei, arquejando, o Rishan estava largado contra a parede, com a Assoladora de Corações atravessada no peito.

Puxei a lâmina, sem me preocupar em limpar o sangue. Não que precisasse — era como se a arma o absorvesse, tão ávida por seu derramamento quanto eu. Meu Fogo da Noite fervilhava. Já estava pensando em Raihn, onde quer que ele estivesse — pensando de forma vívida demais nele surpreendido nas masmorras, cercado por soldados, sendo acorrentado e içado de novo como durante o baile...

Fui até a porta de meus aposentos e forcei a maçaneta.

Estava trancada. É claro, porra.

Ajoelhei para examinar as travas. Todas as quatro exigiam chaves específicas.

Será que eu podia... derreter os dispositivos, como no dia da minha fuga? Ou...

Olhei para a espada, coberta dos restos viscosos de sangue. Parecia ridículo tentar arrombar a fechadura com um golpe de espada. Mas se havia uma arma capaz de fazer algo assim...

Meu olhar recaiu sobre o sangue no metal.

Depois, nos corpos aos quais o fluido pertencia.

Cheguei até o cadáver mais próximo. Ali, no cinto, havia um pequeno molho de chaves de prata.

Considerar meter a espada na porta antes de sequer procurar as chaves... Que a porra da Deusa me acudisse. Fiquei grata por Raihn não estar ali para ver a cena.

Depois de me enrolar por uns segundos, abri três das quatro travas. Foi só quando cheguei à última que me ocorreu: e se meus aposentos estivessem sendo vigiados?

E por que estava trancado, para início de conversa?

O pensamento me atingiu assim que empurrei a porta, e no mesmo instante precisei desviar da cadeira que foi brandida em direção à minha cabeça.

— Caralho! — cuspi, caindo no chão na posição perfeita para fazer doer meus ferimentos mais sensíveis.

— *Pelos deuses!*

Blam. A pessoa que usava a cadeira como arma soltou a mobília no chão.

Rolei de lado, exibindo uma careta, e enfim vi Mische parada junto a mim. Ela cobria a boca com as mãos, de olhos arregalados. Ainda usava o vestido da festa, embora estivesse todo amassado. Sua maquiagem também tinha ido por água abaixo.

— Estou *tão* feliz por ver você viva!

A vampira caiu de joelhos, parecendo prestes a me abraçar. De repente, porém, sua expressão ficou séria, a testa franzida.

— O que raios está fazendo aqui? E *que cheiro é esse*?

Depois que a torrente de perguntas começou, não parou mais.

— Cadê Raihn? — Mische me ajudou a levantar. — Como chegou aqui? Viu o que está acontecendo lá fora? Tem algum exército vindo? — E depois, de novo, como se a primeira vez não tivesse sido suficiente: — Cadê Raihn?

— A gente pode ir conversando enquanto anda — falei. — Não temos muito tempo.

Mas, pela Deusa, como eu estava feliz em ver a vampira.

Agachei para pegar a espada, que tinha caído durante o louco ataque de Mische com a cadeira. Quando viu a arma, ela arregalou os olhos.

— Por acaso é a...?

— Sim.

— *Pelos deuses*, Oraya. Você agora consegue *usar* essa coisa?

Por alguma razão, a descrença de Mische foi o que me fez notar minha própria incredulidade, uma onda que eu vinha reprimindo ao longo dos últimos dois dias.

Dois dias... muito, muito esquisitos.

— Eu... Sim. — Não sabia mais o que falar, então só pigarreei. — Vamos logo. Pode ter guardas vindo, ou...

— Só tinha aqueles.

Mische abandonou o choque, ficando séria do nada.

O pingente.

Certo. Fui até a penteadeira e abri a gaveta de cima.

— Por que você está aqui? — questionei. — Por que não está nas masmorras?

Silêncio.

— Vamos — incitou ela, indo até a porta, ficando de costas para mim. — Você disse que a gente não tem tempo a perder.

Hesitei. Havia algo no tom de voz dela que parecia... estranho.

Mas ela estava certa. Não tínhamos tempo a perder. Vasculhei a primeira gaveta da penteadeira, depois a outra, sentindo a frequência cardíaca subir.

Era para estar ali.

Era para o pingente estar ali.

Eu tinha certeza. Tinha tomado muito cuidado em guardar o objeto num lugar onde pudesse encontrar depois. Eu conferia a gaveta todos os dias. Ali, porém, havia só uma pilha de sedas inúteis.

Nada de pingente.

Nem mesmo traços de sua magia.

— Malditos sejam... — murmurei.

— O que foi? — perguntou Mische.

— Alguém entrou aqui?

Puxei a outra gaveta, só para garantir, mesmo sabendo que eu não estava enganada.

— Antes de mim? Faz só um dia que me trouxeram para cá. Eles demoraram algumas horas para...

Bati a gaveta, soltando um palavrão entredentes.

Eles haviam encontrado o pingente, então. Tinham vasculhado meu quarto. É claro. Septimus era um maldito, mas não era burro.

O objeto já era. Se estivesse naquele cômodo, eu teria sentido.

Mas eu não tinha tempo de pensar sobre o que aquilo significava — não sabendo que, a cada segundo, Raihn podia estar em apuros naquela masmorra.

Me virei para Mische, que me encarava com um vinco entre as sobrancelhas. Ela tinha perguntas, eu sabia — assim como eu. Porém, tinha consciência de que aquela não era a hora certa para elas. A vampira foi até um dos Rishan mortos e pegou a espada de sua mão ainda fechada.

Àquela altura, eu já lutara ao lado de Mische inúmeras vezes, mas ainda era meio esquisito a ver empunhando armas — em parte porque a vampira era muito competente com elas, mas também porque não combinava com sua personalidade.

Avançamos juntas pelo corredor, nos movendo rápida e silenciosamente junto às paredes.

Só precisávamos chegar ao túnel e alcançar Raihn antes que...

Foi um golpe de azar.

Um azar horrível e até cômico.

Pois um vulto surgiu no topo da escadaria no instante em que viramos no corredor. Não ouvimos seus passos a tempo de recuar.

Nossos olhares se encontraram. Nós o fitamos. Ele nos fitou.

Fodeu, pensei.

Mische ficou imóvel, como se tivesse parado de respirar.

Diante de nós, estava o príncipe dos Nascidos da Sombra.

49
ORAYA

Demorei um instante para reconhecer o sujeito. Eu só o vira do outro lado do salão durante a festa de casamento, e estivera distraída naquela noite. Vampiros de estirpe tendiam a ter mais ou menos a mesma aparência — maçãs do rosto salientes, pele imaculada, olhos afiados; encantos perigosos feitos para atrair as presas. O príncipe Nascido da Sombra tinha todas aquelas coisas em abundância. Uma pessoa bela e ameaçadora que se misturava com perfeição às demais pessoas igualmente belas e ameaçadoras.

Foi só depois que vi o diadema aninhado em seu cabelo grosso e o estilo de suas roupas — refinadas e justas, decoradas com brocados — que compreendi tudo.

Um sorrisinho de reconhecimento também se abriu em seus lábios, mas o olhar dele recaiu sobre mim por um único instante antes de se desviar para o lado. Antes de se demorar em Mische.

O que raios estava acontecendo ali?

Se eu tivesse pensado pelo menos um pouco sobre o destino do príncipe dos Nascidos da Sombra após o golpe, teria presumido que ele fugira da cidade. Que interesse um Nascido da Sombra teria em ficar para ver os Nascidos da Noite se dilacerarem?

Mas... por que ele *não* ficaria? Vampiros. Perspicazes e sedentos por sangue, tão facilmente entretidos pela violência... Tão encantados pela ideia de ver seus inimigos de joelhos...

E por que Simon não gostaria de presenciar tudo aquilo, ainda mais se significasse uma chance de obter o respeito de um poderoso líder de Obitraes?

Inteligente da parte dele, porque o príncipe era valioso.

Se eu fosse uma diplomata melhor, talvez tivesse aproveitado aquela oportunidade. Conseguia imaginar Raihn fazendo aquilo com muita habilidade — vestindo a máscara correta para mostrar ao príncipe o que ele queria ver.

Mas eu não era Raihn. Não era Vincent. Olhei para o sujeito e vi somente uma ameaça, com todos os membros do meu corpo berrando "Mate o vampiro!".

Dar ouvido aos meus instintos seria tolice. Um pesadelo político. Mas...

O príncipe se aproximou um passo, erguendo as sobrancelhas.

— Bem — começou ele. — Isso é...

Um borrão castanho e dourado passou voando por mim, e o esbarrão me desequilibrou momentaneamente.

Quando dei por mim, Mische estava em cima do príncipe, e havia sangue para todos os lados.

Eu nunca vira a vampira lutar daquela forma, nem mesmo no Kejari. Era algo animalesco, nada parecido com seus movimentos tipicamente leves e rápidos, e sim violento e brutal. Os dois se engalfinhavam no chão, agitando os membros, com fiapos de magia de sombra tornando impossível enxergar o que estava acontecendo.

Me juntei a ela uma fração de segundo depois. Quando reagi, porém, a luta já era um caos de sangue. Primeiro, Mische subiu em cima dele, apunhalando loucamente o príncipe, fazendo sangue preto-avermelhado respingar em seu rosto e depois no meu enquanto corria até eles.

Em seguida, assim que cheguei à distância que me permitiria golpeá-lo com minhas próprias armas, o vampiro derrubou Mische no chão, rosnando conforme sua adaga passava a centímetros do rosto dela.

Todos os meus pensamentos sobre diplomacia, alianças ou guerras iminentes sumiram.

Me joguei sobre o Nascido da Sombra, arrancando o sujeito de cima de Mische. Ele se recuperou depressa, virando na minha direção enquanto se afastava. Minha espada já estava pronta para atravessar seu peito...

... quando, antes que eu pudesse fazer qualquer coisa, Mische pulou em cima do príncipe.

Foi um bote impressionante, mesmo para os padrões de velocidade e força vampíricos. Preciso, rápido, poderoso.

Ela nem pestanejou quando sua lâmina atravessou o esterno do príncipe. Foi um movimento tão gracioso que o baque feio de seu corpo atingindo a parede me sobressaltou.

Mische havia feito a lâmina sair pelas costas, e continuava empurrando, empurrando a espada contra a parede, se aproximando do oponente. O rosto dela estava irreconhecível, uma máscara de fúria com resquícios da maquiagem dourada rachando nas rugas de pura raiva.

O príncipe dos Nascidos da Sombra nem piscou enquanto morria.

E, mesmo depois que partiu, seus olhos continuaram encarando um ponto além de Mische.

A vampira não parou de empurrar, mesmo com a lâmina já enterrada na parede. O vestido dourado, antes deslumbrante, agora estava encharcado de preto.

De repente, o silêncio ficou ensurdecedor, exceto pela respiração ofegante de Mische. Ela tremia de forma violenta.

Toquei seu ombro.

Ela se desvencilhou com um arquejo e recuou aos tropeços, cobrindo a boca com as mãos. A espada continuou fincada na parede, atravessada no corpo do príncipe.

— Ah, deuses... — sussurrou ela. — Eu... Ah, pelos deuses. O que acabei de...?

Ela havia acabado de matar o príncipe da Casa da Sombra.

Um medo gélido me abateu.

Reprimi aquilo, empurrando o temor sob questões muito mais prementes.

— A gente não pode se preocupar com...

Mas Mische girou nos calcanhares, se virando para mim, e algo em sua expressão me assustou.

Reconheci aquele olhar. Ia muito além do frenesi chocado por uma morte inesperada.

Talvez eu estivesse com aquela mesma cara quando fugira dos aposentos de Vincent às lágrimas, após ser estuprada por meu amado.

Fechei a boca.

Pensei na cara de Mische quando vira o príncipe na festa de casamento. E então, eu soube. Nem precisei perguntar.

A vampira continuou, engasgada:

— É ele... Foi ele que...

O homem que a havia sequestrado quando Mische não passava de uma adolescente. Que a fizera passar à força pela Transformação. Que tinha abandonado a nova vampira para morrer após o início dos efeitos.

Agora eu entendia por que Mische tinha sido levada até ali, até aqueles aposentos. Um lugar confortável e bonito em vez das masmorras desagradáveis. Ela era um presente sendo devolvido àquele responsável por a transformar em vampira. Uma prenda para agradar ao príncipe estrangeiro.

Deixei o olhar recair sobre o corpo do Nascido da Sombra, que agora estava largado, suspenso apenas pela lâmina que o prendia à parede. Resisti ao desejo avassalador de cuspir no cadáver.

Que a diplomacia fosse para a casa do caralho. Eu não conseguia lamentar sua morte.

Agarrei o punho da espada de Mische e a arranquei da parede — e do corpo, que escorregou até cair no chão com um baque surdo. Entreguei a arma para ela.

— Raihn precisa da gente.

Foi tudo o que precisei falar.

Ela pestanejou, limpando as lágrimas que ameaçavam cair. Cerrou o maxilar. Assentiu e pegou a espada, deixando o sangue do príncipe pingar no chão de lajotas.

— Vamos — falou ela.

Avançamos rápido pelos túneis. Eu torcia para que Raihn estivesse no nosso ponto de encontro — a bifurcação onde havíamos nos separado. Mas, quando passamos voando pelos degraus, não havia nada ali além das duas passagens escuras.

O pavor fez meu estômago revirar, mas não hesitei.

— Por ali — falei para Mische, e tomamos o caminho que nos levaria até as masmorras.

Soube o que encontraríamos antes de chegar à porta. Mische escutou antes de mim com sua audição superior — mas o barulho logo ficou mais alto, um burburinho de gemidos e coisas batendo nas paredes.

Eu conhecia muito bem o som da violência.

Logo, estávamos ambas correndo, deixando de lado a furtividade em favor da velocidade. Quando chegamos à porta, não havia dúvidas do que se desenrolava além dela. Foi necessário um esforço considerável para que eu diminuísse o ritmo, o túnel nos levando ao corredor que ficava logo atrás das masmorras. Os clangores de metal contra pele e contra mais metal ecoavam nas paredes.

Com três passadas largas, cheguei à esquina.

Movimento. Guardas. Aço.

Corpos.

Sangue.

Raihn.

Mal parei para observar tudo aquilo antes de me jogar na luta.

Finquei a espada nas costas de um dos guardas, mirando direto no coração. A lâmina cortou a carne com uma facilidade absurda, sem encontrar resistência. Raihn jogou o corpo para o lado, me olhando nos olhos por uma fração de segundo antes de voltar a atenção ao outro soldado que saltava em cima dele.

Aquele momento, no entanto... Ah, foi suficiente para transmitir muita coisa, um milhão de tons de alívio.

Raihn, ferido como estava, sofria para encarar meia dúzia de guardas (mais, talvez, antes de nossa chegada), mesmo com a ajuda do seu Asteris.

A situação agora era outra, porém.

Eu tinha esquecido como era bom lutar ao lado de Raihn. Como nos entendíamos de forma intuitiva. Como ele observava meu corpo sem observar, antecipando cada movimento, complementando meus gestos. Era como vestir de novo um casaco confortável.

Golpe após golpe foram se mesclando, minha consciência focada apenas no próximo movimento, no próximo oponente. Meu Fogo da Noite lampejava na lâmina da Assoladora de Corações enquanto o Asteris de Raihn pulsava na espada dele, luz e escuridão se entrelaçando.

Sozinho, ele estava em apuros. Juntos, éramos devastadoramente eficientes.

Em minutos, o último corpo caiu.

Arranquei a lâmina do guarda que ainda se contorcia e me virei para Raihn.

Ele me puxou num abraço antes mesmo que eu pudesse abrir a boca, enterrando o rosto no espaço entre meu pescoço e meu ombro.

Depois, com a mesma rapidez, me soltou. Cambaleei no lugar.

— O que foi isso? — falei.

— Sucumbi a seus infinitos encantos — respondeu ele.

Depois viu Mische, e congelou no lugar. Arregalou os olhos quando notou o vestido encharcado de sangue.

— Onde você *estava*? — ele quis saber.

Mas ela apenas sorriu e balançou a cabeça, como se pudesse se livrar com um único gesto do olhar vago de minutos antes.

— Depois explico. Bom te ver também.

E ela estava certa: a gente não tinha tempo. Por sorte, as forças de Simon estavam divididas em muitas direções, mas era só uma questão de minutos antes que a carnificina tanto do andar superior quanto dos túneis atraísse mais atenção.

As celas eram escavadas na parede, fechadas com portas de metal e com apenas uma pequena fenda permitindo a visão do interior. Raihn já vasculhava os cadáveres, procurando as chaves; quando as encontrou, jogou o molho para cima, satisfeito.

Foi até a primeira porta. Quando a abriu, nos deparamos com Vale, todo esfarrapado. Ainda usava os trajes do casamento, mas seu estado sugeria que ele havia lutado antes de se entregar. A seda jazia toda rasgada e suja de sangue.

— Lilith — soltou ele, desesperado, como se o nome estivesse se revirando atrás de seus dentes durante horas.

Antes, Raihn tinha certeza de que o traidor era Vale. Mas, olhando o conselheiro ali, a possibilidade parecia absurda.

Raihn ficou sério, como se estivesse pensando a mesma coisa que eu. Foi até a próxima porta e a destrancou, soltando uma Lilith igualmente desgrenhada. Vale correu até a esposa na mesma hora, segurando sua cabeça com carinho como se a inspecionasse atrás de ferimentos enquanto ela murmurava "Estou bem, estou bem" entre arquejos.

Nesse meio-tempo, Raihn abriu a terceira porta, soltando Ketura. A vampira parecia possessa. As primeiras palavras que saíram de sua boca foram:

— Aquele desgraçado do caralho.

Eu não sabia se ela estava falando de Simon, Septimus ou Cairis — independentemente de quem fosse, eu concordava.

— Desgraçado do caralho mesmo — murmurou Raihn. — Mas a gente fala disso depois. Antes, vamos dar o fora daqui.

Vale e Ketura se armaram com as espadas dos guardas mortos, e guiei todo o grupo pelos túneis até o corredor, fechando com cuidado a porta atrás de nós. Sem dúvida, os homens de Simon juntariam dois mais dois e entenderiam quem eram os responsáveis por aquele ataque, dadas as queimaduras de Fogo da Noite e as evidências do uso de Asteris nos corpos que havíamos deixado para trás.

Precisávamos ir embora de Sivrinaj, e rápido.

Avançamos depressa pelos túneis. Já perto do esgoto, os sons do interior do castelo foram ficando muito mais altos; os passos ecoavam na pedra cheios de uma urgência renovada enquanto vozes gritavam comandos truncados.

— É por nossa causa? — murmurou Raihn.

— Provavelmente — falei.

Abri a passagem que levava aos canais de efluentes e a segurei para os outros, selando a entrada atrás de nós. Saltar no lodo não foi menos nojento da segunda vez, mas estar fugindo de um perigo iminente tinha todo um jeitinho de tornar aquilo mais tolerável. Ainda assim, não julguei quando Mische soltou um palavrão cheio de nojo assim que batemos na água.

Enquanto os traidores no castelo se davam conta de nossa presença, prontos para revirar a cidade à nossa procura, nós nadamos.

Nadamos pela porra das nossas vidas.

50
ORAYA

Eu não estava acostumada a voar por tanto tempo. Minhas asas doíam. Mais do que isso — elas *queimavam*. Meu corpo estava exaurido. Como única humana (certo, metade humana) do grupo, minha energia não era tão alta quanto a dos vampiros. A semana ininterrupta de viagem estava começando a cobrar seu preço, principalmente porque eu nunca havia voado com aquela frequência.

Ao menos estava grata por não precisar carregar ninguém. Raihn levava Mische, e Vale carregava Lilith desde cerca da metade da viagem. Como uma vampira Nascida da Noite Transformada, ela tinha asas, de um âmbar todo salpicado de outros tons que combinavam com a cor de seu cabelo. Ainda não voava tão bem, porém — fez o melhor que podia para seguir sozinha por parte do percurso, mas, em determinada altura, notamos que seria mais rápido se Vale a carregasse.

Eu via Raihn me observando com atenção demais, procurando sinais de que seria necessário fazer o mesmo comigo, mas eu era a Sucessora dos vampiros Hiaj. Não deixaria que me carregassem a menos que fosse estritamente necessário. Eu era capaz de lidar com um pouco de dor, mesmo xingando em silêncio a cada vez que a gente aterrissava ou alçava voo.

Quando a muralha de pedra arenosa surgiu da escuridão, com o luar iluminando uma colcha de retalhos feita de estruturas cavernosas, praticamente chorei de alívio.

— É aqui? — perguntei? — É aqui, certo?

Pelo amor da Mãe, que fosse ali.

— É — começou Raihn, parecendo tão aliviado quanto eu. — É aqui.

Minhas pernas estavam moles feito gelatina quando pousamos, quase se dobrando sob meu peso assim que tocaram na areia macia. Pela Deusa, a ideia de me largar nela parecia atraente de verdade. A gente só tinha descansado durante as horas mais fortes de luz solar, viajando até mesmo — embora mais devagar — quando o sol estava fraco o bastante para que fosse possível para os vampiros se protegerem só com camadas de roupa. Eu estava exausta.

Mas forcei as pernas a se endireitarem. Eu não conhecia aqueles penhascos — a vista era realmente incrível, a pedra alva como osso se erguendo do meio das areias do deserto, toda pontuada com buracos e aberturas que levavam à cadeia de cavernas. A formação era mais alta do que eu imaginava, se estendendo na direção do céu como se tentasse alcançar a lua. Parecia estranhamente um esqueleto — um pedaço plano de um crânio de marfim com direito aos buracos das órbitas.

A maior parte das pessoas ficava longe daquela área. O calor e a umidade eram brutais ali, e os penhascos formavam um habitat perfeito para cães infernais e demônios. E mais: era muito isolado dentro do território Hiaj, a mais de cem quilômetros da cidade mais próxima.

Por que razão alguém viveria ali?

Só se estivesse fugindo.

— Bom, acho que agora é com você, princesa — falou Raihn, pousando as mãos na cintura. — Vá lá e diga oi. A gente mata qualquer coisa que sair correndo na sua direção.

Me aproximei da entrada mais próxima, semicerrando os olhos para a escuridão. Conjurei um orbe de Fogo da Noite em minha palma, embora ajudasse pouco a iluminar o breu — uma escuridão sem fim, do tipo que engolia a si mesma. Lembrava as asas de Vincent. Lembrava, eu supunha, minhas próprias asas.

— Não sei, não... — falou Mische, atrás de mim. — Parece meio... agourento.

— Eu não entraria por aí — disse uma voz suave de algum ponto acima de nós, distante contra a brisa do deserto.

Ergui os olhos e vi um vulto esbelto parado na entrada de um túnel superior, apoiado contra a parede. A vampira estava usando uma roupa preta de caimento justo — couro dos Nascidos da Noite — e prendera o cabelo de um castanho-acinzentado numa trança longa, que voejava com o vento.

— Tem demônios para todos os lados — continuou Jesmine. — Melhor subir e vir por aqui, Alteza.

Eu ainda não sabia se Jesmine e Raihn não iriam se apunhalar até a morte no instante em que ficassem sozinhos. Depois de ver os machucados nas costas dele, eu honestamente não o julgaria caso fizesse isso. Mas enquanto Jesmine nos levava pelos túneis que iam até o assentamento construído por ela para abrigar o exército Hiaj remanescente, ela tratou o vampiro com um respeito surpreendente, apesar de um ou outro olhar feio.

Os corredores eram escuros e calorentos. Imaginei que entrar num forno de cerâmica devia passar mais ou menos a mesma sensação. Mas ali os soldados estavam escondidos e abrigados. Agora a dificuldade de me comunicar com Jesmine, mesmo usando o espelho de Vincent, fazia todo o sentido: além do fato de que a coisa não era feita exatamente para meu sangue, a vampira estava num lugar tão remoto que era razoável imaginar que já estivesse no limite do alcance da magia.

Mas, no nosso caso, ser remoto era bom. Era exatamente de um lugar remoto que precisávamos.

Foi perturbador ver o que havia acontecido com o exército Hiaj ao longo dos últimos meses. A vida toda, eu o vira como um poderoso regimento de guerreiros, agora reduzido a algumas centenas de homens e mulheres abrigados em cavernas. Outros soldados, Jesmine explicou, tinham se dispersado pelo reino, se abrigando em outros lugares depois da batalha no arsenal. Os mais leais haviam ficado por ali, escondidos e à espreita.

O lugar estava na penumbra para meus olhos humanos, embora houvesse uma lamparina de Fogo da Noite aqui e outra ali. Guerreiros haviam construído tendas nos túneis secundários, reivindicando algo que se passava por privacidade, enquanto as áreas comuns ficavam nas vias principais. Fedia ali, o calor apodrecendo os animais caçados pelos vampiros — raposas, lobos, cervos e até mesmo um ou outro demônio. Eu não conseguia nem imaginar como seria nojento comer aquele tipo de carne. Com certeza, um ato de total desespero. Eu havia sido treinada para reconhecer vampiros esfomeados a vida toda, e aqueles de fato estavam morrendo de fome — seus olhos me acompanhavam conforme Jesmine me guiava pelo acampamento.

Ainda assim, a forma como olhavam para mim agora, mesmo à beira da inanição, era... diferente. Notavam meu sangue humano, sentiam o cheiro — era algo biológico. Mas não me encaravam mais como presa. Talvez a Marca vermelha em meu peito tivesse alguma relação com aquilo.

Jesmine nos levou até seu abrigo privativo — uma coleção de objetos reunidos num reduto erguido num beco sem saída, fechado por uma tenda de couro de demônio. Ela empilhara alguns caixotes para criar assentos e juntara outros para formar algo parecido com uma mesa, sobre a qual havia uma série de papéis; estavam quase todos rabiscados e sujos de sangue. Me fazia lembrar do gabinete de Vincent perto do fim — puro caos. Aquilo, supus, era como ficava a sala de guerra do lado perdedor.

Jesmine se sentou apoiada na mesa, cruzando as pernas longas. Ali, de perto e com mais luz, pude ver que seus trajes de couro antes refinados agora estavam aos farrapos, rasgados e cheios de remendos. Vários botões tinham se soltado, revelando o topo da longa cicatriz entre seus seios.

Eu precisava admitir que não dera muito moral para Jesmine quando Vincent a promovera, vendo pouco além da fachada da voz sedutora, dos vestidos curtos e delicados e da beleza bem cuidada. Agora, contemplando a vampira daquele jeito, a imagem anterior que eu tinha dela parecia comicamente rasa. Eu ainda não sabia se gostava de Jesmine, mas era difícil negar que a respeitava.

Ela olhou para nós de cima a baixo, um por um — eu, Raihn, Mische, Ketura, Vale e Lilith.

Depois falou:

— Parece que vocês saíram se arrastando de um esgoto.

— Observação pertinente — resmungou Vale.

Pela Mãe, eu mal podia esperar para tirar aquelas roupas. Acabara me acostumando com meu próprio fedor, mas não tinha dúvida de que estava insuportável. Provavelmente o cheiro de alguém que se arrastara na merda e depois atravessara o deserto escaldante por uma semana.

Um sorrisinho fez o canto da boca de Jesmine se curvar.

— Eu sei bem sobre os túneis — falou ela. — Acho que foi inteligente da parte de vocês usar o mais desagradável de todos.

Eu não queria admitir que a real razão para termos escolhido o "mais desagradável" fora porque Vincent não tinha confiado o bastante em mim para me mostrar os outros.

— Chegamos até aqui com vida — falei. — Já vale alguma coisa.

— Eu diria que vale tudo — rebateu Jesmine, se inclinando para a frente enquanto seus olhos violeta feito aço dos Nascidos da Noite cintilavam na escuridão.

O rosto dela era uma máscara de beleza mortal, tão perfeita que me atordoava.

— Agora, por favor, Alteza, me diga que estamos a caminho de recuperar nosso maldito reino — continuou a vampira.

Em resposta, abri um sorriso.

— Por que mais a gente teria vindo até aqui?

Eu tinha contado a Jesmine parte do que havia acontecido quando entrara em contato com ela logo antes do resgate, e suas próprias fontes — ainda bem espalhadas e muito efetivas, apesar das circunstâncias — aparentemente a haviam atualizado de mais algumas coisas. De uma forma ou de outra, fiz um resumo da situação. Ela ouviu em silêncio, a expressão se fechando e o ódio ficando mais intenso. No fim, sua fúria era palpável.

— E agora um príncipe Nascido do Sangue e um impostor Rishan estão no trono da Casa da Noite — cuspiu ela. — Vincent ficaria chocado.

Vincent também ficaria chocado de me ver parada ali junto com o Sucessor Rishan. Na verdade, boa parte do meu comportamento ao longo das últimas semanas teria chocado meu pai, mas tentei não pensar no assunto naquele momento.

— Essa situação não vai durar muito — falei. — Quantos homens você tem aqui? Quantos mais podemos convocar?

Jesmine apertou os lábios. Demorou um momento para responder, como se doesse admitir aquilo.

— Perdemos muita gente. Não tenho número o bastante para retomar Sivrinaj diretamente. Não com os Nascidos do Sangue lá. — O olhar dela recaiu sobre Vale. — Mas, se a senhora mandasse eu me livrar de alguns Rishan, seriam outros quinhentos.

Vale soltou uma exclamação de repulsa, franzindo o nariz, e Jesmine riu baixinho.

— Vale Artruro — continuou a vampira, quase ronronando. — Que honra conhecer uma lenda dessas. Você era o que mesmo de Neculai? Terceiro general?

— O primeiro, agora — falou ele, sério. — Os outros já morreram.

— Que pena — murmurou ela.

Eu não sabia em quem apostaria minhas moedas caso os dois se engalfinhassem ali mesmo.

— Acredite em mim, você vai agradecer por ele estar aqui com a gente. — Raihn abriu um sorriso lupino para Jesmine, do tipo feito para expor as presas. — Vale, quantos Rishan você consegue? Leais, digo. Simon não ficou com todos.

Vale abriu um sorriso para Jesmine que me fez ficar arrepiada.

— O suficiente para derrubar o resto dos Hiaj.

Ela praticamente chiou, e Raihn soltou um suspiro.

— Você sabe o que estou perguntando — insistiu.

O olhar de Vale voltou para Raihn, parecendo imerso em pensamentos. Depois de um longo momento, ele disse:

— Uns mil. Talvez mais.

Raihn se virou para Jesmine, arqueando as sobrancelhas.

— Bom, olha aí. Mil aqui, mil ali... Parece um exército para mim. Talvez até um bom o bastante para retomar Sivrinaj.

Ketura pareceu enjoada pela simples sugestão.

— Um exército formado por Hiaj e Rishan?

— Um exército formado por seja lá quem queira nos ajudar a tirar os Nascidos do Sangue deste reino e tomar a coroa das mãos do Simon — falou Raihn. — Alguém tem alguma objeção?

Um longo silêncio. Ninguém falou em voz alta, mas dava para sentir as várias objeções no ar.

— Tem uma outra opção, claro — falei. — Que é simplesmente deixar eles ficarem com a coroa e esperar até que inevitavelmente venham desentocar a gente. Caso alguém aí ache essa possibilidade melhor.

— Eles? — repetiu Jesmine, estreitando os olhos para Raihn. — E quanto a *ele*? O que a senhora está descrevendo é exatamente a situação com a qual a gente vem lidando nos últimos meses. Por que eu colocaria a vida dos meus soldados em jogo pelo trono dele?

— Nunca considerei os Hiaj meus inimigos — disse Raihn, mas a general deu uma risada seca.

— Você já nos considerava inimigos antes mesmo de matar nosso rei. Você destruiu o Palácio da Lua. Está pedindo minha ajuda para lutar contra usurpadores, mas também é um deles.

Raihn cerrou a mandíbula.

— Jesmine, já falei milhares de vezes que não tenho nada ver com o ataque ao Palácio da Lua. E você é uma torturadora boa pra caralho, como eu poderia ter mentido?

Aquilo não podia acabar bem.

— Chega — falei. — É uma ordem, Jesmine. Não é só o trono de Raihn que estamos reivindicando de volta. É o meu, e não quero Simon ou os Nascidos do Sangue nem perto dele.

Os olhos da vampira lampejaram, alternando entre mim e Raihn.

— Então esta é uma aliança formal.

Parecia meio estranho ouvir Jesmine, logo ela, pondo as coisas naqueles termos.

— Uma aliança recíproca — falei. — Nós vamos ajudar Raihn. E ele vai ajudar a gente. Retomamos o trono, e os Hiaj vão estar livres de novo. Chega de se esconder. Chega de lutar.

Parecia um sonho exageradamente otimista quando dito daquele jeito. Jesmine olhou para mim como se eu fosse uma criancinha falando da beleza do arco-íris.

— Além disso, sou rainha tanto quanto ele é rei — falei. — Quando tivermos recuperado nosso reino, tenho a intenção de governar ao lado dele.

Dava para sentir o olhar de Raihn sobre mim. Dava quase para ouvir a voz dele: "Sério, princesa? Enfim está aceitando minha oferta?".

Certo. Pelo jeito, eu estava. E, raios, por que não aceitaria? Já que iria me aliar a ele para expulsar Septimus daquele reino, podia ao menos sentar minha bunda no trono também.

O silêncio era sufocante. Jesmine não demonstrou choque como a maioria das pessoas. Só ficou me encarando enquanto tentava encaixar peças de quebra-cabeça que eram incompatíveis. Eu também conseguia sentir o olhar dos outros — em mim, em Raihn. Me perguntei se aquela era a primeira vez que estavam ouvindo falar daquele acordo.

Enfim, Jesmine respondeu:

— Compreendido, Alteza.

Eu jamais me sentiria confortável ouvindo a general me chamar daquela forma, mas tentei levar com naturalidade. Como Vincent teria feito, como se não fosse nada além do esperado — claro que uma general obedeceria à sua rainha.

— Você vai trabalhar com Vale e Ketura — falei. — Pense numa estratégia para formar um exército conjunto e usar essa força para retomar Sivrinaj. Quanto antes, melhor.

Eu me sentia uma baita impostora.

Obediente, porém, a vampira apenas inclinou a cabeça.

— Sim, Alteza. Vai ser desafiador, mas não impossível.

— Coisas desafiadoras nunca nos assustaram antes.

Me vi olhando de soslaio para Raihn. Porque, claro, ele e eu formávamos o "nós". Eu nunca tinha lutado ao lado de Jesmine — nunca tivera a permissão, e Jesmine jamais teria se rebaixado a tal nível. Mas Raihn e eu... tínhamos feito o impossível juntos, inúmeras vezes.

O sorrisinho no rosto dele dizia: *Essa é a minha garota.*

Depois, olhei para o resto de nosso lamentável grupo — todos com as roupas refinadas do casamento, imundas e manchadas após mais de uma semana. Não que parecessem estar melhor do que Raihn e eu, em nossos trajes de couro nojentos e mal ajustados. Uma visão patética.

— Mas isso pode esperar algumas horas — falei. — Tem alguma coisa com que a gente... — Não tinha outra forma de colocar aquilo. — Com que a gente possa lavar essa merda do corpo?

Jesmine franziu o nariz de leve.

— Seria um alívio para todos. Sem querer ofender.

Não era ofensa alguma.

— Tem algumas fontes termais nos níveis inferiores das cavernas — falou ela. — Alliah, minha segunda em comando, vai levar vocês até lá. Ela também vai arrumar algumas roupas. Algo menos... marinado.

Caralho, graças à Mãe.

Não fui a única a sentir alívio. Mische quase gemeu de prazer ao ouvir falar das fontes termais.

— Mas, Alteza — chamou Jesmine, enquanto os outros começavam a sair do recinto. — Posso falar com a senhora em particular?

Assenti, permitindo que os outros partissem. Apenas Raihn hesitou, mas fiz um leve aceno com a cabeça e ele foi atrás dos demais.

A general esperou os passos sumirem antes de ficar de pé, cruzando os braços.

— E então? — perguntou Jesmine. — Isso tudo é real?

Eu sabia o que ela estava perguntando, e sabia o porquê da dúvida. Eu faria o mesmo na posição dela.

— Sim — falei. — É real.

— Ele é um problema lindo — comentou ela. — Eu já tinha avisado.

Sim. Bom, Raihn era definitivamente um problema. Mesmo ali, eu não tinha como negar. Mas talvez fosse justamente o tipo de problema do qual eu precisava. Naquele momento, era o tipo de problema de que todo o meu povo precisava.

Eu deveria ter dado uma resposta diplomática e majestosa. Em vez disso, apenas falei:

— Às vezes, um problema é tudo o que falta para as coisas serem feitas.

Uma risada curta.

— Talvez. — O sorriso dela sumiu, e seu rosto ficou duro como aço. — A senhora tem minha completa lealdade e todo o meu respeito, Alteza. Mesmo com suas decisões sendo diferentes das que eu tomaria. À luz dos eventos recentes, quero deixar isso claríssimo.

Depois de ver como o povo de Raihn havia se rebelado contra ele, fiquei tão grata pela afirmação da general que poderia ter dado um abraço nela.

Sim, eu sabia que essa lealdade tinha como origem apenas minha relação com Vincent, por mais complicada que fosse. Mas lealdade, não importava a fonte, era mais preciosa do que ouro.

— Queria conversar com você também — falei. — Sobre algo em que Septimus está trabalhando.

Ela me ouviu contar sobre as alegações do sujeito quanto à existência de sangue divino no território da Casa da Noite — e as alegações de que Vincent sabia, e de que talvez até usufruísse daquilo. Contei a ela sobre o pingente que eu tinha encontrado em Lahor, e também o lamentável fato de que era provável que ele agora estivesse nas garras de Septimus. A cada frase, as sobrancelhas de Jesmine se arqueavam um pouco — a única mudança na expressão da vampira.

— Acha que pode ser verdade? — questionei. — Vincent chegou a falar algo sobre isso com você?

Porque, se ele tivesse que compartilhar com alguém a existência de uma arma secreta e poderosa, é claro que seria com Jesmine, sua Conselheira de Guerra... Certo?

Mas ela só ficou calada, com uma expressão pesarosa perpassando pelo rosto — como um reflexo distante num vidro.

— Seu pai — disse ela, enfim — era um homem cheio de segredos.

Eu não estava esperando aquele tom de voz — triste, além de um pouco vulnerável.

— Mas ele confiava em você — falei. — Não confiava?

A vampira deu uma risada, baixa e sem humor.

— Confiava em mim... Sim, talvez. Tanto quanto confiava em qualquer outra pessoa.

Fiquei confusa. Porque, quando ele estava vivo, eu sentia inveja de Jesmine e de outros conselheiros próximos de Vincent. Invejava aquelas pessoas porque ele tinha por elas um respeito que eu achava que jamais conquistaria. Não até vencer o Kejari e me conectar a ele, equiparando nossas forças com um vínculo Coriatis.

Minha confusão provavelmente ficou estampada no rosto, porque Jesmine franziu a testa.

— Isso a surpreende.

— Eu só... sempre achei que vocês dois tinham um... — Eu não sabia como expressar aquilo.

— A senhora achava que, como eu era sua Conselheira de Guerra, e porque estava transando comigo, seu pai me contava as coisas.

Eu não teria usado exatamente aquelas palavras, mas...

— Bom, sim — concordei.

Uma careta dolorida surgiu e sumiu num piscar de olhos.

— Eu também — revelou ela. — Por um tempo.

Seu tom era desconfortavelmente familiar. Eu sempre presumira que ela tinha acesso a uma parte de Vincent que eu jamais teria — não o sexo, é claro, mas a confiança. Nunca me ocorrera que era algo que a vampira também lutava para conquistar. Raios, nunca sequer tinha me ocorrido que ela se importava em ter aquele tipo de intimidade com ele.

A questão me escapou antes que eu pudesse evitar:

— Você o amava, Jesmine?

Quase esperei que ela risse de mim. Parecia uma pergunta pessoal demais. Em vez disso, porém, ela fez uma cara de quem de fato estava considerando a questão.

— Eu o amava como meu rei — disse a vampira, enfim. — E talvez pudesse ter amado como homem, também. Amei de algumas formas, e talvez desejasse amar de outras. Mas ele jamais teria me amado de volta.

Por quê?, quis perguntar. Jesmine parecia o epítome de tudo o que um homem como Vincent amaria. Bela. Brilhante. Mortal. Poderosa. Se ele tivesse escolhido se casar, eu não poderia ter imaginado um par melhor do que ela.

Um sorrisinho dançou em seus lábios.

— Amar alguém é uma coisa perigosa — falou Jesmine. — Mesmo para vampiros. Mais perigoso ainda para um rei. Vincent sabia disso. Ele nunca se abriria para mais fraquezas. E já estava vulnerável o bastante por causa do amor que sentia por você.

As palavras bateram fundo, e eu não estava preparada. Cerrei o maxilar com força. Uma monção enlouquecida de sentimentos se revirava em meu peito, todos contraditórios.

Eu ansiava desesperadamente por ouvir que Vincent me amava.

E, ainda assim, fiquei brava ao ouvir aquilo. Sim, talvez ele me amasse — mas tinha mentido para mim do mesmo jeito. Tinha me isolado. Me machucado.

Talvez ele me amasse. Talvez eu tivesse o que Jesmine queria e não podia ter. Então eu devia ser grata por aquilo?

E se não fosse capaz?

Apenas falei:

— Bem, como você mesma disse, ele era um homem cheio de segredos.

Jesmine assentiu devagar — de uma forma que dizia, cheia de vergonha, que entendia.

Depois pigarreou.

— Então, não — prosseguiu ela. — Ele nunca falou sobre isso comigo... Sangue divino. Mas não significa que não tivesse algum em sua posse. Pelo contrário: acho que é a cara dele. Se algo assim existisse mesmo, Vincent teria encontrado.

— Se for verdade, então espero com todas as forças que ele tenha escondido muito bem — falei. — Em algum lugar onde Septimus e Simon não possam encontrar. Mesmo que o pingente...

Fiz uma careta, como sempre fazia ao pensar naquele maldito pingente, me amaldiçoando por ter me separado do objeto.

Jesmine cerrou os lábios, claramente imaginando os mesmos cenários terríveis que eu.

Derrotar Septimus e Simon já seria um desafio. Se eles tivessem qualquer surpresa para nós, aí então estaríamos fodidos.

— Vincent era um homem muito cauteloso — disse ela. — Especialmente no que dizia respeito a armas. Se estivesse em posse desse tal sangue divino, nunca o deixaria acessível com apenas uma chave, por mais que o escondesse. Ainda assim, acho que ele teria múltiplos dispositivos antifalha. Algo dividido em vários lugares, por exemplo.

Pelo amor da Deusa, eu esperava que sim. Àquela altura, nem tinha esperanças de encontrar eu mesma o sangue divino — se é que ele existia. Só queria garantir que Septimus não pusesse as mãos naquilo.

— Torço com todas as forças para que ele tenha escondido bem — murmurei, e Jesmine soltou uma risada amarga.

— Homens e seus segredos... — falou ela. — Passamos a vida tentando decifrá-los; quando conseguimos, ainda estamos à sua mercê. Mas é isso: melhor esperar que Vincent tenha escondido esse negócio muito bem.

Porra, mil vezes sim.

51
RAIHN

Eu mal podia esperar pela porra de um banho. Era difícil ocupar convincentemente o papel de um rei Rishan confiante diante de um bando dos meus maiores inimigos estando coberto de duas semanas de merda.

A segunda em comando de Jesmine — uma mulher de olhos cautelosos e cabelo escuro, que parecia debater consigo mesma se nos apunhalava a cada passo — nos levou até as fontes termais. Era incrível que algo do tipo pudesse existir ali, no deserto — eu precisava admitir que o território da Casa da Noite, apesar de seus muitos defeitos, era um lugar com maravilhas naturais abundantes. As fontes ficavam no fundo dos túneis, onde o ar seco se umedecia e se enchia de vapor. A água era de um azul-esverdeado perfeito, iluminada por manchas de luz brilhante aderidas às paredes — parecia lindo demais para ser apenas uma mistura de minerais e algas. As cavernas se separavam lá embaixo, se ramificando em vários pequenos espaços. Conveniente em termos de privacidade, algo que eu imaginava que agradaria a todos depois de uma viagem tão longa juntos.

— Caramba... — Mische suspirou assim que nossa guia nos deixou. — Isto é *espetacular*.

Ela abriu os braços como se já pudesse se imaginar mergulhando ali.

Fiquei espiando a vampira de canto de olho. Eu conhecia Mische, e sabia que havia algo errado desde que deixamos Sivrinaj. Caramba, eu tinha captado aquilo no instante em que a vira nas masmorras, com os olhos enormes e marejados. Ela não expressara qualquer sinal de problema durante a jornada, é claro. Era fácil confundir a atitude extrovertida de Mische com transparência emocional. Ela podia ser falante, mas era boa demais em esconder as coisas que importavam.

Oraya tinha me contado sobre o príncipe Nascido da Sombra — que fora Mische quem o matara. Seria uma dor de cabeça diplomática, mas uma que eu poderia deixar de lado por um tempo. Estava mais preocupado com a parte que Oraya não havia me dito — eu sabia que tinha algo a mais. O empolado "Você devia falar com Mische quando puder" que ela me dissera já revelava o bastante.

Mas Mische fez questão de nunca permitir que tivéssemos uma chance de conversar. Havíamos viajado tão rápido que não existiram momentos de privacidade só entre nós dois desde a fuga; cada vez que eu tentava falar sozinho com a vampira, em nossos raros momentos de descanso, ela fugia com algum tipo de desculpa doida e disparatada.

Ali na caverna, me virei para ela.

— Mische, antes de você ir...

— Mais tarde — falou minha amiga, sem sequer olhar para mim. — Agora é hora do banho. — E sumiu numa das cavernas antes que eu tivesse tempo de argumentar.

Queria poder dizer que aquilo me surpreendia.

Ketura e Lilith também pediram licença e se retiraram na mesma hora, claramente ansiosas para se banharem. Vale, no entanto, ficou ali por um longo e embaraçoso momento enquanto eu pegava as roupas fornecidas por nossa guia.

Espiei por cima do ombro.

— Se seu objetivo é tornar este momento tão desconfortável quanto possível, conseguiu — falei.

Vale cerrou o maxilar. Não respondeu nada. Tampouco se moveu.

Maravilha. A esposa do sujeito estava nua numa lagoa de água quente depois de uma viagem com zero privacidade e ele ainda estava *ali*. Eu tinha medo de pensar sobre o que aquela conversa seria.

— O que foi, Vale?

— Eu queria... — Ele desviou o olhar, analisando uma pilha de pedras aparentemente fascinante. — Agradeço o resgate.

Ah, então era daquele jeito que nobres ficavam quando precisavam dizer "muito obrigado".

— Você é mais útil para mim aqui do que lá — falei, esperando que aquilo botasse um ponto-final no assunto.

Mas ele continuou por ali. Voltou a me fitar.

— Não sou idiota. Sei o que se passou pela sua cabeça. Mas, se precisar de confirmação sobre a quem pertence minha lealdade, espero que ter encontrado minha esposa naquela cela tenha sido evidência o bastante.

Ah. Entendi na hora.

Me aprumei e me virei para ele. Vale ergueu o queixo de leve, e não havia mais traço algum da incerteza de pouco antes. Mesmo coberto de merda, ele era um nobre Nascido da Noite da cabeça aos pés.

Às vezes, a característica dos vampiros que fazia com que a passagem do tempo não se expressasse em suas feições lembrava uma piada cruel. Duzentos anos haviam se passado desde que eu estivera nas garras de Neculai. Ainda assim, eu parecia o mesmo, e Vale também. Sempre que olhava para ele, via o que o vampiro era no passado. Via o vampiro apenas observando tudo acontecer. Talvez, se o sujeito tivesse rugas no rosto, cabelo grisalho ou olhos marcados pela catarata, eu achasse mais fácil esquecer que era a mesma pessoa de antes.

Mas lá estava ele. Vale. Um dos nobres de Neculai.

E, no entanto, eu sabia que ele estava falando a verdade. Soubera aquilo no instante em que abrira a cela de Lilith e o vira correr até a mulher. Se Vale tinha permanecido leal diante de ameaças contra sua esposa... Aquilo era lealdade de verdade.

Abri um sorriso triste.

— Não daria para me julgar caso eu duvidasse de você.

Ele comprimiu os lábios.

— Não, não daria mesmo. O que você falou antes do casamento era verdade.

Não demonstrei minha surpresa, mas aquilo, de toda forma, me impactou. Mesmo sendo o rei, não achei que ouviria algo próximo de um "você está certo" vindo de Vale.

— As coisas são... — O olhar dele dardejou rapidamente na direção do caminho por onde Lilith tinha seguido, mas logo voltou para mim. — As coisas são diferentes agora. Naquela época, eu era mais comprometido com a Casa da Noite do que com qualquer outra coisa. Era o único amor que eu conhecia. Deixei que me definisse, o que significou deixar Neculai me definir. Eu não questionava as coisas que ele fazia ou como ameaçava aqueles abaixo de si. O que meu rei dizia era a verdade. E quando ele tratava seus Transformados como posse, eu também não questionava, mesmo sendo contra.

Era mais difícil ouvir aquilo do que eu gostaria que fosse. Não gostava de falar diretamente sobre aquela época — nunca, mas especialmente não ali, com Vale. Só me deixava dolorosamente ciente de tudo o que ele presenciara.

— E, para deixar claro, eu *não* concordava com aquilo — continuou ele. — Nem na época, nem agora. Mas você estava certo. Não concordar não era o bastante. Eu fui complacente. E se tivesse sido com Lilith...

— Nunca vai ser — falei.

Ele ergueu o queixo.

— Sei que, enquanto você for o rei, isso nunca mais vai acontecer.

Enquanto você for o rei.

Nós dois sabíamos que o mesmo não podia ser dito sobre Simon. Ou Septimus.

Eu nunca tinha pensado em Vale como alguém romântico. Na época de Neculai, ele parecia igual a todos os outros — talvez não tão abusivo, mas igualmente sedento por poder. Mesmo quando eu o chamara para lutar por mim, achei que o vampiro tivesse retornado apenas por seu orgulho e sua ambição. Duzentos anos antes, a visão que ele tinha da Casa da Noite era tão simplista quanto as aspirações dos vampiros: ser maior, mais forte, e, acima de tudo, mais poderoso.

Talvez ele estivesse procurando outra coisa agora. Talvez já tivesse encontrado.

Não era o bastante para me fazer esquecer de quem ele tinha sido, mas me fazia respeitar um pouco mais a pessoa que havia se tornado.

E, talvez por isso, me peguei dizendo a ele algo um tanto perigoso. Algo que minava a imagem que eu apresentava até mesmo para meu círculo íntimo mais "confiável".

— Qualquer reino que Oraya governe também será seguro para Lilith — falei, cauteloso. — Se as coisas chegarem a esse ponto.

Vale se empertigou, e me perguntei por um instante breve se eu cometera um erro ao falar aquilo. Centenas de anos tinham cimentado seu ódio pelos Hiaj.

Mas talvez as pessoas de fato pudessem mudar.

Porque, pela Deusa, a expressão de Vale se amenizou com uma compreensão relutante.

— Se as coisas chegarem a esse ponto — repeti.

A mensagem era clara: "Se eu morrer e você quiser que este reino seja o que você sonha, apoie Oraya".

Vale assentiu.

— Compreendo — falou.

Ele fez uma mesura. E não apenas uma educada, como a que fizera diante de mim várias vezes desde nossa chegada ali. Ele se curvou muito e ficou na posição por vários segundos, oferecendo lealdade real. Não para audiências. Estávamos sozinhos.

Fui tomado por um sentimento esquisito quando vi a cena. Um peso recaiu sobre meus ombros, algo grande e estonteante.

O vampiro se endireitou. Olhamos um para o outro por alguns segundos esquisitos, como se estivéssemos ambos nos reajustando à nova dinâmica de poder que havia se estabelecido ali.

Ser rei era bizarro.

— Se isso for tudo, agora eu gostaria de ir tirar todo esse esgoto do corpo — falei.

Vale quase sorriu. Quase.

— Digo o mesmo.

Encontrei uma ramificação mais isolada das cavernas e me despi. Minhas roupas praticamente racharam quando as tirei, deixando flocos secos de só a Deusa sabia o que caírem no chão de pedra. Aqueles trajes de couro eram uma muda reserva que eu guardava no alojamento dos assentamentos humanos. Não serviam muito bem, apertados nos ombros e ajustados de uma forma que machucava minhas asas durante o voo. Soltei um gemido quase sexual de prazer quando removi a peça.

Não havia nada de "quase" no ruído que saiu dos meus lábios quando entrei na lagoa, porém. Caralho, pelas tetas de Ix. O paraíso existia e era ali. A água estava calma, quente e límpida. Não tinha cheiro, nem um pouco.

Espetacular.

Conjurei as asas e as estiquei na água, me abaixando até as submergir por completo. Flexionei os músculos exaustos. Depois, afundei a cabeça e fiquei ali, imerso numa abençoada escuridão cálida, até meus pulmões começarem a doer.

Quando voltei à superfície, notei sua presença de imediato.

Aquele cheiro. Aço, Fogo da Noite e um toque de primavera.

Nem precisei me virar.

— Está apreciando a vista, princesa?

52
ORAYA

Eu admito: estava mesmo espiando.

Era impossível não espirar. Pela Mãe, ele parecia a porra de uma pintura, parado ali naquela lagoa de um verde sobrenatural com a água batendo na cintura, o brilho azul das algas banhando cada linha de seu corpo, pintando as asas com outro tom sobre uma complexidade já infinita de cores. Além disso, é claro, havia a Marca de Sucessão — cintilando vermelha na penumbra, com os fiapos de sombra se estendendo pelas costas musculosas, descendo pela coluna até sumir dentro da água.

Eu não tinha olhado para a Marca de Sucessão de Raihn desde a noite do desafio final. Ali, achei a visão quase tão impressionante quanto na época, embora de uma forma muito diferente.

Ele se virou e olhou para mim por sobre o ombro, erguendo uma das sobrancelhas.

— A água está uma delícia.

— Vire de costas — respondi apenas.

O vampiro hesitou antes de obedecer.

— Tem outras cavernas por aí se quiser privacidade — falou para mim.

Com todo o respeito. Ele entendia que, só porque já me vira nua antes, não significava que poderia ver de novo quando bem entendesse.

Mas tirei os trajes de couro nojentos mesmo assim, largando as peças numa pilha ao lado das dele. Era confortavelmente morno ali, quente o suficiente para fazer uma leve camada de suor brotar em minha pele ao mesmo tempo que eu já me sentia limpa e confortável. E a água em si... Pela Deusa, quando entrei nela, praticamente gemi.

Ele soltou uma risadinha.

— Também fiz esse som.

Raihn continuou de costas.

Mergulhei a cabeça, nadando algumas braçadas sob a superfície antes de voltar à tona, já perto de Raihn. A água ali batia na cintura dele e nas minhas costelas. Seu cabelo na altura do ombro estava emaranhado, e gotas de água se agrupavam na pele bronzeada. Me peguei abalada por seu cheiro. Raihn sempre tivera um odor peculiar, mas, nos últimos tempos — e mesmo sob o fedor nojento de toda a sujeira —, eu vinha me sentindo sobrepujada por ele. Era como uma consciência constante e duradoura sempre que o vampiro estava por perto. Eu havia atribuído aquilo ao fato de que provavelmente o odor de todos nós estava um tanto quanto intenso durante a viagem, mas só o de Raihn me chamava a atenção daquele jeito. Ainda assim, mesmo depois de lavar o suor e o esgoto do corpo, o odor continuava tão forte quanto — de céu e deserto, mesmo quando submerso.

Será que aquilo, me perguntei, era o que vampiros sentiam o tempo todo? Estavam sempre cientes dos cheiros daquele jeito?

Meus olhos recaíram em sua Marca de Sucessão. A tinta vermelha pulsava num ritmo lento e constante, com fiapos de fumaça carmim emoldurando cada traço. A pele cheia de cicatrizes logo embaixo era saltada e áspera, embora as linhas da Marca fossem suaves e nítidas. Depois que ele reivindicara seu poder a Nyaxia, nada poderia ter mantido aquela Marca escondida. Para início de conversa, eu não conseguia nem imaginar quantas queimaduras teriam sido necessárias tantos anos antes para esconder o sinal.

A Marca se estendia pelas costas dele, todas as fases da lua representadas por pinceladas delicadas e cercadas por espirais de fumaça. A lança descia pela coluna, se encaixando perfeitamente nas asas, até acabar entre as covinhas da lombar. Até aquele momento, eu nunca havia me dado conta de como a Marca dele era similar à minha. A distribuição dos elementos era diferente, mas nas duas havia a fumaça, as luas e os elegantes traços vermelhos.

Era estranho como as Marcas supostamente nos distinguiam como inimigos natos. Ainda assim, eram pares óbvios uma da outra.

Tracei as linhas com a ponta dos dedos, seguindo por todo o comprimento até o topo das costas, ao redor das asas, ao longo da coluna de Raihn. Foi impossível não fazer uma leve careta ao sentir a textura áspera da cicatriz de queimadura abaixo da Marca. Pela Mãe, devia ter sido horrível.

Ele contraiu de leve os ombros em reação ao meu toque.

— O que acha? — questionou ele. — Combina comigo? Não costumo olhar para ela com tanta frequência.

O tom de voz dele era brincalhão, mas eu conseguia ouvir o que havia por trás. Sabia que não havia nada de brincalhão nos sentimentos de Raihn em relação à Marca.

— É linda.

Ele bufou.

— Você não gosta dela — continuei. Não era uma pergunta. Era a verdade.

O vampiro olhou por sobre o ombro outra vez, me dando um vislumbre de seu perfil antes de se voltar de novo para a frente.

— Você é observadora demais para alguém com tão pouco trato social. — Depois, após um instante, Raihn acrescentou: — Me faz pensar muito nele. Às vezes, não parece justo Neculai ter me marcado de forma tão permanente. Não quero nada dele em mim.

— A Marca não é dele. É *sua*.

Corri de novo os dedos por sua coluna, dessa vez acompanhando os fiapos de fumaça vermelha. Eu não tinha conhecido Neculai, nunca vira sua marca, mas não conseguia imaginar aquele desenho em ninguém além de Raihn. Cada pequeno detalhe parecia feito para complementar seu físico, a fluidez de seus músculos, a forma de seu corpo, se dobrando ao redor e acompanhando até mesmo as cicatrizes do vampiro.

— Sua pele... — murmurei, puxando para o lado as mechas de cabelo molhado que encobriam os traços perto do pescoço. — Seu corpo. Sua Marca.

Ele não disse nada por um longo momento. Eu estava completamente ciente de como os calafrios percorriam sua pele conforme eu a tocava.

— Estou autorizado a me virar, princesa? — perguntou ele.

O tom era provocador. Mas a pergunta era real.

O canto da minha boca se ergueu.

— Rainha, lembra?

Dava para ouvir o sorriso dele.

— É claro. Minha rainha.

O "minha" fez a frase se tornar mais do que uma piada.

— Você tem minha autorização — falei.

E ele se virou.

Me sorveu devagar com os olhos, começando pelo cabelo, olhos, rosto, depois descendo até meus ombros — perdurando em meus seios, úmidos e empinados, expostos acima da água que batia na altura das costelas.

Mas depois Raihn ergueu o olhar até minha Marca, passando pela garganta, ombros e peito. Estendeu a mão para tocar o adorno com a ponta dos dedos, traçando as linhas do desenho assim como eu tinha feito com as dele.

Queria poder esconder como aquilo deixava minha pele arrepiada — como fazia minha respiração ficar um tanto irregular.

Ele estava com as pálpebras pesadas, sem piscar. Com o reflexo azul da água e das algas, seus olhos pareciam quase roxos.

— Aposto que ela não ficava tão bonita assim em Vincent — murmurou ele.

Me perguntei se o vampiro via na minha Marca a mesma coisa que eu vira na dele — a forma como ela complementava meu ser. Eu não havia notado aquilo antes. Como Raihn, tinha visto o desenho como algo que pertencera a outra pessoa, algo simplesmente decalcado na pele.

Foi só naquele momento, olhando a Marca pela ótica de Raihn, que consegui ver as diferenças. A forma como as asas em meu peito eram um pouco menores e mais delicadas do que as do símbolo de Vincent, seguindo o formato da minha clavícula. Como a fumaça disparava por entre os seios seguindo as linhas do meu corpo, exclusivamente minhas.

— Nunca achei que a Marca parecesse certa em mim — admiti.

Como se fosse o adereço de uma fantasia. Algo que nunca deveria ter me pertencido.

— Acho que combina perfeitamente com você. — O toque do vampiro foi descendo por meu peito, um toque leve como uma pluma na pele sensível. — Você mesma disse. Seu título. Rainha. Esta Marca pertence a você. — Ele curvou os lábios. — Sua pele. Seu corpo. Sua Marca.

De alguma forma, aquilo não pareceu um lugar-comum saindo da boca de Raihn. Pareceu a verdade.

Ele voltou a erguer o rosto, os olhos vermelhos e profundos transpassando os meus. Deteve o toque, se demorando em meu tórax.

— Foi sincero? — perguntou ele. — O que você disse a Jesmine?

Ele não precisava especificar do que estava falando.

Quando tivermos recuperado nosso reino, tenho a intenção de governar ao lado dele.

De repente, me senti muito mais nua do que trinta segundos antes.

— Não vou arriscar minha vida e a vida do pequeno exército que ainda tenho para colocar sua bunda de novo no trono se não for para eu mesma ter meus benefícios — falei.

De alguma forma, eu tinha noção de que o vampiro sabia que meu tom indiferente era um pouco forçado.

Raihn soltou uma risada rouca.

— Ótimo — falou. — Eu ficaria decepcionado se esse fosse o caso.

— Não tem nada a ver com você — acrescentei, antes que pudesse me impedir.

Um irritante sorriso teimoso fez sua boca se retorcer.

— Hum. Claro que não.

— Ainda não tenho certeza de que você não vai me foder — resmunguei.

Falei só porque sentia que aquilo era o que eu *deveria* dizer, porque a verdade já estava óbvia, mesmo para mim.

Mas ele levou o polegar ao meu queixo, puxando de leve meu rosto em sua direção. Seu olhar era persistente, desconfortavelmente direto.

— Não vou te foder — falou.

Firme. Como se não fosse nada mais nada menos do que um fato. Dito por ele daquele jeito, a sensação era a de ser *mesmo* um fato. E a verdade era que eu acreditava.

Mas não queria dar ao vampiro essa satisfação, então apenas estreitei os olhos.

— *De novo*, você quer dizer — rebati. — Não vai me foder *de novo*.

Ele contorceu os lábios.

— Essa cara... Essa é a minha garota.

Depois o sorrisinho sumiu, revelando algo muito mais sério, algo que me fazia ter vontade de me afastar. Mas não o fiz — em vez disso, encarei Raihn de volta, permitindo que o polegar dele continuasse em meu queixo.

Era assustador confiar em alguém.

Mais assustador ainda confiar na mesma pessoa pela segunda vez, depois de ter a confiança quebrada.

— Seja sincero pelo menos uma vez na vida — murmurei.

E ele nem hesitou antes de responder, baixinho:

— Nunca, Oraya. Nunca mais. E não só porque não tenho a mínima chance de retomar Sivrinaj sem você, e sim porque não quero.

Pensei no que nos esperava — dois exércitos que se odiavam forçados a agir juntos contra um mal maior. Por um instante, não consegui não pensar no que minha consciência de um ano antes diria daquela ideia.

Ela teria rido pra caralho.

Não. Ela teria se negado veementemente a acreditar. Aquela versão de Oraya seria literalmente incapaz de compreender aquilo tudo. A morte de Vincent, suas mentiras. A Marca de Sucessão em sua pele, o pedido que tinha feito a uma deusa, a ideia de se aliar ao Sucessor Rishan.

Ela certamente jamais acreditaria que poderia estar parada ali, nua e diante de Raihn — não apenas um vampiro, não apenas um Rishan, mas sim seu maior inimigo — sem temer nada.

Sem temer pela segurança física, ao menos.

Outro medo, no entanto, se instalava lá no fundo do meu peito.

— Você acha mesmo que a gente é capaz de fazer isso? — murmurei.

Ele contemplou a questão.

— Sim — respondeu o vampiro. — Sim, acho.

E correu o dedo por minha Marca de Sucessão de novo, fazendo surgir outra ruga de concentração entre suas sobrancelhas.

— Ou ao menos acredito pra caralho que *você* pode — continuou ele.

Quis rir na sua cara.

Quis chorar.

Porque eu sabia que ele estava sendo sincero.

Toquei seu peito com a ponta dos dedos — a pele úmida e áspera devido às várias cicatrizes e aos pelos macios. Logo acima de seu coração, onde minha lâmina o atravessara naquela noite fatídica.

— É engraçado como as coisas mudam.

Ele me fez erguer o queixo. Não tive tempo de me mover ou reagir antes que Raihn me beijasse, um beijo lento e profundo, a língua macia acariciando gentilmente a minha enquanto meus lábios se abriam para ele como pétalas se voltando na direção do sol.

Era o tipo de beijo que fazia a dúvida desaparecer. Que tornava fácil não pensar sobre realidades difíceis — mesmo que sugerisse outra mais assustadora que eu ainda não havia aceitado.

Nossas bocas se afastaram, mas os narizes ainda se tocavam quando ele murmurou:

— Passei a semana inteira querendo fazer isso.

Pela Deusa, eu também. Ainda não tinha certeza do que mudara na noite que havíamos passado juntos, mas era como se meu corpo tivesse despertado para um novo sentido. Era até um pouco vergonhoso o quanto eu o desejava. Estava o tempo todo ciente de sua proximidade, seu cheiro, seu olhar. Podia sentir Raihn olhando para mim mesmo quando não estava voltada para ele. E todas as vezes em que havíamos nos deitado um ao lado do outro em nossos esparsos e nem um pouco privativos momentos de descanso, eu precisava resistir ativamente ao ímpeto de diminuir a distância entre nós.

Era atordoante. Era aterrorizante. Era viciante.

Eu odiava aquilo. Odiava pra caralho.

Mas eu talvez gostasse também, só um pouquinho, de saber que Raihn sentia o mesmo. Eu praticamente conseguia ouvir as batidas de seu coração, lentas, mas acelerando aos poucos, o sangue quente sob a pele. E literalmente podia sentir seu pau, cada vez mais duro no espaço entre nós, cutucando meu quadril.

Havia certa satisfação no fato de o desejo dele ser muito mais fisicamente óbvio do que o meu. Eu podia fingir que meus mamilos eriçados eram por causa da água fresca contra a pele. Podia fingir que minha própria pulsação acelerada devia-se à expectativa do que estávamos prestes a fazer.

Ainda assim, algo no tremor de sua respiração em meus lábios me dizia que o vampiro também sabia a verdade.

Me aproximei só um pouco, fazendo os mamilos arrepiados roçarem nos pelos de seu peito.

— Não foi bem *isso* que você passou a semana inteira querendo fazer.

Ele curvou os lábios. Senti o gosto daquele sorriso quando Raihn me beijou de novo — dessa vez com mais carinho, mordiscando de leve meu lábio.

— Uma das coisas — admitiu ele. — Mas não a única.

O vampiro baixou a mão até meu seio, o polegar circulando a auréola. O mamilo reagiu no mesmo instante, endurecendo sob seu toque, e arquejei.

— Pelo jeito, eu não fui o único — murmurou ele.

Outro beijo.

— Como você é arrogante... — falei.

Mas busquei seus lábios de novo, indo atrás de mais um beijo como uma viciada. Praticamente me esfregando nele.

Patética.

Eu não sentia vergonha alguma, porém.

— Um pouquinho — respondeu Raihn, aninhando meu rosto e me dando outro beijo.

Esse foi mais intenso, mais feroz, algo mais adequado às tempestades de nossos outros encontros torrenciais. E me permiti ser carregada para longe, o desejo devorando meu orgulho enquanto os braços dele me envolviam e eu abraçava seu pescoço, me puxando com força contra seu corpo.

Aquele tesão incômodo que eu vinha conseguindo ignorar ao longo da última semana de repente ficou avassalador. Completamente devastador.

E eu não estava nem aí. Era melhor me perder naquilo do que em todas as nossas complexas preocupações.

Ele correu as mãos por minha pele úmida, como se estivesse ansioso para se familiarizar outra vez com meu corpo. Abri as coxas, a água quente e agonizante contra minha ânsia crescente, e envolvi a cintura dele com as pernas. Raihn me segurou, me erguendo para facilitar o processo. Depois inclinou o pescoço, permitindo que eu controlasse nossos beijos, ferventes e ininterruptos.

Seu membro ereto roçou em minha entrada, e soltei um som estrangulado contra sua boca.

— Porra, Oraya... — sussurrou ele, as palavras quase ininteligíveis quando senti minhas costas tocando a pedra.

Eu precisava dele. Pela Deusa, precisava dele naquele instante. Não aguentava mais.

Mas ele hesitou, se afastando um pouco para olhar nos meus olhos.

— Tudo bem ser assim? — perguntou, ofegante.

No início, não entendi o que ele estava perguntando.

Depois me dei conta: eu estava presa ali, entre seu corpo e a parede de pedra.

Todas as outras vezes em que havíamos estado juntos, Raihn tomara muito cuidado para que eu nunca estivesse encurralada. Para que eu sempre estivesse livre para escapar caso precisasse.

Não muito tempo antes, era inconcebível a ideia de transar com alguém numa posição de onde não pudesse me retirar imediatamente se quisesse. Ainda assim, lá estava eu. Nem sequer havia me dado conta de que ele tinha me encurralado, e minha pulsação acelerada não tinha nada a ver com medo.

Estendi os braços e corri as unhas por suas costas — me demorando na pele delicada e nas penas macias onde as asas se juntavam ao corpo.

Na verdade, eu não tinha certeza se o vampiro sentia aquelas terminações nervosas da mesma forma que eu, mas seu corpo inteiro reagiu ao toque. Ele arquejou. As asas — aquelas asas majestosas — estremeceram, se desvelando um pouco, abrindo o bastante para nos envolver num casulo preto-avermelhado. Seu pau pulsou, os quadris me empurrando mais um pouco num movimento que pareceu totalmente involuntário.

Abri um sorriso brincalhão.

— Sei que ainda estou no controle.

Ele ergueu uma das sobrancelhas.

— Quem sou eu para fazer qualquer objeção... — murmurou, e voltou a me beijar.

E assim que movi o quadril e abri as coxas, ele mergulhou dentro de mim.

Que a porra da Deusa me acudisse...

Raihn me penetrou fundo daquele ângulo, a primeira estocada acendendo meu corpo como se eu fosse um fósforo.

Não me dei conta de que um gemido havia me escapado até ele cobrir minha boca e sussurrar:

— Cuidado, tem mais gente por perto.

Ah, eu ouvi a provocação em seu tom — falando aquilo enquanto movia de novo os quadris, se esfregando contra meu clitóris.

Engoli outro gemido.

— Então *você* também vai ter que ser bem, *bem* silencioso, não é mesmo?

E corri de novo os dedos por suas costas — propondo a ele o mesmo desafio e me deliciando com o grunhido baixo que escapou de sua garganta.

Ele não tinha como retrucar. Raihn estava na palma da minha mão. Justamente como eu queria. Como eu precisava.

Toda aquela tensão reprimida — da batalha, da viagem e de uma semana de uma proximidade agonizante e intocável — foi libertada de uma vez.

Ele me beijou com força, com ferocidade, enquanto estocava — aproveitando a vantagem do controle que tinha naquela posição, implacável, rápido, fundo.

As coisas não iam durar muito daquele jeito; não para mim, não para ele. E tudo bem — eu estava impaciente demais. Quem sabia quanto tempo ainda tínhamos de vida? Queimaríamos rápido e forte.

E, pela Mãe, eu estava amando.

Minha pele estava tão quente, e o prazer era tão intenso, que achei que morreria ali. E, pela Deusa, que bela maneira de partir. Gemidos, gritos, súplicas e palavrões borbulhavam na minha garganta, chegando mais perto da superfície a cada movimento dele.

Eu precisava de mais, precisava do ápice. Comecei a mexer meu próprio quadril, incitando o vampiro a ir mais fundo, embora não houvesse nada que eu pudesse fazer a não ser acolher Raihn dentro de mim — e foi o que fiz, de bom grado, abertamente, agarrando seu corpo e arranhando suas costas para me segurar.

Ele afastou a boca da minha, seguindo para meu ouvido.

— Isso — soltou, rouco, a respiração quente e entrecortada. — Foi isso que passei a semana toda pensando em fazer, Oraya. Eu estava com saudades.

Eu estava com saudades.

Era estranho como as palavras me atingiram — como eu as compreendia, mesmo sendo incapaz de as repetir.

Eu estava com saudades.

Uma semana sem tocar em Raihn, e já estava com saudades. Meses sem sua amizade, e já estava com saudades.

Não tinha a ver com uma semana. Nem sequer tinha a ver com sexo.

Tinha a ver com tudo o que viera antes. Era a reparação de um abismo que se abrira em nosso relacionamento. A descoberta aterrorizante de como havíamos sentido falta do que se perdera naquela cisão.

Eu também estava com saudades dele.

Mas não podia dizer aquilo em voz alta — e fiquei grata por não ter a oportunidade, no fim, porque suas estocadas eram implacáveis, o prazer crescendo num ritmo que... pela Deusa... era tão intenso que quase *doía*, e...

Envolvi seu quadril com as pernas, puxando o vampiro para mais perto, forçando Raihn a irromper em chamas comigo.

Afundei o rosto em seu ombro quando atingi o clímax, abafando o grito porque não conseguia mais contê-lo. Ao longe, no meio de um crescendo de prazer, senti uma leve pontada de dor — dor quando seus dentes perfuraram minha garganta. Não para se alimentar — ele também estava tentando se conter —, mas, em vez disso, seu grunhido saiu em ondas, fazendo minha carne estremecer.

Logo depois, me senti fraca e atordoada — e, ao mesmo tempo, imersa numa enorme paz.

A água estava morna.

Aquela foi a primeira sensação que retornou. A calidez agradável. Da água, do corpo de Raihn me envolvendo. Calidez por todos os lados.

Ele beijou a marca que deixara no topo do meu ombro.

— Sinto muito.

— Acho que arranhei suas costas.

O vampiro soltou uma risadinha pelo nariz.

— Ótimo.

Era como eu me sentia também. *Ótima*. Que houvesse algo de cada um de nós no cadáver do outro.

Raihn recuou o suficiente para me olhar, correndo os dedos por meu rosto. Havia gotículas de água em seus cílios, cintilando quando seus olhos se semicerraram num quase sorriso.

Me ocorreu que aquela talvez fosse a única oportunidade de estar sozinha com Raihn antes de nos atirarmos de cabeça numa missão que provavelmente mataria um de nós, se não os dois. O pensamento fez com que um nó de palavras não ditas subisse pela minha garganta.

Em vez de falar, porém, beijei sua boca — com intensidade o bastante para que as palavras fossem inúteis, de toda forma.

Senti seu membro começar a enrijecer de novo dentro de mim e apertei as coxas.

Sussurrei contra seus lábios:

— Talvez a gente não consiga mais privacidade.

Porque no instante em que saíssemos das termas, seríamos líderes de novo. Aqueles em busca de reivindicar um reino perdido. Teríamos de pensar sobre o futuro. Não haveria tempo para o presente.

Eu ainda não estava pronta para ir embora.

Ele abriu um sorriso suave.

— Hum. Provavelmente não.

Movi o quadril contra o dele, arfando ao sentir o membro já ereto de novo dentro de mim.

Que a maldita Deusa me acudisse... Como ele fazia *aquilo*?

— Acho que a gente devia aproveitar — murmurei.

— Por uma questão puramente prática — completou Raihn, engolindo as palavras com o próximo beijo.

Depois, não falamos mais.

53
RAIHN

Estava grato por Oraya e eu termos aproveitado ao máximo nosso tempo sozinhos, porque não tivemos mais nada parecido depois. Todos entendiam que a rapidez era essencial. Quanto antes a gente atacasse, melhor seriam nossas chances de tomar Sivrinaj — enquanto o domínio de Simon ainda fosse instável. Jesmine e Vale se odiavam de forma explícita, mas tinham se provado aliados surpreendentemente eficientes. Ambos agora compreendiam como era ser o oprimido, e antes disso já entendiam o pensamento da classe dominante. Acreditavam com entusiasmo que aquela não era a hora de tentar algo arriscado e furtivo — era a hora de uma demonstração dramática de força. A única língua, insistiam eles, que Simon e aqueles que o seguiam entenderiam.

Eu odiava ter que falar aquela língua, mas não era tão obcecado pela superioridade moral para não descer ao nível deles. Não havia sentido em pensar nas nossas chances. Oraya e eu já havíamos vencido em condições muito piores — sete vezes, na verdade, em sete desafios. Quão mais difícil aquilo poderia ser?

A resposta, acabamos descobrindo, era: muito, muito mais difícil.

Eu era um bom guerreiro; antes daqueles últimos meses, porém, tivera praticamente zero experiência em batalhas envolvendo exércitos — sem lutar e, mais que isso, sem estar no comando delas. Jesmine e Vale, no entanto, sobressaíam na implacável estratégia bélica. Assim que Oraya e eu dávamos os comandos, eles entravam em ação. De imediato, fomos engolidos num redemoinho de preparações — planos, mapas, estratégias, armas, inventários, escalas de soldados e diagramas de forças leais. Enviamos missivas. Traçamos mapas. Criamos táticas.

Nos prepararíamos por uma semana, depois marcharíamos; as forças que Jesmine e Vale tinham convocado se juntariam a nós pelo caminho. Nos moveríamos rápido, antes que o exército de Simon tivesse tempo de nos deter. Era só uma consequência conveniente o fato de que não teríamos tempo para duvidar de nós mesmos.

Porra, Oraya e eu estávamos havia quase um ano lidando com situações em que nossas chances de sucesso eram praticamente impossíveis. Por que parar? E, de certa forma, era estranhamente revigorante voltar a fazer algo que parecia correto e recompensador. Fazer aquilo ao lado de Oraya facilitava muito as coisas.

Nós dois achávamos ótima a distração do trabalho. Talvez a gente quisesse evitar pensar a fundo demais no que poderia acontecer depois da batalha — em como os Rishan, os Hiaj, os outros reinos e, porra, até mesmo Nyaxia poderiam reagir à ideia de os Sucessores Rishan e Hiaj governarem juntos. Soava ridículo. Eu sabia que todo mundo tinha a mesma opinião. Por mais estranho que fosse, apenas Vale parecia assumir a aliança com serenidade. Todas as outras pessoas se esquivavam — aceitando, mas não sem esconder o ceticismo. Até mesmo Ketura me puxou de lado a certa altura, perguntando — sempre na lata — "Você realmente acha que ela não vai fincar uma lâmina nas suas costas no instante em que se sentar naquele trono?".

Talvez aquilo me tornasse um idiota, mas não — eu achava mesmo que ela não faria isso. Oraya tivera inúmeras oportunidades de me matar. Se fosse fazer algo assim, já teria feito.

E se me matasse... Porra, talvez eu merecesse.

Aquele era um problema para o Raihn do futuro. O Raihn do presente tinha mais com que lidar. Todos queriam falar com a gente. Todos precisavam de alguma coisa.

A única pessoa com a qual eu tentava com afinco ficar a sós, no entanto, era ótima em me evitar.

Enfim a peguei certo dia, perto da aurora, enquanto ela se agachava para entrar na pequena barraca. Dei um peteleco na parte de trás da cabeça adornada por cachos cor de bronze de Mische.

— Você vai dar uma voltinha comigo.

Ela se virou, sobressaltada. Arregalou os olhos de surpresa, depois se encolheu com algo que quase lembrava uma careta.

Minha amiga tinha feito uma careta de desconforto ao me ver. *Uma careta de desconforto.*

— Eu preciso...

— Não quero mais saber de desculpas esfarrapadas, Mische. — Apontei para o caminho à nossa frente. — Vamos dar uma volta. Agora.

— Por acaso está me dando uma ordem?

— Por acaso está retrucando? Pelo jeito, você anda passando muito tempo com Oraya.

Ela não sorriu. Não rebateu a piadinha com outra. Continuou em silêncio.

A preocupação fez meu estômago se revirar.

Estendi a mão para ajudar a vampira a ficar de pé.

— Vamos.

— Você não tem nada para fazer, não?

— O trabalho pode esperar.

Não movi a mão. Apenas a encarei.

Mische e eu éramos amigos havia muito, muito tempo. Ela sabia que não fazia sentido discutir comigo.

Então, só soltou um suspiro e aceitou minha ajuda para se levantar.

— Jesmine disse que tem demônios por aí — falou Mische. — Melhor a gente não ir tão longe.

Nós dois seguíamos pelos caminhos mais isolados dos penhascos, longe o bastante para que não nos escutassem do acampamento. Estava escuro ali, mas não a ponto de impedir que pudéssemos ver o necessário. E melhor ainda era o silêncio.

Eu sentia falta do silêncio.

Mische, por outro lado, parecia tão desconfortável que estava a ponto de sair correndo.

Bufei.

— Você, com medo de demônios? Conta outra.

— Por que eu não teria medo deles?

— Eu te conheço, Mish. Talvez porque tenha fugido e entrado no Kejari como se fosse só mais um dia normal.

A resposta saiu muito mais amarga do que eu planejava. Eu tinha achado que já dava para fazer piada com as ações de Mische — mas, ao que parecia, estava enganado.

Talvez eu não fosse o único, porque, em vez de soltar alguma resposta atravessada, ela só enfiou as mãos no bolso e continuou caminhando.

— Era diferente — murmurou.

Demorei um instante para entender o que a vampira estava querendo dizer. Mantive o ritmo da caminhada, um pouco atrás dela, e baixei o olhar — até as cicatrizes ainda visíveis na parte do braço exposta pela manga arregaçada.

Estreitei os lábios. Uma onda de preocupação se quebrou sobre mim.

E, com ela, veio a frustração.

— Mische. — Parei e toquei seu ombro. Ela também parou, mas parecia relutante em olhar para mim.

— O quê?

— Como assim "o quê"? Convivi com você todos os dias por décadas, porra. Chega.

— Chega de quê?

— Você anda me evitando desde...

— Não estou evitando você.

— Oraya me falou sobre o príncipe.

Mische ficou de queixo caído por um momento, as palavras meio ditas morrendo nos lábios antes que ela fechasse a boca.

— Certo.

Certo.

Caralho, aquela garota... Que a Mãe me acudisse.

— O que foi? — perguntou ela. — Você está puto, eu sei. É um baita problema político, e...

Bufei. Só bufei mesmo, porque o que caralhos eu devia falar naquela situação?

— Não estou puto com você por causa do príncipe.

— Bom, você está obviamente puto. É com o quê, então?

— Com o fato de que tem alguma coisa errada, mas você não quer me dizer o que é.

Fui mais direto do que deveria. Talvez estivesse exausto depois de meses tentando ajudar pessoas que não queriam ser ajudadas. Era cansativo, entre Mische e Oraya.

Encaramos um ao outro em silêncio. Os olhos de Mische estavam arregalados numa expressão teimosa. Na maior parte do tempo, o olhar dela era belo e pacato. As pessoas diziam com frequência que os olhos de Mische eram a coisa mais bonita nela, mas só porque nunca tinham visto a vampira irritada. Se vissem, ficariam completamente horrorizadas.

Não era exatamente como ela estava no momento, mas dava para ver uma sombra da irritação — o que já era ruim o bastante.

Como se eu merecesse aquilo, sendo que era eu quem estava sendo maltratado pelo imenso crime de me preocupar com minha amiga.

E *como* estava preocupado.

— Chega disso — sentenciei, mas as palavras saíram leves. Tão leves, imaginei, quanto eu realmente queria que soassem. — Me conte o que aconteceu.

— Achei que Oraya já tivesse contado.

Oraya não me contou por que você está me evitando faz uma semana, tive vontade de dizer. *Não me contou por que estava trancada naqueles aposentos, e não nas masmorras. Não me contou por que você parece tão arrasada.*

— Oraya só me contou sobre um príncipe morto — retorqui. — E não dou a mínima para isso. Quero saber de *você*.

Mische parou de falar, depois se virou. A raiva sumira de seu semblante, deixando no lugar apenas algo infantil e conflituoso — algo que me fazia lembrar tanto da expressão de Mische quando eu a encontrara pela primeira vez que senti o peito doer de verdade.

— Ela não te contou?

— Preciso mesmo falar com Oraya para descobrir o que está acontecendo aí dentro dessa sua cabecinha?

Mische não respondeu. Em vez disso, apoiou as costas na parede, escorregou por ela até se sentar num monte de pedras e pousou a cabeça entre as mãos.

A culpa que senti foi imediata.

Me sentei ao lado da vampira, embora as rochas fossem baixas a ponto de eu acabar ridiculamente curvado. Espiei seu rosto, escondido por entre os cachos de cabelo cor de mel.

— Mish — murmurei. — Eu...

— Foi ele.

As duas palavras saíram num só fôlego. Tão rápidas que se misturaram, e precisei de um tempo para decifrar seu significado.

— Ele — repeti.

Ela ergueu a cabeça e me encarou com aqueles olhos grandes repletos de raiva e lágrimas, e eu soube na hora.

Cada fragmento de minha frustração desapareceu. Todas as emoções, pensamentos e sensações sumiram, deixando apenas uma raiva absoluta que parecia me corroer por dentro.

— *Ele?* — falei mais uma vez.

Ela assentiu.

A imagem do príncipe dos Nascidos da Sombra se desvelou em minha mente. O príncipe dos Nascidos da Sombra, que eu havia convidado para meu castelo. Eu tinha conversado com ele. Rido com ele. Dado iguarias para que ele comesse.

E, depois, a lembrança foi substituída por outra. Mische como eu a encontrara tantos anos antes. Pálida, magra e queimada de sol, com vômito ressecado nos lábios, largada na sujeira como um brinquedo abandonado.

Quando ela estava queimando em febre, tudo o que minha amiga repetia era:

— O que está acontecendo? O que está acontecendo?

Ela era nova demais, praticamente uma criança. E estava com muito, muito medo.

Aquilo tinha acontecido décadas antes, mas nunca esqueci.

Não de verdade. Eu ainda via aquela versão dela às vezes, mesmo sabendo que era algo que Mische odiaria saber. Foi o que vi na noite do ataque ao Palácio da Lua, quando eu a recolhera do chão em meio a todo aquele Fogo da Noite. Era o que eu via todas as vezes que vislumbrava as cicatrizes de queimadura em seus braços. E era o que eu estava vendo naquele momento.

E aquele homem — aquela porra daquele *monstro* — era quem tinha feito aquilo com ela.

Eu havia *sorrido* para aquele desgraçado.

— Eu não devia ter matado ele — dizia Mische, mas eu estava tão furioso que mal conseguia escutar as palavras. — Fui descuidada, e...

— Como assim você *não devia ter matado ele*, porra? — Meus punhos estavam cerrados com tanta força que tremiam. Eu provavelmente estava numa posição ridícula, encolhido daquele jeito num monte de pedras idiotas, tremendo feito um maluco. — *Eu* devia ter matado ele, mas fico grato que você tenha feito isso.

Ela desviou os olhos, fitando o chão.

— Eu só... surtei.

— Por que não me contou? No instante em que ele entrou por aquela porta, Mische, eu...

— Não sei — respondeu ela, baixinho. — Eu não sabia quem ele era, não até ver seu rosto. — Ela estremeceu. — Costumava pensar muito sobre o que faria quando o encontrasse de novo, mas tinha medo de que não fosse me lembrar. Era tudo muito borrado, eu estava passando tão mal...

Eu me lembrava bem demais daquilo. Naquele primeiro ano, depois da recuperação de Mische, ela vivia com um medo intenso e paranoico de que qualquer homem que encontrasse pudesse ser o que a havia Transformado. Ela não se lembrava do rosto ou do nome — assim, numa reviravolta cruel do destino, aquilo significava que o sujeito podia estar em qualquer lugar. Podia ser qualquer um passando na rua.

— Só que... — Ela soltou uma risada sombria. — Eu soube. Soube na mesma hora.

Fiquei em silêncio. Doía — fisicamente — pensar que Mische não fora poupada daquilo. Eu odiava Neculai, e o que odiava mais ainda era a conexão inata que eu tinha com ele, o homem que havia me Transformado. Ele virara o centro do meu mundo não só porque minha sobrevivência dependia dele por inteiro, mas também porque literalmente me criara.

Algum vínculo intrínseco — não, alguma *amarra* intrínseca — existia naquele relacionamento entre vampiros. Fazia com que nos sentíssemos pequenos, sujos e cheios de vergonha.

Eu odiava pensar que aquela sensação era familiar a Mische.

— Ele também me reconheceu, acho — falou ela. — Bom, não exatamente. Não acho que se lembrou de mim. Mas... me notou. Talvez tenha sentido o próprio cheiro misturado ao meu.

E ela fora colocada naqueles aposentos. Dada a ele — provavelmente por Simon ou Septimus, que haviam notado seu interesse na vampira e queriam dar algo a ele para que o príncipe ficasse por perto e testemunhasse sua grandiosa ascensão ao poder. Talvez comprar um aliado.

Eu não queria perguntar. Não queria fazer minha amiga reviver a resposta, mas precisava.

— Mish, ele...?

— Não — cortou ela. — Não. Talvez... talvez até tivesse, mas...

Mas ele havia acabado com a espada de Mische fincada no coração.

Ótimo.

E nem aquilo servia muito de consolo. Ele a violara de diversas outras formas.

— Você devia ter me contado — repeti. — Assim que ficou sabendo.

Ela me encarou com um olhar cheio de ceticismo misturado a um pouco de pena.

— Você precisava dele, Raihn.

— Não interessa.

— Interessa, *sim*. Você *sabe*.

— Certo, agora digamos que eu tivesse conquistado a aliança com o príncipe. O que você ia fazer? Qual era seu plano? Ficar naquele castelo com ele por só a Deusa sabe quanto tempo, sofrendo?

Mische suspirou. De repente, parecia exausta.

— Talvez — falou ela. — Não sei. Ele é... era... importante, Raihn. Não sou criança. Você está tentando fazer algo grandioso. E mesmo que não dê o braço a torcer, sei que fui eu quem te meti nessa. — Ela tocou o próprio peito, soltando uma risada irônica. — E justo *eu* ia me intrometer no seu plano? *Eu?* Você se sacrificou por isso. Você abriu mão de Oraya, e eu sei... sei o quanto isso custou. Você abriu mão da sua *vida*. Eu não queria atrapalhar.

Você abriu mão de Oraya.

Aquelas palavras me atingiram no peito como flechas, uma após a outra, rápidas demais para que eu conseguisse recuperar o fôlego.

Eu tinha fodido com tudo.

Porque Mische estava certa. Eu havia feito um sacrifício em nome do poder. Achei que meus sacrifícios fossem apenas meus, mas não era verdade. Oraya sofrera o impacto. Mische também.

E agora ela achava — acreditava de verdade — que era menos importante que a causa.

— Não importa — falei, baixinho. — Alianças. Guerra. Política. Não importa. Escutou?

— Não é...

— Me deixe falar — cortei. — Não ouse se arrepender nem por um segundo, Mish. A Casa da Sombra quer vir atrás de nós? Que venha. Vai ter valido a pena.

E eu estava sendo sincero, embora também não quisesse pensar nas consequências. Ao menos a gente ainda tinha algum tempo antes de precisar lidar com elas. Até onde a Casa da Sombra sabia, seu príncipe morrera nas mãos de Simon Vasarus, não nas minhas. Estávamos tentando recuperar o trono o quanto antes. As questões diplomáticas envolvidas... Bem, elas precisariam aguardar a próxima guerra.

Era uma dor de cabeça do futuro, não do presente.

E, mesmo no futuro, eu jamais me arrependeria.

— Além disso, talvez nós estejamos todos mortos até lá, e aí nada disso vai ter importância — acrescentei.

Um sorriso fez o canto da boca de Mische se curvar.

— Você já deu uma olhada naquele exército? Está mais para um "provavelmente", não um "talvez".

Bufei.

— Uau, isso sim é otimismo.

Ela soltou uma risada. Fraca, mas ainda assim uma risada. Eu não reclamaria.

— Foi mal. Estou cansada.

Cansada. Cansada por muito tempo. Entendi na hora o que ela queria dizer.

A vampira encarava a escuridão dos túneis. Se prestássemos atenção, ainda dava para ouvir os sons do acampamento à distância, ecoando pelo corredor. Um lembrete constante, mesmo ali, do que estava por vir.

Observei o perfil de minha amiga, tomado por uma dor pouco característica.

— Eu sinto muito, Mische — sussurrei.

Ela começou a chacoalhar a cabeça, mas só repeti:

— Sinto muito por tudo isso.

Sinto muito pelo que aconteceu com você. Sinto muito por não ter conseguido impedir. Sinto muito por você ter tido que passar por essa sozinha. Sinto muito por não ter te ajudado a matar aquele imbecil do caralho. Sinto muito por você ter sentido que não devia me contar.

Sinto muito ter feito você sentir que não teria feito diferença caso tivesse contado.

A expressão dela se aliviou.

— Tudo bem.

— Não, não está tudo bem. Mas vai ficar. — Fiz uma pausa, acrescentando em seguida: — Talvez. Se a gente tiver sorte.

Ela riu baixinho, depois pousou a cabeça em meu ombro.

— Acho que a gente tem sorte — murmurou.

Eu não estava muito convencido disso, mas torcia pra caralho que fosse verdade.

Mil coisas me esperavam, mas eu não estava pronto para ir. Então continuamos ali, em silêncio, por mais alguns minutos.

54
ORAYA

Os dias e as noites se misturavam num borrão de preparações. A gente trabalhava, dormia, comia e trabalhava. As cavernas foram ficando mais cheias conforme Vale e Jesmine reuniam os soldados disponíveis ao norte. No que soava como um milagre, havíamos perdido apenas quatro pessoas em lutas entre Hiaj e Rishan. Era fascinante que a contagem de mortos fosse tão baixa — embora, ao que parecia, existisse certa contagem de olhos arrancados e orelhas decepadas. Ainda assim, comparado ao banho de sangue que estávamos esperando, aquilo era praticamente brincadeira de criança.

Avançamos depressa. Raihn e eu havíamos ido para o norte com muita agilidade, mas demoraria um pouco mais para seguir com toda aquela quantidade de gente. Jesmine e Vale também tinham combinado um ponto de encontro na periferia de Sivrinaj, de modo que as tropas convocadas dos rincões mais distantes da Casa da Noite pudessem ir direto até a cidade. Vale também tinha alguns amigos Rishan com frotas consideráveis, vindos das terras na costa oriental do território da Casa da Noite. Eles dariam a volta no mar do Marfim e nos flanqueariam pelo oceano.

Mas seria suficiente?

Aquela era a pergunta que ecoava em nossa cabeça, nunca dita, enquanto juntávamos tropas e nos preparávamos para cruzar os desertos. Avançamos surpreendentemente rápido para um grupo tão grande. As asas ajudavam, mas o que mais contribuía para o ritmo acelerado era a sensação de urgência no ar.

Os Hiaj estavam prontos para enfim reivindicar seu trono, mesmo que precisassem fazer isso aliados aos Rishan. E os Rishan estavam apenas ansiosos demais para livrar o reino dos Nascidos do Sangue.

Aquilo era *realmente* importante para eles.

Não me dei conta disso até estarmos na metade do deserto. O sol estava quase nascendo. Precisaríamos fazer uma pausa muito em breve. Foi o que Jesmine nos disse, voando à frente do grupo. Vale comentou:

— Eles ainda não chegaram ao limite.

Olhei por cima do ombro para todos os guerreiros que nos seguiam, voando numa formação ágil e organizada — Rishan de um lado, Hiaj do outro.

Apesar das muitas horas viajando, do céu tingido com o rosa-claro que anunciava a aurora, Vale estava certo. Ainda não era hora de parar. Bastava um vislumbre de seus rostos para ver a determinação que os impelia.

Aquilo me sobressaltou, na verdade.

Eu nunca esperara deles nada além de uma lealdade resignada. Nunca achei que poderiam dar a mim, uma meio-humana, mais do que isso — menos ainda depois de eu pedir que caminhassem lado a lado com inimigos contra os quais lutavam havia milhares de anos.

E ainda assim...

Meu olhar encontrou com o de Raihn, e vi o mesmo fascínio e a mesma incredulidade em seu rosto.

— Está nublado — disse ele. — Podemos continuar mais um pouco. Se eles ainda não querem parar, quem caralhos sou eu para reclamar?

Ele mergulhou e passou a voar um pouco mais perto de mim depois disso — só o bastante para que a ponta de sua asa roçasse na minha, as penas fazendo cócegas. Como se dizendo silenciosamente: "Ora, ora, você imaginaria algo assim?".

Conseguimos arrancar do grupo mais meia hora de viagem naquela manhã, nada muito significativo. Ainda assim, quando enfim nos acomodamos em nossos abrigos, eu não conseguia parar de me maravilhar com o quão longe havíamos chegado.

Eu ainda não sabia se seria suficiente.

Mas, pela Deusa, já era alguma coisa, não?

Eu nunca tinha visto a silhueta de Sivrinaj de tão longe. Da janela do meu quarto, havia memorizado as formas no horizonte ao longo dos anos — cada pináculo ou domo, cada caminho que o sol percorria no céu lá em cima. A imagem tinha sido gravada em minha alma. Eu poderia desenhar de cor se precisasse.

Mas a perspectiva mudava as coisas.

Dali dos desertos, as ondas suaves de prata das dunas se estendiam em primeiro plano, não ao fundo. Os blocos irregulares dos assentamentos enquadravam a cidade em panoramas de um cinza desbotado e poeirento. Enganosamente pacífico para um lugar que, não muito antes, reivindicara tanto sangue. E o castelo — minha casa, minha prisão, meu alvo — assomava ao longe, com a distância reduzindo o edifício a um pontinho.

O castelo não era a construção mais alta em Sivrinaj, mas aquela sempre fora a minha sensação. Era maior do que qualquer coisa na vida poderia ser.

Dali, porém, era só mais um prédio.

Naquela noite, marcharíamos cidade adentro.

Estávamos prontos. As tropas de Vale e Jesmine tinham nos encontrado lá. Nosso exército triplicara desde que havíamos deixado os penhascos. Aquele trecho de deserto agora era um mar de barracas e abrigos improvisados para usar de esconderijo nas horas de sol mais forte.

Estávamos prontos, repeti para mim mesma.

Precisávamos estar.

— Você devia estar descansando — falou uma voz familiar atrás de mim. — Ouvi dizer que a noite vai ser muito importante.

Olhei por sobre o ombro e vi Raihn espiando pela aba da barraca.

Levei o dedo aos lábios.

— Você vai acordar Mische...

As barracas não eram individuais — era melhor usar nossa energia carregando armas do que suprimentos. O que significava que os guerreiros, incluindo nós mesmos, se espremiam em três ou quatro por barraca durante as horas em que éramos forçados a descansar. Raihn e eu ficávamos com Mische e Ketura, tentando dormir enquanto desviávamos dos braços e pernas agitados de Mische.

Raihn saiu da barraca, fechando a aba atrás de si. Quando ergui as sobrancelhas, ele levantou as mãos.

— Relaxa. Estou na sombra.

Estava. Mais ou menos. A lona bloqueava a maior parte da luz, e o dia parecia meio nublado. As sombras já estavam bem longas, com o sol cada vez mais perto de se pôr.

Ainda parecia um risco desnecessário — mas não adiantaria de nada dizer para Raihn evitar o sol.

Engatinhei, indo me sentar atrás dele. O vampiro estreitou os olhos na direção do horizonte, absorvendo a mesma vista de Sivrinaj que eu andara admirando.

— Parece pequeno daqui — murmurou ele.

Assenti.

— Quando vi Sivrinaj pela primeira vez, estava me arrastando para fora do mar — falou ele. — Achei que tinha atravessado para outro mundo. Até mesmo as maiores cidades que eu havia visitado nem se comparavam a isso. Pensei "Graças a porra dos deuses, estou a salvo".

Estremeci. Raihn, é claro, não estava nada a salvo. Naquele momento, havia era entrado em sua prisão.

Era difícil imaginar aquela versão dele. O marinheiro de lugar nenhum, que nunca vira nada tão grandioso quanto o castelo de Sivrinaj. Só um humano quebrado e assustado que não queria morrer.

Eu conseguia me lembrar claramente de como a voz de Raihn havia vacilado quando ele me contara a história pela primeira vez.

Quando ele me perguntou se eu queria viver..., dissera ele. *Que porra de pergunta é essa? Eu tinha trinta e dois anos. É claro que queria viver.*

— Hoje você preferia ter dito que não? — murmurei.

Nem precisei especificar do que eu estava falando.

Ele demorou um tempo para responder.

— Eu me amaldiçoei por ter dado aquela resposta — disse Raihn, enfim. — Por muito, muito tempo. A morte teria sido melhor do que os setenta anos que se seguiram. Mas... talvez existam coisas boas no que veio depois. — Os olhos dele lampejaram em minha direção por um instante, se semicerrando um pouco num quase sorriso. — Talvez até mesmo nos anos que ainda virão.

O canto da minha boca se curvou. A ruga em sua testa sumiu.

— Que cara é essa?

— Nada. É só... muito otimista da sua parte dizer isso.

Ele ergueu as mãos.

— Porra, se a gente não for nem um pouco otimista, estamos fazendo tudo isso por quê?

Aquele era, eu precisava admitir, um ótimo ponto.

— Então você acha que a gente é capaz — falei, fitando de novo a cidade. — Amanhã.

Não foi exatamente otimismo que encontrei naquele longo silêncio.

— É melhor que a gente seja — respondeu ele.

— Está tudo tão silencioso... — falei. — É...

— Inquietante.

Sim. Era uma calmaria fora do comum, mesmo para o período diurno. Eu esperava ver mais atividade em Sivrinaj. Mais barricadas, talvez, ou mais tropas paradas além das margens da cidade. Mas, mesmo quando havíamos chegado ali durante a madrugada, tudo estava parado.

— Estão esperando por nós — tinha dito Jesmine. — Eles não têm homens o bastante. Precisam usar os que têm para manter a parte interna da cidade em segurança; não vão sair correndo para bater de frente com a gente aqui, deixando outras regiões desguarnecidas.

Lógico, aquilo fazia sentido. Vale concordara. Ainda assim... algo na situação fazia os pelinhos na minha nuca se arrepiarem.

— Não me vá vacilar agora, princesa — falou Raihn, cutucando meu ombro com o dele. — O que foi? Está com medo? *Você?* A rainha Hiaj de nervos de aço?

Eu o fulminei com o olhar, e ele riu.

— Melhor assim — completou.

— Não estou com medo. Só estou...

Olhei de novo para a cidade. Depois para o vampiro. E para a cidade. Certo. Talvez eu estivesse com medo.

Enfim, falei:

— Me sinto como me senti antes do último desafio.

Não *com medo*, exatamente. Não com medo do desafio em si, ao menos. Eu não tinha medo de ser estripada por uma espada, mas sim de permitir que meu reino caísse. Tinha medo de tudo o que poderia perder.

Fitei Raihn de novo, o rosto sério enquanto observava o horizonte. A luz rosada do pôr do sol destacava seu perfil, e, de repente, o medo pareceu ainda mais afiado.

Nossos olhos se encontraram, e vi o medo refletido neles — como se fossem espelhos dos meus. Fez um complicado nó de emoções se revirar em meu estômago, palavras que eu não sabia como desembaraçar.

Ele ajeitou uma madeixa de cabelo atrás da minha orelha.

— Sempre admirei isso em você — falou. — Você luta, mesmo estando com medo. Não ouse parar agora, não importa o que aconteça.

Abri um sorriso sarcástico.

— Você também disse isso naquele dia.

Então não ouse ter a porra da ideia de parar de lutar, princesa. Partiria meu pobre coração.

— Eu me lembro. E realmente partiu meu coração quando você parou.

Eu não sabia como responder àquilo. Optei por:

— Bom, pelo menos estamos lutando agora.

Uma risadinha.

— Estamos, e pra caralho.

— Vai ser suficiente. — Torci para não soar como se estivesse confortando a mim mesma, ainda que fosse o caso. — Uma demonstração de força. É só a esse tipo de coisa que eles respondem.

Mesmo sem querer, toquei minha Marca.

Eles nunca vão respeitar você a menos que a temam, serpentezinha, sussurrou Vincent em meu ouvido. *Mostre que é mesmo algo a ser temido.*

Fazia tempo que eu não ouvia a voz dele, mesmo em minha cabeça. O som me deixou meio desequilibrada.

E, como se tivesse enxergado aquilo (porque é claro que tinha), a mão de Raihn pousou em minha lombar num gesto de apoio.

— Eles não vão ter a mínima chance — falou.

Mas será que era coisa da minha imaginação ou ele também parecia incerto?

Me virei um pouco, com a intenção de ficar de frente para ele, mas o movimento só me fez chegar mais perto de seu braço. Acabei me inclinando e apoiando a cabeça em seu ombro.

Era... gostoso estar ali, aproveitando os últimos minutos de conversa em particular. Era diferente do que transar com o vampiro. Diferente até do que dormir a seu lado. De alguma forma, era mais íntimo.

Ele me envolveu com o braço. Virou o rosto e, quando falou, consegui sentir sua respiração em minha testa.

— Só quero que saiba que você é a melhor parte disso, Oraya — murmurou. — A melhor parte disso tudo.

Meu peito se apertou com violência, uma dor tão súbita e aguda que era como a sensação logo após levar um golpe. A sinceridade com que ele falara aquilo me abriu ao meio.

Mas pior ainda era notar que parecia uma despedida.

Com a voz mais embargada do que pretendia, falei:

— Você me acusa de vacilar e agora vem me dizer esse monte de breguice?

Ele riu, e franzi a testa. Mas não me movi, me acomodando ainda mais contra seu corpo. Quando as mãos dele desceram até as minhas, entrelacei os dedos aos seus como se fosse a coisa mais natural do mundo.

Não sei por quanto tempo ficamos daquele jeito, apenas assistindo aos minutos passarem até o fim de tudo chegar.

55
ORAYA

No instante em que o sol se pôs, Jesmine despertou os guerreiros. A excitação sedenta de sangue da noite anterior tinha sumido. Agora, os soldados estavam eficientes, focados — um conjunto de engrenagens bem oleadas girando por um único propósito. Guerreiros silenciosos vestiam armaduras e preparavam armas, prontos e à espera. A gente não tinha muito tempo para atacar. Cada segundo contava.

Os conjuradores vinham concebendo seus símbolos desde o começo da jornada, invocando demônios Nascidos da Noite sempre que o sol desaparecia além do horizonte. Agora eu entendia como Jesmine tinha usado tantas criaturas em seu ataque ao arsenal, no que parecia uma vida inteira antes — muito sabiamente, ela havia recrutado inúmeros conjuradores para seu exército. Inteligente, pois demônios eram muito mais descartáveis do que pessoas, especialmente num exército tão perigosamente minguado quanto o nosso. Eu era grata pelas feras agora, por mais nojentas que fossem. Precisávamos dos números — e embora demônios não fossem tão inteligentes quanto vampiros, eram igualmente violentos.

Nem nos demos ao trabalho de embalar as barracas, deixando tudo descartado na areia — um mar etéreo de detritos largado para trás, como se milhares de pessoas tivessem simplesmente desaparecido no deserto.

Sabíamos que, tanto em caso de vitória quanto de derrota, não voltaríamos.

Nossa ofensiva seria um ataque em quatro frentes. As frotas aliadas de Vale circulariam Sivrinaj pelo mar, chamando a atenção das forças de Simon e Septimus. Raihn comandaria o ataque aéreo com Vale, levando centenas de guerreiros Rishan e Hiaj para o centro da cidade. Os demônios e um grupo menor de soldados se aproximariam por terra, derrubando barricadas e abrindo caminho até o castelo, comandados por Ketura. Enfim, Jesmine e eu lideraríamos um exército túneis adentro, seguindo diretamente até o castelo em si — juntas, nós duas conhecíamos melhor do que ninguém as rotas secretas de Vincent pela parte interna da cidade.

Depois que o sol se foi, Sivrinaj se transformou numa silhueta prateada e fantasmagórica, iluminada de maneira agourenta pelo brilho branco do Fogo da Noite. Geralmente, não era tão brilhante, nem mesmo em noites de festival. Eles sabiam que estávamos chegando, e haviam se preparado para nos receber.

Ótimo, pensei. *Que tenham se preparado.*

Os guerreiros entraram em formação, prontos para marchar. Raihn e eu assumimos nossas posições na dianteira do grupo, com Jesmine e Vale logo atrás.

— Acho que estamos prontos, Alteza — disse Jesmine baixinho, depois recuou.

O mundo parecia estar prendendo a respiração, aguardando com ansiedade. Aguardando que eu, ou melhor, que nós déssemos o comando.

Pela Mãe, a experiência era surreal. De repente, tudo parecia muito atordoante.

Olhei de canto de olho para Raihn e vi o mesmo pensamento cruzar seu rosto. Ele franziu a sobrancelha, abrindo um sorriso sarcástico.

— Acho que agora é com a gente, não é?

— Sinto que o momento pede um discurso inspirador — murmurei.

— Eu também. Você preparou algo? — perguntou ele, mas só bufei em resposta. — Que pena — continuou. — Você tem um jeitinho todo especial com as palavras.

Revirei os olhos, e o vampiro riu.

— Isso, fique com essa cara. É melhor assim.

Pousei o olhar sobre a silhueta de Sivrinaj. A cidade que me mantivera cativa a vida toda, agora cativa de si mesma. Meu reino pronto para ser libertado.

Saquei a espada de Vincent. Como sempre, ela me preencheu com uma onda de força fria que me trouxe lembranças dolorosas da presença de meu pai, o poder correndo na mesma hora pelas veias.

Acolhi aquela energia.

O Fogo da Noite subiu pela lâmina, minha magia se misturando à de Vincent.

Você também tem presas, serpentezinha, sussurrou meu pai em meu ouvido. Pela Deusa, ele parecia mais perto do que nunca. *Mostre a eles que pode morder.*

Ali, na cidade, aguardavam homens que acreditavam que Raihn e eu não merecíamos nossas coroas. Tinham tomado o reino à força, porque era o que sabiam fazer.

Eu estava cansada de deixar as pessoas me dizerem o que eu podia ser ou o que a Casa da Noite podia ser.

Ergui a espada, o lampejo de Fogo da Noite ofuscante contra o céu noturno.

— Vamos lá tomar a porra do nosso reino de volta — rosnei.

Raihn riu.

— Achei que você tinha dito que não havia preparado um discurso.

Ele abriu suas asas fascinantes e voltou o rosto para o céu. Antes que pudesse decolar, porém, segurei seu braço.

— Tenha cuidado — soltei, sem nem pensar muito. — Eles não merecem te matar.

Os olhos de Raihn continuaram semicerrados com um sorriso fácil — mas a mão dele se demorou sobre a minha, correndo o polegar por minha pele.

— Faça da vida deles um inferno, princesa — disse o vampiro. — Vejo você daqui a pouco.

Vejo você daqui a pouco. Palavras casuais, mas que continham uma promessa profunda.

Nos soltamos, e uma rajada súbita de vento soprou meu cabelo quando ele disparou para o céu.

Fitei a cidade à minha frente. Nosso alvo.

Atrás de mim, um burburinho começava a se erguer devagar, como um trovão soando ao longe, conforme centenas de guerreiros alados seguiam Raihn noite adentro. Eu podia sentir os olhos de Jesmine em mim, cheios de expectativa.

Ergui a Assoladora de Corações e avancei.

56

RAIHN

O vento zunia ao redor, repuxando meu cabelo. Ao meu lado, Vale acompanhava o ritmo; os guerreiros atrás de nós, com as asas abertas, cortavam o ar. Voávamos rápido, seguindo reto na direção do castelo, apostando no quanto poderíamos avançar antes que Simon enviasse homens no nosso encalço.

Dali de cima, eu conseguia ver a frota à distância, velas roxas pintadas de azul pelo luar, cercando Sivrinaj pela costa. Faíscas distantes se acenderam na escuridão — explosivos e magias atirados na direção do castelo. Nada que destruísse a cidade, mas o suficiente para criar uma distração, forçando Simon e Septimus a dividir sua atenção valiosa e seus preciosos recursos.

Lá embaixo, Ketura e seus homens se reduziam a uma onda de destruição. As explosões de Fogo da Noite iluminavam a noite com lampejos ofuscantes que encharcavam Sivrinaj de branco; enquanto isso, os demônios destruíam pedras e barricadas de madeira para abrir caminho até a parte interna da cidade. Era, de certa forma, morbidamente belo — como uma mão varrendo a areia.

Mas era só questão de tempo até que as forças dos Nascidos do Sangue inundassem as ruas para bater de frente com Ketura. Com os Rishan ocupando o céu, ela seria forçada a encarar o bruto das tropas de Septimus. Mas ela estava pronta para aquilo. As explosões de caos desenfreado lá embaixo se transformaram na cacofonia da batalha, gritos e clangores distantes se misturando aos estouros e rosnados dos demônios.

Era uma força à altura da dela.

Não mais numerosa, porém. Ainda não.

Orei à Mãe para que continuasse daquela forma.

Vale mergulhou no ar e se aproximou de mim.

— Alteza — disse ele, a voz baixa e séria.

Só pelo tom, nem precisei virar a cabeça para saber exatamente o que ele tinha visto.

Estávamos avançando na direção do castelo, ocupando o céu o máximo possível antes que os homens Rishan de Simon viessem até nós. Tínhamos chegado longe, já acima dos pináculos altos da parte interna da cidade — mais longe, para ser honesto, do que eu esperava.

Mas a parte fácil tinha acabado.

Uma onda de soldados Rishan surgiu de dentro do castelo como uma nuvem grossa de fumaça — uma imensidão densa de asas e aço que obscureceu as estrelas.

Meu coração afundou quando vi o montante de soldados. Vale só pudera estimar quantos guerreiros Rishan Simon tinha conseguido acumular. Nossa esperança era de que o inimigo estivesse se valendo mais de bravata e ilusão do que de números.

Aquela visão, porém, matava qualquer esperança. Era um exército real.

Ainda assim, atacar pelo ar significava que só precisaríamos lidar com as limitadas forças Rishan de Simon. Estávamos preparados para isso.

Corri os olhos pelas fileiras, buscando um homem específico — o homem que eu precisava matar para acabar com aquilo de uma vez por todas. Não conseguia ver Simon em lugar algum no meio do mar de rostos.

Foi uma surpresa para mim. Eu tinha quase certeza de que ele estaria na frente do bando, pronto para demonstrar sua dominância. Caramba, achei que ele quisesse me matar com as próprias mãos.

Ergui o olhar para além da carnificina, para os torreões prateados do castelo dos Nascidos da Noite que assomavam acima do derramamento de sangue.

Talvez ele estivesse se escondendo em sua torre, como um covarde, esperando que eu fosse até lá.

Era algo que eu podia fazer também.

Os soldados de Simon ganhavam velocidade, disparando pelo ar como flechas. Mas não diminuímos nosso ritmo, nos preparando para encarar a batalha.

Se queriam uma luta, era uma luta que iriam ter.

— Se preparem! — berrou Vale, abrindo as asas de prata sob o luar, desembainhando a arma.

Aço e mais aço surgindo conforme nossos oponentes atacavam; nenhum dos grupos se conteve, nenhum dos grupos hesitou.

Eu estava pronto pra caralho.

Ergui a espada, e mergulhamos no paredão da morte.

57
ORAYA

Eu não sabia que os túneis se estendiam para tão longe além do castelo. Tinha consciência de que Vincent não havia confiado tudo a mim; às vezes, porém, a extensão do que ele guardara para si ainda me desconcertava. Ele sempre tinha me dito que as passagens ocupavam só o terreno do castelo, mas Jesmine nos levara até um casebre nas margens da cidade e havíamos entrado nos túneis por um alçapão no chão do quarto poeirento e mobiliado.

Não era como se eu tivesse tempo de me importar com aquilo. É claro que Vincent não teria me contado sobre túneis fora do castelo. Ele queria que eu continuasse exatamente onde estava, segura dentro das muralhas de sua fortaleza.

Por que aquilo deveria me surpreender?

Avançávamos depressa, embora os túneis — estreitos como eram — fossem pouco eficientes para aquela quantidade de pessoas. Havíamos nos preparado para potenciais confrontos lá embaixo — não sabíamos quanto do sistema de túneis Septimus tinha descoberto, afinal —, mas não encontramos vivalma. Um golpe de sorte. Qualquer batalha naquele espaço apertado seria um desastre.

Os corredores estavam escuros demais para meus olhos humanos, mas o Fogo da Noite em minha lâmina iluminava o caminho. Não era minha intenção correr, mas meus passos foram ficando cada vez mais acelerados conforme chegávamos perto do coração de Sivrinaj.

Assim que invadimos a área que ficava sob o centro da cidade, começamos a ouvir os clangores lá em cima.

No início, os sons chegavam até nós abafados e graves — estrondos distantes de madeira sendo destroçada e pedra desmoronando, detonações esporádicas. Eram as tropas de Ketura transitando pelas ruas lá em cima, quebrando as barreiras entre nós e o castelo com a ajuda de demônios e explosivos de Fogo da Noite.

O barulho me causava calafrios — de expectativa, não de medo. Aquilo era o que devíamos mesmo estar ouvindo. Ao menos era um sinal de progresso.

Em pouco tempo, os ecos ganharam corpo conforme os túneis ficavam mais largos e mais bem iluminados. Estávamos chegando ao centro da cidade, avançando sem parar rumo ao destino final.

Foi quando a situação começou a mudar.

Os sons se tornaram tão altos que as paredes vibravam, com os piores baques lançando cascatas de poeira e terra do teto e fazendo as chamas de Fogo da Noite tremularem com o impacto. Um nó de inquietação irrompeu em meu estômago, mas falei para mim mesma que era esperado que as coisas ficassem mais difíceis conforme avançávamos — nós estávamos preparados.

Quando uma explosão particularmente alta fez o chão chacoalhar, porém, lançando tanto eu quanto Jesmine contra as paredes, trocamos um olhar preocupado.

Ela passou a andar mais depressa, gritando comandos urgentes àqueles que nos seguiam, mas meus passos vacilaram.

Não foi exatamente o som — foi algo mais profundo, algo na atmosfera que eu não sabia muito bem nomear. A coisa se enfiou sob minha pele, mais persistente do que a ansiedade da batalha. Uma força pulsando em oposição à minha magia. Uma fumaça tóxica grudando no interior dos meus pulmões.

Era silencioso, invisível e estava por todos os lados.

Cinquenta anos antes, um vulcão numa das ilhas do território dos Nascidos da Noite entrara em erupção, matando todas as coisas vivas em sua superfície — exceto os pássaros, que tinham desaparecido seis horas antes, voando num único bando que obscureceu o céu.

Será que, naquele dia, os pássaros haviam sentido algo parecido?

Redobrei o ritmo, alcançando e depois ultrapassando Jesmine. A cara dela me fez cogitar a possibilidade de a vampira estar sentindo a mesma coisa. Eu nunca a vira demonstrar nada próximo de medo. Ainda assim, não era temor, não exatamente — mas algo perto o suficiente para ser quase desesperador.

— Você também...? — começou ela, mas a interrompi.

— A gente precisa subir. — As palavras escaparam da minha boca antes que eu soubesse exatamente o quão verdadeiras eram. — A gente precisa subir *agora*.

58
RAIHN

Eu já tinha perdido as contas de quantos homens havia matado. Parecia estar de volta ao Kejari, entregue a uma violência insensata, indiscriminada e sem fim.

Talvez, no final das contas, eu não fosse melhor do que Neculai, Vincent ou Simon. Talvez fosse apenas outro rei maldito.

Porque eu estava amando tudo aquilo, e pra caralho.

Mal sentia os músculos berrando ou o ardor dos ferimentos. Algo mais primal assumia o controle. O pensamento racional desapareceu. Minha magia irrompeu nas veias, grata pela oportunidade de enfim ser libertada, desenfreada — e era aquilo o que eu queria fazer. *Matar. Reivindicar. Possuir.*

Eu nem estava mais me guiando pela visão — o que era ótimo, porque não conseguiria enxergar nada nem se tentasse. Além do sangue preto escorrendo nos olhos, meu campo de visão tinha se reduzido a lampejos fragmentados de asas, armas e aço se fincando em corpos. O ofuscante preto-embranquecido do Asteris acompanhava cada investida. Inimigos derrotados eram jogados no chão como bonecos de pano molengas, caindo no telhado das construções lá embaixo.

Tempo, fisicalidade e espaço deixaram de existir. Eu pensava apenas no próximo golpe, no próximo abate, no próximo centímetro que diminuiria a distância entre nós e o castelo — *meu* castelo.

Até *ele* surgir.

A mudança foi imediata, tão forte que me despertou da sede de sangue. Tão forte que fez meus músculos congelarem no momento mais inoportuno, interrompendo a esquiva sobre o soldado Rishan que me atacava — o que me rendeu um corte horrível no ombro.

Agarrei meu oponente, atravessei seu corpo com a lâmina e o larguei, mas nem estava mais olhando para ele. Em vez disso, ergui os olhos.

Na direção do castelo.

Simon estava ali, parado na mesma sacada onde havia tentado me matar. Mesmo estando diante de tanta carnificina, de infinitos corpos, eu soube que ele estava ali. Soube porque *senti*, assim como é possível sentir as ondulações numa lagoa quando algo pavoroso começa a circular sob a superfície.

E *era* algo pavoroso.

Eu nunca experimentara nada parecido antes, mas a sensação se entranhou nos meus ossos na mesma hora. Algo primitivo fora despertado dentro de mim, e agora aquela fera reconhecia uma ameaça — uma que não pertencia àquele lugar, ou a lugar algum.

O que era aquela porra?

Eu estava muito além de qualquer limite para sentir medo. Tinha passado tempo demais temendo Simon e gente como ele, ainda que me recusasse a admitir aquilo para mim ou para qualquer outra pessoa.

Antes mesmo que Vale tivesse a oportunidade de me deter, eu estava avançando por entre os guerreiros. Usando a espada para abrir caminho por entre corpos, asas e armas — qualquer coisa que estivesse entre mim e ele.

Eu ia matar aquele desgraçado.

Simon estava na sacada esperando por mim, com as asas cor de âmbar estendidas, a espada desembainhada, o cabelo repuxado para trás a fim de enfatizar os ângulos retos e cruéis de seu rosto.

Não diminuí o ritmo enquanto voava até ele. Em vez disso, bati as asas com mais força, avançando mais rápido — tão rápido que não vi nada além do sorriso predatório que se abriu devagar em seus lábios segundos antes de nos chocarmos.

A colisão fez retumbar um trovão de aço e provocou uma explosão de magia, com meu Asteris nos envolvendo num manto de luz preta. Nossos corpos colidiram. A espada dele encontrou a minha, metal rangendo contra metal.

Ele revidou de imediato. Era um guerreiro forte, mesmo depois de tantos anos. Apesar da idade, respondia a cada um dos meus golpes, a cada um dos meus passos. Nem magia parecia capaz de deter Simon — uma magia que, incitada pelo ódio, era vertida a cada movimento da espada, pontuando cada choque.

Eu estava ferido. Estava exausto. Meu corpo não ligava.

Vou matar esse desgraçado.

Atrás do vermelho do meu ódio e do preto do meu Asteris, o rosto de Simon exibia uma similaridade bizarra com o primo. Era meu antigo mestre que sorria zombeteiro para mim nos segundos entre investidas e bloqueios, me provocando e me incitando.

Quantas vezes, naquela época, eu tinha imaginado como seria matar Neculai?

Inúmeras. Setenta anos. Vinte e cinco mil dias deitado na cama de olhos fechados pensando em qual seria o som que ele emitiria quando o sangue inundasse seus pulmões, qual seria a sensação de arrancar a pele dele centímetro a centímetro, sempre imaginando se o vampiro se mijaria em seus momentos finais.

Eu havia pensado naquilo muitas e muitas vezes.

A satisfação não fora minha, no fim das contas. Ele havia perecido nas mãos de outro rei cruel. Eu tinha dito a mim mesmo que não ligava. Que eles se destroçassem.

Mas era mentira.

Eu queria ter sido o responsável pela morte dele.

E, naquele momento, a situação parecia quase tão boa quanto.

Acertei meu primeiro golpe, abrindo um rio preto-avermelhado no braço de Simon, e soltei uma gargalhada — alta e enlouquecida.

Aquela gota de sangue despertou algo em mim. A pancada seguinte veio mais forte, mais rápida, a lâmina procurando a carne dele como um animal esfomeado. Quando o vampiro conseguiu revidar, mal senti; em vez disso, só usei a força do golpe de Simon contra ele mesmo.

Estava tão imerso em meu próprio frenesi que demorei demais para perceber o que exatamente havia de esquisito no sujeito. Para notar que ele não parecia nada preocupado, embora eu o tivesse ferido. Nem mesmo quando o acertei de novo, fazendo com que cambaleasse para longe.

Empurrei meu oponente contra a parede, com lampejos de noite subindo pela espada e o cheiro do sangue dele denso em minhas narinas.

Era o fim.

Queria olhar nos olhos de Simon enquanto ele morresse. Queria aquela satisfação.

Queria ver o medo em seu rosto quando ele se desse conta de que o escravizado do qual abusara duzentos anos antes seria aquele que o mataria.

Mas quando encarei Simon nos olhos, não vi medo. Não vi nada, na verdade. Estavam mortos e injetados de sangue, vidrados, como se ele estivesse olhando *através* de mim em vez de *para* mim, fitando algo a milhões de quilômetros além do horizonte.

Um zumbido azedo fazia o ar vibrar, perturbando minha magia, se enterrando fundo em minhas veias.

Hesitei. Enfim, ouvi a voz em minha mente — aquela que insistia em dizer que havia alguma coisa errada ali.

Ergui o olhar por alguns segundos, capturando um movimento pelo vidro atrás dos musculosos ombros vestidos em armadura de Simon.

Septimus estava parado no meio do salão de baile, apreciando a vista pelas janelas que iam do chão ao teto, bizarramente calmo. Ele sorriu para mim, um fiapo preguiçoso de fumaça de cigarro escapando por entre os dentes.

Tem alguma coisa errada.

Simon não estava se movendo, embora estivesse preso contra a parede. A pulsação no ar começou a ficar mais intensa, mais alta. As ondulações nada naturais que invocavam minha magia pareciam exercer mais força, como pulmões inflando e inalando, me puxando para mais perto.

Analisei com atenção a aparência de Simon pela primeira vez naquela noite, meu pensamento adquirindo clareza.

Ele usava antigos trajes clássicos de couro, comuns aos Rishan. Coisa refinada. Mas o mais esquisito era que tinha deixado a lapela desabotoada até o meio do peito, revelando um longo triângulo de pele.

Pele marcada com veias pretas e pulsantes.

E todas aquelas veias levavam a um calombo prata e marfim enterrado no meio de seu tórax.

Era tão grotesco, tão perturbadoramente *errado* que, a princípio, não consegui compreender o que estava vendo.

Só então entendi: a coisa prateada era o pingente de Vincent, esmagado, derretido e todo retorcido, sujo com o sangue de Simon.

E a parte branca era...

Um conjunto de dentes.

Dentes, fundidos ao metal.

A lembrança da voz de Septimus irrompeu em minha memória: *Encontrei alguns deles. Na Casa do Sangue. Dentes.*

E o que caralhos alguém pode fazer com os dentes do Deus da Morte?, Oraya havia perguntado.

De repente, num momento de clareza, me dei conta: *aquilo* era o que dava para ser feito com os dentes de um deus.

Criar a porra de um monstro.

O pensamento cruzou minha mente por apenas um segundo enquanto o rosto de Simon enfim se abria num sorriso de arrepiar, manchado de sangue, e ele soltou uma explosão de magia que virou a merda do mundo de cabeça para baixo.

59
ORAYA

Eu estava correndo.

Correndo por aqueles túneis, mesmo já tendo ultrapassado Jesmine, mesmo que não soubesse muito bem para onde estava indo — eu só sabia que estava subindo, e saindo, tão rápido quanto a porra das minhas pernas permitiam.

Felizmente, estávamos perto de uma das saídas. Quase chorei de alegria quando vi as escadas à minha frente. Disparei por elas, escancarando a porta do outro lado; demorei apenas alguns segundos para compreender onde eu estava, na base do castelo. Pela Mãe, o caos havia irrompido lá fora, e fui puxada para um mar de sangue, aço e morte com Nascidos do Sangue, Rishan, Hiaj e demônios destroçando uns aos outros.

Mal prestei atenção no que estava acontecendo.

Em vez disso, olhei para cima — para o topo do castelo, para a sacada onde eu havia salvado a vida de Raihn não muito tempo antes. Não dava para enxergar nada daquele ângulo, mas ainda assim eu pressentia algo no epicentro daquela sensação tóxica.

Minhas asas tinham sido conjuradas, e quando dei por mim eu estava voando.

Nunca voara tão depressa. Mais depressa do que imaginava possível.

Subi até a sacada, mas fui imediatamente empurrada para longe por...

Que *caralhos* foi isso?

Era como o Asteris, talvez, só que mais forte — e vermelho, não preto. Parecia rasgar o próprio ar, reorganizando a realidade. Durou apenas um segundo, ou pelo menos foi o que pareceu; quando voltei a mim, porém, minhas asas não estavam mais funcionando. Eu mergulhava rumo ao chão.

Arquejando, endireitei o corpo e bati as asas bem a tempo de não trombar com tudo num pilar.

Pairei de novo até a sacada.

Raihn. Raihn, engalfinhado numa luta com... Pela Mãe, *Simon*? Ele parecia muito diferente — não só por causa da armadura, que contrastava de forma intensa com os trajes chiques que eu o vira usando antes, tampouco pelas espirais de magia vermelha que o cercavam. Ele emanava uma *sensação* diferente, como se tivesse sido empurrado para além de algum limiar que os mortais não deveriam cruzar. Como se uma parte dele não existisse mais.

Cada fragmento de minha consciência estremeceu em reação à sua presença.

E aquele instinto irrompeu de forma violenta quando vi Simon se inclinando sobre Raihn, com a espada em riste, uma névoa etérea rodopiando ao redor da lâmina.

Eu não me lembrava de ter aterrissado, corrido ou atacado. Só senti a satisfação do esguicho de sangue batendo em meu rosto quando a Assoladora de Corações encontrou seu alvo, transpassando Simon para sair do outro lado, bem entre suas asas.

Um golpe mortal a qualquer um, humano ou vampiro.

Mas Simon, me dei conta na mesma hora, não era mais *apenas* um vampiro.

Ele soltou um grunhido e recuou, derrubando Raihn e girando na minha direção enquanto eu arrancava a espada de seu torso e cambaleava para trás. Quando seus olhos injetados recaíram sobre mim, vazios e cruéis, senti que estava cara a cara com a própria morte.

Foi quando vi.

A... *coisa* fundida na pele de seu peito. Metal e... osso?

Minha magia reagiu à proximidade do objeto. De repente, a presença de Vincent soou muito mais próxima — embora distorcida e irada.

Distorcida, como o pingente — retorcido e destroçado. Mesclado a... Dentes?

Dentes de um deus, me dei conta.

Septimus, aquele filho da puta.

Parecia absurdo. Parecia ridículo. O horror da situação se abateu sobre mim, distante. Não tive tempo de me permitir senti-lo.

Ele ergueu a espada, mas saltei em sua direção antes que o vampiro pudesse golpear.

Simon respondeu de imediato, e nossas lâminas se chocaram, cada golpe mais violento do que o último. O vampiro era maior e mais forte; eu era mais rápida. Ainda assim, ele manteve o ritmo. Meu corpo cedia sob as pancadas e a força necessária para bloquear cada ataque. Era algo que exigia todo o meu foco — mas o tempo inteiro eu estava ciente da presença de Raihn no canto do meu campo de visão, largado no chão da sacada. Quando ele enfim se levantou devagar, soltei um suspiro de alívio.

Mas só por uma fração de segundo antes de Simon estar de novo em cima de mim.

Meus músculos berravam. A magia dele rivalizava com a minha, mesmo com minha pele emanando chamas de Fogo da Noite que envolviam nós dois. Simon não parecia incomodado com as queimaduras, nem mesmo quando o calor começou a consumir a pele delicada ao redor de sua boca e de seus olhos. Ele só me encarou além das labaredas e sorriu.

Um sorriso vazio. Um sorriso morto.

Não sei quando o primeiro golpe dele me acertou — um na lateral do corpo, talvez, me fazendo tropeçar só o bastante para dificultar a tentativa de desviar da próxima pancada. Quando ergui de novo o olhar e vi a espada em riste, pensei: *É isso. O fim.*

Mas, na mesma hora, um regato de sangue preto-avermelhado começou a escorrer do flanco esquerdo de Simon enquanto ele sustentava a lâmina.

Era Raihn se jogando sobre o vampiro, e os dois se embolaram numa dança de destruição.

Eu não conseguia ouvir nada acima dos sons da violência, da minha própria respiração e do sangue pulsando nos ouvidos. Quando endireitei o corpo, porém, arrisquei olhar lá para baixo — para a cidade de Sivrinaj.

Era um massacre.

Nossos oponentes tinham escondido o jogo. Agora, as forças integrais dos Nascidos do Sangue brotavam do castelo, se espalhando pelas ruas da cidade como uma onda de fogo. Os homens de Ketura tinham sido derrotados, e os guinchos de demônios moribundos eram sobrepostos pelos berros dos vampiros em seus estertores de morte. As forças de Jesmine haviam saído dos túneis, mas tinham dado de cara com uma força formidável — e muito mais numerosa — que as esperava.

E Simon — junto com qualquer que fosse a magia horrenda e perversa que ele ostentava — nem sequer havia descido até ali.

Estávamos fodidos.

Completamente fodidos.

A gente precisava recuar. Precisávamos recuar *imediatamente*.

Raihn tinha visto a mesma cena, ou talvez o horror que surgia em meu rosto já dissesse tudo o que ele precisava saber.

Quando me joguei de novo sobre Simon, Raihn soltou:

— Vá.

A única palavra que conseguiu proferir.

Eu sabia o que significava: *Vá até os exércitos. Mande que batam em retirada.*

Nem considerei a possibilidade.

Tínhamos uma única chance de resolver aquilo: matar Simon de imediato. Eu não iria fugir. Não permitiria que aquele maldito ficasse com meu trono e com aquele poder perverso que conseguira através da magia do meu pai.

Eu não ia mais engolir nada daquilo. Ao longo de toda a vida, precisara lidar com pessoas que se achavam no direito de tirar tudo de mim.

O pensamento de ceder a elas, mesmo que fosse por mais um segundo, me enfurecia.

Eu ouvia o coração retumbar nos ouvidos, quente sob a pele.

Este é meu reino, sussurrou Vincent, as palavras pulsando em minha pele, nas minhas veias, no meu âmago. *Este é meu castelo. Não permita que ninguém tire isso de mim.*

Meu, ecoaram as batidas do meu coração.

Era tudo meu.

Eu não permitiria que ninguém tirasse aquilo de mim. E jamais permitiria que matassem Raihn no processo.

Meu marido girou quando mais soldados Rishan começaram a irromper pelas portas do castelo, correndo na direção dele — distraindo o vampiro num momento crítico.

Mas não eu. Eu mal os notei.

Permiti que a raiva me cegasse, que me movesse, que me guiasse enquanto investia contra Simon.

Meu foco se fechou na sensação satisfatória da lâmina talhando a carne de Simon, no Fogo da Noite se espalhando e tomando meu corpo, minha magia surgindo das profundezas da minha ira incontrolável.

Simon se encolheu, contorcendo o corpo.

Alguém riu, e demorei alguns instantes para me dar conta que tinha sido eu. Meus lábios se abriram num sorriso quando ele se aprumou e olhou para mim, com todo aquele poder terrível concentrado num único ponto.

Eu não estava com medo.

Atacamos ao mesmo tempo, e nossas armas se chocaram de novo, cada golpe mais implacável do que o anterior. No início, eu estava perdida na névoa embriagante da vingança — e estava amando, sorvendo cada som como uma dose de álcool, mergulhando num barato sobrenatural.

Mas Simon não cedeu.

Raihn, cercado por soldados Rishan, não viria ao meu auxílio.

E Simon continuou golpeando, golpeando, golpeando.

O primeiro lampejo de medo surgiu quando ele me acertou com tanta força que senti algo trincar ao bloquear a pancada. A dor se espalhou por mim como um relâmpago, me deixando sem ar.

Não havia tempo para me recuperar, porém. Nem para retaliar.

Porque o massacre continuou, com uma investida devastadora virando duas, três. Logo eu não podia fazer mais do que desviar, bloquear, recuar a fim de recuperar a postura...

Mas eu tinha perdido o equilíbrio, e não havia tempo para me erguer de novo.

A certeza de que estava fodida chegou devagar e indubitável.

Ele abriu cortes no meu ombro, no meu braço, no meu quadril. Com cada um, vinha uma pontada de dor de tirar o fôlego, mais funda do que a carne. Aquela magia, a fumaça vermelha e tóxica, cercava nós dois. A coisa retorcida em seu peito pulsava de forma perversa.

Eu conseguia sentir a raiva fria de Vincent, sua vontade de dominar se debatendo dentro de mim, mas ela não tinha para onde fluir. A magia da Assoladora de Corações era poderosa, mas não tanto quanto fosse lá o que Simon tivesse feito consigo mesmo.

Saltei para trás numa finta e bati com as costas na balaustrada da sacada. *Fodeu*. Não tinha mais para onde ir.

Senti um sopro de brisa quente que fez meu cabelo voejar para trás e arrancou madeixas do rabo de cavalo de Simon, fazendo com que ele parecesse ainda mais monstruoso enquanto assomava acima de mim, um sorriso sangrento se espalhando pelos lábios.

Atrás dele, os olhos de Raihn estavam fixos nos meus no momento em que ele retalhava um soldado Rishan, dois...

Não daria tempo.

Pela Mãe, eu ia morrer.

Mas, ah, que morte maravilhosa seria.

Eu não sabia se a voz era de Vincent ou minha.

Simon estendeu a mão e tocou meu rosto, puxando meu queixo para me encarar nos olhos.

O sorriso dele pareceu azedar.

— É só uma humana — falou. — Só isso.

A morte de uma guerreira, prometi a mim mesma, enquanto Simon erguia a espada e eu imitava seu movimento.

O golpe foi devastador.

O lampejo de magia me ofuscou. Um estalo ensurdecedor fez meus ouvidos pulsarem. Algo afiado se estilhaçou em cima de mim, abrindo pequenos cortes nas minhas bochechas e nos meus braços.

Mal consegui sentir, porque a dor estava por todos os lados.

Simon cambaleou para trás e dobrou o corpo, mas era tarde.

Eu também estava caindo. Fui jogada por cima do parapeito no que pareceu um movimento mais lento do que a realidade. A última coisa que vi foi Raihn, seus olhos arregalados e aterrorizados enquanto ele arrancava a espada de um cadáver e corria na minha direção...

Ele parecia muito, muito assustado.

Estendi a mão, mas já estava caindo.

Mundos se misturaram em minha leveza.

Num deles, eu não ouvia nada além dos gritos, das explosões e dos comandos desesperados.

No outro, não ouvia nada além da voz de meu pai, uma antiga memória. Não sentia nada além da mão dele me apertando, tão forte que até doía — mas enfim, o amor de Vincent era daquele jeito, escondido em arestas afiadas e sempre igualmente doloroso.

Quantas vezes falei para você não subir tão alto?, perguntou ele, com a voz dura. *Quantas vezes falei para não fazer isso?*

Eu sei, quis responder. *Sinto muito. O senhor está certo.*

— Oraya!

O grito de Raihn atravessou o ar, mais alto que os sons do reino caindo. Forcei os olhos a se abrirem e vi apenas borrões coloridos.

Ele estava mergulhando atrás de mim, com as asas escancaradas, coberto de sangue, uma mão estendida em minha direção.

Algo naquela imagem parecia familiar, e foi quando lembrei — a pintura do homem Rishan despencando, com uma mão à frente. Eu sempre pensara que ele estava tentando alcançar os deuses.

Estava tentando era *me* alcançar.

Tudo ficou preto.

60
RAIHN

Recuar.

Voei por cima do campo de batalha, um mar de carnificina, com o corpo desfalecido de Oraya nos braços. Ela estava coberta por tanto sangue que eu não saberia nem dizer onde estavam os ferimentos — só sabia que fosse o que fosse que Simon tivesse feito havia sido devastador.

Ela não estava morta.

Não podia.

Eu conseguia sentir as batidas de seu coração, lentas e fracas. Me recusava a aceitar a possibilidade de que ele pudesse parar. Aquela não era uma opção.

Ela não estava morta.

Eu sabia que Simon vinha logo atrás de mim, mergulhando na batalha. E sabia — soube no momento em que pousei — que aquele era nosso fim.

Recuar.

Encontrei Vale no meio do derramamento de sangue, abrindo ao meio um rebelde Rishan que caía do céu. Não reconheci minha própria voz quando gritei o nome dele. O vampiro se virou, assimilou Oraya e, em menos de um segundo, contorceu o rosto numa expressão sombria de pavor.

Depois, viu algo além do meu ombro e arregalou os olhos.

Simon.

— Vamos recuar — soltei apenas. — *Agora.* Leve com você todo mundo que conseguir.

E não parei de voar.

Eu precisava de um lugar seguro. Um lugar próximo. Um lugar secreto. Um lugar onde ninguém pensaria em vasculhar à procura dela. Um lugar ao qual pudesse chegar naquele instante, *naquele exato instante*, porque não iria permitir que Oraya morresse nos meus braços depois de tudo o que havíamos passado juntos.

Não dava para ir até o acampamento — não havia ninguém para ajudar lá, não com a agilidade necessária.

Não dava para chegar a tempo no ponto de encontro.

Não dava para ir a lugar algum de Sivrinaj, onde Simon e Septimus estariam esperando por ela.

Meus pensamentos não faziam sentido. Eu não sabia como ou por que escolhi aquele destino. Não foi consciente. Apenas a memória de um nome e um lugar rabiscados numa carta escrita vinte e cinco anos antes, fé inabalável e a porra do desespero.

Uma parte distante do meu subconsciente tomou a decisão por mim enquanto eu conseguia pensar apenas em Oraya nos meus braços, no seu corpo desfalecido e nas batidas de seu coração — ficando mais lentas e fracas a cada momento.

Vartana não ficava longe de Sivrinaj, apenas algumas cidades além. Era um vilarejo pequeno, quase impossível de ver do céu — o tipo de lugar ao qual as pessoas só iam quando tinham motivo. Pousei meio surpreso comigo mesmo, um tanto desajeitado, nas ruas sujas dos assentamentos humanos.

Eles precisavam ajudar Oraya. De qualquer jeito.

Aquela era a praça central. Estava tudo calmo depois do cair da noite. Mal olhei em volta — para as construções de alvenaria, as ruas de terra batida, a fonte bem no centro da área. Um casal jovem estava sentado na borda da fonte, provavelmente interrompido no meio de algum encontro da madrugada. Os dois me encaravam com olhos arregalados de choque.

Eu tinha apenas uma leve noção distante de quão maluco devia ter sido me ver aterrissando ali, agarrado ao corpo ensanguentado de Oraya. Imenso, com o olhar enlouquecido, coberto de sangue.

O rapaz empurrou a jovem para trás de si de forma quase imperceptível, e os dois se levantaram.

— Me ajudem — soltei, apenas. — Preciso de ajuda.

O nome. Caralho, qual era mesmo o nome?

— Alya — continuei, assim que lembrei. — Alya. Tem alguém aqui com esse nome. Uma curandeira. Ou costumava ser...

Eu não conseguia nem juntar uma porra de frase na outra.

O que estava fazendo? Que aposta insana era aquela? Vinte anos era muito tempo. Não tinha como saber se ainda...

Oraya arquejou. Sua respiração foi ficando mais lenta, e fui tomado pelo pânico.

— *Falem logo* — exigi, avançando um passo.

A jovem quase se jogou dentro da fonte tentando se afastar de mim; o rapaz a agarrou pelo braço e se colocou à sua frente.

Estavam aterrorizados, e não era como se eu pudesse julgá-los. Ou ao menos não deveria — se eu estivesse pensando, se estivesse respirando, talvez até considerasse qualquer coisa, mas...

— Eu sou Alya.

A voz veio por trás de mim. Girei e dei de cara com uma mulher de meia-idade parada à porta de uma casa, me encarando com um olhar cauteloso. Tinha o cabelo preto já repleto de fios brancos que lhe batiam na cintura e um rosto sério e marcado pelas rugas.

Inspirei, trêmulo, e soltei a respiração.

— Eu preciso... Meu nome...

— Eu sei quem você é. — O olhar dela recaiu sobre Oraya, e sua expressão se suavizou. — E ela também.

Meu suspiro de alívio saiu quase num soluço.

— Será que...?

— Entre — disse a mulher, passando pela porta. — Rápido. E pare de gritar antes que acorde metade do assentamento.

Parte Seis
Lua Cheia

INTERLÚDIO

Não é tão difícil derrubar um reino.

É algo já propenso a colapsar. E um escravizado é a pessoa perfeita para destruir os apoios remanescentes — conhecedor das partes mais íntimas do castelo e, ao mesmo tempo, completamente invisível. O escravizado se maravilha com o fato de que aquilo nunca lhe ocorreu antes. É fácil demais. Muito mais elegante do que enfiar uma lâmina no peito do mestre, como sempre sonhou em fazer.

Ele passa informação para o promissor competidor Hiaj ao longo dos quatro meses do Kejari. Informa os horários das refeições dos guardas, os projetos do castelo, os pontos fracos da fortificação. Ele observa as medidas que seu rei toma para se proteger conforme os dias passam e sua paranoia fica mais forte; e ele também repassa tudo isso para o competidor Hiaj.

O escravizado é cuidadoso. Nunca mostra o rosto. Nunca revela o nome. Nunca sussurra uma palavra sequer para ninguém, nem mesmo para a rainha em seus encontros secretos durante o dia. Ele enfia um punhal nas costas de seu captor num movimento tão lento e silencioso que o monarca nem sequer sente.

Semanas, meses se passam. O competidor Hiaj, como todo mundo já sabia, ganha desafio após desafio. O rei fica mais cruel, mais perverso de tanto medo. O ódio do escravizado vira uma obsessão silenciosa.

Até que a noite enfim chega.

A noite final do Kejari. A noite em que o futuro rei e o escravizado vão dar seus devastadores golpes finais. O do competidor Hiaj vai ser uma vitória encharcada de sangue e um desejo realizado por uma deusa. O do escravizado vai ser uma carta repleta de segredos, entregue em troca da garantia da segurança de seus entes próximos.

O silêncio é sobrenatural nos momentos que antecedem as mudanças. O pôr do sol está imóvel e estagnado. O escravizado faz sua jogada final. Agora, tudo o que resta é esperar.

E, naqueles momentos silenciosos, ele enfim conta tudo para a rainha. Eles passaram a noite juntos, horas antes; a cabeça dela está repousada contra seu peito, a mão dele acariciando o ombro da mulher enquanto o escravizado encara o teto, totalmente desperto, pensando em como as coisas logo irão mudar, em vários sentidos.

Ele a acorda gentilmente quando o sol começa a sumir no horizonte, apenas uma hora antes do colapso do reino.

As palavras escapam por entre seus lábios. A sensação é a de que ele está entregando a ela um presente precioso que guardou por muito tempo. E então, enfim, entrelaça os dedos nos da rainha.

— A gente precisa ir embora hoje — diz a ela. — Logo depois do fim do Kejari. Ele vai estar distraído, isso se ainda estiver vivo. Podemos sair de Sivrinaj antes que o pior comece.

Ele espera alegria. Em vez disso, ela fica horrorizada. Nega com a cabeça.

— Você precisa desfazer o que fez — diz ela. — Isso não pode acontecer.

O escravizado não sabe o que falar por vários segundos.

— Já está feito — informa ele. — Já era.

Ela retorce o rosto, como se, mesmo sabendo que era o que ele diria, tivesse se sentido ferida com a resposta.

— Não posso fazer isso — declara ela. — Não posso ir com você. Preciso ficar aqui.

O coração dele se aperta.

O escravizado passa os últimos momentos de sua antiga vida implorando — implorando — para que ela vá com ele.

E, até o final, até o momento em que ela afasta os dedos dos dele, ela se nega.

Os dois não têm mais tempo. O desafio final está prestes a começar. E, enfim, a rainha agarra seu rosto e o beija com paixão.

— Você precisa ir — sussurra ela. — Mas não posso deixar meu marido para trás. Não agora.

Por séculos, o escravizado pensaria naquele momento. Por quê? Por que ela escolheria morrer em sua jaula em vez de procurar a liberdade?

Tudo dentro dele se rebela contra o pensamento de deixar a rainha para trás, mas ele trabalhou muito para conseguir aquilo. Quando se senta atrás do mestre nas arquibancadas da arena, esperando o desafio final, ele encara a nuca da rainha e se imagina jogando a mulher nos ombros antes de fugir.

Ele não está prestando atenção na batalha. Mas sabe quando ela acaba pelos gritos dos espectadores, ensurdecedores e sedentos de sangue. O céu muda, tomado por fragmentos de luz pouco natural. O ar para de respirar, na expectativa da chegada iminente de uma deusa.

O rei fica de pé, os olhos voltados para cima.

Mas, enquanto todos encaram o firmamento, a rainha apenas olha por cima do ombro para o escravizado. Os lábios dela formam uma única palavra: Vá.

E ele vai.

Ele viaja a pé primeiro, mais furtivo do que rápido. Não tem posses e carrega pouquíssimo dinheiro. Não sabe para onde ir além de "qualquer lugar que não aqui".

Ouve o eco no ar quando o vitorioso Hiaj recebe seu prêmio. Os gritos e as comemorações perfuram a madrugada, como se a Casa da Noite fosse uma fera moribunda soltando um rugido final.

Não olhe para trás, diz a si mesmo. *Não importa.*

Mas, por alguma razão, ele olha.

Ele está nas margens da cidade, com as asas estendidas, pronto para alçar voo e escapar. O ímpeto é repentino e incontrolável — como mãos fantasmagóricas o puxando.

Ele se vira.

A arena está acesa, iluminada e pulsando como um ferimento infectado, prestes a supurar.

O olhar dele se demora ali, depois se volta para cima — para as estrelas, onde a estranha luz divina e cintilante ainda brilha. De repente, ele se vê incapaz de se mover.

Nyaxia está muito longe, flutuando como se observasse as divertidas consequências de seu último milagre.

Mas é impossível ignorar o olhar de uma divindade — e Nyaxia olha direto para o escravizado naquela noite. Ele consegue sentir a intensidade como uma bênção, uma maldição, uma estaca de ferro o prendendo a um destino que não deseja.

E a deusa sorri — uma visão cruel, bela e devastadora.

Ele tenta dizer a si mesmo que não percebe o que muda naquele momento. Tenta dizer a si mesmo que apenas imagina a explosão atordoante e desorientadora de poder pulsando por suas veias. Tenta dizer a si mesmo que o súbito choque de dor subindo por sua coluna é só um sintoma de sua ansiedade.

Mas a verdade é a verdade.

Aquele é o momento em que o escravizado se transforma em rei.

Ele se afasta do olhar da Deusa, voando para a noite. Mais tarde, escondido num pequeno vilarejo onde acha que ninguém irá procurar por ele, o vampiro encara chocado a tinta vermelha em suas costas. Vai pagar todo o dinheiro que tem para que um pedinte esfomeado e sem língua queime sua pele — tão brutalmente que ele quase morre, até as cicatrizes serem horríveis a ponto de engolir a Marca.

Ele não é rei, diz a si mesmo. Não é um Sucessor. É só um homem livre, pela primeira vez em quase um século.

Mas dizer algo a si mesmo não faz com que seja verdade, certo?

Aquela é a primeira noite de milhares que o rei Transformado vai passar mentindo para si mesmo.

Vai demorar duzentos anos para que ele aceite a verdade.

61
ORAYA

Abri os olhos.

Uma parte inerente de mim esperava ver o tom cerúleo do teto dos meus aposentos no castelo. Sentir o aroma familiar de rosa e incenso.

Mas não. O teto era formado por tábuas velhas caindo aos pedaços. O espaço cheirava a lavanda e a madeira queimando numa lareira.

Pouquíssimo familiar e, ao mesmo tempo... muito reconhecível, de um jeito que eu não sabia explicar. Como se a fragrância remontasse a uma versão de mim que eu havia esquecido muito tempo atrás.

Virei a cabeça, o que me fez sentir uma onda de dor agonizante.

Mas... Eu estava viva.

Estava realmente *viva*.

Conforme lampejos da batalha voltavam, como o rosto monstruoso de Simon se inclinando sobre mim, aquilo parecia a porra de um milagre.

Minha visão focou. Eu estava num quarto minúsculo, deitada numa cama velha e capenga, coberta por uma manta nitidamente feita à mão. Junto à parede, vi uma porta de madeira meio torta, com uma cadeirinha também de madeira colocada bem ao lado.

E na cadeira — uma cadeira minúscula e frágil, comicamente desproporcional — estava Raihn.

Ele roncava baixinho, com a cabeça apoiada na parede, o pescoço torto num ângulo que parecia dolorido. Estava com os braços cruzados sobre o peito. Usava roupas de algodão que pareciam a um fio de cabelo de estourar nas costuras. Marcas escuras de sangue seco maculavam o tecido cor de creme, e seus antebraços estavam envoltos em bandagens justas.

Meus olhos começaram a arder. Encarei o vampiro, e a imagem foi ficando borrada aos poucos. Eu estava com o peito apertado. Tinha a impressão de que aquilo não tinha relação alguma com meus ferimentos.

Funguei, e Raihn cochilava tão de leve que foi o suficiente para ele acordar com um sobressalto cômico que quase o fez cair da cadeira enquanto tentava sacar uma espada que não estava ali.

Não consegui evitar: dei uma risada. O som saiu horrível — rouco e meio entrecortado.

Raihn tentou se aprumar, e seu olhar recaiu sobre mim.

Ele ficou completamente imóvel.

Depois, num único movimento ágil, estava de joelhos ao lado da minha cama, com as mãos envolvendo meu rosto como se quisesse garantir que eu era real.

Você está vivo, eu quis dizer, mas tudo o que consegui soltar foi:

— Assustei você?

Sorri, rindo um pouco, embora o som mais parecesse uma série de soluços. Logo Raihn estava rindo também, beijando meu rosto — e meus antebraços, minha testa, meu nariz e enfim minha boca, deixando o gosto de lágrimas em meus lábios.

— Nunca mais faça isso comigo — falou ele. — Nunca mais, entendeu?

A porta se abriu.

Uma mulher parou no batente, segurando um pilão e um almofariz como se estivesse com tanta pressa de chegar ali que mal tivera tempo de deixar de lado o que andara fazendo.

— Eu ouvi...

Mas o olhar dela encontrou o meu, e as palavras morreram.

Também não consegui falar. Ou desviar os olhos. Porque, pela Deusa, ela parecia tão *familiar*... Tanto que todo o resto sumiu. Aqueles olhos verdes me lembravam muito alguém que eu costumava conhecer.

Ela soltou todo o ar num sopro longo.

— Você está acordada — disse.

Ao mesmo tempo, falei:

— Eu conheço você.

Os olhos da mulher se semicerraram quando ela abriu um sorriso triste.

— Achei que não se lembraria de mim.

E eu não sabia se me lembrava *dela*, exatamente. Era mais... como se eu estivesse reconhecendo algo intrinsecamente familiar.

— Eu... Você...?

Minhas palavras foram morrendo. Eu não sabia o que queria perguntar ou como dar nome ao que estava sentindo.

A mulher entrou no quarto e fechou a porta.
— Meu nome é Alya — falou. — Sou sua tia.

Alya, toda brusca e prática, insistiu em me examinar antes de falarmos sobre qualquer coisa. Então, enquanto conferia minha pulsação e trocava as ataduras, Raihn respondeu a todas as perguntas que já sabia que eu faria.

Ele me disse que não estávamos ali havia muito tempo, apenas um dia. Os outros tinham recuado até o ponto de encontro fora de Sivrinaj, numa das cidades cujo controle ainda permanecia nas mãos dos Hiaj, mas seria só questão de tempo até que Simon fosse atrás deles. O inimigo também estava lambendo suas feridas, mas suas tropas seguiriam na direção dos penhascos assim que recebessem o comando.

A batalha, em resumo, tinha sido a porra de um desastre.

Sim, nosso plano de destruir a maioria das medidas defensivas dos Sivrinaj tinha sido bem-sucedido, e havíamos matado uma boa parte dos soldados de Simon. Por outro lado, muitos dos nossos também tinham morrido.

E o que Septimus fizera com Simon... O pingente, os *dentes*...

Pela Mãe, quem teria imaginado aquilo? Eu me sentia num sonho. Num maldito pesadelo.

O que caralhos a gente devia fazer?

— Precisamos voltar — falei.

— Não até você poder viajar — rebateu ele.

— Eu me sinto...

Bem.

Por mais chocante que fosse, eu estava *mesmo* me sentindo bem. Atordoada, sim. Fraca. Mas... milagrosamente curada, apesar de tudo pelo que havia passado. Alya estava a meu lado, esfregando um bálsamo num ferimento em minhas costas. Doeu, o que me fez chiar entredentes.

Mas eu podia lidar com a dor.

Dor não era morte.

Olhei para meus braços, que eu sabia terem sido feridos gravemente. Restavam apenas leves marcas vermelhas, porém, já formando cascas de um tom mais escuro.

Raihn acompanhou meu olhar, retorcendo de leve os lábios num sorriso.

— Por acaso, sua tia é uma curandeira das boas.

— A gente teve uma ajudinha — acrescentou ela. — Do sangue dele.

Os dois falaram aquilo como se fosse tudo muito normal — mas a normalidade da situação era justamente o que tornava as coisas ainda mais confusas.

Tia. Que a Deusa me acudisse. Eu nem sabia por onde começar.

— Como você sabia o caminho até aqui? — perguntei para Raihn.

O sorriso dele vacilou — como se o vampiro estivesse se lembrando de algo.

— Sinceramente? — começou. — Não faço a mínima ideia. Eu conhecia o nome e a cidade por causa das cartas de sua mãe. Sabia que a pessoa que escreveu aquilo era uma curandeira. E eu estava... estava desesperado. Não tinha ideia de para onde ir. Não tenho certeza de como vim parar aqui.

Atrás de mim, Alya soltou uma risada grave.

— Destino — falou. — Está além da compreensão dos mortais.

Eu não sabia se era uma brincadeira ou não. Ela tinha uma afetação neutra que podia significar tanto seriedade brusca quanto humor seco. Mas enfim... Fosse o que fosse, eu precisava concordar.

Minha tia ergueu meu braço, conferindo um curativo em meu ombro.

— Foi sorte ele ter pensado em trazer você para cá — falou ela. — A magia de Nyaxia não teria sido capaz de ajudar dessa forma.

— E de quem é esta magia? — perguntei.

— De Acaeja. Magia vampírica sozinha não teria sido suficiente para salvar você.

Alya soltou meu braço e se levantou, se reposicionando ao pé da cama para que eu pudesse vê-la. Tinha um olhar firme e penetrante. Eu não gostava nada daquilo. A impressão era a de que ela podia me enxergar bem demais.

A mulher enfim desviou os olhos, como se também estivesse desconfortável.

— Nunca achei que cartas escritas pela minha irmã há vinte e cinco anos proporcionariam este momento. Isso eu garanto a você.

As mentiras de Vincent tinham destroçado minha crença no destino. Ainda assim, o fato de que Raihn havia encontrado aquelas cartas, aquele nome, aquele lugar... O fato de que tinha me levado justo para lá, de todos os lugares do mundo, imerso em pânico...

Verdade, parecia destino.

Raihn empalideceu um pouco. Me perguntei se a mesma coisa estava se passando pela cabeça dele, aquela reflexão sobre sorte e sobre como as coisas poderiam ter sido diferentes. Levei a mão à dele sem pensar, acariciando a pele áspera. O vampiro voltou a palma para cima e fechou os dedos de leve ao redor dos meus.

Meus olhos recaíram sobre a colcha, indo até as mãos envelhecidas e magras de Alya. A visão me fez sentir outra onda de familiaridade.

Aquelas mãos...

Eu me lembrava de ter segurado aquelas mãos muito tempo antes.

As suas são muito mais enrugadas que as de mamãe.

Isso não é muito educado de dizer, Oraya.

— Eu morei com você — soltei sem pensar.

Alya franziu a testa. Um sinal mínimo de surpresa.

— Achei que não se lembraria disso. Você era muito, muito novinha. — Ela olhou ao redor do pequeno quarto. — Aliás, você nasceu aqui. Neste mesmo cômodo. Foi... foi um dia complicado. Eu não sabia se vocês sobreviveriam. Fiz tudo o que pude para curar as duas, mas... — Ela pestanejou, como se quisesse rechaçar o passado. — Não me sinto assim em muito, muito tempo. Não até ele aparecer ontem. Fez... um monte de lembranças voltarem.

Pela Deusa, nunca achei que veria alguém olhando para mim daquele jeito. Com o afeto nostálgico de um passado compartilhado.

Eu tinha tantas perguntas...

— Como... Por quê...? — E depois, enfim: — Minha mãe...?

Minha voz morreu. Eu nem sabia o que gostaria de descobrir primeiro. Tudo. Qualquer coisa.

Um sorriso suavizou as linhas duras ao redor da boca de Alya.

— Ela era maravilhosa. E uma insolentezinha.

— Era acólita de Acaeja também.

Eu não sabia por que sentira o ímpeto de falar aquilo — de demonstrar que sabia algo sobre minha mãe.

— Sim. Foi ideia dela, na verdade. Nós duas, novinhas, vivíamos aqui nos assentamentos humanos de Vartana. E a vida dos humanos em Obitraes sempre foi muito dura. Vartana não é tão ruim quanto Sivrinaj ou Salinae, mas há limites para o que humanos podem fazer da vida num lugar como este reino. Só que Alana nunca aceitou isso. Ela era ambiciosa. Uma qualidade perigosa para alguém em sua posição. Era abençoada com um toque de magia; em vez de estudar as artes de Nyaxia, sabendo que poderia ser muito mais do que apenas competente no ofício, ela decidiu seguir numa direção diferente.

— Acaeja — falei, e Alya assentiu.

— Sim. A única outra divindade que permitiria que seus dons fossem usados em Obitraes, mesmo que por humanos. Mas, para Alana, era mais que isso. Ela gostava do fato de Acaeja ser a deusa das coisas perdidas. Sentia que nós todos estávamos perdidos e precisávamos de alguém para nos guiar. Depois de um tempo, passei a acreditar nisso também, e comecei a estudar com ela.

Mesmo sem perceber, eu tinha começado a me inclinar na cama, como se na tentativa de absorver as palavras com a pele. A cada uma delas, eu coloria o velho retrato a nanquim da minha mãe.

— Então minha mãe era... uma curandeira? — perguntei.

— Não, eu sempre fui melhor nessa parte. Ela não tinha a paciência necessária. Além disso, era uma ambição pequena demais para Alana. Ela queria algo grande. Algo *grandioso*. Explorava a feitiçaria, a vidência. — Alya soltou uma risadinha. — Eu sempre a provocava dizendo que ela havia escolhido focar nas habilidades mais inúteis. Alana me dizia que seriam úteis algum dia, que era só esperar.

O sorriso se fechou de repente.

— E, no fim, logo ficou provado que ela estava certa. Quando começou a correr à boca pequena que Vincent estava à procura de videntes.

Ela proferiu o nome de Vincent como uma imprecação, algo sujo a ser expelido.

Minha ânsia por saber mais se extinguiu como uma vela, deixando para trás apenas o temor.

Havia muitas coisas que eu precisava saber.

Havia muitas coisas que eu não queria ouvir.

— Ela era irrefreável — continuou Alya. — Queria mais do que este lugar, esta vida. Então foi até Sivrinaj e se ofereceu para ele. Dizia que era sua chance de virar alguém importante. De ganhar dinheiro. Segurança. Não só para ela, Alana falava, mas para todas nós. — Minha tia balançou a cabeça. — Eu implorei para que ela não partisse — murmurou. — Mas não tinha como discutir com aquela mulher.

Uni as mãos com força até os nós dos dedos ficarem brancos. Meu corpo havia se enrijecido, como se eu estivesse à espera de um golpe. Raihn notou, acho, porque colocou a mão nas minhas costas — e, pela Mãe, aquele único toque me fez sentir a mais pura gratidão.

Eu mesma havia xingado Vincent mentalmente inúmeras vezes. Gritado no travesseiro de raiva e dor pelas coisas que ele tinha feito comigo, pelas mentiras que havia me contado.

Ainda assim, continuava sendo meu pai. Eu o amava. Sentia saudades dele. Valorizava aqueles pequenos fragmentos de bondade que ainda restavam nas memórias que eu tinha. Não queria sacrificar aquilo em troca do que Alya estava prestes a me dizer.

Mas eu queria mais ainda descobrir a verdade.

— O que aconteceu? — sussurrei.

Alya soltou uma risadinha.

— O que aconteceu? Ela se apaixonou, foi isso o que aconteceu. Era uma moça jovem com sonhos grandiosos que havia crescido na pobreza. Ele era um belo rei vampiro que a fazia se sentir... — Ela hesitou, procurando a palavra certa. — Vincent deu a Alana algo que ela nunca havia recebido. Um *propósito*. Claro que ela se apaixonou por ele. Como não se apaixonar?

Soltei um suspiro trêmulo.

— O que ele queria com ela? — perguntei. — No que estavam trabalhando juntos?

— Na época, eu não sabia. Absorvia uma coisa aqui e outra ali, às vezes, quando ela escrevia me pedindo conselhos. Até onde sei, sua mãe estava tentando recuperar algo que tinha sido perdido, ou talvez criar uma coisa nova. Muito poderosa. Mas ela era cheia de segredos. — Os olhos de Alya recaíram sobre Raihn. — Agora, depois de ouvir sobre os supostos experimentos de Vincent... suspeito que ela estava ajudando seu pai a usar o tal sangue divino.

Pestanejei, surpresa, e olhei para o vampiro. Ele apenas deu de ombros.

— A gente ficou conversando — falou. — Enquanto você estava apagada.

— Não perguntei muito na época — continuou Alya. — Não estava nem aí para as maquinações de um rei vampírico. Eu me preocupava com minha irmã. Ela viveu com ele por muitos anos. E, no começo... parecia feliz. Era tudo que me importava. Ela veio até aqui com ele uma vez.

Ergui as sobrancelhas.

Aquilo... Ora, *aquilo* estava além das fronteiras mais loucas da minha imaginação. Vincent, *ali*? Numa choupana num assentamento humano de uma pequena cidade que mal figurava nos mapas?

Alya soltou uma risada amarga.

— Também fiz essa cara quando ele apareceu na porta. E foi... Caramba, foi uma visita *esquisita*.

— Como ele era, na época?

Não consegui reprimir a pergunta. Não consegui me segurar.

Ela pensou por um instante antes de responder.

— Muito tempo antes, eu tinha começado a suspeitar do que estava acontecendo entre eles. Naquela noite, porém, tive certeza. Ela olhava para seu pai como se ele fosse o sol. E ele olhava para sua mãe como se ela fosse a lua.

Senti o coração ficar apertado ao pensar que talvez os dois tivessem mesmo se amado.

Por que acreditar naquilo me deixava tão feliz?

Mas a expressão de Alya ficou mais sombria.

— Só que ele olhava para *nós* como se a gente fosse nada. Olhava para nossa vida como se fosse algo nojento. E foi quando eu soube: talvez ele a amasse de certa forma, mas nunca a amaria pelo que realmente era. Amar tudo na sua mãe, exceto sua humanidade, não era de fato amá-la. Mesmo que ele desejasse que fosse. Mesmo que quisesse aquilo com todas as suas forças.

Meu coração se apertou ainda mais. As palavras dela penetraram nos pontos mais fracos da armadura que eu vinha sustentando por meses — caramba, por anos.

Alya viu a dor em meu rosto.

— Vincent era um sujeito complicado — murmurou. — Era solitário. Acho que parte dele genuinamente queria amar Alana, mas ele vivia fazia muito tempo num mundo bastante cruel. Para sobreviver, tinha se transformado em alguém incapaz de amar.

— O que mudou, então? — soltei, rouca. — Como ela foi embora?

— Ela partiu — começou Alya, baixinho. — Por sua causa.

Uma suspeita cuja confirmação doía de ouvir. Minha tia continuou:

— A gente foi deixando de receber notícias dela ao longo dos anos. Achamos apenas que estava ocupada com a vida nova e empolgante. Até que, certo dia, Alana surgiu na minha porta e me disse que estava grávida. Contou que havia largado Vincent e que não voltaria mais.

Alya soltou uma respiração trêmula.

— Fiquei aterrorizada. Pensei "Que a Tecelã nos acuda... Ela vai atrair um rei vampiro enfurecido até nossa casa, e isso vai acabar com todos nós". Mas ela disse que ele não viria atrás dela, e... ele de fato não veio.

Franzi a testa.

— Não?

Mesmo nas memórias mais gentis que eu tinha de meu pai, ele nunca fora bom em abrir mão das coisas que considerava dele.

— Meses se passaram. Anos. E ele nunca apareceu.

Aquilo me chocou.

— Por quê?

— Isso eu já não sei. Como falei, talvez Vincent quisesse mesmo amar Alana. Talvez estivesse tentando fazer seu melhor. Por um tempo.

Por um tempo.

Aquelas palavras perduraram no ar por vários segundos. O olhar de Alya pousou num ponto da parede atrás de mim, como se fosse dolorido demais me olhar nos olhos enquanto contava a próxima parte.

— Quando ela conheceu Alcolm e eles se casaram... Foi quando sua mãe começou a ficar com medo. Por nós. Por você. Por Alcolm. Ele tinha família em Salinae. Ela achou que seria mais seguro ficar por lá, em território Rishan. Longe das mãos e dos olhos de Vincent.

Alcolm. Eu também me lembrava daquele nome, bem de leve — me lembrava de como ele era dito com afeição nos cômodos de um chalé pequeno demais. Me lembrava de mãos grandes e ásperas e de um abraço que cheirava a madeira recém-cortada.

— Eu achava que ele era meu pai — falei.

— Achava porque ele se tornou mesmo seu pai. Cuidou de você como cuidava de Jona e Leesan. Vocês todos eram filhos dele. — Um sorriso triste tomou seus lábios. — Ele era um homem bom.

Era.

Porque todas aquelas pessoas tinham morrido. Assassinadas na explosão que destroçara nossa casa.

— Quando recebi aquela carta... — sussurrou Alya. — Foi a pior noite da minha vida.

Eu me lembrava das asas obscurecendo o céu.

Me lembrava da minha mãe tentando me puxar para longe das janelas...

Achei que aquela tinha sido a noite em que eu fora salva. A noite em que o destino, e apenas o destino, havia me levado até os braços de Vincent.

— Ele foi até lá para acabar comigo? — perguntei.

Não queria ouvir a resposta.

Alya ficou em silêncio por um bom tempo.

— Tudo que posso fazer é especular. Acho que ele foi até Salinae para destruir seus inimigos. Depois, porém, foi até aquela casa atrás de você. Talvez tenha tentado por muito tempo esquecer sua mãe. Quando a guerra começou e seus inimigos começaram a fechar o cerco, a verdadeira natureza de Vincent voltou. Ele não podia deixar seu ponto fraco exposto.

Eu me sentia sem fôlego.

Você matou todo mundo por minha causa, Vincent?

Vincent, é claro, não falou nada. Era incapaz de dar respostas difíceis.

— Por que ele me deixou viver? — sussurrei.

Não era minha intenção dizer aquilo em voz alta — mas a pergunta sempre esteve lá, repuxando minha alma como se fosse um fio solto numa peça de roupa.

Se meu pai tinha ido até Salinae naquela noite para acabar comigo, por que não havia me matado?

Seria a escolha mais lógica. Eu era um risco a ser mitigado. Um ferimento a ser cauterizado. Ele tinha inimigos. Tinha um poder a proteger — um poder cuja maior ameaça era minha existência.

Será que tinha ido até lá naquela noite com a intenção de identificar um cadáver ou garantir que não deixaria ninguém vivo para contar a história?

E se fosse o caso... por que mudara de ideia?

— Isso eu não sei, Oraya — falou Alya, baixinho. — E ouso dizer que ninguém nunca vai saber.

A verdade. Como era dolorosa...

— Achei que você estivesse morta — continuou ela — por muito tempo. Ele a manteve escondida nos primeiros anos, mas depois você foi ficando mais velha e começaram a falar a seu respeito. A filha humana do rei. Eu sabia que só podia ser você. Desde então, acompanho seus passos. Durante o Kejari, eu tinha amigos em Sivrinaj que me enviavam atualizações a cada desafio. E depois, naqueles últimos meses...

Ela soltou um suspiro longo e lento. Pousou a mão sobre a minha.

— Nunca achei que veria você de novo. — E a voz dela ficou embargada quando a emoção naquela frase se tornou insuportável, como se tudo tivesse brotado ao mesmo tempo.

Nem eu, desejei responder, mas nem sequer consegui formar as palavras.

— Sua mãe a amava — falou ela. — Espero que nunca tenha duvidado disso, independentemente do que Vincent tenha contado. E o resto de nós também. Seus irmãos. Seu padrasto. Você era... é... muito, muito amada. A gente sempre teve esperanças de que você sentisse isso onde quer que estivesse, mesmo que não pudesse ouvir as palavras direto da nossa boca.

E aquilo... aquilo foi o que mais me enfureceu. Porque eu *não* sabia. Sabia que era amada por Vincent, e só por ele. Mas ele apagara todas as outras pessoas. Me fizera acreditar que estava sozinha no mundo.

Ele nunca me privara de comida, abrigo ou segurança. Mas me privara daquilo, o que parecia ainda mais horrível.

Ficamos ali em silêncio por muito tempo. Depois, Alya se levantou, com a onda momentânea de emoção substituída por uma calma estoica. Foi até a cômoda, abriu a gaveta de cima e revirou seu conteúdo. Depois voltou até mim com as mãos em concha.

— Ela ia querer que você ficasse com isso. — A mulher pousou uma peça brilhante em minha palma estendida.

Uma pulseira de prata, com pequenas pedras pretas incrustadas em seu comprimento.

— Eu notei o anel — acrescentou minha tia, apontando com a cabeça para meu dedo mindinho. — Nunca tinha visto o colar, porém. Não sabia que era um conjunto completo.

E de fato, era — meu colar, meu anel e, agora, a pulseira. As pedras de ônix combinavam perfeitamente.

Meus olhos ardiam. Fechei a mão com força, desfrutando da pressão das pedras contra minha palma, como se ainda pudesse sentir o toque de minha mãe nelas caso me empenhasse o bastante.

— Obrigada — murmurei.

Alya assentiu, cruzando os braços diante do corpo. Parecia meio constrangida. Tive a impressão de que a mulher era alguém que se sentia desconfortável com as emoções — talvez fosse de família, porque fiquei estranhamente aliviada quando ela disse:

— Preciso dar uma olhada no jantar. — E nos deixou a sós.

Raihn não falou nada, o que me deixou grata — eu não estava pronta para conversar. Em vez disso, ele se sentou em silêncio no pé da cama, me envolvendo com o braço para me oferecer um abraço caso eu quisesse.

E pela Mãe, como queria. Me permiti mergulhar em seus carinhos com tão pouca hesitação que teria sentido vergonha de mim mesma um mês atrás. Mas só a Deusa sabia como aquele toque era agradável, estável, seguro e sólido. Segurança, mesmo quando nada no mundo — passado ou futuro — parecia seguro.

Repousei a cabeça no ombro dele. Deixei minhas pálpebras se fecharem enquanto inspirava seu cheiro. Suor, céu e deserto.

O primeiro talvez um pouco mais intenso do que os outros.

Falei contra sua pele:

— Você não toma banho desde que chegou aqui, né?

O vampiro soltou uma risadinha pelo nariz.

— Pelas tetas de Ix, princesa. Que encantadora, você.

— Minha cara está bem no seu sovaco. Não tem como *não* notar.

— Tenho coisas mais importantes com que me preocupar em vez de tomar banho. Além disso, ouvi dizer que algumas mulheres acham esse almíscar natural bem atraente. Tente olhar sob essa ótica.

Eu não ia dizer aquilo em voz alta, mas de fato achava o cheiro um tanto atraente. Ou no mínimo reconfortante.

— Você está bem? — perguntou ele, baixinho.

Bem. O que aquela palavra significava? Por definição, a resposta deveria ser não. Eu quase havia morrido. Guiara as pessoas que me seguiam para um massacre. Tinha perdido meu reino pela segunda vez.

Me afastei apenas o bastante para fulminar Raihn com um olhar que dizia: "Mas que porra de pergunta é essa?".

Ele suspirou.

— Certo. Eu mereci.

Pousei a cabeça em seu ombro de novo.

— Você falou com os outros?

— Troquei algumas cartas com Vale. Nada demais. Mas o espelho sobreviveu ao ataque, então...

Então, eu poderia entrar em contato com Jesmine. Graças à Deusa. Me senti grata por ter guardado o artefato comigo.

O problema é que o alívio foi seguido por uma onda de náusea.

O que raios eu iria dizer a ela? Eles precisavam receber ordens. Estavam esperando no ponto de encontro, contando os minutos até Simon vir em seu encalço.

— Quantos soldados a gente perdeu? — perguntei.

A leve hesitação de Raihn me informou mais do que a resposta em si.

— Ainda estão fazendo as contas, até onde sei.

Muitos.

Caralho.

Ele prosseguiu:

— A gente considerou se entregar, mas...

Uma rendição? Para um desgraçado de um nobre Rishan e uma cobra Nascida do Sangue? Não. Nunca.

Bufei.

— Caralho, de jeito nenhum. Prefiro morrer lutando.

Não, eu estava cansada daquilo. Tinha passado a vida inteira me curvando por conta de minha suposta condição como humana frágil. Nem fodendo eu ia morrer me entregando.

Raihn soltou uma risada baixinha.

— Que bom que você também pensa assim.

— A gente precisa voltar.

Voltar para Jesmine e Vale. Para os exércitos que confiavam em nós, e rápido.

Ele correu o polegar por meu ombro.

— Eu diria para você descansar mais, mas sei que não vai adiantar de nada.

— Você descansaria se fosse *você* quem estivesse preso aqui? Esta é minha batalha também.

— É — concordou ele, e tive a impressão de ouvir um leve tom de orgulho em sua voz.

— Além disso, não sei quanto tempo temos antes de Simon e Septimus irem atrás deles para terminar o serviço. Precisamos fazer algo antes.

A menção ao nome de Simon conjurou uma imagem vívida e visceral em minha mente — a silhueta monstruosa do vampiro pairando acima de Raihn, acima de mim, aquela mistura mutilada de aço e dentes presa a seu peito.

Pela Mãe, o olhar do sujeito...

Eu sabia melhor do que ninguém que vampiros podiam ser criaturas monstruosas. Havia testemunhado frenesis de sangue dos piores, coisas que os reduziam a pouco além de animais. Mas fosse o que fosse que Simon tivesse virado estava muito longe da brutalidade típica dos vampiros. Ele se transformara em algo que nem existia.

Ou, mais precisamente, como eu suspeitava, *Septimus* o transformara naquilo.

E eu tinha a terrível sensação de que o que Raihn e eu havíamos testemunhado — um poder que deixava nossas magias de Sucessor à míngua — era apenas uma fração do que ele era capaz de fazer.

Tive certeza de que Raihn estava pensando na mesma coisa durante o silêncio que se seguiu.

Ele enfim falou:

— Aqui. Me deixe colocar isto em você.

O vampiro pegou a pulseira da minha mão ainda aberta e, com gentileza, prendeu a peça ao redor do meu pulso direito — a mesma mão em que eu usava o antigo anel de minha mãe. Voltei a palma para cima quando ele terminou, admirando as duas joias juntas.

— A combinação é perfeita — falou Raihn. — Agora, você tem o conjunto completo.

As peças ficavam bonitas reunidas. Mais do que isso, porém, era bom ter mais uma conexão com o passado que fora arrancado de mim.

— Obrig...

Um choque percorreu meu corpo. Arquejei, me sentando de supetão enquanto levava a mão ao peito.

Minha mão... Meu peito...

— O que foi? — Raihn já estava quase de pé, tocando meu braço, pronto para chamar Alya. — O que aconteceu?

Eu nem sequer sabia responder àquela pergunta. Me sentia... *estranha*. A última vez que algo parecido acontecera tinha sido no dia em que eu baixara o olhar e vira a Marca de Sucessão tatuada em meu peito. Minha respiração começou a sair em arfadas rápidas. Minha mão, minha garganta... Dizer que estavam "queimando" não era exatamente preciso, mas...

Forcei a mão a se afastar do pescoço e a espalmei, fazendo o possível para controlar os tremores.

Raihn e eu a encaramos.

— Caralho — sussurrou ele.

Caralho, de fato.

Tatuado nas costas da minha mão, num triângulo formado entre o anel e a pulseira, havia um mapa.

62
ORAYA

Todo aquele tempo, eu vinha tentando tão desesperadamente decifrar o passado de meu pai, seus segredos, encontrar o poder de que precisava para reivindicar meu reino.

Era muito adequado que, no fim, tivesse sido minha mãe a responsável por me dar a resposta.

Raihn e eu montamos o espelho às pressas, pingando meu sangue na superfície para convocar Jesmine — que pareceu extremamente aliviada. Vale, Mische e Ketura se juntaram a ela. Chamamos Alya para o quarto também, mostrando o mapa em minha pele.

Quando o choque inicial passou, minha tia parecia orgulhosa e triste em igual medida enquanto processava o que estava vendo. Um feitiço, explicou ela, forjado no metal das joias, que só seria ativado quando as três peças fossem utilizadas pela pessoa correta.

— Magia da minha irmã — falou ela, baixinho. — Eu a reconheceria em qualquer lugar.

E tocou a pulseira — uma carícia cheia de afeto.

— Aquela mulher era esperta demais para o próprio bem — continuou ela, num murmúrio. — Sempre foi.

— Vincent não teria descoberto que o anel estava enfeitiçado? — perguntei. — Ele também era um usuário poderoso de magia.

— De magia de Nyaxia, sim. Mas não tinha experiência o bastante com a de Acaeja para reconhecer feitiços em artefatos.

Um nó subiu por minha garganta enquanto acariciava o anel preto com o polegar. A única lembrança de minha antiga vida que ele me permitira ter. Mal sabia ele...

O mapa nas costas da minha mão mostrava o território da Casa da Noite, ou ao menos uma porção dele — com Vartana na parte de baixo, Sivrinaj no canto superior direito e uma pequena estrela marcando o centro do desenho, logo acima do nó do meu dedo. Não havia cidade ou vilarejo algum ali. Ficava bem no meio do deserto, nada além de ruínas.

Ruínas que ainda assim eram desconfortável e perigosamente próximas de Sivrinaj.

— Você tem alguma ideia do que isso possa ser? — perguntei para Alya.

Eu sabia o que *esperava* que fosse, mas não queria sonhar alto demais. Parecia muito bom para ser verdade.

Alya tombou a cabeça de lado, pensativa.

— No fim, ela vivia com medo — falou minha tia. — Com medo do que quer que estivesse ajudando Vincent a fazer. Me lembro disso. Ela jamais me contaria os detalhes, mas eu conhecia minha irmã. Acho... acho que estava cada vez com mais medo do que aquele tipo de poder seria capaz de fazer caso caísse nas mãos de alguém pouco confiável, especialmente se Vincent fosse o único com acesso àquilo. Talvez ela tenha dado a você um caminho para acessar o poder também, só por desencargo de consciência, sabendo que seu sangue poderia possibilitar o manejo. — Um sorriso quase imperceptível; metade triste, metade orgulhoso. — Não tenho como dizer com certeza, mas é o que imagino que aconteceu.

Soltei um suspiro trêmulo de alívio, e, com ele, veio uma onda de afeto pela mãe de quem eu mal me lembrava.

Ela tinha nos salvado. Pela Mãe, ela *tinha nos salvado*.

— Isso se Septimus já não tiver pegado o que quer que essa coisa seja — comentou Jesmine. — O poder que ele deu para Simon, independentemente do que seja, não é deste mundo. Disso eu tenho certeza.

Mas Alya balançou a cabeça, firme.

— Com base no que descreveram, o que vocês viram não é criação da minha irmã. Parece algum tipo de magia remendada. Um ativador criado para forçar o feitiço a funcionar com algo que não foi inicialmente pensado para aquele fim.

— Um ativador — repetiu Raihn. — O pingente.

Mische pareceu orgulhosa de si mesma — aquela sempre fora sua suspeita.

— É o que parece, com base no que descreveram — falou Alya. — Eu diria que Vincent deve ter criado vários ativadores com a ajuda de Alana. E qualquer um deles, usado com a magia certa, poderia ser distorcido e modificado para funcionar com um poder similar o suficiente ao alvo pretendido. Mas seria algo feio, e perigoso. Provavelmente mortal a quem quer que o utilizasse.

Me lembrei dos olhos vidrados e injetados de sangue de Simon.

Sim, com certeza era feio. Ele parecia praticamente morto.

— Então Septimus conseguiu apenas um pedaço do que queria — falou Raihn. — O pingente. Mas foi o bastante, por enquanto. O que significa que é improvável que tenha conseguido o que de fato veio procurar.

— O que significa que o sangue divino, se é que existe, ainda está por aí — acrescentei.

Curvei os dedos e olhei para minha mão, que movi de um lado para outro sob a luz do fogo. Os traços vermelhos cintilaram fraquinho, como o luar passando por entre folhas tremulantes.

— Parece só um monte de conjecturas — falou Vale.

— E é — respondeu Raihn. — Mas é tudo o que a gente tem.

— Aceito que às vezes seja necessário agir com base no que não sabemos — falou Vale. — Mas o que *sabemos* é que Simon e os exércitos dele podem estar vindo nos pegar a qualquer momento, e que, se esse embate acontecer agora, eles vão vencer. Também sei que estão procurando por vocês dois, e que esse mapa leva direto até Sivrinaj. Sei que, se forem até lá, eles vão saber, e vão atrás de vocês com mais poder do que conseguiriam encarar sozinhos. Então, se a gente escolher seguir esse caminho, vamos precisar apostar muito alto.

Um sorriso sarcástico fez o canto da boca de Raihn repuxar.

— Alto quanto, exatamente?

Vale ficou em silêncio. Dava praticamente para ver o vampiro questionando todas as decisões de vida que o haviam levado até aquele momento.

— Vamos todos nos juntar lá — disse ele, enfim. — Levar os homens que ainda temos, prontos para confrontar nossos oponentes mais uma vez. Vamos segurar as forças inimigas enquanto Oraya... faz seja lá o que ela precise fazer. E vamos orar para a Mãe para que o que quer que Oraya encontre seja poderoso o bastante para garantir nossa vitória.

Me senti levemente nauseada.

Raihn tombou a cabeça para trás e caiu na gargalhada.

— Ah — disse ele. — Só isso?

— Falei que seria uma aposta alta — retrucou Vale, irritado.

— E o que mais a gente pode fazer? — perguntou Mische, virando o espelho na direção dela. — Se Raihn e Oraya forem sozinhos, eles vão morrer. Se a gente esperar Simon vir até aqui, *nós* vamos morrer. Se a gente atacar Sivrinaj de novo, todo mundo vai morrer. — Ela ergueu as mãos. — Parece que essa é a única opção que nos dá uma *chance minúscula* de *talvez* não morrer.

— Além de nos entregar — comentou Jesmine, o que fez cada um dos presentes abrir uma careta de nojo.

— Se a gente se entregar, vão nos matar do mesmo jeito — falei. — E eu não queria morrer assim.

Daquela forma, ao menos, íamos morrer *fazendo algo*.

Ninguém discordou.

Ficamos em silêncio por um longo, longo momento.

Era doido. Era perigoso. Era tolice de tão arriscado.

Mas era também tudo o que podíamos fazer.

Meus olhos se voltaram para Raihn — e ele já estava me encarando, cheio de determinação. Eu conhecia aquela expressão. Era a mesma que ele exibia antes de cada novo desafio do Kejari.

— Então, está decidido — falou. — A gente vai lutar em nome da maldita esperança sem fundamento.

Ninguém tinha como argumentar.

Ao menos, se fôssemos idiotas, seríamos todos juntos. E aquilo tinha seu valor, eu achava.

Mais uma vez, engrenagens foram colocadas em movimento. Alya partiu não muito depois, falando que precisava resolver algumas coisas, e Raihn e eu ficamos sozinhos à mesa desgastada da cozinha. Foi ali que passamos o resto do dia, criando estratégias e nos correspondendo com frequência com Jesmine e Vale. As horas se confundiram num borrão.

Quando Alya voltou, algum tempo depois, não estava sozinha.

Eu estava tão focada — e exausta — que só ouvi a porta se abrir quando ergui os olhos do mapa e vi Raihn se aprumando, fitando a entrada com se não soubesse se devia fugir ou atacar.

Alya fechou a porta e se aproximou com dois acompanhantes: um homem de bigode e cabelo grisalho e curto e uma mulher bem mais nova, com o cabelo escuro e cacheado preso num coque no topo da cabeça. Ambos ostentavam armas penduradas na cintura — uma espada, no caso da mulher, e um machado, no caso do homem.

Senti o corpo enrijecer. Por um segundo, a ideia de ter sido traída por Alya quase acabou comigo.

— Eles são amigos — falou Alya assim que viu que tinha nossa atenção, erguendo as mãos. — Oraya, Raihn, este é meu marido, Jace. E minha amiga, Tamyra.

Raihn não relaxou, nem eu. Não gostava muito da forma como eles nos encaravam — em especial a mulher, Tamyra, que parecia ainda não ter decidido direito se nos matava ou não.

Alya alternou o olhar entre nós e soltou um suspiro longo.

— Pela Mãe, ninguém tem tempo para essas coisas. Não precisa disso, Tamyra.

O homem se aproximou primeiro, com passadas lentas e os olhos fixos em mim. Fiquei de pé, apenas porque parecia o certo a fazer. Foi só quando ele chegou a um passo de mim que vi o cintilar em seus olhos — o brilho de lágrimas que se acumulavam ali.

— Você está igualzinha — falou, a voz rouca. — Alya e eu nunca achamos que íamos voltar a ver você, e...

Ele fechou a boca, como se não tivesse mais palavras.

E caiu de joelhos.

Precisei resistir para não me sobressaltar — achei o gesto meio assustador. Mais ainda quando, por trás dele, Tamyra se aproximou e também apoiou um dos joelhos no chão, fazendo uma mesura.

— Alteza — falou. — É uma honra conhecer você.

Pela Mãe, que bizarro.

Pigarreei.

— Podem... ficar de pé.

Minha voz soou muito mais fraca do que a de Vincent quando ele dava aquele mesmo comando.

Jace e Tamyra se levantaram, e ela chegou mais perto. Com a luz da lamparina banhando seu rosto, eu podia ver como era repleto de cicatrizes — havia um corte feio numa das bochechas e o que pareciam marcas de dentes em sua garganta, mal visíveis sob a gola imunda.

— Achei que você estaria muito ocupada, então não peço muito do seu tempo. — A voz dela era grave e brusca, do tipo impossível de não ser ouvida. — Meu rei, minha rainha, me considero protetora desta cidade. Por quase vinte anos, meus soldados e eu temos prezado pela segurança das pessoas que vivem nestes assentamentos. Tenho certeza de que sabem que, no território da Casa da Noite, essa nem sempre é uma tarefa fácil. — O olhar dela se demorou no meu. — Ouvi rumores de que atuou num papel muito similar ao meu por alguns anos.

No passado, não muito tempo antes, eu teria ficado constrangida ao ouvir minhas atividades noturnas mencionadas de forma tão aberta. Não mais. Eu não sentia vergonha do que havia feito.

— Não há muitos de nós, mas temos o bastante — prosseguiu ela. — Estamos espalhados por várias cidades do território da Casa da Noite. Não temos uma presença onipresente ainda, mas nosso alcance se expande a cada dia. Seguimos nos organizando. Ensinando humanos a protegerem a si mesmos. É fato que o trabalho ficou muito mais fácil nos últimos meses.

E seus olhos pousaram em Raihn, cheios de uma admiração relutante, claramente mais cautelosa em relação a ele do que a mim.

— Viemos agradecer — continuou a mulher — pela priorização da segurança de nossos cidadãos humanos.

Raihn manteve o rosto neutro, mas talvez eu fosse a única capaz de notar o sinal — a forma como o pomo em sua garganta subiu e desceu de leve.

— Eu já fui humano — falou ele. — E parte de mim sempre vai ser. Parecia a coisa justa a fazer.

— Reis anteriores não concordariam.

— Não concordo com muita coisa feita pelos reis anteriores.

Vi a sombra de um sorriso dançar em seus lábios, como se Tamyra tivesse gostado de ouvir aquilo. Ela voltou a se virar para mim.

— Vim fazer uma oferta, rei Raihn, rainha Oraya. De uma humana para outra.

Rainha Oraya. Duas palavras que me deixavam um pouco atordoada.

Não demonstrei.

— Se puderem garantir que vão continuar protegendo a nossa população humana durante seu reinado, me comprometo a oferecer todas as forças que temos para ajudar a manter esse domínio — falou ela.

Minhas sobrancelhas se ergueram antes mesmo que eu pudesse impedir.

— Como falei, não temos muita coisa — continuou. — Algumas centenas de soldados espalhados em cidades próximas o bastante para oferecer tropas a tempo de sua marcha. Provavelmente não são tão fortes quanto os guerreiros vampíricos com quem estão acostumados. Ainda assim, são bem treinados e muito leais, e sabem lutar. Os senhores vão ficar gratos de poder contar conosco.

E ela nos encarou, cheia de expectativa.

Eu podia sentir os olhos de Raihn sobre mim também, como se ele estivesse dizendo: "Vá em frente, princesa. Essa situação é sua".

— Obrigada — falei. — Vamos ficar honrados em ter seus homens à disposição.

Nada de floreios. Nada de performances. Só a verdade.

Estendi a mão.

Tamyra a encarou por um instante, pestanejando de confusão — o que fez eu me dar conta de que, provavelmente, a maior parte das rainhas não saía por aí aceitando pactos de lealdade com apertos de mão.

Mas ela me cumprimentou com força, um sorriso lento se espalhando pelos lábios.

— Então não vou perder tempo — falou ela. — Vou juntar meus soldados e entrar em contato com os outros. Vamos avançar segundo seu comando.

Soltei sua mão, e ela fez outra mesura antes de ir embora. Depois, Jace se aproximou com um saco de tecido.

— Achei que você iria precisar de uma arma — disse ele. — Mas sinto muito... Não consegui salvar esta.

Ele jogou o saco na mesa com um clangor, e meu peito ficou apertado.

A Assoladora de Corações.

Estava estilhaçada. A espada de meu pai havia sido dizimada, reduzida a nada além de fragmentos com um baço brilho vermelho. Até a guarda do punho estava retorcida além de qualquer salvação.

— Juntos, Jace e eu conseguimos fazer armas com um toque de magia — falou Alya, se juntando a nós na mesa. — Talvez a gente pudesse dar um jeito se mais pedaços estivessem intactos. Mas...

Ela não precisou dizer mais nada. Se os cacos na mesa fossem tudo o que restava dela, metade da lâmina havia se perdido.

Peguei um dos fragmentos e o apertei contra a palma da mão. A magia se espalhou pela minha pele, invocando meu sangue — a presença de Vincent parecia próxima, como se o fantasma de meu pai rondasse o cadáver da espada que amava.

Outra parte dele que já não existia mais.

Eu havia desejado tanto ficar com aquela espada, ser capaz de empunhá-la... Quando enfim conseguira, minha sensação fora a de ter conquistado algo que meu pai mantivera sempre longe do meu alcance — mesmo que aquilo só tivesse acontecido depois de sua morte.

Sim, a espada era poderosa. Mas será que aquela era realmente a razão pela qual significava tanto para mim?

Ou era só mais uma forma de procurar a aprovação de um homem morto que não era mais capaz de oferecê-la para mim?

Eu nem sequer gostava de lutar com rapieiras. Nunca gostara.

— A magia nela é forte — falou Alya. — Seria uma pena desperdiçar a peça. Não consigo recriar a espada do zero, mas talvez a gente possa usar alguns pedaços...

— Tem como transformar a espada em outra coisa? — perguntei.

Eles olharam um para o outro.

— Seria desafiador — afirmou Jace. — Mas já fiz coisa mais difícil.

Abri a mão e deixei o caco cair na mesa com um estalido metálico. O fantasma de Vincent retornou para as sombras.

— Tem como fabricar uma dupla de adagas? — questionei, enfim.

Olhei para Raihn, e a expressão dele me pegou de guarda baixa. O vampiro semicerrou os olhos com um sorriso cúmplice e quase imperceptível.

E que Deus o amaldiçoasse... Era quase como se eu pudesse ouvi-lo falando "Essa é a minha garota".

63
ORAYA

Raihn e eu partimos no dia seguinte.

Havíamos dado ordens. Reunido exércitos. Considerado contingências. Parecia ridículo pensar que não tinha muito mais o que fazer em termos de preparação, mas a verdade era que o tempo era mais precioso do que qualquer planejamento de resultados que seríamos incapazes de garantir.

Raihn e eu voamos sozinhos. Definimos pontos de encontro com os outros exércitos, que entrariam em marcha não muito depois da nossa partida. Teríamos uma pequena vantagem — que, estávamos rezando, permitiria que passássemos despercebidos enquanto Simon e Septimus continuassem distraídos pela movimentação das nossas forças. Com sorte, fazer todo mundo se deslocar individualmente significaria uma chance muito menor de sermos interceptados.

Partimos com nossos parcos suprimentos; na cintura, eu levava as espadas novas forjadas por Jace e Alya. Quando as recebera antes de partir, eu havia ficado sem palavras, abraçando as armas por tanto tempo que os dois apenas trocaram um olhar confuso.

— Se não era o que você tinha em mente... — começara Alya.

— Não. Não, são lindas.

Lindas, na verdade, nem chegava aos pés de descrever o par de adagas. Antes, eu achava que as armas que Vincent me dera, feitas à moda dos Nascidos da Noite, eram o epítome da elegância mortífera. Mas aquelas novas... Eu nunca vira nada parecido. As lâminas, uma mistura da maestria vampírica com a humana, se mesclavam numa transição suave aos fragmentos vermelhos que um dia tinham feito parte da Assoladora de Corações. Eu fizera um rascunho das minhas espadas antigas para Jace, e ele chegara àquela recriação inacreditável, moldando as armas conforme minha preferência de estilo e peso — com lâminas levemente curvas e incrivelmente leves.

Quando eu fechava os dedos ao redor do punho, parecia estar voltando para casa. Ainda conseguia sentir o eco da presença de Vincent quando as tocava, mas era só um eco — uma parte, não o todo.

Elas pareciam *minhas*.

Raihn e eu voamos por um bom tempo sem falar muito, de olho nos espiões Rishan que patrulhavam o ar. Era um alívio estarmos nos afastando o quanto antes de Alya, porque tanto Jesmine quanto Vale suspeitavam de que Simon já sabia nossa localização ou descobriria muito em breve, dada a quantidade de recursos que ele e Septimus empregariam para nos encontrar. Várias vezes, havíamos mudado cuidadosamente de rota para evitar os vigilantes nos céus, nos escondendo nas nuvens.

Nosso destino não ficava muito longe. O mapa nas costas da minha mão se movia conosco, mudando em escala e ângulo para mostrar nossa posição relativa ao ponto de chegada. Foi só um dia de viagem, mesmo com todos os desvios.

Quando o nascer do sol começou a se aproximar, paramos no deserto e montamos uma barraca numa área rochosa cheia de pedras e vegetação rasteira que esconderia nossa posição para alguém olhando de cima. Havíamos avançado o máximo possível num dia nublado como aquele — o sol já surgia no horizonte quando entramos na barraca. O abrigo mal era grande o bastante para nós dois, feito com o objetivo de ser temporário e portátil.

Raihn grunhiu quando se jogou no chão irregular e áspero. Não nos demos ao trabalho de levar sacos de dormir — era só uma noite, então poderíamos dormir em qualquer lugar. Era melhor economizar no peso.

— Bom, era *isso* que eu esperava quando virei rei — falou ele.

— Tenho certeza de que, amanhã, vai ter saudades do que tem hoje.

— Provavelmente.

Ele ainda estava sorrindo, mas a piada pareceu um pouco menos espirituosa do que eu planejava.

Me deitei a seu lado, com as mãos dobradas sobre a barriga, encarando o teto de lona. O tecido era tão leve que, embora nos protegesse do sol, ainda era possível enxergar a silhueta do astro através do pano cor de creme, como um olho que tudo via.

Pensei nas centenas de soldados vampíricos dormindo naquele momento em barracas como aquela, fitando o céu, perguntando a si mesmos se morreriam antes do próximo crepúsculo.

— Eles devem estar a caminho — murmurei.

Eles. Os Rishan. Os Hiaj. Os humanos. Simon e Septimus. Todo mundo.
— Hum. Provavelmente.

Raihn rolou de lado. Fiz o mesmo, ficando cara a cara com ele. Estávamos tão próximos que eu podia ver cada centelha de cor em seus olhos, fracamente iluminados pela luz que entrava através da lona. Eram tantos tons díspares — marrom, roxo, azul, vermelho e quase preto. Eu tinha curiosidade de saber como eram quando ele ainda era humano.

Me peguei tentando gravar aqueles olhos na memória. Como moedas que tinha vontade de guardar no bolso.

Na presença de Raihn, eu me sentia mais segura do que em qualquer outro lugar. Ainda assim, às vezes, quando olhava para ele, um medo paralisante me congelava, muito mais afiado do que o temor que sentia por mim mesma.

Naqueles momentos, eu pensava no corpo morto de Raihn jogado nas areias da arena e ficava sem fôlego.

Uma ruga surgiu entre suas sobrancelhas. Ele correu o polegar por minha bochecha, depois pelo canto de minha boca.

— Que cara é essa, princesa?

Eu não sabia o que dizer. "Estou com medo" não comunicava o bastante e, ao mesmo tempo, comunicava demais.

Em vez de responder, me inclinei e pressionei a boca contra a dele.

O beijo foi mais do que imaginei que seria. Mais profundo, mais macio, mais lento. Ele retribuiu o gesto com igual fervor, os lábios se derretendo nos meus, a língua me acarinhando com movimentos gentis. Com facilidade demais, minhas mãos se ergueram até seu rosto, puxando Raihn para mais perto, enquanto as dele desciam por meu corpo. Ele me empurrou de novo até o chão e se posicionou acima de mim, com a naturalidade do oceano quebrando na praia, sem nunca parar de me beijar.

Nunca havíamos feito daquele jeito. Eu queria sentir o vampiro de todos os ângulos antes de morrer.

Corri a ponta dos dedos por seu peito nu, acompanhando as linhas e vales de seus músculos e cicatrizes com algo similar à reverência. Ele já mexia na barra da camisa que eu usava sob as roupas de couro, e dei minha aprovação com um gemido contra seus lábios. O calor entre nós foi aumentando, focado na pequena faixa de pele onde minha barriga tocava a dele. Não era o fogo furioso e descontrolado de nossos encontros anteriores, porém. Era a calidez de uma lareira num lar confortável, aquecido e familiar.

Ainda assim, perigoso. Perigoso justamente por sua segurança.

Me ajeitei sob seu peso, abrindo as coxas ao redor de seu quadril para que a ereção dele estivesse rente ao meu cerne.

Ele se afastou só o suficiente para interromper nosso beijo, o nariz ainda roçando o meu. Estava com o cabelo solto emoldurando o rosto, fazendo cócegas nas minhas bochechas. Seus olhos magníficos procuraram os meus. Pareciam cheios de dor e... de palavras que ecoavam as que eu não conseguia dizer de jeito algum.

— Oraya — murmurou ele.

— Shhh — sussurrei. — A gente não precisa falar.

E o beijei de novo.

E de novo.

Senti Raihn derreter por completo enquanto aquiescia. Seu peso se acomodou sobre mim. Arranquei a blusa ao mesmo tempo que ele baixava a mão para soltar o cordão de minha calça. Nos livramos das peças restantes, nos despindo entre beijos, antes que ele pousasse de novo o corpo sobre o meu. Pele contra pele.

Eu nunca o tivera daquele jeito.

Nunca tivera ninguém daquele jeito, desde a noite em que havia perdido a virgindade e quase saíra sem a vida. Mesmo em fantasias, a ideia de estar tão aprisionada tinha sido inconcebível até então. Ainda assim, eu agora ansiava profundamente pelo que antes achara tão repulsivo — eu queria que ele me envolvesse. Queria sentir seu corpo sobre o meu. Queria o máximo possível da minha pele encostada à dele.

Os beijos, suaves e perscrutadores, nunca pararam. Estendi a mão e alinhei seu membro com minha entrada.

Com uma estocada, ele me preencheu.

Arquejei contra sua boca, capturando seu gemido. Envolvi sua cintura com as pernas, abrindo caminho para que ele chegasse mais longe. A primeira penetração foi lenta e funda, como se ele quisesse se deleitar com o sabor antes de se retirar.

— Oraya — murmurou ele.

— Shhh — sussurrei contra sua boca e o beijei de novo, lânguida, explorando cada ângulo.

E foi naquele ritmo que ele continuou, cada estocada paciente, profunda e minuciosa, como se quisesse gravar tudo na memória — minha pele, meu corpo, a sensação de estar dentro de mim.

Como eu sabia que era aquilo que ele estava fazendo?

Talvez porque fosse o que eu mesma estava fazendo também. Memorizando cada parte dele. Garantindo que todos os movimentos, todas as respirações, todos os sons proferidos por ele marcassem minha alma. Eu queria capturar Raihn como a água da chuva. Queria sorver seu gosto como se fosse sangue. Queria que ele me abrisse e tocasse cada centímetro que eu escondia do mundo. Como era possível haver tanto prazer na vulnerabilidade? Como era possível haver tanto prazer no medo?

Comecei a mover os quadris junto com ele, arrancando cada gota de prazer lento das estocadas, me afogando em como a respiração do vampiro falhava entre nossos beijos a cada movimento, a cada contração de meus músculos.

O fogo baixo estava se avivando, cada vez mais, até formar algo avassalador que consumia nós dois. Mas nunca fora de controle. Nunca aterrorizante.

Meus suspiros se transformaram em gemidos, acompanhados pelos dele, um sorvendo os arquejos do outro. Não o soltei, nem quando nosso ritmo acelerou, nem quando respirar entre os beijos virou algo desajeitado e desesperado.

Eu queria sentir com o corpo inteiro quando ele gozasse, sentir os músculos se tensionando, agarrar seu corpo contra o meu nos momentos finais.

Raihn me penetrou fundo, com força. Pela Deusa, eu queria mais. Precisava de mais. Ao mesmo tempo, não queria que aquele momento acabasse nunca.

Tinha que contar a ele, tudo — pela Mãe, eu nem sabia o quê, só sabia que era algo grandioso e importante que subia pela minha garganta.

Mas eu não conseguia exteriorizar em palavras o que quer que fosse aquele sentimento.

Então soltei apenas o nome dele entre seus lábios. Uma pergunta, uma resposta, uma súplica.

Porque aquele nome eram todas as coisas juntas, não? Raihn. Minha derrocada, meu aliado mais valioso. Minha fraqueza e minha fortaleza. Meu maior inimigo e mais profundo amor.

Tudo aquilo num nome só. Numa pessoa só. Numa alma que eu conhecia como se fosse a minha, tão confusa e cheia de defeitos quanto.

A pressão aumentou e chegou ao ápice, onde nossos corpos se juntavam. Eu queria sentir o vampiro em todos os lugares. Dar tudo para ele.

— Raihn — gemi de novo, sem sequer saber o que estava pedindo.

— Eu sei, princesa — sussurrou ele. — Eu sei.

E no instante em que notei que estávamos ambos disparando em direção ao precipício, ele interrompeu nosso beijo e se afastou.

Soltei um protesto baixo, começando a me reaproximar, precisando sentir o gosto dele naquele momento do clímax.

— Me deixe ver você gozar — murmurou Raihn com a voz rouca. — Por favor. Uma última vez.

E, pela Mãe, a forma como ele disse aquilo... Como se fosse a última coisa que queria da vida antes de partir.

Era algo que eu não poderia negar nem se quisesse, porque ele estendeu a mão e separou mais minhas coxas, abrindo espaço para uma última estocada que alcançou as regiões mais profundas do meu ser.

Arqueei as costas, me puxando contra o peito dele. Não era minha intenção gritar, mas o som escapou mesmo assim, incontrolável. Enterrei as unhas em seu ombro, abraçando seu torso na onda de prazer — agarrando Raihn para sentir os músculos se tensionando também enquanto ele me penetrava até o fim.

Mesmo quando nos perdemos, não fechamos os olhos. Ficamos encarando um ao outro, fixamente, de forma nua e exposta durante os momentos mais vulneráveis do nosso prazer.

Ele era lindo. Lábios entreabertos, olhos afiados, o foco centrado só em mim. Cada ângulo de seu rosto, cada cicatriz, cada defeito.

Perfeito.

A onda se quebrou, e, com ela, a tensão dos nossos músculos. Raihn saiu de cima de mim, e me acomodei na dobra de seu braço, acalentada pela cadência de sua respiração.

Não falamos. Não havia o que dizer. Beijei a cicatriz em seu cenho, e o V de cabeça para baixo em sua bochecha, e, enfim, seus lábios. Depois me acomodei de novo no seu abraço, dando as boas-vindas a nosso oblívio final.

64
RAIHN

Oraya e eu ficamos deitados por muito tempo, de olhos fechados, mas não dormimos. Me perguntei se ela tinha noção de que eu sempre sabia quando ela estava acordada — sabia quando estava acordada a um cômodo de distância e certamente sabia ali, com seu corpo nu contra o meu e meus braços ao redor dela, sentindo o ritmo de sua respiração contra meu peito.

Alguns talvez achassem um desperdício só ficar ali deitado daquele jeito, a poucas horas da nossa morte em potencial. Porra, antes de encarar a morte com Oraya da última vez, eu tinha desejado passar cada momento desperto do dia dentro dela, cumprindo tópicos de uma lista de prazeres.

Mas aquilo... aquilo era diferente.

Eu não precisava mais arrancar gemidos carnais de Oraya. Queria todo o resto. A forma como ela respirava. Seu cheiro. A exata disposição de seus cílios escuros contra as bochechas.

A sensação de estar deitado bem ao lado dela.

Talvez por isso, apesar de tudo o que teríamos que encarar quando a noite caísse, fiquei grato por não ter adormecido — nem quando Oraya enfim mergulhou num descanso leve e calmo.

Em vez disso, fiquei olhando para ela.

Perto do fim do Kejari, duzentos anos antes, eu tinha me deitado ao lado de Nessanyn num dia insone muito similar àquele. Horas depois, Vincent venceria o desafio final, mataria Neculai e faria o caos se abater sobre minha vida e a Casa da Noite. Horas antes de eu pedir para Nessanyn fugir comigo e ela negar.

Naquele dia, eu ficara olhando a mulher dormir e tivera certeza de que a amava. O fato de que eu a amava era, na verdade, a *única* coisa da qual tinha certeza.

Eu estava desesperado por ter algo para amar. Algo com que me preocupar ainda que não ligasse para mim mesmo.

Mas pouco daquilo tinha a ver com ela. Nunca era assustador amar Nessanyn. Era um mecanismo de sobrevivência.

Amar Oraya, por sua vez, era aterrorizante.

Exigia que eu visse coisas que não queria. Que encarasse sentimentos que desejava evitar. Que deixasse outra alma testemunhar partes de mim cuja existência eu nem sequer tinha coragem de reconhecer.

Agora, me sentia um tolo por nunca ter pensado naquilo daquela forma, com aquela palavra.

Claro que era amor.

O que mais seria, se eu o sentia por alguém que já vira tanto de mim? Se eu enxergava beleza nas partes que Oraya odiava de si mesma?

Quase desejei não ter me dado conta daquilo, porque fazia o que nos esperava ser ainda mais devastador. Era mais fácil não ter nada a perder.

Eu tinha nos enfiado naquela bagunça. Se precisasse morrer para pôr um ponto-final na situação, que fosse. Mas Oraya morrendo por causa dos meus erros...

Aquilo sim seria uma tragédia. Uma da qual o mundo jamais se recuperaria.

Eu, soube naquele instante, jamais me recuperaria.

Naquele momento, porém, Oraya estava em segurança. Tínhamos algumas horas preciosas antes que tudo mudasse, para o bem ou para o mal. Eu não desperdiçaria nem um segundo sequer dormindo.

Passei o tempo contando as sardas em suas bochechas, memorizando o padrão de suas respirações, vendo seus cílios tremularem.

E quando o sol se pôs, Oraya se remexeu e pestanejou, ainda grogue, com aqueles seus olhos brilhantes feito a lua. Perguntou:

— Dormiu bem?

Apenas beijei sua testa e respondi:

— Perfeitamente bem.

E, naquele momento, eu não tinha arrependimento algum.

65
ORAYA

As pessoas não falam muito sobre como os dias que fazem história, os que mudam o curso de civilizações inteiras, começam de forma completamente mundana. Raihn e eu nos levantamos e vestimos os trajes de couro como se fosse uma noite qualquer. Engolimos um pouco de comida, embora meu estômago estivesse tão embrulhado que era difícil manter algo dentro dele. Conferimos rapidamente as armas. Desmontamos a barraca.

Tudo rotineiro, banal e mecânico. Não perdemos tempo. O céu ainda estava manchado de roxo com os resquícios do ocaso. Quando ficasse rosado ao nascer do sol, tudo estaria diferente.

Raihn e eu não conversamos. Depois do dia anterior, não havia o que dizer — ou falei a mim mesma que não havia, quando na realidade não sabia fazer aquilo.

O mapa nas costas da minha mão estava mais próximo agora, com a escala mudando e a quantidade de detalhes ficando maior conforme nos aproximávamos de nosso destino. Estávamos a um voo curto da estrela que agora marcava o meio da minha mão, no centro de uma pequena ilustração de rochas e montanhas que mudava de ângulo quando eu a mexia.

Deixamos a barraca para trás. Independentemente do que acontecesse, não precisaríamos mais dela quando chegasse a aurora.

Decolamos, e os resquícios de nosso acampamento desapareceram às nossas costas. Era uma noite consideravelmente clara; o céu estava cintilante com sua escuridão aveludada salpicada de estrelas cor de prata. Algumas nuvens pairavam a oeste, encobrindo o horizonte distante de Sivrinaj.

Voamos por várias horas, com os desertos lá embaixo se transformando gradualmente em encostas rochosas. A silhueta distante de Sivrinaj foi ficando maior, embora ainda fosse possível ver apenas borrões de luz através dos agrupamentos de nuvens. Eu odiava como aquelas nuvens obscureciam nossa visibilidade.

— Veja — murmurou Raihn, mergulhando para chegar mais perto de mim conforme nos aproximávamos do destino.

Ele apontava para o norte, onde parte das nuvens se abria.

O sorriso surgiu em meus lábios antes que eu pudesse impedir — um sorriso grande e idiota.

Pois, no céu, havia uma visão inconfundível — uma mancha distante de asas, tanto sem penas quanto emplumadas, encobrindo as estrelas. Estavam muito, muito longe; quando semicerrei os olhos, porém, consegui discernir quem vinha na dianteira: Jesmine, Vale e Ketura, esta última com Mische nos braços.

E, lá embaixo, a oeste, surgia outro augúrio bem-vindo: uma onda de tropas assomando na crista das colinas, a pé, com roupas desconjuntadas, armaduras feitas no improviso e armas reaproveitadas. Todos, porém, marchavam de cabeça erguida.

Humanos.

Tínhamos um belo exército. Improvável e desconexo, mas um exército ainda assim.

Soltei um suspiro de alívio, quase um soluço abafado. Eu não tinha me permitido pensar muito sobre todas as possibilidades infinitas daquela noite. Ainda assim, o medo permanecera no fundo da minha mente — o medo de que Simon tivesse destruído o resto de nossas forças antes mesmo que elas tivessem tido a chance de chegar até nós.

A esperança que me tomou diante daquela visão fez a noite escura ficar um pouco mais brilhante.

Demos um aceno que eles provavelmente estavam longe demais para ver, depois descemos e aterrissamos entre os sopés das colinas.

Lá de cima, a área parecia apenas um deserto rochoso, escondido nas sombras e banhado por manchas de luar aqui e ali. Do chão, porém, a escala era de tirar o fôlego. Rochas irregulares assomavam sobre nós. O que do alto parecia não passar de texturas no terreno se revelou pedaços de antigas construções — vigas de pedra e colunas quebradas irrompendo da areia, vislumbres havia muito enterrados de alguma versão daquela sociedade que caíra muito, muito tempo antes, consumida pelo tempo.

Minha pele queimava onde o colar, o anel e a pulseira a tocavam, e o triângulo de pele que mostrava o mapa formigava. Uma pontada súbita de dor me fez chiar quando aterrissamos.

Raihn me fitou com um olhar preocupado e questionador, mas balancei a cabeça.

— Tudo certo — respondi.

Aninhei a mão junto à barriga e semicerrei os olhos para ver o mapa. Estávamos tão perto agora que as linhas se reorientavam a cada passo.

Olhando para o mapa de vez em quando, avancei ágil por entre as rochas, seguindo num caminho serpenteante por entre as ruínas. Fui ficando mais impaciente conforme o alvo se aproximava, tropeçando a ponto de quase cair ao tentar andar pelos escombros irregulares.

Parei sob um arco de pedra meio enterrado. Cambaleei, mas consegui me reequilibrar antes de cair de joelhos.

— Opa. — Raihn me segurou pelo braço. — Calma. O que foi isso?

Pela Mãe, minha mão doía. Minha cabeça girava. O chão parecia estar se inclinando quase literalmente, a ponto de eu querer me virar para Raihn e perguntar: "Sério? Não está sentindo isso?".

Olhei de novo para a minha mão.

As pedras escuras do anel e da pulseira agora brilhavam — emitiam uma luz sobrenaturalmente preta, com fiapos de sombra que cintilavam e se transformavam em anéis de luar. Mas fosse lá o que eu estivesse sentindo vinha de um lugar mais profundo do que as joias sobre a pele. Era como se meu próprio sangue estivesse sendo atraído por...

Por...

Raihn exclamou meu nome quando me afastei para seguir cambaleante pela trilha.

Eu mantinha os olhos focados num único ponto adiante.

A porta estava camuflada bem demais nos arredores, parcialmente enterrada na areia, escondida nas sombras de colunas tombadas e pedras quebradas. Em qualquer outra circunstância, eu provavelmente teria passado reto por ela, sem nem me dar conta de sua existência logo abaixo de meus pés.

Mas, agora, todo o meu ser me puxava na direção daquele ponto, embora cada passo doesse — era como se um poder invisível estivesse me destroçando para obter o que havia sob minha pele, fosse o que fosse.

— É aqui — falei.

Raihn parou ao meu lado. Não fez perguntas. Tocou a pedra, depois puxou a mão para longe.

— Pelas tetas da porra da Ix — chiou, aninhando o braço junto ao peito.

Bolhas de queimadura agora marcavam a ponta de seus dedos.

Desembainhei uma das armas e abri um corte superficial na palma da minha mão, que depois estendi na direção da porta.

— Espere... — começou ele, mas não hesitei.

Arquejei quando minha pele tocou a pedra. Por um instante, quase me desconectei do mundo.

Eu sou o rei dos Nascidos da Noite, em posse de uma coisa que nenhum ser vivo deveria possuir. Achava que ter algo assim faria eu me sentir poderoso, mas, em vez disso, me sinto menor do que nunca.

Ao meu lado, ela se inclina para perto. Está com os olhos brancos e leitosos, com a magia de sua deusa correndo pelas veias. Parece ser de outro mundo quando faz isso — é belo, de uma forma que me assombra.

Ela toca na porta...

Puxei a mão para longe.

Quando abri os olhos, a pedra tinha sumido. Em seu lugar, havia um túnel de escuridão. Calafrios percorreram minha pele, já reagindo à magia do que quer que houvesse lá dentro.

— Cada fragmento do meu ser está berrando para não deixar você entrar aí — falou Raihn.

Mas cada fragmento do meu me incitava a ir adiante.

— É aqui — falei.

Eu duvidava da existência do sangue divino do qual Septimus tanto falava. E talvez a coisa que meus pais tivessem escondido naquela caverna não fosse bem aquilo, mas era difícil acreditar que não seria algo tocado por deuses. Ninguém que sentisse tal poder conseguiria negar.

Não era desse mundo.

Raihn estendeu a mão na direção da porta, mas a empurrei para o lado com um tapa.

— Não seja idiota, porra — disparei. — Você não pode entrar aí.

Ele fez uma careta, olhando de soslaio para a ponta queimada dos dedos, reconhecendo a verdade mesmo que não gostasse nada dela.

— Mas e agora? Você vai descer sozinha?

— A gente sempre soube que essa seria uma possibilidade.

Encarei o abismo. Um medo lento e gélido começou a apertar meu coração.

O medo é só uma série de respostas fisiológicas.

Mesmo a escuridão à minha frente sendo assustadora de uma forma que parecia muito maior do que alguns dentes afiados.

Por um instante, fiquei pasma ao pensar que dentes tinham sido meu maior problema um ano antes.

Raihn estava prestes a discutir comigo. Àquela altura, eu sabia reconhecer os sinais. Assim que ele abriu a boca, porém, voltou os olhos para o céu.

— Fodeu — murmurou.

Algo em sua expressão me antecipou exatamente o que eu enxergaria quando me virasse. Ainda assim, quando o fiz, assimilar a onda de guerreiros Rishan e Nascidos do Sangue — que emergiam das nuvens e do terreno numa maré que parecia sem fim — me fez parar de respirar.

Havia *muitos* deles.

O exército que eu tinha ficado tão aliviada em ver agora parecia pateticamente pequeno. Estávamos arrasados, lutando com os fragmentos leais de forças reunidas de forma improvisada a fim de formar algo que precisava — pela Deusa, precisava *por tudo o que era mais sagrado* — ser suficiente.

Eu tinha que acreditar que seria.

Girei para encarar Raihn. Ele estava com o maxilar cerrado, a testa franzida, as sombras fazendo com que seus olhos parecessem mais avermelhados do que nunca. Eu sabia o que ele diria antes mesmo que tivesse aberto a boca.

— Você precisa ir — falou o vampiro. — Eu e os outros seguramos as pontas por aqui.

Agora eu compreendia como ele devia ter se sentido ao ouvir que eu entraria naquele túnel sozinha, porque cada parte do meu ser berrava em protesto à sentença dele. O impulso de o deter, de implorar para que não batesse de frente com o homem que quase o matara, chegou muito perto de me sobrepujar.

Mas me contive.

Raihn não poderia vir junto comigo para onde eu estava indo, e sabia que ele queria me impedir de segui-lo com a mesma intensidade.

Nenhum de nós cedeu.

Eu não tinha escolha a não ser entrar por aquela porta — e precisava fazer aquilo sozinha. Raihn não tinha escolha a não ser guiar os guerreiros que confiavam nele na direção da sombra da morte — e precisava se colocar no papel da única pessoa que *talvez* pudesse deter Simon por tempo o bastante para que eu conseguisse aquela arma.

Nenhum de nós havia escolhido seu papel naquela situação — mas era algo que fazia parte de nós de uma forma ou de outra, cauterizado em nossas almas tão claramente quanto as Marcas em nossa pele.

Era difícil descrever o som de milhares de asas. Um farfalhar agourento e cada vez mais alto, como trovões retumbando uns sobre os outros. Eu era criança da última vez em que ouvira algo assim, espiando pela janela a fim de ver as asas obscurecendo a lua.

Eu havia perdido tudo naquele dia.

Eles estavam se aproximando depressa. Quando voltei a falar, precisei forçar minha voz acima da barulheira.

— Acabe com aqueles putos — falei. — Ouviu? Não ouse deixar eles vencerem.

O canto da boca do vampiro se curvou de leve.

— Não planejo deixar.

Comecei a me virar, porque a pressão em meu peito era grande demais; as palavras que eu não podia falar eram muito pesadas. Mas ele me agarrou pelo pulso e me puxou, me envolvendo num abraço rápido e intenso.

— Eu te amo — falou Raihn num único arquejo urgente. — Eu só... só precisava que você soubesse disso. Eu te amo, Oraya.

E me beijou — um beijo áspero e desajeitado — e partiu antes mesmo que eu tivesse a chance de responder qualquer coisa.

Raihn me deixou ali, trêmula, tendo que lidar com aquelas três palavras.

Eu te amo.

Elas pairaram no ar por tempo demais. Eu não sabia se era por causa delas ou da magia que me sentia tão atordoada, cambaleante, com o peito apertado e os olhos ardendo.

Vi o vulto de Raihn decolar, voando na direção da muralha de escuridão. Um único pontinho contra uma onda.

De repente, me senti absurdamente pequena. Como a humana que Vincent sempre me dissera que eu era, impotente e fraca, num mundo que sempre me odiaria. Como eu havia chegado até ali, à frente do legado de meu pai, lutando para governar o reino no qual ele me dizia que eu nem sequer poderia existir?

Me virei e encarei a porta.

A escuridão era sobrenatural, avassaladora.

Você não quer ver o que tem lá dentro, sussurrou Vincent no meu ouvido. Ele soava estranhamente triste. Envergonhado.

Não, pensei. *Você não quer que eu veja o que tem lá dentro.*

Por quase vinte anos, eu vira apenas o que Vincent queria que eu visse. Tinha me tornado quem ele queria que eu fosse. Havia me forjado nas mãos dele, nos limites do molde dentro do qual ele me despejara, nunca além.

Até então, tinha sido confortável.

Naquele momento, porém, coisas demais dependiam de mim para que eu me negasse a avançar além dessas contenções.

Adentrei a escuridão.

66
RAIHN

Era de pensar que, depois de quase trezentos anos como vampiro, eu tivesse deixado de me sentir humano. Era de pensar que, depois de duzentos anos de liberdade, eu tivesse deixado de acreditar nas coisas que Neculai havia me dito.

A divisão era claríssima: nós contra eles. Nós, Transformados, sempre carregaríamos marcas da nossa fraqueza humana, das nossas falhas humanas. Eu passara tempo demais tentando limar todas as evidências de tal fraqueza. Estava mais forte fisicamente do que jamais estivera. Mais forte, talvez, até mesmo do que Neculai tinha sido.

Mas quando voei na direção do céu noturno — um céu que não era nada natural, tingido pelo preto ímpio das asas dos guerreiros Rishan —, eu estava aterrorizado pra caralho.

Quando jovem, costumava acreditar que a coragem era a ausência do medo. Não. Desde então, eu aprendera que ausência de medo era só idiotice.

Me permiti sentir aquilo por trinta segundos enquanto meus olhos assimilavam a onda de guerreiros que continuavam surgindo, sem parar, e depois forcei a sensação goela abaixo.

Virei à direita, disparando na direção de Vale. O exército havia se dividido, com as tropas de Ketura mergulhando até o chão numa onda de penas farfalhantes, como chuva caindo sobre o deserto, para se juntar aos soldados humanos e encarar em terra os Nascidos do Sangue.

Estavam todos se movendo rápido. Rápido demais. Em minutos, aquelas forças irrefreáveis colidiriam.

Eu não estava muito acostumado com Vale parecendo aliviado ao me ver.

— Alteza — falou ele, erguendo a voz acima do vento e do estrondo constante das asas.

— Não deixe que eles cheguem além das ruínas — comandei.

Ele olhou para as rochas lá embaixo. Percebi o vampiro juntando as peças — concluindo o que devia estar ali.

— Entendido. — Ele me olhou de soslaio, mas a pergunta em sua expressão era óbvia. — Vocês...?

— Oraya está procurando.

A resposta fez isso parecer mundano. Não era como se eu a tivesse deixado para vagar sozinha por um fosso mágico agourento.

Voei para mais perto, tão perto quanto possível sem trombarmos.

— Não permita que avancem além dali, Vale. Haja o que houver. Entendeu?

A compreensão transpareceu em seu rosto. Ele sabia que o toque frenético em minha voz não tinha a ver apenas com o artefato, por mais poderoso que ele fosse.

— Não vamos permitir — disse Vale, a voz firme. — Juro.

Ergui a cabeça para ver o massacre que se aproximava, os guerreiros disparando em nossa direção na forma de uma muralha firme e implacável. Vale sacou a espada, a expressão imóvel feito pedra e o maxilar cerrado com firmeza.

— Desembainhem suas armas! — berrou, a voz ribombando pelo ar, o eco se espalhando pelos exércitos enquanto os capitães passavam a ordem adiante.

As tropas de Simon agora estavam tão perto que dava para ver o rosto dos soldados.

E, mais nítido do que o de qualquer outro, estava o do próprio Simon — manchado de sangue, impregnado de ódio. Ele praticamente fedia a poderes sobrenaturais; uma fumaça etérea e avermelhada envolvia suas asas, e o brilho em seu peito cintilava como carvões incandescentes na noite.

Bastou um olhar para eu saber que ele aniquilaria qualquer pobre idiota que se jogasse em cima dele. Talvez o poder de um Sucessor fosse capaz de detê-lo. *Talvez.*

— Fique longe dele — falei para Vale. — Simon é meu.

Não era uma questão de altruísmo — eu estava era sedento por uma revanche.

Desembainhei a espada.

67
ORAYA

Eu não conseguia enxergar porcaria nenhuma. Amaldiçoei meus olhos humanos enquanto descia pela escuridão — tão absoluta que, depois de apenas alguns passos, começou a engolir também os resquícios distantes de luar que entravam pela porta aberta. Eu tateava para avançar, adentrando ainda mais as sombras pesadas e sustentando um orbe de Fogo da Noite que nem sequer fazia cócegas no breu.

O que eu estava procurando?

Um cofre? Um baú? Onde Vincent teria escondido algo tão poderoso? Será que teria transformado numa arma? Eu devia estar apalpando aquelas paredes à procura do quê? Outra espada mágica pronta para ser empunhada? Ou...?

Quando dei o passo seguinte, não encontrei o solo onde esperava que ele estivesse.

Minhas costas bateram com força no chão, e comecei a escorregar por uma escadaria. Tentei agarrar as paredes que passavam voando por mim, com o Fogo da Noite crepitando ao redor.

Com um baque desajeitado, aterrissei lá embaixo.

— Caralho... — chiei.

Meu cóccix doía. Eu havia perdido a conta de em quantos degraus havia batido pelo caminho.

Mas, felizmente, nada parecia quebrado. Teria sido ridiculamente patético se, depois de tudo pelo que passei, fosse justamente a porcaria de uma escadaria a me deter.

Me levantei, fazendo uma careta quando os músculos doloridos reclamaram. Conjurei Fogo da Noite na palma da mão de novo, estendendo o braço à frente.

A teimosia sobrenatural da escuridão aparentemente havia cedido, porque agora a luz fria se expandia breu adentro.

Soltei um suspiro trêmulo quando vi o que havia diante de mim.

Eu estava num cômodo circular feito totalmente de pedra, bem debaixo de uma passagem em arco. No centro do espaço, uma imensa coluna se erguia do chão ao teto. Era cercada por dois murinhos circulares concêntricos, da altura da minha cintura. A pedra era preta e polida, claramente trabalhada por alguém com perícia. Havia lamparinas nas paredes, seis ao longo do perímetro do círculo.

Cada centímetro do lugar — as paredes, as barreiras, o próprio obelisco — estava coberto de entalhes. Eu nunca vira nada parecido. Não aparentavam ser propriamente uma linguagem — os símbolos não estavam dispostos em conjuntos lineares e organizados de escrita. Quase todos formavam círculos, embora alguns flutuassem sozinhos ou estivessem espremidos entre outros conjuntos de entalhes.

Glifos, talvez? Sigilos?

Manipuladores de magia de Nyaxia os usavam muito pouco como apoio às invocações, mas eu já ouvira falar que aquela era uma prática comum a alguns feiticeiros devotos de deuses do Panteão Branco. Vistas mais de perto, algumas das marcas me lembravam os símbolos que eu vira nas anotações de minha mãe.

Com um passo ágil, desci o último degrau — não sem uma leve careta, meio esperando que o chão cedesse sob meus pés ou irrompesse em chamas. Nada disso aconteceu, então soltei um suspiro de alívio e dei a volta na sala, acendendo cada lamparina com Fogo da Noite.

Tinha algo de errado naquele local. Minha pele parecia formigar, e o ar era denso demais, como se a própria atmosfera estivesse pesada de tanta magia. Era uma sensação desagradável. Me lembrava de como eu havia me sentido ao segurar a Assoladora de Corações pela primeira vez — só que muito, muito mais forte.

A magia naquela sala, eu sabia, não era para meu uso. Meu sangue era próximo o bastante para permitir a entrada, mas o poder parecia desconfiar de mim. Só a Deusa sabia que tipo de morte horrível eu encontraria caso ela decidisse me expulsar dali, como se eu fosse um vírus nada bem-vindo.

Com as lamparinas acesas, o cômodo não parecia menos etéreo. Na melhor das hipóteses, a tremulante luz azul só fazia o lugar ficar ainda mais perturbador. Dei outra volta no espaço circular, com a ponta dos dedos tocando a meia-parede à frente — tateando à procura de algo, qualquer coisa, que pudesse me guiar.

Meu olhar recaiu no centro da sala. Na coluna. Ela parecia importante. *Dava a sensação* de ser importante também, como se estivesse me chamando.

Tentei pular por cima do primeiro muro, mas imediatamente me vi esparramada no chão como se tivesse acabado de me jogar contra uma barreira invisível.

Pela Deusa...

Meus ouvidos zuniam — não sei se pelo impacto ou por causa da magia, que de repente se afigurava densa de uma maneira avassaladora.

Fiquei de pé. Meus joelhos tremiam de leve. Não parecia ter a ver com a queda.

Certo. Nada de passar por cima dos murinhos.

Comecei a ranger os dentes conforme minha impaciência crescia. Estava sobrenaturalmente silencioso ali. Eu não conseguia ouvir nem sequer um leve eco do mundo lá em cima — mas sabia que, àquela altura, os exércitos de Simon e Septimus deviam estar se abatendo sobre os nossos.

Raihn provavelmente travava uma batalha com o homem que havia chegado perto pra caralho de o matar.

Eu não tinha tempo para aquilo.

Pense, porra.

Pousei as mãos na parede divisória, forçando tanto que os entalhes começaram a marcar minha pele. Fechei os olhos. Me permiti assimilar as sensações que vinha tentando evitar — a magia que penetrava todas as minhas mais vergonhosas vulnerabilidades.

Magia forte como aquela exigia uma oferenda de quem a usava, e Vincent tinha tentado proteger aquele lugar de qualquer outra alma além dele. Todas as coisas de meu pai que eu tinha usado — o espelho, o pingente, até mesmo a porta — haviam pedido algo em troca.

A coisa que sempre fora minha maior fraqueza.

Desembainhei a espada e cortei um talho largo na palma da mão, fazendo fluir um rio fresco de carmim pela pele pálida e frágil.

Depois, pressionei a mão na pedra.

Vermelho serpenteou por entre os entalhes na superfície lisa da rocha, inundando os sigilos. Arquejei ao vê-los sorvendo o líquido com avidez, como um vampiro com sede de sangue.

E o arquejo virou um grito abafado quando a magia se avolumou de súbito, me carregando para longe.

68
RAIHN

Simon estava encarando as ruínas.

Era como se ele soubesse. Como? Talvez ter pedaços do cadáver de um deus fundido à pele desse à pessoa algum tipo inexplicável de consciência sobre a presença de outra magia terrível. Talvez o que Simon transformara em parte de si agora o invocasse sem palavras.

Eu não saberia explicar, nem tentaria. Mas quando cheguei perto o bastante para notar a forma como ele virava de leve a cabeça, o brilho voraz de interesse em seus olhos... todo o resto sumiu.

Foi como no casamento, quando eu vira Simon falando com Oraya e de repente nenhuma outra coisa no mundo importava. Meu único propósito virou me colocar entre ele e aquela porta.

Mergulhei, e não diminuí a velocidade enquanto nos aproximávamos como estrelas colidindo no céu noturno.

Minha espada estava desembainhada, e minha magia, completamente incontida, pronta para dar tudo de si. E quando Simon se virou na minha direção no momento final, erguendo a espada para encontrar a minha e avultando sua magia, nossas forças eram quase equivalentes.

A explosão de poder — luz e escuridão, vermelho e preto, estrelas e noite — nos obliterou.

Meus ouvidos entupiram. Todos os sons do mundo ficaram abafados e distantes, como se eu estivesse embaixo d'água. Meus olhos, escancarados ao longo de todo o processo, se rebelaram contra a intensidade dos estímulos, transformando o mundo numa série de silhuetas manchadas quando a magia retrocedeu.

Nos engalfinhamos no ar, o curso do voo agora desviado pela força assombrosa que havíamos acabado de libertar. Ao fundo, vários guerreiros despencavam ao chão, desfalecidos e com as asas quebradas, azarados por terem sido pegos pelos efeitos do impacto direto de nossos golpes.

Eu não tinha tempo para contar quantos eram meus e quantos eram dele.

Não tinha tempo para pensar em nada além de Simon.

Quando ele sorriu para mim por trás da carnificina de aço e magia, parecia Neculai. A versão que eu tinha visto no desafio da Meia-Lua, na escuridão antes do início da batalha. A mesma que ainda via em meus pesadelos, mesmo tantos anos depois.

Nunca mais.

Passei a me mover por instinto, rechaçando cada golpe, acompanhando cada esquiva, me deleitando de prazer a cada vez que minha lâmina encontrava sua pele. Eu aprendera a me comunicar usando minhas estratégias de luta ao longo dos anos, fazendo de cada embate uma performance. Naquela noite, não.

Naquela noite, eu estava lutando para matar.

Torci o corpo quando Simon se desviou de um dos meus botes, usando o próprio revide para perfurar suas asas.

Não era a primeira vez que eu o acertava — mas era a primeira que o surpreendia.

Ele deu uma guinada, e sorri ao ver como o vampiro pestanejou de choque, como se não acreditasse de verdade que fora atingido antes de começar a despencar de lado no ar.

Não desperdicei o momento.

Meu próximo golpe o pegou na lateral do corpo, exposto enquanto ele se esforçava para se endireitar, o braço erguido revelando o ponto mais fraco de sua armadura — bem abaixo da axila.

A sensação da lâmina penetrando sua carne foi a coisa mais satisfatória da noite — a segunda, talvez, perdendo apenas para o grunhido de dor que ele soltou em seguida.

Mesmo com o que veio a seguir, valeu toda a pena.

O vampiro me agarrou e arrancou a espada de minha mão, espirrando sangue no meu rosto, e me segurou pela nuca da armadura com um aperto férreo. O mundo rodopiava ao nosso redor, e o céu atrás dele era um borrão de corpos e estrelas desfocadas e distantes.

Simon me puxou para perto, tão próximo que gotas de cuspe atingiram meu rosto.

— Este reino nunca foi feito para pessoas como você — grunhiu ele. — Quem pensa que é? Acha que pode ser como ele? *Você?*

Foi impressionante pra caralho como tudo se encaixou com um perfeito estalo de clareza.

Meu pior medo por muito tempo: Neculai me olhando nos olhos e dizendo que minha coroa me fadava a virar alguém como ele, ou que eu a perderia porque era incapaz de ser assim.

Simon estava certo. Ele era tudo o que um sucessor de Neculai deveria ser.

E seria exatamente aquilo que o destruiria.

Sorri para ele. Me inclinei, segurando seu ombro e forçando a boca em seu ouvido. O homem até *cheirava* como Neculai, aquela mistura enjoativa de sangue e rosas murchas que me perseguia nas minhas noites mais sombrias.

— Você está certo — falei. — Sou só um Transformado escravizado. É tudo que sempre serei.

E no instante em que Simon virou o rosto para mim, confuso, enfiei a mão na abertura da armadura, agarrei a borda retorcida e irregular do metal forjado em sua pele e puxei.

O vampiro soltou um rugido de dor.

O mundo ficou branco.

Tudo desapareceu por alguns segundos horríveis. Perdi os sentidos.

Quando os recuperei, Simon e eu despencávamos em direção ao chão.

69
ORAYA

Assim que meu sangue tocou a pedra, eu não estava mais ali. Não era mais Oraya. Estava em algum ponto muito no passado, absorvida pela alma de outra pessoa.

Reconheci quem era imediatamente, assim como na noite em que arrancara o pingente das asas do pai dele. Eu o reconheceria em qualquer lugar, mesmo de dentro de suas próprias memórias.

Vincent.

Olho para ela, que observa este lugar. Parece estar muito admirada, embora o espaço seja pouco mais que uma caverna. Ela sempre foi boa vendo o potencial das coisas. Talvez tenha sido isso o que me atraiu tantos anos atrás. Talvez ela me lembre de que eu costumava ser um sonhador também.

Ainda assim, não posso negar que até eu sinto um pouco de assombro. Chegar aqui exigiu de nós tanto tempo, tantas noites e dias insones... Ela pegou os artefatos brutos que descobri havia muito e os transformou em algo incrível. Agora, aqui, este lugar serve como um monumento físico a tudo que conquistamos juntos.

A primeira camada de nossa tranca já foi construída, a pedra lisa e polida sob minhas palmas. As bochechas dela estão sujas de fuligem escura devido às horas que passou dedicada aos entalhes, entrelaçando círculos perfeitos de feitiços.

— Você precisa dar algo de si mesmo — diz ela para mim.

Acaricia a pedra como um amante. Vejo seus dedos delicados se moverem de um lado para outro, de um lado para outro pelo ônix liso.

— *Sangue* — *falo, a voz suave.*

— *Vai exigir mais do que sangue. Assim como isso exigiu.* — *Ela aponta com a cabeça para meu quadril, para a espada pendurada ali.* — *Para ela, você deu um pedaço da sua alma, e este lugar vai proteger uma arma muito mais poderosa.*

— *Alma, então.* — *Faço questão de soar entediado, em parte porque sei que é algo que vai fazer a expressão dela se abrir numa careta.*

E é o que acontece; ela torce o nariz arrebitado, formando sulcos nas marcas pretas de fuligem.

— *Zombe o quanto você quiser, meu rei. Só pense em algo poderoso quando derramar seu sangue aqui. Quanto mais forte for a emoção, melhor. Não dá para escolher o que esta magia vai tirar de você, mas pode oferecer opções fortes para que ela consiga selecionar.* — *Seus grandes olhos escuros se voltam para mim, e ela abre um sorriso sarcástico.* — *Pense, não sei, no seu desejo voraz por poder e afins. Talvez no último inimigo que matou. Esse tipo de coisa.*

Bufo.

— *É isso que você acha que sou?*

O esgar dela se transforma num sorriso. Vejo ele brotar em seus lábios, e a distração me frustra.

— *Não é isso o que você quer ser? Não é a razão pela qual está fazendo essas coisas?*

Ela está certa. Mesmo assim, a conclusão é ainda mais irritante do que aquele sorrisinho sarcástico. Pego sua adaga e corro a ponta pela mão, depois pressiono a palma contra a pedra, deixando meu sangue se acumular nos entalhes que ela passou tanto tempo fazendo.

Tento pensar em poder e grandiosidade. Tento pensar na sensação da minha lâmina perfurando o coração de Neculai Vasarus. Tento pensar no peso de sua coroa sobre minha cabeça pela primeira vez. Tento pensar no corpo morto do pai que eu odiava, e minha satisfação quando cuspi em seu túmulo. Algo poderoso, disse ela. Esses são meus momentos mais poderosos.

Mas não consigo desviar o olhar de sua boca, ou das partículas de poeira em seu nariz, ou da pequena cicatriz em uma de suas sobrancelhas.

— *Venha aqui* — *falo, antes que possa me deter.*

Ninguém me desobedece quando dou uma ordem. Nem mesmo ela. O sorriso some. Uma breve incerteza cintila em seus olhos.

Ela se aproxima.

Seu cheiro é maravilhosamente humano. Doce, salgado, complexo. Flores, terra, canela. Ela tomba a cabeça de lado.

— Pois não? — murmura.

Seu coração acelerou.

Por mais estranho que pareça, o meu também.

É exaustivo desejar. Não consigo mais me lembrar de quando isso começou, de quantos dias se passaram com ela em minha presença antes que se tornasse enlouquecedor. É algo que odeio. Não consigo pensar quando ela está perto de mim.

Faz eu me sentir impotente.

Minha mão direita ainda está pressionada rente à pedra, meu sangue agora pingando pela parede. Mas levo a esquerda até seu rosto, limpando a fuligem com o polegar, deixando no lugar uma mancha.

A pele dela está inacreditavelmente quente.

A boca, mais ainda.

Recuei aos tropeços, agarrando a mão, que agora estava coberta de sangue. Memórias de Vincent se emaranhavam às minhas. A imagem do rosto de minha mãe — pela Deusa, minha *mãe* — estava gravada tão fundo em minha mente que eu ainda podia ver seus contornos quando fechava os olhos.

Fiquei tão desorientada que nem sequer senti o chão tremendo até ouvir o som de pedra atritando contra pedra. Pestanejei para espantar os resquícios da memória de Vincent e vi a parede baixa diante de mim descendo, centímetro a centímetro, até sumir chão adentro. Os entalhes na face de cima da mureta se encaixaram perfeitamente naqueles aos meus pés, todos pulsando com uma leve luz vermelha, ainda manchados pelos vestígios do meu sangue.

A compreensão da cena se abateu sobre mim.

Era uma *tranca*.

Cada parede era uma camada, uma fase, como os pinos de um cadeado. E a coluna no centro era o pedaço final — o girar da chave.

Inspirei, trêmula, e soltei o ar. Dei vários passos cuidadosos até o segundo círculo de pedra. A magia no espaço pareceu ficar mais densa, mais tóxica do que minutos antes. Meu coração retumbava. Meu estômago ameaçava botar tudo para fora. Meus membros tremiam.

Porém, mais urgente do que todas aquelas coisas era pensar em Raihn, lutando pela vida lá em cima.

Eu não tinha tempo para aquela porcaria.

Segui em frente, meio cambaleando até a próxima mureta.

Dessa vez, nem hesitei. Abri outro corte na mão, fazendo jorrar sangue fresco, e a pressionei contra a pedra.

Minha mão já sangra.

Raiva. Uma raiva absoluta. Chove lá fora, uma daquelas raras e poderosas monções que às vezes varrem os desertos. Pinga água do meu cabelo nos entalhes. Ela os terminou há pouco tempo; a poeira ainda jaz nos sulcos, se misturando com meu sangue para se tornar uma lama preta a fluir pelos canais.

Eu os odeio.

Eu a odeio.

Não devia ter vindo aqui neste estado. Esta não é a marca que quero deixar em uma coisa tão importante. Devia ser algo para me tornar mais poderoso — em vez disso, está se transformando num monumento às minhas fraquezas. Mas eu precisava vir até aqui esta noite. Precisava confirmar que ela não tinha me traído com sua desfeita final — precisava saber se tenho poder o bastante para terminar o que começamos juntos.

Será que ela realmente achou que poderia acabar aqui?

Será que realmente achou que partir me impediria de continuar?

Ela me chamou de faminto pelo poder. Me chamou de fraco. Que direito tinha de falar comigo daquela forma? Ela veio do nada. Eu lhe dei tudo.

Estava pronto para dar a ela a eternidade.

Estava pronto para dar tudo, e ela olhou em meus olhos e cuspiu em minha cara.

Será que sabe quantas mulheres teriam morrido por uma oportunidade dessas? Quantas humanas teriam matado para se tornar membros da realeza vampírica?

Será que achava que eu não sentiria o cheiro de meu próprio bebê dentro dela?

Assim que penso nisso, o medo atravessa meu peito. Fica difícil respirar.

Meu bebê.

Uma ameaça. Não só uma ameaça, mas a maior delas. Quantos reis morrem nas mãos dos próprios filhos?

Se ela tivesse ficado... Se tivesse me ouvido...

Poderíamos ter lidado com isso.

Mas agora ela se foi, e vou ter um filho meu por aí, e estou... estou...

Caio de joelhos, a cabeça encostada na borda afiada da parede. Meu peito queima, furioso. Estou no fio da navalha entre duas emoções, nenhuma agradável, e odeio a mulher por fazer eu me sentir assim.

Estou com vergonha de mim mesmo.

Penso em cada palavra que falei para ela. Cada sinal de dor em seu rosto.

Nunca pedi nada disso. Foi ela quem veio até minha porta. Ela quem continuou encontrando formas de ficar.

O pensamento de um quarto vazio num castelo vazio me consome — é mais doloroso do que qualquer batalha que já encarei.

Eu devia ir atrás dela. Devia caçar a mulher. Devia puxar o fio solto, fechar a rachadura em minha armadura. É o que meu pai teria feito. É o que todos os Nascidos da Noite anteriores teriam feito.

Mas ela havia olhado nos meus olhos e me perguntado se seria seguro partir. Se anos de amor e companheirismo haviam dado a ela tal direito.

Respondi:

— Você pode partir quando quiser. É arrogante da sua parte presumir que eu me importaria o bastante para ir atrás.

Boa parte daquela conversa havia se transformado num borrão, crueldade se misturando a mais crueldade. Mas lembro de cada palavra daquela resposta.

Aqui, diante da magia que ela criou para mim, não posso mais mentir. E foi, de fato, uma mentira. Uma infantil.

Aqui, não posso mentir para mim mesmo.

Ela se foi. Não vai voltar.

E mesmo que eu a encontrasse, não seria capaz de matá-la.

A fraqueza da confissão me choca. Me envergonha. Me odeio por isso.

Ainda assim, sei que me odiaria ainda mais estando sobre seu cadáver. Penso na outra mulher de olhos escuros, uma antiga rainha que fora gentil comigo mesmo quando eu não merecia. Uma que eu não havia poupado — e sinto uma pontada de arrependimento.

O que eu sentia por Alana era... é muito maior do que aquilo que senti por uma gentil inimiga que eu mal conhecia. Meu corpo se encolhe ao pensar em como a morte dela doeria em mim.

Me forço a ficar de pé. Minhas mãos estão tão cortadas que o sangue transborda os entalhes. Acabei sujando o rosto com ele, e agora meu olho arde.

Ergo o rosto para fitar a beleza diante de mim. Aquela fortaleza desenhada para conter um poder que rei algum, Nascido da Noite ou não, jamais dominou antes de mim.

E cá estou, preocupado com uma mulher humana?

Forço a vergonha e a dor a voltarem para a escuridão no canto da mente, onde nunca mais serão acessadas.
Deixe ela ir, digo a mim mesmo.
Ela não vale nada, digo a mim mesmo.
Afasto a mão.

Eu me sentia enjoada. Da segunda vez, quando voltei à consciência, a parede já havia descido por completo — e, com isso, eu caíra no chão. Apoiei os joelhos e as mãos na pedra, com ânsia de vômito. Nada saiu além de um pouco de bile malcheirosa.

Limpei a boca com as costas da mão e ergui a cabeça.

Agora, a única coisa que se erguia diante de mim era a coluna. Não — coluna não era uma palavra forte o bastante para se referir àquilo. Era um obelisco. Os entalhes nele eram, agora eu podia ver, um pouco diferentes dos do resto da caverna, embora eu não conseguisse descrever muito bem como — os traços pareciam um tanto mais desajeitados; os círculos, um pouco mais tortos. O Fogo da Noite havia esmaecido — era coisa da minha imaginação ou o cômodo escurecera? O vívido brilho vermelho dos entalhes parecia mais agressivo a cada batida do meu coração, na mesma cadência.

As memórias de meu pai — dor, raiva, medo — queimavam em minhas veias. A terrível faca de dois gumes do seu amor e da sua repulsa por minha mãe. Eu odiava estar sentindo aquilo.

Odiava *Vincent* por ter se sentido daquela forma.

Encarei o obelisco. Pisquei, e uma lágrima escorreu por minha bochecha.

Eu não queria.

As memórias, as emoções, só tinham ficado mais intensas conforme eu havia avançado para o centro do espaço. Estava me perdendo de mim mesma. Aquilo, eu temia, talvez fosse me quebrar. Ou pior, talvez fosse quebrar qualquer que fosse a imagem frágil que eu ainda tinha do pai que havia amado — o pai que havia *me* amado.

Como eu era covarde por ainda querer manter aquilo, mesmo depois de tudo...

Mas eu tinha ido até lá por um motivo. Havia apenas um outro lugar para onde ir em seguida. Um último pedaço da tranca.

Fiquei de pé, cambaleando. Entrei no círculo final.

Não precisei cortar a mão de novo. Ela já estava coberta de sangue.

Apoiei a palma na pedra.

70
RAIHN

Minhas asas não funcionavam. Não fui capaz de diminuir a velocidade, de me deter enquanto via o chão se aproximando até me atingir.

Dor. Tentei me movimentar. Algo estalou.

Não consegui forçar os olhos a se abrirem. Quando tentei, um rosto que eu não fitava havia muito, muito tempo se inclinou sobre mim.

Franzi a testa.

Nessanyn?

Ela parecia igualzinha a duzentos anos antes, com o cabelo escuro e encaracolado cascateando em torno do rosto enquanto se curvava a meu lado. Seus olhos, castanho-escuros e com milhares de quilômetros de profundeza, me encaravam, marejados.

Quem vence?, perguntou ela, com a voz embargada. *Quem vence se você lutar contra ele?*

Na época, ela tinha repetido aquilo para mim sem parar. Inúmeras vezes, me resgatando sempre que eu cruzava a linha.

Eu achava que Nessanyn era muito mais forte do que eu.

Aquela versão dela, porém, transparecia o quanto estava aterrorizada. Era uma mulher solitária e abusada, prisioneira em seu próprio casamento.

Ela não lutava porque estava com medo demais. Porque era necessário um tipo idiota de coragem para continuar lutando mesmo quando todas as chances de sucesso estavam contra si.

Estendi a mão e toquei seu queixo. Ela segurou meus dedos e os manteve ali, uma lágrima escorrendo pela bochecha.

Quem vence?, perguntou de novo.

Talvez não eu, respondi. *Mas vale a pena tentar, certo?*

Ela fez menção de segurar minha mão, mas a puxei para longe.

Abri os olhos.

Acima de mim, uma carnificina se desenrolava no céu. Jorros de sangue de guerreiros engalfinhados na batalha a centenas de metros de altura pingavam nas pedras como chuva preta. Uma gota atingiu minha bochecha.

Era um pesadelo. O tipo de visão que, eu soube naquele momento, me faria acordar encharcado de suor frio mesmo muito anos depois. Eu teria sorte se chegasse lá, inclusive.

Tentei me levantar. Um espasmo de agonia roubou meu fôlego.

Pelas tetas da porra de Ix. Meu corpo estava quebrado. Completamente quebrado. Eu o levara ao limite naquelas últimas semanas. O que quer que Simon tivesse feito comigo havia me empurrado para além.

Eu já morrera antes. Sabia a sensação de estar na beira do abismo final.

Ainda não.

Ergui a cabeça. Outra gota de sangue caída do alto acertou minha testa e rolou para dentro do meu olho direito, tingindo o mundo de preto-avermelhado. Sob aquele filtro, analisei as ruínas ao redor. Eu tinha despencado em cima de uma pedra, arrebentando a lateral direita do corpo. Minhas asas ainda estavam expostas, embora já desse para perceber que uma delas jazia completamente inútil. O braço do mesmo lado também se recusou a cooperar quando tentei pegar a espada. Em vez disso, agarrei o punho com a mão esquerda, os músculos todos protestando contra o peso.

Ergui o rosto.

Ali, atrás das ruínas, Simon se forçava a ficar de pé. A frente de seus trajes de couro estava manchada de sangue. Uma das asas parecia retorcida nos lugares errados, com sangue preto e gosmento tingindo as penas. A... a coisa no peito dele pulsava com mais intensidade agora, tão brilhante que cortava a noite e iluminava por baixo os ângulos retos de seu rosto.

Ele cambaleou de um lado para outro, segurando a cabeça, e soltou um rugido de arrepiar, que parecia o berro de um animal.

Depois endireitou o corpo, e seus olhos recaíram sobre mim.

Enterrei a espada no chão e me apoiei nela para ficar de pé.

Que a porra do sol me levasse.

Meus joelhos quase cederam. Quase.

Não demonstrei. Apenas sorri. Não me dei conta de quanto sangue havia na minha boca até que meu sorriso o fez escorrer pelo queixo.

Eu estava sempre consciente da porta às minhas costas — a porta na qual Simon fixou o olhar antes de se voltar na minha direção.

Não, ele não iria passar reto por mim.

Por tempo demais, eu tinha permitido que ele se misturasse aos meus pensamentos, aos meus medos. Eu já dera demais para ele, porra.

Ergui a espada, forçando o braço direito — que tremia violentamente — a se juntar ao esquerdo.

Vamos, falei para meu corpo quando ele quase chorou em protesto. *Uma última luta. Você consegue, velhote.*

Era maravilhoso o que uma mente determinada podia fazer.

Porque quando Simon investiu em minha direção, com os lábios retorcidos num grunhido e uma magia sobrenatural lampejando ao redor como a chama na cabeça de um fósforo, eu estava pronto.

71
ORAYA

Meu pai estava parado diante de mim.

O cômodo estava pouco iluminado e meio anuviado, como se repleto de uma neblina grossa. Nada parecia real além do vazio brumoso e cinzento.

Do vazio brumoso e cinzento... e *dele*.

Eu havia sonhado com Vincent inúmeras vezes. Mas aquela versão parecia muito mais real do que o mais vívido dos pensamentos. Os detalhes de seu rosto me atingiram como uma punhalada no peito — coisas que eu não tinha me dado conta de que havia esquecido, como por exemplo seu nariz levemente torto ou o cabelo sempre repartido para a esquerda. A versão dele na minha mente era genérica, desgastada após meses de ausência, mesmo que meu luto ainda se apegasse a ele.

Falei, mais porque precisava lembrar a mim mesma:

— Você não é real.

Nada daquilo era real.

Vincent abriu um sorriso triste.

— Não sou?

Pela Mãe. A *voz* dele.

— Sou real de todas as formas que importam — continuou.

— Você é um sonho. Uma alucinação. Eu perdi muito sangue e...

— Deixei muito de mim aqui, nesta sala. — Vincent ergueu o olhar, como se analisando o que estava mergulhado nas sombras do espaço que havia além. — Mais do que jamais tive a intenção de deixar. E tudo ainda perdura, mesmo que eu não exista mais. Isto não é real, serpentezinha?

Parecia muito, muito real.

— Estou só imaginando você — sussurrei. — Porque é o que quero ver.

Ele ergueu um dos ombros num gesto delicado. Era um movimento tão familiar que me fez perder o fôlego por um instante.

— Talvez — falou ele. — Isso importa?

Naquele momento, a sensação era a de que não importava.

Ele chegou mais perto, e recuei um passo. Meu pai congelou, a dor cruzando seu rosto por um segundo.

— As coisas que você viu aqui macularam tanto assim a imagem que tinha de mim? Minha intenção era dar a este lugar todas as minhas maiores conquistas, minhas maiores ambições. Em vez disso, virou um monumento a todos os meus maiores erros.

Tantos erros no fim... Você nunca foi um deles.

As palavras finais de Vincent tomaram minha mente. Ele se encolheu, como se também as tivesse ouvido.

— Tantos erros no fim — murmurou. — Nunca quis que você visse esta versão do seu pai.

— Nunca quis ver você dessa forma.

E, pela Deusa, como era verdade. Eu às vezes invejava minha versão de um ano antes — que, sem dúvida alguma, sabia que o pai a amava. Sim, era a única crença que ela tinha; ao menos era algo sólido e inabalável.

Perder a confiança em Vincent era mais do que perder a confiança num único indivíduo. Aquilo havia quebrado alguma coisa dentro de mim, destruído minha habilidade de confiar em qualquer outra pessoa.

A dor cruzou seu rosto num lampejo, que passou tão rápido que achei que podia ter sido uma ilusão de ótica. A ideia de que aquela versão dele podia ser fruto da minha mente sumiu. Se era uma alucinação, era uma tão perfeita que poderia muito bem ser realidade.

E com ele ali parado à minha frente, a raiva que eu vinha reprimindo por meses borbulhou na superfície.

— Você mentiu para mim — soltei entredentes. — Ao longo de toda a minha vida, disse que o mundo era uma jaula. Mas foi você quem me colocou dentro dela. Me manipulou desde que eu...

— Eu salvei você — disparou ele, chegando mais perto.

Depois fez uma careta, como se precisasse engolir a raiva, forçar o sentimento goela abaixo.

— Você me *sequestrou* — falei, engasgada. — Matou minha mãe e...

— Eu não a matei.

— Matou sim! — Minha voz retumbou no espaço, ecoando pelo teto de pedra. — Você foi para Salinae naquela noite sabendo que ela vivia lá. Você *destruiu* a cidade sabendo...

— Eu...

Não. Eu ainda não tinha acabado.

— *Chega de mentiras*. Já tive quase vinte anos delas. Estou farta disso. *Farta*.

Vincent cerrou o maxilar. Um músculo começou a saltar em sua bochecha, como se reagindo à força das palavras contidas.

A sala começou a ficar um pouco mais sólida, com a bruma se dissipando. Ele virou para a coluna, pousando a mão na pedra. Inspirou e soltou o ar devagar, baixando os ombros.

— Esta magia — falou, mais calmo — é algo vivo. E esta peça, no centro, foi a mais exigente de todas. Precisei voltar ao longo de anos, dando cada vez mais de mim para manter os feitiços fortes. É a mais importante e, ao mesmo tempo, a mais frágil, porque eu precisava de outra feiticeira para me ajudar. Depois...

Depois que ela foi embora. Ele não falou aquela parte em voz alta. Não era necessário.

Vincent olhou por cima do ombro. A raiva havia sumido. Restava apenas tristeza. De repente, meu pai pareceu tão velho que perdi o fôlego. Não por causa da pele enrugada ou do cabelo grisalho, mas sim por causa da exaustão absoluta que sua alma parecia emanar.

— Quer ver que memória o feitiço tirou de mim, serpentezinha? — murmurou ele.

Não, quase respondi.

Não queria ver.

Mas eu tinha ido longe demais para recuar. Havia engolido mentiras demais para dar as costas à verdade.

Devagar, me juntei a ele ao lado do obelisco. Ergui a mão e a pousei sobre a do meu pai.

A noite está fria. A única fonte de calor vem do fogo voraz queimando a cidade de Salinae.

Eu não sinto a calidez. Enquanto voo por sobre a cidade, uma mera casca do que um dia foi, sinto apenas satisfação. Foi um dia difícil. Uso esta coroa há quase dois séculos. Poucos reis dos Nascidos da Noite — poucos reis em Obitraes, no geral — conseguem se manter no poder por tantos anos. Sei disso faz bastante tempo; ultimamente, porém, meus inimigos andam se agitando nas sombras. Sinto que fecham o cerco ao meu redor a cada aliança, a cada encontro. Sinto os olhos deles sobre mim quando estou sozinho em meus aposentos e quando falo com meu povo.

Poder é um assunto muito, muito sangrento.

Fui ficando misericordioso ao longo dos últimos anos.

Mas chega disso. Preciso arrancar minha fraqueza como se fosse carne apodrecida. E há uma necrose particular que deixei que me acometesse por tempo demais, justamente por andar tão fraco. Fraco para simplesmente ignorar minhas pequenas fantasias sobre uma mulher — humana — que me desprezou, e o conforto bizarro que tiro da ideia de que ela ainda esteja viva em algum lugar, e minha vergonhosa aderência a uma promessa que fiz a ela certa vez.

Ultimamente, ando tendo sonhos. Sonhos com ela. Sonhos comigo mesmo enfiando a espada no peito de meu pai. Sonhos com um garotinho de olhos prateados apunhalando meu coração.

Eu não vim a Salinae para matá-la.

Digo isso a mim mesmo, ainda que não saiba o porquê. Nenhum dos reis Nascidos da Noite que vieram antes de mim hesitaria em matar um ponto fraco tão evidente.

Você é frouxo demais, sussurra meu próprio pai, e sei que ele está certo.

Não preciso matá-la, digo a mim mesmo. Só preciso matar a criança. A criança é o perigo. A mãe é irrelevante.

Mas quando voo sobre os assentamentos humanos de Salinae — que queimam sem parar com Fogo da Noite — e pouso diante das ruínas do que costumava ser uma casa, não estou esperando a intensidade da emoção que me atravessa.

Encaro a casa — ou o que já foi uma casa — por um bom tempo.

Não sinto cheiro de vida. Não escuto corações batendo. Em certa época, eu podia sentir a mulher mesmo que estivesse do outro lado do cômodo, do outro lado do castelo. Era como se o corpo dela me atraísse, sua presença sempre evidente.

Agora, sua ausência é ainda mais avassaladora. Um rombo imenso aberto em minha alma.

Um arrependimento, intenso e implacável, me rasga ao meio.

Três dos meus soldados cercam os escombros da casa, mas ainda não me viram. Considero a possibilidade de voar para longe. Cada parte de mim quer dar as costas para essas ruínas e fixar o olhar em algum ponto que não me faça pensar.

Mas a ausência das batidas do coração que eu estava esperando me faz sentir saudades das que ainda restam. Os três Hiaj lá embaixo estão cercando algo, atraídos pela fome.

Ao menos posso encerrar o que vim fazer aqui.

Aterrisso. Um dos soldados está praguejando e esfregando a mão ensanguentada.

— Um cordeiro? — murmura ele. — Está mais para uma víbora.

Os guerreiros então me notam e se apressam a ajoelhar. Não dou atenção alguma a eles.

Pois é quando vejo você.

Você é um lampejo solitário de luz numa imensidão de morte. A única coisa viva neste monte de escombros.

Nos meus sonhos, minha prole é um espelho de mim mesmo. É meu próprio rosto que vejo quando penso em morrer pela mão do meu Sucessor.

Mas você, serpentezinha, é a cara da sua mãe.

Me ajoelho à sua frente. Você é muito pequena. Com certeza pequena demais para a idade, e nem tenho certeza de quantos anos você tem. O tempo pode ser esquisito para vampiros. Sua mãe passou tantos anos comigo que, às vezes, não consigo lembrar quantos se passaram desde que ela foi embora.

Você tem um cabelo longo e preto que lhe cobre o rosto, além de sardinhas que se misturam às manchas de sangue e fuligem. Você franze o nariz em uma careta. Me faz lembrar de outra época, há muito tempo.

Mas seus olhos...

Você tem meus olhos. Prateados como a lua, redondos e cheios de uma fúria férrea. A raiva é minha também. A intrepidez.

Estendo a mão na sua direção, e embora eu possa ouvir como está com medo pelas batidas do seu coração, você não hesita em dar o bote, enterrando os dentinhos bem fundo no meu dedo.

Não vou mentir, serpentezinha.

Eu esperava matar você naquela noite.

O que eu não esperava era amá-la de forma tão devastadora.

É algo que me atinge tão de repente, de modo tão sobrepujante, que mal tenho tempo de me preparar.

Você me fulmina com os olhos como se estivesse pronta para lutar até mesmo contra o homem mais poderoso do mundo. Quando dou por mim, estou abrindo um sorriso.

Demoro um minuto para reconhecer a sensação em meu peito. Orgulho.

Penso no meu próprio pai e em como ele passou a vida me contendo, com medo do que eu me tornaria. Penso na noite em que ele simplesmente jogou meu irmãozinho recém-nascido pela janela, para os demônios.

Me é incompreensível que meu pai tenha algum dia sentido por mim o que estou sentindo neste momento.

Tenho certeza de que ninguém jamais sentiu.

Não consigo descrever a profundidade da emoção nem a intensidade do terror que vem junto com ela, as duas coisas entrelaçadas de forma indissolúvel. Vim até aqui para acabar com minha maior fraqueza; em vez disso, estou ofertando meu coração a ela.

Daquele momento em diante, serpentezinha, passei a ser incapaz de contemplar a possibilidade de matar você.

Faço a segunda melhor coisa possível na situação — ou é o que digo para mim mesmo. Decido que vou criar você. Vou me proteger de você ao protegê-la de um mundo que vai lhe ensinar a me matar.

Pode ser diferente, digo a mim mesmo, do que aconteceu comigo e meu pai. Pode ser diferente de como foi com ela.

Pego você no colo. Seu corpinho é minúsculo e frágil em meus braços. Embora esteja morrendo de medo de mim, você se agarra ao meu pescoço como se parte de você soubesse exatamente quem eu sou.

Já estou com mais medo do que jamais senti na vida.

Com medo de você e do que você pode fazer comigo. Com medo do mundo que pode matá-la com tanta facilidade. Com medo de mim mesmo, que recebi a dádiva de outro coração frágil que sei que não posso manter em segurança.

Mas, serpentezinha, é o medo mais delicioso do mundo.

Cada minuto com você é uma delícia, mesmo eu já estando arrependido de todos os erros que sei que vou cometer.

Arquejei. Meu peito doía. O ar queimava.

Eu estava de joelhos.

Forcei os olhos a se abrirem apesar da fumaça tóxica. Não — não era fumaça. Era magia de algum tipo, espessa e vermelha, cintilando num milhão de cores ao mesmo tempo.

Talvez fosse por isso que lágrimas escorriam por minhas bochechas.

Talvez não.

Vincent estava ajoelhado ao meu lado, com a mão em meu ombro, mas eu não conseguia sentir seu toque. Por um instante, aquilo me devastou.

Por mais real que fosse a sensação, por mais real que ele parecesse, Vincent tinha partido.

Meu pai abriu um sorriso triste.

— Eu tentei, Oraya — murmurou. — Eu tentei.

Entendi como era profundo o que ele estava admitindo com aquelas duas palavras. Séculos de brutalidade entranhada nele, reverenciada acima de tudo. Milênios de gerações de fins e inícios igualmente sangrentos.

Eu nunca vira Vincent reconhecer suas fraquezas. E aquelas palavras eram uma confissão de muitas falhas.

Ainda assim, eu estava furiosa com ele.

— Não foi o suficiente — falei, com a voz embargada e entrecortada por um quase soluço.

O pomo em sua garganta subiu e desceu.

— Eu sei, serpentezinha — murmurou meu pai. — Eu sei.

Ele tentou acarinhar meu cabelo, mas não senti nada.

Porque Vincent estava morto.

De repente, tudo aquilo era verdade. Ele tinha me salvado. Tinha me reprimido. Seu egoísmo e seu altruísmo.

Ele tinha tentado.

Tinha fracassado.

E havia me amado, ainda assim.

E eu carregaria tudo aquilo para sempre, pelo resto da vida.

E ele continuaria morto.

Me forcei a ficar de pé. Me virei para Vincent. A imagem dele, antes tão nítida, começava a esmaecer.

Ele olhou para o obelisco.

— Acho que era isso que você estava procurando — falou.

Acompanhei seu olhar. O pilar havia se aberto, revelando uma cavidade cheia de luz tremulante.

E ali, bem no centro, estava um pequeno frasco, flutuando sozinho no ar. O líquido em seu interior continha multitudes impossíveis de cor, que se alternavam e mudavam a cada segundo. Roxo, azul, vermelho, dourado, verde, tudo junto como a amplitude dos tons de uma galáxia.

— Sangue de Alarus — sussurrei.

— Sua mãe e eu abrimos mão de muita coisa para destilar isso. — Ele me encarou de novo. — Mas também ganhamos muito.

— O que faço com ele? Bebo ou...? Ou uso como arma ou...?

— Pode beber. Só um pouco. Ou pode esfregar nas suas lâminas. Ele vai encontrar uma forma de lhe transmitir seu poder, seja lá como o use. Seu sangue é o catalisador.

— O que ele vai fazer comigo?

Pensei em Simon e em seus olhos vazios e injetados. Naqueles dentes que haviam tirado do vampiro mais do que lhe haviam oferecido.

— Vai fazer com que você fique poderosa — falou Vincent.

— E o que mais?

— Não sei.

Havia uma razão, eu sabia, pela qual meu pai nunca usara aquele sangue. Era um poder tão grandioso que só poderia servir como último recurso.

Estiquei a mão para dentro do compartimento e segurei o frasco.

Demorei um instante para me dar conta de que o grito que cortou o ar era meu. Tudo sumiu, exceto a dor, por vários segundos. Eu pingava suor quando, centímetro a centímetro, puxei a relíquia de dentro do obelisco.

O vulto de Vincent tremulou. A luz que banhava os entalhes estremeceu e falhou.

— Vá — falou ele. — Você não tem muito tempo.

Sua voz soou muito distante.

Ele me abriu um sorriso gentil.

— Não se esqueça dos seus dentes, serpentezinha.

E, pela Deusa — apesar de tudo —, titubeei. Apesar de tudo, eu não estava pronta para permitir que ele partisse.

Nunca estaria.

— Eu te amo — falei.

Porque ainda era verdade. Mesmo depois de todas as coisas que haviam acontecido, era verdade.

Não esperei ele responder. Enxuguei as lágrimas das bochechas e me virei.

A imagem de Vincent desapareceu na escuridão.

Não olhei para trás.

72
RAIHN

Simon não esmoreceu, e acompanhei seu ritmo.

Nós dois estávamos engalfinhados num combate incessante, espadas e magias se chocando numa melodia cacofônica e borrada. O sangue da batalha no céu chovia sobre nós num ritmo contínuo, nos encharcando de preto — nos cobrindo de tal forma que era impossível saber quanto daquilo era meu. Eu já não sentia mais os golpes. A dor era tão constante que eu só permitia que ela persistisse ao fundo, outra distração a ser ignorada.

Eu não sabia como ainda não havia morrido. A impressão era a de que já devia ter partido fazia muito tempo. Meu corpo ameaçava desistir a cada movimento.

Só continuei repetindo para mim mesmo: *Mais um golpe.*

Mais um.

Eu não esperava sair vivo daquilo — mas também não ia deixar Simon se safar.

Sempre que conseguia alguns preciosos segundos de trégua, olhava por sobre o ombro, para a porta distante no meio das ruínas — um abismo preto, sem sinal algum de Oraya.

A cada minuto que se passava, meu coração apertava no peito.

Qual é, princesa? Cadê você?

Era bom que lutar contra Simon exigisse todo o meu foco. Caso contrário, eu teria me demorado muito nos milhões de cenários horrendos que dançavam no fundo da minha mente — o corpo de Oraya quebrado por armadilhas, esmagado por rochas ou queimado por magia que ela fora incapaz de controlar.

BLAM.

Um golpe especialmente devastador de Simon me jogou contra a pedra. Senti o impacto nos ossos. Minha cabeça chacoalhou. Minha visão ficou borrada num branco difuso.

Quando me forcei a voltar à consciência, poucos segundos depois, a primeira coisa que vi foi o rosto de Simon tomado por um esgar voando em minha direção.

Mal consegui rolar para fora do caminho.

Desajeitado, rechacei o bote.

Algo quente atingiu meu rosto, um jato fresco de sangue. Eu havia atingido alguma coisa. Não sabia muito bem o quê. Não conseguia contar quantas pancadas havia acertado àquela altura.

Ele rugiu e contra-atacou.

Outro jato de sangue preto-avermelhado, dessa vez pintando o rosto dele. Outro latejar distante de dor. Outro ferimento.

Eu também não conseguia contar quantos.

Tentei girar a espada e me dei conta de que meu braço esquerdo havia desistido completamente de funcionar. *Fodeu*. Mudei rápido de mão, recuando...

Devagar demais.

Bati as costas contra outro pilar, e a aresta irregular acertou minha coluna no ângulo certo para arrancar o ar dos meus pulmões. Meu corpo se curvou, e senti uma vontade desesperada de ceder.

Não ouse, falei para mim mesmo. *Levante.*

Simon avançou em minha direção. Também estava em condições patéticas, mancando e com o rosto coberto de sangue. Um dos olhos fora arrancado — ou ao menos era o que parecia debaixo da maçaroca de carne.

Ainda assim, aquela magia maldita pulsava em seu peito, agarrada ao portador de forma insistente apesar de cada golpe que eu desferia. Mantendo o vampiro em pé por muito mais tempo do que qualquer outro corpo mortal suportaria. Tornando Simon mais forte do que eu jamais seria.

— Você não devia estar me dando tanto trabalho — resmungou ele.

Vi algo se mover no canto do meu campo de visão.

Cometi o erro de me virar.

Oraya.

Por um instante, achei que pudesse estar alucinando. Ela cambaleou do meio da escuridão. Estava com as mãos e o rosto ensanguentados. Corria aos tropeços, olhando loucamente ao redor.

E estava cercada de magia.

Eu já a vira manipulando Fogo da Noite, mas aquilo... aquilo era magnífico pra caralho. O Fogo abraçava Oraya, com labaredas de um impressionante branco-azulado cortando a noite, se desdobrando ao redor dela como as asas de uma divindade.

A magia que pulsava em sua mão esquerda, cerrada com força, era muito diferente do Fogo da Noite, porém. Mesmo àquela distância, eu era capaz de perceber. Era capaz de *sentir* no ar. As espirais de fumaça ao redor daquele punho fechado eram vermelhas e escuras, sobrenaturais de uma forma que me fazia sentir calafrios, mesmo de longe. Acompanhavam Oraya como se a magia fosse feita para ela, com fiapos pairando rente à pele e às lâminas em sua cintura.

Eu não tinha dúvidas do que estava vendo.

Estava com ela. Ela tinha conseguido, caralho.

Por alguns segundos infinitos, meu alívio e meu orgulho lutaram um contra o outro pela dominância, sem vencedor.

Foi quando vi Simon virar a cabeça. Sua fúria sedenta de sangue derreteu, substituída por algo ainda mais terrível: um desejo lascivo.

Ele sabia. Também sentia.

O vampiro me soltou e começou a se virar.

O olhar de Oraya, do outro lado das ruínas, encontrou o meu. Um segundo de contato visual que pareceu durar uma eternidade, contendo milhões de palavras não ditas, oscilando na beira do fim.

Desejei poder usar aquele momento para dizer todas as coisas que queria. Havia tantas...

Esperava que ela soubesse de tudo, de qualquer forma.

Porque nem precisei pensar antes de atacar.

Era como se meu corpo soubesse o que estava acontecendo e achasse uma causa válida pela qual dedicar um último impulso além dos limites de minha capacidade. Cada fragmento da minha força remanescente, tanto física quanto mágica, se concentrou naquele único bote. O Asteris rugiu, subindo à superfície da pele, aderindo à minha lâmina e às minhas mãos. Meus braços deram conta de erguer o peso da espada uma última vez.

Saltei em cima de Simon, abrindo as asas para me impulsionar naquele derradeiro golpe. Enterrei a espada em suas costas, derramando cada grama de magia na pancada, rasgando meu oponente de dentro para fora.

Luz escura ofuscou minha visão.

Simon soltou um berro animalesco, e girei. A única coisa no mundo à qual eu ainda conseguia me apegar era o punho da espada. Todo o resto sumiu.

Eu havia acabado de engatilhar algo em Simon, que agora golpeava com uma fúria selvagem. Os últimos vestígios do guerreiro frio e calculista haviam sumido. Ele estava praticamente me atacando com unhas e dentes.

O vampiro me atirou contra a parede. A mão dele voou até minha garganta, me prendendo contra a pedra.

Eu não conseguia ver. Não conseguia sentir nada além dos meus dedos ao redor do punho da espada.

Eu só precisava daquilo, de toda forma.

Porque, enquanto ele apertava meu pescoço, enquanto sua lâmina atingia minha pele várias e várias vezes, segurei o punho da arma com toda a força que tinha e *empurrei*.

E empurrei. E empurrei.

Ela partiu couro, músculos e órgãos.

O sujeito estava tão fora de si que demorou o que pareceu uma eternidade para sentir o efeito do ferimento. Devagar, seus olhos — injetados e enlouquecidos — se desfocaram.

Pensei comigo mesmo que enfim tinha conseguido ver aquilo acontecer.

O braço dele se deteve no meio do movimento. Minha força vacilou. Minha mão, escorregadia por causa do sangue, soltou a espada, que agora permanecia fincada com firmeza em seu torso.

Não consegui estender de novo o braço na direção da arma.

De repente, senti a pressão se aliviar quando alguém agarrou Simon e o arrancou de cima de mim.

A imagem borrada do rosto desfalecido do vampiro foi substituída pela de Oraya.

Que bela troca. Tentei dizer isso a ela, mas não consegui falar.

Ela estava com os olhos arregalados e brilhantes, como duas moedas de prata. Falou algo que não consegui ouvir acima do rugido do sangue em meus ouvidos. Ela tremia.

Não precisa ficar tão assustada assim, princesa, tentei dizer. Mas, quando tentei me endireitar, caí de joelhos.

E tudo ficou preto.

73
ORAYA

— Raihn!

Não tive a intenção de gritar o nome dele em voz alta. A palavra escapou da minha garganta quando o vi caindo. Mais *senti* do que ouvi o berro, a destilação de uma emoção poderosa demais para permanecer dentro de mim.

Eu tinha saído correndo daqueles túneis direto para as profundezas do inferno.

A visão me chocou, me horrorizou. O céu estava escuro de tantos guerreiros embolados em combate, e o chão arenoso das ruínas parecia encharcado com os botões desabrochados de sangue que choviam dos corpos lá em cima. À distância, além das rochas, nossas forças terrestres estavam travando um combate ferrenho com os Nascidos do Sangue — humanos, Hiaj, Rishan e Nascidos do Sangue, todos destroçando uns aos outros.

História de horror alguma faria jus àquela cena. Pesadelo algum. Nem mesmo a prisão dos deuses poderia ser pior do que aquilo.

Ainda assim, nada foi tão apavorante quanto ver Raihn daquele jeito — um conjunto de tecidos quebrados e carne destroçada, largado no chão.

De repente, eu estava de novo no fundo da arena durante o desafio final. De repente, estava perdendo Raihn mais uma vez.

— Raihn. — Agarrei o vampiro pelos pedaços rasgados de couro da armadura e o chacoalhei com força. — Acorde. Acorde, seu filho da puta.

A cabeça dele rolou para o lado. Esperei uma piscada atordoada, um meio-sorriso, um *Filha da puta é você, princesa.*

Mas não houve nada disso.

Levei a mão até o peito dele. Ou ao menos tentei, mesmo com o gesto exigindo que eu fizesse o impossível — encontrar um trecho de pele que não estivesse ferido.

O torso subia e descia. Muito, muito fraco.

Ele estava vivo, mas eu sabia que não duraria muito. Eu havia perdido boa parte da vida sentindo a morte pairando sobre mim. Conhecia a sensação de quando ela estava por perto.

Pelo canto do olho, vi Simon se mover. Ele estava reduzido a um monstro àquela altura, um boneco grotesco feito de carne retorcida, sangue e vísceras. Mas aquela magia, terrível e tóxica, ainda fazia com que estivesse de pé.

Chacoalhei Raihn de novo.

— *Raihn*. Proíbo você de morrer nos meus braços. Está ouvindo? Acorde, caralho. Você jurou para mim... Você jurou...

Nunca mais, ele prometera nas águas das termas. Tinha jurado que nunca mais me trairia.

E aquilo, perder o vampiro... A sensação era a de estar diante da maior das traições possíveis.

Não. Não, eu me negava a deixar aquilo acontecer.

Peguei a lâmina e rasguei outro corte na mão, fazendo o sangue pingar nos lábios entreabertos de Raihn. O fluido se acumulou e escorreu pelo canto de sua boca, inútil e patético.

Ainda assim, ele não se moveu.

Todas as outras coisas em minha mente se desligaram. O luto irrompeu de dentro de mim, me afogando, incontrolável.

Às minhas costas, Simon se moveu de novo, com gemidos gorgolejantes emitidos por seu corpo dizimado.

Sangue chovia de cima.

Ao meu redor, meus aliados sucumbiam às lâminas inimigas.

À minha frente, meu esposo morria.

E na minha mão, envolto por pele queimada, havia um poder forte o bastante para acabar com tudo.

Em toda a minha vida, eu desejara ser algo a ser temido. Era o sonho do meu pai, suportado como um fardo sobre meus ombros desde o instante em que eu entendera como construir a força que ele esperava de mim e aniquilar as fraquezas que o desagradavam.

Se eu usasse o sangue divino, certamente seria algo a ser temido. Poderia ser mais aterrorizante até do que Simon. Poderia destruir o vampiro. E Septimus. E os Nascidos do Sangue. Poderia matar cada um dos meus inimigos, garantindo que ninguém jamais voltasse a questionar ou ameaçar a mim ou a um dos meus.

Escreveriam lendas a meu respeito.

Mas aquele seria o poder da destruição.

Eu não seria capaz de salvar Raihn.

Abri a mão. A pele estava rachada e sangrando, queimada pelo poder do frasco que eu agarrava. Ainda assim, a feiura apenas destacava a incandescência do que havia dentro dele, o sangue brilhando numa galáxia de cores contra as sombras mais escuras da noite.

Era lindo pra caralho.

Pisquei, e uma lágrima escorreu por minha bochecha.

Eu não perderia mais uma coisa. Mais uma pessoa. Não podia perder.

Aquilo tinha potencial de ser usado como uma ferramenta de destruição, sim. Mas o que mais daria para fazer com o artefato?

No passado, eu havia estimado as taças de vinho do meu pai falecido. Havia me envolvido em suas roupas velhas. Se alguém me oferecesse uma mecha de seu cabelo, teria chorado.

Aquele sangue era muito mais do que uma arma. Era um pedaço de alguém que já tinha sido amado. Era material de barganha, algo inestimável para o único ser que valorizaria aquilo acima de tudo.

Enquanto Simon grunhia e tentava se colocar de quatro no chão, ergui os olhos para o céu. Além dos corpos alados lá em cima, nuvens de tempestade se reviravam em redemoinhos sobrenaturais — como peixes dando a volta numa lagoa, fragmentos de relâmpagos suspensos dançando entre eles.

Eu só vira o firmamento daquele jeito uma única vez. Quando os deuses haviam voltado sua atenção para nós.

Ergui o frasco acima da cabeça, como se oferecendo o artefato aos céus.

— Minha Mãe do Breu Voraz — gritei. — Invoco a ti, Ventre da Noite, da Sombra e do Sangue. Ofereço a ti o sangue do teu esposo, Alarus. Me ouça, minha Deusa Nyaxia.

74
ORAYA

Por longos e horríveis segundos, nada aconteceu.

A batalha prosseguia. Simon continuava se ajoelhando devagar. Raihn continuava morrendo.

Mais lágrimas se acumularam nos meus olhos.

Não. Aquilo precisava funcionar. Precisava, de um jeito ou de outro.

Meu braço tremia enquanto segurava o frasco erguido, apertando com tanta força quanto possível, meus olhos encarando sem piscar a noite tocada pela Deusa.

Por favor, implorei em silêncio. *Por favor, Nyaxia. Sei que nunca fui tua. Não de verdade. Mas estou implorando para que me ouça.*

E depois, como se tivesse escutado minha prece silenciosa, lá estava ela.

O tempo pareceu ficar mais lento, os vultos lá em cima se movendo devagar. A brisa que soprava meu cabelo ficou mais gelada, minhas mechas flutuando no vento. Minha pele formigava como nos instantes que antecedem um raio.

Assim como da última vez, senti a Deusa antes mesmo de vê-la. Um ímpeto atordoante de adoração avassaladora, uma pequenez avassaladora.

— O que está acontecendo aqui? — perguntou uma voz baixa e melódica, mortífera como uma lâmina desembainhada.

Havia apenas uma coisa, me dei conta naquele momento, mais assustadora do que a presença de uma divindade.

Era a raiva de uma.

Baixei os olhos devagar.

Nyaxia flutuava diante de mim.

Ela era tão linda e tão terrível quanto eu me lembrava. Sua beleza era do tipo que fazia as pessoas quererem se prostrar aos seus pés. Os cabelos flutuavam em cordões de noite preta como breu. Seus pés nus pairavam logo acima do chão, delicadamente voltados para baixo. O corpo dela, banhado de prateado, brilhava e cintilava como o luar na escuridão. Aqueles olhos, que revelavam cada nuance do céu noturno, estavam escuros e tempestuosos, repletos de fúria absoluta.

O próprio mundo parecia sentir sua ira. Parecia ceder a ela. Como se o ar estivesse ávido por agradar a Deusa, com as estrelas se movendo para acalmar a divindade, a lua pronta a se curvar diante dela.

Talvez a luta tenha parado quando Nyaxia surgiu, com soldados de todos os lados chocados por sua presença. Ou talvez fosse só minha impressão, porque todo o resto deixara de existir para mim.

Seus ombros subiam e desciam com sua respiração ofegante. Os lábios ensanguentados se contorceram num esgar.

— Que *atrocidade* é esta? — quis saber de novo.

Ela cuspiu as palavras, e com elas um lampejo de poder fez a terra chacoalhar. Me encolhi, o corpo se dobrando sobre o de Raihn enquanto pedras e areia cascateavam das ruínas. Fragmentos de sombra tempestuosa cercavam a divindade, flutuando no ar com a escuridão agourenta da tragédia.

Simon tinha conseguido ficar sobre as mãos e os joelhos. Se virou para ela, tentando fazer uma mesura, com sangue escorrendo da boca ao falar.

— Minha Deusa...

Nem vi Nyaxia se mexer. Num momento, ela estava diante de mim; no próximo, estava em cima de Simon, suspendendo seu corpo com uma mão só enquanto usava a outra para arrancar o pingente de seu peito.

Foi tão súbito, tão brutal, que soltei um arquejo baixo, meu corpo envolvendo com mais força o de Raihn.

Nyaxia largou o cadáver de Simon no chão, desfalecido e sangrando, sem sequer dedicar um segundo olhar ao vampiro.

Em vez disso, ergueu a criação doentia de aço e dentes diante de si e a encarou.

Estava com a expressão neutra. Mas o céu ficava cada vez mais escuro; o ar, cada vez mais frio. Eu tremia — se eram calafrios ou tremores de medo eu não sabia; talvez ambos. Ainda estava curvada sobre Raihn, e não conseguia me forçar a sair dali mesmo sabendo que era inútil.

Não havia como proteger meu esposo da ira de uma deusa.

Ela correu a ponta dos dedos pelo pingente — os dentes quebrados fundidos ao objeto.

— Quem fez isso?

Eu não estava esperando aquilo. Que ela fosse soar tão... de coração partido.

— Meu amado — murmurou ela. — Vê só o que te tornaste.

A dor estava escancarada em sua voz. Era muito familiar.

Não, a dor da perda nunca sumia. Nem mesmo no caso dos deuses. Após dois mil anos, Nyaxia continuava sensível como sempre à perda de Alarus.

Depois, com um movimento sobrenatural de tão súbito, ela ergueu a cabeça.

E pousou os olhos em mim.

Todos os pensamentos sumiram da minha mente. A força total da atenção de Nyaxia era devastadora.

O pingente desapareceu de suas mãos, e, de repente, ela estava junto a mim.

— Como isto foi acontecer? — rosnou ela. — Minha própria prole, usando partes do corpo do meu esposo para seus próprios fins patéticos? Que desrespeito absurdo.

Fale, Oraya, me lembrou uma voz urgente. *Explique. Fale alguma coisa.*

Criei forças para soltar as palavras.

— Concordo — falei. — Estou devolvendo o que é teu por direito. O sangue do teu esposo, minha Mãe.

Abri os dedos, oferecendo o frasco aninhado em minha mão trêmula.

A expressão dela se suavizou. Um cintilar de luto. Um cintilar de tristeza.

Ela estendeu a mão, mas afastei o objeto — um movimento idiota, reconheci no instante seguinte, quando a tristeza de Nyaxia deu lugar à raiva.

— Estou aqui para pedir um acordo — falei, acelerada. — Se realizares um favor, o sangue é teu.

O rosto dela se fechou.

— Já é meu.

Era justo. Eu estava apostando com algo que não era meu para oferecer numa negociação, um trunfo risível contra uma deusa. Eu estava com medo. Estava grata por estar ajoelhada, caso contrário tinha certeza de que minhas pernas teriam cedido.

Me ative aos batimentos de Raihn enfraquecendo sob a palma da minha mão, e a meu próprio desespero crescente.

— Apelo ao teu coração, minha Mãe — soltei, embargada. — Como uma amante que sabe o que é o luto. Por favor. Estás certa, o sangue do teu marido é teu. Sei que não posso manter tal relíquia longe de tuas mãos, e jamais faria isso. Mas peço um favor em retribuição.

Engoli a saliva espessa, as palavras seguintes pesadas na língua. Se não houvesse tantas distrações, talvez a cena tivesse sido cômica. Ao longo de toda a vida, eu havia sonhado em pedir a Nyaxia aquele mesmíssimo milagre. Nunca achei que seria sob tais circunstâncias, porém.

— Minha Mãe, peço um vínculo Coriatis. Por favor.

Minha voz vacilou no fim da súplica.

Um vínculo Coriatis. O dom divino que, no passado, eu achava que me daria o poder necessário para ser filha legítima de Vincent. Agora, estava abrindo mão da arma mais grandiosa do meu pai para me vincular ao homem que eu chegara a acreditar ser meu maior inimigo. Para salvar a vida dele.

Amor, acima do poder.

Nyaxia baixou os olhos. Pareceu notar Raihn pela primeira vez desde sua chegada, com um interesse meramente momentâneo.

— Ah — falou ela. — Entendo. Muito mudou, suponho, desde a última vez em que imploraste pela vida dele.

Antes, Nyaxia havia rido quando eu pedira a ela para salvar a vida de Raihn, achando graça das bobeiras acalentadas por seus adoradores mortais. Mas não havia diversão nos olhos dela naquele momento. Eu queria ser capaz de ler sua expressão.

Desejava ter palavras melhores para descrever a deusa.

— Por favor — insisti. Outra lágrima escorreu por minha bochecha.

Ela se inclinou. Acarinhou meu rosto com a ponta dos dedos, erguendo meu queixo em sua direção. Estava tão próxima que poderia ter me beijado, tão próxima que eu poderia contar as estrelas e galáxias em seus olhos.

— Eu já disse, humanazinha — murmurou ela. — Um amado morto jamais partirá teu coração. Tu não me deste ouvidos.

E Raihn havia de fato partido meu coração naquela noite. Não havia como negar.

— Tu devias ter deixado a flor do teu amor permanecer para sempre congelada como estava — continuou a deusa. — Tão belo em seu apogeu. Tão menos doloroso.

Mas não havia amor sem medo. Amor sem vulnerabilidade. Amor sem risco.

— Não é tão belo quanto um amor vivo — sussurrei.

Um lampejo de algo que não fui capaz de decifrar passou pelo rosto de Nyaxia. Ela estendeu a mão na direção do frasco que eu segurava; dessa vez, permiti que ela o pegasse. Ela tocou nele com carinho, como se acarinhando seu amado.

Soltou uma risada baixa e amarga.

— Diz aquela jovem demais para ver a feiura de sua degradação.

Será que era o que ela dizia para si mesma? Será que era como sufocava a dor pela morte do esposo? Será que se convencia de que tinha sido melhor daquela forma?

Quando eu vira Nyaxia da última vez, ela parecera uma força maior do que qualquer mortal seria capaz de compreender.

Ali, porém, parecia... tragicamente imperfeita. Falível de todas as mesmas formas que nós.

— Teria desabrochado — falei baixinho. — Se ele não tivesse morrido. O amor entre ti e Alarus. Vosso amor não teria murchado.

Os olhos de Nyaxia se viraram de repente para mim, como se eu a tivesse sobressaltado ao falar — como se ela houvesse ido até algum lugar muito distante, se esquecendo por completo de que eu estava ali.

Por um instante, o luto se instalou em seu belo rosto.

Depois, ela enclausurou o pensamento atrás de uma parede de gelo, as feições imaculadas ficando imóveis. A deusa arrancou o frasco de sangue da minha mão e se aprumou.

— Sinto tua dor, minha filha — falou ela. — Mas não posso garantir a ti um vínculo Coriatis.

As palavras me obliteraram da existência.

Senti a pele formigar. Meus ouvidos zumbiam. Não consegui ouvir nada acima do som de meu coração se partindo aos pés da minha deusa.

— *Por favor...* — implorei.

— Sou uma romântica — falou ela. — Não me dá prazer negar isso a ti. Mas tu e ele... Vós fostes criados, mil anos atrás, como inimigos. São papéis marcados em vossa pele. Hiaj. Rishan.

Meu peito queimava. A Marca de Sucessão pulsava como se desperta pela menção.

— Papéis que *a senhora* nos atribuiu — falei, mesmo sabendo que seria idiota discutir com...

— Papéis atribuídos por vossos ancestrais — corrigiu ela. — Sabes por que criei as linhagens Hiaj e Rishan? Porque mesmo antes de Obitraes ser a terra dos vampiros, vossos povos lutavam um contra o outro. Uma luta perpétua pelo poder que nunca acabaria. É como as coisas são. Se eu vos agraciar com um vínculo Coriatis, vossos corações serão um. Vossas linhagens se entrelaçarão. Isso apagaria os legados Hiaj e Rishan para sempre.

— Colocaria um fim em dois mil anos de tumulto.

E foi só quando Nyaxia assentiu devagar, com os olhos fixos em mim, que me dei conta:

Estávamos falando a mesma coisa.

Nyaxia não tinha interesse algum em colocar um fim em dois mil anos de tumulto.

A deusa gostava de ver sua prole em guerra, constantemente competindo por sua afeição e seus favores.

Ela não me daria um vínculo Coriatis com Raihn, não me permitiria salvar a vida dele, por pura teimosia.

Abri a boca, mas nada saiu dela. Minha raiva engoliu as palavras.

Nyaxia sentiu a resposta mesmo assim, porém, e a desaprovação lampejou em seu rosto. Ela voltou a se inclinar para mais perto.

— Estou entregando a vitória a ti pela segunda vez, filha minha. Talvez devesses simplesmente aceitar. Garotinhas não sonham em ser rainhas?

A senhora sonhava?, tive vontade de perguntar. *Sonhava em virar isto?*

Mas em vez de retrucar, soltei, rouca:

— Então me diz como salvar a vida dele.

Ela apertou os lábios perfeitos, e outra gota de sangue escorreu por seu queixo com a contração dos músculos. A deusa semicerrou os olhos, fitando o corpo mutilado de Raihn.

— Ele está praticamente morto — falou.

— Precisa existir algo.

Outra emoção indecifrável cruzou seu rosto. Talvez pena genuína.

Ela enxugou uma lágrima em minha bochecha.

— Um vínculo Coriatis o salvaria — falou ela. — Mas não posso ser eu aquela que o dará a ti.

Em seguida, a deusa se levantou e virou as costas. Não desviei os olhos do rosto machucado de Raihn, que começou a ficar borrado por trás das minhas lágrimas não derramadas.

— Oraya dos Nascidos da Noite.

Voltei a erguer a cabeça.

Nyaxia parou ao lado do corpo partido de Simon, cutucando o cadáver com a ponta do pé.

— Valoriza aquela flor — falou ela. — Ninguém jamais poderá voltar a te ferir.

E foi embora.

Ninguém jamais poderá voltar a te ferir.

Suas palavras ecoavam em minha mente quando soltei o soluço que vinha reprimindo. Me inclinei sobre Raihn, apertando a testa contra a dele.

A respiração do vampiro, cada vez mais fraca, mal fazia cócegas nos meus lábios.

Eu não dava a mínima para o fato de que Simon estava morto.

Não dava a mínima para os Rishan recuando.

Não dava a mínima para ter vencido minha guerra.

Raihn estava morrendo nos meus braços.

Uma raiva lenta começou a se avultar em meu peito.

Valoriza aquela flor.

Talvez devesses simplesmente aceitar.

Diz aquela jovem demais para ver a feiura de sua degradação.

Cada vez que me lembrava da voz de Nyaxia, minha ira ficava mais incandescente.

Não.

Não, eu me negava a aceitar. Eu tinha chegado até ali, porra. Havia sacrificado coisas demais. Me negava a sacrificar aquilo também.

Me negava a sacrificar *Raihn*.

Um vínculo Coriatis, dissera Nyaxia. *Mas não posso ser eu aquela que o dará a ti.*

A resposta estava ali.

Um vínculo Coriatis só podia ser forjado por uma divindade. E sim, Nyaxia negara um a mim. Mas ela não era a única deusa a quem meu sangue clamava. Era só a deusa do meu pai.

A da minha mãe era tão poderosa quanto.

Uma esperança insana me tomou. Ergui os olhos para o céu — ainda brilhante, rodopiando com a barreira cada vez mais diáfana entre aquele mundo e o próximo. E talvez fosse coisa da minha cabeça, talvez eu fosse uma tola inocente por nem sequer cogitar a possibilidade, mas podia jurar que dava para sentir os olhos das divindades sobre mim.

— Minha Deusa Acaeja — clamei, a voz quase vacilando. — Te invoco em nome de minha mãe, tua acólita, Alana de Obitraes, no meu momento de maior dificuldade. Escuta tua filha, Acaeja. Eu imploro.

E talvez eu não fosse tão maluca assim.

Porque, quando chamei, uma deusa respondeu.

75
ORAYA

A beleza de Acaeja não tinha semelhança alguma com a de Nyaxia. Nyaxia era bela como muitas mulheres almejavam ser, embora um milhão de vezes mais — uma força tão gigantesca que mente mortal alguma seria capaz de sequer compreendê-la.

A de Acaeja, porém, era aterrorizante.

Quando ela pousou diante de mim, comecei a tremer.

A deusa era alta, ainda mais alta do que Nyaxia, com um rosto régio e forte. Mais imponente do que sua estatura, porém, eram as asas — seis, em camadas sobrepostas, três de cada lado. Cada uma parecia uma janela para mundos diferentes, para destinos diferentes — um campo de botões desabrochados sob um céu estival e sem nuvens, uma cidade humana movimentada sob uma tempestade de raios, uma floresta sendo consumida por um incêndio. Ela usava uma longa túnica branca que se espalhava ao redor dos pés descalços. Fios de luz — os fios do destino — pendiam de suas mãos de dez dedos cada.

Ela se virou em minha direção, e seus olhos leitosos encontraram os meus.

Arquejei e desviei o rosto.

Num segundo daquela encarada, vi meu passado, meu presente e meu futuro se mesclando num borrão rápido demais para compreender. Era adequado que aquela fosse a visão de alguém que encarava a Tecelã de Destinos nos olhos.

— Não temas, filha minha.

A voz dela era um amálgama de inúmeros tons — criança, mulher, idosa.

O medo é só uma série de respostas fisiológicas, eu disse a mim mesma, e me forcei a encarar Acaeja outra vez.

Ela se ajoelhou diante de mim — observando Raihn, e depois a mim, com um interesse distante.

— Tu me invocaste — falou, apenas.

E tu respondeste, quase devolvi, porque ainda estava em choque por aquilo estar mesmo acontecendo.

Lutei para encontrar as palavras, sem sucesso. Mas ela me pegou pelo queixo, de forma gentil, embora firme, e me encarou nos olhos como se estivesse lendo as páginas de um livro. Depois seu olhar recaiu de novo sobre Raihn.

— Ah — disse ela. — Compreendo.

— Um vínculo Coriatis — consegui soltar. — É o que peço a ti, Grande Deusa. Um vínculo Coriatis. Minha mãe devotou a vida a ti, e eu... ofereço a ti qualquer coisa se...

Acaeja ergueu uma mão.

— Acalma-te, filha. Compreendo o que desejas. Tua mãe foi de fato minha devota seguidora, e sou muito protetora com aqueles que caminham pelo desconhecido a meu lado. — Ela analisou a carnificina que nos cercava, apertando os lábios num breve gesto de desaprovação. — Mesmo que às vezes o façam buscando fins questionáveis, mexendo com forças que não deveriam ser perturbadas.

Reprimi uma onda de vergonha por minha mãe.

— Por favor — sussurrei. — Se tu garantires um vínculo Coriatis, se tu me ajudares a salvar meu amado, juro que...

Mais uma vez, Acaeja ergueu a mão.

— Entendes a gravidade do que me pedes?

Aquela, eu sabia, não era uma pergunta retórica.

— Sim — falei. — Entendo.

— Entendes que estás a me pedir algo com que jamais agraciei outra pessoa?

Meus olhos ardiam. Outra lágrima rolou por meu rosto.

— Entendo.

Nyaxia fora a única divindade a agraciar alguém com um vínculo Coriatis. Nenhum outro membro do Panteão Branco havia feito aquilo.

Mas eu estava disposta a tentar qualquer coisa. Qualquer coisa *mesmo*.

— Inúmeras vezes, meus seguidores me pediram para salvar seus entes queridos da morte. Mas a morte não é o inimigo. A morte é a continuação natural da vida. Uma parte intrínseca do destino. — As visões nas suas asas mudaram, como se para demonstrar o que tinha dito, exibindo lampejos de céus escuros, ossos e flores crescendo de carne putrefata. — O que te torna diferente dos demais?

Nada, pensei a princípio. Eu era só outra mulher enlutada, parada diante do precipício de mais uma morte que não seria capaz de suportar.

Mas soltei:

— Porque ele pode fazer coisas grandiosas por este reino. Nós podemos, juntos. Podemos melhorar as coisas para quem mora aqui. Pessoas... — Minha voz ficou mais intensa. — Pessoas como minha mãe, que devotou a vida a ti, mesmo encarando tantas dificuldades aqui na terra.

Acaeja tombou a cabeça de lado, como se achasse a resposta interessante. Comparada a Nyaxia e sua flagrante emotividade, a outra deusa era distante e contida. Eu era incapaz de ler seu rosto.

Sabia que Nyaxia, apesar da negativa cruel, sentia minha dor. Acaeja, eu temia, apenas a analisava.

— Minha prima disse a verdade a ti — falou ela. — Agraciar dois Sucessores com um vínculo Coriatis alteraria para sempre o curso da Casa da Noite.

— Colocaria um fim em milênios de guerra.

— Sim. Mas também traria inúmeros desafios.

Fechei a mão ao redor dos dedos moles e ensanguentados de Raihn.

— Eu sei. E nós encararíamos cada um deles.

Quase me surpreendi em como a resposta saiu fácil. Não era uma banalidade, não era uma performance. Era a verdade.

Acaeja me encarou por um longo momento. Calafrios percorreram minhas costas — a sensação desconfortável de que meu passado e meu futuro estavam sendo folheados como as páginas de um livro de registros.

A deusa soltou uma risadinha.

— Humanos... — falou baixinho. — Tão esperançosos...

Aguardei, sem respirar.

Enfim, ela acrescentou:

— Se eu realizar teu pedido, prometes algo a mim? Prometes que vós usareis tal poder para lutar pelo que é Certo neste mundo e no próximo, mesmo contra grande oposição?

Meu coração saltou no peito.

— Sim — falei. — Sim. Prometo.

— Tu estarás sob minha proteção como prole da minha acólita. A proteção se estenderá também a ele, já que estará vinculado a teu coração. Mas imagino que minha prima não ficará nem um pouco feliz com esta decisão. Não agirá contra ti, não hoje. Não amanhã. Mas algum dia no futuro, Oraya dos Nascidos da Noite, haverá o dia em que Nyaxia fará um grande julgamento. Quando tal dia chegar, tu deverás estar preparada para lidar com a insatisfação dela.

Que a porra da Deusa nos acudisse.

E talvez eu fosse uma tola, mas nem assim hesitei.

— Certo — respondi. — Compreendo.

— Vejo tua verdade. Vejo as possibilidades no futuro de ambos. Sei que há muito mais pela frente. E, por esta razão, garantirei a vós um vínculo Coriatis.

As palavras eram inacreditáveis. De início, nem consegui compreender direito.

— Obrigada — tentei dizer, mas o agradecimento se desfez num soluço.

— Rápido — falou Acaeja. — Ele está partindo.

Meus olhos recaíram sobre o rosto de Raihn — imóvel, machucado, coberto de sangue, com as feições deformadas além de qualquer reconhecimento. Ainda assim, por alguma razão, a imagem daquele mesmo rosto no nosso casamento tomou minha mente. A noite em que ele havia se prometido para mim, e eu não pudera oferecer o mesmo em retorno.

— Vai ser doloroso — alertou Acaeja.

Ela tocou meu peito, bem acima do coração.

"Doloroso" não era a melhor palavra. Arquejei com a pontada de agonia — era como se alguém estivesse atravessando meu corpo com um gancho, prendendo meu coração e o puxando para fora da caixa torácica.

Ainda assim, não me encolhi, não fechei os olhos. Apenas fitei o rosto de Raihn. Através da névoa de dor, ouvi nossos votos de casamento:

Dou a ti meu corpo.

Dou a ti meu sangue.

Dou a ti minha alma.

Acaeja afastou a mão do meu peito, devagar, como se estivesse levantando um grande peso, e depois a pressionou contra o peito de Raihn. Uma ofuscante luz branca nos envolveu.

A dor ficou mais forte.

Desta noite até o fim das noites.

Dobrei o corpo, apoiando a testa na de Raihn.

Do nascer do sol até que o sol não nasça mais.

Acaeja afastou as mãos de novo, e vi o fio de luz entre elas.

— Vinculo estes dois corações. — A voz da divindade se propagava pelo ar em círculos, como na água. — Estas almas são uma. Este poder é um. De agora até que seus fios cruzem o plano mortal.

Ela espalmou as mãos no ar, vinte dedos longos tecendo nossos destinos um ao outro — e depois, num movimento abrupto, puxou os fios até que ficassem retesados.

Me encolhi, incapaz de me mover ou de respirar. Fechei os olhos com força. Minha mente se esvaziou de tudo, exceto cinco palavras:

Dou a ti meu coração.

As palavras que não quis — que não consegui — falar para Raihn naquela noite. O voto que fui incapaz de fazer.

Agora, eu sussurrava aquelas palavras sem parar, me apegando a elas enquanto minha alma se rasgava e se remendava.

— Dou a ti meu coração — murmurei contra sua pele. — Dou a ti meu coração. Dou a ti meu coração.

A luz esmaeceu. A dor passou.

A voz de Acaeja parecia estar vindo de muito, muito longe, como ondas batendo na costa, quando ela disse:

— Está feito.

As palavras foram se apagando.

Assim como eu.

＃ Parte Sete

Aurora

76
ORAYA

Não sonhei com Vincent.
Não sonhei com nada.

Quando abri os olhos, o que vi foi um teto cerúleo. O mesmo que eu vira ao acordar todos os dias ao longo de quase vinte anos. Daquela vez, porém, tudo parecia diferente desde o primeiro momento. Como se meu âmago tivesse se reorganizado.

Eu me sentia... mais forte. Como se o sangue corresse por minhas veias com mais força.

Também me sentia...

Pousei a mão sobre o peito. Sobre o coração.

Também me sentia... mais fraca.

Como se uma parte da minha alma, aquilo mais vulnerável em mim, agora estivesse fora do corpo.

Minha mente juntou os eventos da batalha numa ordem meio errática, e me sentei de supetão.

Todos os pensamentos sumiram, exceto o nome dele.

Raihn.

Eu estava sozinha no quarto. Havia uma cadeira ao meu lado, taças vazias e pratos na mesinha de cabeceira, como se alguém tivesse acabado de sair dali.

Raihn.

Joguei as cobertas para longe e me levantei, mas no mesmo instante caí de novo na cama devido a uma tontura que fez meu estômago se revirar. Um puxão estranho na minha consciência me desorientou, como se eu estivesse vendo algo de canto de olho que não estava ali ou encarando o quarto de outro ângulo.

Pela Mãe. Eu devia ter batido a cabeça para valer.

Fiquei de pé outra vez e saí para a antessala dos meus aposentos, abrindo a porta que levava para o corredor.

Raihn.

Eu não sabia muito bem como tinha a exata noção de onde ele estava. Só sabia que, sem pensar, estava indo até seus aposentos, e...

A porta se abriu assim que a ponta dos meus dedos roçou a maçaneta.

Ele estava vivo.

Ele estava vivo.

Não assimilei mais nada, só que ele estava ali e vivo e parado diante de mim e vivo e sorrindo e *vivo*.

E de repente seus braços estavam envolvendo meu corpo, e os meus envolvendo o dele, e nós dois ficamos ali nos abraçando por um minuto e uma eternidade, como duas metades reunidas. Enterrei o rosto na pele nua de seu peito e fechei os olhos para reprimir as lágrimas.

Por um longo tempo, ficamos daquele jeito.

Até que ele murmurou contra meu cabelo:

— Pelo jeito, você sentiu saudades de mim...

Canalha arrogante, pensei.

Mas o que eu disse em voz alta foi:

— Eu te amo.

Senti o choque do vampiro ao ouvir as palavras — *literalmente* senti, como se a reação tivesse sido minha. Depois, senti também a onda de alegria que se seguiu, como o sol banhando meu rosto.

Ele me apertou com ainda mais força.

— Ótimo — continuou. — Porque agora você está mesmo presa a mim.

Bufei, mas o som foi abafado contra a pele dele, soando muito mais baixo do que eu planejava.

Raihn tocou minha testa com os lábios.

— Também te amo, Oraya — sussurrou. — Pela Deusa, como amo.

Ele me puxou para dentro de seus aposentos — ou melhor, cambaleamos juntos para dentro, sem querer nos largar nem sequer para fechar direito a porta, que diria andar. A necessidade de estar fisicamente próxima a ele era desorientadora — como se nossas essências tivessem sido unidas, nos deixando com uma urgência inerente de manter nossos corpos o mais perto possível. Não era algo sexual — ou ao menos, não *naquele momento*. Era mais profundo. Mais íntimo.

Depois de alguns instantes, me dei conta de que nossas batidas do coração tinham se alinhado — a dele acelerando um pouco, a minha ficando mais devagar. E soube daquilo porque podia *sentir* o ritmo de seu coração, assim como sentia o do meu.

Ele notou o fenômeno ao mesmo tempo.

— Estranho — murmurou ele. — Não acha?

"Estranho" era um eufemismo. Ainda assim, parecia... uma palavra negativa demais. Aquilo não passava a impressão de ser errado. Nem antinatural. Não era sequer assustador — o que me chocava, porque era de esperar que ter a alma vinculada à de outra pessoa fosse completamente aterrorizante.

Vinculados. Atados.

Pela Deusa, a gente tinha *mesmo* feito aquilo. Tínhamos um vínculo Coriatis.

A compreensão me atingiu com tanta força que me afastei de repente de Raihn, quase caindo de bunda antes de ele me segurar.

— Calma...

Parei. Franzi a testa.

Agarrei o vampiro pelos ombros — não para me equilibrar, e sim para que ele continuasse parado ali.

Eu ficara tão aliviada de ver Raihn que nem sequer tinha olhado direito para ele. O vampiro estava sem camisa, com uma calça de algodão de cós baixo, o torso coberto pelas marcas já tênues dos ferimentos e por ataduras que os envolviam.

Mas meus olhos recaíram sobre seu peito — seu pescoço.

E a Marca de Sucessão que agora o cobria.

— Pelas tetas de Ix — sussurrei.

Ele franziu a testa, olhando para baixo, mas o puxei até o espelho.

Quando se viu, Raihn arregalou os olhos.

— Pelas tetas de Ix — repetiu.

A Marca era quase idêntica à minha, embora levemente modificada para combinar com o formato do corpo dele. Eu estava com uma camisola solta que expunha meu pescoço e meus ombros, deixando as duas Marcas visíveis lado a lado. A semelhança era assustadora. A de Raihn agora tinha a sobreposição das fases da lua descendo pelo pescoço, além das asas esfumaçadas que tomavam as clavículas e os ombros — a única diferença era que as dele eram Rishan, dotadas de penas.

Nos encaramos através do espelho e tivemos a mesma ideia no mesmo instante. Raihn me virou, puxando as alças da minha camisola até que a peça se acumulasse em minha cintura para expor meu torso.

Ele me segurou de costas para o espelho, e olhei para meu reflexo por sobre o ombro.

Que a porra do sol me levasse.

Ao meu lado, Raihn se virou e ficou na mesma posição que eu.

A Marca de Sucessão nas costas dele era idêntica à minha. Fases da lua dispostas de um ombro até o outro, lanças de fumaça descendo pela coluna.

Trocamos um olhar. A realidade do que tínhamos feito — do que havia mudado — recaiu sobre nós.

Nyaxia e Acaeja haviam ambas alertado de que um vínculo Coriatis significaria o fim das linhagens Rishan e Hiaj, fundindo ambas numa só.

Havíamos alterado o curso da Casa da Noite para sempre.

Me senti meio atordoada, e não tinha relação alguma com os ferimentos.

Uma ruga se formou entre as sobrancelhas de Raihn. O canto da boca dele se curvou num sorrisinho meio incerto.

— Arrependida, princesa?

Arrependida?

A resposta saiu, fácil e imediata:

— Nem fodendo.

A careta de sarcasmo dele se transformou num sorriso; se eu tivesse algum arrependimento, aquele gesto do vampiro teria acabado com ele.

— Que bom — falou ele. — É mais bonito em você do que em mim, de toda forma.

Olhei para as costas musculosas de Raihn, sem muita certeza de que concordava.

Me sobressaltei quando a porta se escancarou.

— Pelos deuses!

Mische estava girando nos calcanhares, quase derrubando a bandeja que tinha em mãos na pressa de cobrir os olhos.

— Deixo vocês dois sozinhos, *inconscientes*, por *cinco minutos*, e quando volto já arrancaram a roupa um do outro? Tranquem a porcaria da porta, pelo menos!

77

RAIHN

Achei que a adaptação seria mais difícil. O vínculo Coriatis, no fim, era a parte tranquila. Sim, era meio esquisito de se acostumar. Não era como se eu pudesse ler a mente de Oraya, ou me comunicar com ela sem palavras, ou sentir tudo o que ela sentia — e, caralho, que diversão existiria em tirar todo o mistério das coisas? Era mais a sensação de estar constante e inatamente *consciente* dela. Uma sintonia biológica com sua presença, com sua condição e com suas emoções.

Naquele instante, porém, eu não precisava estar com meu coração vinculado ao dela pelo passe de mágica de uma deusa para saber que Oraya estava puta.

Estava com aquela cara de *tem um gato mijando em mim e o gato é você*. Minha favorita na diversa biblioteca de expressões de Oraya. Ela havia cruzado os braços sobre o peito e batia o pé, impaciente. Estávamos ambos na sala de reunião — eu reclinado na cadeira, Oraya aprumada na dela. Ketura, Vale, Lilith, Jesmine e Mische dispostos ao redor da mesa. Mische estava meio debruçada sobre o tampo; Lilith, pensativa como sempre; Ketura e Vale pareciam visivelmente irritados; e Jesmine, é claro, estava com sua cara de rainha gelada.

— Ele precisa estar em algum lugar — falou Oraya.

— Tenho certeza de que *está* — respondeu Jesmine, pressionando os lábios. — Ele é uma cobra. Mas, se estiver, não é no território da Casa da Noite.

— Vocês conferiram...?

— A gente olhou em todos os lugares possíveis — interrompeu Ketura, empurrando as anotações para o lado. — Todos.

Eu sabia que ela não estava frustrada com Oraya — e sim consigo mesma. Odiava perder.

— Ele deve ter recuado com o resto dos Nascidos do Sangue — falou Jesmine. — Foi tudo bem rápido, ao que parece.

Nada daquilo me surpreendia.

Eu queria pegar Septimus tanto quanto os demais, mas não me iludia com a ideia de que ele se deixaria ser capturado tão fácil. Era esperto demais para isso — não tinha como negar.

As últimas semanas haviam passado como um borrão, estabelecendo as fundações de nosso novo reino e eliminando os parasitas remanescentes do antigo. Os Nascidos do Sangue, ao menos, tinham desaparecido sem resistência — no instante em que a deusa surgira, aparentemente haviam se dado conta de que nada de bom sairia dali e que era melhor dar no pé. Quando, ao fim da batalha, Jesmine e Vale tinham vindo resgatar a mim e a Oraya, a maior parte das tropas de Nascidos do Sangue já estava deixando o reino.

Ninguém fez objeções. Já iam tarde.

O único que queríamos pegar era Septimus.

Mas ele, ao que parecia, tinha sido o primeiro a sumir. Jesmine e Vale haviam dado ordens para que o vampiro fosse detido de imediato, antes mesmo de Oraya e eu despertarmos, mas o homem simplesmente desaparecera. E aquelas últimas semanas tinham sido igualmente infrutíferas; nossos guardas haviam revirado todas as fortalezas em potencial e vasculhado as frotas de soldados Nascidos do Sangue que iam embora, mas nada.

Septimus já devia estar muito, muito longe dali.

Vale soltou um suspiro e esfregou as têmporas.

— Deixem ele fugir com o rabinho entre as pernas. Se é assim que deseja lidar com a derrota, que seja. Temos vários outros traidores para julgar, e esses ao menos não vão deflagrar uma guerra.

Ele bateu com o dedo no pergaminho à sua frente, preto com as dezenas — centenas — de nomes.

— *Outra* guerra — corrigiu Jesmine, e Vale suspirou de novo.

— Sim. Melhor evitar outra guerra. Principalmente se for com outra Casa.

Mische se ajeitou na cadeira, desconfortável. Eu sabia que ela estava pensando na Casa da Sombra.

A gente tinha dado sorte até então. Ninguém dissera nada sobre o príncipe. Se aquilo mudasse, nossa estratégia seria botar a culpa em Simon e deixar que a outra Casa vampírica acreditasse que a justiça já havia sido feita.

Arriscado, mas era o melhor que tínhamos.

Mische, eu sabia, andava pensando naquela possibilidade mais do que deixava transparecer.

— A gente encontrou mais alguém — falou Ketura, atraindo minha atenção de novo para a reunião. — Na última série de buscas.

Pestanejei, me virando para ela.

— Alguém importante?

A expressão da vampira se fechou como se ela tivesse sentido um cheiro muito ruim.

— Alguém com quem acho que você gostaria de conversar.

Cairis estava péssimo. Mas, ora, seria meio decepcionante se não estivesse após horas de interrogatório nas mãos dos homens de Ketura e Vale.

Ele ergueu o rosto e olhou pela grade, e um raio de luar banhou suas feições enquanto ele me fitava com um dos olhos inchado.

— Ah. — Ele retorceu a boca numa careta irônica, uma imitação patética de seu sorriso típico. — Olá. Sinto muito, mas não vou ser muito útil. Já contei tudo.

— Imaginei.

Me sentei na cadeira diante da grade, apoiando os cotovelos nos joelhos. Atrás de mim, Oraya também entrou no recinto, parando nas sombras junto à parede.

Adorei presenciar o queixo dele caindo de terror quando a viu. Ela também — senti sua reação junto com a minha.

— E aí? — falou o vampiro. — Veio até aqui para me executar com as próprias mãos?

Ele se levantou, como se estivesse se preparando para encarar a morte iminente.

— Não — respondi. — Meu tempo é valioso demais para isso.

Cairis pareceu confuso.

— Então...?

— Ketura e Vale queriam executar você. — Apontei para Oraya com a cabeça. — Sua *rainha* queria executar você.

Aquela coisinha sedenta de sangue...

— Mas — continuei — consegui fazer todo mundo mudar de ideia.

Ele franziu a testa.

— Você...?

— Queria garantir que eu veria seu rosto quando o homem que você traiu salvasse sua vida — expliquei. — Também faço questão de deixar claro que não é por misericórdia. Na verdade, a rainha que queria sua cabeça provavelmente é a mais misericordiosa entre nós.

Fiquei de pé, minha silhueta projetando uma sombra sobre Cairis. Eu assomava acima dele — que não era um homem pequeno, mas, naquele instante, parecia.

E, naquele instante, concluí que sempre tinha sido.

Mas será que havia outra alternativa?

Ele passara a vida toda morrendo de medo. Aprendera a sobreviver se ajoelhando para caber em gaiolas. Por um tempo, fora capaz de ser algo diferente.

Por um tempo.

Assim que se deparara com a possibilidade de ser escravizado de novo, porém, viu que não poderia voltar àquela situação. Valor algum seria forte o bastante para suplantar esse medo.

Eu não sabia se compreender o sujeito tornava tudo melhor ou pior.

Ele baixou os olhos. Havia vergonha — vergonha real — neles.

— Eu mereço ser executado — falou Cairis.

— Sim. E é por isso que não vai. Por isso e... — Inclinei a cabeça e sorri, um sorriso tão largo que revelou minhas presas. — Porque acho que você talvez possa ser útil algum dia, então vamos te mandar para Tazrak. Vai passar uma década por lá, se bobear duas, três, quatro, até eu decidir que preciso de você para outra coisa. Pessoas que têm algo a provar são sempre muito úteis.

Cairis arregalou os olhos. Abriu a boca, mas nada saiu dela.

— Se está em dúvida se me agradece ou não, acho que é melhor ficar calado — falei.

Ele cerrou os dentes. Ainda assim, depois de uns segundos, disse:

— Obrigado.

Soltei uma risadinha. Comecei a me virar, mas ele acrescentou:

— Realmente acha que vai conseguir fazer isso funcionar?

Refleti sobre a pergunta. Oraya e eu trocamos um olhar.

Voltei a encarar o vampiro.

— "Isso"? — questionei.

Vi a reação no rosto de Cairis assim que ele bateu os olhos nas costas de Oraya — em sua Marca de Sucessão, visível acima da gola da blusa. Logo depois, ela se virou de frente.

Os olhos de Cairis ficaram ainda mais arregalados.

Soltei uma risadinha e desabotoei os dois botões de cima do casaco — revelando também minha outra Marca.

— São novas — falei. — Gostou?

— Vocês conseguiram — sussurrou.

O choque em seu rosto era satisfatoriamente genuíno. Ou ele estivera isolado por completo onde quer que tivesse se escondido ou ouvira os rumores e achava que eram mentira. As duas opções eram igualmente cômicas.

— Conseguimos — falou Oraya.

Ele ficou pálido.

— O que foi? — indaguei. — Caiu na real sobre ter escolhido o lado errado?

Era só metade piada, porque Cairis *de fato* parecia estar questionando tudo o que achava ser verdade. Jogara segundo as regras de Neculai até o fim, acreditando ser a única estratégia capaz de levar ao sucesso.

E agora lá estávamos nós, com coroas na cabeça, destruindo o tabuleiro.

— Sim. Caí — respondeu ele, baixinho.

— Você é sortudo — afirmei. — Simon já teria te esfolado vivo a essa altura.

Comecei a me virar para sair, mas ele me interpelou.

— Espere.

Eu estava ficando impaciente.

Girei nos calcanhares, erguendo as sobrancelhas.

— Septimus ainda não acabou — informou o vampiro, depois ergueu as mãos como se já estivesse se defendendo por antecedência. — Já contei para Ketura tudo que sei. Não tenho mais evidências. Só... uma sensação. Eu sei. Ele está fazendo alguma coisa, Raihn. Não sei o quê. Mas, se eu fosse você, ficaria esperto.

Meu sorrisinho sumiu. Oraya e eu trocamos um olhar. Ela ergueu as sobrancelhas como se estivesse dizendo "Viu? Não te falei?".

Retribuí com uma expressão que dizia "Sim. Você falou mesmo".

— Bom, vamos estar prontos para ele — respondi para Cairis. — Seja lá quando Septimus decidir aparecer.

A verdade. O que mais poderíamos fazer?

Fechei a porta ao sair, deixando Cairis sozinho na escuridão.

78
ORAYA

Eu estava nervosa.

Fiquei parada diante do espelho por um tempo que beirava o constrangedor.

Não tinha como não admitir que estava ótima. Um pequeno exército de criadas tinha garantido aquilo, pintando meu rosto, ajeitando meu cabelo e beliscando e cutucando meu corpo para que o vestido cascateasse onde devia cascatear e aderisse onde devia aderir. O crédito de tanta beleza não era todo meu, porém. O traje era praticamente uma obra de arte. De alguma forma, parecia ainda mais magnífico do que aquele que eu usara no casamento de Vale e Lilith.

Era roxo-escuro, quase preto, bem ajustado ao corpo. Também era escandalosamente revelador, com costas baixas o bastante para mostrar as covinhas na base da coluna; na frente, o decote afundava entre meus seios. O modelo era pensado para exibir as duas Marcas, algo que fazia muito bem: as linhas da peça complementavam cada curva e ponta das tatuagens. O corpete possuía uma estrutura rígida vermelha, que ecoava a cor das Marcas, e as armações na altura do meu quadril se desfaziam em pontos dispersos de prata que lembravam estrelas, mais numerosas e densas conforme desciam pela saia.

O requinte do vestido se equiparava ao de todas as armas que eu havia empunhado.

E eu parecia uma rainha da cabeça aos pés. Como deveria.

As primeiras semanas de nosso reinado conjunto tinham sido tensas e incertas. Ao longo do mês anterior, porém, Raihn e eu havíamos trabalhado duro para cimentar nosso comando sobre a Casa da Noite. Os traidores tinham sido sentenciados. Os Nascidos do Sangue, expulsos. Nobres insurgentes, derrubados.

Ninguém viera cobrar nossas cabeças.

Ainda.

No entanto, naquela noite aconteceria o primeiro grande festival depois do fim da guerra. Raihn e eu apareceríamos diante dos membros mais respeitados da sociedade vampírica e faríamos nossa oferta a Nyaxia para o próximo ano lunar. Precisávamos ser...

Régios.

Régios *pra caralho*, contrastando com o ano anterior — eu havia passado o último feriado daquele tipo trancada em meu quarto, proibida por Vincent de frequentar as festividades. Poucas semanas depois, o Kejari começara.

Na época, eu mal sabia o quão perto estava de ver tudo mudar.

Soube que Raihn se aproximava de mim antes mesmo de ouvir seus passos. Agora, isso acontecia com frequência.

Ele surgiu por trás de mim no espelho, espiando pela porta entreaberta. Soltou um assovio baixo.

— Sério? — falei, me virando e examinando as costas do vestido. — Acha que ficou bom assim?

— E o que mais eu iria achar, porra?

O vampiro se aproximou, e olhei para ele pelo espelho. Pela Deusa, os alfaiates eram verdadeiros artistas. O traje dele complementava o meu, feito com o mesmo tecido de um roxo profundo. Os punhos e a gola eram adornados com as mesmas estrelas.

O caimento da roupa nele também era incrível. O casaco se ajustava perfeitamente ao corpo. Os botões se fechavam embaixo, deixando a parte de cima aberta para revelar lampejos deliberados de sua Marca. Junto com uma região definitivamente musculosa.

— Então... — começou Raihn. — Agora é muito fácil saber quando você está fazendo isso.

— Fazendo o quê? — perguntei num tom inocente.

Olha só quem falava... Como se eu não pudesse sentir também os olhos dele pousados em meus seios.

Me virei para encarar o vampiro. Corri a ponta dos dedos em seu pescoço, acompanhando as linhas da Marca até os pelos macios de seu peito. Pensei na noite do baile da Meia-Lua, quando ele abrira o casaco para mim e praticamente me oferecera seu coração.

Vai me matar, princesa?

No fim, era o que eu tinha feito.

Ele puxou meu queixo para cima.

— Você é linda demais para estar nervosa assim.

— É que parece que sempre que estou linda assim, algo horrível acontece.

Raihn soltou uma risada abafada.

— É verdade. Sobrevivi a alguns golpes a essa altura, e você estar linda aconteceu em pelo menos duas das ocasiões.

Carnificinas e vestidos de festa. Pelo jeito, as duas coisas combinavam muito bem.

Mas eu não estava pronta para fazer piada sobre o assunto. A lembrança do casamento ainda era muito recente. Aquele também fora um gesto grandioso de demonstração de poder de um novo regime a seus súditos mais importantes.

E as coisas não tinham terminado lá muito bem.

Raihn correu o dedo pelo vinco em minha testa.

— Que cara é essa?

Olhei para o vampiro sem pestanejar, porque ele sabia muito bem que cara era aquela.

— Não tem por que ficar nervosa.

Baixei as sobrancelhas, porque porra... eu sabia que *ele* também estava uma pilha de nervos.

Raihn suspirou.

— Beleza, você me pegou. Mas já estou me sentindo melhor, porque se você for chegar lá com essa cara, as pessoas não vão ter mais dúvida de como somos monarcas com um poder brutal e aterrorizante.

Não consegui evitar e caí na risada.

— Agora sim.

Raihn sorriu. Eu ainda era capaz de sentir a inquietação sob o gesto, mas meu coração se aqueceu ao ver sua expressão. Havia alegria genuína no vampiro. Estava bem mais solto, bem diferente de quando havíamos nos conhecido.

Me lembrei da primeira vez em que ouvira Raihn rir, e de como o som havia mexido comigo porque eu não sabia que era possível que alguém gargalhasse daquela forma — tão livremente. Ele sorria da mesma forma — nada vampírico.

Retribuí o sorriso sem nem pensar.

Alguém bateu à porta. Ketura colocou a cabeça pelo vão.

— A lua está subindo no céu — falou ela. — Todos estão prontos para receber vocês.

Raihn olhou para mim e ergueu as sobrancelhas como se dissesse: "Bom, é isso então".

Peguei seu braço e, de forma muito sutil, enxuguei o suor da palma da minha mão na sua manga.

— Ah, que bom — murmurou ele no meu ouvido enquanto seguíamos Ketura corredor afora.

Raihn e eu fomos conduzidos até a sacada do castelo. Não muito tempo antes, ele fora pendurado ali para morrer. Agora, estávamos no mesmo lugar, só que para falar com nosso povo.

Aquele sempre fora um dos maiores festivais de Sivrinaj, e naquele ano seria ainda maior. Dadas nossas circunstâncias únicas, havíamos decidido fazer um evento mais acessível do que o normal, permitindo que os cidadãos de Sivrinaj adentrassem as áreas mais externas da propriedade do palácio. Dentro das muralhas mais internas, se reuniriam os nobres e oficiais — todos aqueles que, é claro, tivessem jurado lealdade aos novos monarcas. Uma multidão formada por Hiaj, Rishan e humanos.

Um ano atrás — caralho, *meses* atrás —, algo similar teria sido impensável.

Um ano atrás, apenas a ideia de estar em meio àquela gente, com meu pescoço exposto, teria sido paralisante.

Uma onda daquele terror quebrou sobre mim quando eu e Raihn nos aproximamos da porta e vi o mar de rostos lá embaixo — centenas, talvez milhares. Parei sob o arco prateado, atordoada. Raihn pousou a mão na base das minhas costas, o polegar fazendo um gesto circular de conforto em minha pele exposta.

Ele se aproximou de mim, os lábios roçando minha orelha.

— Você está em segurança — murmurou.

Parecia magia como Raihn sempre me fazia acreditar nele.

Aprumei as costas, entrelacei os dedos aos dele e, a passos largos, fui cumprimentar meu povo ao lado do vampiro.

Em algum ponto lá embaixo, vozes se uniram para dizer em perfeito uníssono:

— Anunciamos, nesta noite abençoada, a chegada do rei e da rainha da Casa da Noite!

As palavras tremularam pelo ar, pairando ali como fumaça. Rastejaram por minha pele. Senti Raihn se encolher também, como se a realidade dos títulos o houvesse atingido de forma inesperada.

Como uma onda de movimento se propagando pela multidão, aqueles inúmeros pares de olhos se voltaram para nós.

Parei de respirar.

E sem fôlego fiquei, incapaz de sorver o ar, quando Rishan, Hiaj e humanos se curvaram numa mesura — uma marola se espalhando pelo oceano.

Que a Deusa me acudisse.

Que bela visão.

Soltei o ar, trêmula. Estava grata pela mão de Raihn, apertando a minha com tanta força que tremia.

Ele me fitou de lado, os olhos um pouco semicerrados pelo sorriso de alívio.

Murmurei, baixo o bastante para que apenas ele ouvisse:

— E você nem precisou arrancar a cabeça de alguém.

Raihn reprimiu a risada.

A cerimônia em si foi rápida — vampiro algum queria passar mais tempo assistindo a um bando de rituais religiosos do que comendo, bebendo e transando. O festival era para comemorar o fim de um ano lunar e o começo do próximo. Eu vira Vincent realizar aqueles ritos uma única vez — e fora às escondidas, do telhado de uma construção próxima, da qual me esgueirei logo depois, antes que alguém sentisse meu cheiro.

Não precisava nem dizer que as coisas pareciam muito diferentes dali, do centro de tudo.

Raihn e eu precisávamos oferecer três coisas a Nyaxia.

Primeiro, vinho — para agradecer à deusa pela abundância do ano e pedir abundância para o próximo. Erguemos o cálice de vidro juntos na direção do céu, com nossa magia urgindo o líquido a subir como uma enguia vermelho vivo que serpenteou na direção das estrelas.

Depois, o osso de um inimigo — como gratidão por sua proteção, e também para pedir força permanente. Tínhamos ossos mais do que suficientes naquele ano, mas parecia particularmente apropriado que fosse um de Simon — uma falange. Erguemos o objeto alvo como marfim na direção do céu; com um lampejo de luz preta, o Asteris de Raihn o reduziu a pó, que foi soprado para longe pelo vento.

Enfim, ofereceríamos nosso sangue. Aquela era a oferenda mais importante, a que sinalizava nossa lealdade e devoção eternas. Segundo as escrituras, Nyaxia era quem tinha feito nosso sangue ser como era, e, portanto, deveríamos oferecer um pouco dele como sinal de nossa fidelidade.

Naquela noite, a oferta parecia meio redundante, dada a quantidade de sangue que havíamos derramado ao longo dos últimos meses. Não reclamaríamos de ceder um pouco mais, porém.

Raihn e eu fizemos a oferenda juntos, entregando nosso sangue compartilhado. Usamos minha lâmina — pois, é claro, eu ainda andava armada o tempo todo — para cortar a palma da mão. Depois, apertamos as mãos uma contra a outra e as curvamos em concha. Quando as erguemos na direção do céu noturno, oferecemos a Nyaxia uma pequena poça de carmim e preto que já se misturavam.

Tradicionalmente, era Nyaxia quem recolhia aquela oferenda, sugando o sangue na direção das estrelas.

No entanto, nada aconteceu.

Vários segundos se passaram. Em silêncio, Raihn e eu fomos ficando mais tensos.

Se Nyaxia não aceitasse a oferenda, a imagem passada numa noite tão importante seria péssima. Eu estava preparada para simular o recebimento do sangue se fosse necessário. Era tudo um espetáculo, afinal de contas. Nossa magia era mais do que capaz de fazer um pouco de fluido serpentear de maneira convincente pelo ar.

Mas, enfim — depois do que pareceu uma eternidade, mas foram apenas segundos —, o sangue começou a flutuar. Dançou contra o preto aveludado como um fiapo de fumaça líquida antes de ser consumido pela escuridão.

Raihn e eu soltamos suspiros simultâneos de alívio.

Os espectadores, sem notar nossa tensão, irromperam em aplausos — comemorando, principalmente, o fato de que agora estavam livres para se alimentar e beber. Viramos para eles, erguendo as mãos para celebrar e agradecer. Passávamos exatamente a imagem de realeza esperada de nós.

Mas meus olhos se voltaram para o céu, onde nuvens estranhas e cintilantes rodopiavam como fragmentos de luar.

E, por alguma razão, o alerta de Acaeja ribombou em minha mente:
Haverá o dia em que Nyaxia fará um grande julgamento.
Não hoje. Não amanhã.
Mas algum dia no futuro.

Mas, assim que pisquei, as nuvens esquisitas desapareceram — como se nunca tivessem existido e fossem apenas coisa da minha imaginação.

79
RAIHN

O festival foi tão grandioso que entrou para a história. Mais tarde, escribas falariam sobre aquela festa, mas alguns detalhes precisariam ser inventados — os presentes ficaram bêbados demais para lembrar de tudo. Era quase uma pena que Cairis não estivesse ali para apreciar o evento. Ele teria ficado impressionado.

Após a cerimônia, Oraya e eu fomos guiados por Vale e Lilith de um grupo de nobres para outro, travando conversas educadas e gélidas e garantindo que as pessoas certas vissem como éramos assustadores e poderosos.

Eu preferia o Kejari. Ficava muito mais confortável lutando com espadas do que com palavras. Ainda assim, Oraya e eu nos demos melhor com aquela tarefa do que imaginávamos. As horas foram passando, e, para todos os efeitos, a festa foi um sucesso.

Já começava a amanhecer quando enfim fiquei livre de obrigações. Oraya e eu havíamos nos separado pouco antes, com Vale me puxando para um lado e Jesmine a levando para outro — um dos vários benefícios do vínculo Coriatis, porém, era que eu sempre sabia se Oraya estava ou não em segurança. Não sentia sinal algum de estresse nela; assim, em vez de sair abrindo caminho em meio à multidão para encontrar minha esposa e arriscar ser interceptado por outro nobre Rishan para conversar, decidi procurar uma pessoa com a qual realmente queria falar.

Não era muito difícil encontrar Mische naquele tipo de evento. Ela estava sempre perto da comida ou das flores. Naquela ocasião, encontrei minha amiga junto às plantas. Ela se afastara da área mais movimentada da festa e agora vagava por entre as moitas floridas do jardim. Quando a alcancei, ela encarava uma parede verde repleta de botões, silhuetada contra as plantas.

Parei sentindo o sorriso sumir.

Algo naquela visão era muito... triste.

— Melhor não andar por aí sem fazer barulho para avisar da sua presença — falei, me aproximando. — Tem pelo menos uns dez casais transando no meio desse labirinto.

Ela deu uma risadinha quando se virou para mim. Parte da minha preocupação sumiu quando vi o prato transbordando comida que ela carregava. Se estivesse de mãos abanando, eu saberia que Mische estava realmente mal.

— Estou surpresa que você e Oraya não são um deles — rebateu ela.

— Ainda.

O pensamento me distraiu por um instante. Era uma piada, mas também não uma má ideia.

Mische bufou e mordeu um docinho.

— Deu tudo certo — falou, de boca cheia. — A cerimônia. A festa também. Ainda não vi ninguém morrendo.

Eu não sabia muito bem se aquele era um sinal de sucesso ou fracasso para os padrões de uma festa vampírica.

Mas o pensamento sumiu quando olhei para minha amiga. Ela agora evitava o contato visual, encarando as flores com muito interesse.

— Achei que você não ia mais esconder as coisas de mim, Mish — falei.

A vampira parou de mastigar. Depois se virou na minha direção, chocada, de olhos arregalados.

— Ela *jurou* que não ia te contar nada!

Ela?

Estreitei os olhos.

— *Ela?*

Mish arregalou ainda mais os dela.

— Caralho — chiou.

— Eu que o diga: caralho. De quem você está falando? Da Oraya?

— Preciso dar uma olhada no...

Ela começou a se virar, mas a segurei pelo cotovelo.

— Mische, o que está acontecendo?

A vampira soltou um suspiro, depois se virou para mim.

— Eu só... não queria fazer isso aqui.

— Fazer o quê?

Odiei ver as suspeitas sendo confirmadas. Mische estava se comportando de modo esquisito havia algumas semanas. Não era a mesma desde o incidente com o príncipe. Ou... Ora, quem eu estava tentando enganar? Não era a mesma desde o Palácio da Lua. Meu olhar recaiu sobre seus braços, e vi as luvas longas que cobriam as cicatrizes de queimadura e que não permitiam que ninguém as visse — nem mesmo eu.

— O que houve, Mische? — perguntei, mais suave.

Ela revirou a comida com o garfo.

— Eu... decidi que vou passar um tempinho longe.

Senti o peito apertar.

— Longe? Onde?

A vampira deu de ombros.

— Não sei. Por aí. Em algum lugar.

— Nós já fizemos isso. Você e eu. Vimos tudo que valia a pena ser visto.

— A gente nunca foi até as Ilhas de Lótus.

— Eu fui. Não tem nada de mais lá.

Ela continuou sem olhar para mim.

— Mische, se isso for por causa da Casa da Sombra... — comecei.

— Não é — respondeu ela, rápido demais. — É... Argh. — Mische fez uma careta, fechando os olhos com força, e pousou o prato sobre uma mureta de pedra.

— Vou dar um jeito na Casa da Sombra, independentemente do que eles fizerem — garanti, a voz baixa. E porra, estava falando sério. — A gente vai proteger você. Eu nunca, *nunca* deixaria que...

— Eu sei — interrompeu ela. — Eu sei, juro. Não tem a ver com isso.

— Não consigo acreditar em você.

— Bom... — Ela deu de ombros. — Você devia. Não sou do tipo que fica muito tempo nos lugares, Raihn. Você sabe disso. Nem mesmo... *antes*.

Era engraçado como, centenas de anos depois, ela ainda titubeava sempre que falava da própria Transformação.

Mas ela estava certa. Eu sabia. Era por isso que Mische e eu havíamos sido companheiros tão bons por tanto tempo. Estávamos fugindo juntos de muita coisa. Felizes de passar a eternidade deixando o vento nos levar.

— Eu achava isso também — falei. — Mas...

Minha voz foi morrendo. Porque, na verdade, eu não tinha pensado naquilo ainda — e realmente estava me sentindo em casa ao lado de Oraya. Não precisava mais fugir de nada.

Apesar de todas as vezes em que tinha falado para minha esposa que ela estava segura, eu nunca me sentira assim. Não até aquele momento, me dei conta.

— Pode dar certo, Mische — afirmei. — Este é o seu lar.

Ela abriu um sorriso fraco.

— Este é *o seu* lar. Não o meu.

Mas achei que o seu lar fosse sempre o lugar onde eu estava, tive vontade de dizer.

Mas aquilo não era sobre mim.

Por um bom tempo, Mische fora minha irmã caçula. Eu a tratara como algo que devia ser protegido. Mas ela não era uma criança. Era uma adulta, e uma adulta capaz pra caralho.

— Quando? — perguntei.

— Não tão cedo. Falei para Oraya que talvez daqui a algumas semanas...

Oraya. Ah, eu quase tinha me esquecido *daquele* detalhezinho interessante.

— Falando em Oraya, por que raios preciso começar a perguntar para minha esposa caso queira descobrir o que está acontecendo com minha melhor amiga?

Mische deu de ombros, respondendo casualmente:

— Talvez eu goste mais dela do que de você.

Toquei o peito, abrindo uma expressão exagerada de dor. Um tiro certeiro e abrupto.

Ela riu, e fiquei tão aliviado com o som que nem liguei para o insulto. Porra, eu ficava feliz que ela se sentisse confortável para falar com Oraya, já que não se sentia para falar comigo.

As risadas morreram, porém.

— É só que... foi mais fácil — admitiu ela. — Eu só... Somos você e eu, entende?

Eu entendia. Entendia perfeitamente. Às vezes, éramos tão próximos que mal conseguíamos enxergar ou entender um ao outro.

— Além do mais, fiz isso porque não queria ver você com aquela cara. Aquela cara triste.

Que cara triste?

— Eu fiz uma cara triste? — perguntei.

— Sim. Foi de partir o coração.

Eu não sabia muito bem como me sentia a respeito.

— Escute, Mische... Sempre vou apoiar que você vá para onde quiser e faça o que bem entender da sua vida. E, sim, vou morrer de saudades.

Pelas tetas de Ix, e como.

— Mas se é isso o que você quer, quem sou eu para questionar? — continuei. — Você disse que este castelo não é o seu lar, mas pode ser. Um lar para o qual você pode voltar. E se ainda assim sentir que precisa partir, tudo bem. Mas não se esqueça de que este lugar... E nós... sempre vamos estar aqui para quando você quiser voltar.

Os olhos dela, grandes e arregalados, cintilavam ao luar. Seu lábio inferior tremia de leve.

A carinha de tristeza... Que a Deusa a amaldiçoasse.

— Ei, nada disso — ralhei. — Você disse mais algumas semanas. Vamos deixar os lamentos para a hora das despedidas.

Mas, antes que as palavras tivessem acabado de sair da minha boca, ela se jogou em cima de mim num abraço. Resmunguei, mas envolvi o corpo dela com os braços da mesma forma, apertando com força.

Algumas semanas, lembrei a mim mesmo.

Caralho, como eu ficava feliz por aquele tempo que ainda teríamos.

Dar adeus para Mische seria como dar adeus a uma versão de mim. Eu não sabia se estava pronto para fazer isso naquela noite.

— Obrigada — murmurou ela.

Por tudo.

Eu sabia exatamente o que ela queria dizer.

Sabia, porque também me sentia grato.

— Não tem de quê — falei, embora nós dois soubéssemos que não era verdade.

Aquilo já tinha sido emoção escancarada demais para meu gosto e o de Mische. Tínhamos dito tudo o que era necessário, e minha amiga havia saído, consideravelmente mais leve, para procurar comida. Enquanto isso, fiquei livre para vagar sozinho pelos jardins. Tirei alguns minutos de solidão, organizando os pensamentos.

Fazia tempo que eu não passava um período em silêncio. Era bom, na verdade. Mesmo ouvindo aqui e ali os gemidos de prazer dos casais escondidos nas moitas.

Depois, decidi procurar Oraya. Me perguntei se ela ainda estaria presa em conversas com nobres ou se enfim conseguira se livrar das obrigações.

Assim que o pensamento cruzou minha mente, virei uma esquina e dei de cara com ela, parada diante da mureta do jardim, observando as festividades lá embaixo.

Me detive de repente.

Não consegui evitar: por um minuto, fitei minha esposa. Ela estava com as asas expostas, o vermelho chocantemente vívido sob o luar. O vestido cintilava como se fosse feito de noite. E sua postura... Ela se portava como uma rainha.

Às vezes, eu achava impossível imaginar como algum dia passara pela cabeça de Oraya que ela pudesse ser indefesa. Era a pessoa mais poderosa que eu já tinha conhecido.

Cheguei mais perto. Ela se virou antes, e o sorrisinho que abriu para mim fez sumir o resquício de tensão que havia em meu peito.

— Você conseguiu escapar — falei.

— Você também.

— Mais ou menos. Encontrei Mische.

Não sei se foi o vínculo, minha cara ou as duas coisas que fizeram Oraya compreender o que acontecera, mas o fato é que ela exibiu uma leve careta.

— Ah.

— Pois é.

— Você está bem?

Dei de ombros.

— Ela é senhora de si. Se é isso o que quer fazer, é o que precisa fazer.

Oraya me encarou com tanta intensidade que eu soube que ela tampouco estava se sentindo tranquila com a situação. Suspirei.

— Algumas semanas são algumas semanas. A gente lida com as coisas depois.

Tomei um gole do meu vinho, depois franzi a testa. Queria que fosse mais satisfatório.

Oraya acompanhou meu olhar.

— Bom, acho que a festa já não precisa mais de anfitriões a essa altura — comentou ela, encarando a multidão. Depois me fitou, os olhos exibindo um toque brincalhão. — Quer ir para algum lugar mais divertido?

Eu nem sequer hesitei.

— Porra, sim.

80
ORAYA

Eu tinha que admitir: agora eu definitivamente curtia o gosto de cerveja ruim e choca. Raihn e eu estávamos sentados num telhado nos assentamentos humanos, sujando nossas roupas chiques nas telhas de barro imundas. Observávamos o céu acima das construções quadradas, a festa reduzida a um borrão cintilante à distância.

Raihn bebeu uma golada animada de cerveja.

— Isto — começou — é muito melhor.

Concordei.

Tão melhor que até a comoção que havíamos causado ao buscar a bebida, com coroas e tudo, tinha valido a pena. Ao menos a reação do público fora mais parecida com uma reverência estupefata do que com um terror avassalador. A gente tinha conseguido fugir rapidinho dali depois, nos esgueirando até um telhado silencioso e escuro num quarteirão quase abandonado.

Dei um gole na cerveja, que desceu queimando. Provavelmente causando algum tipo de dano irreversível.

— É o vínculo Coriatis. Te dá bom gosto.

Ri. Fiquei vendo ele beber outro gole, hipnotizada pela onda de puro prazer que tomou seu rosto.

Pela Mãe, eu só... Eu amava olhar para Raihn.

Da última vez em que havíamos subido até ali em trajes chiques, fugindo de uma festa brega para beber num telhado da periferia, minha intenção era matar o vampiro. O momento em que eu descobrira que seria incapaz foi um dos mais assustadores da minha vida.

E o momento presente — em que me dei conta de súbito do quanto ele significava para mim — vinha em segundo lugar.

Raihn me fitou.

— Que carinha é essa, princesa?

Encarei a cerveja, vendo o reflexo das estrelas na escuridão espumosa. Demorei um pouco para responder.

— Você já sentiu medo algum dia?

Eu precisara de décadas de treinamento para fazer aquela pergunta a alguém, revelando assim a fraqueza que jazia sob a questão. Mesmo ali. Mesmo com Raihn, meu esposo, meu objeto de vínculo, cujo coração estava literalmente atado ao meu.

Qual era o meu problema?

Eu não teria julgado Raihn se ele tivesse rido de mim, mas não foi o que fez. Sua expressão continuou calma e séria.

— Todo mundo sente medo.

— Parece... — Era difícil achar a palavra certa.

Eu perdera todos que já tinha amado. E esses amores sempre foram marcados por muita dor, muita complicação. Meu amor por Vincent, envolto em suas mentiras e em sua decepção controladora. Meu amor por Ilana, escondido em sombras e palavras afiadas. Meu amor por minha mãe, roubada de mim.

O amor que eu sentia agora, por Raihn... era apavorante em sua calmaria.

Eu tinha medo de que alguma coisa viesse arrancar aquilo de mim.

Tinha medo de eu mesma destruir aquele amor, por não saber como sentir algo tão certo.

— Parece uma armadilha — sussurrei. — A...

— ... alegria — completou ele.

Não confirmei, mesmo ele estando certo. Parecia meio ridículo admitir em voz alta.

— Você passou a vida lutando, Oraya — murmurou ele. — Isso faz sentido. Eu sinto a mesma coisa.

Ergui o olhar de supetão.

— Sente?

Ele bufou.

— Acha que não fico aterrorizado sempre que olho para você? — O vampiro tocou meu rosto. Deixou os dedos correrem pela curva da minha bochecha e parou na ponta do meu queixo, suavizando o sorriso. — Porra, claro que fico. Meu *coração* é seu.

Meu coração é seu.

As palavras me atingiram com força — era verdade, e em vários sentidos. Meu coração era de Raihn, por mais que eu quisesse negar. Era dele de todas as formas possíveis, muito antes que eu pedisse para uma deusa o vincular ao do vampiro. E o vínculo Coriatis, por mais poderoso que fosse, não era menos assustador do que o amor que eu sentia por ele. Caralho, talvez o amor me amedrontasse ainda mais.

Dar a alguém tanto de si. Dar a alguém o poder de te destruir.

Eu podia entender por que Vincent nunca me ensinara nada daquilo. Podia entender como seria mais fácil nunca sentir tal vulnerabilidade.

Ainda assim...

Apertei a palma de Raihn contra meu rosto, me entregando ao gesto.

E ainda assim, havia segurança naquela vulnerabilidade. O maior dos paradoxos.

Mas aquilo fazia sentido para nós, não fazia? Raihn e eu éramos paradoxos ambulantes. Humanos, Rishan e Hiaj. Escravizados e realeza.

— Sei que ainda vamos precisar lutar — falou ele. — Mas nunca mais vamos precisar fazer isso sozinhos. Já vale de alguma coisa.

Valia demais.

Sorri contra a mão dele.

— Você até que é um bom aliado.

Ele riu, um riso cheio e vivo — e, pela Mãe, nunca na vida eu tinha escutado algo tão bonito.

Me afastei um pouco e virei para o horizonte. O céu estava começando a ficar rosado.

— Logo o sol vai nascer — falei. — Melhor a gente entrar.

Mas Raihn negou com a cabeça.

— Ainda não.

Encarei o vampiro com um olhar cético, e ele deu de ombros.

— Não vai me matar — continuou Raihn. — Prometo. Além disso... — Ele apontou para a marquise de metal logo acima e fez questão de se acomodar até encostar na parede. — Olha só, estou na sombra.

Não me convenci.

— Essa é uma ideia idiota.

— Por favor, princesa. Só alguns minutos. Você vai lá e sente o sol do alvorecer na sua pele. Talvez eu sinta também, por causa do vínculo e coisa e tal. Eu fico na sombra, e depois a gente voa bem rápido até o alojamento humano e transa apaixonadamente pelas próximas sete horas.

Estreitei os olhos. Ele abriu um sorrisinho.

— Você gostou da ideia — acrescentou o vampiro. — Eu sei.

Que a Deusa o levasse.

Depois, sua expressão se iluminou.

— Olha.

Me virei e vi o sol lampejando no horizonte. O céu foi se tornando um fogaréu vermelho, rosa e roxo enquanto o orbe de luz brilhante se alçava acima das areias das dunas.

Senti o coração apertar na garganta.

Fiquei de pé e saí de debaixo da marquise, adentrando a luz vermelho-alaranjada do sol infante. O calor se infiltrou em minha pele, me banhando.

Eu nunca tinha gostado muito do sol. Ao longo da maior parte da vida, evitara o astro. Era só outro lembrete de como eu era diferente — inferior — das outras criaturas ao meu redor.

Agora, aquilo parecia absurdo.

Estendi os braços e fechei os olhos, deixando que a luz banhasse minha pele.

— É gostoso — falei. — Não acha?

— Sim — respondeu Raihn. — É muito gostoso.

Mas, quando olhei por sobre o ombro, ele não estava observando o sol. Meu peito apertou, transbordando.

— E aí? — questionei. — Está sentindo?

— Não sei. — Ele estendeu a mão. — Venha até aqui.

Obedeci, voltando para a sombra da marquise. Assim que cheguei perto o bastante, ele me puxou, percorrendo com os lábios meus ombros, meus braços, meu pescoço, meu peito.

— É — murmurou. — Acho que agora estou sentindo.

Deixei as pálpebras se fecharem. Deixei que ele me envolvesse enquanto beijava minha pele para sorver a aurora. Meu esposo. Meu aliado. Meu amado.

Encarando um novo dia a meu lado.

Assim que o sol dourado subiu no horizonte e um novo ano começou, seus lábios encontraram os meus, e minha resposta irrompeu na superfície da pele como a lua se erguendo no céu noturno.

E nem uma molécula de mim duvidou quando suspirei em meio ao beijo:

— Também estou sentindo.

FIM DO LIVRO DOIS

NOTA DA AUTORA

Muito obrigada por ter lido *As cinzas e o rei maldito pelas estrelas*! Foi bastante desafiador escrever este livro, sobretudo porque eu queria fechar de forma satisfatória a história (principal) de Oraya e Raihn. Espero sinceramente, do fundo da alma, que você tenha amado esta narrativa tanto quanto amei escrevê-la. Me conectei profundamente com ela, e espero que você também.

Embora a duologia Nascidos da Noite — dedicada a acompanhar Oraya e Raihn — esteja agora completa, a série Coroas de Nyaxia é composta de um total de seis livros. Ainda tem muita coisa pela frente! O terceiro volume vai nos levar até a Casa da Sombra... e talvez você já seja fã da nossa protagonista, uma bela e animada manipuladora de magia que esconde muitas sombras pesadas dentro de si...

Se você gostou desta história, adoraria que considerasse deixar uma resenha na Amazon ou no GoodReads. Você não tem noção de como isso é importante para quem escreve!

Se quiser ser uma das primeiras pessoas a saber sobre lançamentos, novas artes, brindes e todo tipo de coisa divertida, considere assinar minha newsletter em carissabroadbentbooks.com (em inglês), entrar em meu grupo do Facebook (Carissa Broadbent's Lost Hearts) ou fazer parte do meu servidor no Discord (você encontra o convite em linktr.ee/carissanasyra).

Eu adoraria manter contato com você!

GLOSSÁRIO

ACAEJA | A deusa da feitiçaria, do mistério e das coisas perdidas. Membro do Panteão Branco. Única divindade que manteve uma relação cortês com Nyaxia, embora isso pareça estar mudando na época dos acontecimentos desta história.

ALARUS | O deus da morte e esposo de Nyaxia. Exilado do Panteão Branco como punição por sua relação proibida com Nyaxia. É considerado falecido.

ASSOLADORA DE CORAÇÕES | Espada lendária de Vincent, um florete ligado a ele pela alma.

ASTERIS | Uma forma de energia mágica derivada das estrelas, manipulada por vampiros Nascidos da Noite. É rara e difícil de usar, e requer habilidade e energia consideráveis.

ATROXUS | O deus do sol e líder do Panteão Branco.

CASA DA NOITE | Um dos três reinos vampíricos de Obitraes. Seus membros são conhecidos pelas habilidades bélicas, por sua natureza agressiva e por serem manipuladores de uma magia derivada do céu noturno. Há dois clãs de vampiros Nascidos da Noite, os HIAJ e os RISHAN, que há milhares de anos lutam pelo poder. Membros da Casa da Noite são chamados de NASCIDOS DA NOITE.

CASA DA SOMBRA | Um dos três reinos vampíricos de Obitraes. Seus membros são conhecidos pelo comprometimento com o conhecimento e por serem manipuladores de magia mental, magia sombria e necromancia. Membros da Casa da Sombra são chamados de NASCIDOS DA SOMBRA.

CASA DO SANGUE | Um dos três reinos vampíricos de Obitraes. Dois mil anos antes da história deste livro, quando Nyaxia criou os vampiros, a Casa do Sangue era sua favorita. Ela pensou com muito esmero e por muito tempo sobre qual dom dar a eles. Enquanto isso, os Nascidos do Sangue viam os irmãos a oeste e norte ostentando seus poderes. Os Nascidos do Sangue acabaram se voltando contra Nyaxia, certos de que ela os abandonara. Como punição, Nyaxia os amaldiçoou. A Casa do Sangue agora é vista com desprezo pelas outras duas casas. Membros da Casa do Sangue são chamados de NASCIDOS DO SANGUE.

CELEBA | Um continente nas terras humanas a leste de Obitraes.

DEMÔNIO | Termo usado para descrever uma grande variedade de criaturas comuns em Obitraes. Alguns nascem de forma natural e vagam livremente pelo continente. Outros são mais raros e invocados por usuários de magia, geralmente utilizados como armas em combates. Há vários tipos de demônios, dos comuns aos extremamente raros, variando muito em relação a aparência, comportamento, inteligência etc.

DHAIVINTH | Uma poção que paralisa temporariamente a vítima.

DHERA | Uma nação nas terras humanas. Vale atualmente mora lá.

EXTRYN | A prisão dos deuses do Panteão Branco.

FOGO DA NOITE | Assim como o Asteris, é outra forma de magia derivada das estrelas e manipulada pelos vampiros da Casa da Noite. O Asteris é escuro e frio, enquanto o Fogo da Noite é brilhante e quente. O Fogo da Noite é usado habitualmente na Casa da Noite, mas é muito difícil controlá-lo com perícia.

HIAJ | Um dos dois clãs de vampiros Nascidos da Noite. Têm asas desprovidas de penas que lembram as dos morcegos.

IX | A deusa do sexo, da fertilidade, do nascimento e da procriação. Membro do Panteão Branco.

KAJMAR | O deus da arte, da sedução, da beleza e da enganação. Membro do Panteão Branco.

KEJARI | Um torneio lendário que acontece uma vez por século em homenagem a Nyaxia. Quem vence tem um pedido realizado pela própria deusa. O Kejari é aberto a todos de Obitraes, mas é sempre organizado pela Casa da Noite — já que, dos três reinos vampíricos, os Nascidos da Noite são os que têm maior domínio da arte da batalha.

LAHOR | Uma cidade na ponta leste de Obitraes. Era grandiosa no passado, mas, na época desta história, não passa de ruínas. Terra natal de Vincent.

MARCA DE SUCESSÃO | Uma marca permanente que aparece no Sucessor dos clãs Hiaj e Rishan sempre que o Sucessor anterior morre, marcando sua posição e seu poder.

NASCIDO | Termo usado para descrever vampiros que nasceram através de procriação biológica. É a forma mais comum de criação de vampiros.

NASCIDOS DA NOITE | Vampiros da Casa da Noite.

NASCIDOS DA SOMBRA | Vampiros da Casa da Sombra.

NASCIDOS DO SANGUE | Vampiros da Casa do Sangue.

NECULAI VASARUS | O antigo rei Rishan da Casa da Noite. Teve o poder usurpado e foi morto por Vincent duzentos anos antes dos eventos deste livro.

NYAXIA | Deusa exilada, mãe dos vampiros e viúva do deus da morte. Nyaxia governa o domínio da noite, da sombra e do sangue, assim como o domínio da morte que herdou do esposo falecido. No passado, era uma deusa inferior. Se apaixonou por Alarus e se casou com ele apesar da natureza proibida do relacionamento. Quando Alarus foi morto pelo Panteão Branco como punição pelo casamento, Nyaxia escapou dos deuses em um acesso de raiva e ofereceu a seus apoiadores o dom da imortalidade na forma de vampirismo — fundando Obitraes e os reinos vampíricos. *Também é conhecida como: a Mãe; a Deusa; a Mãe do Breu Voraz; Ventre da Noite, da Sombra e do Sangue.*

OBITRAES | A terra de Nyaxia, que consiste em três reinos: os territórios da Casa da Noite, da Casa da Sombra e da Casa do Sangue.

PACHNAI | Uma nação humana a leste de Obitraes.

PALÁCIO DA LUA | Um palácio em Sivrinaj, capital da Casa da Noite, construído especificamente para abrigar os competidores do torneio Kejari, realizado de século em século em homenagem a Nyaxia. Dizem que é encantado de forma a expressar as vontades da própria Nyaxia.

PANTEÃO BRANCO | Os doze deuses do cânone principal — incluindo Alarus, considerado falecido. O Panteão Branco é adorado por todos os humanos, com algumas regiões tendendo a seguir deuses específicos dentro do panteão. Nyaxia não é membro do Panteão Branco, e é ativamente hostil em relação a ele. O Panteão Branco prendeu e depois executou Alarus, o Deus da Morte, como punição por seu casamento ilegítimo com Nyaxia, na época uma deusa inferior.

RIO LITURO | Um rio que corre pelo centro de Sivrinaj.

RISHAN | Um dos dois clãs de vampiros Nascidos da Noite. Têm asas dotadas de penas. Tiveram o poder usurpado pelos Hiaj duzentos anos antes dos acontecimentos deste livro.

SALINAE | Uma cidade importante da Casa da Noite, localizada no território dos Rishan. Quando os Rishan estavam no poder, Salinae era um local movimentado, que funcionava como segunda capital. Foi onde Oraya passou os primeiros anos de sua vida antes de ser encontrada por Vincent.

SIVRINAJ | A capital da Casa da Noite. É onde fica o castelo dos Nascidos da Noite e o Palácio da Lua. É a sede do Kejari, que acontece a cada cem anos.

TAZRAK | Uma conhecida prisão no território da Casa da Noite.

TRANSFORMAÇÃO | Processo que faz humanos virarem vampiros. Exige que um vampiro beba o sangue de um humano e lhe ofereça sangue vampírico em troca. Vampiros que passaram por tal processo são conhecidos como TRANSFORMADOS. Vampiros que são Transformados assumem a Casa do vampiro que os fez passar pela Transformação. Por exemplo, um vampiro Transformado por um Nascido da Sombra também será um Nascido da Sombra, e assim por diante.

VÍNCULO CORIATIS | Um vínculo raro e poderoso que pode ser forjado apenas por divindades, através do qual duas pessoas compartilham todos os aspectos de seu poder, conectando vidas e almas. Até onde se sabe, Nyaxia é a única deusa que agracia pessoas com vínculos Coriatis, embora qualquer deus seja capaz de fazer o mesmo. As pessoas vinculadas são CORIATAE uma da outra. Os Coriatae compartilham todos os aspectos do poder alheio, o que tipicamente faz com que ambos fiquem mais fortes. Coriatae não podem agir um contra o outro ou viver sem a companhia da pessoa vinculada.

ZARUX | O deus do mar, da chuva, do clima, das tempestades e da água. Membro do Panteão Branco.

AGRADECIMENTOS

Digo isto toda vez, mas vou repetir: não acredito que estou escrevendo outra seção de agradecimentos! No momento em que digito estas palavras, estou grávida de sete meses e no fim de um período esmagador em que preparei *três livros* para publicação com menos de um mês entre eles. Mal me sinto humana, e tenho muitas pessoas para agradecer por terem me ajudado a chegar até aqui viva e a fazer com que esta obra fosse a melhor possível.

Nathan, você sempre vai vir primeiro nos agradecimentos. Obrigada por ser o melhor parceiro do mundo e o norte de cada história decente de amor que já escrevi. Obrigada por ser meu melhor amigo, meu companheiro de ideias, meu diretor de arte, meu torcedor e muito mais. Eu te amo!

Clare, muito obrigada por ser uma amiga tão maravilhosa, uma rede de apoio e uma "colega de trabalho" de escrita. Eu nunca teria sobrevivido a essa jornada maluca de autora sem você! Obrigada por me manter sã durante a produção deste livro e por todo o seu apoio constante; agradeço também pelas sessões de ideias, resolução de problemas e fofoca em geral.

KD Ritchie da Storywrappers Design, obrigada pela capa incrível e por ser uma força incentivadora para tudo! Adoro trabalhar com você.

Noah, obrigada pela incrível edição e por tolerar meses — literalmente — de meu cronograma bizarro de entregas. Você melhora todos os livros que escrevo, em todas as fases criativas. Agradeço demais!

Rachel e Anthony, obrigada por serem leitores beta e caçadores de erros de digitação tão incríveis. Rachel, agradeço mais ainda pelos comentários entusiasmados — amo todos!

Ariella, obrigada pela leitura beta e, em geral, por ter me mantido sã e garantido que eu estivesse no caminho certo enquanto terminava e lançava este livro. Você é incrível!

Deanna, Alex e Gabriella, obrigada pelos comentários inestimáveis, pelo apoio e por serem os melhores leitores beta do mundo. Vocês arrasam!

Obrigada à minha agente, Bibi, por ser tão incrível em tudo, por me dar conselhos de carreira essenciais e por ajudar a série de Nyaxia a ir tão longe — lugares que eu sinceramente jamais imaginaria alcançar cerca de um ano atrás.

Agradeço ainda à equipe da Swords & Corsets: JD Evans, Krystle Matar e Angela Boord por me manterem sã e me ouvirem chorar as pitangas o tempo todo. Um agradecimento especial a Krystle por ser meu companheiro de sessões de escrita durante toda a criação e edição deste livro!

Finalmente, meu maior agradecimento é para **vocês**. Estes últimos meses foram surreais, e sei que, assim que eu lançar este livro, as coisas vão me atropelar. Não estou exagerando quando digo que não teria imaginado nada disso um ano ou seis meses atrás. Agradeço todas as artes de fãs, mensagens, e-mails, *mood boards*, resenhas, posts no TikTok, no Instagram e no Goodreads e, em geral, o imenso apoio e entusiasmo que vocês têm pelos meus personagens. Fico abismada com isso todos os dias! Espero que vocês amem o que vem a seguir!

ESTA OBRA FOI COMPOSTA PELA ABREU'S SYSTEM EM CAPITOLINA REGULAR
E IMPRESSA EM OFSETE PELA LIS GRÁFICA SOBRE PAPEL PÓLEN NATURAL
DA SUZANO S.A. PARA A EDITORA SCHWARCZ EM JANEIRO DE 2025

A marca FSC® é a garantia de que a madeira utilizada na fabricação do papel deste livro provém de florestas que foram gerenciadas de maneira ambientalmente correta, socialmente justa e economicamente viável, além de outras fontes de origem controlada.